키네마:
영화소설과 시나리오 1

한국 언어·문학·문화 총서

19

키네마: 영화소설과 시나리오 1

백문임·김다영·이만강·최우정 엮고 씀

책을 펴내며

이 책은 식민지 시기 신문에 연재된 영화소설과 시나리오를 삽화, 스틸사진과 함께 수록하고, 그에 대한 연구자들의 해제와 논문을 엮은 것이다. 많은 작품들이 그간 소개된 적이 있지만,[1] 신문 연재 당시에 거의 매일 삽입되었던 삽화나 스틸사진은 대개 누락된 채였다(때로는 본문이 탈락된 경우도 있었다).[2] 우리는 당시 가장 영향력 있는 대중문화였던 영화의 자장 안에서 창작된 영화소설과 시나리오의 전모를 파악하기 위해서는, 문자 텍스트와 더불어 삽화나 스틸사진을 함께 보는 것이 반드시 필요하다고 생각했다. 때로는 신문사의 전속 삽화가가 그렸고 때로는 나운규와 같은 당대 최고의 스타가 "촬영 감독"으로서 연출하고 찍었던 스틸 사진은, 문자 텍스트가 구축하는 환영적 세계가 시각적 미디어에 의해 매개되고 있다는 사실을 끊임없이 환기했기 때문이다. 그리고 무엇보다, 당시 이 작품들의 독자들은 삽화나 스틸사진과 '함께,' 혹은 삽화나 스틸사진을 본 '후에' 문자 텍스트를 읽었을 것이기 때문이다.

첫 번째 권에서는 「유랑」(이종명, 1928), 「출발」(안석영, 1930), 「노래하

1 영화진흥위원회 엮음, 『한국 시나리오 선집 1(1927-1955)』, 수산경제사, 1982.; 김수남, 『조선 시나리오 선집 1-4』, 집문당, 2003.; 이재명 엮음, 『해방전(1940-1945) 창작 시나리오집』, 평민사, 2004.

2 삽화나 스틸과 함께 영화소설을 소개한 자료로는 『심훈 전집 07. 영화소설·시나리오』(김종욱·박정희 엮음, 글누림, 2016), 『한국 근대 영화소설 자료집』(배현자 외, 소명출판, 2019.), 『근대 서사 자료집: 안석주의 영화소설 「인간궤도」』(배현자 엮음, 소명출판, 2021) 등이 있다.

는 시절」(안석영, 1930), 「화륜」(이효석 외, 1930), 「출범시대」(이효석, 1931), 「도화선」(김태진 외, 1933)을 소개한다. 이 작품들은 조선영화예술가협회, 엑스(X) 키네마, 조선 시나리오라이터 협회, 카프(KAPF) 영화부 등 당시 주목받던 '신흥(新興)' 문화운동의 자장 안에서 쓰여지고 또 영화로 만들어졌다. 이중 「유랑」과 「노래하는 시절」은 영화의 촬영과 동시에 신문에 연재되었고, 「화륜」은 연재가 완료된 후 영화로 만들어져 개봉했다. 영화소설이나 시나리오가 모두 영화화를 목표한 것은 아니었기에, 「도화선」처럼 그 자체로 읽히고/보이기 위해 창작된 작품들도 입체적으로 조명해야 한다. 그래서 이 작품들의 실질적 저자에는 영화소설 혹은 시나리오를 집필한 작가들만이 아니라 심산(心汕) 노수현 등의 삽화가, 『중외일보』 사진반이나 '동양사진관' 등 스틸사진 촬영자, 김유영 등의 영화감독과 각색자들도 포함되어야 하고, 나운규를 비롯해 신일선, 김연실, 이귀례, 복혜숙, 김소영, 김일해, 현순영, 독은기, 이금룡 등 스틸사진에서 "실연(實演)"을 하고 있던 스타들의 몫도 넣어야 한다.

이 책을 처음 구상한 것은 2014년경, 식민지 시대 영화평론을 조명하는 작업[3]을 위해 자료들을 꼼꼼히 살피던 때였다. 21세기 들어 이 시기 영화의 프린트들이 다소 발굴, 소개되었으나 우리는 여전히 갈증을 느끼고 있었는데, 1920년대 초부터 신문, 잡지 등을 '점령'한 영화 관련 기사들, 영화소설, 시나리오, 그리고 이미지들은 단비와도 같았다. 특히 열악한 제작시스템과 검열 때문에 한때 지식인들이 영화소설, 시나리오 같은 "독물(讀物: 읽을거리)"을 대안으로 삼았던 것을 염두에 둘 때, 이 자료들은 단순히 조선영화의 보완이 아니라 그 핵심이 될 수도 있다.

---

3 백문임 외, 『조선영화란 하오』(창비, 2016)로 출간되었다.

첫 구상으로부터 많은 시간이 흘렀지만, 성실한 학문후속세대 동료들을 만난 덕분에 드디어 이 책을 펴낼 수 있게 되었다. 김다영, 이만강, 최우정은 이 낯설지만 흥미로운 텍스트들을 꼼꼼히 살피고 들여다보며 100년 전 영화 문화를 분석하는 데 열정을 보여주었다. 『키네마』라는 저서의 제목은 당시 '시네마(cinema)'와 동일한 뜻으로 혼용되었지만 더 자주 쓰였던 단어('kinema')에서 가져온 것으로, 이 책이 다루는 문자-회화-사진-영화가 놓인 역동적인 좌표를 드러내기에 적당한 단어가 아닐까 한다.

이 책의 원고가 마무리될 즈음, 몇 달 전 『사진소설: 텍스트, 이미지를 만나다』라는 책이 발간되었음을 우연히 알게 되었다. 영화소설과 시나리오의 삽화와 스틸사진을 도록처럼 엮은 이 책은, 우리와 비슷한 시기에 비슷한 자료들에 주목하고 있었던 분들이 존재했음을 알려주었다. 편자 이경민이 "매체간 상호텍스트성을 살피는 합동 연구의 새로운 계기가 되기를"[4] 바란다고 말하듯, 우리도 문학, 영화, 미술, 사진, 또 음악까지 다중 상호 매개되며 전개된 근대 초기 대중문화의 입체적인 면모가 더 많은 연구자들의 손에 의해 규명되기를 기대한다.

고어(古語)와 일본어 파악에 도움을 주신 김하라, 다지마 데쓰오 선생님, 그리고 책 작업에 열의와 정성을 보여주신 보고사의 박현정, 이소희 님께 감사를 보낸다.

2024년 4월 백문임

---

4 이경민, 「서문」, 『사진소설: 텍스트, 이미지를 만나다』(디오브젝트, 2023), 13쪽.

차례

책을 펴내며 / 5
일러두기 / 11
식민지 시대 시나리오 용어 / 12

1장
자료 및 해제

이종명, 영화소설 「유랑」
『중외일보』, 1928.01.05.~01.25. 15
[해제] 창의적 변주를 통해 확보되는 리얼리티 【김다영】 75

안석영, 시나리오 「노래하는 시절」
『조선일보』, 1930.06.03.~07.10. 81
[해제] 하이 큐! 영화 〈노래하는 시절〉 제작에 관한 몇 가지 흥미로운 사실들 【이만강】 159

이효석·안석영·서광제·김유영, 시나리오 「화륜(火輪)」
『중외일보』, 1930.07.19.~09.02. 165
[해제] 「화륜」 안의 투쟁, 그것을 둘러싼 논쟁 【최우정】 290

안석영, 시나리오 「출발」
『조선일보』, 1930.08.26.~09.25.(미완) 295

[해제] 스틸로 직조한 예고편 【김다영】 355

이효석, 시나리오 「출범시대」

『동아일보』, 1931.02.28.~04.01.(미완) 359

[해제] 모던보이, 콘티뉴이티, 센티멘털리즘 【최우정】 410

김태진·추적양·나웅·강호, 시나리오 「도화선」

『조선일보』, 1933.01.10.~02.14. 415

[해제] 계급적 각성을 표현한 영화시(詩) 【백문임】 495

2장

논문

지시와 재현 사이에서 【백문임】 503

: 스타·사진·글쓰기

1. '스타'의 영화 (소설) 혹은 (영화) 소설:

「탈춤」(1926), 「승방비곡」(1927) 503

2. 사진의 "하이퍼매개":

「유랑」(1928), 「노래하는 시절」(1930) 509

3. 듣는 영화, 보는 시나리오의 리터러시 516

4. 덧붙여: 사진 촬영자의 문제 520

「유랑」의 정체성 규명하기 【김다영】 524
: 대중소설, 영화소설

1. 영화소설의 정체성 524
2. 통속성, 경향성 또는 대중성 525
3. 말하기와 보여주기 531

시각성과 연루의 감각 【최우정】 538
: 「화륜」이 '대중'을 호출하는 방식

1. 「화륜」이라는 혼종적 텍스트 538
2. 스틸 이미지를 통해 본 시각성과 계급의 문제 542
3. 연상적 읽기와 집합적 연루의 감각 551

나운규와 미국 연속영화 【이만강】 553
: 영화소설 「탈춤」을 중심으로

1. 들어가며 553
2. 미국 연속영화와 조선 영화 554
3. 미국 연속영화와 나운규 – '야만성'을 중심으로 556
4. 미국 연속영화와 나운규 – '모빌리티 활극'을 중심으로 560
5. 나가며 563

참고문헌 / 565
서지정보 / 567
저자소개 / 568

일러두기

1. 우리말과 외래어 표기는 현대어에 맞게 고쳤다. 가독성을 높이기 위해 문장과 표현을 문맥에 맞게 고치기도 했다. 단, 특별한 의도나 의미가 있는 경우는 원문을 살렸다.

2. 영화 제목은 〈 〉, 영화소설·시나리오 제목은 「 」로 표기했다.

3. 오식의 경우 원문을 수정하고 주석에서 오식임을 밝혔다.

4. 해독이 어려운 부분은 ▨로 표기했다. 원문의 인쇄 혹은 보존 상태가 좋지 않아 식별이 불가능한 경우는 '판독 불가'로 표시했다.

5. ×, (약(略)) 등의 삭제 표시는 원문 그대로이다.

식민지 시대 시나리오 용어

서광제의 「「화륜」 연작을 앞두고」(『중외일보』 1930.7.4.) 및 이효석, 「시나리오에 관한 중요한 술어」(『동아일보』, 1931.2.24.-25)에서 발췌.

T: 자막(title)

전경(全景): Full Scene. 전체의 경치를 화면 속에 넣은 것.

원경(遠景): Long Shot. 먼 데 것을 촬영한 것.

중경(中景): Medium Shot. 원경보다 조금 가까운 것.

근경(近景): Close View. 중경보다 아주 가까운 것.

반신(半身): Bust. 인체의 반신을 박은 것.

대사(大寫): Close Up (C.U.). 안면이든 수족이든 크게 박은 것.

용명(溶開)/교개(絞開): Iris In (I.I.). 컴컴한 화면 중앙에서 동그렇게 점점 밝아지는 것.

용폐(溶閉)/교폐(絞閉): Iris Out (I.O.). 용개와 정반대.

용명(溶明): Fade In(F.I.). 화면이 점점 밝아지는 것.

용암(溶暗): Fade Out(F.O.). 용명과 정반대.

이중(二重): Double Exposure. 물체가 이중으로 보이는 것인데, 가령 사람이 서 있는 그 위로 기차가 지나가는 것.

순간(瞬間): Flash. 잠시 잠깐 보이는 장면.

이　동: Follow. 자동차가 질주해 가는데 화면도 쫓아가는 것.

회　전: Revolve. 촬영기에 일정한 한도가 있어 상하좌우로 회전할 수 있는데 그 외의 것은 이동으로 촬영함.

용전(溶轉): Overlap. 이중전환.

1장

자료 및 해제

이종명, 영화소설 「유랑」*

『중외일보』, 1928.01.05.~01.25.

영화예술협회 촬영 중

이종명(李鐘鳴) 작, 노심산(盧心汕) 화

때는 어스름한 황혼 —

'방아다리'라고 하는 조그마하고 평화스러운 산촌에는 낯모를 한 사람의 젊은이가 찾아 들어왔다.

나이는 스물 서넛이 될락 말락 하고 키는 후리후리한 것이 퍽 민첩해 보인다. 타고난 얼굴 바탕은 꽤 아름다운 용모의 소유자인 듯하나 추위와 주림으로 해서 몹시 수척했다. 그는 외투도 없이 땟국이 흐르는 양복을 입고 한 손에는 조그마한 보따리, 한 손에는 굵고 거친 지팡이를 짚었다.

그는 이상한 눈으로 자기를 바라보는 동리 사람들을 본 척도 않고 무엇을 찾는 듯이 이곳저곳에 가서 기웃거렸다. 그러다가는 무엇을 깊이 생각하는 듯이 고개를 숙이며 한숨을 쉬었다.

---

* 『중외일보』에 연재된 원문을 토대로, 단행본 『유랑』(1928년 7월 30일 박문서관 발행)을 참조 및 비교했다.

〈그림 1〉 1.5.

그는 돌연히 한곳에 와서 걸음을 멈추었다. 그의 서 있는 곳은 옛날에는 집이 있었으나 지금은 단지 주춧돌과 구들장이 흩어져있는, 보기에도 쓸쓸하고 참담한 폐허였다. 그는 그 앞에 서서 무엇을 생각하는 듯이 또다시 고개를 숙였다.

이것은 분명히 나의 옛집이었다.

청년은 혼잣말같이 이렇게 중얼거렸다.

청년의 눈앞에는 그리운 옛날의 가지가지 환상이 나타났다.

눈앞에 흩어져있는 쓸쓸한 폐허는 갑자기 변하여 옛날의 자기를 따뜻하게 안아주던 집으로 보였다. 아버지의 얼굴, 어머니의 얼굴, 그리고 자기가 떠날 때 울며 매달리던 어린 누이동생의 모양…….

아아 그리운 지난날이여!

청년은 탄식하는 듯이 부르짖었다. 그리고 그는 맥없이 고개를 숙였다. 어느 사이엔가 그의 두 눈에는 눈물이 맺혔다.

멀리 눈 쌓인 산성(山城) 위에는 저녁 해가 넘어가려고 남실남실하고 있다. 마을 안에서는 꿈같은 저녁연기가 고요히 피어오르는데 청년은 아직까지도 아까 선 채 그대로 지팡이에 의지하여 장승과 같이 우두커니 서 있다.

이때 마침 이곳을 지나가던 오십쯤 된 농부 한 명이 있다. 그는 묵묵히 서 있는 청년을 잠깐 의심스럽게 바라보았으나 즉시 아무렇지 않다는 듯이 걸음을 계속했다. 그러나 불과 두서너 걸음도 못 가서 무엇을 생각한 듯이 발을 멈추며 돌아보았다. 그리고는 입 안의 말로 "혹시……?" 하며 누구를 연상한 듯이 다시 돌이켜서 청년의 옆으로 왔다. 설흔 추억에 잠겨있는 청년은 노인이 와서 자기 옆에 서 있는 줄도 알지 못하는 듯했다. 노인은 한참 동안이나 청년의 얼굴을 이리저리 보더니 갑자기

아 — 자네가 영진이 아닌가?

하며 반가운 듯이 청년의 어깨에 손을 얹었다. 영진이라고 한 청년은 의외에 자기 옆에서 사람의 소리가 난 것을 놀란 듯이 돌아보았다. 그와 동시에 그의 얼굴에도 감출 수 없는 반가움이 떠올랐다.

아 — 순이네 아저씨!

영진이도 마주 손을 잡았다. 그들은 서로 반가움에 지나쳐 한참 동안 어쩔 줄 모르는 듯했다.

01회, 1928.01.05.

"그런데 갑자기 자네가 웬일인가? 응? 나는 오륙년 동안이나 소식이 없기에 자네는 아마 또 오지 못할 멀고 먼 나라로 가버린 줄 알았더니 그래도 다시 한 번 옛날의 마을을 찾아왔네 그려."

얼마 후에 노인은 비로소 입을 열었다. 이 말을 듣더니 영진이는 또다시 흉격이 막히는 듯이 대답이 없이 고개를 숙였다. 하더니 별안간 고개

를 번쩍 들며 소매로 눈물을 씻었다.

> 그런데 순이네 아저씨! 대체 저의 집은 어떻게 되었습니까? 네? 어머니 아버지는 어디 가 계시며 그리고 저의 누이동생은 어찌 되었습니까?

이 말을 듣더니 이번에는 노인이 기막힌 듯이 한숨을 지었다.

"네? 어서 말씀해주세요?"

"그런 이야기는 듣지 않는 것이 도리어 자네에게는 좋겠지만……." 하며 노인은 말을 꺼냈다.

> 자네도 알다시피 자네 집 살림이란 것이 오죽한 것인가? 남의 땅덩이나 얻어서 부쳐 먹던 것이 작년 홍수 통에 죄다 떠내 보내고 그나마 소작권까지 떨어진 후 하는 수 없이 북간도라나 어디라나 하는 곳으로 작년 가을에 노자 한 푼 없이 떠나가고 말았다네.

노인은 말을 잠깐 끊고 옷고름으로 눈물을 씻었다.

"떠날 적에도 나를 보고 자네 어르신네가 하시는 말씀이, 북간도에 가서 자리를 잡거든 곧 편지를 할 테니 그 후에 자네가 오거든 찾아오도록 일러달라고 백 번이나 천 번이나 당부를 하셨다네. 그랬더니 이것 보게 영진이, 자네 집안이 떠난 지 거의 일 년 반이나 되어도 편지 한 장, 소식 한마디가 없네그려. 마치 자네가 집안을 떠나서 오륙 년 동안이나 소식이 없는 것과 마찬가지로……. 그러나 자네는 이렇게 살아서 고향에를 돌아왔지만 자네 집안도 서리 찬 북간도에서 무사히 지내고나 있는지 생각하면 기가 막히네."

청년은 노인의 이야기를 끝까지 듣고 있더니 감개무량한 듯이 두 눈을 감으며 고개를 떨어뜨렸다.

"아저씨 고맙습니다. 그만하면 다 알겠습니다." 하며 그는 노인에게 치사를 했다. 그리고 이어서

"제가 부모의 슬하를 떠나고 옛 마을을 등졌다 할지라도 차마 그 생각을 꿈엔들 잊었기야 했겠습니까. 그러나 이제는 모든 것이 흔적도 없이 사라진 한 조각 연기가 되었습니다……. 아저씨 안녕히 계십시오. 저는 가야 하겠습니다. 만약 제가 간 후에라도 집에서 편지가 오거든 저 한 몸은 이렇게 튼튼히 살아 있더라고 안부나 해주십시오."

〈그림 2〉 1.6.

영진이는 말을 마치고 가려고 했다. 그러나 노인은 그의 팔을 굳게 잡았다.

이 사람아, 간다니 어디로 간단 말인가? 내가 비록 삼순구식을 할망정 자네 한 몸이 며칠 동안 붙어있지 못할 형편은 아닐세.

노인은 굳이 영진이를 끌었다. 그러나 영진이는

"아저씨의 마음은 고맙지만 그러나 저는 떠나야 합니다. 세상에는 저의 힘을 기다리고 있는 많은 동무가 고대하고 있습니다."

"하지만 이 사람아, 근 십 년 만에 고향이라고 찾아왔다가 하룻밤 드새지도 못하고 떠난다는 것은 너무 섭섭지 않은가? 자네를 만약 이대로 보낸다면 내가 평시에 자네 어르신네와 자별하게 지내던 정리로 보아서도 차마 할 수 없는 노릇일세. 자 - 어서 가세."

"글쎄 저는……."

"두말 말고 어서 가세."

노인이 끄는 바람에 영진이는 마지못해 따라갔다.

지붕은 썩어서 골창이 나고 기둥은 기울어서 사개가 바스러진 조그만 초가집 하나. 각다귀나무로 울타리를 두르고 비뚤어진 싸리문이 반만 열렸으니 이것이 곧 순이네 아저씨의 집이다.

노인은 영진이와 함께 싸리문 안에 들어서며 기쁜 듯이

순이야!

하며 부엌을 향해 부른다.

02회, 1928.01.06.

부엌 안에서는 마침 저녁 준비를 하고 있던 순이라고 하는 처녀. 나이는 열 팔구 세쯤 되어 보이는데 갸름한 얼굴에 상큼한 콧날과 도톰한 입술 사이로 넌지시 들여다보이는 흰 이빨은 순결한 처녀의 웃음을 머금고 있다. 그는 노인의 목소리를 듣더니 행주치마에 젖은 손을 씻으며 마주 반갑게 부엌을 나온다.

아버지

그러나 그 순간 순이는 낯서투른 젊은 사나이가 아버지와 함께 서 있는 것을 보고 움칫한다. 노인은 웃으면서

"아가, 오늘 저녁은 맛상으로 차려라. 귀한 손님이 오셨으니……. 너

는 벌써 이 사람을 알아보지 못하겠니? 어렸을 적에 너를 잘 때려주던 영진이를 그렇게 몰라본단 말이냐?"

순이는 부끄러운 듯이 웃으며 부엌으로 달아난다.

영진이는 놀라운 듯이 순이의 뒷모양을 물끄러미 바라보며

"아 – 순이가 벌써 저렇게 컸어요."

"그럼."

"올에 몇 살인가요?"

"자네보담 여섯 살 아래니까 올에 열여덟이지."

두 사람은 이런 소리를 하며 방으로 들어간다. 영진이는 방에 들어갈 적에 잠깐 고개를 돌려 부엌을 바라보다가 마침 마주 숨어 보고 있던 순이와 시선이 충돌되어 얼른 고개를 돌린다.

×

그 이튿날 아침 –

이 동리에서도 가장 가난한 조상호의 집에는 두 사람의 무서운 손님이 찾아왔다.

두 사람의 무서운 손님이라는 것은 이 동리에서 가장 부자인 서병조[1]와 그의 하인 겸 지배인인 박춘식의 두 사람을 가리킴이었다. '터줏대감'이라는 별명을 듣고 있는 서병조는 받을 것은 이본(利本) 합해서 치부해 두지만 갚을 것은 잘 잊어버리는 특징을 가진 늙은이다. 그는 혈육이라고 단지 올해 스무 살 되는 백치의 사내자식 하나밖에 없지마는 그 많은 재산을 누구에게 물려주려는지 그래도 아직껏 욕심을 그치지 않는 유명한 인색한이다. 그리고 박춘식은 동리 사람에게는 도감대장이나 군림한

1 연재본과 달리 단행본에는 "강병조"로 성이 바뀌어 있다.

듯이 뽐내지만 주인인 서병조 앞에서는 착한 양과 같이 유순한 인물이다. 그는 술 잘 먹고 계집질 잘하고 싸움 잘하고 한마디로 평하면 전형적 무뢰한이다.

> 길다랗게 말할 것 없이 이제는 더 참을 수 없으니 오늘은 아주 끊어서 요정을 내게.

박춘식은 불량스러운 눈동자를 굴리며 무슨 호령이나 하는 것같이 이렇게 말했다.

이 집 주인인 젊은 사람은 기막힌 듯이 고개를 숙인 채 묵묵히 서 있다. 인정이라든지 도덕이라든지 하는 정적(情的) 감정을 멀리 떠난, 마치 굳은돌과 같은 이런 사람들에게 사정이나 애원을 한댔자 무슨 소용이 있겠느냐는 듯이 그는 굳이 입을 다물고 있다.

"이 사람아, 가부간 갚겠다든지 안 갚겠다든지 말이나 해주어야 속이 시원하지"

하며 이번에는 서병조가 얼마간 농치는[2] 수작으로 입을 느었다.[3]

> 글쎄 대감, 제가 드릴 것을 가지고도 안 드릴 리야 있겠습니까. 보시다시피 당장에 먹을 것도 없는…….

상호는 말을 마치지도 못하고 또 고개를 숙였다. 박춘식이는 이 말을 듣더니 기가 올라서

"그까짓 소리는 다 - 듣기 싫어. 그런 소리도 한두 번이지. 이번이 모

---

2 좋은 말로 마음을 풀어 노그라지게 하는.

3 원문 그대로임. 연재본에는 "열었다."로 되어 있다.

두 몇 번인가? 응? 작년 도지[4]도 떨어진 것이 있는데 그나마 올 도지도 다 못 내겠단 말인가? 이건 남의 땅을 부쳐 먹고 무슨 떼거리를 쓰는 셈인가? 요새 작인 놈들은 없느니 있느니 하고 트집 내세우는 것이 상습이더라……. 길다랗게 말할 것 없이 오늘은 아주 요정[5]을 내려 온 것이니 가져갈 것이 없으면 기둥이라도 뽑아갈 테니 그리 알게"

〈그림 3〉 1.7.

하며 춘식이는 당장에 벼락이라도 내릴 것 같이 서두르며 가져갈 것을 찾는 듯이 사방을 둘러본다. 이때 아까부터 싸리문 밖에서 이야기를 듣고 있는 영진이가 마당 한구석에 소리 없이 들어선다. 그러나 여러 사람은 깨닫지 못한 듯하다.

03회, 1928.01.07.

"이게 무엇인가?"

춘식이는 토방 위에 놓인, 곡식 담은 부대를 들어 가져오며 상호에게 물었다. 이것을 보더니 상호는 참을 수 없는 듯이 달려가서 부대를 뺏으려고 했다.

"이것만은……."

"듣기 싫어. 저리 가!" 하며 춘식이는 뱉어버리는 것과 같이 소리 질렀다. 그리고서 "집 속에다가는 곡식을 구석구석이 쌓아두고 그래도

4 도지(賭只): 풍년이나 흉년에 관계없이 해마다 일정한 금액으로 정하여진 소작료.

5 요정(了定): 결판을 내어 끝마침.

낼 것이 없어서 못내? 하여간 우선 이것만이라도 가지고 가겠으니 그리 알게.”

이렇게 말하며 춘식이는 부대를 끌고 마당으로 나오려고 했다. 상호는 그의 팔에 가 매달리다시피 하며 애원하듯이

박주사 나리, 제발 그것만은 용서해주십시오. 그것은 제가 열흘 동안이나 밤을 새워가며 짚신을 삼아서 판 것으로 사온 좁쌀 두 말입니다. 그것이 없어지는 날이면 저의 집 식구 네 사람은 당장 오늘 저녁부터 굶게 됩니다.

춘식이는 귀찮은 듯이 팔을 뿌리쳤다. 상호는 힘없이 마당에 가 쓰러졌다.

“대감, 어서 건너가시지요. 이런 놈들의 사정 보다가는 한이 없습니다.”

춘식이는 이런 소리를 하며 한 손으로 부대를 끌고 주인과 함께 나오려고 했다.

이때다. 그들이 나가려고 하는 길을 가로막고 서 있는 한 사람의 젊은이가 있었다. 그는 영진이었다.

춘식이는 뜻하지 않은 사람이 그곳에 서 있는 것을 보고 잠깐 놀랐다. 그러나 영진이의 초라한 의복을 보고 즉시 경멸하는 듯이 냉소했다.

“댁은 누구요?” 하며 춘식이는 자기 앞에 앙연히 버티고 서있는 영진이를 훑어보며 이렇게 말했다.

그러나 영진이는 대답하지 않았다. 단지 그는 사람의 심장이라도 꿰뚫어 볼 만한 날카로운 시선으로 두 사람의 얼굴을 묵묵히 지키

〈그림 4〉 1.8.

고 있었다. 꾸짖는 듯 동정하는 듯한 영진이의 무서운 시선 속에는 무언중 당당한 위엄이 넘쳐흐르고 있었다.

병조와 춘식이는 영진이의 시선을 마주 바라보기가 눈부신 듯이 고개를 돌리며 서로 얼굴을 쳐다보았다. 그들은 알지 못할 이 젊은 사람에게 대해 불안을 느끼기 시작한 모양이었다.

당신네들은 그 좁쌀을 두고 가시오.

얼마 있다가 영진이는 침착한 말씨로 명령하는 듯이 이렇게 말했다.

"나는 이 일에 대해 아무 관계도 없는 사람이오만, 이야기를 들어보니 그 좁쌀이 없어지면 이 젊은 친구는 당장 오늘부터 굶게 되는 것이 아니오? 보아하니 당신네들은 먹을 것이 없어서 빚 받으러 나온 것은 아닌듯하니 며칠만 더 참아주는 것이 피차에 좋지 않소?"

이 말을 듣더니 춘식이는 입술에 비웃정거리는 웃음을 띠며

"흥, 댁도 비싼 밥 먹고 다니면서 꽤 할 일이 없나보구려. 그런 참견은 두었다가 하는 것이 어떻소?"

하며 영진이를 물리치고 나가려고 한다.

그러나 영진이는 물러서기는커녕 도리어 한 걸음 다가선다. 그는 춘식이의 얼굴에 시선을 박은 채 마주 냉소하는 듯이 입을 열었다.

"당신 말대로 비싸고 귀한 밥을 먹었으니까 이런 참견을 하는 것이오. 먹는 것이 비싸고 귀한 것인 줄 모르는 돈 있는 놈이라면 이런 참견을 할 리가 있소."

영진이의 엄연한 태도와 날카로운 시선과 침착한 말씨는 부지중 상대자를 위복[6]시키고 말았다. 주인 외에는 아무것도 무서운 것이 없다던 박춘식이도 이 알지 못할 젊은이 앞에서는 그만 풀이 죽었다. 그의 무서운

시선과 마주치는 것은 마치 전기에 감촉된 것과 같이 저린 생각이 났다.

두 젊은 사람 사이가 점점 험악해지는 것을 보고 서병조는

“춘식이 고만두게. 오늘 안 받으면 못 받겠나. 또 그까짓 좁쌀 두 말이나 가져가면 무엇하나 자 – 고만 건너가세” 하며 눅이는[7] 수작으로 춘식이 팔을 잡아끈다.[8]

04회, 1928.01.08.

“글쎄 대감도 보시다시피 남의 일에도 참견할 경우가 있지, 저 사람이 무슨 관계가 있다고 옳으니 그르니 하고 시비입니까? 네? 원 별꼴을 나중에는 다 보겠군.”

“다 시끄러우이. 그만 참게. 왁자지껄하면 귀찮아……. 그리고 여보게 상호, 오늘은 특별히 용서해주고 가는 것이니 그리 알고 다음 올 적에는 꼭 준비해두게.”

서병조는 춘식이를 데리고 나가며, 마당 한가운데 서 있는 상호에게 위협하는 것과 같이 이렇게 말을 남겨놓았다. 춘식이는 마지못한 듯이 끌려 나갔다. 그러나 싸리문을 돌아설 적에 잠깐 걸음을 멈추며 영진이를 노려보았다. 그는 자기가 생각해도 이렇게 끌려 나가는 것이 지고 쫓겨 나가는 것 같아서 다시금 분한 생각이 난 모양이다.

“흥 어디 두고 보자.”

그는 입안의 말과 같이 이렇게 중얼거리며 가버렸다.

---

6 위복(威服): 권위나 위력에 굴복함. 또는 권위나 위력으로 굴복시킴.

7 분위기나 기세 따위를 부드럽게 하는.

8 원문은 “하며 눅히는 수작으로 춘식이 팔을 잡아끈다.” 부분이 “춘식이 고만두게” 앞에 잘못 배치되어 있어 바로잡음.

두 사람은 병조와 춘식이가 나간 문간을 이윽히 바라보고 있었다.

영진이와 상호는 얼마 후에 서로 얼굴을 바라보았다. 그리고 잠깐 동안 침묵.

영진이 자네를 이렇게 만나보기는 참으로 뜻밖일세.

상호가 먼저 입을 열며 영진이에게 와서 손목을 힘있게 잡았다.

그래도 자네는 나의 얼굴을 잊어버리지 않았네그려. 고마우이.

하며 영진이도 반갑게 마주 손을 잡았다. 또다시 잠깐 동안 침묵 –

"그래 자네는 언제 이곳에를 왔나?"

"어제 저녁에 왔네."

"혼자?"

"응 혼자."

"그런데 누구 집에서 묵었나."

"순이네 아저씨 집에서 잤네."

이야기는 끊어졌다.

상호는 멈칫멈칫하더니

"자네 집안 이야기는 들었나?"

"그것은 나에게 묻지 말아주게. 나는 괴롭네. 그런 이야기는 듣는댔자 좋은 이야기는 못될 것이고 또 안 듣더라도 짐작 못 할 것은 아니니까……."

하며 영진이는 고개를 숙였다. 상호도[9] 동정하는 듯이 고개를 끄덕끄덕하며 입을 다물었다.

"그동안 이 동리도 많이 변했네그려."

얼마 후에 이번에는 영진이가 먼저 입을 열었다.

"자네도 지금 당장에 본 것과 같이 나와 같은 가난한 사람이 많은 이 동리가 어떻게 몰락하지 않고 견디겠나?"

"우리 집안도 이런 모욕을 당하다가 울며 북간도로 떠나간 모양이 눈앞에 역력히 나타나네."

〈그림 5〉 1.9.

"……."

두 사람 사이에는 또다시 말이 막혔다. 오래간만에 만난 친구니 할 말이 많을 듯도 하건만 기실 입을 열려면 할 말이 없었다. 단지 서로 상대자의 얼굴을 묵묵히 바라볼 뿐이었다. 그렇다. 말이 무슨 소용 있는가? 그들의 얼굴이 무엇보다도 웅변으로 마음속을 설명하고 있지 않은가?

"하여간 추운데 방으로 들어가세."

"아니 나는 가야겠네."

"뭐? 가다니? 오래간만에 찾아왔다가 밥 한 끼도 안 먹고 간다는 말인가? 비록 강조밥[10]에 된장찌개 한 그릇뿐이라도 먹고 가야지."

"고마우네. 그러나 나는 당분간 이 동리에 묵고 있게 되었으니 다음날 와서 먹기로 하세. 나는 오늘 좀 바쁜 일이 있네."

"그래도……."

"자 – 그럼 내일 또 만나세."

---

9 연재본에는 없으나 단행본에 추가된 단어임.

10 좁쌀만으로 지은 밥.

하며 영진이는 가려다가 무엇을 생각한 듯이 문득 발을 멈추며

혹시 이 동리에 서당이나 학교 같은 것이 있나?

"그것은 왜?"

05회, 1928.01.09.

"글쎄."

"흥! 서당이 다 무엇이고 학교가 다 무엇인가? 몇 해 전까지는 하나 있었지만 동리가 이 꼴이 되어가는데 그것인들 부지할 수 있겠나. 지금은 아무것도 없네."

"음 –" 하며 영진이는 잠깐 무엇을 생각하더니

"여보게 상호, 내가 당분간 이곳에 묵고 있는 동안이라도 무엇을 하나 해보려고 하는데 자네가 좀 조력해주지 않으려나?"

"자네가 하는 일이라면 팔 걷고 나서지."

"다른 것이 아니라 이 동리에 학교가 없다니 내가 하나 설립해볼 작정일세."

"자네가 학교를……."

"학교래야 무슨 굉장한 것은 아닐세. 누구 집 사랑도 좋고 그거나마 없으면 동리 움 속도 관계없네. 그리고 내가 무슨 보수를 바라고 하는 것이 아니니까 조금도 돈들 걱정은 없네. 낮에는 동리 어린아이들을 모아 글을 가르쳐주고 밤에는 무식한 농부들을 모아 언문이라도 깨우쳐주려 하네. 어떤가?"

"그거 참 좋네. 내가 힘써보지."

"그럼 학생모집과 일반 준비는 자네에게 일임하네. 우리 서로 힘써서 곧 개학하도록 하세."

"걱정말게."

"자 - 그럼 또 만나세. 나는 가네."

"그런데 너무 섭섭한걸."

"원 - 천만에."

영진이는 상호와 작별한 후 문밖으로 나왔다. 그는 집으로 가려고 총총걸음으로 골목 모퉁이를 돌아서다가 문득 걸음을 멈추었다. 그의 눈앞에는 뜻하지 않은 광경이 전개되었다.

얘 순이야, 너 아까 우리 아버지가 나를 때리며 쫓을 적에 왜 웃었니? 응?

하며 순이가 우물에서 물을 떠가지고 일어서려고 할 때 가로막고 서서 트집을 하는 한 사람이 있으니, 그는 서병조의 외아들 윤길이라는 백치였다. 깎지도 않은 머리가 쑥밭과 같이 얽히고 삐쳤으며 입은 옷은 군데군데 찢어지고 더러운 것이, 누가 봐도 부자인 서병조의 아들 같지는 않아 보인다. 그는 백치라는 것보다 차라리 미쳤다고 하는 것이 적당한 말일는지 모른다.

이이가 왜 이래.

하며 순이는 놀라운 듯이 한걸음 물러섰다. 그러나 윤길이는 추근추근하게 다가서며 누런 이빨을 내놓고

"사람을 보고 웃는 법이 어디 있니? 응? 너 만약 또 웃으면 내가 너의

빨간 입술을 할퀴어버릴 테야 이렇게 -"
하며 윤길이는 두 손을 벌리고 무서운 얼굴을 하며 달려든다.

"에구머니."

순이는 그만 겁이 나서 물동이도 버리고 달아나려고 한다.

"하하하하 -" 하며 윤길이는 재미있는 듯이 웃는다.

이때 별안간 등 뒤에서

"이놈아, 그게 무슨 짓이야."
하며 호령 소리가 나니까 윤길이는 깜짝 놀라서 돌아본다. 당장에 자기를 때리기라도 할 듯이 벼르고 서 있는 영진이를 보더니 그만 겁이 난 듯이 도망질한다. 그는 골목 모퉁이를 돌아설 적에 잠깐 걸음을 멈추고 돌아다보며 혓바닥을 쑥 내민다. 영진이가 다시 쫓아가는 흉내를 내니까 그는 그만 달아나 버린다.

아마 놀라셨지요?

영진이는 윤길이가 달아난 골목을 바라보다가 이윽고 순이에게로 시선을 옮기며 이렇게 말하고 웃었다.

순이는 대답이 없이 얼굴이 새빨개졌다.

"그놈이 웬 놈입니까? 미친놈입니까?"

"네."

"이 동리 사람이에요?"

"네."

"그럼 누구예요."

"저……. 저 서대감댁 아드님이야요."

06회, 1928.01.10.

순이는 더욱 얼굴이 빨개지며 고개도 들지 못하고 간신히 대답했다. 어렸을 적에는 동리 안에서 장난꾼으로 이웃 계집들과 싸움 잘하던 영진이가 이제는 이렇게 점잖게 되어 자기 앞에 섰는가 하고 생각하니 꿈 같았다. 순이는 이 사나이가 퍽 무섭고 큰 사람과 같이 생각되었다. 그러나 이 사나이의 말소리를 듣는 것은 어쩐지 달큼한 꿈을 꾸는 것과 같이 그리웠다.

"네 그래요. 알겠습니다."

영진이는 의미 있는 듯이 잠깐 웃으며 다시 한 번 윤길이의 간 골목을 바라보았다.

순이는 어느 사이엔가 자기의 가슴이 몹시 뛰노는 것을 의심했다. 혹시나 저 사람이 자기 심장의 고동 소리를 듣지나 않을까 하고 겁냈다.

"자 – 물동이를 이어 드릴께. 가시지요."
하며 영진이는 옷고름만 접었다 폈다 하고 서 있는 순이를 보며 말했다. 순이는 이 말을 듣더니

"괜찮아요. 제가 일 테야요." 하며 물동이 앞으로 갔다. 그러나 영진이는 벌써 물동이를 들었다.

"자, 이십시오."

"놓으세요. 제가 일 테니……."

"스스러울 것 없으니 어서 와서 받아요."

영진이는 두 손으로 물동이를 번쩍 들어 순이 머리 위에 얹어주었다. 그 순간 그는 목뒤까지 새빨개진 순이의 살결을 언뜻 보았다.

이제는 함께 가시지요.

이리하여 두 사람은 눈 쌓인 지붕에 한낮 기운 태양이 눈부시게 반사하고 있는 마을 안길을 천천히 다정하게 걸어가고 있었다.

×

며칠 지난 뒤이다.

겨울날로는 놀랄 만큼 따뜻한 어느 날 초저녁에 이 동리 안에 있는 어떤 조그만 술집에는 박춘식이가 두 명의 농부와 함께 술을 마시고 있었다.

"자 – 문보 어서 들게."

하며 춘식이는 문보라고 하는 삼십 내외의 우락부락하게 생긴 자에게 술을 권했다. 이자는 춘식이에게 술잔이나 얻어먹는 김에 가장 곱게 보이려고 애쓰는 인물이다.

"아 이건 나리는 안 드시고 저만 권하십니까."

"나는 취했으니 참견 말고 자네가 들게……. 그리고 왁돌아 너도 어서 들어라."

왁돌이라고 하고 '해라'를 받는 이 사람은 얼굴만 봐도 족히 그의 심보를 짐작할 만한 괴물이다. 나이는 스물이 겨우 넘었을 듯한데 넓적한 얼굴에 주먹같이 무세공(無細工)한 들창코가 매달린 것이라든지 작고 우둔한 눈이 이마도 없이 바로 앞머리 밑에 가 뚫려있는 것은 놀랄 만하다. 그는 사양도 없이 막걸리 사발을 들더니 단숨에 보기 좋게 마셔버린다.

여보게 문보, 자네 요사이 이 동리에 들어와서 무슨 학교를 한다고 떠들고 돌아다니는 자를 못 보았나?

얼마 있다가 춘식이는 의미 있는 듯이 이렇게 입을 뗐다.

"알고 말구요. 무슨 영진이라나 하는 사람 말이지요? 저를 보고도 와서 글을 배우라고 합디다마는 일없다고 차버렸지요."

"그래 그 사람 말이야. 그 사람이 무엇하는 사람인지 혹시 알지 못하나?"

"모르겠는데요. 소문을 들으니깐 그전에는 이 동리에서 살던 사람이라고 하더군요."

"음 - 그런데 그자는 지금 어디서 묵고 있나?"

이때 옆에 서 있던 왁돌이가 그것은 제가 잘 안다는 듯이 나서며

"순이네 집에 묵고 있습니다."

"순이네 집에?" 하며 춘식이는 잠깐 놀란다.

문보는 의심스러운 듯이 춘식이를 쳐다보며 마치 길들인 개와 같이

"왜 그러십니까? 무슨 일이 있습니까?"

"아니 별일은 없지만……." 하며 춘식이는 즉시 자기의 경솔한 행동을 후회한 듯이 웃으며 변명했다.

이때 마침 술집 앞 큰길로는 십여 명의 사람이 떠들며 지나간다. 그들은 이번에 영진이와 상호가 창립한 야학교의 신입생들이다. 오늘 저녁부터 첫 수업을 하기 위해 교장(校場)으로 가는 중이었다.

술청에 서 있던 세 사람은 다 같이 길 쪽을 바라보았다. 그들은 비웃는 듯이 서로 얼굴을 쳐다보며 입술을 찡그렸다.

맨 앞에는 옆에다가 책과 종이를 낀 영진이와 상호가 앞서고 뒤에는 고르지 못한 학생들이 어슬렁어슬렁 따라가고 있었다. 대개는 이십 내외의 젊은 농부들이었으나 그중에는 사십이나 된 농부도 두서넛이 섞여 있었다.

07회, 1928.01.11.

여보게 왁돌이, 자네는 글 배우러 가지 않으려나?

하며 일행 뒤에 따라가고 있던 젊은 농부 한 명이 술청에 있는 왁돌이를 보고 말을 건넸다. 왁돌이는 이 말을 듣더니 그 두꺼운 입술에 빈정거리는 웃음을 띠며

얘 이 녀석아 가로 꿰지지 말고 옆으로 늙어라. 글? 절을 배우는 게 어떠냐?

이 말을 듣더니 젊은 농부는 무색한 듯이 눈을 흘기며 입안의 말로 욕을 한다.

세 사람은 참을 수 없는 듯이 크게 웃는다. 사람들이 지나간 후에도 그들은 한참 동안 우두커니 서 있었다. 하더니 춘식이가 다시 술병 앞으로 가까이 가며 술집 주인을 보고

"술 한 순배만 더 내우."

하며 무슨 화풀이나 하는 것같이 소리를 버럭 지른다. 주인은 깜짝 놀라서 급히 술을 따른다.

첫 수업

상호의 주선으로 동리 사람의 빈 사랑을 얻어가지고 야학교는 급기야 첫 수업을 개시하게 되었다.

〈그림 6〉 1.12.

조그마한 남폿불이 우중충한 그림자를 던지고 있는 이 교실 안에서는 벌써 공부가 시작된 모양이다. 손바닥

만 한 칠판이 걸려있는 앞에는 새로 만든 듯한 엉성한 교탁이 놓여있다. 그리고 전면에는 우리의 선량한 학생들이 정숙하게 늘어앉아 있다. 그들은 다 각기 영진이가 수사(手寫)[11]한 반절을 한 장씩 들고 앉아있다.

그중에 어떤 농부는 반절을 거꾸로 들고 열심히 들여다보며 감심한 듯이 연해 고개를 끄덕끄덕한다. 또 한 명의 나이 많은 농부는 벌써부터 두 눈이 거슴츠레해서 꿈뻑꿈뻑 졸고 있다.

영진이는 칠판에다가 ㄱ자를 쓰며

자 - 여러분 이 자는 기역 자이올시다. 속담에 낫 놓고 ㄱ자도 모른다는 말이 있지 않습니까? 그것은 이 자를 가리킴이올시다.

영진이는 이렇게 설명하며 ㄱㄴㄷㄹㅁㅂㅅㅇㅈㅊㅋㅍㅎ의 열넉 자를 써 놓았다. 그리고 그는 발음과 뜻을 설명했다. 그런 후에는 여러 학생과 함께 읽기 시작했다. 굵고 가늘고 높고 낮은 여러 가지 목소리가 마치 불규칙한 교향악과 같이 울려왔다.

"자 - 이제는 그만 읽고 내가 여러분에게 묻겠습니다……. 이 자는 무슨 자입니까……? 당신 대답하십시오."

영진이는 회초리로 ㄱ자를 가리키며 한 사람의 젊은 농부를 지적했다. 이 무서운 당선의 광영을 받은 사람은 유난히도 큰 입을 가졌으나 또한 유난히도 작은 코를 가진 사람이었다. 그는 어쩔 줄 모르는 듯이 주저주저하며 한참 동안이나 입을 쭝긋쭝긋하더니 간신히

낫

11 ① 손으로 직접 베낌. ② 글을 직접 씀.

하고 소리를 질렀다.

일동은 별안간 집이라도 떠나갈 것 같이 웃었다. 이 통에 아까부터 정신없이 졸고 있던 늙은 농부는 무슨 야단이나 난 줄 알고 벌떡 일어선다. 모든 사람들은 또다시 웃는다.

이리하여 첫 수업은 유쾌한 속에 밤 열 시쯤 되어 마쳤다. 학생들과 작별한 후 영진이가 집으로 발을 옮겨 놓았을 때는 이미 은반과 같은 열흘 달이 눈 쌓인 대지를 대낮같이 비취고 있을 때였다.

08회, 1928.01.12.

영진이는 자기가 계획한 일이 뜻밖에 순조로 진행된 것을 기쁜 듯이 휘파람[12]을 불며 천천히 걸어가고 있었다. 그는 달 밝은 밤눈을 밟으며 이렇게 걸어가는 것이 어쩐지 시적(詩的)하게 생각되었다.

그는 집 앞에 다다랐을 적에 갑자기 깜짝 놀라며 걸음을 멈췄다. 싸리문 옆에는 뜻하지 않은 순이가 맑은 달빛을 온몸에 적시며 무엇을 생각하는 듯이 묵묵히 서 있었다. 이런 밤에 이런 곳에서 이렇게 봐서 그런지는 몰라도 하여간 순이의 서 있는 모양이 무엇이라고 형용할 수 없을 만큼 아름답고 가련하게 보였다.

순이 씨 이 밤중에 웬일이십니까?

영진이는 고요히 순이 옆으로 가서 속삭이는 것과 같이 말했다. 순이는 깜짝 놀라며 영진이를 보더니 그만 고개를 숙였다.

---

12 원문은 "쉬파람".

저…… 아버지도 안 계시고 해서 심심하기에…….

하며 순이는 말끝을 흐리마리[13] 해버린다. 영진이를 기다리려고 이곳에 나와 섰던 것을 혹시 사나이가 짐작하지나 않았을까 하고 몹시 가슴이 울렁거렸다.

"아저씨는 어디 가셨어요?"

"아마 술집에 가신 게야요."

"그전에는 약주를 못 잡수시더니 그동안 배우셨나요."

"네 점점 걱정만 생기니까 화가 나셔서……."

순이는 옷고름만 접었다 폈다 하며 발끝을 바라본 채 이렇게 대답했다. 그는 사나이의 말소리를 들을 적마다 그의 얼굴을 쳐다보고 싶다는 무서운 충동을 느꼈으나 차마 그럴 용기는 없었다.

영진이는 순이에게로 조금 다가서며

"오늘은 퍽 포근한데요."

"네 포근해요."

"달도 밝구요."

"네 달도 밝아요."

"순이 씨, 고개를 들어 저기 산성(山城)을 좀 보세요. 허이연 눈이 쌓여있는 성 위에 창백한 달빛이 나려 쪼이는 것을."

순이는 마지 못하는 듯이 고개를 들며 영진이의 얼굴을 잠깐 도적질해보고는 즉시 산성으로 시선을 옮겼다.

"아름답지 않습니까?"

"똑 꿈속에 보는 경치 같아요."

---

13 생각이나 기억, 일 따위가 분명하지 아니한 모양.

〈그림 7〉 1.13.

“여보십시오 순이 씨, 세상이 다 잠드는 이런 밤에 저 달은 무엇을 찾으려고 저렇게 밝게 비치고 있는지 아십니까?”

“나는 그런 것은 몰라요.”

“세상의 수많은 사랑하는 사람들이 숨어서 속삭이는 것을 엿보려고 하는 까닭입니다.”

“…….”

“순이 씨!”

“네?”

“순이 씨의 손이 왜 이리 찹니까?”

“추워서 그런 게야요.”

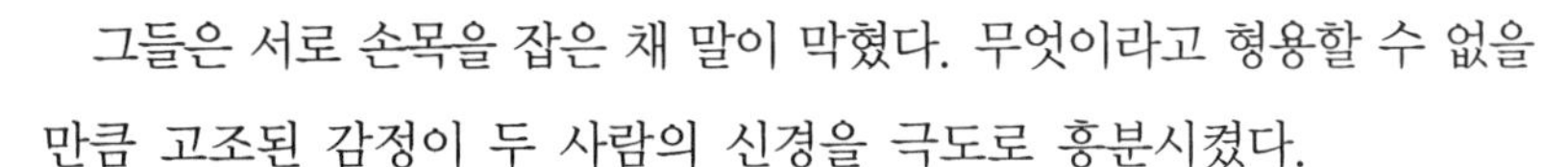

그들은 서로 손목을 잡은 채 말이 막혔다. 무엇이라고 형용할 수 없을 만큼 고조된 감정이 두 사람의 신경을 극도로 흥분시켰다.

그만 들어가시지요. 추우니 –

얼마 있다가 순이가 잡혔던 손을 움츠리며 이렇게 말했다. 영진이는 이 말을 듣더니 웃으며

저는 순이 씨와 이렇게 밤새도록이라도 서 있었으면 행복이겠어요.

순이는 웃으며 고개를 홱 돌린다. 영진이는 싫어하는 순이를 돌려세우며

“그렇지 않아요? 순이 씨.”

“나는 몰라요. 조금 있으면 아버지가 오실 테니까 어서 들어가세요.”

하며 앞서서 달아난다.

영진이는 뒤에 남아서 순이의 가는 모양을 이윽히 바라보더니 빙그레 웃으면서 천천히 따라 들어간다.

09회, 1928.01.13.

이튿날 낮이다.

순이 집 방 안에는 순이 아버지와 춘식이가 마주 대해 앉아있다. 두 사람 사이에는 어찌 된 까닭인지 가슴이 눌릴 것 같이 답답한 분위기가 흐르고 있었다. 춘식이는 양복 주머니에서 비둘기표 담배를 꺼내 한 개 피워 물더니

글쎄 영감도 딱하십니다. 한두 푼도 아닌 남의 돈을 지고 있으면서 그거나마 거절하신다면 대체 어떻게 하실 작정입니까?

하며 조금 위협하는 듯이 목소리를 높였다. 그러나 순이 아버지는 대답이 없이 고개를 숙인 채 앉아있다.

"영감, 그렇게만 되면 영감에게는 몇 가지 이익이나 돌아가는 줄 아십니까? 첫째는 사백 원이나 되는 빚이 없어질 것이고 또 둘째로는 따님은 부족한 것 없이 호강을 할 것이고 그리고 그 통에 영감까지도 다 늙기에 이런 고생하실 것 없이 편안히 계시게 되지 않습니까?"

"다 – 듣기 싫소."

하며 노인은 참을 수 없는 듯이 소리를 버럭 지른다. 이것을 보더니 춘식이는 입술에 사나운 웃음을 띠며

〈그림 8〉 1.14.

"흥, 참 영감님도 딱하십니다……. 정 그렇게 싫으시다면 그럼 남의 돈이나 해주셔야지요."

"누가 안 갚는다우."

"안 갚는다고 시비하는 것이 아닙니다. 지금 당장에 달라는 말이지."

하며 춘식이는 그의 무서운 성질이 폭발되려고 하다가 무엇을 생각했는지 슬쩍 웃으며

"글쎄 영감 좀 생각해 보십시오. 이 동리에서, 아니 이 근처에서 서씨 댁만 한 가문이라든지 재산을 가진 이가 또 어디 있습니까? 무엇이 부족해서 별따기보담 어려운 이런 혼처를 거절합니까? 신랑 될 사람이 좀 부족하다고 생각하시겠지만 그거야 관계있습니까. 천생연분이면 그보담 더한 병신과도 의가 좋을 수 있으니까요."

노인은 가슴에서 참을 수 없는 불길이 뻗쳐오르는 것을 억지로 참고 앉아있었다. 그는 몇 백 원 돈 때문에 귀여운 자기 딸에게 이렇게 더러운 이야기가 돌아오는 것을 생각하면 가슴이 억색[14]했다.

오늘은 그만 건너갔다가 내일 올 테니 잘 생각해 보십시오. 그리고 내일은 양단간 끝을 내주십시오.

춘식이는 벌떡 일어서며 이렇게 말하고 나갔다. 노인은 한참 동안이나 아까 앉았던 그대로 고개를 숙인 채 쭈그리고 있었다. 하더니 별안간 고개를 번쩍 들며 고민하는 듯이

14 억색(臆塞): 억울하거나 원통하여 가슴이 답답함. 또는 그런 느낌.

아하—

×

그날 밤.

달은 어제보다도 더 밝은데 순이와 영진이는 뒷동산 어떤 나무 밑에 나란히 서 있었다. 그들은 다 각기 가슴속에 괴로운 사정을 품고 있는 듯이 묵묵히 달을 쳐다보고 있었다.

주위는 죽은 듯이 고요한데 단지 눈앞에 있는 마을 안에서 가끔 개 짖는 소리가 처량한 반향을 일으킨다. 때때 바람이 지나갈 적마다 마른 나뭇가지가 부석부석하고 흔들리는 처량한 방향을 일으킨다.[15] 그러나 그런 소리가 그친 뒤에는 더한층 단조한 적막이 조수와 같이 쏟아진다.

사랑은 섧다.

영진이와 순이는 어쩐지 울고 싶은 생각이 났다. 아니 그들의 눈에는 벌써 눈물이 맺혔다. 가쟁이만 남은 나뭇가지가 흰 눈 위에 검은 그림자를 얹은 듯이 박아놓은 것이라든지 눈앞에 내려다보이는 달빛을 가득히 안은 마을이 꿈속에서 보는 것과 같이 애상적 기분을 끌어냈다.

10회, 1928.01.14.

15 단행본에는 "부석부석하고 흔들리는 소리가 들린다."

순이 씨. 내가 오늘 동리에서 소문을 들으니까 순이 씨가 서 씨 집으로 시집을 가게 작정되었다니 그것이 정말입니까?

얼마 있다가 영진이는 힘없는 목소리로 이렇게 물었다. 순이는 이 말을 듣더니 깜짝 놀라며

〈그림 9〉 1.15.

“그게 무슨 말씀이에요.”

“그럼 순이 씨는 모르신다는 말씀입니까?”

“네 저는 처음 듣는 소리야요.”

“정말입니까?”

“네.”

“그럼 그런 소문이나 눈치도 모르셨습니까?”

“통 몰랐어요.”

재판관이 죄인을 심문하듯이 정신없이 묻는 영진이의 모양을 순이는 놀란 듯이 바라본다.

“영진 씨는 그런 소문을 어디서 들으셨어요?”

“풍설로 잠깐 들었는데……. 그렇지만 그것은 쓸데없는 소문이겠지요.” 하며 영진이는 자기가 공연한 일에 강짜한 것을 후회하는 듯이 웃으며 안심하려고 했다. 그러나 어찌 된 일인지는 영진이 머릿속에는 한 조각 검은 구름이 가린 채 날아가지 않았다. 불 안 땐 굴뚝에서도 연기가 나오는가? 근거 없는 풍설이 생길 수 없다. 이렇게 생각하니 도리어 의심은 늘어간다.

“순이 씨!”

“네?”

"제가 이곳에 온 후 떠나려고 하면서도 그예 가지 못하고 순이 씨 댁에 묵고 있게 된 원인은 어디 있는 줄 아십니까?"

"……"

"저는 순이 씨의 옆을 잠깐이라도 떠나고 싶지는 않습니다. 아니 떠날 수가 없습니다."

영진이는 탄식하는 듯이 말했다. 그리고는 갑자기 순이의 손을 잡으며

순이 씨 맹세해 주십시오. 영원히 저를 사랑해 주시겠다고…….

순이는 어찌할 줄 모르는 듯이 고개를 잠깐 들어서 사나이를 바라보고는 또 즉시 내리깔았다. 그때 자기 손을 움켜쥔 영진이의 손이 펄떡펄떡 뛰노는 것을 느꼈다.

"순이 씨 말씀하십시오. 나는 불안해 견딜 수 없습니다. 아까 낮에도 그 풍설을 듣고 나는 얼마나 가슴을 두근거렸는지요……. 자 – 순이 씨 말씀해주십시오. 꼭 한마디만……."

"네."

"그럼 저를 사랑하신다는 말씀입니까?"

"네."

"그리고 어떤 방해가 있든지 우리의 사랑은 변하지 않겠습니까?"

"네."

영진이는 정신없이 순이를 껴안았다. 순이는 빼치려고 하지도 않고 단지 얼굴이 새빨개져서 영진이 가슴에 얼굴을 파묻었다.

×

뜻과 같이 안되는 것은 세상일인 듯하다.
영진이와 순이가 서로 굳은 언약을 한 지 불과 닷새가 못 되어 순이는 이미 서병조의 집 민며느리로 끌려와서 갇혀있는 신세가 되고 말았다.

고래등 같은 서병조의 집 뒤채 조그만 외딴방에는 달빛을 가득히 실은 영창을 반만 열고 정신없이 내다보고 있는 한 여자가 있다. 그는 금방 울었는지 은행껍질 같은 두 눈꺼풀이 빨갛게 부었다.

"아아 –"

하며 그는 괴로운 듯이 중얼거린다. 그리고는 다시 고개를 숙이며 하염없이 느껴 운다.

그의 눈앞에는 돌연히 며칠 전의 일이 역력히 떠오른다.

박춘식이가 와서 자기 아버지를 보고 위협했다가 농쳤다가 하며 달래던 모양 –

그날 밤 아버지가 울며 자기에게 간청하다시피 타이르던 모양 –

영진이의 원망하는 듯한 성난 얼굴 –

아아 나는 왜 그때 못 가겠다고 아버지에게 말하지 못했던가?

그는 견딜 수 없는 듯이 몸을 던지며 또다시 느껴 운다.

11회, 1928.01.15.

×

장면은 변하여 야학교 문 앞.

공부를 마친 영진이와 상호는 학생들과 작별의 인사를 한 후 창백한 달빛이 눈 위에 내려쪼이는 쓸쓸한 길을 걸어간다.

영진이는 초조한 모양으로 고개를 숙인 채 묵묵히 앞서간다. 상호는 조금 떨어져서 따라간다.

영진이는 옆에 끼고 가던 책이 떨어지는 것도 알지 못하고 간다. 상호는 이것을 보고

여보게, 책이 떨어졌네.

하며 집어서 눈을 털어준다. 영진이는 신풍스러운[16] 듯이 책을 받아 다시 옆에 낀다.

얼마쯤 오다가 영진이는 걸음을 멈추며

"자네 혼자 먼저 가게."

"자네는 어디 가고?"

"나야 어쨌든지 간에……."

상호는 의아한 듯이 영진이 얼굴을 잠깐 쳐다보더니 앞서간다. 영진이는 그의 가는 모양을 이윽히 바라보다가 옆길로 천천히 걸어간다.

〈그림 10〉 1.16.

불과 며칠 사이에 일어난 이번 사건은 영진이에게 치명적 중상을 주었다. 그렇게도 굳은 언약을 한 순이가 자기에게 한마디 말

16 "신풍스럽다"의 표준어는 '신청부같다'이며, 뜻은 '① 근심 걱정이 너무 많아서 사소한 일을 돌아볼 여유가 없다 ② 사물이 너무 적거나 모자라서 마음에 차지 아니하다.'이다.

도 없이 서병조의 집으로 가기는 참으로 뜻밖이었다. 설사 그의 주위 사정이 허락하지 않았다고 하자. 그러나 자기에게 미안한 말 한마디 없이 순순히 끌려간 순이의 마음속에는 허영을 꿈꾸는 얕은 야심이 숨어있었다고 누가 단언하지 못할 터인가? 그렇다. 만약 순이가 자기를 열렬히 사랑하고 있었다면 이런 중대 사건이 유야무야 중에 지나갈 리 없다.

더러운 계집

하며 영진이는 부르짖는다. 이때 돌연히 비웃는 듯한 순이의 얼굴이 눈앞에 아련히 나타났다.

영진이는 주먹을 쥐고 이를 악물며 환영을 깨쳐버리려고 허공을 친다.

비웃는 듯한 순이의 얼굴이 차차 애원하는 듯, 우는 듯한 표정으로 변한다. 그의 두 눈에는 눈물이 맺혔다.

영진이는 환영을 바라본 채 들었던 주먹을 힘없이 내린다. 그리고는 다시 고개를 숙이며

순이야 가든 말든 내가 순이를 사랑하고 있는 것만은 변하지 않은 사실이다.

영진이는 어느 사이엔가 벌써 물방앗간 앞까지 걸어왔다. 허연 눈이 덮여있는 물방아는 얼어붙은 채 쇠뿔 같은 고드름이 마치 석유동(石乳洞)[17]같이 달려있다. 그 위에 맑은 달빛이 반사되어 번쩍번쩍하고 빛나

17 종유동(鐘乳洞).

는 것은 한 폭의 아름다운 그림과 같이 무엇이라고 형용할 수 없는 구슬픈 정조를 자아내고 있다.

그는 이 앞까지 오더니 그만 지친 듯이 눈 위에 펄썩 주저앉는다. 그리고 답답한 자기의 가슴 속을 하소연하는 듯이 맥맥히 달을 쳐다본다.

"나의 텅 빈 가슴속에 남아있는 것은 실망과 후회뿐이다. 십여 년 만에 고향이라고 찾아왔더니 옛집은 쓸쓸한 폐허가 되고 부모와 누이동생은 정처 없는 길을 떠나 생사를 모른다. 그나마 나에게는 사랑까지 달아나고 말았다. 아아 나는 참으로 괴롭다. 이 괴로움을 어떻게 이겨야 할는지 나는 갈피를 잡을 수 없다"

영진이는 이렇게 중얼거리며 견딜 수 없는 듯이 몸을 흔든다.

이때 돌연히 등 뒤에 있는 물방아가 돌아가며 물이 쏟아진다. 그와 동시에 냉소하는 듯, 놀리는 듯한 윤길이의 얼굴이 나타난다. 그러더니 윤길이가 사라지며 이번에는 머리를 풀어헤치고 유혈이 낭자한 순이가 나타난다. 그는 영진이에게 구조를 청하는 듯이 두 손을 벌리며 가까이 온다.

오오 순이 씨

영진이는 이것을 보더니 두 팔을 벌리며 마주 안으려고 한다.

그 순간 순이의 환영은 사라졌다. 돌아가던 물방아도 그전대로 얼어붙은 채 있다.

아아 —

하며 영진이는 허공을 안은 채 눈 위에 쓰러진다.

12회, 1928.01.16.

×

장면은 또다시 변하여 순이의 방.

그는 그만 기진한 듯이 방바닥 위에 쓰러진 채 정신을 잃었는지 잠이 들었는지 꼼짝도 안 한다.

달도 이미 서쪽으로 기울기 시작했다. 아랫마을에서는 벌써 첫닭 우는 소리가 요란스럽게 들려온다.

돌연히 이때 창밖에서 자박자박 하고 들리는 사람의 발자취 소리. 그리고 뒤미쳐 부스스하고 고요히 열리는 미닫이.

"아!" 하며 순이는 깜짝 놀라 고개를 들었다.

그곳에는 더러운 욕심에 번뜩이는 두 눈으로 순이를 노려보고 서 있는 한 사람의 장정이 있었다. 그는 박춘식이었다.

"아아 당신이……."

순이는 너무도 무서움에 손으로 입을 가리며 또다시 이렇게 부르짖었다. 어떤 종류의 여자든지 수상한 사나이에게 하는 본능방위(本能防衛)로 몸을 움츠린 채 저항할 준비를 하고 있었다.

"쉬 – 떠들면 큰일 난다."

춘식이는 재빠르게 방 안을 획 둘러보더니 손가락으로 입을 막으며 위협하는 듯이 주의를 시켰다.

순이는 너무도 두려움에 소리를 지를 용기도 없었다. 그의 전신에 퍼져있는 신경은 일시에 전기에 감촉된 것 같이 심한 전율을 느꼈다. 입술과 손가락이 걷잡을 사이 없이 푸들푸들 떨리기 시작했다.

〈그림 11〉 1.17.

춘식이는 주린 맹수와 같은 두 눈으로 순이 얼굴을 주시하며 두어 걸음 다가섰다. 순이도 이와 정비례하여 두어 걸음 물러났다. 그는 마치 독수리에게 채인 참새와 같이 필사의 노력으로 이를 벗어나려고 애쓰는 모양이었다.

춘식이는 또다시 두어 걸음 다가섰다. 그러나 이번에는 순이는 더 물러설 데가 없었다.

> 나가요!

순이는 최후의 힘을 다해 소리를 질렀다.

허나 춘식이는 나가기는커녕 도리어 한 걸음 다가서며 입술에 더러운 미소를 띠고

> 이애 순이야, 이맘때 찾아온 손님이면 다 알조이지 그렇게 매정스럽게 나가랄 게 무어냐? 응? 너도 윤길이 같은 바보 녀석하고 일생을 지내야 할 것을 생각하면 기막히겠지만 등 뒤에는 내가 이렇게 너를 사랑해서 찾아와주는데 무슨 걱정이냐?

그는 이런 소리를 하며 순이의 손목을 잡아끌었다. 순이는 손목을 빼치려고 있는 힘을 다해 저항했으나 그것은 아무 소용도 없었다. 도리어 어느 사이엔가 춘식이의 구렁이 같은 한편 팔이 순이의 허리를 감고 있는 것을 깨달았다.

사람 살리우 –

순이는 비명을 질렀다. 그러나 그 소리는 떨려서 마치 목구멍 속에서 잡아당기는 것같이 오므라져 들어갔다.

춘식이는 순이가 소리 지르는 것을 보고 잠깐 놀란 듯이 손을 놓으며 바깥의 동정을 엿들었다. 하더니 입술에 협박하는 듯, 달래는 듯한 웃음을 띠며

"네가 소리 지른다고 무서워할 나인 줄 아니? 흥! 얘 순이야, 그러지 말고 내 말을 잘 들어라. 그럴 것 같으면 네게도 해로울 것은 없다."

춘식이는 다시 달려들려고 했다.

바로 이때다.

별안간 마당에서 사람의 발자취 소리가 들려왔다.

춘식이는 달려들려는 것을 흠칫하고 멈추며 귀를 기울였다. 그것은 틀림없는 사람의 발자취 소리였다.

그는 날쌔게 방문을 열고 내달았다. 마당에 내려서자마자 다른 것은 볼 겨를도 없이 몸을 날려 담을 훌쩍 넘어가 버렸다.

이 순간 마당에서는 뎅그렁하고 놋그릇 떨어지는 소리와 함께 "에구머니" 하며 계집의 놀란 목소리가 들렸다.

순이는 여전히 방에 엎드린 채 느껴 울고 있었다.

13회, 1928.01.17.

"글쎄 하루바삐 대례를 지내기는 지내야겠는데 – 모든 것이 창피해서……."

"지금 와서 그런 생각이나 하면 무얼 하우. 내 자식 못생긴 생각도

좀 해야지, 남의 자식 충원만 하면 무슨 소용이 있소."

"마누라 이것 좀 보우. 요전 날 내가 순이 방에를 무슨 일이 있어서 들르려니까 마침 윤길이가 창구멍으로 순이를 들여다보고 있습니다그려. 그래서 소리를 질러 쫓았더니 이 녀석이 순이 보는 앞에서 나에게다 흙질을 하는 둥 욕설을 하는 둥 하며 갖은 못난 짓을 다 하는구려. 아무리 미친 녀석이기로 순이 보는 앞에 어찌 면구스러운지 얼굴에서 쥐가 오릅디다."

"글쎄 그런 이야기는 해서 무엇하우. 그야 피차일반이지. 내 자식이 성했으면 그런 것들한테 자진해서 청혼할 필요도 없고 또 저희가 쌍것이 아니고 빚진 것이 없으면 딸을 주었겠소."

"하기는 그렇기도 하지만 어쩐지 남의 자식에게 적악[18]을 하는 것 같아서……."

"원 – 나중에는 별소리를 다 하고 앉았구려."

바람 한 점 들어올 곳 없이 산수 병풍을 둘러치고 비단 보료 위에 재떨이 타구가 놓여있는 서병조의 집 안방에서는 주인 대감 내외가 마주 앉아서 늦도록 이런 이야기를 하고 있었다. 주인 서병조의 부인이 되는 이 마나님은 나이는 오십이 가까웠건만 아직도 얼굴에는 주름살 하나 없이 피둥피둥하다. 그는 본래 경상도 기생으로 서병조의 첩으로 있다가 본마누라가 죽은 후에 뒤를 이어 승진한 인물이었다. 아직껏 경상도 사투리를 쓰며 가끔가다가 긴 담뱃대로 놋재떨이를 요란스럽게 두드리는 것이 다시없는 위엄을 보이는 것이라고 믿고 있었다.

"하여간 이달 안으로 택일해서 어서 치러버려야지. 밤낮 쪽쪽 울고 있는 꼴을 누가 본단 말이오."

---

18 적악(積惡): 남에게 악한 짓을 많이 함.

하며 마누라는 또 말을 꺼냈다.

이때 별안간 대청이 콩콩콩콩 하고 울리더니 방문이 열리며 계집 하인 한 명이 숨을 헐떡거리고 들어섰다. 나이는 스물 서넛쯤 되어 보이는데 밀기름 머리에 횟됫박[19] 쓴 얼굴을 보니 아무리 해도 서방 외에 다른 사내에게도 곱게 보였으면 하고 있는 여자 같았다.

"대감마님 큰일 났습니다. 제가 밤참으로 떡을 가지고 뒤채 새아씨네 방에를 갔더니 웬 사내가 그 방에서 나오겠지요."

그들은 다 같이 깜짝 놀랐다.

"그래 어떤 녀석이 그 방에 있었더란 말이냐? 얼굴은 똑똑히 보아두었니?"

하며 마나님은 금방 무슨 거조[20]라도 낼 것 같이 서슬이 퍼렇게 되었다. 계집 하인은 겨우 숨을 돌려 가지고

제가 막 마당에를 들어서려니까 벌써 웬 사내가 담을 훌쩍 넘어가겠지요. 그래 저는 너무도 무서워 떡 그릇도 내버린 채 뛰어 들어온 길이랍니다.

"그럼 어떤 녀석이 그 방에 있었는지 그 녀석의 얼굴은 못 보았단 말이냐?"

이번에는 서병조가 갑갑한 듯이 독촉을 했다.

"어디 정신 차려 볼 틈이 있어야지요. 어찌도 깜짝 놀랐는지……."

계집 하인은 이렇게 말하며 한 손으로 가슴을 누르고 수선스럽게 숨을 몰아쉬었다.

주인 내외는 잠깐 말이 없이 서로 쳐다보았다. 이 동리 안에 사는 사

---

19 횟됫박(灰박): 석회를 되거나 담는 데에 쓰는 됫박.

20 거조(擧措): ① 어떤 일을 꾸미거나 처리하기 위한 조치. ② 큰일을 저지름.

〈그림 12〉 1.18.

람치고 대담스럽게 자기 집 후원을 넘어 들어와 이런 짓을 할 자는 아무리 생각해도 없을 것 같았다. '누구일까?' 하고 그럴듯한 혐의자를 연상하려고 애썼으나 소용없었다.

"흥 쌍것의 피는 하는 수 없군."

얼마 있다가 마나님은 재떨이에 담뱃대를 요란스럽게 털며 경멸하는 듯이 입술을 찡그렸다. 그는 자기도 본래 미천한 기생의 몸이었으면서도 남을 보고 툭하면 '쌍것'이라고 경멸하는 것이 또 없는 위신을 보이는 것이라고 생각하는 듯했다.

"며칠 전부터 순이 집에 웬 젊은 녀석 하나가 묵으면서 무슨 학교를 한다고 떠들고 다닌다더니 혹시 그 녀석이 아니더냐?"

서병조는 무엇을 생각한 듯이 갑자기 계집 하인을 쳐다보며 이렇게 물었다.

"글쎄 자세히 보지는 못했지만……."

14회,[21] 1928.01.18.

"그래도 어림짐작으로 말이다."

"키가 후리후리한 것이라든지 한 것을 볼 것 같으면 아마 그 사람인지도 모르겠어요."

계집 하인은 자세히 보지도 못한 것을 자꾸 힐문하는 통에 터무니없는 대답을 했다. 그리고는 무슨 야단이나 내리지 않을까 하고 대감의

21 원문엔 "13"으로 되어 있으나 오식이다.

얼굴을 도적질해보았다.

“저런 변괴가 있나. 집안이 망하려니까 별것이 다 들어와서 물을 흐려 놓는군.”

하며 마나님은 옆에서 연해 역정을 냈다가 탄식을 했다가 하며 한숨을 쉰다.

병조는 기막힌 듯이 한참 동안이나 묵묵히 앉아있더니

흥 그런 소린 해서 무얼 하우. 모두가 내 자식 잘못 둔 탓이지……. 하여간 그대로 두었다가는 무슨 야단이 날는지 모르니까 모래로 택일해서 얼른 성혼해 버립시다.

하며 다시 계집 하인을 향해 다짐을 두었다.

“너도 그런 소리는 당초에 입 밖에 내지 마라.”

×

혼인 전날 밤

낮에는 그렇게 북적거리고 수선스럽던 집안도 밤이 깊어감을 따라 어느 사이엔가 차차 조용해지기 시작했다.

〈그림 13〉 1.19.

순이는 쓸쓸한 방 안에서 홀로 경대를 앞에 놓고 자기의 얼굴을 힘없이 들여다보고 있었다. 눈썹을 그리고 살쩍[22]을 다스린 자기의 얼굴이 유난히도 해쓱하고 여위게 보였다.

22 관자놀이와 귀 사이에 난 머리털.

사실 요사이 며칠 동안에 순이의 얼굴은 누가 봐도 놀랄 만큼 변했다. 입술은 터져서 헤어지고 눈언저리에는 푸르죽죽한 멍이 들었다. 도톰하던 두 볼의 살이 푹 꺼져서 광대뼈가 튀어나온 위에 살결조차 처녀의 윤택을 잃은 것이 마치 중병 앓고 일어난 사람 같다.

내일은 혼인날이다. 나의 일생의 행복과 불행을 결정하는 마지막 날이다.

순이는 혼잣말같이 중얼거렸다.

그는 모든 정신을 기울여서 자기의 참되고 행복스러운 길을 개척해보려고 애써보았다. 이 무서운 괴로움, 이 더러운 모욕에서 벗어나 보려고 발버둥 쳐 보았다. 그러나 역시 순이는 약한 여자였다. 그는 용감하게 자기 앞에 펼쳐있는 장애를 걷어차고 돌진할만한 자신이 적었다. 그는 이렇게도 유화부단(柔和不斷)한 자기 자신에 대해 참을 수 없는 염증을 느꼈으나 그것도 역시 약한 여자의 한낱 설움에 지나지 못했다.

그리하여 그는 단지 괴로워하며 탄식하며 울었다.

그러나 순이에게는 오직 한 가지 굳센 안심이 있었다. 그것은 '내가 죽어버리기만 하면 능히 이 괴로움을 이길 수 있다' 하는 굳은 신조다. 그렇다. 죽은 후에 무슨 괴로움이 남아있는 것일까? 그곳에는 단지 아무것도 없이 텅 빈 공허가 있을 따름이다.

죽음은 강하다.

순이는 소리 지르고 싶었다. 허나 그는 역시 소리 지르지 못했다. 그는 괴로워하며 괴로워하다가 나중에는 절망한 듯이 '에이 죽어버리면 그만이지.' 하며 모든 것을 결정한 것 같이 스스로 안심한다. 그러나 '자-

죽자.' 하는 생각이 나면 그곳에는 무서워서 숨어 떨고 있는 또 한 개의 순이를 그는 발견할 수 있었다.

순이는 묵묵히 체경을 들여다본 채 이런 생각을 머릿속에 그리고 있었다. 이때 돌연히 체경 속에 비치던 자기의 얼굴이 변해 영진이의 얼굴이 되었다. 그는 낯에 노기를 띠고

"에익, 이 더러운 계집아, 그래도 너는 나를 사랑한다고. 죽어라. 참으로 나를 사랑할 것 같으면 오늘 밤 안으로 훌륭히 죽어버려라."

하며 꾸짖는 듯했다.

순이는 그만 체경 앞에 엎드러졌다.

15회, 1928.01.19.

그는 기절했는지 얼마 동안 엎드린 채 잠잠하더니 겨우 고개를 들었다. 그의 눈물 어린 두 눈에는 움직일 수 없는 결심의 빛이 떠돌고 있었다.

네. 나는 죽을 테야요. 죽을 테야요.

순이는 벌떡 일어섰다.

그는 영창을 열고 잠깐 바깥의 동정을 엿들었다. 어스름한 달그림자가 마당에는 희미하게 비치고 있는데 사람들은 다 잠든 듯이 고요하다. 그는 이것을 보더니 조금도 주저하지 않고 마당에 내려섰다. 그리고 그는 또 한 번 사방을 휘휘 둘러본 후 재빠른 걸음으로 뒤곁을 돌아 뒷문을 열고 행길로 나섰다.

〈그림 14〉 1.20.

지금 순이의 머릿속에는 '죽는다' 하는 생각 외에는 아무것도 없었다. 어찌하여 자기가 갑작하게도 이렇게 대담한 결심을 했는지 그것은 순이 자신도 설명할 수 없었다. 오직 그는 낯익은 발씨로 동구를 벗어난 후 눈 쌓인 산길을 더듬어 산성으로 향했다.

바람은 살을 에는 듯하여 추위는 맹렬한데 그나마 눈까지 깊다. 산성 위에 걸린 조각달이 희미하게 지름길을 비취고 있는 것을 의지하여 그는 단지 앞으로, 앞으로 나갔다. 괴롭다, 섧다, 춥다, 덥다 하며 느끼던 모든 인간의 감각을 그는 초월하여 다만 비장한 죽음의 길을 걷고 있는 순교자와 같이 생각되었다. 그렇다. 죽음을 앞에 둔 인생은 언제든지 위대하고 신성하다.

희미한 달빛 아래 커다란 그림자를 던지고 있는 쓸쓸한 고성(古城)의 폐허. 그 위에는 눈이 덮여 더한층 황량한 기분을 자아내는데 인적은 끊어져서 사면은 죽은 것과 같이 괴괴하다.

순이는 이곳에 다다르자 걸음을 멈추며 잠깐 동안 서서 숨을 돌렸다. 봄철이 되면 나물 캐러 돌아다니다가 쉴 참에 앉아서 피리 불던 곳이 이제는 그의 죽음을 유혹하고 있는 무서운 곳이 될 줄 뜻하지 못했던 것이다.

그는 성 옆으로 가까이 가서 아래를 내려다보았다. 두어 길이 넘는 성 밑에는 또다시 험악한 절벽이 밑 없는 골짜기와 같이 아득하게도 떨어져 있다. 그는 이것을 내려다보고 있으니까 어쩐지 두 눈이 아물아물해지며 현기가 나는 것을 느꼈다. 그는 즉시 돌아서 두어 걸음 물러섰다.

지둥 치듯 부는 바람은 눈보라를 몰아다가 순이의 홑치마를 바람개비 같이 펄덕펄덕 날렸다. 머리털은 흩어져서 앞이마를 덮고 소매 속으로는 칼날 같은 바람이 스며들어 오건만 그는 추운 줄도 모르고 여전히 선 채 무엇을 골똘히 생각하고 있었다. 아무리 해도 그의 머릿속에서는 다시금 삶[23]에 대한 미련이 싹트기 시작한 모양 같았다. '죽어서 잊어버리자.' 하는 생각과 '살아서 싸워보자.' 하는 생각이 서로 다투고 있는 것을 순이는 분명히 바라볼 수 있었다.

"지금 와서 나는 또 무슨 생각을 하나?"

하며 순이는 자기 자신의 비겁하고 어리석은 것을 조롱하는 듯이 고개를 흔들며 분연히 성 앞으로 왔다. 허나 그는 또 중얼거렸다.

나는 영진 씨를 사랑한다. 내가 한때의 결심으로 이렇게 죽어버린댔자 영진 씨와 나에게 그 무슨 행복이 돌아올 것인가?

이것은 순이의 죽으려는 결심을 방해하고 있는 한 가지 조건이고 구실이었다. 그는 생각했다. 자기가 이렇게도 괴로워하다가 알지 못하게 죽어버린다면 누가 자기의 죽음을 동정하며 서러워해 줄까? 모든 사람들은, 아버지나 영진이까지도, 얼마만 지나면 자기의 서러운 죽음을 그들의 기억으로부터 잃어버릴 것이다. 마치 고약한 꿈이나 꾸고 깬 사람같이……. 이런 생각을 하면 순이는 견딜 수 없었다. 그는 성에 가 의지한 채 또다시 느껴 울었다.

달은 점차로 기울기 시작했다. 군데군데 무너지고 사개[24]가 어그러진

23 원문은 "죽음"이나, 단행본에는 "삶"으로 수정되어 있고 문맥상으로도 "삶"이 적당하다.

24 ① 모서리에서 여러 갈래의 장부를 깍지 끼듯이 맞추려고 가공한 것. ② 사방의 보나 도리가 기둥 위에서 맞춰지도록 기둥머리를 네 갈래로 파낸 것.

옛 성터는 창백한 월광을 받아 마치 꿈속에 보는 기괴한 환영과 같이 무서운 광경을 점출[25]하고 있다. 그러나 이것은 순이에게 도리어 죽음을 꼬이고 있는 유혹의 대상이 되었다.

순이는 별안간 성 앞으로 다가섰다. 그는 몸을 날려 성을 뛰어넘으려는 듯이 상반신을 걸쳐놓았다.

16회, 1928.01.20.

그러나 그와 거의 동시에 순이의 팔뚝을 움켜쥐는 한 개의 손이 있었다.

"앗……."

순이는 너무도 놀라움에 이렇게 소리 지르며 고개를 돌렸다. 이 순간 순이는 또 한 번 다시 기절할 것 같이 놀랐다.

그곳에는 뜻하지 않은 영진이가 서 있었다.

아아 당신이

순이는 지금 자기가 꿈을 꾸고 있지 않은가 하고 의심했다. 그렇지 않으면 자기는 벌써 죽어서 유명(幽冥) 간에 영진이를 만난 것이 아닌가 했다. 그는 눈을 비볐다. 고개를 흔들었다.

순이 씨 나는 영진이입니다.

25 원문은 "뎜출".

그것은 틀림없이 따뜻한 피가 돌고 있는 사람의 목소리였다. 더구나 한때도 잊지 못하던, 사랑하는 사람의 목소리였다.

아아 영진 씨

순이는 그만 영진이 가슴에 몸을 던지듯이 안겨버렸다.

두 사람은 한참 동안이나 서로 껴안은 채 묵묵히 서 있었다. 오랫동안 두고서 그리우며 그리우던 사랑하는 사람을 이렇게도 아슬아슬한 순간에 만나 서로 껴안고 있나 하고 생각하니 모든 것이 거짓말 같았다.

〈그림 15〉 1.21.

얼마 있다가 영진이는 고개를 들어 순이를 내려다보며

"나는 순이 씨의 마음속을 다 짐작하고 있습니다. 나는 순이 씨에게 무엇이라고 감사한 말씀을 드려야 할는지 알 수 없습니다."

그는 감격한 듯이 이렇게 말하며 다시금 순이를 꼭 껴안았다.

"그런데 영진 씨 이렇게 깊은 밤에 어떻게 이곳에를 나오셨댔어요?"

"그것은 나 자신이 아닌 다음에야 아무도 알지 못하겠지요. 혹시 순이 씨는 짐작해 주실는지 몰라도……. 나는 순이 씨가 떠난 후 한 때도 순이 씨의 생각을 잊어버릴 수는 없었습니다. 밤이면 밤마다 동리로, 산으로 헤매며 지나간 날의 그리운 꿈을 쫓아다니고 있었습니다……. 오늘 밤에도 역시 나는 동리 안을 헤매고 있었습니다. 그러다가 순이 씨의 모양을 발견하기는 동구에서입니다. 그러나 나는 그때 그 여자가 순이 씨인 줄은 꿈에도 생각하지 못했습니다. 허나 결국 이곳까지 따라와서 모든 것을 자세히 미루어보니 그 여자는 순이 씨였습니다. 참으로 두려운 순간이었습니다. 만약 내가 한발만 늦었든지 그렇지 않으면 순이 씨가 한 걸음만 일렀더면 우리에게는 다시 회복할 수 없는 영원한 불행이 왔을 것입니다. 그러나 이제는 모든 것이 뜻대로 되었습니다. 순이 씨 나를 쳐다보세요. 그렇게 울기만 하지 마시고……."

순이는 눈물 어린 눈에 웃음 띠고 영진이를 쳐다보았다. 그리고

"나는, 나는 퍽 기뻐요. 이렇게 영진 씨 가슴에 안겨있는 것이 아무리 생각해도 생시 같지는 않아요."

영진이는 웃었다.

"순이 씨, 순이 씨가 죽으려고 결심한 것만은 참으로 용감하고 굳센 행동입니다. 그러나 그만한 용기와 굳센 마음을 가지고 어찌하여 살아서 끝까지 싸워보겠다는 생각을 못 하셨는지 의문입니다. 죽음이 우리에게 무슨 소용이 있습니까? 그것은 약한 자의 무기입니다. 어리석은 자의 방패입니다. 우리는 살아서 최후의 한때까지 그놈들과 싸우는 것이 살고 있는 본의가 아닙니까?"

"네 잘 알아들었습니다. 그러나 저는 견딜 수가 없었어요. 있는 놈들의 횡포가 그다지도 심할 줄은 뜻하지 못했어요."

이곳에서 순이는 잠깐 말을 끊고 고개를 숙이더니 또 말을 계속했다.

"돈에 팔린 몸이 되어 그곳에 가서 갇혀있는 것만도 억울한데 그 위에 별것들이 다 저를 장난감[26]이나 생긴 것 같이 욕뵈려고 해요."

"무엇요? 어떤 놈이……."

하며 영진이는 놀랐다.

---

26 원문은 "작란가음".

서가집 차인[27] 놈이 저를 위협하며 욕뵈려고 한 일이 있어요.

이 말을 듣더니 영진이의 얼굴은 무섭게 변했다. 그는 스스로 자기 마음을 안정시키려고 최대의 노력을 하지 않으면 안될 형편이었다.

그는 얼마 동안 있다가 침통한 말씨로

"순이 씨, 그런 일을 지금 다시 새삼스럽게 생각하면 무엇합니까. 단지 우리는 약하고 없는 사람으로서의 정당한 길을 용감하게 걸어 나가면 그만이 아닙니까. 승리는 약한 사람에게 돌아옵니다. 우리의 앞에는 행복과 광명이 기다리고 있을 것입니다."

눈 아래 내려다보이는 마을에서는 벌써 새벽닭 소리가 요란스럽게 들려온다. 동편 하늘이 점점 희멀끔해 간다.

17회, 1928.01.21.

자 — 순이 씨, 추우니 그만 집으로 내려갑시다.

하며 영진이는 순이의 손을 끌었다. 그러나 순이는 발을 버티며

"어느 집으로 가요?"

"순이 씨 댁으로 가지요."

"저는……."

하며 순이는 고개를 숙이고 무엇을 생각하는 듯하더니

"저는 이대로 영진 씨와 어디로든지 가버렸으면 좋겠어요."

27 차인(差人). ① 남의 장사하는 일에 시중드는 사람. ② 임시 심부름꾼으로 부리는 사람.

"왜요?"

"집에 내려가서 차마 아버지의 얼굴을 뵐 용기가 없어요."

"걱정 마십시오. 아버지는 순이 씨를 반갑게 맞아주실 것입니다. 나는 어제저녁에 아버지에게 모든 것을 고백해 버렸습니다. 순이 씨와 내가 서로 사랑하고 있었다는 것을. 아버지는 그 말을 들으시고 퍽 동정해 주셨습니다. 지금 우리가 내려간다면 아버지는 순이 씨를 기쁘게 안아주시겠지요. 그것은 아버지와 딸 사이의 정의보다도 다 같이 짓밟힌 약한 사람으로서의……. 자 - 어서 내려갑시다."

순이는 영진이에게 끌려 천천히 내려간다.

×

순이집 안방.

창밖은 벌써 훤해 오는데 방 안에는 아직도 등잔불이 깜박깜박 졸고 있다. 도배도 못 한 토벽에는 허-연 성애가 슬었다. 윗목에는 짚신틀, 새끼 꼬던 것, 지푸라기가 수선스럽게 흩어져있다.

〈그림 16〉 1.22.

영진이와 순이가 쭈그리고 앉아있는 앞에는 순이 아버지가 기막힌 듯이 담배를 피우며 묵묵히 앉아있다. 순이는 그저 울고 있는지 가끔 느끼는 소리가 고요한 방 안의 공기를 흔든다.

과연 너희들이 그다지도 사랑하고 있을 줄은 알지 못했다. 그리고 그놈들이 나의 딸에게 그런 모욕을[28] 전연히 알지 못했다. 모든 것은 나의 잘못이다.

노인은 사과하는 듯이 고개를 숙이며 이렇게 입을 열었다.

이집 저집에서 닭 우는 소리는 더한층 세차게 들려왔다. 새벽이 가까워 온 것이다.

세 사람은 솥발[29]과 같이 여전히 앉아있었다. 무엇이라도 금방 폭발될 듯이 답답한 분위기가 가슴을 내리누르는 것 같았다.

돌연히 노인이 벌떡 일어섰다. 그의 얼굴은 흥분되었고 두 눈에는 핏줄이 섰다. 그는 미친 사람과 같이 두 주먹을 천정으로 향하며 떨리는 목소리로 부르짖었다.

가져가거라. 집도, 세간도, 곡식도. 모든 것을 다 가져가거라. 귀찮다. 나는 너희에게 모든 것을 다 — 줄 테다. 그래도 너희는 부족하다고 말할 테냐.

노인은 말을 마치더니 두 손으로 머리를 싸며 주저앉았다.

영진이와 순이는 깜짝 놀라며 노인의 곁으로 왔다.

"아버지 웬일이세요? 네?"

하며 순이는 노인을 흔들었다. 노인은 대답이 없이 여전히 쭈그리고 앉아있었다.

영진이도 어찌 된 영문인지 몰라서 노인의 어깨를 흔들며 말했다.

"정신을 차리세요."

이때 노인은 별안간 고개를 번쩍 들었다. 그의 얼굴에는 무서운 결심의 빛이 떠돌고 있었다. 두 사람은 부지중 주춤했다.

너희들은 어서 길 떠날 준비를 해라.

---

28 단행본에는 "그런 모욕을 줄 줄도"라고 되어 있다.

29 옛날 솥 밑에 달린 세 개의 발. 셋이 사이좋게 나란히 있는 모양을 비유할 때 쓴다.

노인은 명령하는 듯이 엄연히 말했다.

영진이와 순이는 다시 한 번 놀랐다. 그들은 노인의 정신을 의심했다.

"길 떠날 준비를요?"

"그래, 어서어서. 나는 한때라도 이런 더러운 곳에 지체하고 싶지는 않다. 가다가 가다가 굶어서 지쳐 죽는 한이 있더라도 이곳에 있고 싶지는 않다. 자 - 어서 준비해라."

영진이와 순이는 서로 얼굴을 쳐다보고 고개를 끄덕끄덕했다. 그들은 불쌍한 노인의 울분한 마음속을 비로소 짐작했다.

18회, 1928.01.22.

혼인날 아침에 신부를 잃어버린 신랑 집에서는 일대 소동이 일어났다.

수십 명 집안 식구가 총출동이 되어 왔다 갔다 하며 야단들이다. 아무리 집이 크고 넓다 하더라도 사람 하나 숨은 것을 못 찾아낼 리는 없다. 그들은 헛수고만 하고 싱거운 듯이 이 구석 저 구석에 몰려서서 수군수군 공론들을 하고 있다.

"아무리 생각해도 나는 죽은 것 같아. 동리 안에 있는 우물이나 그렇지 않으면 뒷동산이나 뒤져보지. 송장이라도 찾아오게."

"내 생각 같아서는 도망간 것 같은데. 어제저녁에도 그 젊은 녀석이 이 근처를 빙빙 돌고 있더라더니 아마 그 녀석하고 승야도주[30]했는지도 알 수 없는 게야."

30 승야도주(乘夜逃走): 밤중을 틈타서 도망함.

“나도 어제저녁에 그 녀석이 동리 안에서 돌아다니는 것을 보았는데.”

“하여간 모든 것이 변괴야. 양반 댁에 가문이 떨어질 징조이지.”

“요전 날 밤에도 그 젊은 녀석이 새아씨 방에를 들어왔다가 들킨 일이 있다더니…….”

“쉬 - 그런 소린 두었다 하게. 큰일 나려고.”

하며 나이 많은 농부 한 명이 손을 내저으며 주의시켰다.

대령 위에는 주인 대감 내외가 나서서 분부를 내린다, 호령을 한다, 탄식을 한다 하며 뒤끓는다.

이 수라장이 된 집안에서 아까부터 놀란 눈으로 묵묵히 서 있는 사람은 박춘식 한 사람이었다. 그는 이 소동이 일어난 최초에 가장 먼저 놀란 사람이었다. 그것은 그의 가슴속에 별다른 야심이 숨어있었던 까닭이었다.

그다음으로 놀라고 의아하게 생각한 사람은 백치 윤길이었다. 그는 모든 것이 어찌 된 셈인지 당초에 알 수 없었다. 오늘이 자기의 혼인날이든지 신부가 없어졌든지 그것은 문제 될 것이 없고, 단지 집안이 뒤끓고 사람들이 왔다 갔다 하는 것이 재미있게 보였을 따름이다.

〈그림 17〉 1.23.

춘식이는 한참 동안이나 말없이 섰더니 별안간 문보와 왁돌이가 서 있는 앞으로 와서

“여보게, 좀 볼일이 있으니 나를 따라오게.”

하며 앞서서 성큼성큼 걸어간다. 두 사람은 평시에 술잔이나 얻어먹는 신세를 졌을 뿐 아니라 춘식이의 심부름이라면 여일령으로[31] 시행하는 인물들이라, 그들은 까닭을 물을 필요도 없이 따라 섰다.

아직도 새벽안개가 걷히지 않은 마을 안을 지나쳐 그들은 급한 걸음으로 순이의 집을 향했다. 그러나 그들은 자기네의 등 뒤에 윤길이가 어슬렁어슬렁 따라오고 있는 것을 깨닫지 못한 듯했다.

그들은 순이 집에 당도하여 닫힌 싸리문을 열고 마당 안에 들어섰다. 모든 것은 변함이 없이 전대로 있으나 어쩐지 인적이 사라진 듯한 쓸쓸한 기분이 떠돌았다.

영감 계십니까?

하며 춘식이는 방을 향해 불러보았다. 허나 대답이 없다. 춘식이는 조금 소리를 높여

"영감 계셔요?"

그러나 역시 대답이 없다.

춘식이는 조금도 주저하지 않고 신발 신은 채 마루에 올라서 방문을 열어보았다. 아직도 우중충한 방 안에는 단지 기름 마른 등잔이 바지직바지직 타고 있을 뿐 사람의 그림자는 없다. 그는 다시 돌아서 건넌방을 열어보았으나 그곳에도 또한 인적이 없었다.

"아차! 늦었다."

춘식이는 입맛을 다시며 무엇을 생각하는 듯이 턱을 받쳤다. 그는 사건이 이렇게 급전직하로 변할 줄은 과연 뜻하지 못했다. 자기가 계획하고 있던 일이 이제는 모두 수포에 돌아간 것을 생각하니 참을 수 없이 분했다.

"벌써 다 도망간 모양이지요?"

---

31 '여일령시행(如一令施行: 한번 떨어진 명령은 반드시 행함)'에서 온 말로 추측된다.

하며 마당에 서 있던 문보가 춘식이를 쳐다보고 말을 물었다. 그러나 춘식이는 대답이 없이 마당을 지나서 대문 밖으로 나왔다. 하더니 또 무엇을 망설거리는 듯이 발을 멈추었다.

이때 마침 문 앞길로 젊은 농부 한 명이 지나간다. 춘식이는 이것을 보더니 농부를 부르며

"여보게, 자네 혹시 순이 아버지가 어디로 갔는지 알지 못하나?"

하며 물었다. 농부는 열에 뜬 춘식이를 바라보더니 조금 주저주저하며

"지금 막 떠나셨는데요."

"어디로?"

19회, 1928.01.23.

"글쎄. 자세히 모르겠어요. 정처 없이 떠난다고만 하니까요."

"순이하고 또 젊은 사람하고 셋이 떠났지?"

"네."

춘식이는 자기의 추측이 틀리지 않는 것을 이제야 분명히 알았다. 그의 가슴 속에서는 참을 수 없는 증오와 질투의 감정이 무럭무럭 피어오르는 것을 걷잡을 수 없었다.

"어느 쪽으로 가던가?"

"고개 너머 길로 떠나간 모양이더만요."

"떠난 지 얼마 안 되겠다."

"네."

춘식이는 말없이 문보와 왁돌이를 돌아다보았다. 그들은 알아들었다는 듯이 고개를 끄덕끄덕하며 춘식이 뒤를 따라 섰다.

아직도 해가 뜨지 않은 새벽녘. 매운바람은 눈보라를 휘날리는 추운 날이다. 그들은 영진이 일행이 떠난 길을 가로질러 가기 위해 눈이 발목까지 빠지는 산길을 달려갔다. 비탈길이든지, 개천이든지, 언덕이든지 돌아볼 것 없이 쫓아갔다. 세 사람은 다 같이 복날의 개와 같이 헐떡거리며 허-연 입김을 토했다.

그들은 얼마 동안이나 정신없이 뛰어가다가 겨우 고개 밑에서 큰길로 빠져나왔다. 혹시 영진이 일행이 벌써 지나가지나 않았나 하고 그들은 사면을 둘러보았다. 이때 마침 그들의 앞에는 길모퉁이를 돌아서 나타나는 세 사람을 발견했다. 그것은 틀림없는 영진이의 일행이었다.

춘식이 일행은 싸움할 준비를 하는 듯이 허리띠를 조르고 옷을 추스르며 길을 막고 서 있다. 이편에서는 두 젊은 남녀가 양쪽으로 노인을 거들며 정신없이 급한 걸음으로 오고 있었다.

딱 마주치는 순간 -

영진이 편에서는 다 같이 "아!" 하고 소리 지르며 놀랐다. 그런 후 양편에서는 서로 상대편의 역량을 검사하는 듯이 죽 훑어보았다.

〈그림 18〉 1.24.

싸움은 피할 수 없는 것을 그들은 깨달았다. 묵묵한 속에 양편에서는 마음을 가다듬고 주먹에 힘을 넣었다.

저편은 동리 안에서 그래도 기운깨나 쓴다고 하는 장정 세 사람. 그리고 이편은 영진이 하나를 제한 외에는 약한 노인과 처녀뿐이다. 제삼자가 이 형세를 본다고 할 것 같으면 승부는 벌써 결정적으로 기울었으리라고 할 것이나 그래도 양편의 기세는 조금도 양보하지 않았다.

순이는 두고 가시는 것이 어떻습니까?

얼마 있다가 춘식이는 업수이 여겨 보는 듯, 조롱하는 듯한 말씨로 노인을 보고 이렇게 말했다. 노인은 이 말을 듣더니 참을 수 없는 듯 부들부들 떨며

"무어야. 나는 순이를 내놓을 수 없소."

"그래도 내놓아야 하실 걸. 권리는 우리에게 있으니까 -"

"무어? 권리?"

"권리가 있지요. 순이는 당신의 딸이지만 사기는 우리가 샀으니까 권리가 있지요."

"무어 이놈아, 나는 너희들에게 모든 것을 주어버렸다. 정든 고향도, 집도, 세간도. 그런데도 너는 무엇이 부족해서 또 순이를 내놓으란 말이냐?"

노인은 춘식이에게 달려들었다. 그러나 춘식이는 귀찮은 듯이 노인을 뿌리쳤다. 그는 힘없이 눈 위에 쓰러진 채 허우적거린다.

이것을 보더니 영진이는 견딜 수 없는 듯이 날쌔게 몸을 날려 춘식이에게 달려들며 주먹으로 그의 가슴을 쳤다. 춘식이도 이렇게 날쌔고 힘찬 주먹에는 배길 수 없는 듯이 비슬비슬 넘어진다. 대장이 쓰러지는 것을 보더니 문보와 왁돌이가 뒤받쳐 덤빈다. 이리하여 영진이는 세 사람의 장정을 상대로 하고 맹렬한 격투를 시작했다.

이 사이에 순이는 쓰러진 아버지를 안아 일으키며 구원을 청하는 듯이 사방을 향해 소리쳤다. 그러나 이렇게 이른 아침, 이렇게 외딴 산길에 사람이 있을 리는 없었다.

한쪽에서 필사의 힘을 다해 대항하고 있던 영진이도 워낙 상대자가 여럿인 만큼 차차 지쳐오기 시작했다. 그는 맥 풀린 다리가 눈 위에 미끄러

지며 수없이 넘어졌다. 그의 입에서는 검붉은 피가 턱으로 넘쳐흐르고 옷은 서너 군데나 찢어졌다. 그의 형세는 차차 위태해 오기 시작했다.

20회, 1928.01.24.

이때 돌연히 이곳에 나타난 사람은 뜻하지 않은 윤길이었다. 그는 한참 동안이나 영진이가 용감하게 싸우고 있는 것을 재미있는 듯이 바라보고 있었다. 하더니 차차 영진이가 지쳐감을 따라 그가 수없이 얻어맞으며 넘어지며 신고[32]하는 것을 보고 조금 이상한 듯이 고개를 기울였다. 어리석고 뒤틀린 그의 머릿속에도 약한 자에 대한 의협심이 떠오른 모양이었다. 어찌하여 저 사람은 그렇게 얻어맞기만 하나 하고 생각하니 견딜 수 없이 마음 간지럽고 분하게 보였다.

에익!

하는 소리가 별안간 등 뒤에서 들리더니 커다란 돌 한 개가 날아오며 춘식이의 뒤통수를 때렸다. 그는 소리도 못 지르고 그대로 쓰러진 채 정신을 잃은 듯했다.

이 뜻하지 않은 사건 때문에 왁돌이와 문보와 영진이는 깜짝 놀라 싸움을 그치며 돌아다보았다. 그곳에는 핏줄 선 두 눈을 험상궂게 뜨고 문보와 왁돌이를 노려보고 있는 윤길이가 서 있었다. 그의 눈동자는 마치 성난 짐승의 눈동자와 같이 이상한 광채를 띤 중에도 이글이글 끓고

32 신고(辛苦): 어려운 일을 당하여 몹시 애씀. 또는 그런 고생.

있었다.

왁돌이와 문보도 이 무서운 눈동자를 바라보고 있으려니까 어쩐지 겁이 더럭 났다. 윤길이 얼굴에 뻗친 살기는 금방 자기들을 또 때려죽일 것 같았다.

이놈아!

하고 윤길이가 소리 지르며 달려드는 바람에 그들은 그만 혼비백산해서 도망질을 했다. 이것을 보더니 윤길이는 박춘식이를 치던 돌을 다시 집어가지고 다우처가기[33] 시작했다.

나머지 세 사람 – 순이와 그의 아버지와 영진이는 이 놀라운 광경을 얼없이 바라보고 있었다. 참으로 의외의 일이었다. 이런 곳에서 윤길이를 만난 것이라든지 또는 그가 영진이에게 힘을 도운 것이라든지……. 그들은 아무리 생각해도 까닭을 알 수 없었다.

"그런데 영진 씨 다치신 곳이 아프지 않으셔요?"

얼마 있다가 순이는 피투성이가 된 영진이 곁으로 오며 어루만지는 듯이 이렇게 물었다. 영진이는 웃으며

"나는 아무렇지 않아요. 그런데 참 아버지는 많이 다치시지나 않으셨나요?"

하고 되짚어 물었다. 이 말을 듣더니 노인은

"나야 뭐 다칠 나위나 있었나. 욕은 자네 혼자 보았지."

하며 영진이의 찢어진 의복과 피투성이가 된 얼굴을 기막힌 듯이 바라보더니

---

33 원문 그대로임.

"자 어서 우리는 갈 길을 떠나세. 나는 이곳에서 조금이라도 지체하고 서기가 진저리나네……."

폭풍우는 지나갔다. 그리하여 세 사람은 정처 없는 유랑의 길을 떠나갔다. 과연 그들의 앞에는 광명과 행복이 기다리고 있을 것인가?

바람은 자고 안개는 걷혔다. 고개를 넘어오는 아침 햇발이 얼마나 그들의 가슴에 자유스러운 호흡을 넣어주었던가? 그들은 지친 몸을 서로 의지하고 도와가며 아득한 고개를 천천히 넘어가고 있었다.

[1928년 1월 작(作)]

21회, 1928.01.25.

[해제]

창의적 변주를 통해 확보되는 리얼리티

김다영

영진이 순이의 환영을 보는 순간을 그린 「유랑」의 삽화. 『중외일보』, 1928.1.16.

머리를 풀어헤치고 소복을 입은 여인. 금방이라도 혼절하여 쓰러질 듯한 자세로 고통스럽게 절규하는 표정이다. 여인을 바라보는 남성은 누구일까. 남성의 오른쪽 팔꿈치가 여성의 치마폭을 투과하고, 여인은 발이 없이 공중에 투명하게 떠 있는 듯이 그려져 있다. 삽화는 영화소설 「유랑」의 12회에 등장하는 장면을 묘사한 것이다.

> 그러더니 윤길이가 사라지며 이번에는 머리를 풀어헤치고 유혈이 낭자한 순이가 나타난다. 그는 영진이에게 구조를 청하는 듯이 두 손을 벌리며 가까이 온다.

"머리를 풀어헤치고 유혈이 낭자한 순이", "영진이에게 구조를 청하는 듯이 두 손을 벌리며 가까이 옴", 이 두 줄 묘사만이 위 삽화를 그리기위한 단서의 전부이다. 삽화가는 때로 이렇게 빈약한 단서로부터 출발하여 자신의 상상력을 통해 소설의 빈틈을 채워나가야만 하는 과제에 직면하게 된다. 「유랑」의 삽화가 노심산(盧心汕)은 팔꿈치를 투과하는 치마폭으로 이 여인이 실제 사람이 아니라 환영임을 표현해냈다. 뿐만 아니라 원문에는 없었던 순이의 고통스러워하는 표정을 그림으로써, "더러운 계집"이라고 부르며 순이의 변심을 의심하며 비난하던 영진이가 순이 역시 이 비극 속 피해자일 뿐임을 자각하게 되는 계기로서 이 사건이 작용하는 데에 설득력을 보탠다. 즉, 삽화가의 이와 같은 창의적 해석은 결코 독자의 내용이해를 방해하거나 간섭하는 방식으로 작동하지 않는다. 오히려 소설에서 생략된 부분을 삽화를 통해 보충하여 보다 실감나는 이미지를 독자들이 머릿속에 떠올릴 수 있도록 돕는 역할을 한다. 특히 「유랑」은 연재와 동시에 영화화를 시도했던 작품이자, 원작자 이종명이 독자들에게 적극적으로 자신들의 마음 속 스크린에 장면장면을 비추어 보며 읽을 것을 제안했던[1] 작품이다. 그렇기에 오히려 텍스트를 단독으로 접할 때보다 삽화를 접목시켜 접할 때, 삽화와 텍스트의 상호교섭을 통해 독자들은 더 이상 단순한 "삽화가 있는 소설"이 아닌, 한 편의 영화의 잠재태로서 영화소설을 감상할 수 있게 되는 것이다. 그렇게 삽화는 이종명이 요청한 방식의 독서에 중요한 작용을 한다.

또한 같은 서문에서 「유랑」이 '영화'소설임을 이종명이 강조했다는 점은 그가 이 소설에서 적극적으로 기존 소설 작법과 다른 영화적 요소를 차용할 것임을 알 수 있게 하는 대목이다. 예컨대 위 삽화가 실린 12회에서도 이런 서술적 특징을 분명하게 발견할 수 있다.

> 이때 돌연히 비웃는 듯한 순이의 얼굴이 눈앞에 아련히 나타났다.
> 영진이는 주먹을 쥐고 이를 악물며 환영을 깨쳐버리려고 허공을 친다.

---

1 「오일부터 게재할 영화소설 「유랑」」, 『중외일보』, 1928.1.4.

> 비웃는 듯한 순이의 얼굴이 차차 애원하는 듯, 우는 듯한 표정으로 변한다. 그의 두 눈에는 눈물이 맺혔다.
>
> 영진이는 환영을 바라본 채 들었던 주먹을 힘없이 내린다. 그리고는 다시 고개를 숙이며

비웃는 듯한 순이의 얼굴, 환영을 깨쳐버리려고 허공을 치는 영진, 차차 애원하는 듯, 우는 듯한 표정으로 변화하는 순이의 얼굴, 두 눈에 눈물이 맺힌 영진의 얼굴. 독자들은 분명 마음 속 스크린에 위와 같은 묘사들을 차례로 장면들로 전환하며 소설을 읽어내려 갔을 것이다. 클로즈업 된 순이의 얼굴, 허공에 팔을 휘두르는 영진의 웨이스트 샷, 다시 변화하는 순이의 표정을 클로즈업 하고, 이번에는 눈물이 맺혀가는 영진의 정면 얼굴을 클로즈업. 이렇게 영화소설은 기존의 소설과는 차별화되는 독서 경험을 독자들에게 선사한다는 점에서 그 결을 달리한다.

영화소설 「유랑」은 1928년 1월 5일부터 중외일보에 작가 이종명이 연재했고, 이것을 김유영 감독이 영화화했다. 이종명과 김유영, 이 두 인물의 공동 작업은 조선영화예술협회에서 이루어졌다. 조선영화예술협회는 1927년 3월 문단 내의 명작을 영화로 제작하여 일본을 포함한 외국에 수출하는 것을 목적으로 하여 창립되었고,[2] 이어 7월에는 조선영화예술협회에서 연구생을 모집[3]하여 이들에게 영화이론과 분장술, 연기 등을 가르쳤다. 김유영은 바로 처음이자 마지막이었던 이 1기 연구생 출신이다.[4] 같은 해 12월 말, 조선영화예술협회의 영화 〈낭군(狼群)〉의 촬영이 불과 시작 열흘 만에 감독 안종화의 제명으로 인해 중단[5]되자

2 「사계의 거성을 망라한 조선영화예술협회」, 『조선일보』, 1927.3.15.

3 「영화예술협회 연구생을 모집」, 『조선일보』, 1927.7.12.

4 안종화, 『韓國映畵側面秘史』, 현대미학사, 1998, 132~141쪽.

5 「〈낭군〉 촬영 중지-안종화 군을 제명」, 『중외일보』, 1927.12.24.

1928년 1월 17일자 『동아일보』에 실린 〈유랑〉의 스틸.
윤길이가 순이를 놀라게 하는 장면.

조선영화예술협회의 일원이었던 이종명 작가의 원작을 바탕으로 다음 영화를 제작할 것이 결정된다.[6] 연구생 중 실력을 인정받은 김유영[7]이 연출을 맡아 이듬해인 1928년 1월 8일 〈유랑〉의 촬영이 시작되었으며 4월 1일에 단성사에서 개봉됐다.[8] 조선영화예술협회의 창립 당시 기사 제목인 "사계의 거성을 망라한 조선영화예술협회"를 보아도 알 수 있듯이, 협회 설립에 문화예술계의 중진들이 참여했다는 점이 이목을 끌었다. 그래서인지 조선영화예술협회가 배출한 연구생들이 대거 투입되어 제작한 첫 영화 〈유랑〉도 많은 관심을 받았음을 알 수 있는데,[9] 필름이 유실되어 확인할 수 없는 영화 〈유랑〉을 홍보를 위해 작성된 신문 기사

6 안종화 제명 사건에 대한 보다 자세한 연구는 다음 논문에서 확인 할 수 있다. 한상언·전우형, 「김유영의 조선영화예술협회 활동 연구」, 『구보학보』 35호, 구보학회, 2023.

7 안종화, 앞의 책, 186.

8 「농촌애화 〈유랑〉」, 『조선일보』, 1928.4.1.

9 「촬영중의 〈流浪(유랑)〉 불일공개」, 『조선일보』, 1928.1.22.
「〈유랑〉촬영완료 불일간개봉」, 『동아일보』, 1928.2.10.

에 함께 실린 스틸을 통해 약간이나마 엿볼 수 있다. 영화소설 연재에 스틸이 아닌 삽화를 사용하게 된 이유에 대해, 연재서문에는 기존 경험으로 보았을 때 영화소설에 쓰인 사진들이 실패로 돌아갔기 때문이라고 언급되어 있다. 하지만 그보다는 〈유랑〉이 원작 영화소설 연재와 영화 촬영을 거의 동시에 진행한다는 파격적인 시도를 했음을 감안했을 때, 매일 연재되는 소설과 맞추어 거의 실시간으로 촬영 중인 영화의 스틸을 포함시키는 것이 시간적으로나 가용인력으로나 제약이 있음이 주된 원인이었을 것으로 추측해본다.(*)

안석영, 시나리오 「노래하는 시절」

『조선일보』, 1930.06.03.~07.10.

－촬영 중

－안석영 작

"이 시나리오는 내 스스로도 완성된 작품이라고 하기에는 부족한 점이 많음을 느낍니다. 또한 이 시나리오는 방금 촬영 중인 고로 검열상으로나 여러 가지 사정으로 보아 이것이 영화화되어 시장에 나올 수 있게 하기 위해 반드시 있어야 할 장면을 달리 돌린 데가 많습니다. 이 모든 점을 독자 여러분은 깊이 양해해 주시기를 바랍니다. －작자"

시대 : 현대

장소 : 농촌과 도회

인물 : 부호 김영호 (연(年) 50)

지배인(청지기) 최갑성 (연 35)

옥분 (농촌 처녀) (연 18)

옥분 부(父) 김영근 (연 55)

길용 (연 23)

순녀 (연 25)

---

* 연재본을 토대로 하되, 인쇄상태가 좋지 않은 단어 혹은 구절은 1930년도 단행본 『노래하는 시절』(『근대서지』 제16호, 2017.17, 713~770쪽)을 참고했다.

돌이 (순녀의 남편) (연 35)
영애 (김영호의 첩) (연 26)[1]
이(李)마름, 의원, 장길
신사 이명식
신소사(召史)[2]
서생
농인(農人): 박첨지, 이갑천, 최덕보

기타 : 목동, 우편배달, 주객 갑, 을, 병, 정, 카페 웨이트리스 4, 5인, 노동자(수십인), 기생(십여 명), 연회의 객(백여 명), 농촌인(50명), 농촌 아동(5, 6명) 등. 기타 돼지, 소, 개, 닭, 쥐.

(서사)

〈그림 1〉 6.3.

"지금의 세계의 인류는 싸우고 있다. 이에 비로소 우리들의 새로운 역사가 창조된다.

여기에 짤막하나마 이 이야기는 새로운 역사를 창조하는 이들의 걸음걸이며[3] 일방 스러져가는 무리의 가엾은 나머지 호흡이다.

그러면 여기서 고향을 떠나서 다시 그립던 새로운 고향으로 돌아가야만 될 무리들이 있다면 그네들은 새 고향의 새봄을 볼 것이며 이에 모든 뜻한 바를 세우리니 이때가 그들의 노래하는 시절이 아닌가."

---

1 원문에는 "영희"라 되어 있으나, 이후 연재본에는 "영애"로 되어 있다.
2 소사(召史): 성 뒤에 쓰여 '과부'의 뜻을 나타내는 말.
3 원문은 "긔름거리며".

▷……………… ◁

(용명) 봄의 농촌……. (카메라 회전) 산, 들, 시내, 버들, 풀 뜯는 소, 밭 가는 농부들, 참새 쫓는 여인, 소 몰고 가는 농부 등

[자막] – **용명**

지나가는 봄은 이곳에도 와서 가난한 이 땅이 평화스러운 것 같아도 이곳의 호드기[4] 소리는 어찌하여 구슬프던가. (용암)

(용명) 방앗간 모퉁이 돌아가는 물레방아

횡저[5]를 불며 소를 타고 들을 건너 질러가는 목동

봄볕에 조는 듯한 농가들. 그 앞길로 오고 가는 농부 몇 사람

짖는 개 두어 마리 (용암)

(용명) 수림 사이 풀밭으로 바구니를 옆에 끼고 천진스럽게 뛰어오는 옥분이. 그를 따르는 바둑강아지

멀리 보이는 느티나무, 그 앞으로 흐르는 시냇물. 느티나무로 뛰어와서 강아지를 놀리며 느티나무를 도는 옥분이

느티나무 (근경) 앞에 펄썩 주저앉아서 웃음을 띠고 바둑이를 쓰다듬는 옥분이

강아지를 쓰다듬던 옥분이 얼굴을 들어 무심히 하늘을 쳐다본다. 강아지, 옥분의 치마폭에 얼굴을 파묻고 눈을 감는다.

송이송이 흩어지며 떠가는 구름장

4 호드기: 원문은 "호들기." 봄철에 물오른 버드나무 가지의 껍질을 고루 비틀어 뽑은 껍질이나 짤막한 밀짚 토막 따위로 만든 피리.

5 횡저: "횡적(橫笛)"이라고도 불리며, 입에 가로 대고 부는 피리를 말한다.

나뭇가지에 지저귀는 새들
고요히 노래하는 듯이 흘러가는 시내. 시냇물에 비치는 버들 –

01회, 1930.06.03.

꿈을 꾸는 듯이 무엇인가 그리워[憧憬]하는 듯이 그리고도 무엇에 취한 듯한 표정으로 멀거니 먼 산만 바라보고 앉아있는 옥분이와 눈을 찌긋이 뜨고서 옥분의 치마폭에 엎드려 있는 바둑강아지 (근사)

[자막]
엉겅퀴 같은 이 땅에서 자라나서 가난한 농부들을 웃기는 이 마을의 귀엽고 어여쁜 아가씨 ……. 이의 이름은 옥분이 …….

봄의 천지가 너무도 고요한데 들리는 소새소리[6] 물소리가 너무도 안타까워 조금 애처롭고 조금 쓸쓸스러운 표정으로 주위를 그러나 어디를 주목하는 것 없이 둘러보고는 하늘을 쳐다보고 입을 조그맣게 열어서 몸을 조금씩 저으며 노래를 부르기 시작한다. (근사)
노래 부르는 옥분의 얼굴을 (대사)
느티나무 앞에 앉아 노래 부르는 옥분이 (원사)
그 화면 위로 (중으로) 노래[악보와 가사]가 겹쳐서 나타난다.

노래
이 땅에 봄이 왔거든

6 소새: '딱따구리'의 방언.

〈그림 2〉 6.4.

기쁨도 가지고 오지
봄이 오자 가는 거면
가난도 가지고 가지

나무들 푸르렀으며
꽃들은 많이 피었고
뭇새들 노래하는데
이 땅은 울기만 하나

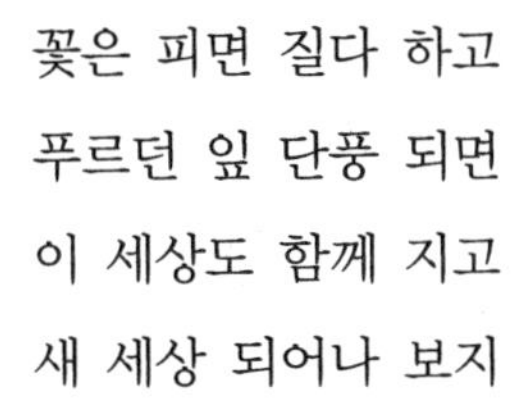

꽃은 피면 질다 하고
푸르던 잎 단풍 되면
이 세상도 함께 지고
새 세상 되어나 보지

새 세상이 되어서는
내 지지 않는 꽃 되어
따뜻한 그 해님하고
일평생 웃어나 보지

바둑강아지, 옥분의 소리를 듣고 취한 듯이 웅크리고 엎드려서 눈 한 쪽만 뜨고 있다.

노래 부르는 옥분의 얼굴 (대사) 위로 (중으로) 흐르며 지나가는 물결 – 그 물결이 사라지고 노래 부르는 옥분의 얼굴만 남았다가 사라진다. (용암)

▷………………◁

시내를 싸고 있는 언덕길로 작대기로 돼지(검은 돼지, 흰 돼지들)를 몰며 손에 든 책을 간간이 보며 지나가는 길용.

책(『농민독본』)을 보며 간간이 돼지를 감시하며 걸어가는 길용이 – 상체 (횡으로 이동)

몰고 가는 돼지들이 열을 지어 가다가 한 놈의 돼지가 열에서 빠져나가자 작대기가 열을 잡아준다. (지면 대사로 이동)

책을 접어서 옆에 끼고 걸어가는 씩씩해 보이는 길용의 표정과 거동 (근사로 이동)

[자막]

이 젊은 사나이는 농촌에서 나서 농촌에서 마소와 같이 부림을 받으며 자기의 매부의 집에 붙어살면서 그날그날을 땅두더지와 같이 지내는 길용이니, 지금 그는 마름[舍音]의 돼지를 팔러 장으로 가는 길이었다.

02회, 1930.06.04.

길용이 (상체) 걸어가다가 슬그머니 머물러 서서 (이동 중지) 옥분의 노래하는 편에 귀를 기울이는 듯할 때 – 옥분의 노래하는 얼굴이 이 화면에 은연히 나타났다가 사라지며 길용이 경쾌한 미소를 띤다. (카메라 상체로부터 하체로 끌어 내린다 – 여기서 다시 이동 개시) 길용의 다리가 가만가만히 움직이며 걸어서 옥분이 노래 부르고 앉은 느티나무 뒤까지에 이른다. (이동 지(止))

길용이 느티나무에 기대어 서서 하늘을 쳐다보며 옥분의 노래를 도적해 듣는다 – 황홀한 표정. 웃음을 띤 그리고 무엇인가 참을 수 없는 듯한 표정. 여기에 앉아서 노래 부르는 옥분의 옆 자태(측면)가 얼러서 보인다.

노래를 그친 옥분이 처녀로서의 오뇌[7]에 타는 듯이 화면 밑으로부터 나타나서 넌지시 몸을 조금 뒤틀며 일어나서는 느티나무를 끼고 돌려 한다.

느티나무를 가운데 두고 옥분이와 길용이가 좌우편으로 나타나며 시선이 마주친다.

〈그림 3〉 6.5.

뜻하지 않은 사나이와 시선이 충돌된 옥분은 불시에 얻은 부끄러움에 고개를 홱 숙이며 얼굴을 조그만 두 손으로 싸버린다. (대사)

길용이 열없는[8] 듯이 고개를 약간 숙이고서 싱그레 웃으며 싱거운 거동 – 그러나 넌지시 아미를 수그리고 떠나가려고도 않는 옥분의 자태를 곁눈으로 본다. (대사)

고개 숙인 채 서서 피차에 떠날 것 같지 않으면서 망설이는 듯한 두 사람 (여기서 카메라를 하체로 끌어내린다) – 길용과 옥분의 다리 사이에 오뚝이 앉아서 두 사람의 거동을 갈려가며 쳐다보는 바둑강아지 – 옥분의 짚신 신은 어여쁜 버선발이 꼼지락거리다가 한편으로 돌려 곱게 움직여 이곳을 떠나간다. 바둑이도 따라간다. 길용의 다리도 돌아서서 몇 걸음 나아가다가 멈춰 선다 – (바구니가 놓여있다).

길용이 새삼스럽게 깨달은 듯이 사방을 두리번거려 살피면서 눈을 크게 뜨고 낭패한 듯이 황급한 표정.

---

7 오뇌(懊惱): 뉘우쳐 한탄하고 번뇌함.

8 열없다: 원문은 "열적은." 좀 겸연쩍고 부끄러운.

[자막]

이거 돼지들을 생각지 않았네그려 –

돼지 떼들이 뿔뿔이 흩어져 있다.

길용이, 옥분이가 간 쪽으로 머리를 홱 돌려 빙긋 웃고는 다시 돌아서서 한편으로 분주히 가버린다(바구니만 텅 빈 느티나무를 지키고 있다).

냇가. 나무가 듬성듬성 서 있는 곳에 옥분이가 이르러서 한 나무 뒤에 몸을 숨기고 길용이가 가는 편으로 향해 나무 뒤로부터 얼굴만 내밀어 방싯 웃으며 바라본다 – 부끄러운 일을 당한 듯이……. 그러나 놓쳐서는 안 될 귀중한 보배를 잃은 듯이 서운한 표정 – 바둑이 꼬리를 치며 서서 있다.

옥분이, 바구니를 잊은 것을 이제야 깨달아 나무 뒤에서 톡 튀는 듯이 나아오며 급한 걸음으로 간다 – 바둑이도 따른다.

느티나무 앞으로 옥분이 나타나며 바구니를 집어 들고 느티나무에 몸을 숨기는 듯이 바특이 대어 서서 길용의 가는 편을 조심조심히 본다.

길용이, 가던 길에 홱 돌이켜 서서 옥분의 서 있는 쪽을 바라보고는 씽긋 웃고는 홱 돌아서 가려다가 옅은 곳을 헛디뎌 엎어진다. 황망히 일어나서 옷의 흙을 털고는 옥분이 있는 곳으로 홱 돌이켜보고서 부끄러운 듯이 싱겁게 웃으며 달아난다.

옥분이 홱 돌아서서 느티나무에 얼굴을 파묻고 어깨춤을 추며 몹시 웃는다.

03회, 1930.06.05.

[자막]

이리하여 우연히 만난 두 청춘은 측량할 수 없이 그 마음이 번거롭기 시작했다……. 그날 밤! 달은 밝은데

쌓아놓은 짚단 앞에 앉아서 짚신 삼는 길용의 손(원형내(圓形內))이 나타나자 그의 전신이 나타난다. 짚신을 삼다가는 먼 산을 바라보고, 바라보고 한다. 꿈을 보는 듯, 그리워하는 듯한 표정 (카메라 후퇴)

이 화면 위로 옥분의 노래하는 얼굴, 길용과 시선이 마주칠 때 현황하도록 아름답던 옥분의 얼굴. 고요히 돌아서 가면서 뒤로 돌아보던 사랑스럽던 옥분의 얼굴……. 이 모든 환영이 사라진 뒤 길용이 고개를 떨어뜨린다(그러나 웃는 얼굴).

길용이 머리를 조금 숙여 짚단에 파묻고 있다가 다시 머리를 들며 빙그레 웃는다. 손에 들었던, 삼던 짚신을 슬그머니 놓고서 천천히 일어선다.

일어선 길용이 뒷짐을 지고서 고개를 번쩍 들어 먼 산을 바라보다가 고개를 숙이고 화면 한편으로 사라진다.

길용이 한 손으로 지푸라기를 입에 문지르며 고개를 숙이고 너른 들의 풀밭으로 천천히 걸어간다.

길용이 냇가에 뒷짐을 지고 우두커니 서서 먼산바라기를 한다.

〈그림 4〉 6.6.

냇물 위에 비친 길용의 그림자 – 그 그림자가 화면 한편으로 천천히 움직여가다가 사라진다.

느티나무에 한편 손을 대고 서서 오늘 낮에 옥분이를 보던 생각을 하는 듯이 정면을 향해 싱그레 웃는다.

길용이 느티나무 앞 풀밭 위에 팔베개를 하고 드러누워 있다.

길용이 하늘을 쳐다보는 얼굴.

하늘에 무수히 반짝이는 별 – 그리고 둥그렇게 중천에 솟아있는 달.

[자막]

이 천지에 어느 것이고 이 외로운 사나이의 마음을 움직여놓은 게 없었으되 옥분이를 발견하게 된 이 밤은 어찌도 아름다운 그러나 쓸쓸한 밤인지 몰랐다. 그리고 철옹성 같던 그의 마음은 비로소 열리기 시작했다.

머리를 천천히 움직이며

휘파람을 불며 드러누운 길용의 얼굴 – 휘파람을 한참 불다가 눈을 넌지시 내리감는다.

▷………………◁

달빛 드리운 옥분의 집 봉당. 옥분이 그 한 귀퉁이에 달빛을 왼통 들쓰고서 실물레를 돌리며 이따금 먼 산을 본다.

뜰에 거적을 깔고 새끼 꼬는 옥분의 아버지를 가운데 두고서 전후좌우에 둘러앉아 담배를 피우기도 하고 침도 뱉고 하는 늙은 농부들 삼사명 – 옥분 아버지는 고개 숙인 채 일을 계속하고 한 사람의 농부가 입을 연다.

[자막]

서울 김협판 댁에서들 일간 내려들 오신다네 그려. 그가 오면 이번에는 뉘 집 딸이 제물이 될겐구 흥?

농부(乙, 丙) 두 사람이 일시에 묻는다.

[자막]

뉘가 그리든가?

04회, 1930.06.06.

처음 말을 꺼내던 농부, 수염을 쓰다듬으면서 말한다.

[자막]

옥동(玉洞) 이주사[9][마름]에게 들은 말인데 서울서들 내려오기만 하면 돌이(길용의 매부)가 작인 노릇도 못하겠대 그려.

농부 한 사람(乙)이 침을 마당에 탁 뱉고서 손등으로 수염을 문지르고 입을 열었다.

[자막]

그러니 길용이하고 그의 누이만 불쌍하지. 그 돌이란 위인이 너무 허랑하고 방탕해서……. 원 노름과 술로만 세월을 보내니 작인 아니라 무엇인들 떼이지 않겠나?

옥분 아버지, 일하던 것을 놓으며 근심스러운 얼굴을 들어 무겁게 입을 연다.

---

9 본문은 "김주사"이나 오식으로 보인다.

[자막]

거 – 큰일 났구먼.

옥분 아버지, 말을 끝마치고 잎담배를 말아서 담뱃대 통에 박고서 불을 대려 입에 물고 피운다.

▷………………◁

봉당에 앉아 실물레를 돌리며 돌아가는 실물레에 시선을 떨어뜨리고 무엇인가 정신없이 생각하는 옥분이.

실물레에…… 느티나무에서 시선이 충돌되던 길용의 얼굴, 달아나다가 엎어진 길용이가 일어나서 싱겁게 웃고 뺑소니를 하던 광경 등의 환영이 나타난다.

〈그림 5〉 6.7.

옥분이 상그레 웃고는 손을 실물에 고이 놓고 그 위에 머리를 얹어놓고는 정면을 향해 미소한다.

▷………………◁

옥분의 집 뜰 –

옥분 아버지, 담뱃대를 가로 물고서 일을 계속하고 농부들은 그 일하는 옥분 아버지의 손을 바라보다가 농부 한 사람 입을 연다.

[자막]

흥! 돌이란 위인은 그런 일을 한번 당해봐야지 원 참! 그래도 처남인데 길용이를 그렇게 구박을 할 수 있나. 밤낮 계집을 땅땅 뚜드리는 둥 –

농부들 일어서서 나간다.

옥분이 봉당에서 일어나서 “안녕히 가세요” 하는 듯이 인사를 한다.

나가던 농부들이 돌아보며 “오 잘 있거라” 하는 듯이 인사를 받고 나간다.

▷………………◁

[자막]

어느 날 길용의 집에서는 –

길용의 집 싸리짝문이 부서질 듯이 열리며 머리털이 흐트러진 길용의 누이 순녀가 비명을 지르며 튀어나오자 험상궂은 손이 순녀의 어깨를 콱 짚으며 끌려 들어간다.

싸리짝문이 몹시 흔들린다.

경풍[10]이라도 될 것 같이 비명을 지르는 순녀의 얼굴. 휘저으며 떠는 두 손.

돌이(길용의 매부), 항아리를 움켜쥐어 번쩍 들고 정면으로 술 취하고 미친 맹수 같은 표정으로 홱 달려 나아오는 광경.

싸리짝문으로 순녀가 기급으로 뛰어나온다.

싸리짝 문턱 땅 위에 항아리가 떨어지며 산산조각으로 깨진다.

싸리짝문으로 술 취한 돌이가 맹수와 같이 뛰어나온다.

05회, 1930.06.07.

10 경풍(驚風): 어린아이에게 나타나는 증상의 하나. 풍(風)으로 인해 갑자기 의식을 잃고 경련하는 병증으로 급경풍과 만경풍의 두 가지로 나뉜다.

싸리짝문을 나선 순녀가 울타리를 지나 달아날 때 돌이가 비틀거리며 쫓아가서 순녀의 머리채를 휘어잡고서 노려보니 순녀는 전율한다.

[자막]

이년! 서방이 꾸짖으면 가만있는 게 아니라 어쩌자고 쫑알대느냐 말이다!

돌이, 순녀의 머리채를 잡은 채로 발길로 걷어찬다.

땅바닥에 엎어지는 순녀.

싸리짝문 모퉁이에 나타나서 놀란 길용이 급히 달려온다.

느껴 울면서 허리를 만지며 비슬비슬 일어나는 순녀에게 돌이가 달려들어 손을 들어 치려 할 때 길용이 돌이의 뒤로 나타나서 돌이의 팔을 잡으니 돌이 홱 돌아서서 길용을 죽일 듯이 노려본다.

순녀, 일어나다가 돌이가 달려들어 때리려는 바람에 놀라서 다시 땅에 엎드려져서 느껴 운다. 돌이가 길용이의 목덜미를 쥐어박아 길용이 땅 위에 자빠진다. 길용이가 목덜미를 만지며 분노하여 일어서려 한다. 돌이가 달려들려 할 즈음에 농부들이 달려와서 가로막으며 붙잡는다. 돌이 한층 더 펄펄 뛴다.

엎드러져 우는 순녀의 등덜미.

분노를 참으며 돌이를 흘겨보고 순녀의 곁으로 무겁게 걸어오는 길용이.

길용이 순녀의 곁에 와서 꿇어앉아서 순녀의 등을 어루만지며 일으키려 한다.

[자막]

누님 어서 일어나시우. 참으십시다. 아 – 내가 웬만하면 누님을 이렇게는 만

들지 않았을 것을…….

농부들이 돌이를 억지로 끌고 가 버린다.

순녀 흐트러진 머리를 바로 만지며 눈을 감은 채 울고서 일어서자 길용이 고개 숙인 채(우는 듯) 따라 일어서서는 순녀의 등 위에 손을 얹어 놓고 함께 화면에서 사라진다.

[자막]

그들은 이런 고초를 겪으며 살아왔다.

싸리짝문 앞에 순녀와 길용이 와 서자 순녀는 싸리짝문에 기대어 흑흑 느껴 운다. 길용이 침통한 얼굴로 우는 순녀의 등덜미를 바라보더니 고개를 돌리며 눈물이 글썽글썽한 눈을 들어 하늘을 쳐다보며 한숨을 쉰다. 순녀 치마폭으로 얼굴을 싸고서 싸리짝문을 들어가 사라지고 길용이 돌아서서 싸리짝문을 붙잡고 섰다.

▷………………◁

멀-리 지평선 위에서 소에 쟁기 달고 밭을 갈며 느럭느럭 꾸벅거리며 지평선을 지나가는 길용이.

옥분이 느티나무께로 빨래 채반을 옆에 끼고 한 손을 뺨에 대고 새끼손가락을 입술에 대고 와 서서는 느티나무 가지가지와 느티나무 그늘을 간드럭거리며 살핀다. 그러다가 느티나무에 빨래 채반을 든 채 기대서 길용과 만나던 환영을 그리는 듯이 상그레 웃고는 뺨을 느티나무에 고요히 갖다 대면서 한편 손으로 느티나무를 안으며 눈을 스르르 감으면서 얼굴을 쳐든다.

옥분이 느티나무에 기대어 서서 빨래 채반을 두 손으로 들고서 얼굴을 옆으로 떨어뜨린다.

[자막]
아 – 내 마음이 왜 이래지나…….

▣ 금회부터는 중요한 장면 외에는 술어를 쓰지 않겠습니다.

06회, 1930.06.10.

길용이 밭을 갈다가 소매로 얼굴의 땀을 씻을 때 언뜻 느티나무께에 시선이 가서 주목한다. (근사)

멀리 느티나무에 기대어 선 옥분이.

길용이 주목해 보다가 쟁기에서 손을 떼며 느티나무께로 허둥지둥 간다.

느티나무 뒤로 방긋이 웃으며 넌지시 나타나서 느티나무를 끼고 돌아 옥분에게로 가까이 가는 길용의 머리 뒤와 인기척에 놀라 눈을 크게 뜨고서 고개를 홱 돌이켜 길용을 보는 옥분의 얼굴. 그러나 그가 누구임을 알았다는 듯이, 보면 부끄러운 사람이나 기쁜 듯이 얼굴에 웃음을 띠고서 머리를 곱게 숙인다.

길용이 귀성스럽게[11] 웃음을 띠고 옥분에게로 바특이 다가서자 옥분이는 고개를 숙인 채 들지를 못하고 그대로 살그머니 돌아선다.

길용의 얼굴이 옥분의 머리 위에 갔을 때 옥분이 홱 치떠 보며 놀랐으나 그대로 조금 물러난다. 길용이 또 바특이 가 서서 조금 민망해 무엇인가

11 귀성스럽다: (무엇이) 조금 구수한 데가 있다.

애원하는 듯한 표정. 옥분이 이번에는 느티나무 뒤로 가서 숨어버린다. 조금 있다가 옥분의 웃음 띤 얼굴 반쪽이 길용에게 향해 느티나무 뒤로 나타난다. 길용이 이번에는 냉큼 그편으로 달려간다. 옥분이 숨어버린다. 길용이도 따라서 느티나무 뒤로 들어간다. 이리하여 두 사람은 느티나무를 가운데 두고서 술래잡기를 한다. 그러다가 종국에는 길용이와 옥분이 서로 부딪친다. 옥분이 부끄러워 아미를 숙였을 때는 이미 길용의 손에 옥분의 두 손이 사로잡힌다. 그러다가 옥분이 날쌔게 손을 뿌리치며 느티나무 뒤로 달려가서 숨어서는 얼굴만 내놓고 천진스럽게 웃는다. 길용이가 쫓아가서 느티나무 뒤로 사라졌을 때는 느티나무만이 한참 서 있다.

〈그림 6〉 6.11.

나뭇가지에 새들이 지저귄다.

옥분이 다시 길용에게 손을 빼앗긴 채 고개를 몹시 숙이고 부끄러워하는 태도. 길용이 고개 숙인 옥분을 유심히 내려다본다. 무거운 입을 떨며 연다.

[자막]
색시는 누구?

옥분이 곱게 길용을 쳐다보고 다시 머리를 숙이고 말이 없다.

[자막]
………

길용이 애가 타는 듯이 바특이 서서 옥분의 등에 손을 얹으며 대답을 재촉하니 옥분이 고개가 더욱 수그러지며 모깃소리같이 대답한다.

[자막]

옥분이에요 ……. 그리고 당신은? …….

길용이 옥분을 사랑스러운 듯이 내려 보며 대답한다.

[자막]

길용이 …….

옥분이 머리를 길용의 가슴에 넌지시 기대니 길용이 옥분을 껴안자 옥분이 얼굴을 길용의 가슴에 파묻으니 길용이 눈을 꽉 감고 정열에 타는 듯이, 감격한 듯이 옥분을 힘껏 껴안는다.

옥분과 길용 두 사람이 느티나무에 나란히 기대서서 먼 산을 바라보고 있다(안타까운 표정으로).

촌락에 저녁연기 -

멀리 느티나무 앞에서 헤어지기 싫은 듯이 손을 나누이는 길용과 옥분이 - 각기 좌우편으로 갈리며 돌아다보고 돌아다보고 하고 간다.

황혼에 가까워 오는 지평선에서 밭 가는 길용의 그림자 -

밭을 갈며 환희에 찬 얼굴을 하늘에 향하고 흥겨워하는 길용이

황혼에 멀리 바라다보이는 지평선에 밭 가는 길용이. (원사)

07회, 1930.06.11.

[자막]

어느 달 밝은 밤에

풀을 밟으며 냇가로 나란히 걸어가면서 속삭이는 길용과 옥분이. (횡으로 이동)

냇가에 앉아서 속삭이는 길용과 옥분이. (원경)

길용과 옥분이 바特이 나란히 앉아서 속삭인다. (대사)

길용이의 말

[자막]

옥분의 집은 어디요?

옥분이의 대답 (멀리 손가락질하며)

[자막]

윗마을에서 아버지가 이곳에 작인으로 온 지는 몇 날 안 되어요. 저기 저 앵두나무 집이라는 데로 떠나왔답니다. 당신의 집은?

길용이 불시에 쓸쓸한 표정으로 머리를 떨어뜨리고 잔디를 어루만지며 말한다.

[자막]

나는 아무도 없고 누님 한 분뿐인데……. 그 집에서……. 옥분은 양친이 다! 계시지요.

옥분이 조금 처참한 표정으로 대답한다.

〈그림 7〉 6.12.
옥분 : 이애련(李愛蓮)
(사진은 이 영화에 옥분이로 분장할 부산 여자상업학교와 서울 근화여학교 출신의 이애련 양의 본얼굴입니다.)

[자막]

아버지 한 분뿐이에요. 어머님이 안 계시니까 온 세상이 쓸쓸해요…….

옥분이 금세 눈물을 흘리며 입술을 슬피 움직인다. 길용이 그를 껴안고 측은한 듯이 바라보더니 조금 망설이다가 입을 떨면서 연다.

"옥분이, 당신이 나를 정말 좋아하시오?"

옥분이 길용의 가슴에 머리를 기대고 말한다.

"네 – 그러면 당신도 저를?"

옥분이 길용을 고이 쳐다볼 때 길용이 불시에 힘주어 그를 껴안으며 힘차게 대답한다.

[자막]

아무렴 – 그러면 우리들은 사랑하는 게지?

옥분이 감격한 듯이 또한 정열에 타는 듯 눈을 감고 얼굴을 길용의 어깨에 얹어놓는다. 길용이 뺨을 옥분의 뺨에 대고 눈을 감으며 만족한 듯이 웃는 낯.

[자막]
또한 어느 날 밤 – 사랑하는 두 사람은 –

흐르는 강물 위에 둥실 떠가는 조각배 한 척. (원사)

제출물로[12] 떠가는 조각배 위에 (이동) 고요히 노래 부르는 옥분이 – 이 옥분의 노래에 도취하여 우두커니 앉아있는 길용이.

노래 그친 옥분이 길용의 가슴에 안겨서 흐르는 물을 내려다본다. 멀리 아득 – 한 물줄기[13]를 바라보는 길용이 입을 무겁게 연다.

[자막]
옥분이 –

옥분이 흐르는 물을 내려다보는 채로

[자막]
네 – ?

길용이 옥분의 머리에 손을 얹고서

[자막]
이 강물이 다른 빛으로 변한다면 우리도 남과 같이 잘살아 볼까?

---

12 제출물로: ① 남의 시킴을 받지 아니하고 제 생각대로. ② 남의 힘을 빌리지 않고 제힘으로.

13 원문은 “물술때기”.

옥분이 고개를 떨어뜨리고 조금 비창한 표정

[자막]
우리도 이 물과 같이 맘대로 흐를 수 있는 때가 아닐까요?….

두 사람 부둥켜안고 쓸쓸한 표정으로 흐르는 물을 내려다보고 있다.

수평선 너머로 지는 달 – (배 그림자를 얼러서 멀–리) 금파은파의 강물

08회, 1930.06.12.

▷………………◁

[자막]
…어느 날…

값진 자동차 한 대 늠름한 기세로 이 촌으로 달려온다.
달리는 자동차 바퀴. (이동)
자동차 운전대를 통해 보이는, 자동차가 돌진하는 길
풍기여[14] 달아나는 닭들
놀라 뛰는 소
뛰어오며 짖는 개
밭고랑으로 황망히 뛰어오는 이마름. 따라오는 농부 두세 사람.
오막살이 앞에 어린애 업고 나서서 자동차를 보고 희한해하는 표정.

14 풍기다: 겨, 검불, 먼지 따위가 날리다. 또는 그런 것을 날리다.

목둑개비[15]같이 듬성듬성 멀찍이들 서 있는 농부들

다리[橋] 위로 지나가는 자동차

싸리짝문 밖에 나서서 경이의 눈동자로 오는 자동차를 바라보고 서 있는 옥분이.

밭두둑 위로 소를 몰고 가던 길용이 우뚝 서서 본다.

촌 동구에 자동차가 머물러 서자 촌사람들이 이를 에워싸고 모여든다.

자동차[하부(下部)] 문이 열리자 사뿐 내려서는 실크 양말 신은 도회 여자의 혼란한 (김부호의 첩) 영희의 다리 – 다음으로 내려서는 골프복 입은 지배인(최갑성)의 다리. 값진 양복 입은 김부호의 뚱뚱한 다리와 곁들여 내려서는 값진 단장.

그들의 다리가 움직여 간다. 그다음으로 경제화 신은 이마름[16]과 옥분의 아버지의 허술한 다리가 따라간다. (이동)

우선 김부호의 다리가 멈춰 서자 (이동 지) 동이 따라 선다. 김부호 고개를 돌려 정면을 주시하자 지배인과 첩도 따라서 본다. 눈을 깔아서 약간 멸시하는 듯하면서도 희한한 듯이 보는 첩의 표정.

여송을 질겅질겅 씹으면서 니글니글하게 바라보는 올빼미 눈같이 뜬 김부호의 얼굴.

자기를 김부호 일행이, 더구나 김부호가 야릇하게도 주목하는 것을 깨달은 옥분이 '어찌한 까닭인가?' 하는 듯이 자기의 몸을 살펴보며 황당한 표정을 띤 얼굴.

---

15 목둑개비: 「조선어 표준말 모음(22): 첫째, 같은 말[同義語] (1) 소리가 가깝고 뜻이 꼭 같은 말」(『조선일보』, 1936.11.29.)에 "목두깨비[木斷片] = 목두기"라고 되어 있고 "세 살 적부터 무당질을 하여도 목두기 귀신은 못 보았다"는 속담이 있는 것을 참조할 때, "목둣개비(木頭개비): 재목(材木)을 다듬을 때에 잘라 버린 나뭇개비" 혹은 "목두기: 이름이 무엇인지 모르는 귀신의 이름"의 의미로 추측된다.

16 본문은 "김마름"이나 오식으로 보인다.

다시 올빼미 같은 김부호의 얼굴. 그의 눈이 옥분의 아랫도리부터 위를 훑어보는 그의 눈.

옥분이 부끄러운 듯이 불쾌한 듯이 짚신을 벗은 발끝을 불시에 모은다.

옥분이 조금 분노한 듯이 김부호를 흘겨보고서 홱 돌아서서 쏜살같이 달아난다.

〈그림 8〉 6.13. 순녀 : 문영애(文英愛)
(사진은 순녀로 분장할 숙명여학교 출신의 문영애 양의 본 얼굴입니다.)

김부호, 지배인과 첩을 얼러서 돌아다보면서 눈을 찌긋하고 씽긋 웃는다. 지배인 얄밉게 웃고 첩 억지로 웃음을 짓는다.

길용의 빛나는 눈.

김부호, 이마름 귀에 입을 대고서 수군댄다. 이마름은 황공한 표정으로 고개를 끄덕이니 김부호 눈을 찌긋하고 흥겨운 듯이 웃는다.

09회, 1930.06.13.

자동차를 에워싸고 뛰며 즐기는 촌아이들. 자동차를 만지작거려 보는 촌아이들.

[자막]

비록 철모르는 아이들이라 하더라도 만약 이 자동차 한 대 때문에 저의 부형자매가 얼마나 많은 괴로운 날을 보냈는가를 알았더라면 이렇게 기뻐하지는 않았을 것이다.

〈그림 9〉 6.14. 영희 : 김명순(金明淳)
(사진은 김영호 첩 영희로 분장할 김명순 양입니다.)

자동차 운전수가 차에서 뛰어내려 아이들을 쫓는다. 아이들, 자동차 운전수를 놀리며 달아난다.

김부호의 행렬이 지나간다. (이동) 길가에 늘어섰던 농부들 끕실끕실 예를 한다. 길용이 엄연히 버티고 서서 이들의 행렬을 뚫어지도록 본다. (이동 지) 김부호의 날카로운 눈초리가 길용에게 머문다. 놀란 이마름의 얼굴. 계면쩍어하는 길용이. 그리고 다시 그들의 행렬이 움직이며 간다.

[자막]

…그 이튿날 밝기 전…

냇가 바위 위에 서서 두 손으로 얼굴을 싸고 서서 흐느껴 우는 순녀

넘어가는 달

흐르는 냇물

순녀 눈을 감고서 눈물이 좔좔 흐르는 얼굴을 하늘에 쳐들고서 느껴가면서 부르짖는다. 그리고는 죽음을 결단하고서 냇물에 빠지려 한다.

순녀가 빠진 뒤 수렁 지는 물. 떠내려가는 짚신 한 짝. 냇가에 떨어져 외로이 남아있는 짚신 한 짝.

[자막]

이리하여 피난이 오직 죽음밖에 없다 하고 모든 일을 운명에 맡긴 순녀는

물에 빠져 자살했다.

[자막]

… 날이 밝았을 때 …

돌이의 집 싸리짝문이 홱 열리며 순녀의 시체를 떠메고 들어오는 농부들.

추녀 끝에 서서 몹시 놀란 길용이.

봉당 위에는 순녀의 물에 젖은 시체를 붙들고 통곡하는 길용이.

[자막]

누님! 당신은! 기어코 당신을 버리셨구려! 나까지도 믿을 수 없었소?…….

길용이 순녀의 머리를 쓰다듬으며 순녀의 몸을 더듬거리며 흐느껴 운다.

비창한 표정으로 서서 있는 농부들. 치마폭으로 눈물을 씻는 이웃 여인들.

▷………………◁

옥분의 집 싸리짝문 앞.

옥분 아버지 싸리짝문을 붙잡고 근심스러운 표정으로 서 있고 이마름[17] 이죽대며 능갈치게[18] 웃는다.

---

17 원문은 “김마름”이나 오식으로 보인다.

18 능갈치다: 아주 능청스럽다.

[자막]

여……. 옥분 아버이! 임자의 딸만 김판서에게 주기만 하면 논이 열 섬지기 고 옥분이를 공부시킨다네! 우리끼리니 말이지 그 어여쁜 딸을 무지렁이에게 시집을 보낼 수야 있나.

이마름의 말에 솔깃해진 듯한 옥분 아버지의 등을 슬그머니 밀며 빙그레 웃는다.

이마름[19]에게 밀려가는 옥분 아버지의 생각에 잠긴 뒷모양.

▷………………◁

멀리 보이는 비스듬히 벗긴 묘지.

길용이 흙부삽으로 흙을 모아 무덤을 쌓고 느럭느럭[20] 떼를 입힌다. (원경)

길용이 무덤 위에 꿇어앉아 눈을 감고 눈물을 무덤 위에 떨어뜨리며 쌓아놓은 무덤을 두 손으로 어루만진다. (근경)

묘지에서 길용이 벌떡 일어서서 두 팔을 쳐들며 호통한다. (원경)

10회, 1930.06.14.

길용이 비통한 표정으로 부삽을 땅에 질질 끌며 길로 어지렁거리며 오다가 딱 머물러 서서 얼굴을 들고 정면을 노려본다.

비틀거리며 혼자 중얼대고 오다가 길용의 앞에 넘어질 듯이 위태하게

---

19 원문은 "김마름"이나 오식으로 보인다.

20 느럭느럭: 말이나 행동이 퍽 느린 모양.

서서 길용을 쳐다보는 돌이.

술 취한 돌이의 얼굴. 점점 사나워지는 그의 표정.

길용의 격렬히 노한 얼굴.

비웃정거리는 듯, 멸시하는 듯한 돌이의 심술 사나운 얼굴 – 길용이 주먹으로 되게 돌이의 목을 친다.

땅바닥에 급작스레 자빠지는 돌이.

자빠진 돌이를 노려보는 길용이.

일어서서 길용에게 달려드는 돌이.

[자막]

이 개 같은 놈, 그래 매부도 형인데 친다? 이 천하에 고약한 놈!

치려는 돌이를 막아 넘어뜨리며 분노한 길용이

[자막]

매부도 형인데 친다고? 내 누이를 죽게 한 놈이 누구냐! 자 – 죽음보다 매가 얼마나 더 아픈가 보아라!

맹수같이 사납게 홱 일어나서 악을 쓰고 덤비는 길용이. 또 한 번 쳐서 자빠뜨린다.

난투 –

입에 피를 흘리며 엎어진 돌이

갈가리 찢어진 옷이 너털거리는 팔로 이마의 땀을 씻는, 피곤해 보이는 길용이

모여든 촌사람들. 그중에 끼어 바르르 – 떠는 옥분이

지배인과 김부호의 첩의 가증스러운 표정
땅 위에 부삽을 노려보며 억지로 기어서 붙잡는 돌이
땅 위에 있는 부삽에 와 닿는 돌이의 손
부삽을 집어 들고 벌떡 일어나는 돌이
딱 버티고 선 길용이
부삽을 번쩍 들어 길용을 치려고 덤비는 돌이
몹시 놀라 떨며 소리치는 옥분이
부삽으로 치려는 돌이의 팔을 막는 길용이
얼굴을 두 손으로 가리고 있는 옥분이
놀라서 뒤로 물러서는 군중
길용에게 얻어맞고 네 활개 벌린 돌이
간간대소[21]하는 지배인과 김부호의 첩

[자막] – **지배인의 말**
싸움하는 게 사람 같지 않으이! 그렇지요? 시골 무지렁이란 다르지 않습니까.

홱 돌이켜 지배인을 노려보며 지배인에게 가까이 가는 길용이

[자막]
무엇이라고? 이 여우 같은 놈!

비슬비슬 피하며 떠는 지배인……. 그리고 지배인의 뒤로 숨어서 발발 떠는 김부호의 첩

21 간간대소(衎衎大笑): 얼굴에 기쁜 표정을 지으며 크게 소리내어 웃음.

길용이가 지배인을 떠다미는 바람에 김부호의 첩과 안동하여[22] 자빠지는 지배인

통쾌하게 웃는 농민들

11회, 1930.06.15.

옥분이 길용의 옆에 가까이 와 서서 길용의 몸에 상처를 보고 몹시 가엾이 여기는 표정

간신히 일어서서 손목을 잡고 비슬비슬 달아나는 지배인과 김부호의 첩 영희

길용의 등 뒤로 보이는 흩어지는 군중. 길용과 옥분이만 남아서 서 있다.

길용의 팔을 조심조심히 만지작거리며 길용의 팔뚝이 단단함에 눈을 크게 뜨고 웃는 옥분이. 이 자태를 내려다보고 귀여워 못 견디는 듯한 길용의 표정.

팔을 엇겯고 걸어가는 길용(부삽을 한쪽 어깨에 메었다)과 옥분의 뒷모양

송장같이 쓰러져있던 돌이. 정신을 가다듬고 일어나는 돌이. 힘 없이 비틀거리며 걸어간다.

냇물에 얼굴을 씻는 돌이.

▷………………◁

술집에서 이마름과 옥분 아버지 술을 권커니 잣거니 한다. 이마름,

22 안동(眼同)하다: 사람을 데리고 함께 가거나 물건을 지니고 가다.

옥분 아버지의 귀에 입을 대고서 능갈치게 웃으며 수군거린다. 옥분 아버지 무겁게 웃으며 취한 얼굴을 끄덕인다.

[자막]
그렇게 하면 금세 자네가 셈평[23]이 펴지 않나?

이마름, 옥분 아버지의 어깨를 탁 치며 일어선다. 옥분 아버지 따라 일어선다.

[자막]
…그날 밤…

옥분 아버지, 막대기를 들고 엉거주춤하게 앉아서 옥분이를 노려본다. 옥분이 고개를 숙이고 머리를 절레절레 흔들며 울음에 움직이는 어깨

[자막]
싫어요……. 저는 언약한 사람이 있어요!

옥분 아버지, 격분하여 벌떡 일어서

[자막]
무어 어째! 언약? 네 맘대로 언약을 해! 갈보냐? 응! 대체 그놈이 누구냐?

옥분이 느껴 울며

23 셈평: 생활의 형편.

[자막]

몰라요! ……

옥분 아버지, 기가 막히고 놀라 부르르 떨며 막대기를 힘주어 옥분이를 난타한다. 옥분이 떨면서 손으로 매가 향한 곳을 막는다. 손이 맞아 손을 뒤로 감춘다. 종아리에 매가 닿는다. 치마로 가린다. 그 손을 또 옆으로 감춘다. 옥분이 달아나려 한다. 마루 끝에 내려서려 할 때 옥분의 팔목이 그의 아버지에게 잡힌다.

또다시 아까와 같이 난타한다. 또한 옥분이 아까와 같은 모양으로 매를 막는다.

한참 때리다가는 옥분 아버지가 달랜다. 옥분이 엎드려서 우는 채로 그의 아버지의 달래는 말에는 들은 척도 안 한다.

얼마 뒤에 앉아서 느껴 우는 옥분의 등에 손을 얹어놓고서 자기의 눈을 비비는 옥분 아버지.

[자막]

너를 때리면 내 맘은 안 아픈 줄 아니. 그래 김판서에게로 가겠니? 네가 안 가면 아비나 너나 다! 굶어 죽는다. 그래, 꼭 가겠지?

옥분이 울며 몸을 흔들며 고개를 끄덕여 보인다.

옥분의 집 울타리 밖에 길용이가 애가 타는 듯이 귀를 기울이고 무겁게 걸어간다.

12회, 1930.06.17.

[자막]

달밤 –

냇가에 바투 앉아있는 길용과 옥분이. 시름없이 먼 산을 바라보고 있다.

뒤로 그윽한 달밤의 수풀 앞으로 냇물 위에 비친 두 사람의 그림자

길용의 어깨 위에 옥분이 머리를 얹어놓고 눈물을 흘린 흔적으로 비창하게 앉아있다.

[자막]

그러면 언제나 만날까. 헤어지면 나를 곧 잊어버리겠지, 응? 옥분이 가면 못 만나지?

옥분이 눈을 스르르 감고 설움을 참으려고 입술을 깨물고 말한다.

[자막]

잊다니요. 당신이 찾아오기를 기다리지요. 기다리고말고요. 저는 이 몸을 당신을 위해 곱게 간수하지요. 자 – 이것은 변변치는 않지만…….

옥분이 느껴 울며 입에는 웃음을 띠고 안 가슴에서 염낭(수놓은 주머니)을 꺼내어 길용에게 준다. 길용이 떨리는 손으로 받는다.

길용이 들고 있는 염낭 주머니.

길용이 비창한 표정으로 염낭을 받고는 길용이 옥분이를 와락 끌어다가 껴안아 버린다.

[자막]

! 어느 날 … !

돌이 집 싸리짝문 앞에 보따리를 둘러멘 돌이와 묵묵히 선 길용이. 돌이 고개를 숙이고 울듯이 입술을 슬프게 움직인다.

[자막]

그러면 언제나 또 볼까. 나는 모든 죗값으로 형벌을 꼭 받아야지……. 오막살이나마 이 집은 자네가 마음대로 처치하게.

돌이, 길용의 어깨에 손을 얹어놓고 시름없이 땅을 굽어보다가 무섭게 돌아서려 하며 주먹으로 눈물을 씻는다.

길용이 한숨을 쉬고 울음을 참는 듯이 입을 움직인다.

[자막]

우리들이 너무도 가난했지요. 그것이 모든 불행을 낳은 것이니까요! 아……. 모두들 가면 이곳에 살 사람은 누구일까…….

돌이 기운 없이 화면에서 사라진다. 길용이 싸리짝문을 붙잡고 침울한 표정으로 멀어지는 돌이의 뒷모양을 바라보다가 무겁게 돌아선다.

[자막]

– 그날 저녁때 –

이 촌 동구에 무더기 무더기 모인 사람들

자동차의 발동

자동차 앞에 선 김부호, 지배인, 첩. 이를 옹위한 이마름(웃고 있다), 옥분의 아버지, 세 사람을 바라본다.

서서 비창한 표정을 띤 길용을 붙들고 우는 옥분이. 얼마 동안 붙들고 우는데 이마름과 옥분 아버지, 옥분을 무리하게 끌어가며 느껴 우는 대로 길용을 차마 놓지 못하는 듯이 느껴가며 본다. 길용이 멀거니 섰다.

지배인, 길용을 보고 코웃음 친다. 김부호의 첩은 옥분이를 아래위로 훑어보며 입을 찡긋하고는 김부호를 따라 차에 오른다. 지배인도 오른다. 옥분이는 이마름에게 부축되어 억지로 오른다.

자동차가 움직인다. 이마름과 옥분 아버지 연해 절을 한다. 옥분 우는 얼굴을 차 밖으로 내밀고 길용이를 내다보며 한 손으로 입을 틀어막고서 운다. 어느 손 하나 자동차의 커튼을 내린다.

옥분 아버지 눈물을 씻고 이마름은 벙싯거리며 웃는다.

13회, 1930.06.18.

길용이 눈물을 팔뚝으로 씻으며 어두워 가는 길로 멀리 사라지는 자동차를 끝까지 바라보다가 무겁게 돌쳐서며 고개를 숙이고 다라온다.[24]

[자막]

길용의 떠나는 날

괴나리봇짐하고 떠나는 길용과 길용을 보내는 촌사람들. 흐느껴 우는 사람, 길용을 붙들고 놓지 않으려는 사람, 우뚝이 서서 멍하니 바라보는

24 다라오다: "달려오다"의 방언.

사람.

짐마차 뒤에 길용이 힘없이 앉아 멀어지는 고향을 슬피 바라본다.

촌사람들 떠나가는 길용을 멀리 바라들 본다.

▷………………◁

구르는 기차. 기차의 바퀴. 기관차의 돌진, 기차의 엇갈리는 레일 위에 기차 안에 앉은 길용의 얼굴.

(중으로) 부산한 경성역 플랫폼에 와 닿는 기차. 쏟아져 나오는 사람들. (이 중에 길용이 어칠거리고[25] 내려온다) 마중 나오는 사람들. 역원들의 질주.

(중으로) 역 승강대에 올라가는 사람들(길용이도 끼어있다).

[자막]

서울! ……

전차. 버스. 트럭. 자동차. 전주와 전선. 차륜. 교통 순사. 아스팔트는 걸어가는 도회 남녀의 다리. 기생 탄 인력거(중으로). 경이의 길용의 얼굴.

(중으로) 흔들리는 술병들. 피아노 위에 미쳐 날뛰는 손. 질탕히 떠들며 노래하는 무리들의 입들. 식탁 밑에 움직이는 그리고 정을 표시하는 다리들(중으로). 레스토랑의 유리창. 그 앞으로 길용이 지나가고 그 외에 두어 사람 지나간다(순간 중으로). 벌거벗은 계집이 창밖으로 손을 휘저으며 비명을 지른다. (중으로) 거리에서 처참한 쟁투. 교회당의 종.

---

25 어칠거리다 : “어치렁거리다”(키가 조금 큰 사람이 힘없이 몸을 조금 흔들며 자꾸 천천히 걷다)의 준말.

도살장에 들어가는 소. 구세군의 행렬(중으로). 길용의 걸어오는 얼떨떨한 자태(정면으로 이동).

(돌연히) 건축. 건축. 건축. 또락구 상회[26] 간판. 술 취한 사람들이 쏟아져 나온다. 요릿집. 경매소의 꽹과리. 색주가집 문 앞에서 희롱하다가 들어가는 색주가와 사나이…….

길 위에 지쳐서 딱 서서 오는 길용이.

양옥집(은행도 좋다) 돌난간에 맥없이 걸터앉는 길용이. 그 앞으로 띄엄띄엄 지나가는 전차와 자동차.

[자막]

기계와 기계의 알륵.[27] 생존경쟁에 쫓기는 무리 – 인육(人肉)의 난무. 인간도박. 커다란 동력에 눌려 비참히 희생되는 무리

[자막]

이리하여 참담한 역사를 낳은 도회의 살기 띤 분위기에 길용은 들어섰다.

길용의 등으로 얼러서 보이는 전차 안전지대에 서서 재잘대는 여학생 두세 사람.

여학생 중 한 사람의 놀리는 얼굴이 옥분의 얼굴로 변했다가 다시 아까의 그 얼굴로 도로 변한다.

길용이 빙그레 웃는다.

---

26 드럭스토어(Drugstore).

27 알륵: “알력”의 북한말.

[자막]

옥분이도 학교를 들어갔다면. 그러나 김판서란 그 화상이 색마라는데. 지금의 첩도 약혼까지 한 여자를 돈으로 뺏었다고 하지 않나……. 음 – 무서운 일이다.

길용이 벌떡 일어선다. 주먹을 쥔 손. 거칠어진 눈자위. 주머니에서 분주히 백지 조각을 꺼낸다.

14회, 1930.06.19.

종이쪽(대사)

– 경성 낙원동 김영호라 쓰여 있다 –

길용이 종잇조각을 든 채로 사면을 살핀다.

길용이 자기 앞으로 지나가는 말쑥한 젊은 양복 신사의 앞으로 나아가며 종잇조각을 내밀고서 눈치를 본다.

청년 신사, 대모테[28] 안경 밖으로 멸시하는 눈찌[29]로 비스듬히 서서 길용이를 아래위로 훑어보다가 어깨를 으쓱하고 픽 웃고서 화면에서 사라진다.

길용의 어색하고 분한 표정.

다시 초조한 표정으로 사면을 살피다가 지나가는 중노인에게 그 종이를 보이며 묻는다.

중노인이 친절히 가리켜 준다. 길용이 허리를 두어 번 굽실하며 사례한다. 중노인 화면에서 사라지고 길용이 급히 걸어간다.

---

28 대모테: 대모(바다거북과의 하나)의 껍데기로 만든 안경테.

29 눈찌: 흘겨보거나 쏘아보는 눈길.

▷················◁

김영호(부호)의 집 철 난간 문(굳게 닫혀있다) 사이로 정원이 보이고 양관이 보인다. 이 철문 앞에 이르러서 서성대며 들여다보는 길용이.

길용이 철문을 두 손으로 쥐고서 흔들어 본다. 문이 잠겨있다. 이번에는 힘껏 흔들어 본다. 움직이지 않는다.

길용이 철문 옆 돌기둥에 기대어 풀기 없이 서서 멀거니 정면을 바라본다.

길용이 한편을 바라보고 주목하다가 몸이 뻣뻣해지며 눈이 둥그레진다.

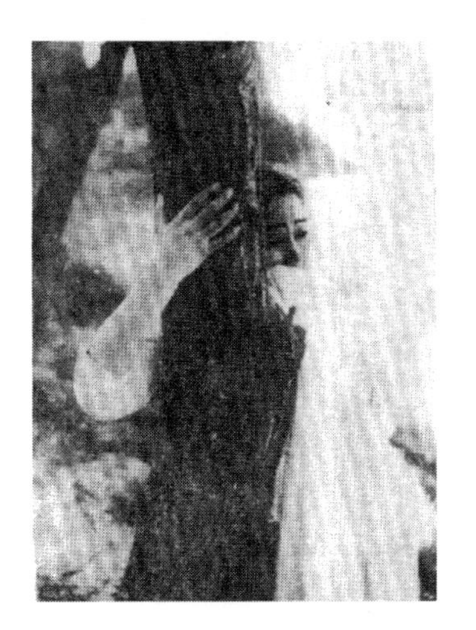

〈그림 10〉 6.20. 순녀 : 문영애
(사진은 순녀가 강물에 빠져 죽으려는 장면, 스틸부 : 조선사진관 채상묵(蔡鍋默)[30])

지배인이 문 앞에 와 서서 길용이를 훑어볼 때 지배인 눈이 커지며 양미간을 불시에 찌푸리고 발길로 걷어찰 듯한 표정(여기에 시골서 길용에게 당하던 그 환영이 나타나도 좋다), 홱 돌아서서는 길용의 존재를 모르는 것같이 태연히 꾸미고 초인종을 누른다.

길용이 무춤[31]하고 나서서 거친 표정으로 지배인의 초인종 누르는 뒷모양을 노려보다가 지배인이 돌쳐설 때 조금 웃어 보이며 인사를 꿈벅하니 지배인이 냉정하게 보고는 다시 돌쳐서서 초인종을 또 한 번 누른다. 지배인이 냉정할수록 길용이 빌붙으며 말한다(애원하듯이).

30 화가 채용신(직업적으로 초상화 제작소를 차려놓고 인물화를 그린 최초의 조선 사람. 고종의 어진도를 그림)의 둘째 아들. 아내는 여성 사진사 이홍경.

31 무춤: 놀라거나 어색한 느낌이 들어 하던 짓을 갑자기 멈추는 모양.

[자막]

김 판서께서 데리고 오신 옥분이가 여기 있다는데 잠깐만 만나보도록 나리가 – 좀.

지배인 홱 돌아서서 길용에게 침이라도 뱉을 듯한 표정으로 홱 돌아섰을 때 길용이 뒤로 조금 물러서서 지배인을 뚫어지도록 바라본다.

하인이 나오며 문안에서 웃고 굽실하며 문의 쇠 빗장을 벗기며 문을 연다. 문이 열리자 지배인이 들어가면서 돌아다보고 냉소한다.

길용이 쫓아 들어가려고 문에 버쩍 들어섰을 때 문이 급작스레 닫힌다. 길용이 닫히는 문을 붙잡고 하인에게 무어라고 간절히 말한다.

하인이 거친 눈으로 소리친다.

문이 걸리며 하인 안으로 사라지고 길용이 기운 없이 들어가는 하인의 뒤를 보다가 철문에 기대어 머리를 떨어뜨린다.

아까의 돌기둥에 다시 맥없이 기대어 앉아있는 길용이 – 사방이 어두워지고 철문에 전등이 켜진다.

15회, 1930.06.20.

[자막]

그 이튿날

김부호의 집을 향해 걸어가는 기맥 풀린 길용이.

길용이 오다가 딱 서서 약간 반기는 듯하다가 급히 달려온다.

김부호의 집 문이 열리며 자동차 한 대가 나오고 문이 닫힌다.

자동차 안에 여송연 문 김부호의 얼굴 – 그 얼굴 뒤로 양산 꼭지 쥔

여자의 손

길용이 김부호의 집 문 앞에 달려왔을 때는 자동차가 화면에서 사라진 뒤

(이동) 길용이 자동차 뒤를 따라서 질주하다가 늘어지며 선다. (이동 지)

[자막]

— 또 어떤 날 —

시진하여 머리를 떨어뜨리고 어치렁거리고 김부호의 집을 향해 걸어오는 길용이

멀리 김부호의 집 문이 열리며 세 사람의 여자가 들어간다 – 머리 땋은 여자, 쪽진 여자, 머리 튼 여자 –

〈그림 11〉 6.21.
옥분 : 이애련, 길용 : 함춘하(咸春霞)
(사진은 옥분과 길용의 농촌 시대의 러브신–)

길용이 문 앞에 이르렀을 때는 문이 닫히고 세 사람의 여자는 사라진 뒤 – 길용이 돌아서서 고개를 숙이고 우편으로 사라진 뒤 – 길용의 등 뒤로 김부호의 집 문 상공(上空)에 파안대소하다가 사라지는 김부호의 환영 –

▷………………◁

보행객주(步行客主)[32] 집 왕굴돗자리에 목침을 베고 눈감은 길용이 번득인다. 나무 재떨이에 다 탄 궐련 연기.

길용이의 명상. 옥분이 떠나올 때 길용이를 차마 볼 수 없어 하던 장면.

김부호가 모닝코트 입은 채로 카라가 빠지고 넥타이가 풀어진 어수선한 몸으로 화면 아래 옥분이를 내려다보고서 수욕을 채우려고 덤벼들려는 음험한 장면.

옥분이 옷이 갈가리 찢어진 채로 쓰러져있는 꼴 – 옥분이 무서워 떤다. 뜯어진 치마 밑으로 넓적다리 – 벗겨진 저고리 사이로 나타난 어깨와 팔 –

길용이 왕굴돗자리에서 일어나 앉아서 금방 뛰어나갈 것 같이 분노했다가 또다시 픽 쓰러져 누워서 다시 명상한다.

소파에 비스듬히 누운 벌거벗은 옥분의 몸뚱이의 한 부분 – 어깨와 팔과 얼굴

김부호의 얼굴이 이 옥분의 벗은 몸의 일부분이 나타난 화면 한구석에서 나타나자 옥분이 상그레하게 웃어 보이며 팔을 들었을 때 김부호 팔고리와 반지를 끼워주고 보석 목걸이를 둘러주고는 광폭하게 옥분의 팔에 입 맞추는 장면.

이런 환영이 사라진 뒤 길용이 엎드려 누우며 왕굴돗자리를 북북 긁다가 방바닥에 머리를 틀어박는다.

[자막]

—어느 날—

길로 길용이 헌 누더기 양복을 입고 힘없이 어치렁거리며 걸어간다.

---

32 보행객주(步行客主): 걸어서 길을 가는 나그네만을 치르는 집.

한강 인도교 쇠 난간에 팔을 괴이고 시름없이 내려다보는 길용이.

기맥 없이 염낭 주머니를 열어보고서 돈을 꺼내어 손바닥에 흩트린다.

손바닥에 백동전 서너 푼.

길용이 코웃음 치며 도로 넣고는 힘없이 화면에서 사라진다.

[자막]

길용은 매부 돌이의 집을 팔아 돌이의 빚을 청산하고 나머지 돈을 지니고 서울을 왔으나 그럭저럭 다 써버리고 이제는 사랑하는 이를 찾는 것보다도 밥벌이를 찾을 수밖에 없었다.

16회, 1930.06.21.

직업소개소에서 쫓겨나오는 길용이

공장에서 쫓겨나오는 길용이

냉면집에서 쫓겨나오는 길용이

선술집에서 쫓겨나오는 길용이

위생과에서 쫓겨나오는 길용이

[자막]

길용은 이때 사선(死線)에 다닥쳤다……. 먹지 못한지도 이미 사흘 되는 황혼에…….

비슬비슬 걸어가는, 머리가 목에 달려 건성 흔들리는, 주림에 시달린 길용의 그림자(땅바닥).

주림에 찌든, 여위고 남루한 길용의 모습.

〈그림 12〉 6.22.
옥분 : 이애련, 길용 : 함춘하
(사진은 옥분이가 시골을 떠나기 전날 밤 길용이와 마지막으로 강가에 앉아서 이야기하는 장면)

딱 서서 길옆 레스토랑(혹 중국요릿집도 좋다)을 옆으로 보는 아귀 같은 길용이(중으로). 레스토랑의 정면 위에 (중으로) 화덕 위에 냄비, 냄비 위에 지져지는 고기 – 고기의 김. 쿡(요리인)의 손에 빨리 움직이는 국자 –

(중으로) 포식하며 떠들고 손뼉 치고 술 마시고 질탕히 노는 무리. 즐겁게 돌아가는 레코드 – 이 환영이 사라지고 다시금 레스토랑의 정면으로 변한다.

길용이 기갈을 못 이겨 손으로 모가지를 쥐어짜며 걸어간다. (이동)

길용의 등을 얼러서 은행소 돌층계에 기대앉은 해골만 남은 더러운 거지.

길용이 이를 갈며 몸서리를 친다.

[자막]

내가 저렇게 안 될 수 있나?

길용의 앞으로 지나가는 전차 – 전차의 바퀴틀 (중으로) 자동차 트럭의 차바퀴틀 – 여기에 치여 죽는 쥐새끼

이 모 – 든 무섭게 으깰 듯이 달리는 차바퀴들. 무섭게 노려보는 길용의 눈.

[자막]

엣! 죽어버리자!

전차 궤도로 달려들려는 길용이(순간)

전차 궤도로 달려들려는 찰나에 길용의 어깨를 콱! 눌러 제치는 사나이의 손(대사). 불시에 딱 – 정거되는 차 –

홱! 돌이키는 길용의 놀란, 그리고 죽은 사람같이 하얗게 질린 입술

불시에 처참한 길용의 얼굴에 환희의 표정

[자막]

오! 매부!

돌이의 엄격한 얼굴(대사)

그 뒤로 군중의 얼굴이 횟득 보인다.

[자막]

이게 웬 짓인가?

비슬비슬 쓰러질 듯이 서서 침묵한 길용이

길용의 어깨를 짚은 채로 길용을 살피는 돌이(목도꾼[33]의 옷을 입었다)

[자막]

자네가 모습이 같아서 자네의 뒤를 따르며 거동을 살폈네. 대체 자네는 언제 왔나? 어쨌든 나하고 가세…….

돌이가 길용을 부축하다시피 끌고 간다.

모여든 차와 군중이 헤어진다.

---

33 목도꾼: 무거운 물건을 목도하여 나르는 것을 직업으로 하는 사람. 원문은 “목덕군”.

설렁탕집에 앉아서 급히 먹는 길용이. 그 앞에 돌이가 빙그레 웃고 앉아있다.

17회, 1930.06.22.

길용이 앞에 놓인 빈 설렁탕 뚝배기를 나르는 손 하나, 둘, 셋.

길용이 설렁탕을 세 그릇이나 먹고 나서 숟가락을 놓고는 돌이와 마주 바라보고 앉았다. 돌이 입을 연다.

[자막]

자네가 이야기 안 해도 그동안 자네가 지낸 일은 다 – 아네! 모두가 다 – 나의 죄이니! ……

돌이 조금 비창하고 민망해하는 표정. 길용이 머리를 절레절레 흔들며 쓸쓸히 웃으며 대답한다.

[자막]

천만에요. 우리들을 이렇게 만든 것은 우리들이 아니니까요.

두 사람 오랫동안 침묵 – 그들의 눈에서는 굵직한 눈물이 쏟아질 듯한 비창한 표정. 얼마 있다가 돌이가 설렁탕 상위에 돈을 내놓고 먼저 벌떡 일어선다. 길용은 일어나려고도 하지 않고 언제든지 붙박이로 앉아 있을 모양 같이 앉아있다. 돌이 길용을 내려다보며 입을 연다.

[자막]

자 – 일어나세. 고픈 배는 채웠으니 우리 선술이라도 한잔씩 나누세. 아 – 참 자네 술을 못하겠다?

길용이 돌이를 쳐다보고서 싱끗 웃고 돌이를 따라서 의미 있는 듯이 웃는다.

◁....

돌이와 길용이 술이 취해 서로 어깨를 겨누고 비틀거리며 돌이 노래 부르고 길용이 술은 취했으나 깊이 생각하는 듯 지친 듯이 돌이에게 걸려서 갈팡질팡 걸어온다(전면으로 이동). 그들의 등 뒤로 멀어지는 밤의 전등들

▷··················◁

거리의 전차 궤도를 고치는 공부(工夫)들. 그들이 노래를 주고받으며 곡괭이로 레일 사이의 조약돌을 때린다. 그중에 돌이가 패장[34]으로 노래를 내놓으니 그 나머지가 따라서 받는다. 길용이도 끼어있다.

[자막]

돌이 "이놈의 전찻길이!"

공부들 "엥헤야 전찻길이"

돌이 "제아무리 길다 해도 한정이 있다네……."

공부들 "엥헤야 한정이 있다네"

돌이 "사람의 목숨도 한정이 있다네"

공부들 "엥헤야 한정이 있지"

34 패장: ① 관청이나 일터에서 일꾼을 거느리는 사람. ② 패의 우두머리.

돌이 "부귀와 영화도 그러하다네"
공부들 "엥헤야 그러하다네"
돌이 "그러니 우리도 잘살 때 없겠나?"
공부들 "엥헤야 잘살 때 있다네"
공부들 "엥헤야 그렇구 말구"
돌이"이제는 할 말이 없네 조약돌 잘 깨지네"
공부들 "엥헤야 잘 깨지네"

일동이 노래를 주고받고서 한 걸음씩 나가며 조약돌을 쪼는다.

[자막]

한때 절망하여 제 몸을 부수려 하던 길용은 돌이로 해서 새 삶의 길을 나아가게 되었다.

저물어 가는 길거리에 궤도에 곡괭이질 하는 그들의 뒷모양. (원사)

▷………………◁

길거리로 기맥 없이 방황하는 옥분이. 주림에 시달리고 걸음에 지쳐 비슬비슬 걸어간다.

눈물 흔적 조금씩 느껴 우는 두 어깨. (이동)

가로등에 기대어 신음하는 옥분이

정신까지 혼몽해진 듯한 옥분이 거꾸러질 듯이 다시 걸어간다.

착잡한 도회 중앙지 네거리에 오고 가는 동차(動車)들에 막혀 서 있는 옥분이

조금 교통이 뜸 – 할 때 옥분이 비슬비슬 네

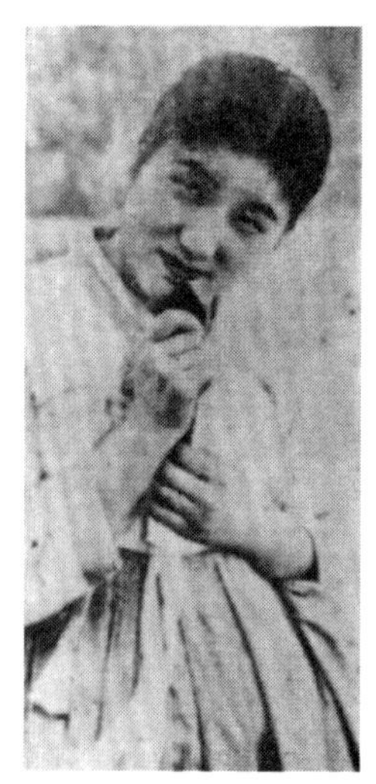

〈그림 13〉 6.24.
옥분 : 이애련
(사진은 농촌시대의 옥분이)

거리를 질러오자 자동차, 마차, 전차 등이 옥분이를 힘싸고 엇갈리며 질주한다. (원사)

모든 차들이 별안간 딱 서자 달려드는 군중들

벤또통을 끼고 오는 길용과 돌이, 이곳으로 달려온다.

달려온 길용과 돌이, 관중 위로 발돋움하고 들여다본다.

18회, 1930.06.24.

땅바닥에 혼도되어 쓰러져있는 옥분이

사람들 위로 들여다보는 길용의 놀란 얼굴

[자막]

으 – 옥분이가!

길용이 사람들을 헤치고 들어와 옥분이를 무릎 위에 기대어 놓고 황당히 어루만진다. 돌이 우두커니 그 옆에 서 있다.

머물러있던 자동차의 발동

길용이 옥분이를 안은 채로 발동되는 자동차 편을 홱 돌이켜 본다.

떠나가는 자동차. 자동차 속에 힐끗 보이는 김부호

길용이 옥분이를 돌이에게 맡기고 떠나가는 자동차를 급히 따라간다.

자동차 – 커브를 돌 때 차창으로 냉소하는 김부호

자동차 뒤를 쫓던 길용이 (이동)

길용이 자동차 옆에 뛰어오를 때 차창으로부터 손이 나와 길용이를 쥐어박으니 길용이 땅바닥에 떨어진다.

땅바닥에 떨어진 길용이 일어서서 멀어지는 자동차를 노려본다.

[자막]

우연히 불행한 경우에 두 사람은 만나서 –

▷………………◁

돌이와 길용의 거처하는 집 방 안. 옥분이를 가운데 뉘고 길용이는 수건으로 옥분의 이마를 찜질한다. 팔을 주무른다.

돌이, 의사를 불러온다. 방문으로 따라 들어오는 의사. 손으로 코와 입을 막으면서 눈살을 찌푸리고 좁은 방문으로 들어오다가 중산모자가 떨어지니 맨숭맨숭한 대머리가 번쩍인다.

〈그림 14〉 6.25.
길용 : 함춘하, 지배인 : 이일성(李一星),
김의 첩 : 김명순
(사진은 농촌편의 길용과 지배인과 김부호의 첩)

길용이 일어서서 공손한 태도로 인사를 하고는 황망히 의사의 가방을 받고 중산모자를 들어서 치운다.

의사가 옥분의 앞에 앉자 길용과 돌이 두 사람 따라서 앉는다. 의사의 얼굴을 주목한다.

의사의 손이 옥분의 이마에 닿는다. 두 사람의 불안한 시선이 움직이는 의사의 손을 따라서 움직인다.

의사의 손이 옥분의 손목을 짚는다. 두 사람의 시선이 그리로 쏠린다.

의사 조금 숨을 고르고는 가방에서 청진기를 꺼내서 옥분의 가슴의 군데군데에 대고서 듣는다.

긴장된 두 사람의 시선.

의사 청진기를 땅에 놓고는 턱을 쓰다듬는다.

[자막]
관계치 않구먼! 주사 한 대면 피어날 게로군 – 어 – 주삿값은 있겠지? 왕진료는 이런 형편에 낼 수 있겠소?

길용이 약간 분노한 얼굴

[자막]
주삿값은 얼마인데요? 아! 위급한 경우에도 돈 셈부터 해야 합니까.

의사 안경을 조금 쳐들고 길용을 훕떠[35] 본다.

[자막]
어허 그 젊은 사람 몹시 팽팽하군. 왕진료도 안 받는 사람에게 그 원 참! 그런데 주사료는 실비로도 이십 원은 받아야 하겠소.

돌이 분이 나서 다가앉으며

[자막]
아따! 사람이나 살려놓고 받을 것을 받아요! 돈 안 주면 살 사람도 죽일 테란 말이요?

19회, 1930.06.25.

35 훕뜨다: 눈을 휘둥그렇게 하여 치뜨다.

의사, 돌이를 힐끔 보며 주사를 꺼내어 약솜으로 씻고서 약물을 주사침에 넣고 옥분의 팔뚝에 주사한다. 돌이와 길용이 마음을 조금 놓은 표정.

의사가 가방을 정돈하고 일어선다. 돌이만 따라 일어서서 쌓아놓은 이불 밑에서 돈지갑을 꺼내어 지전 한 장을 내준다.

5원 지폐(대사)

의사, 돌이를 안경 위로 괴이쩍게 흘겨보고는 앉아있는 길용이를 또 한 번 보고 그들의 표정이 험상궂음을 보고서 그 돈을 슬그머니 집어넣고는 입맛을 다신다.

의사 방문 밖으로 구두 신고 나가는 우스운 꼴.

길용 돌이 긴장된 낯으로 눈감고 드러누워 있는 옥분이 고요히 움직이자 두 사람의 기뻐하는 표정.

옥분이 눈을 넌지시 떠서 사방을 둘러본다. 먼저 길용을 한참 보고는 놀라서 그리고 반기는 표정 동작.

[자막]

아 – 길용 오빠!

길용이 눈물을 글썽글썽하며 몹시 반기며

[자막]

오 – 옥분이!

〈그림 15〉 6.26. 김부호 : 이휘(李徽)
(사진은 도회에서 온 김부호 일행을 맞이하는 장면.)

길용이 옥분이를 안아 일으키

며 옥분이는 길용의 품에 안겨 느껴 운다. 돌이 슬쩍 돌아앉아서 머리를 숙이고 있다.

길용이 눈물을 흘리고 옥분이를 들여다보고 옥분이 길용의 얼굴을 쳐다보며 느껴 우는 얼굴

[자막]
옥분이 – 어떻게 해서 이렇게 되었단 말이요……. 응?

옥분이 더욱 느껴 운다.

[자막]
말씀하면 저를 용서하시겠어요? 그렇지만 제 죄는 아니에요. 그놈이……. 그러나 용서하시겠어요?

길용이와 옥분이 떨어져 앉고 돌이 다시 돌아앉으며 길용이 주먹으로 눈물을 씻으며 옥분의 입을 본다. 옥분이 시름없이 먼산만 바라기로 앉아서 훌쩍거리며 지나간 이야기를 시작한다.

▷………………◁
"이야기"
김의 집 철창문으로 자동차가 들어가 현관에 닿는다. 일동(김부호, 첩, 지배인, 옥분이)이 차에서 내린다.
(중으로)
(양실(洋室)) 도어가 열리며 밀려 들어오는 옥분이. 옥분이 들어오자 도어가 닫힌다.

잠기는 도어(손잡이)

도어 앞에 옥분이 달려들며 도어를 힘을 주어 흔든다. 울음에 움직이는 잔등이. 암만 흔들어도 열리지 않는다. 도어를 두 손으로 두들긴다. 한참 애를 쓰다가 그만 시진하여 쓰러져버린다.

(중으로) 엎드려 우는 옥분의 벌렁거리는 등덜미

(중으로) 도어가 방싯 열리며 들어오는 노파. 옥분이를 거칠게 일으킨다. 옥분이 몸부림하다가 일어나서 도어로 달음질해 나가려 한다. 노파가 단단히 붙잡는다.

(중으로) 옥분이 노파를 뿌리치고 도어 바깥으로 도망하려 할 때 막아서는 장정. 옥분이 두려운 눈찌로 힐끗 보고 주춤한다.

▷………………◁

(중으로) 목욕실에서 무리하게 노파가 옥분의 옷을 벗긴다.

(벗은 잔등이)

목욕간 도어를 방싯 열고 살짝 들여다보는 지배인의 눈. 도어가 사뿐히 닫힌다.

▷………………◁

(중으로) 목욕탕에서 기맥 없이 나오는 옥분의 벗은 다리

20회, 1930.06.26.

도회 여자로 성장(盛裝)한 옥분이가 소파에 엎드려 느껴 운다.

도어가 열리며 들어오는 지배인의 다리

머리를 들어 놀라 일어나 앉는 옥분이

가까이 오는 지배인의 다리(앞으로 이동)

치떠 보고 놀라서 떨며 손등으로 입을 틀어막는 옥분이

다른 도어가 방긋이 열리며 나타나는 김부호. 니글니글 웃다가 지배인을 보고서 눈을 크게 뜬다.

지배인이 황망히 휙 달아난다. 지배인의 공축한[36] 표정.

〈그림 16〉 6.27.
돌이 : 윤봉춘(尹蓬春), 길용 : 함춘하
(사진은 농촌 편에 돌이가 떠나고 길용이 서러워하는 장면.)

눈을 무섭게 떠서 질투에 타는 듯이 이마를 찡그리고 들어오는 김부호

양편을 갈라가며 떨며 보고는 놀란 눈을 굴리는 옥분이

방싯 열린 도어로 살짝 돌아다보고 신속히 빠져나가는 지배인

둥근 테이블 위에 놓은 술병의 술을 잔에 가득히 붓는 둔탁한[37] 김부호의 손. 세 번이나 술을 따라 마셨다(손 대사).

한편 구석에 떨고 서서 돌아다보고서 김부호의 거동에 옥분이 점점 더 전율한다.

김부호, 옥분의 아랫도리로부터 위까지 음충맞게 훑어본다.

김부호가 옥분이에게 주린 맹수와 같이 덤비면서 무리하게 껴안자 옥분이 앙버티며 발광한다. 김부호 씨근거리고 입을 옥분의 입에 갖다 대려 한다. 옥분이 두 주먹으로 김부호의 가슴을 두방망이질을 한다. 이러다가 기진하여 김부호의 팔에 턱 실리고 만다.

---

36 공축(恐縮)하다: 두려워서 몸을 움츠리다.

37 원문은 "준탁한".

▷…………………◁

옥분이 흐트러진 머리, 심란한 옷매무새로 소파에 네 활개를 벌리고 있다.

두 눈이 개개 풀려서 안락의자에 기맥 없이 앉아있는 김부호 – 풀어진 넥타이와 카라, 양복저고리 아래로 와이셔츠가 베집고[38] 있다.

도어가 방싯 열리며 질투에 탄 눈자위로 들여다보다가 홱 들어와 서는 날카롭고 독살스러운 김부호의 첩 영애.

눈이 방싯이 열리는 옥분이. 황당히 일어나서 자기의 몸을 살피며 흐트러진 머리를 가다듬고 일어나서 사면을 바라본다. 방 중앙에 독사의 대가리같이 우뚝이 서서 옥분이를 노려보는 첩. 옥분이 바르르 떤다.

첩의 시선이 김부호에게로 다시 옮기자 첩은 약삭빠르게[39] 그리고 질투에 타는 태도로 김부호를 꼭뒤잡이를 시켜 끌고 나간다.

[자막]

나는 어쩌라구 이 모양이요? 이 색마야! 처녀란 처녀는 모두 저 모양을 만들어 내다 버리면서 이래도 유지신사[40]라고 떠받치겠다! 이 세상에는 장님만 사는 지! 자 – 나가요! 나가 …….

옥분이 빈방 가운데로 나아와 서면서 두 팔을 번쩍 들고 떨며 부르짖는다. 그러다가 엎어진다.

---

38 베집다: "비집다"를 낮잡아 이르는 말.

39 원문은 "약속빨리".

40 유지신사(有志紳士): 관용어로 많이 쓰이던 표현으로, '명망있고 뜻이 있는 신사' 정도의 의미다.

[자막]
오 – 이를 장차 어찌하나!

엎어진 옥분이. 엎어진 옥분의 등을 더듬거리는 지배인의 손.
옥분이 벌떡 일어서며 지배인의 머리를 쥐어뜯고 발길로 지르고 발을 통통 구른다.

21회, 1930.06.27.

지배인 거짓 놀란 표정으로 그리고 징그럽게 웃고는 도어를 황망히 열고 살짝 빠져나가면서 도어 틈으로 눈 한 짝을 찌긋하고는 도어를 사뿐[41] 닫고 나간다.
잠기는 도어의 열쇠 구멍.

[자막]
— 어느 날 밤 —

옥분이 빈방 안을 뺑뺑 돌면서 넋 잃고 울면서 탄식하는 때
도어가 슬그머니 열리며 그대로 있다.
옥분이 이 열린 도어를 한참 의심스러운 듯이 주목하다가 화닥닥 뛰어나간다.
도어의 바깥 편 도어 문짝 뒤에 숨어있는 첩. 손가락으로 입을 가리고 옥분 나오면서 놀란다.

41 원문은 "삽붓".

[자막]

쉿! 가만가만히 나가야 해요. 이 집에 더 있으면 있는 만큼 봉변을 더 당할 테니까 얼른 도망하는 게 좋아요. 대문도 닫힌 것 같아도 열린 것이니까요.

옥분이 황당히 그러나 고요히 나가며 돌아보면서 김부호의 첩에게 치사하는 듯하고는 나간다.

옥분이 대문으로 살그머니 빠져나와 주위를 살피며 황망히 화면에서 사라진다.

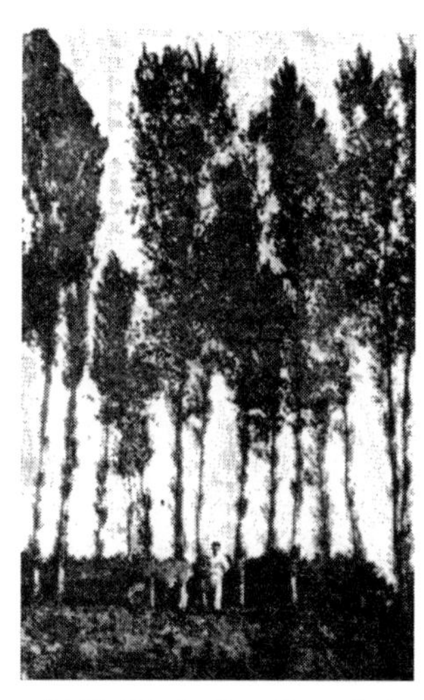

〈그림 17〉 6.28. 길용 : 함춘하

(사진은 농촌 편에 길용이 옥분이를 알기 전에 『농민독본』을 읽으며 소를 몰고(돼지를 형편상 소로 변하였습니다) 가는 장면)

[자막]

방황하는 옥분

아스팔트로 걸어가는 옥분

큰길다리로 넘어가는 옥분(카메라 청계천에서 치박힌다)

한강다리로 배회하는 옥분

강 연안 높은 바위 위에 선 옥분

눈을 감고 옷소매로 얼굴을 가리고 우는 옥분

눈물을 두 손끝으로 씻고 흐르는 물을 내려다보는 옥분. 흐르는 한강수

물에 뛰어 들어가려는 옥분의 발 (대사)

옥분의 팔을 낚아채는 양복쟁이의 손 (대사)

버둥거리는 옥분의 어깨에 손을 얹고 바위에서 끌어내리는 젊은 신사

어느 여관방

옥분의 손을 쥐고 수욕을 채우려고 간절히 조르는 젊은 신사

홱 일어서는 옥분의 팔을 잡아당기는 젊은 신사의 손. 옥분이 뿌리친다.
방문을 박차고 열며 쏜살같이 뛰어나가는 옥분의 뒷모양
황망히 구두를 신는 옥분의 하체
길로 연해 돌아보며 달음질치는 옥분이

[자막]
— 새벽에 —

멀리 가로등이 연이어 보이고 안개 내리는 길로 옥분이 기맥 없이 걸어가는 가엾은 뒷 자태. 가로등 앞에 선 옥분이
가로등에 기대어서 주림에 신음하는 옥분이
옥분이 뒤로 노동자 기타가 힐긋힐긋 보며 지나간다.
다시 아득한 안갯길로 걸어가는 옥분이

▷………………◁
(이야기 그치고)
길용이에게 지난 이야기를 하는 옥분 – 그 장면으로 돌아온다.

22회, 1930.06.28.

옥분이 말을 끝마치고는 기맥 없이 엎드러져서는 느껴 운다.

[자막]
길용 오빠 용서하시겠어요……. 저는 버린 몸이에요.

길용이 벌떡 일어서 서며 정면을 향해 분노하며 이를 갈고 주먹을 쥐고는 부르르 떤다. 돌이는 머리를 움켜쥐고 벼른다.

길용이 펄썩 주저앉으며 엎드려 우는 옥분이를 어루만지며 위로한다.

[자막]

용서고 뭐고 있겠소? 이놈의 세상이 그대를 이렇게 만들었으니까! 음……. 그놈들에게 이 이상 몇천만 배의 앙갚음을 해야지! 오 참 얼마나 배가 고프겠소?

〈그림 18〉 6.29.
김부호 : 이휘. 김의 첩 : 김명순
(사진은 농촌 편에 도회에서 온 김부호, 옥분이를 발견했을 때의 장면.)

옥분이 간신히 일어나서 길용의 가슴에 안기고 길용이 힘 있게 옥분이를 껴안는다. 돌이 일어나서 길용이를 보고 말한다.

[자막]

그러면 얼른 무엇이든지 먹을 것을 사와야 하겠군.

돌이 방문으로 나간다.

길용과 옥분이 다시 힘 있게 포옹한다.

[자막]

— 며칠이 지난 후 —

돌이의 집에 우편 배달부가 봉투 편지가 들여드리며[42] 소리치고 간다. 돌이 급히 나와 받아 가지고 들어간다.

돌이 편지를 들고 들어와 길용에게 보인다. 길용이 의아한 낯으로 받아 보자 길용이 봉투 뒷장을 보더니 기뻐하고 반기는 낯

[자막]
이거 옥분이 어르신네가 형님에게 부친 편지로구려. 옥분이가 보면 퍽 기뻐하겠군.

돌이 달려들어 바특이 앉고 옥분이 행주치마에 손을 씻으며 분주히 뛰어 들어온다. 옥분이 두 팔을 흔들며 기뻐서 덤벼들어 길용의 옆에 앉는다. 길용이 분주히 봉투를 뜯어서 두루마리 편지를 펴서 읽기 시작한다.

길용이 중간쯤 읽다가 얼굴에 침울한 표정을 띠며 두 사람 동시에 불안한 표정

[편지] – 서투른 글씨
(전략) – 그런데 자네가 마음을 잡아서 돈벌이를 잘한다 한다니 기쁜 일일세. 내 딸은 간 지가 반년이 넘어도 소식조차 없으니 이마름에게 물어봐도 모른다네그려. 내 딸을 주면 논 열 섬지기를 준다는 것도 꿩 구워 먹은 수작이니 내 딸을 공부시킨다는 것보다도 지금쯤 내 딸이 어느 구렁에 빠졌는지를 모르겠네. 이곳은 삼십 년 래 대흉년이어서 모두들 서북간도나 물 건너로 간다고 떠나는 판인데도 불구하고 김 판서는 언제나 똑같은 도지를 바치라 하며 이번만 면제해 주면 내년에 다 – 갚을 것이라 해도 불계하고[43] 바치라네그려. 자네가 서울 있으니 고향 사람을 대표해서 어떻게 잘될 도리를 생각해 주게. 그리고 길용이

---

42 원문은 "들엿드리며".

43 불계하다(不計하다): 옳고 그른 것이나 이롭고 해로운 것 따위의 사정을 가려 따지지 아니하다.

가 서울로 떠난 지 오래인데 어찌나 되었는지 후회되는 일이 많으이. 나는 노잣돈이 없어서 못 가니 내 딸을 찾아서 이 못난 아비의 죄를 덜게 해주게. 덕보.

(아까의 편지를 보는 세 사람 앞에서 카메라를 앞으로 급작스레- 끌어 나아온다)

길용이 편지를 움켜쥐며 부르르 떨고 노려보는 눈. 엎어지며 우는 옥분이. 치떠 보는 돌이(여기서 다시 카메라 끌어 들어간다).

23회, 1930.06.29.

길용과 돌이 대로(大怒)한 표정. 옥분이 일어나 앉으며 흥분된 표정

길용이 벌떡 일어나며 눈을 무겁게 떴다 감으며 옥분이도 따라 일어서고 돌이도 따라 일어선다. 세 사람 격분한 그리고 중대한 일을 기도하며 결심한 표정

길용이 주먹을 높이 들고는 떨며 외친다.

[자막]

나는 우리들의 고향을 위해 맹세한다.

돌이 주먹으로 가슴을 세차게 치며 외친다.

[자막]

나도 그렇다.

옥분이 고개를 반짝 들고서 매서운 표정으로 외친다.

[자막]

나도 맹세합니다.

세 사람 서서 있는 채로 엄숙한 그리고 비장한 침묵

▷………………◁

김부호의 집 현관의 문이 열리며 자동차가 놓여있는 것이 보인다(현관 안에 카메라).

현관에는 지배인, 김부호의 첩이 마중 나와서 섰다. 기타 하인들

자동차 문이 열리며 김부호가 돌층계로 올라와 컴컴한 현관문 안으로 들어온다. 좌우 쪽에 늘어선 컴컴한 그림자들이 굽실한다.

〈그림 19〉 7.2.
김부호 : 이휘, 영애 : 김명순
(사진은 도회 편에 김부호와 그의 첩 영애)

모자 받는 자 단장 받는 자의 그림자

김부호의 방

김부호 흥겨운 몸짓으로 뒷짐을 지고 왔다 갔다 한다.

한 귀퉁이에 지배인이 한쪽 양복바지에 손을 찌르고 김부호의 흥겨워하는 태도를 조금 비웃고 있다. 김부호 돌아설 때는 시치미를 뗀다.

김부호가 얼마쯤 거닐다가 둥근 테이블 위에 놓인 위스키 두 잔을 따라서 그중 한잔을 들어 지배인 앞으로 쑥 내민다.

[자막]

자－자네 오늘 내 술 한잔 들어보게. 어－참 오늘은 몹시 유쾌한걸…….

지배인 조금 무겁게 발을 옮겨서 술잔을 슬그머니 받는다. 지배인의 쓸쓸한 웃음.

[자막]

영감 오늘은 어쩐 일이십니까. 이렇게 친히 술까지 어 – 친히 받들어 주시니 …….

김부호 푹신한 헝겊 씌운 의자에 주저앉아서 조금 출렁거리며 술잔을 들고 웃으며 경쾌한 태도로 말한다.

[자막]

허허허 그 사람 제법 괘사[44]로군. 내 계획이 틀림없이 들어맞았네그려. 그게 다 – 돈의 힘이지! 돈의 힘이 크거든. 그래서 자선회 창립총회는 그럴듯하게 넘어간 걸세. 자네 발회식 날 물론 참석하겠지! 허허 …….

김부호 말을 끝내고 한쪽 눈을 찌긋해 보이고는 건드러거리며 껄껄 웃는다.

지배인이 어깨를 으쓱 치우치고 픽 웃으며 술잔을 훌쩍 들어 마시고 발끝을 굽어보며 머리를 가로저으며 말한다.

[자막]

안 됩니다. 그게 영감 계획대로 잘될수록 욕이 더 올 것입니다. 이런 흉년에 영감은 소작인에게 어떻게 하셨습니까? 그리고 ……. 순진한 시골 처녀 옥분이를 ……. 안 됩니다. 위선입니다. 저는 그날 안가겠습니다!

---

44 괘사: 변덕스럽게 익살을 부리며 엇가는 말이나 짓.

김부호 불시에 찡그린 얼굴. 술잔을 힘주어 쥐며 벌떡 일어서서 거칠게 입을 연다.

[자막]

위선! 아 – 내 논 가지고 내 뜻대로 못 해. 그리고 그까짓 소돼지나 똑같은 그놈들의 딸쯤이야! 아 – 어때 응? 돈 있는 놈 중에 나같이 자선사업에 눈뜬 사람이 있던가? 아 – 그래 자네는 반대할 셈인가?

24회, 1930.07.02.

지배인은 돌아섰다가 다시 확 돌아서며 날카로운 표정으로 말한다.

[자막]

영감께서는 이 집, 하늘과 땅밖에 다른 큰 천지가 없는 줄 아시니까 그렇지요. 영감이 얼마나 큰 죄를 지으셨다는 것을 모르십니까? 저는 요사이 깨달았습니다.

격분한 김부호 벼락같이 지배인에게 달려가서 지배인의 모가지를 두 손으로 조른다. 흔든다. 끈다. 발광. 지배인, 하는 대로 내버려 둘 모양.

김부호 기운이 시진한 듯이 지배인을 땅에 놓아버리며 수건을 꺼내 이마의 땀과 모가지의 카라를 바로잡으며 도어 밖으로 비슬비슬 걸어 나간다.

지배인 부스스 일어나서 싱끗 웃고 나서 아까 김부호가 앉아있던 의자에 힘없이 구부리고 앉는다.

두 손으로 머리를 쥐어뜯으며 엎드려서 고민하다가 머리를 번쩍 들어 의자에 기대고 눈을 스르르 감으며 탄식한다.

〈그림 20〉 7.3. 길용 : 함춘하
(사진은 도회 편에 길용이 자살하려는 장면)

[자막]
오 – 나는 노예였었다.

지배인 다시 머리를 숙이고 울 듯한 몸짓

▷………………◁

자선회 발회식 정문 (요릿집) 기둥에 세워놓은 헝겊 간판 "조선자선회 발회식장 입구"라고 쓰여있다.

식도원 앞에 놓인 자동차들

식장 정문으로 몰려 들어가는 신사들

식장 –

양편으로 기다란 식탁을 둘러앉은 손님들. 그 중간에 서서 식사(式辭)하는 김부호(대사) –

(김의 식사가 끝난 뒤 카메라 후퇴이동) 좌우편에 손뼉 치는 사람들. 지껄이는 무리들

삐루[45]잔을 들고서 축배 하는[46] 무리들 – 한창 어우러진 판

▷………………◁

지배인이 김부호의 방에서 고민 – 방 안을 빙빙 돌다가 의자에 펄석 주저앉는다.

45 삐루(ビール): 맥주(Beer).

46 원문은 "축배리는 무리들".

돌연히 지배인이 있는 방 도어가 부서지는 듯이 열리며 뛰어들어 딱 서 있는 길용! 옥분, 돌이.

놀란 지배인

돌이, 길용과 옥분의 가운데를 타고서 지배인 앞으로 달려드는 정면

지배인 벌떡 일어선다. 짓는다.[47]

[자막]

웬 놈인데 – 남의 집 방 안을 함부로 뛰어들어? 강도다!

돌이 분이 나서 떠들어 제친다.

[자막]

어쩌고 어째! 강도! 누가 강도란 말이냐? 김가 놈 응? 이 주인 놈이 어디 갔느냐?

지배인 달려들 듯이 돌이에게 바특이 서다가 다시 의자에 앉으며 냉정한 표정으로 담배를 꺼내 물고 테이블 위 성냥에 손을 대려 하며 거만히 말한다.

[자막]

남의 집을 뛰어든 놈이 강도가 아니면 무어란 말이냐? 주인이 어디 간 것을 몰라!

돌이 격분하여 앉아있는 지배인을 주먹으로 쳐서 넘겨 뜨리니 지배

47 원문 그대로임.

인, 뒤에 있는 소파에 나가 자빠진다.

돌이 다시 달려가서 지배인의 목을 조른다. 흔든다. 지배인 경풍이나 될 것 같이 떤다.

[자막]

그래 그래 말할 테니 조금만 놓아. 조금만 ……. 저 저저 거시기 식도원 …….

25회, 1930.07.03.

돌이 뒤로 지배인을 노려보며 도어를 향해 간다.

돌이, 길용과 옥분이를 재촉하여 도어를 나간다.

▷………………◁

발회식장

김부호를 에워싸고 아양 부리는 기생들. 이 꼴을 바라보고 메스꺼운 웃음을 웃고 술잔 든 채로 추파를 보내는 사나이들

식장 문이 벼락같이 열리며 길용이 무섭게 뛰어온다.

모두들 주저앉아서 문 쪽을 향해 목둑개비같이 긴장된 객들.

길용이 김부호를 노려보고 장쾌하게, 대담하게 들어온다.

길용이 가까이 들어올수록 놀라는 김부호.

길용이 김부호에게 힘 있게 손가락질하며 외친다.

[자막]

여러분 이 위인이 어떤 자인 줄 아시오? 사기한이요, 색마요. 자 – 거짓말인가 보시오.

길용이 옷 속에서 옥분의 아버지의 편지를 꺼내 읽는다.
김부호 황당히 보이를 부른다.

[자막]
보이야! 이 미친놈을 왜 이곳에 들어오게 했느냐! 빨리 내쫓아라.

식장에 객들, 이에 호응하는 꼴들.
보이들 사면에서 들어와 길용을 붙들어 내려 한다. 길용이 뿌리치고 미칠 듯이 팔을 휘두르다가 문 쪽을 향해 손가락질을 하며 부르짖는다.

[자막]
자 – 보아라. 너도 눈이 있으면 보아라!

문 앞에 나타나 서 있는 옥분이와 돌이. 옥분이 가만가만히 그러나 매서운 표정으로 김부호를 삼킬 듯이 들어온다. 앞으로. (이동)

〈그림 21〉 7.6. 길용 : 함춘하, 옥분 : 이애련, 돌이 : 윤봉춘
(사진은 김부호 집에 나타난 길용, 옥분, 돌이 세 사람)

옥분이 딱 머물러선[48] (이동 지) 김부호 두 팔을 떨며 휘젓고는 옥분이 나타난 화면을 뒤덮어 가려버린다. 길용이 옥분의 곁에 홱 나서며 김부호를 손가락질하며 외친다.

48 원문은 "딱머무러슨".

[자막]

자 – 저 거동을 보시오. 이래도 여러분은 믿지 않을 테요! 이 악마! 이 금수 같은 놈!

김부호 몸 둘 곳이 없어 어쩔 줄 몰라 하다가 두 손을 번쩍 들고서 사면을 휘둘러보며 부르짖는다.

[자막]

야 – 보이들아 이 미친놈을, 이 미친놈을 왜 그대로 두느냐?

보이들 어쩔 줄 몰라 한다. 그러나 인형같이들 우뚝우뚝 서 있다.

김부호, 술병들 기타가 어수선하게 벌려진 식탁에 푹 엎어진다. 손님들과 기생들이 모두 휩싸고 있다.

길용, 돌이, 옥분 세 사람 돌아보며 파안대소를 하고서 장엄하게 나간다.

김부호를 옹위했던 사람들 뿔뿔이 입맛을 다시며 식장을 나간다. 김부호, 수라장같이 물건들이 흐트러진 텅 빈 식장으로 풀린 다리를 간신히 움직여 비슬비슬 천천히 나간다.

식장에서 보이가 모자와 단장을 받들고 있다. 김부호 머리를 숙이고 싸움에 지친 수탉같이 구부리고 실성한 사람처럼 문밖으로 그대로 사라진다.

26회, 1930.07.06.

김부호의 집 돌층계로 피 빠진 사람같이 후줄근한 몸을 간신히 끌고 훕뜬 눈으로 올라오는 김부호

집안 층계로 돌아 올라오는 김부호, 처참하게도 거칠어진 그리고 경련이 이는 얼굴.

김부호의 방 도어가 홱 열리며 김부호, 목둑개비같이 머리를 숙이고 홉뜬 눈으로 들어와서 방 가운데 딱 서서 정면을 뚫어지도록 본다. 눈이 불시에 찢어질 듯이 커진다.

컴컴한 방 한구석에 딱 서서 눈이 번쩍이는 지배인.

김부호, 지배인을 노려보다가 무너지는 듯이 의자에 펄썩 주저앉는다. 눈을 홉뜬 채로 그 옆 둥근 테이블에 놓은 술병의 술을 떨리는 손으로 따라서 훌떡 마신다. 홉뜬 눈으로 지배인 있는 곳을 보면서.

지배인, 어둠 속에서 매서운 표정으로 찬찬히 걸어 나온다.

[자막]

영감, 그래 오늘 얼마나 재미있었습니까.

지배인 말을 끝마치고 어깨를 풍자적으로 으쓱하고 픽 웃는다.

김부호 벌떡 일어서서 지배인을 금방 집어삼킬 듯이 바특이 서서 노려본다.

지배인, 잡어 잡수 – 하는 듯이 까딱도 안 하고 김부호를 뚫어지도록 본다.

그러나 비웃는 낯

[자막]

이놈아 무어라고? 나를 조롱하는 말이냐?

김부호 주먹을 부르르 떨며 허공에 올리고는 도로 팔을 내리고는 무겁게 뒷짐을 지고 돌아서서 미친 사람 같이 거닌다.

지배인 껄껄 웃고는 비스듬히 서서 분노하여 어쩔 줄 몰라서 거니는 김부호를 곁눈으로 보고 말한다.

〈그림 22〉 7.8.
옥분 : 이애련, 길용 : 함춘하

[자막]

당신이 당신의 수족같이, 노예같이 부리시던 저는 오늘 마지막 당신의 청지기로 당신의 이 밤을 봐두겠습니다.

김부호 홱 돌아서며 눈을 찢어져라 하고 크게 뜨고서 두 팔을 벌리고 떤다.

지배인 씽긋 웃고서 담뱃갑을 호주머니에서 꺼내 담배를 붙인다. 붙이고는 다시 돌아선다. 담배를 한 모금 맛있게 쭉 빨아서는 연기를 풍기고 발뒤꿈치를 올렸다 내렸다 하며 천장을 쳐다본다.

[자막]

저와 영감과는 무슨 인연이 있었던지 당신을 위해 나는 큰 죄인이 되었습니다. 그런고로 이 밤이 영감께 있어서 마지막 밤이라면 나에게 있어서도 마지막 밤일 테지요. 아 – 슬픈 일입니다.

김부호, 지배인의 등 뒤를 뚫어지도록 씨근거리고 보더니 철창의 맹수와 같이 방 안을 뺑뺑 헤맨다(발광하기 시작한다).

도어가 사뿐 열리며 김부호 첩의[49] 애처롭고 공포에 싸인 반쪽 얼굴이 지배인 편을 향해 나타난다.

지배인, 돌아선 채로 김부호의 첩을 향해 눈을 찌긋한다.

김부호의 첩, 조금 안심되는 듯한 표정으로 문을 사뿐 닫고 나간다.

김부호 딱 섰다. 산송장같이 된 얼굴, 흔자만 남은 눈. 무엇인가 무서운 결심을 한 듯이 서 있다.

김부호, 테이블 가까이 와서 떨리는 손으로 테이블 서랍을 열고 그 안으로 떨리는 손으로 한참 더듬다가 육혈포를 꺼낸다(손 대사).

27회, 1930.07.08.

지배인, 홱 돌아서며 놀란 표정.

[자막]

최후의 행동이 이것입니까? 아무려나 하십시오.

지배인 쓰게 웃고 태연히 거닌다. 그러나 턱이 떨리는 듯하다.

육혈포를 들고 두 팔로 떨어뜨리고 홱 돌아서는 김부호의 무서운 태도.

피스톨을 들고서 (손이 떨린다) 쏘려[發射]는 김부호의 손 (대사)

산송장같이 버티고 서서 눈 깜짝 않고 김부호의 거동을 노려보는 지배인(지배인의 머리 위에는 커다란 틀에 끼워진 김부호의 사진이 걸려 있다).

육혈포 구멍. 김부호 떨리는 손으로 방아쇠를 누른다. 발화 연기 -

지배인 기민하게 화면에서 사라진다.

김부호의 사진, 육혈포 탄환을 맞고 떨어진다.

---

49 원문은 "김부호의"지만 맥락상 "김부호 첩의"가 맞겠다.

땅바닥 유리가 산산조각이 난다. 사진 – 육혈포 자국이 (심장에) 났다.

도어로 살짝 빠져나가는 지배인의 아랫도리. 문이 신속히 닫힌다.

김부호, 육혈포를 든 채로 사진이 떨어져 있는 곳으로 발을 옮겨 가서 (이동) 사진을 집어 들고 부르르 떤다. 유리 몇 조각이 땅에 떨어진다.

김부호, 사진을 내동댕이를 치고서 홱 돌아서서 도어로 달음질친다.

도어의 자물쇠가 잠긴다. (대사)

김부호, 급작스레 도어의 손잡이를 쥐고 비틀며 도어를 두들기고 발광하다가 다시 홱 돌아선다.

다시 반대 방면으로 미칠 듯이 달려간다. (이동)

다른 도어의 자물쇠가 또한 잠긴다. (대사)

김부호 이번에는 번개같이 급히 달려가서 두 손으로 손잡이를 비틀고 흔들고 문을 깨져라 하고 여러 번 때린다. 몸뚱이로 밀친다(도어에서 카메라를 앞으로 끈다).

지쳐서 돌아서며 어치렁어치렁 곤드라질[50] 듯이 의자를 향해 오다가 무슨 생각을 한 듯이 벼락같이 창 앞으로 달려간다. (이동)

창을 몹시 열어젖히고 허리를 굽혀 아래를 내려다보는 김부호

무시무시하게 천여만여한 땅바닥. 깨트려 깐 돌부리들(카메라, 김부호의 위치에서 내려 박는다).

창에서 몸을 돌이켜 미친 걸음으로 최

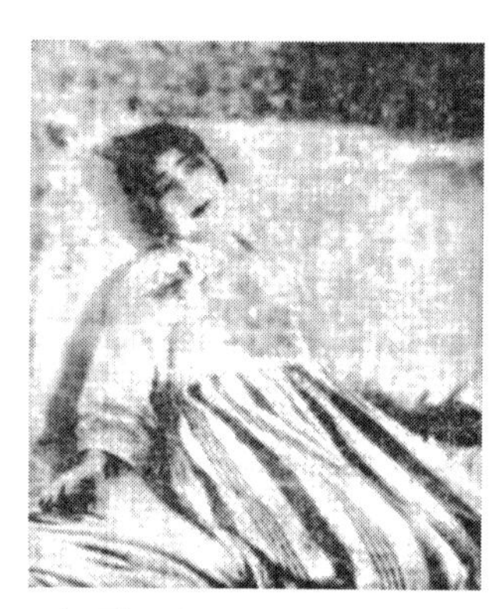

〈그림 23〉 7.9. 옥분 : 이애련
(사진은 김부호에게 모욕을 당한 뒤의 옥분이)

50 곤드라지다: 곤두박질하여 쓰러지다.

초로 닫힌 도어로 가서 (이동) 아까보다도 더 격렬한 행동. 여기서 다시 둘째 도어로 가서 (이동) 한가지로.

혼곤히 자리 위에 잠든 하인들.

28회, 1930.07.09.

김부호 금방 죽어 넘어질 것 같이 의자를 향해 거꾸러질 듯이 오다가 의자 한 모퉁이를 붙잡고 겨우 앉는다. 머리를 두 손으로 짚는다. 눈을 희번덕거리며 김부호, 억지로 일어나서 기어가듯이 걸어서 금고 앞으로 간다. (이동) 금고를 껴안고 어루만지고 하다가 기운이 시진하여 금고에 머리를 부딪고 쓰러진다.

돌층계로 가만가만히 내려가는 지배인과 김부호의 첩의[51] 아랫도리 – 트렁크와 여자의 우산 끝이 보인다.

꺼꾸러져서 입으로 피를 흘리고 눈이 툭 불거져서 꾸깃꾸깃하게 쓰러져 있는 김부호의 시체.

▷………………◁

길용과 옥분,[52] 기차 전망대 층계에 서 있다. 돌이 플랫폼에 서 있다. 보내고 또한 남겨놓기 어려워하는, 슬픈 그러나 씩씩해 보이는 세 사람. 길용이 모자를 벗으며 돌이를 내려다보고 입을 연다.

---

51 원문은 "김부호의"이나 맥락상 "김부호의 첩의"가 맞겠다.

52 원문은 "돌"이나 맥락상 "옥분"이 맞겠다.

[자막]

평안히 계시우. 자 – 그러면 형님은 도회에서!

돌이, 슬픈 얼굴에 웃음을 지으며 말한다.

[자막]

잘 가게. 옥분 씨도 잘 가고 – 그러면 자네는 농촌에서 ……. 자 – 잊지 마세.

(벨이 운다)

조금씩 움직이는 기차의 바퀴 (차륜)

멀어지는 기차. 전망대 위에서 길용과 옥분이 손을 들고 휘젓는다. 돌이 손을 들어 흔든다. 기차가 보이지 않게 될 때 돌이 아무도 없는 플랫폼에 그대로 서서 있다. (용암)

기차 바퀴 (급히 구른다)

(중으로) 길용, 옥분이 차 안에서 점심을 먹고 즐거이 이야기하는 광경

(중으로 다시) 기차 바퀴 (중으로) 기차 레일 (중으로)

[자막]

그들은 모 – 든 고난을 이기고 한 사람은 도회에, 두 사람은 농촌으로 새로운 앞날의 계획을 세우고 길을 떠났다.

(중으로) 기차의 구르는 바퀴

(중으로) 공장의 윤전기 앞에 선 돌이 (중으로) 기차의 구르는 바퀴

농촌의 풍경

물레방아! 들에 풀 뜯는 소 등등등 –

[자막]

봄이다. 새로운 사람, 새로운 자연, 새로운 소리, 새로운 들이 이네들을 맞이하는 봄이다. 이리하여 노래하는 시절은 이 마을을 영원히 떠나지 않았다 한다.

(중으로) 물레방아

(중으로) 쟁기를 어깨에 멘 길용이, 바구니 낀 옥분이 흥겹게 노래하며 전진 (이동) (용암)

(중으로) 멀리 지평선 위로 춤추는 듯이 두 사람 뛰어간다. (용암)

– 사정상 노래를 다르게 고쳤습니다. –

봄노래

(노래하는 시절)

1

봄이 왔네 산에 들에

내 맘에도 왔네

들에 산에 온 봄은

곧 지지만도

이 맘의 봄은 길이길이

지지 않는 꽃이랍니다

2

내 마음에 핀 꽃은

푸른 머리 혀도

한결같이 피어 있어

〈그림 24〉 7.10.

늘 빛나고요
이 몸 죽어도 길이길이
이 땅에 피어난답니다

(끝)

29회, 1930.07.10.

[해제]

하이 큐! 영화 〈노래하는 시절〉 제작에 관한 몇 가지 흥미로운 사실들

이만강

영화 〈노래하는 시절〉은 1930년 엑스(X)키네마[1]에서 감독 안종화, 각본 안석영으로 제작되었다. 1927년부터 『조선일보』의 학예면에서 근무했던 안석영은 〈노래하는 시절〉의 시나리오를 조선일보에 연재하는 것이 좋겠다고 판단했고, 시나리오 「노래하는 시절」은 1930년 6월 3일부터 7월 10일까지 총 29회 분량으로 조선일보에 실리게 된다. 이후 영화는 당초 계획했던 것보다 두 달 정도 뒤인 1930년 9월 12일 단성사에서 개봉되었다.

〈노래하는 시절〉의 시나리오를 맡은 안석영[본명 안석주(安碩柱)(1901~1950), 호 석영(夕影)]은 1901년 4월 1일 서울 출생으로 교동보통학교, 휘문고등보통학교를 졸업한 후 일본으로 건너가 도쿄의 양화연구소에서 공부했다. 이후 귀국해 모교인 휘문고등보통학교 강사로 재직하며 1922년 11월 나도향의 연재소설 「환희」의 삽화로 활동을 시작했다. 1923년에는 조선프롤레타리아예술동맹 결성에 참여했으며, 1927년 8월에는

1 "엑스키네마는 1930년 4월, 이우(李愚), 안종화(安鍾和), 김영팔(金永八), 안석영(安夕影) 등이 창립한 영화제작사로 〈노래하는 시절〉과 〈큰무덤〉(한우(韓愚) 원작, 박윤수(朴潤洙) 연출, 1931) 두 편의 영화만을 제작하고 사라졌다." 한상언, 「안석영의 영화소설 〈노래하는 시절〉 연구」, 『근대서지』 16, 근대서지학회, 2017, 320쪽.

미술감독 및 배우로 영화계에 입문, 12월에는 이익상(李益相), 김기진(金基鎭) 등과 함께 영화연구회를 조직하여 본격적으로 영화계와 인연을 맺게 된다. 1930년부터 영화 〈노래하는 시절〉, 〈바다여 말하라〉, 〈춘풍〉 등의 시나리오를 쓰는 한편 카프 영화 〈화륜〉의 시나리오를 이효석, 서광제, 김유영과 공동으로 집필하기도 했다.[2]

노래하는 시절의 줄거리는 다음과 같다. 한 농촌 마을의 청년인 길용과 역시 같은 마을에 사는 처녀 옥분은, 길용이 옥분의 노랫소리를 듣는 것을 계기로 사랑에 빠지게 된다. 그러나 김부호(富豪)의 수하인 이 마름은 옥분의 아버지에게 재물을 약속하며 옥분을 김부호에게 시집보내라고 권유한다. 한편 길용의 누나인 순녀는 남편인 돌이에게 폭행을 당하다 자살을 하고, 이후 옥분마저 김부호에게 시집을 가버리게 되자 길용은 고향 마을을 떠나 서울로 향한다.

지난날의 과오를 뉘우친 돌이의 도움으로 서울에서 살아가게 된 길용은 어느 날 우연히 길거리에서 쓰러져 있는 옥분을 발견하고 그녀의 이야기를 듣게 된다. 옥분은 김부호에게 성적으로 착취당하다 김부호의 첩 영애의 도움으로 겨우 탈출했지만, 떠돌다 지쳐 길거리에서 쓰러졌던 것이다. 사정을 알게 된 길용은 돌이, 옥분과 함께 김부호가 있는 '식도원'을 향한다. 그들은 그곳에서 김부호의 추악한 민낯을 밝히고, 김부호는 그를 배신한 지배인에 의해 죽음을 맞게 된다. 이후 길용과 옥분은 다시 시골로 돌아간다.

이 작품에서 눈에 띄는 것은 무엇보다 이미지를 중심으로 하는 서술들이다. 9회의 시작 부분에 제시되는 김부호의 자동차가 들어오는 광경, 11회의 길용과 돌이의 결투 장면, 14회의 서울의 모습, 21회의 김부호가

---

2 한국민족문화대백과 표제어 "안석영" 참조.

옥분을 욕보이는 장면 등의 서술 방식은 이미지와 이미지의 연쇄를 통해 새로운 의미를 창조하는 몽타주 기법의 활용으로 「노래하는 시절」이 소설이 아니라 구체적인 영화 이미지의 상상을 바탕으로 하는 시나리오로서 창안되었음을 알려준다. 더불어 이 같은 연속적인 이미지의 병렬을 통한 의미 창출은 당시 소비에트 영화들에서 흔히 사용되던 기법으로 조선 영화와 소비에트 영화와의 관계를 보여주는 것이기도 하다.[3]

시나리오 「노래하는 시절」의 연재 시점 역시 눈길을 끈다. 글의 서두에서 밝힌 것처럼 영화 〈노래하는 시절〉은 1930년 9월 12일에 개봉했지만 본래 개봉 시점은 그보다 두 달 앞인 1930년 7월께였다. 이 시점은 시나리오 「노래하는 시절」의 연재 종료일과 거의 같다. 본래 영화 〈노래하는 시절〉은 시나리오가 마무리되던 시점에 곧바로 개봉하려 했었던 것이다. 또한 영화 〈노래하는 시절〉은 1930년 6월에 초에 촬영을 시작했는데 안석영은 조선일보에 〈노래하는 시절〉의 시나리오 첫 화 연재를 6월 3일에 시작한다. 사실상 촬영 기간과 연재 기간이 동일한데 현대의 관점에서 생각해 보면 시나리오로 영화의 내용을 모두 스포일러한 상태에서 영화를 개봉하려 한 것이나 마찬가지이다. 이는 1930년 당시 영화 제작자들과 관객들이 영화 시나리오와 영화의 관계를 어떻게 간주했는지를 다시 생각해 보게 한다. 다시 말해 당시 관객들은 시나리오를 통해 영화의 내용을 미리 아는 것이 영화를 보는 즐거움을 해치지 않는다고, 영화 제작자는 오히려 관객들에게 미리 내용을 제공하는 것이 영화의 흥행에 더 유리하다고 생각했던 것 같다. 현대에도 예고편 등을 통해 영화 일부를 보여주며 관객들의 흥미를 유발하지만 이처럼 전체 내용을 영화 촬영 기간에 제공하고 영화 개봉 시점과 시나리오의 연재

3 한상언, 위의 글, 333~334쪽.

종료 시점이 같은 것과는 비교되기 어렵다. 현대와는 사뭇 다른 이 같은 영화 홍보와 관람 방식은 식민지 시기 조선의 영화 제작, 관람문화와 관련해 다양한 상상과 분석의 단서가 되지 않을까 생각한다.

한편 시나리오 『노래하는 시절』의 스틸과 관련해 흥미로운 점이 있다. 15회의 스틸사진 설명에 보면 '스틸부: 조선사진관 채상묵'이라고 되어 있다. 이 채상묵은 구한말 고종의 어진을 그리기도 했던 초상화가 채용신의 둘째 아들이자 여성 사진사 이홍경의 남편이었다.

채용신의 후손 중에는 초상사진사와 초상화가들이 많았다. 이는 채용신의 초상화가 사진술의 영향을 받았고 사진만을 보고 그린 초상화가 많았다는 점과도 관련이 있어 보인다.[4] 특히 그의 둘째 아들 채상묵은 동경 유학 시절 미술 공부를 하는 한편 함께 사진술을 배워 1918년 졸업 후에는 귀국해 화가로 활동하는 동시에 아내인 이홍경과 몇 년간 사진을 더 공부했다. 그의 부인 이홍경은 이를 바탕으로 1921년 자택에 '부인사진관'을 개설 운영하다가 1926년쯤에는 현재 인사동에 '경성사진관'을 열었다. 이홍경은 1926년 조선일보 기사에 마지막으로 등장하기 때문에 그동안 이후에 어떤 활동을 했는지 사진관은 어떻게 되었는지 알 수 없다.

그런데 1930년 작품인 『노래하는 시절』에 '조선사진관'이라는 이름과 함께 채상묵이 등장한다. 안종화의 『한국영화측면비사』에 따르면 이 조선사진관은 〈노래하는 시절〉의 제작자인 이우[5](본명 이재현)가 도쿄 유학에서 돌아와 우미관 앞에서 경영했던 사진관이다.[6] 이우가 〈노래하는 시절〉의 제작에 관여하게 되면서 이 영화의 스틸을 그의 '조선사진관'이

4 한상언, 위의 글, 372~373쪽.

5 '이우'는 〈노래하는 시절〉에서 김부호 역할을 맡기도 했다.

6 안종화, 『韓國映畵側面秘史』, 현대미학사, 1998, 132쪽.

맡게 된 것이다. 여기서 채상묵의 이름이 발견된다는 것은 1930년 당시 채상묵이 조선사진관에 고용되어 있었거나 적어도 관련을 맺고 있었다는 것을 알려준다. 이는 채상묵의 1926년 이후 행적을 알려주는 중요한 발견이다. 화가이자 사진사로 알려진 채상묵이 이우의 조선사진관을 통해 영화 촬영에도 관여했다는 새로운 사실이 밝혀진 것이기 때문이다.[7]

또한 이 사실은 영화소설 「노래하는 시절」의 스틸의 특징을 설명해주는 것이기도 하다. 「노래하는 시절」의 스틸은 주로 실제 배우들의 얼굴과 신체를 촬영한 인물 사진으로 이루어져 있는데 이것이 초상화가로 유명했던 채용신의 아들이자 그 자신도 초상화가로 활동했던 채상묵의 영향은 아니었겠느냐는 가설을 세워 볼 수 있다. 또한 연재 전후에 「노래하는 시절」의 스틸을 배우들의 초상을 중심으로 보여줄 것을 기획하고 당시 초상사진사로 유명했던 채상묵에게 그것을 의뢰했을 것이라는 가정 또한 생각해 볼 수 있다. 실제로 15회 채상묵의 스틸 촬영 이전에 1회부터 7회는 삽화, 8~10회는 배우들의 증명사진이 삽입되어 있고 이후에는 14회까지 스틸이 존재하지 않는다. 이후

1930.6.20.
채상묵이 촬영한 것으로 추측되는
「노래하는 시절」 15화 스틸

7 이경민은 “채상묵은 당시에는 경성사진관을 운영하고 있었기 때문에 사진관 명칭에 오류가 있어 보인다”고 말한다. 이경민 편저, 『사진소설: 텍스트, 이미지를 만나다』, 디오브젝트, 2023, 12쪽. 이 의견에 따를 경우 채상묵은 이우의 ‘조선사진관’에 고용되어 있거나 그와 관련을 맺고 있는 상태에서 「노래하는 시절」에 스틸 촬영에 참여한 것이 아니라, 자신의 경성사진관을 통해 독자적으로 「노래하는 시절」의 스틸을 촬영한 것으로 보인다. 이와 관련해서는 추가적인 조사와 연구가 필요하겠다.

에 다시 등장하는 스틸은 야외에서 두셋 가량의 인물들이 안정적인 구도로 등장하는 등의 변화를 보인다. 이후 스틸들을 모두 채상묵이 촬영했다면 이 스틸들은 그의 초상사진사로서의 역량이 발휘된 사진들이라 할 수 있겠다. 마지막으로 「노래하는 시절」의 스틸 순서가 각 회차의 내용과 맞지 않는 것 역시 연재 중간에 합류하게 된 채상묵의 어떤 사정으로 인한 것은 아닐까 추측해 볼 수 있을 것이다.

이효석 · 안석영 · 서광제 · 김유영, 시나리오 「화륜(火輪)」

『중외일보』, 1930.07.19.~09.02.

{금(禁) 무단촬영}

스틸 – 서울키노사 (본사 사진반 촬영)

시(時) – 1930년대

처(處) – 도회

이효석 작

○화면 암흑

화폭 속에 가득 차게 커다란 불붙는 수레바퀴 나타난다. 불꽃은 잠시 맹렬히 타오르다가 차차 스러져 버리고 나중에 불바퀴는 무수히 연결된 주먹의 바퀴로 변한다. 빙빙 돌아가는 주먹의 바퀴 복판 멀리 격분에 타오르는 얼굴 하나 나타나더니 급속도로 카메라 앞으로 내달아와 바퀴 안에 그득히 찬다. 눈 부릅뜨고 입 무섭게 부르짖는다.

얼굴 돌연히 광적으로 커다랗게 웃는다. 웃다가 또다시 격분에 타오르는 얼굴로 변한다. 부릅뜬 눈. 부르짖는 입 (용암)

---

* 중간중간에 "정오(正誤)" 표시가 있는 것은 모두 반영해 놓았다.

〈그림 1〉 7.19.
철호 : 석일량(石一良)

○감옥의 철창
○어두컴컴한 감방
높은 철창에서 한 줄기의 빛이 가늘게 흘러 들어올 뿐. 어두운 한구석에 웅크리고 있던 사나이, 간수에게 불려 벌떡 일어나 문께로 향해 걸어 나온다.
○형무소 문전
육중한 철문이 고요히 열린다.
○철문을 주춤 걸어 나오는 사나이의 다리 (이중)
○빙긋이 열리는 철감(澈鑒)의 살창 밖으로 나오는 범
○드르렁 짖는[1] 범의 낯. 범의 낯이 차차 철호의 얼굴로 변한다.
○옥문 앞에 우뚝 선 철호

[자막]
철창에 신음한 지 10년 만에 사파[2]에 나온 철호

○철호의 얼굴
말할 수 없이 수척한 얼굴에 눈만 매섭게 빛난다. 기쁨인지 슬픔인지 분함인지 말할 수 없이 복잡한 표정
○옥문 앞의 철호 팔짱을 끼고 고개를 숙이더니 생각한다. (이중)
○두 손을 높이 들고 "××××!"를 고창하던 열중된 군중으로 발끈 뒤집히던 네거리

1 원문은 "짓는".
2 사파(娑婆): 괴로움이 많은 인간세계. 석가모니불이 교화하는 세계를 이른다.

○여러 동지들과 포박을 당하여 옥문으로 끌려 들어가는 철호
○간수 감방의 문을 열더니 철호를 안으로 밀어뜨리고[3] 문을 닫는다.
○두 손으로 철창의 창살을 잡고 내다보는 철호
물을 차버리고 빙글빙글 도는 수차(水車)
저절로 장장이 떨어져 달아나는 캘린더 (삼중)
○창살 사이로 보이는 수척한 철호의 얼굴
물을 차 버리고 빙글빙글 도는 수차 (이중)
돌아가는 수차. 차차 사라져 버리고 수척한 철호의 얼굴만 화면에 남는다. (이중)
○옥문 앞에서 고개 숙이고 생각하는 철호 고개를 천천히 쳐든다.
○그의 얼굴 (대사)
엄숙하고 비장한 표정. 이를 간다.
○형무소 앞에 서서 거리를 바라보는 철호
○내려다보이는 거리
(원경. 카메라 서서히 선회)
○거리를 바라보는 철호

[자막]

철창을 나오기는 했으나 이 넓은 장안에 그의 갈 곳은 어디인가. 십 년 만에 사파의 흙을 밟는 이 아침, 그를 반가이 맞이하는 한 사람의 그림자도 없는 그의 몸을 용납할 곳은 어디인가.

그의 가난하던 옛 가정 – 십 년 동안 한 장의 소식도 없었으니 지금에는 어떻게나 되었는지. 세상에 나온 첫걸음으로 철호는 그의 옛집을 찾기로 했다.

---

3 원문은 "미러드려트리고".

○철호 형무소 앞을 떠나 거리로 걸어 내려온다.
○거리를 걸어가는 철호 (측면이동)
○걸어가는 그의 상반신 (이동. 이중으로 환상에)

01회, 1930.07.19.

○병석에 누운 늙은 어머니의 얼굴
○아름다운 아내의 얼굴
○어린 아들의 얼굴
○어머니 얼굴 (순간)
○아내의 얼굴 (순간)
○아들의 얼굴 (순간)
○아내의 얼굴 (이중)
○파리하고 변한 아내의 얼굴
○장성한 아들의 얼굴
○변한 아내의 얼굴 (이중)
○걸어가는 철호의 상반신 (측면이동)
○걸어가는 그의 다리 (이동)
○다리를 건너는 철호
○자동차를 피하는 철호
○전차 선로를 건너는 철호
○네거리를 꼬부라지는 철호
○좁은 골목으로 들어가는 철호
○빠르게 걸어가는 철호의 다리 (측면이동)

○걸어가던 그의 다리. 우뚝 서니

○넓은 거리

아스팔트 대로 양편에는 가로수 심어있고 벽돌집이 즐비해 있다. 철호 거리 복판에 우뚝 서서 의아해하는 모양

○그의 상반신

엄청난 변화를 믿지 못하겠다는 듯한 표정

○좁은 행길을 싸고 양편으로 초가가 늘어져 있는 작은 거리 (이중)

○벽돌집과 아스팔트의 넓은 거리

○마저마저[4] 쓰러져가는 한 개의 초가 (이중)

○우뚝 솟은 빌딩

○철호의 상반신

엄청난 변화를 믿지 못하겠다는 듯한 표정

○철호 지나가는 사람보고 집을 물으니 행인 고개를 절레절레 흔들고 가버린다.

○인력거 병문[5]에서 차부[6]에게 집을 묻는 철호

[자막]

이 근처에 복규네라는 작은 초가집이 있었지요?

○대답하는 차부

4 원문 그대로임.

5 병문(屛門): 골목 어귀의 길가.

6 차부(車夫): 마차나 우차 따위를 부리는 사람.

[자막]

복규네요? 이곳의 초가집 없어진 것이 벌써 태곳적이요.

○말을 그치는 차부의 얼굴

○철호 실망하여 병문에서 발을 돌린다.

[자막]

초가는 헐리고 백성은 쫓기고 그의 살던 옛 거리는 벽돌과 아스팔트의 낯선 큰 거리로 변했으니 가난하던 그의 집안 지금은 대체 어디 가 어떻게 하고 있을 것인가. 낯선 장안 천지에 그의 집 찾을 길 아득하다.

○한없이 거리를 걸어가는 철호 (후경이동)

○걸어오는 철호 (상반신. 이동) 이 화면에 (이중으로) 병석에서 신음하다가 고요히 눈을 감는 어머니의 자태 나타난다. 어머니의 자태 사라지고 (이중으로) 굶주려서 우는 아들의 자태 나타난다. 그것이 사라지자 (또 이중으로) 열차에 깔리는 아내의 자태 나타났다 사라진다. 이 동안에 철호의 얼굴 차차 험악하게 빛나간다.

〈그림 2〉 7.20.
철호 : 석일량, 아내 : 석금성(石金星)

○걸어오는 철호의 얼굴 (이동) 의혹과 공포에 그의 두 눈 광적으로 빛난다. 얼굴 불시에 경련적으로 전율한다.

○걸어오는 철호 (전신이동) 긴장된 자세. 걸음 차차 빨라진다.

○파출소에서 순사에게 물어보는 철호

○부청 호적계에서 역원에게 질문하는 철호

02회, 1930.07.20.

○철호 거리를 걸어가면서 지나가는 여인의 얼굴을 유심히 바라본다.
○거지 아이를 붙들고 물어보는 철호
○뒷골목에서 이 집 저 집 문패를 기웃기웃 살펴보며 집을 찾아내려고 애쓰는 철호
○거리거리를 부지런히 찾아 돌아다니는 철호의 다리 (이동)
걸음의 속력 차차 줄어진다. (이중)
○은행의 철문이 내려 닫힌다.
○공장 굴뚝이 김을 뿜으며 사이렌이 울린다.
○돌아가던 기계 일제히 멈춘다.
○전차 선로를 파던 곡괭이 일시에 쉰다.
○공장 문 앞에 쏟아져 나오는 노동자의 파도
○승강기 사람들을 뱉는다.
○네거리 (부감경(俯瞰景))
러시아워의 사람의 파도, 만원된 전차, 자동차, 교통 순사의 '고 - 스톱'의 자세, 철호도 사람 숲에 쓸려 걸어온다. (이중)
○걸어가는 철호의 기진맥진한 다리
○걸어가는 그의 다리와 불 켜진 도회와의 (이중노출)
○개천 다리 난간 (밤. 근사)
철호 난간에 의지하여 힘없이 개천을 바라보고 있다.
○수심에 찬 그의 얼굴 (대사)

[자막]

그리운 처자를 찾아 온종일 거리거리를 헤매었으나 그는 종시 그들을 찾아낼 수는 없었던 것이다.

○철호 길게 한숨 쉬고 난간을 떠나 힘없이 걸어간다.
○걸어가는 그의 등 차차 카메라에서 멀어진다. (교폐)

[자막]

이튿날 오후 –

○노동식당 안

식사하는 사람들. 식사를 마친 사람들. 담배 피우는 사람들 등. 한편 테이블 옆에 철호 앉아있다. 식사를 마친 뒤.

〈그림 3〉 7.21.
철호 : 석일량, 노인 : 김해웅(金海雄),
노동자 : 장복만(張福萬), 기타

○철호 앉아있는 테이블 (근사)

철호 주머니 속에서 돈을 내서 회계를 하여 테이블 위에 놓고 담배를 꺼내 불을 붙이고 연기를 내뿜는다.

○또다시 식당 안 (전경)

식사하는 사람들. 이야기하는 사람들. 철호 한편 식탁에서 여전히 담배 피우고 있다.

별안간 날카로운 음향을 들은 식당 안 사람들의 시선이 일제히 행길로 향한 창으로 향한다. 철호도 문득 담배를 입에서 빼고 창밖을 바라본다.

○창으로 내다보이는 행길 위. 무엇인지 둘러싸고 사람들 수물거린다.[7]

오고가던 사람 모여들어 그것을 둘러싼다.
○식당 안 사람들 자리를 일어나서 창께로 달어간다.[8] 철호도 그 속에 섞였다.
○식당 안에서 창 앞에 늘어선 사람들의 등 사이로 내다보이는 행길 위. 여전히 수물거리는 군중. 가운데 든 것이 움직이는 탓으로 그것을 둘러싼 군중도 움직이며 차차 화면에서 사라진다. 창에 기대선 식당 안 사람들의 지껄이는 뒷모양.
○식당 문이 열리며 노동자 한 사람 들어온다. 사람들의 시선 그리로 향한다. 노동자 "에- 끔찍두 해라" 하면서 몸서리친다.
○철호 문득[9] 창께를 떠나 식당 문을 나간다. 보이 몇 사람 뒤를 따른다.
○행길 위
삥 둘러선 군중. 그 뒤에 서서 가운데를 엿보려고 애쓰는 철호와 보이들. 철호 군중을 뚫고 안으로 들어간다.
○군중으로 둘러싸인 반원형의 지대. 한복판에 험상궂은 사나이 한 사람 서서 욕설을 하면서 땅에 쓰러진 아이를 난타한다. 아이 피를 흘린다. 군중의 한 귀퉁이를 뚫고 철호 들어와 선다. 놀라는 표정.

03회, 1930.07.21.

○놀람의 표정이 차차 의문의 표정으로 변하는 철호의 얼굴 (대사)
○이 광경을 노리고 섰는 철호 (전신)

---

7 한군데 많이 모여 자꾸 움직인다.
8 원문 그대로임.
9 원문은 "뭇둑".

〈그림 4〉 7.22.
철호 : 석일량, 아이 : 박여항(朴茹恒),
사나이 : 김익산(金益山)

○(카메라 급속히 후퇴) 반원형 지대 안의 광경
○노리고 섰는 철호 (상반신)
두 주먹이 지그시 쥐이며 철호 천천히 걸어온다. (카메라 서서히 후퇴)
○아이를 때리려고 사나이의 주먹이 높이 들렸다. 손 하나 나타나 사나이의 팔을 붙든다.
○팔을 붙들려 옆을 돌려다 보는 사나이의 얼굴
철호의 얼굴 화면에 나타나 사나이의 얼굴과 바싹 대면한다.
○철호의 성난 얼굴 (대사)
입이 무겁게 열린다.

[자막]

이 무지한 친구야. 무엇 때문엔지는 모르나 어린아이를 이렇게 참혹하게 때리는 법이 어디 있나.

○사나이 눈을 흘끗 고개를 돌리고 주먹을 뿌리쳐 빼더니 또다시 아이를 때린다.
○철호, 사나이의 어깨를 억세게 붙들어 올린다. 사나이와 철호 마주 대한다.
○사나이 험상스런 얼굴
○철호의 의분에 타는 얼굴. 입이 커다랗게 열리며

[자막]

그래도 나의 하는 소리가 안 들리나. 이 피를 봐라!

○사나이의 말하는 얼굴

[자막]

아따, 댁이 무슨 참견이요. 도적놈을 그대로 두어야 옳단 말요. 고런 놈은 당초에 버릇을 떼놓아야 하지. 어린놈이 아주 망종[10]이란 말야.

○입을 빈중빈중하며 말을 마치는 사나이의 얼굴
○철호 묻는다.

[자막]

무엇을 도적했단 말요?

○사나이, 아이 쪽을 흘끗 내려다보더니 이야기하기 시작한다.
○(교개) 과자전 앞 유리통 안에 갖가지의 빵이 그득그득 무져있다.[11] 아이 나타나 전 안을 흘끗흘끗 엿보며 전 앞을 어른거린다.
○한참 어른거리다가 별안간 날쌔게 전 옆 골목에 들어가 숨는다. 두 손에 그득히 사든 여자 한 사람 전에서 나와서 사라지니 아이 다시 골목에서 나와서 살금살금 전 앞에 이르러 조심스럽게 주위를 휘둘러본다.
○전 안에서 이것을 노리고 있는 사나이
○과자전 앞

10 망종(亡種): 아주 몹쓸 종자라는 뜻으로, 행실이 아주 못된 사람을 낮잡아 이르는 말.
11 '모으다'의 방언('무지다')에서 파생된 단어로 추측된다.

아이 마침 유리 뚜껑을 열고 황급하게 빵 몇 쪽을 훔쳐낸다. 별안간 아이의 등살을 꽉 잡는 손이 있다.
○깜짝 놀라는 아이의 얼굴
○아이 힘을 다해 손을 뿌리치고 빵을 던진 채 그 자리를 도망한다. 사나이 뒤를 쫓는다.
○좁은 거리를 달아나는 아이. 뒤를 쫓는 사나이
○아이 거리의 모퉁이를 돌아온다. 뒤미처 사나이 입으로 외치면서 돌아온다. 지나가던 사람들 서서 그것을 바라본다.
○한사코 달아나는 아이의 다리 (이동)
이 화면 한편에 쫓아오는 사나이의 다리 나타난다.
○노동 식당 앞까지 오더니 아이 행길 위에 쓰러져 버린다. 사나이 쫓아와 쓰러진 아이를 붙든다. 사람들 우- 하고 모여든다. (이중)
○입을 빈중빈중하며 이야기하는 사나이의 얼굴

04회, 1930.07.22.

[자막]

그것도 한두 번이 아니고 이것이 벌써 세 번째이니 기가 막히지. 벼르고 벼르다가 오늘은 버릇을 떼놓으려고 체면 불구하고 여기까지 쫓아왔던 것은

○사나이 말을 그치고 아이 쪽을 본다.
○사람들, 사나이와 아이를 번갈아 바라본다.
○사나이, 아이를 발길로 지르면서

[자막]

일어나라 이놈아, 파출소로 가자.

○사나이를 억제하면서 외치는 철호의 엄숙한 얼굴

[자막]

오죽이나 주려서 치사스런 빵 한 조각을 훔쳤겠나. 도적이니 파출소니를 찾지 말고 돼지가 아니거든 주린 사람의 심정을 좀 생각해 봐라! 그래, 대체 그 손해가 얼마란 말인가.

○철호 말을 그치고 사나이의 대답은 기다리지도 않고 주머니 속에서 오십 전 은화를 내서 사나이에게 던지고 아이를 붙들어 일으킨다. 사나이는 감히 대답이 없고 사람들 긴장되어 이 광경을 바라보고 있다.
○아이를 일으키는 철호 (근사) 아이(14세) 정신을 가다듬고 피투성이 된 얼굴로 철호를 물끄러미 쳐다본다.
○철호, 아이를 데리고 사람 숲을 뚫고 식당으로 들어간다. 사람들 그것을 바라본다.
○(아이의 얼굴을 중심으로 교개)
식당 안. 빈 식당 한편 테이블에 철호와 아이. 아이 식사를 마친 후이므로 테이블 위에는 그릇이 그대로 놓여있다.
아이 눈물을 흘리니 옆에 앉은 철호, 아이를 위로하며 말한다.

[자막]

울지 마라. 못생긴 사람이 항상 우는 법이란다.
그래, 아버지 어머니는 다들 계시니?

○대답하는 아이

[자막]

친아버지는 어렸을 적에 돌아가시고, 지금은 어머니와 같이 의붓아버지에게 의지하고 있지요.

○고개를 끄덕이고 철호 또 묻는다.

[자막]

의붓아버지는 무엇을 하시니?

○아이 대답하기 부끄러운 듯이 고개를 한참 숙였다가 철호 재촉하니 다시 고개를 들고 입을 연다.

[자막]

낮 동안에는 집에서 저를 매질하기가 일이고, 밤에는 거리로 나가서 밤마다 낯선 손님을 끌어다가 어머니에게 맡기는 것이 업이랍니다.

○(교개) 험악한 의붓아버지의 얼굴 (이중)

○초가집 마당 (밤)

의붓아버지, 낯선 사나이를 이끌고 들어온다.

○그 사나이의 얼굴

○그 사나이의 얼굴이 다른 사나이의 얼굴로 변한다.

○다른 사나이의 얼굴이 또 다른 사나이의 얼굴로 변한다.

○또 다른 사나이의 얼굴로 변한다.

○또 다른 사나이의 얼굴

○그 사나이, 의붓아버지의 손에 지폐 두어 장을 쥐여준다.
○건넛방으로 들어가는 그 사나이
○의붓아버지, 어머니의 등을 밀쳐 뒤미처 들여보낸다. (이중)
○술 취한 의붓아버지에게 매 맞는 어머니와 아이
○눈물짓는 어머니의 얼굴 (교폐)

〈그림 5〉 7.23.
어머니 : 석금성,
의부 : 황하석(黃河晳), 아이 : 박여항

05회, 1930.07.23.

[자막]

어느 날 밤 –

○(교개) 달은 밝은데
○집 마당을 조심스럽게 걸어나가는 두 개의 그림자
○대문을 나선 두 모자. 어머니 대문을 살그머니 닫고 아들과 같이 문 앞에서 사라진다.
○밤거리를 부지런히 걸어가는 두 모자의 다리 (이동. 이중)
○철교 위의 두 개의 그림자
○(원경) 철교. 강물. 달. 움직이는 한 조각의 구름. 철교 난간에 모자 의지했다.
○난간에 의지한 모자 (근경)
어머니 난간을 잡고 올라가 물에 떨어지려고 하는 찰나

○그의 등을 붙들어 내리는 손 하나 있으니
○대하고 보니 의붓아버지
그의 사나운 권막에 놈나는[12] 모자 (이중)
○집 마루에 걸터앉아 수심에 싸인 어머니와 아들 (교폐)

○이야기를 마치는 아이. 두 줄의 눈물이 얼굴을 씻어 내린다. (카메라 후퇴)
○식당 안 철호와 아이
이야기를 마친 아이 눈물을 씻으면서 다시 고개를 숙인다. 철호 고개를 끄덕이고 아이를 보며 위로하더니 또 묻는다.

[자막]
네 이름이 무엇이냐?

○아이 고개를 들고 대답한다.

[자막]
복규예요.

○철호 깜짝 놀란다.

[자막]
복규? 나이는 몇 살?

12 원문 그대로임.

○대답하는 아이.

[자막]
열네 살입니다.

〈그림 6〉 7.24.
철호 : 석일량, 아이 : 박여항

○철호 놀라는 표정으로 아이를 새삼스럽게 자세히 바라보더니 아이의 손과 얼굴을 어루만지면서 생각한다.
○어릴 때의 복규의 얼굴
차차 지금의 얼굴로 변한다.
○철호의 감개무량한 얼굴
○철호, 아들의 얼굴과 몸뚱이를 어루만지면서

[자막]
그러니. 네가 복규로구나.

○하고 외치며 아들의 두 손을 힘껏 잡는다.
○복규의 의아한 얼굴
○철호, 복규의 두 손을 잡고 그를 일으키면서

[자막]
자, 집이 어딘지 나와 같이 얼른 찾아가 보자.

○식당 문을 나가는 철호 부자
○좁은 뒷골목 (저녁)
○의부의 집 문전

복규에게 이끌린 철호 한참 주저하다가 대문 안으로 들어간다.
○고요한 집 마당
철호와 복규의 걸어 들어가는 뒷모양. 두 사람 우뚝 선다. 복규 건넛방 문께를 손가락질하며 철호에게 무어라 속삭이니 철호 건넛방 쪽을 바라본다. (후경)
○꼭 닫힌 건넛방 문 (카메라 급속히 회전하여)
○뜰 위에 벗어 놓인 남녀 두 켤레의 신 (카메라 급속히 회전)
○마루에 벗어 놓인 남자의 모자 (카메라 급속히 회전)
○두 켤레의 신 (순간)
○포옹한 남녀
○건넛방 문
○모욕과 분노에 빛나는 철호의 비장한 얼굴
○철호 건넛방께로 걸어간다.

06회, 1930.07.24.

○건넛방 문 앞
철호 방문을 한참 노리더니 문을 열어젖히려고 손을 마저마저[13] 문에 대다가 다시 생각하여 손을 떼고 괴로운 듯이 고개 숙이고 돌아서서 천천히 걸어온다.
○암담한 철호의 얼굴
○철호 힘없이 복규에게 말한다.

13 원문 그대로임.

[자막]

내 갔다 내일 또다시 오마. 어머니에게 아무 소리도 하지 말아라.

○철호 말을 그치고 돌아서 걸어나가니 복규 그의 뒷모양을 힘없이 바라다본다.

○복규의 얼굴

별안간 눈물이 글썽하니 부끄러운 듯이 고개를 숙여버린다.

○집 마당

풀없이 걸어나가는 철호의 뒷모양과 고개 숙인 복규 (용암)

〈그림 7〉 7.25.

[자막]

이튿날 아침 일찍이 철호는 다시 아내의 집을 찾으러 나섰다.

○(용명) 노동 숙박소 문전을 걸어 나오는 철호

○아내 집 문전

철호 문을 흔드니 복규 대문을 열고 나온다. 철호 "어머니 계시냐"고 물으니 복규 고개를 흔들고 한 조각의 종이쪽지를 주면서

[자막]

어머니에게 어저께 이야기를 죄다 했더니 오시거든 이것을 드리라고 이제 금방[14] 혼자 어디론지 나가셨어요.

---

14 "어머니에게~금방"은 영인 제본이 겹쳐있어 식별되지 않아 김수남의 『조선 시나리오 선집 2』(집문당, 2003)에서 옮겼다.

○철호 황급하게 쪽지를 펴본다. 한참 내려보다가
○별안간 놀라는 그의 얼굴
○펴든 종이 (다음과 같은 편지)
어저께 복규에게서 모든 이야기 자세히 들었습니다. 옥을 나오시자마자 첫 귀에 들리는 이와 같은 변동에 퍽 놀라셨겠지요. 가혹한 생활의 채찍은 저를 드디어 이 길로 몰아 버리고야 말았습니다. 옥에 들어가신 지 삼 년 만에 병으로 신음하시던 어머니는 그만 세상을 하직해 버리셨지요. 그 후부터는 지니고 있던 집 한 칸조차 마저 뺏겨 버렸습니다. 길고 긴 십 년 동안 생각해보세요. 약한 계집의 손 하나로 어떻게 하면 이 거친 세상을 살아갈 수 있었겠습니까. 여자로서 밟을 수 있는 최후의 길을 저는 밟고야 말았습니다. 식칼을 물고 넘어지려 한 때도 많았지요. 달 밝은 밤 철교 위에 헤맨 것도 한두 번이 아닙니다. 그러나 철모르는 복규의 앞길을 생각할 때 다시 분을 억제하고 이를 갈고 욕과 괴로움을 꿀꺽꿀꺽 참아왔습니다. 그러나 이제, 옥을 나오신 이제, 복규에게 아버지를 찾아드린 이제, 저는 아무 미련도 안 남기고 기쁘게 이 세상을 떠나겠습니다. 더럽힌 이 몸, 부끄러운 이 얼굴로 어떻게 고결한 화안을 대하겠습니까? 차라리 대면하기 전에 세상에서 사라져 버려야지요. 이 편지를 보실[15] 때는 벌써 저는 맑은 한강수에 이 몸을 곱게 장사 지내버린 뒤겠지요. 이후라도 부디부디 잘 싸우시고 복규도 똑바로 인도해주세요. 물 가운데 외로운 혼이 된 후일지라도 두 부자 분의 거룩한 앞길을 한결같이 축복해 드리겠습니다.

○다 읽고 난 철호 고개를 드니 놀람과 동요의 무서운 표정. 편지가 손

---

15 "화안을~보실"은 영인 제본이 겹쳐있어 식별되지 않아 김수남의 앞의 책에서 옮겼다.

에서 부르르 떨린다.
○복규 "아버지!" 하면서 철호에게 달려드니 철호 편지를 한 손에 구겨 들고 복규를 품에 안았다가 다시 내려놓고 "얼른 어머니를 찾아가자" 하며 복규의 손을 끌고 급한 걸음으로 집 앞을 떠난다.
○거리를 급히 걸어가는 철호와 복규의 다리 (이동)
○걸어가는 철호의 상반신 (이동)
물속에 빠지는 아내 } (이중)
○철교 위를 뛰어가는 부자의 다리 (이동)
○두 사람의 다리 한곳에 문득 머물면서 난간에 오르는 여인의 치맛자락을 붙들어 내린다. (카메라 서서히 우흐로[16] 회전)

07회, 1930.07.25.

○철호, 여인, 복규 세 사람의 상반신 철호 난간을 향한 여인의 어깨를 붙들어 돌려보니 자살하려는 아내다. 시선이 서로 마주치자 두 사람 너무나 놀라 한참 동안이나 멍하니 서서 있다. 복규, 어머니의 치맛자락을 붙들면서 운다.

〈그림 8〉 7.26.

○놀라는 철호의 얼굴 (대사)
○놀라는 아내의 얼굴 (대사)

16 원문 그대로임.

○아내, 철호의 얼굴을 한참이나 쳐다보다가 "철호 씨!" 하고 부르짖고 고개를 숙여버린다. 한참 그러고 서 있다가 다시 철호에게 등을 돌리고 난간에로 가는 것을 철호 황급히 붙드니 아내 "놓으세요, 놓으세요!" 하며 몸을 빼려고 한다. 철호, 아내의 어깨를 잡아 다시 돌려세우고

[자막]

왜 이런 어리석은 짓을 한단 말요.

○하고 말하니 아내 고개를 숙인 채 느껴 운다.
○느껴 우는 아내의 등
○철호 느껴 우는 아내의 고개를 쳐들면서

[자막]

편지 보고 자세히 알았소. 그러나 이왕 이렇게 되었으니 지나간 일은 피차에 모두 잊어버립시다.

○철호 말을 그치니 아내 간신히 고개를 쳐든다.
○눈물에 젖은 아내의 얼굴 (대사)
○아내 눈물을 짓고 철호를 똑바로 쳐다보면서

[자막]

저를 용서해 주실 수 있겠어요?

○하고 다시 고개를 숙이니 철호, 아내의 두 손을 잡으면서 위로한다.

[자막]

우리들 사이에 용서고말고 할 것이 있겠소. 한편에 그렇게 만들어놓는 것이

있는 것을 우리들에게야 무슨 죄가 있겠소. 자, 여기서 길게 말할 것 없이 얼른 들어가서 새로 살아나갈 도리나 궁리합시다.

○철호 친절히 말을 마치니 아내 더욱 느껴 울며 철호에게 몸을 의지한다. 철호, 아내를 품에 안는다.
복규 한편에 고개 숙이고 서 있다. (이중)
○철교를 걸어가는 세 사람 (후경)
가운데 복규를 두고 양편에 철호와 아내 (용암)

[자막]

결국 철호는 한 칸 방을 얻어 처자를 거느리고 그는 날마다 철공장에서 노동하면서 새살림을 도모해 나가게 되었다.

○(교개) 돌아가는 기계 바퀴
○돌아가는 조리대(調理臺)
○끊기는 철판에서 불꽃이 날린다. (이중)
○철공장 작업실 (전경)
돌아가는 기계의 틈틈이 끼어서 노동자들 일하고 있다. (카메라 한편을 향해 그곳에 접근하니)
○힘을 다해 기계를 돌리는 철호
○힘찬 그의 얼굴 (대사)
○종업의 사이렌이 울리니
○돌아가던 기계들 일제히 그친다. (이중)
○세수하는 직공들. 그 숲에 철호
○공장 문으로 쏟아져 나오는 직공들 속에 철호도 섞였다. (이중)

○철호 집 문을 들어서니 아내와 아들 반가이 나와 맞이하며 아내 벤또를 받아 든다.
○기뻐하는 아내의 얼굴 (대사)
○애정에 넘치는 철호의 얼굴 (대사)
○세 사람 손을 마주잡고 한없이 기뻐하는 모양 (교폐)

* 차회 안석영

08회, 1930.07.26.

안석영 작

[자막]

흡혈귀 밑에서 청춘이 덧없이 시들어가는 숙정 – 그리고 이 불행한 여자의 애인 영식. 이 두 사람에게는 이슥한 밤 온 세상이 잠자는 그때가 그들의 세계였다.

○제철회사 사장 최태원의 집 후원 골목길로 난 조그만 문 옆에 착 붙어서서 맘을 졸이며 휘파람(암호)을 부는 영식
○담 너머 후원 안 –
꽃밭 사이로 잽살스럽게 걸어오는 숙정의 다리 (이동)
○뒤를 돌아다보며 뒤에서 누가 잡아당기는 듯 황당한 표정으로 걸어가는 숙정 (근사 – 조금 속히 회전)
○휘파람을 불다가 초조해서 양복바지에 손을 찌르고 문 앞으로 서성대며 배회하는 영식
○벽돌담을 사이로 두고 담에 가까이 이르러 주저하며 뒤를 돌아다보면

서 후원의 문을 열려다가 주의주도한 표정으로 멈칫하고[17] 문 옆 나무 그늘에 들어서는 숙정
○인기척에 문 앞으로 바싹 들어섰다가 무슨 생각을 했는지 문 옆 담에 착 붙어서는 영식 (부감촬영)
○고개를 쳐들고 휘파람을 부는 영식 (대사)
○고개를 쳐들고 눈을 조그맣게 뜨고서 영식의 휘파람에 호응하여 휘파람을 부는 숙정이 (대사)
○반기며 웃고 담 너머를 향해 입을 여는 영식

〈그림 9〉 7.27.
숙정 : 김연실(金蓮實), 영식 : 김악(金岳),
촬영 – 김용태(金容泰)

[자막]

숙정 씨이십니까?

○반가운 김에는 사뿐 뛰어넘기라도 할 듯한 행동으로 문께로 바特이 서는 숙정
○높은 담을 건너다볼 듯이 고개를 쳐들고 입을 여는 숙정이 (대사)

[자막]

네 – 영식 씨세요! 그러면 – 잠깐만 …….

○문 열쇠 구멍에 열쇠를 박고 돌리는 숙정의 손 (대사)
○양관(洋館) 한 곁에 놓인 개집에서 홱 뛰어나오며 쇠사슬 매인 채로

17 원문은 "뭇춧하고".

요란히 짖는 불독 (근사)
○침대에 드러누워 씨근거리고 자던 최태원이 개 짖는 소리에 눈을 크게 뜨고서 벌떡 일어난다. (근사)
○벌떡 일어나는 길로 비틀비틀하며 허둥지둥 슬리퍼를 신고 창문으로 와서 창문을 열고 사면을 살펴본다.
○황망히 문을 열고 닫으며 사면을 살펴보면서 길로 나아오는 숙정이 나는 듯이 영식의 가슴에 안긴다. 영식이 냉큼 안았다가 두 사람 떨어진다. 두 사람 사면을 살핀 뒤 숙정의 말은

[자막]
퍽 기다리셨지요. 곧 나온다는 게 그이가 이때까지 술이 취해 주정받이를 하느라고……. 그만 너무 기다리시게 해서 아 –

○영식과 숙정이 팔을 엇뀌고[18] 허둥지둥 걸어간다. (이동)
영식이 마음이 타는 듯 그러나 미소를 띠며 입을 연다.

[자막]
나는 얼마든지 기다려도 좋지만 숙정 씨가 너무도 괴로우실 것 같아서……. 오 – 우리 두 사람은 언제나 자유롭게 지내볼까…….

○담 모퉁이로 돌아서는 두 사람 (원사. 용암)
○쇠사슬 매인 채로 미쳐 날뛰며 짖는 개
○최태원이 비슬비슬 도어께로 가서 전등 스위치를 누르고 분주히 그러나 술 취한 기운이 남아있어 비슬비슬 테이블 앞으로 걸어가서는 초인

18 원문 그대로임.

종을 들입다 누른다.

09회, 1930.07.27.

○초인종을 치는 최태원의 손 (대사)
○숙직실에 혼곤히 자는 하인 코를 씽긋하고 돌아 드러눕는다.
○여하인 부스럭거리며 눈 한쪽을 찌긋이 뜨고 나가 눈살을 찌푸리고 손가락을 귀에 틀어막는다.
○불독 크게 여전히 짖다가 슬그머니 개집으로 들어간다.
(사중)

○최태원 화가 나서 입맛을 다시며 혼자 중얼대며 섰다가 슬그머니 침대로 향한다.
(중으로) 불독 개가 다시 튀어나와 짖는다.
○최태원 진저리치며 공포를 느낀 표정으로 황급히 사면의 창문의 커튼을 분주히 내리고 테이블 서랍 속의 열쇠를 꺼내다가 떨리는 손으로 도어의 문을 잠그고 다시 신속히 머리맡의 의장[19] 서랍에서 육혈포를 꺼낸다.
○최태원이 육혈포를 침대에 파묻고는 무슨 생각을 했는지 쭈루루 도어로 가서 전등 스위치를 눌러 방의 불을 꺼 버리고서 컴컴한 방을 더듬듯이 침대로 가서는 이불을 머리끝까지 쓰려다가 얼굴만 내놓는다.

○달빛이 창틈으로 새어 들어와 비치는 최태원의 공포에 싸인 얼굴 –
(대사로 여기서 카메라를 앞으로 급속히 끌어 내온다)
– 여기서 최태원의 드러누운 편 좌우편에 환영(幻影)이 나타난다.

19 의장(衣欌): 옷을 넣는 장.

○(중으로) 후원 담을 뛰어넘는 시커먼 그림자 = (최태원의 커진 눈)

○(중으로) 현관문이 바람에 열리는 듯이 확 열리며 닫힌다. －(최가 상체만 일으켜 두 팔로 작대기 삼고 침대에 앉는다)－

○▨▨▨▨▨같이 사뿐사뿐히 올라오는 괴상한 사나이 하체－(최가 또 이편으로 눈을 무섭게 굴린다. 몸을 떤다)－

○이 괴상한 다리가 복도로 걸어서 첩(숙정)의 방을 들러서 문을 고이 닫고는 나온다.

○(카메라 위치를 최의 등 뒤에 둔다) 최의 등을 얼러서 보이는 어슴푸레하게 보이는 도어의 윤곽(중으로)에 그 괴상한 사나이의 발이 나타나서 화면 그득히 커지며 최에게 급속히 가까이 오다가 사라지고는

○－(중으로)－ 무서운 표정을 한 얼굴이 돌연히 나타나 최에게 급속히 가까이 오며 육박하고는 사라지고

○－(중으로)－ 해머가 나타나 최를 세차게 때리고 사라진다. －(최 두 팔을 쳐들고 막으려는 듯이 저으며 떤다)

○－그런 얼굴이 최에게 연속으로 육박하며 곡괭이, 해머, 쇠뭉치로 최를 때리고 사라진다.

○－다음으로 피골이 상접한 해골만 남은 여자의 환영이 도어를 뚫고 (중으로) 들어와 최에게 가까이 와서 최의 목을 졸라맨다. －(최 손으로 모가지를 비비며 미칠 것 같다)－그 여자가 돌아서서는 몸서리치게 웃고는 도어 편으로 사라지자

○－(중으로)－ 이번에는 무수한 노동자들의 억센 발이 달음질하여 도어 편에서 나타나며 최를 밟고 지나간다. －최 침대에 파묻은 육혈포를 떨리는 손으로 들어서 도어 편을 향해 쏘려다가 정신을 차린 듯이 자기 손에 들린 육혈포를 발견하자 이마의 땀을 팔뚝으로 씻고서 침대 위에 엎드러진다. (용암)

[자막]

지나간 날에 그리고 지금도 커다란 죄악을 짓고 있는 이 인간이 밤마다 스스로 환영을 그리며 떠는 때는 그가 보배로 아는 아름다운 자랑거리를 잃는 때다.

○달밤 – 수림 사이로 속삭이며 걸어가는 영식과 숙정의 얼굴 (한참 측면으로 이동하다가 카메라를 앞으로 천천히 끌어오면서 동시에 측면이동) – 손목을 이끌며 뛰뒤듯이 수림 사이 풀밭으로 즐거이 달음질하는 두 사람 (원사로 이동)

〈그림 10〉 7.28.
촬영 : 김용태

○(이동 딱 그치며) 나무에 기대어 서며 교태를 부리면서 영식의 두 손을 잡아서 이끌어 세우는 숙정이. 영식과 숙정이 손을 잡은 채 조금 떨어져서[20] 피차에 바라보다가 이번에는 영식이가 숙정을 끌자 달빛 영롱한 수림 사이로 보이는 지평선 뒤로 사라진다. (용암)

10회, 1930.07.28.

(용명) 얼기설기 뻗친 나뭇가지 이파리와 이파리 사이로 보이는 벤치 위에 앉은 영식과 숙정……. 숙정이 영식의 어깨에 머리를 얹고 있었다. 두 사람 조금도 움직이지 않고서 힘없이 앉아있다.

(교개) 벤치에 앉은 숙정과 영식이. 슬픈 표정으로 앉아있다. (대사)

20 원문은 "떠러서".

숙정이 입을 연다.

[자막]

못 만나면 그립고 만나면 답답하고……. 그리고 우리들의 앞길이 캄캄한 것 같아요……. 영식 씨, 어떻게든지 우리들이 이 고통을 속히 면해야 되지 않겠어요? 네?

영식이 고개를 뒤로 넘기고 눈을 딱 감았다 뜨고서 머리를 앞으로 떨어뜨리며 입을 무겁게 그러나 슬픔에 떨며 연다.

[자막]

왜 나는 하고많은 여자 중에 남의 아내…… 그렇지요…… 남의 아내를 사랑하게 되었을까요? 그것이 큰 고통이 되는 것이면서도 무섭게 나의 마음 그리고 나의 전 생활을 얽어 잡아매 놓았습니다그려.

영식이 고개를 옆으로 힘없이 돌리고 불시에 북받치는 슬픔을 참기 위해 아랫입술을 이로 지그시 누른다. (대사)
숙정이 슬픔에 못 견뎌 눈을 꽉 감는다. 감은 눈썹 사이에 어린 눈물 (대사)
영식이 우는 숙정이를 덥석 안고서 숙정의 어깨를 분주히 어루만지며 입에 대면서 정열에 타는 표정으로 입을 연다.

[자막]

숙정! 당신같이 큰 매력을 가진 여자가 이 세상에 또 어디 있을까……! 당신은 영원히 나를 사랑하겠지요? 네? 꼭 그렇지요?

영식이 숙정의 대답을 기다리는 듯이 느껴우는 숙정의 얼굴을 초조한 표정으로 들여다본다. 숙정은 얼굴을 영식의 가슴에 파묻고 느껴 울면서 고개를 끄덕여 보인다. 영식이 기뻐서 숙정을 힘껏 껴안고서 숙정의 얼굴에 무수히 입을 갖다 댄다. (대사) 숙정이 바로 앉고 영식이 숙정의 손을 이끌어다가 두 손으로 어루만지며 법열에 찬 표정으로 하늘을 쳐다본다. 숙정이 입을 연다. (근사)

〈그림 11〉 7.29.
영식 : 김악, 숙정 : 김연실

[자막]

영원히 사랑하고말고요. 이 몸뚱이의 한편을 베어 달라시면 베어드리겠습니다. 그러나 영식 씨! 저를 장차 어찌하시겠습니까. 저는 이런 괴로운 시간을 이제는 더 지낼 수가 없어요.

○숙정이 괴로운 표정으로 머리를 좌우로 조금씩 젓는다. 영식이 난처한 듯이 구부리고 앉아서 머리를 떨어뜨리고 있다.
○숙정이 조금 쌀쌀한 그러나 안타까운 표정으로 구부리고 앉은 영식의 등덜미를 내려다보며 입을 연다.

[자막]

대답이 없으시면 어떻게 합니까? 어제는 그이가 눈치를 챈 모양이던데요. 웬만하면 이 길로 하다못해 저 소나무에 목이라도 매어 죽기라도 했으면 ……. 영식 씨, 제가 어떻게 해야 하겠습니까? 말씀해 주셔요. 네?

○영식이 눈을 감고서 뒤로 자빠져 앉으며 한숨을 쉰다. 그리고 하늘을 쳐다보고 느럭느럭 입을 연다.

[자막]
달아나십시다!

○숙정이 조금 바짝 앉으며 잽살스럽게 입을 놀린다.

[자막]
어디로요?

11회, 1930.07.29.

○영식이 다시 구부려 앉아서 자기 손을 쥐고 비비며 이미 결정한 것이 있었던 것 같은 표정으로 입을 연다.

[자막]
상해로…….

○숙정이 조금 냉연한 표정으로 정면을 향해 입을 연다. (대사)

[자막]
그러면 우리 둘이는 방랑 생활을 하자는 말씀이십니까?

○영식이 고개를 돌려 숙정을 보면서 조금 쓸쓸한 웃음을 띠고서 입을

연다.

[자막]

그렇지요, 마치 집시들같이…….

○숙정이 조금 오만한 표정으로 입을 연다.

[자막]

그건 안 됩니다. 영식 씨는 이 조선에 계셔야 합니다. 여기서 새로운 사회를 건설하기 위해 살고 또한 죽으셔야 할 것입니다. 만약 당신이 한 사람 때문에 당신으로서의 사명을 잊으신다면 저는, 저는 당신과 사랑을 끊겠습니다.

○영식이 벌떡 일어나며 숙정이를 내려다보며 정열에 타는 표정으로 입을 연다.

[자막]

이제 와서 그런 말을 한단 말이오? 자－보시오. 나는 당신 때문에 모든 것을 희▨인이 되지 않았소? 지금 한 말은 정말 당신이 한 말이오? 그럴 것 없이 달아나십시다. 내일 아침이고 지금이고…….

○숙정이 홱 일어나서 싹 돌아서며 매서운 표정으로 입을 연다.

[자막]

당신은 너무도 약하고 비열한 사나이옵니다. 가실 테면 혼자 가셔요! 저는 확실히 그 집을 나옵니다. 그러나 나는 어디든지 가지 않겠습니다. 쌀을 고르고 살아도 조선에서 살 테에요.

○영식이 씨근씨근하고 숙정이의 뒤를 바라보고 섰다가 벤치에 턱 쓰러져서 고민한다. 숙정이 이 꼴을 물끄러미 바라보다가 다시 슬그머니 돌아서서 손가락으로 눈물을 씻으며 화면에서 천천히 사라진다.
○영식이 홱 일어서서 울고 가는 숙정을 물끄러미 (씨근씨근하며) 바라보다가 숙정이를 두어 번 애가 타서 부른다. (근사)
○걸어가던 숙정이 얼굴만 조금 돌려서 비창(悲愴)히 영식이 편을 바라보다가 다시 걸어간다. (근사)
○영식이 거친 표정으로 가는 숙정을 한참 바라보다가 벤치에서 모자를 들어서 쓰려다가 벤치 위에 홱- 팽개치며 테이블에 무너지는 듯이 쓰러진다. (용암[21])

◇

○(교개) 침대 위에 쓰러져있는 공장주 최태원이 무섭게 거칠어진 얼굴을 조금 든다.
○양관 층계로 가만가만히 올라오는 기맥 풀린 숙정의 다리
(이중)

○숙정의 다리가 가만가만히 걸어서 숙정 자기 방 앞에 이른다.
○최태원이 무섭게 긴장된 얼굴로 부스스 일어나 앉는다.
(이중)

〈그림 12〉 7.30.
공장주 : 장철병(張鐵兵),
영식 : 김악, 숙정 : 김연실,
촬영 – 김용태

○자기 방 도어에 이르러서 손수건을 입에다 대고 기침을 하는 숙정. 기침을 하면서 가슴에 손을 대고 폐가 아픔에 못 이기는 표정. 얼마 동안 기침을 하다가 기맥 없이 방 안으로 들어가

21 원문은 "용명"이나 오식으로 보인다.

고는 도어가 힘없이 닫힌다. (대사)
○최태원이 벌떡 일어나서 거친 발자국으로 도어 앞으로 걸어간다.

12회, 1930.07.30.

○숙정의 방 – 숙정이 침대 위에 앉아서 수건으로 입을 틀어막고서 기침을 한다. 몹시 괴로운 표정 (근사)
숙정의 등을 얼러서 보이는 도어 – 부스스 – 열린다. 숙정 놀란다.
○숙정이 놀라서 앉아있는 뒷벽에 커다랗게 비친, 채찍을 어루만지는 최의 그림자가 숙정이에게 가까이 걸어온다. 숙정의 앞에 가까이 와서는 딱 서서 채찍의 줄을 펴서 켱겨보는[22] 최의 그림자. 숙정이 더욱 놀라 소리를 치며 침대에서 떠나서 뒤로 물러간다. 그림자 따른다. (이동)
○숙정이 도어에 이르러 뒤로 도어의 손잡이를 황급히 비틀고 문을 열고 빠져나가려 할 때 최태원이 억센 손으로 숙정의 팔목을 잡아서 홱 끌어서 그 옆 벽에다 떠다민다. 그리고 채찍을 들어서 숙정을 후려갈긴다. 숙정이 바들[23] 떨며 주저앉는다. 주저앉은 숙정을 잡아 일으켜 세워노면짓는다.[24]

[자막]
이 고약한 년! 다 알고는 더 참을 수 없다. 아! 무에 부족해서 …… 그래, 내 얼굴이 그놈만큼 뺀뺀치 않아서 한이 되었던 ……?

---

22 원문 그대로임.
23 원문은 "바를".
24 원문 그대로임.

○최태원이 인정사정없이 숙정을 한참이나 후려갈긴다. 숙정이 기절하여 엎드러진다.
○엎드러진 숙정의 입에서 피가 흐른다. (대사)
○엎드러진 숙정의 입에서 피가 흐르는 것을 본 최태원이 놀라서 숙정이를 흔들어본다. 더 재게 흔들어본다. 최 땀을 팔뚝으로 씻고는 채찍을 땅에 내던지고서 숙정을 번쩍 안고서 침대로 향한다.
○침대에 혼도된 채로 드러누운 숙정이 – 이 숙정의 머리를 최가 쓰다듬으며 정에 못 이겨 어쩔 줄 몰라 한다. (용암)

[자막]

—그 이튿날은—

○최태원의 제철공장 전경이 보인다. 문 앞에 와 닿는 자동차! 자동차가 공장 철문에 와 닿자 철문이 잽살스럽게 열리며 사람들 나와서 굽실거린다. (원경)

〈그림 13〉 7.31.
공장주 : 장철병, 공장 감독 : 이엽(李葉),
촬영 – 김용태

○자동차에서 내려 거드럭거리고 여러 사람에게 싸여 최태원 여송연을 질겅질겅 씹으며 공장으로 들어간다. (측면이동)
○공장 안으로 들어간 최태원이 여송연을 씹으며 공장 감독의 안내로 장내를 시찰한다. 공장 감독의 이야기해주는 대로 싱긋 웃기도 하고 눈살도 찌푸리고 고개를 근덩근덩하기도 하며 공장을 시찰한다. – 뒤로

움직이는 기계, 피대, 용광로들이 지나 보인다. – (이상 이동)
○[25]풍자적으로 싱글싱글 웃으며 일을 하다 말고서 기계에 버친리위에[26] 턱을 치받은[27] 팔뚝을 얹어놓고 최태원을 바라보고 있다. 걸어오던 최태원 그 앞에서 딱 서서 철호를 훑어본다. 공장 감독이 어쩔 줄 몰라 한다. 철호가 바로 서며 의미 있는 듯이 땅바닥을 이상하게 내려다본다. 공장주의 최와 공장 감독 땅바닥을 내려다본다.
○땅바닥에 활석(活石)으로 실크해트[28] 쓴 돼지를 우습게 과장해 그려놓았다. (대사)

13회, 1930.07.31.

○공장주 최가 격분하여 철호를 노려보며 거진 다 – 탄 여송연 찌꺼기를 몹시 씹다가 수염에 불이 닿아 쩔쩔매다가 여송연 찌끼를 퉤 – 뱉은 후 손으로 수염을 비비며 눈물이 글썽글썽하여 우스운 거동 – (대사)
공장 감독 망지소조하다가 이 꼴을 보고 웃음을 참을 수 없는 듯이 공장주의 등 뒤에 숨어서 어깨가 흔들리는 것이 곁들여 보인다.
○철호 파안대소한다. (대사)
○공장주, 철호가 웃는 소리를 듣고 철호 편으로 몸을 홱 돌린다. 공장 감독도 따라서 철호의 편으로 고개를 돌린다. 철호 시치미를 떼고서 일을 한다. 공장주 불시에 화면 한편으로 고개를 돌린다. 공장 감독도 따

25 원문에는 주어가 생략되어 있으나 맥락상 '철호(가)'가 맞겠다.
26 원문 그대로임.
27 원문은 "치바친".
28 silk hat. 실크로 만든 모자.

〈그림 14〉 8.2.
철호 : 석일량, 공장주 : 장철병,
공장 감독 : 이엽, 감독 부하 : 오세충(吳世忠),
철공A : 김두금(金斗金), 철공B : 김익산,
철호의 동무 : 김의진(金義鎭),
촬영 – 김용태

라서 돌린다. (정사(正寫))

○(카메라 회전) – 기계와 도가니 사이사이에 일하다 말고 이 광경을 보고 참으려야 참을 수 없는 듯이 웃는 여러 수많은 직공들

○(이중으로) 기계와 기계 도가니의 불결 착종되어 흐려졌다 뚜렷했다 움직이며 웃는다.

○험악해진 얼굴을 돌리는 공장주, 이마에 비지땀을 흘리고 고개를 숙이며 몸을 정면으로 돌린다. 그 등 뒤로 몹시 민망한 표정을 하고서 이마의 땀을 와이셔츠 소매로 씻는 공장 감독

○눈 흰자만 번쩍이는 공장주 최의 얼굴. 차차 화면 정면으로 커진다. 공장 감독의 얼굴이 그 뒤에서 따른다. – 그들의 등 뒤로 멀어지며 웃는 직공들 (대사로 이동)

○공장을 나와서 시멘트벽을 등 뒤로 하고서 어슴푸레한 구석에 험악해진 얼굴을 숙이고 공장 감독의 이야기를 듣고 있는 공장주. 공장 감독 양수거지를 하고서 그리고 진정을 보이는 듯이 인조인간 같은 거동을 되풀이하며 재잘대고 있다.

[자막]

영감 – 그것은 염려 마십시오. 제가 다 – 처치하지요. 저희들이 암만 단결이 된다 해도 목이 버지는[29] 데야 별수 있나요. 다 – 제게 맡기십시오. 이 크나큰 공장 감독으로서 그만한 수완이야 없겠습니까. 나중에 그들에게 큰 봉변을 당해도 영감께야 미치게 할 리가 있겠습니까?

○공장주 고개를 끄덕끄덕하더니 조금 불안한 기색으로 입을 연다.

[자막]

그야 언제나 자네를 믿기에 이 크나큰 공장을 맡긴 것이 아닌가? 그러나 나중에 일이 커지든지 하면 그런 일에는 보조를 일치하는 신문 같은 데에 고약하게 이름이 오르내리면 마음이 편치는 않으니까 ……. 아무려나 하게. 후환만 없도록 ……. 요사이 금 해금[30]으로 모든 게 긴축이니까 ……. 자 – 담배 하나 먹으려나? 허허 …….

○공장주는 너털웃음을 웃으며 여송연 한 개를 양복 호주머니 담뱃갑에서 꺼내주니 공장 감독 어깨를 으쓱거리며 기쁜 표정으로 두 손으로 받으며 두 사람 시멘트벽 귀퉁이를 돌아간다. (용암)

14회, 1930.08.02.

29 칼이나 날카로운 물건에 베이거나 조금 긁히는.

30 금 해금(金 解禁): 금 수출 금지를 해제하여 금화나 금괴를 자유롭게 수출할 수 있게 하는 일. 금 본위 제도로 복귀하는 것을 의미한다.

[자막]

— 그날 점심때 이 공장에 회오리바람이 불기 전, 공장 감독실에서는 —

○(용명) 공장 감독실 외부 유리창으로 보이는, 공장 감독실에 불려 들어간 공장 내부 각 부장들이 빽빽이 서서 있는 그림자
○(교개) 공장 감독실 내부 좌우 쪽에 늘어선 사람. 그 중간에 의자를 빙빙 돌리며 엄격한 표정을 지어서 눈치를 봐가며 또한 인조인간같이 틀에 박은 듯한 행동으로 여러 사람에게 이야기하는 공장 감독 (공장주에게서 받은 여송연을 귀에다 끼웠다)
○지금도 자세히 설명해드려서 다들 그만하면 알겠지만 우리 회사에서도 긴축정책을 쓰지 않으면 한 달도 못 가서 공장 문을 닫게 될 테니까 그리고 요새 공장 여러분들 중에! 그야 내가 무얼 알겠소마는 모모회에 가담한 패들이 있다는 것을 공장주인께서 아시고 펄쩍 뛰시니까 – 그런 이들하고 합해서 단연코 육십 명 이상은 해고를 해야 하겠으니까 – 그 대신 능률을 올리면 마찬가지겠지.
○말을 다 – 끝마치지 않고서 핼죽핼죽 둘러선 사람의 눈치를 보는 공장 감독, 손톱눈을 자르고 있다가 다시 입을 연다. (대사)

[자막]

그러니까 한 부에서 적어도 사오 명 이상은 되어야 하겠으니까 그 부를 통제하는 여러분은 이렇게 될 준비로 미리 평소부터 손꼽아 두었을걸 ……? 그런데 여러분 중에 이번 일을 반대하는 이가 있으면 반역자로 몰릴 것은 정해놓은 일인 고로 그것도 생각해서 오늘 저녁 기적(汽笛)이 울기 전에 뽑아 오시우. 자 – 그러면 다들 나가시우 …….

○공장 감독의 말에 씨근거리고 피차에 격류되는 핏줄을 내솟치고 눈치

를 보는 사람들 (카메라 회전)

○공장 감독 안하에 무인 격으로 – 텅 빈 방에 혼자 있는 것 같이 공장주에게서 받은 여송연을 귀에서 빼 가지고 코로 맡아보고 쌩긋 웃고는 입에다 고이 물고서 성냥을 놓아대고 허리를 펴고서 천정을 쳐다보며 두어 모금 빨다가 기침을 두어 번 칵칵하고는 눈에 눈물을 씻고서 다시 생그레 – 웃으며 여송연을 또 빨아서 연기를 공중에 뿜는다.

〈그림 15〉 8.3.
파업을 하여 공장 연통에서는 연기가 안 나오고 기계는 정지되어 있는 장면.
촬영 – 김용태

○부장들 서로 눈치를 보며 수군거린다.

○공장 내부에 긴장되어 공장 감독실을 초조한 마음으로 주목해보며 일하는 직공들

○철호 공장 감독실 편을 주목해보며 긴장된 표정으로 그 옆에서 일하는 사람에게 이야기한다.

[자막]

여보게, 오늘 무슨 일이 일어나나 보이.[31]

○그 옆 사람 초조한 얼굴로 대답한다.

[자막]

아마 도태지 –

○철호 픽 웃고 그 옆 사람 근심스러운 태도로 힘없이 일을 한다.

31 원문은 "일어나보이".

○공장 감독실에서 서 있던 한 사람 무서운 표정으로 감독을 노려보고서 나간다. 모두들 나간다. (용암)

[자막]

—한 시간 뒤— 그들은 일제히 포악무도한 공장 측에 반항하기 위해 ××을 개시했다. 그리고 완전한 해결을 얻기 전에는 ××적으로 이 공장을 ××하기로 결의되었다.

○연기 꺼진 연돌들 – (이중으로) 정지된 기계들, 불이 꺼진 도가니들 – 기타 –

*차회는 서광제

15회, 1930.08.03.

〈서광제 작〉

○(용명) 뭉게뭉게 모인 노동자들. 그러나 그들의 얼굴은 분노와 원한과 저주와 복수의 무서운 눈초리로 쇠를 뚫을 만한 매력으로 과거의 말 못 할 인간적 모욕을 회상하는 듯이 눈동자를 휘휘 돌린다.

○웅대한 철공장이 보이며 (이중으로) 맹렬한 기세로 불타는 수레바퀴가 돌다가 화성 중앙에서부터[32] 화륜이 파괴가 되어 힘센 노동자 오륙 인이 화면에 나타나서 해머로 웅

〈그림 16〉 8.4.
철호 : 석일량, 철호의 동지 : 김의진, 동(同) : 오세충, 촬영 – 김용태

대한 철공장을 부순다.
○컴컴한 철공장의 지하실에 모인 노동자들은 격분한 낯으로 주먹을 쥐고 그중에 철호

[자막]

우리는 아까 제출한 요구조건을 관철하기 전에는 절대로 복업을 하지 맙시다. 이와 같은 상태로 나가다가는 우리가 밥 한 그릇도 하루에 얻어먹지 못하고 ×들에게 피를 빨릴 테니까.

여러분, 우리들은 일할수록 ××해지고 ×들은 ××할수록 편안해지는 것을 아십니까?

○사방에서 주먹들을 쥐고 맹세를 한다.
○그중에 철호의 친구 무삼이가 손을 흔들며

[자막]

공장 측에서 기다리라는 한 시간이 거의 다 되었습니다. 우리의 대표를 보내 봅시다.

○노동자들은 모자들을 벗고 악을 쓴다. 그러는 가운데에서 철호와 무삼이는 무슨 이야기를 수군거리고 여러 사람에게 향해 "갔다 오겠소" 하고 공장 사무실을 향해 나아간다.
○감독실의 내부. 험악한 공기 속에 각 부장이 모여 앉아있고 아직까지 의논이 분분한 모양이다. 그러자 공장 감독이 불끈 일어나며 맵살스런 얼굴로 말을 한다.

---

32 원문은 "화성중안에서부터".

[자막]

여러분 할 수 없소. 만일 당신들 중에서도 그 못된 노동자들과 마음이 맞아서 이 공장을 배반한다면

○말이 다 그치기 전에 철호와 무삼이 감독실로 들어온다. (후면 대사로 이동)
○매서운 철호의 얼굴 (대사)

[자막]

우리들의 요구조건은…….

○철호 말을 마치고 의자에 둘러앉은 부장들의 얼굴과 맵살스러운 감독의 얼굴을 차례로 쳐다본다. (반신 이동)
○감독이 대답을 안 하고 있으니까 무삼이가 골을 내며 대답을 재촉한다.
○그제야 아니꼬운 듯이 입을 여는 감독

[자막]

이야기가 아직 끝이 못 났으니 삼십 분만 더 기다려!

○철호와 무삼이 고개를 끄덕거리고 공장 지하실로 내려간다.
○공장 감독은 아까의 말을 계속하며 각 부장에게 도태의 공포감을 넣어준다.
○각 부장들은 충실한 ×와 같이 감독에게 가증한 미소를 던진다. (대사로 측면회전)
○감독은 득의만만하여 의자에 둘러앉은 부장들을 더욱 가깝게 불러 앉

히고

[자막]

그러면 아까 이야기한 ××정책을 씁시다.

○감독 말을 마치고 옆에 놓인 맥주를 테이블 위에 집어 올리고 마개를 뽑아 부장들에게 한 곱부[33]씩 따라준다. 부장들은 감수격지하여 받아 든다. (용전으로) 지하실에 있는 노동자들 기아에 주려 힘없이 벽에 기대 있다. (용전으로) 비루[34] 한 곱부씩 든 부장들은 감독이 곱부를 높이 드니 따라서 높이 든다.

[자막]

그러면 이 술 한잔으로써 그 나쁜 놈들을 물리친 축배로 듭시다.

○호기 있게 마시는 감독과 부장들 (용암)

16회, 1930.08.04.

(용명)

[자막]

기다리라는 최후의 삼십 분이 경과한 후에 철호와 무삼이가 공장 감독실에 들어갔을 때는

33 コップ. 컵, 잔.

34 ビール. 맥주.

○철호와 무삼이 칠판 밑에 가 서 있다. 사람이라고는 아무도 없으며 빈 맥주병만 땅에 너저분하게 흩어져 있다.
○칠판의 대사(大寫)

요구조건 전부 절대 불능. 만일 명[35] 이십 일 오전 육 시까지 도태당하지 않은 직공이 출근치 않을 때는 그 역 용서 없이 즉시 해고시킴. ××철공장 감독계(係)

○철호와 무삼이 분노한 얼굴로 시선을 돌아다보다가 두 주먹을 불끈 쥐고 지하실로 내려간다. (용암)

[자막]

그 이튿날. 간교한 계책에 매수를 당한 몇십 명의 직공은 아침 일찍부터 전과 같이 일하기 시작했다.

○전보다 오분지 일밖에 안 되는 노동자들이 초조한 거동으로 일을 하고 있다. 그러나 군데군데에 직공들이 전부 안 와서 기계가 봉쇄되어 있다. 헛 피대만 돌아가는 기계들

[자막]

오전 열두 시를 가리킬 때 이 공장 안에는 대파란이 일어났으니…….

○공장 뒷문으로 몰려 들어가는 노동자들 (부감)
○철호와 무삼이 앞장을 서 가지고 공장 감독실로 들어갔다.[36]

---

35 ‘명일(明日)’, ‘내일’을 의미한다.

〈그림 17〉 8.5.
공장 감독 : 이엽, 노동자 : 석일량,
동 : 김의진, 촬영 – 김용태

말할 수 없는 격분의 얼굴
그 뒤를 따라 몰려 들어가는 수십 명의 노동자 (카메라 다시 문전으로 이동하여) 한 부대는 동지를 배반하고 ××정책에 끌려 작업을 하고 있는 작업장으로 몰려간다.
○공장 감독실에서 감독과 사무원을 엎어놓고 난타하는 철호, 무삼, 그 외 수십 명의 노동자
○동지를 배반하고 작업을 하고 있는 "비겁자들 ××라" 하며 해머, 곤봉을 가지고 닥치는 대로 후려갈긴다. 피해 달아나는 작업하던 노동자를 쫓아가며 후려갈기는 격분된 ××의 노동자들
○여전히 계속되는 공장 감독실 내부의 격투
○작업실 내에서 계속되는 난투전
○공장 감독실의 계속되는 격투 (순간)
○작업실 내에서 계속되는 난투 (순간)
○공장 감독실의 계속되는 격투 (더욱 순간)
○작업실 내에서 계속되는 난투 (더욱 순간)
○공장 감독실의 격투 (이중으로) 작업실 내의 난투. 피 흘리고 자빠지는 감독과 사무원 대갈통 (한참 동안 캄캄한 화면만 보[37]이다가 별안간에 화면이 밝아지며 노동자는 한 사람도 안 보이고 넘어져 있는 감독과 사무원을 부축해 일으키는 의사와 간호부들, 경관 사면에 흩어져 있다)

---

36 이 문장은 영인 제본이 겹쳐있어 식별되지 않아 김수남의 앞의 책에서 옮겼다.
37 "캄캄한 화면만 보" 부분은 영인 제본이 겹쳐있어 식별되지 않아 김수남의 앞의 책에서 옮겼다.

(용암)

○(용명) 개와 고양이의 맹렬한 싸움
○여우에게 쫓겨 달아나는 흰 토끼
○까마귀와 비둘기의 싸움
○개와 고양이의 싸움
○여우와 토끼의 싸움
○까마귀와 비둘기의 싸움 } (삼중)

[자막]
이 공장의 동맹파업은 완전히 노동자 측의 실패에 돌아갔다. 배반자와 스× 이로 말미암아 많은 희생자를 내고 육중한 기계는 다시 돌기 시작하며 사람을 집어삼킬 듯한 용광로의 불은 다시 활활 타기 시작한다.

○맹렬한 기세로 도는 차륜
○공장 감독 머리를 붕대로 동이고 여송연을 피워 물고 의기당당하게 직공들을 감독하고 있다. (교폐)

17회, 1930.08.05.

[자막]
그날 밤 사장의 집에서는

○시뻘건 피를 흘리고 쓰러져 있는 사장. 죽은 지가 여러 시간이 되어

〈그림 18〉 8.6.
사장 : 장철병, 숙정 : 김연실,
영식 : 김악, 촬영 – 김용태

빳빳한 송장이 되어있다. (이중으로) 숙정과 영식이 안타까운 얼굴로 서로 포옹을 하고 있다.

○공장 감독이 문을 열고 들어온다. 그 뒤를 이어 의사, 형사 등이 따라 들어온다.

○왁자지껄하는 온 집안 식구의 소동

○의사가 사장 최태원의 총살된 시체를 검시한 후 절망되었다는 듯이 고개를 끄덕이고 아무 말을 안 한다. 황당한 표정을 짓는 공장 감독. 단서를 얻으려는 형사의 매서운 눈초리

○의사는 절망의 표정으로 가방을 끼고 밖으로 나간다. 공장 감독은 얼이 빠져 서 있으며 형사는 구석구석이 의심나는 곳을 전부 살펴보며 그럴듯한 증거물을 집어 들고 포켓에 집어넣는다.

○공장 감독이 형사의 앞으로 가깝게 가서

[자막]

아무래도 그 철호라는 놈이 의심쩍은걸요.

○형사는 고개를 휘휘 내둘리며

[자막]

그럴 리는 없어요. 그놈은 어제 공장에서 폭행한 그 즉시로 이십일 일 구류를 당해 지금 유치장 속에 있는걸요.

○이때 문을 열고 놀란 표정으로 뛰어 들어오는 숙정이. 여러 사람을 헤치고 사장이 죽어 넘어진 침대 위에 가서 느껴가며 운다. (전면이동)

○공장 감독 애처로운 듯이 그 뒤로 가서 위로를 한다. 그러나 숙정은 정신없이 울고만 있다.
○형사 그 옆으로 가더니 숙정을 흔들어 일으키며

[자막]
사장이 암살을 당할 때 당신은 어디 가 계셨습니까?

○숙정 눈물을 손수건으로 씻으며

[자막]
몸이 괴로워서 산보를 나갔다 들어오니까

(용명)
○(용암)[38] 숙정이 맥없이 뒤 화원에서 현관으로 들어간다. 구두끈을 끄르려고 할 때 하녀가 허둥지둥 뛰어나오며

[자막]
아씨, 영감마님이 돌아가셨어요…….

○구두끈을 끄르려던 숙정, 고개를 번쩍 들고 눈을 동그랗게 뜨고 "뭐[39]……" 소리를 하고 구두를 그냥 신은 채 사장실로 뛰어 들어간다. (용전) 숙정 손짓을 하며 형사에게 이야기를 한다. 형사 고개를 끄덕거리고 수첩을 꺼내 무엇을 적는다.

---

38 맥락상 잘못 삽입된 것으로 보인다.
39 원문은 "머".

[자막]

이 시체는 검시를 하기 전에는 절대로 손을 대지 말고 더욱이 이 방에는 절대로 들어오지 마시고 이 방 열쇠를 나에게 주시오.

○형사는 숙정이의 앞으로 가며 열쇠를 달라고 손을 벌린다.
○숙정 눈물[40]이 글썽글썽한 눈으로 방긋이 돌아보며 치마를 들고 열쇠를 호주머니에서 꺼내어 형사에게 내준다.
○형사 그것을 받아 가지고 공장 감독과 기타 여러 사람을 내쫓고 시체 옆에 서 있는 숙정이까지 밖으로 내쫓고 사면을 한번 살펴본 후 밖으로 나가서 문을 열쇠로 굳게 닫는다.
○공장 감독은 형사의 뒤를 따라 나가며 무슨 비밀한 이야기를 전해준다. 그러나 형사는 곧이 안 듣는다는 듯이 고개를 좌우로 흔든다.
○쇠 올가미에 잡힌 삽살개
○그것을 벗어나려는 삽살개. 헐떡헐떡하다가 기운이 시진하여 목구멍에서 피를 토하고 쓰러져 죽는다. (용암)

18회, 1930.08.06.

○(용명) 유치장 속에 있는 철호 (용전으로) 십 년 전에 만세 사건 때문에 형무소에 들어가 있던 것을 생각한다.
○컴컴한 감옥 감방에 웅숭그리고 앉은 철호 (용전으로) 보고 싶은 옛 동지들을 연상해본다. (용전으로) 사십여 세나 된 동지의 상반신 (용전으로) 이십여 세의 새파란 동지의 얼굴 (용전으로) 진실해 보이는 동지

40 원문에는 '물'이 지워짐.

한 사람의 얼굴 (용전으로) 매력이 있게 보이는 그 당시에 동지의 한 사람이었던 젊은 학생의 상반신이 보인다. (용전 순간으로) 동지 오륙 인의 얼굴이 연속적으로 나타난다. (이중으로) 철호가 만기 출옥이 되어 무거운 옥문이 열려짐과 같이 터벅터벅 서울의 거리를 걸어간다.

〈그림 19〉 8.7.
철호 : 석일량, 동지 수십인,
촬영 – 김용태

○도서관에서 옛 신문을 열람하는 철호

[자막]

급격한 사회운동의 변화. 더욱이 최근에 전선(全鮮)적으로[41] 봉기하는 ××× 업과 ×생사건은 철호의 서리를[42] 더욱 흔들기 시작했다.

그러나 그에게는 조그마한 실망이 있었으니, 자기가 옥중에서 환상하던 옛 동지들은 혹은 ××운동파의 거두로, 혹은 전형적 ××운동자로 그냥 남아있고, 그렇지 않으면 ××이까지 된 그것을 보고 한번 몸서리쳐 굳은 맹세를 했다.

○최태원의 철공장은 공장주가 암살을 당했으므로 공장 전부는 문을 닫혀있다.

○형사와 공장 감독의 밀의

[자막]

그날 밤

---

41 '조선 전체적으로'를 뜻한다.

42 원문 그대로임.

○은은한 달밤에 영식과 숙정은 그전에 앉아서 놀던 공원 벤치에 서로 어깨를 기대고 수심이 만연해 앉았다.
○숙정 안타까운 얼굴로 영식을 쳐다보며

[자막]
장차 이 일을 어떻게 하면 좋아요?

○영식은 전율하는 표정으로

[자막]
대관절 시체는 어떻게 되었소?

○숙정 한참 고개를 숙이고 있다가

[자막]
즉시 검사의 입회 아래 대학병원에서 해부를 해보고 곧 화장을 했어요.

○영식은 숙정의 어깨에 손을 얹고 고개를 맞대고 운다.
○숙정 멍하니 하늘만 쳐다보고 있다.
○별안간에 화면 속에서 최태원의 죽은 시체가 나타나며 경관, 형사 달려온다. (이중으로) 영식은 더욱더욱 공포를 느끼고 숙정이를 꼭 껴안는다. 숙정은 아무 감각 없이 영식에게[43] 껴안겨 있다.
○영식은[44] 무섭게 나타나는 환상을 안 보려고 고개를 한참 숙이고 있다

---

43 원문은 "철호에게"지만 오식이다.
44 원문은 "철호는"이지만 오식이다.

가 다시 고개를 들 적에 (이중으로) 최태원의 죽은 시체가 또 나타난다. 그 뒤로 경관이 달려온다. 그 뒤로 웅장한 형무소가 보이며 (용전으로) 철창 안에 영식이가 들어가서 감방을 두들기며 밖을 내다보고 운다. 그것이 슬그머니 없어지고 식은땀을 흘리고 얼이 빠져서 숙정이를 꼭 껴안고 있는 영식이가 보인다.
○두 눈을 무섭게 뜨고 정신을 잃고 영식은 벤치에 힘없이 사지를 늘이고 기대어 있다.

[자막]

이러다가는 내가 붙잡히기 전에 미쳐 죽겠소. 달아납시다. 그런데 은행예금은 찾았소?

○숙정 한참 동안이나 원망하는 눈초리로 영식을 물끄러미 쳐다보다가 다시 영식의 경솔한 행동이 가엾다는 듯이 고소를 하며 픽 웃는다.

19회, 1930.08.07.

[자막]

밤에는 무서운 맹수와 같은 최태원의 야습과 밤잠을 못 자며 영식과의 밀회로 말미암아 숙정의 폐병은 더욱 심해졌던 것이, 근일에 와서는 말할 수 없는 위경[45]에 이르렀다.

○별안간에 숙정은 괴로운 얼굴을 짓고 기침을 하기 시작한다. 기침은

45 위경(危境): 위태로운 처지.

진정되지 않고 연속되어 나오므로 숙정은 더욱 괴로운 얼굴을 짓고 손을 가슴에다 대고 벤치에 엎드린다.
○영식은 좀 놀라는 얼굴로 숙정을 일으켜 자기 가슴에 껴안고 "요전보다 더한가 보구려" 하며 안타까운 듯이 숙정의 핼쑥해진 얼굴을 쳐다보며 흩어진 머리칼을 쓰다듬어 준다.
○숙정 기운 없는 눈을 살그머니 뜨고 영식을 바싹 껴안으며

[자막]
인제 나는 죽나 봐요. 그 못생기고 질투심 많고 마음 약한 나의 최후의 애인인 당신의 품 안에서.

○말을 간신히 하고 숙정이는 고개를 영식의 가슴에 꼭 틀어박는다. (대사)
○영식이는 숙정의 고개를 살그머니 들고 그의 파리한 얼굴을 정신없이 내려본다. 그리고 먼산을 바라보고 만사를 후회하는 듯한 표정으로 한숨을 쉬다가 다시 숙정을 내려본다. 그리고 열정에 못 이겨 숙정을 꼭 껴안는다.

[자막]
에이, 과연 나는 약한 자였소. 당신 때문에 나는 오늘날 이와 같은 약한[46] 인간이 되었으며 사람까지 죽인 자가 되었고.

(용전으로)
○영식이가 숙정을 만나려고 최태원의 별장 뒷문에서 휘파람을 불고 있다. 이때 숙정이 뒷문을 방긋이 열고 영식에게 뛰어 안긴다. 그러자 별

46 원문은 "어약한".

안간 최태원의 침실인 이층 창문이 열리며 (조감) 사자같이 성난 최태원이 아래를 내려본다. (부감)
○별장 옆 골목에서 공장 감독, 직공 수삼[47]이 달려오며 공장 감독은 숙정을 끌고 들어가고 나머지 직공은 영식을 붙들고 안으로 들어간다.
○지하실에서 직공들에게 얻어맞는 영식
○최태원의 무지한 채찍에 얻어맞고 목구멍에서 피를 토하며 "아으구" 소리 하며 엎드러지는 숙정이
○영식은 숙정의 얻어맞는 소리를 듣고 최태원의 방에 달려가려 했으나 힘센 직공들에게 제지를 당하고 도리어 매를 얻어맞는다. (용암)

[자막]

그러니 당신의 병도 위중해졌고 경찰에서도 거의 눈치를 챈 모양 같으니 저번부터 말하던 상해로 내일 밤차로 달아납시다.

○숙정 아무 이의도 없이 영식의 품에 껴안겨 있다. 영식은 숙정의 어깨를 흔들며 대답을 들으려 한다. (용암)

[자막]

철호가 유치장에 들어가 있으므로[48] 할 수 없이 어린 자식과 한 끼의 밥을 얻으려고

○고무공장 안에서 고무신을 붙이고 있는 철호의 아내

---

47 수삼(數三): 그 수량이 두서너 개임을 나타내는 말.

48 "철호가~있으므로"는 영인 제본이 겹쳐있어 식별되지 않아 김수남의 앞의 책에서 옮겼다.

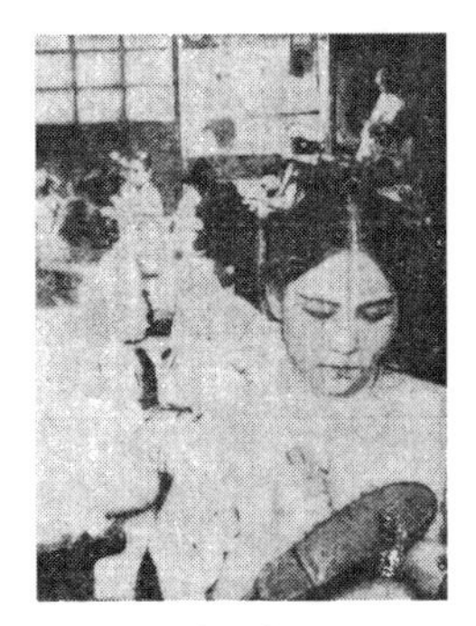

〈그림 20〉 8.8.
철호의 처: 석금성, 그 외
여자공 수십인, 촬영 – 김용태

옆의 여직공들은 손에 익숙해 손쉽게 신을 붙이나 철호의 아내는 어색한 동작으로 신을 붙이고 있다.
○기구한 운명을 한탄하여 한숨을 쉬며 철호를 환상해 본다.
○빼빼시[49] 마른 철호의 얼굴이 슬그머니 화면에 나타나며 아내의 앞으로 가까이 올 적에 철호의 아내, 철호를 껴안으려고 두 손을 벌린다. 이때 신을 붙이려던 고무신 바닥이 떨어진다.
○공장의 사이렌이 운다. (대사)
○깜짝 놀라서 철호의 아내 정신을 차리고 시계를 쳐다본다.
○오후 칠 시를 가리키는 시계 (대사)
○여공들은 모두 자리에서 일어나서 집으로 갈 준비를 한다. 철호의 아내도 자리에서 일어나 그들의 사이에 싸여 공장문 밖으로 나간다. (용암)

20회, 1930.08.08.

[자막]
이십일 일 구류를 하고 나온 철호와 무삼은 물론 철공장에는 다시 들어갈 수 없으므로 할 수 없이 ○○탄광 인부로 들어가게 되었다.

○(용명) 컴컴한 탄광 속에서 석탄을 파내는 철호와 무삼이

49 '말라깽이'의 방언.

〈그림 21〉 8.9.
광부 철호 : 석일량, 동(同) 무삼 : 오세충,
기타 광부 등, 촬영 – 김용태

○흙 천장에서 물이 뚝뚝 떨어지며 가끔가끔 구덩이에서 석탄 뭉치가 무너져 내린다. 그럴 때마다 철호와 무삼이는 놀란다.
○분주히 왔다 갔다 하는 석탄 마차
○노천(露天)굴의 내부
○작업에 활약하는 횡행채사기(橫行採砂器)
○횡행채사기가 자유로 회전한다.
○노천굴에서 석탄을 파내리는 채탄기
○선탄장의 외경 (용전)
○선탄장의 내부. 기계에 부속되어 노동자들은 석탄을 고르고 있다. (용전으로)
○채탄소 노천굴의 일부. 흙 차에 석탄을 가득 싣고 잔등이가 다 탄 노동자들이 지나(支那) 노동자와 같이 떼밀고 간다.
○끝도 안 보이는 석탄의 바다
○좌우상하로 석탄을 싣고 가는 흙 차와 노동자들
○컴컴한 굴속에서 석탄을 흙 차에 싣고 나오는 철호와 지나인 노동자
○점심시간을 알리기 위해 종을 흔드는 탄광 감독

[자막]

그는 복규의 의붓아비 박철세였으니, 지난번에 일어난 이 탄광의 ××사건 때 간접으로 많은 공헌이 있었으므로 정상(井上)이라는 지배인은 곧 그를 감독으로 채용했던 것이다.

그러나 철호와 철세는 어떤 파란과 암류가 서로 가리어 있는 것을 아직껏은

서로 알지를 못했다.

○삼삼오오 떼를 지어 수백의 노동자는 혹은 찬밥 덩이를 김치 쪽에 먹는 사람도 있으며 지나인 노동자는 새까만 손수건 속에서 딴딴히 말라 굳어진 밀떡 뭉치를 깨물어 먹는다. (용전)
○내리쬐는 폭양 밑에 낮잠을 자는 지나인 노동자들
○다시 곡괭이와 부삽을 들고 탄광 속으로 들어갈 노동자와 노천굴에서 석탄을 파 담는 광부들
○번쩍이는 석탄 벽을 곡괭이로 찍어내리는 철호
온몸에선 땀이 샘솟듯 흘렀다.
○노천굴 외부 (용전)
○석탄차를 밀고 가는 노동자 (용전)
○횡행채사기의 좌우회전 (용전)
○노천굴에서 석탄을 파내리는 채탄기 (용전)
○선탄장의 외부 (용전)
○선탄장의 내부 (용전)
○채탄소 노천굴의 일부 (용전)
○끝도 안 보이는 석탄의 바다 (용전)
○컴컴한 굴속에서 석탄 벽을 찍어내리는 철호와 무삼이
○헬멧 모자에 마도로스 파이프를 물고 채굴장을 감독하는 박철세
○석양은 점점 서산으로 기울어지며 채굴장은 컴컴하게 될 때, 굴속에서 노동자들이 뭉게뭉게 기어 나온다. (용암)

21회, 1930.08.09.

[자막]

예년에 없는 무서운 더위로 말미암아 광산 일대에는 열병이 창궐했으며 철호의 아내도 모진 병마에 걸린 몸이 되었다.

○머리를 동이고 앓아 드러누워 있는 철호의 처. 그 옆에서 복규가 지성껏 간호하고 있으며 철호, 아내를 자기 무릎에 올려 누이고 아내의 얼굴을 물끄러미 내려다본다. (용전)

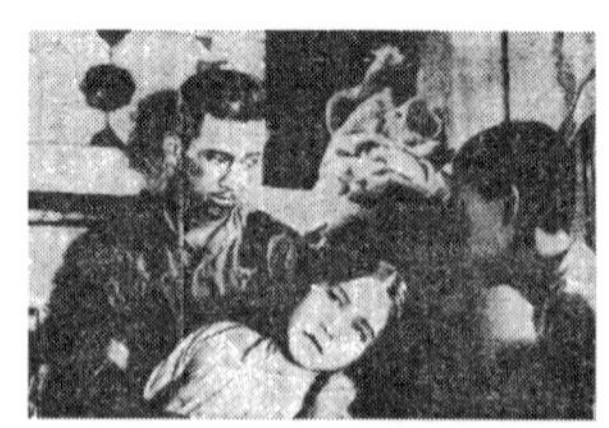

〈그림 22〉 8.10.
철호 : 석일량, 아내 : 석금성,
복규 : 박여항, 촬영 – 김용태

○십오륙 년 전에 처음으로 철호와 아내가 만나던 그 옛날의 그들의 모양. 철호는 어색한 학생 양복에 중학교 모자를 쓰고 종로 네거리를 지나간다.
○학교에서 활발히 뛰어노는 철호 (용전)
○방학이 되어 짐을 잔뜩 싣고 용산역 안으로 들어간다. (용전)
○기차를 탄 철호 (용전)
○기차 서서히 진행하다가 스피드를 내 질주한다. (용전)
○고향에 와 있는 철호. 쓸쓸한 농촌이다. 전부가 논과 밭이며 인가는 오륙 호밖에 없다. (회전)
○철호의 바로 뒷집에서 방아를 찧는 철호의 아내. 기다란 댕기를 늘이고 짚신짝을 신고 베치마를 두르고 있다. 그 옆에는 늙은 할아버지와 커다란 개 한 마리가 턱을 받치고 앉았다.
○보리를 씻으러 철호의 아내는(그때의 이름은 옥순이) 우물로 나간다.
○우물 위의 산언덕에서 책을 보고 있는 철호
○옥순이 사람이 아무도 없는 줄 알고 우물 앞에 가서 바가지에 물을

떠 가지고 보리를 씻는다. 그때 옥순이 우연히 언덕 위를 쳐다보니 철호가 앉아있다.
○부끄러워하는 옥순의 얼굴 (대사)
○철호는 그 자리를 피해 산 위로 올라간다.
○옥순이 철호가 산 위로 올라가는 것을 물끄러미 쳐다보다가 철호 고개를 홱 돌려 옥순을 내려다볼 때 옥순은 다시 부끄러워 우물 속으로 고개를 틀어박는다. (용전)
○왁자지껄하는 철호의 집 근처 사람들
○한 오십 먹은 노파와 중늙은이는 손짓을 해가며 이야기를 한다.

[자막]
여보, 그런데 저 김부의 집 학도 도련님 있지 않우?

○중늙은이 고개를 흔들며

[자막]
그래, 그 서울 학도.

○노파, 중늙은이의 어깨를 치며

[자막]
그 학도하고 문성네 색시하고 내일 혼인한대…….

○중늙은이 신기하다는 듯이 고개를 까딱까딱한다. (용전)
○서울 조그만 집에다 살림을 차리고 있는 철호와 그의 아내 옥순이 철호는 책보를 들고 학교에를 간다. (용전)

○지나인 노동자는 고개를 한참 기웃거리다가 눈살을 찌푸리며 다리를 잘라버렸다는 형용을 한다.
○철호 눈을 커다랗게 뜨고 이를 갈며 무엇을 맹세한다. (대사)
○한없이 석탄 벽을 파내리는 철호
○감독 철세는 점심 먹으라는 종을 친다.
○복규 탄광 작업장을 향해 벤또를 들고 안으로 들어간다.
○토굴 속에서 시커먼 광부들이 와괴[52]같이 뭉게뭉게 기어 나온다.
○지나인 노동자는 헌 손수건 속에서 다 말라빠진 밀떡을 꺼내 먹는다.
○조선 광부들도 보리밥을 베 헝겊에서 풀며 고추장에 비벼 먹는 사람도 있으며 떡 팔러 온 은근여인[53] 앞에 가서 떡을 사 먹는 사람도 있다.
○복규는 벤또를 들고 아버지를 찾느라고 사면을 살펴본다.
○그때 철호 저편 구석에서 힘없이 걸어온다.
○복규, 아버지를 보고 뛰어간다.
○철호, 복규를 반가이 맞으며

[자막]
어머니 어떠시냐?

○복규 고개를 흔들며

[자막]
돈을 안 갖고 갔더니 약을 안 지어줘서 오늘은 약도 못 달여드렸어요.

---

52 와괴(瓦壞): 기와가 깨져 부서지듯이 사물이 부서져 버림.
53 '은근짜(몰래 몸을 파는 여자를 속되게 이르는 말)'에서 파생된 단어로 보인다.

○철호 고개를 끄덕끄덕하고 복규가 풀어주는 벤또를 받아 든다.
○탄광 감독 박철세가 사무실에서 나온다.
○노천굴에서 수백 명의 노동자가 점심을 먹고 있는 곳으로 간다.
○점심 먹고 있는 지나인 노동자를 감독 철세는 공연히 발길로 차며 얼른 먹으라고 눈깔을 부릅뜬다. (이동으로) 다른 광부들에게도 발로 툭툭 차며 지나간다.

〈그림 24〉 8.12.
철호 : 석일량, 복규 : 박여항,
광산 감독 : 황하석, 촬영 – 김용태

○철호 벤또를 열고 밥을 먹으려고 한다.
○복규 정신없이 석탄의 바다를 바라본다. (회전)
○감독 철세 점점 철호의 앞으로 온다.
○철호 배가 몹시 고팠던지 허둥지둥 밥을 속히 먹는다.
○복규 탄광의 사면을 바라보다가 의붓아버지 박철세가 오는 것을 본다.
○깜짝 놀라며 철호에게 안기는 복규 (반신에서 대사)
○두 눈이 둥그레지는 감독 박철세 (대사)
○철호, 복규를 정신없이 껴안고 두 눈을 부릅뜨고 있는 박철세를 홱 돌려본다,
○박철세, 철호의 앞으로 걸어간다.

*차회 김유영

24회, 1930.08.12.

김유영 작

○철호, 복규를 껴안고 의심스럽게 철세를 바라본다. 복규는 두려운 얼굴로 철호의 가슴에다 고개를 폭 파묻고 진저리를 친다.
○험상궂은(무서운) 얼굴을 한 철세. 카메라 앞에까지 가까워진다.
○고요히 흐르는 시냇물 } (이중)
○살살 타오르는 불길
(용전)
○폭포에 급속히 격류하는 물결 } (이중)
○회오리바람이 불어서 맹렬히 타오르는 화염
○범의 험상궂은 얼굴처럼 밉살스럽게 노려보는 철세의 얼굴
○놀라는 복규의 얼굴
○철호의 의심스럽게 노려보는 얼굴
○철세 빈죽거리며 조소를 한 다음 복규를 홱 잡아당기며 철호를 노려보고 –

[자막]
나의 마누라와 복규를 네가 꾀어냈구나.

○철호 너무도 어이가 없는 말을 듣고 끓어오르는 격분을 걷잡지 못하는 표정을 하다가 다시금 복규의 불불 떠는 모양을 내려다보고 불끈 쥐었던 주먹을 풀고 철세의 앞에 다가서며 노려볼 뿐이다.
○철세의 주먹은 철호의 뺨에다가 힘껏 붙인다. 너무도 분했던 철호는 단연코 철세의 멱살을 보듬켜 쥐고 두세 번 뒤흔들었다.
○광산 한편에서 점심을 먹던 노동자들, 철호의 싸우는 곳을 보고 서로

〈그림 25〉 8.13.
철호 : 석일량, 철세 : 황하석,
철호의 동무 : 김의진, 기타, 촬영 – 김용태

수군거리고 놀라며 벌떡 일어나서 카메라 앞으로 뛰어온다.

○분노했던 철호는 무엇을 침착하게 생각하다가 쥐었던 철세의 멱살을 힘없이 놓는다. 철세는 의기가 양양해져 철호를 발길로 차고 뺨을 때린다. 이때 철호의 동무들 몰려 들어와서 이유를 물으니 철호 아무 대답도 하지 않는다.

○철세는 더한층 험상궂은 얼굴로 노동자들을 휘둘러본다.

○노동자의 굳센 얼굴 (순간)

○또 한 노동자의 노려보는 얼굴

○또 다른 노동자의 얼굴 (순간)

○또 다른 얼굴 (순간)

○또 다른 – (순간)

○철세 좀 두려운 표정을 하다가 성낸 얼굴을 만들며 입을 딱 벌리고 말한다.

[자막]

다들 가 – 먹을 것이나 먹고 일이나 고분고분히 하지 무슨 –

○철세 말이 끝나기 전에 신경질적 얼굴을 가진 한 젊은 항부[54]는 철세의 팔목을 잡아 젖히며 달려든다. 철호는 갑자기 웃음을 얼굴에 띠고

54 '갱부(坑夫)'의 비표준어이나, 작품 전체에 걸쳐 사용되고 있어 그대로 표기함.

철세에게 잘못했다고 무조건으로 사과를 한다.
○그러나 철세는 듣지 않고 철호와 달려든 항부를 여지없이 때린다. 철호는 어린양과 같이 유순하게 참는다.
○수백 명의 노동자들 점점 더 운집이 된다. 여러 사람들을 헤치고 들어오는 늙은 노동자(육십여 세)가 꾸불꾸불하며 들어와서 철세에게 용서해 주라고 애근사정을 한다. 철세 사면을 둘러보고 좀 형세가 불리한 듯이 철호와 복규를 사무실로 끌고 간다. 여러 노동자들 손을 번쩍 들며 주먹을 쥔다. 혹은 돌아서며 비웃는 사람, 서로 눈짓을 하며 수군거리는 사람 (용암)

[자막]
얼마 후 어떤 계획을 가슴에다 품고 있는 철호는 갖은 모욕을 당하고 –

○철호와 복규 고개를 숙이고 사무실에서 나온다.
○철호, 복규의 머리를 어루만지며

[자막]
그놈에게 내가 아버지란 말은 다음이라도 하지 말고 같이 있다는 말도 하지 말아라, 응?

○복규 고개를 끄덕끄덕하며 느껴 운다.
○사무실 근처에서 철호의 소식을 알려고 수군거리며 기다리는 철호의 동무(항부)들, 나오는 철호에게로 가서 질문을 한다. 철호 주먹을 굳세게 쥐고 이를 부드득 간다.

25회, 1930.08.13.

○여러 노동자들, 철호에게 가까이 다가서며 분노하는 사람, 혹은 철호를 위로하는 사람, 어떻게 되었는지 궁금하게 여기는 표정을 하던 사람은 철호의 어깨에다 손을 대며 묻는다. 철호 여러 가지 이야기를 하며 앞으로 걸어온다. (천천히 카메라 이동) (용전)
○석탄광 옆 한편 구석으로 걸어가던 철호, 동무들 몇 사람과 같이 주저앉으며 주먹을 굳게 쥐고 결심한다.
○철호 자기 옆에 서 있는 복규를 무엇이라고 이야기해서 집으로 돌려보낸 후 사면을 휘둘러보고 서로 고개를 맞대며 수군거린다.
○사무실에서 감독 철세 – 나와서 험상궂은 얼굴로 일하는 종을 친다.
○담배를 태우던 노동자들 좋지 못한 형세로 부스스 일어난다. (용전)
○석탄광 안으로 몰려 들어가는 노동자들 (용전)
○채탄소 노천굴로 곡괭이를 메고 들어가는 노동자들 (용전)
○횡행채사기 돌기 시작한다.
○철호와 몇몇 동무들 구부리고 앉아서 서로 눈짓을 하며 땅바닥에 글씨를 쓴다.
○땅바닥 (대사)
'오늘밤 자정이 지나서 무삼의 집으로 모이지'라는 글자가 보이더니 철호의 손이 들어와서 얼른 지워버린다.
○감독 철세는 사면을 불순하게 휘둘러보며 걸어온다. (이동)
○탄광의 전경이 (회전으로) 보인다.
○철호 석탄광 앞에 와서 다른 동무들이 들어간 뒤에 철세에게 맞은 곳을 주무르며 상을 찌푸린다. 이때 저 안에서 철호를 위해 많은 노력을 한 늙은 노동자가 철호에게 와서 위로를 한다.
○노인 문득 무슨 생각이 난 듯이 호주머니에서 편지를 내어 철호에게 주며

[자막]

여보게, 이 편지를 좀 봐주게. 나는 눈이 어두워서 웬만한 건 볼 수가 없네.

○철호 편지를 받아서 뜯어본다. 노인 궁금한 듯이 옆에 앉아서 듣고 있다.

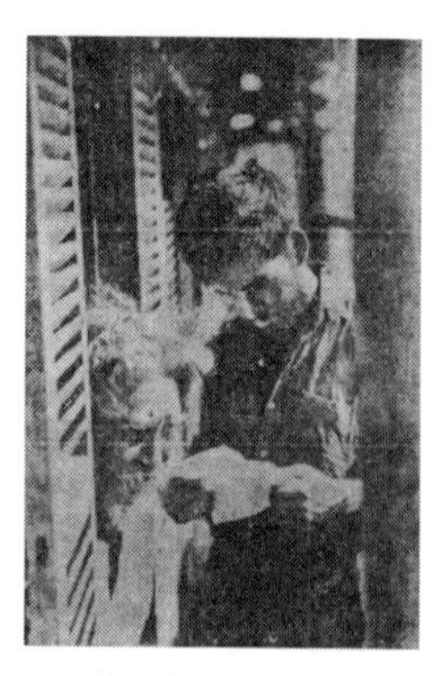

〈그림 26〉 8.14.
철호 : 석일량, 영식의 부 : 유택(柳澤), 촬영 – 김용태

○편지 (대사)

부주전 상백시[55] –

염천에 기체후 만강[56]하옵신지. 복모구구 무임하성지지[57]에 자는 객지에서 면식이 여일하오니 복행이로소이다.

과거에 저는 부주전에 너무도 반역적 행동으로 일관한 것은 천벌로서 마땅히 받아야 할 것이올시다.

그런데

부주전 너무도 놀라시지는 마십시오. 모–든 것을 서슴지 않고 아뢰겠삽나이다.

저는 살인 범인으로 잡혀서 경찰서로 가는 길입니다. 살해자는 큰 철공장을 수유[58]한 최태원이올시다.

저는 너무도 확연한 의식이 없는 약자였습니다. 최태원의 첩 숙정을 위해서 사랑하기 때문에 그런 범죄를 짓고 거액의 돈을 가지고 상해로 달아나려다가 사벨[59]에게 붙들렸습니다. 아뢸 말씀 많사오나 기쁜 소식이 없사옵기에 이만

---

55 부주전 상백시(父主前 上白是): 아버님께 사뢰어 올립니다.

56 기체후 만강(氣體侯 萬康): 정신과 몸이 편안하다.

57 복모구구 무임하성지지(伏慕區區 無任下誠之至): 사모하는 마음 그지없습니다.

58 수유(受遺): 유언으로 남긴 유산이나 유물을 받음.

59 サーベル(네델란드어 sabel). 서양식의 긴 칼[洋劍]. 식민지 시대 경관들이 차고 다니던 칼로서, 여기에서는 '경관'을 의미하는 대유법으로 쓰인 듯하다.

그치나이다.

그런데 아버님! 비밀이올시다. 옛날 우리집 사랑 뒤 땅속에 돈 2만 원을 감춰 두었으니 아버님 하시는 일에 써주시기를 바라나이다. 여불비[60] 상백시.

불효막대한 자식 영식 상서

○이 편지를 읽은 철호는 놀라며 노인의 손목을 무의식중에 잡는다. 노인 불불 떨며 전율과 비애의 표정이 흐른다.

○감독 철세가 저편에서 온다.

○철호 너무도 의외의 표정을 한 후 노인을 부축해 일으키며 말한다.

[자막]

숙정이와 달아난 영식이가 영감의 자제인 줄은 까맣게 몰랐습니다.

26회, 1930.08.14.

○노인 너무도 의외인 듯이 황당한 얼굴로 고개를 끄덕이며 철호에게 말을 한다.

[자막]

이런 자식을 둔 내가 동무들에게 대할 면목이 없네. 그런데 감추어뒀다는 저- 돈을 어떻게 했으면 좋은가?

○이 말 듣고 있던 철호는 노인의 입을 황급하게 손으로 막으며 '쉿' 하

60 여불비(餘不備): 예를 다 갖추지 못했다는 뜻으로, 편지의 끝에 쓰는 말.

는 표정을 한다. 노인 알아차린 듯이 사면을 휘둘러본다.
○저편에서 감독 철세 정면을 노려보고 걸어온다.
○철호와 노인, 철세를 보고 들고 있던 편지를 감추며 석탄광 안으로 들어간다.
○걸려있는 커다란 시계. '한 시'에 침이 놓여있다.
○시계를 쳐다보고 있던 철호 일하기 시작한다.
철세, 곁에 와서 철호를 노려보다가 빙긋 조소를 하며 사방을 휘둘러본다.
○바람에 불려서 흔들리는 포플러 나무
○밝은 하늘에 몰려드는 시커먼 구름 (이중으로)
○도회의 거리. 지나가는 사람들 하늘을 쳐다본 후 빨리 걷기 시작한다. 얼마 후 거리 장면은 사라지고 검은 구름만 보인다. (용전)

[자막]

저기압이 압도한 광산 내부는 이상한 분위기가 휘돌고 있다.

○(카메라 회전으로)
노동자들 일을 하며 긴장된 얼굴로 철세를 흘끔흘끔 본다.
○철세의 얼굴
○불평불만이 가득 찬 노동자의 얼굴
○병든 노동자의 얼굴
○쿨리[61]의 얼굴
○영식의 부, 사면을 흘끔흘끔 보며 일을 한다.
○철호 – 무엇을 심통한 표정으로 생각하며 일을 한다.

---

61 Coolie. 육체노동에 종사하는 하층의 중국인·인도인 노동자. 19세기 아프리카·인도·아시아의 식민지에서 혹사당했다.

○철호의 동무 – 분노한 얼굴
○끝도 안 보이는 석탄의 바다 (삼중으로)
○커다란 시계. '여섯 시 반'에 침이 놓여있다.
(용전)
○철세 종을 친다.
○작업장에서 몰려나오는 노동자
○석양의 최후를 선고하는 해(태양) 먼–산에 걸쳐있다.
○철호와 영식의 부, 몇몇 동무들 석양을 뒤로 안고서 걸어온다. (카메라 회전해서 이동으로 따라간다) 철호, 영식의 부에게 무엇이라고 지껄인 후 다른 동무들에게 '귓속'을 한다. (용암)

〈그림 27〉 8.15.
철호 : 석일량, 동무 : 김의진,
영식의 부 : 유택, 동무 : 김익산,
촬영 – 김용태

(용명)
○부엌 앞에서 밥을 짓는 복규. 얼마 후에 철호, 복규에게 와서 머리를 어루만진 후 방문을 열고 들여다본다,
○철호의 처 겨우 일어나며 철호를 보고 미안한 듯이 웃음을 띠다가 어디가 저리는[62] 듯이 상을 찌푸린다. 철호 – 곁에 와서 일어나는 처를 다시 눕히며 간호를 한다, (용전)
○복규는 옆에 섰고 철호가 밥을 짓고 있다.
○철호 밥을 짓다가 복규를 보고 몰래 말을 한다. 복규 아무 말도 하지 않았다는 듯이 고개를 흔든다.

62 원문은 "절니는".

철호 기뻐하며 멍- 하고 있는 복규에게 웃음으로 대한다. (용암)
(용명)
○철호, 아내의 병을 간호하며 저녁밥을 먹인다. 아내 괴로운 얼굴에 웃음을 띠다가 정색을 하며

[자막]
아까 우리 고무공장에 다니는 동무가 와서 그러는데 갑자기 돈을 적게 주고 이천 명이나 아무 조건도 없이 쫓아낸 후 다시 사람을 뽑는대요.

○철호 이 말을 듣고 분노의 결심을 하며 두 주먹을 불끈 쥐고

[자막]
놈들의 하는 짓은 언제든지 그렇다. 우리들의 피와 땀을 여지없이 밟고 있다.

○분노했던 철호의 얼굴이 다시금 위대한 웃음의 얼굴로 변한다. (용암)

27회, 1930.08.15.

(용명)
○밤거리 딱따기[63]를 치며 지나가는 야경인
○고요한 거리, 다만 거리의 등불만 희미하게 졸고 있을 뿐이다.
얼마 후 커다란 사람의 그림자가 지나간다. (카메라 이동)
(용전)

---

63 밤에 야경(夜警)을 돌 때 서로 마주쳐서 '딱딱' 소리를 내게 만든 두 짝의 나무토막.

○(이동이 속하다)
풍덩한 우장[64] 외투를 입은 철호, 사면을 휘둘러본 후 고개를 푹 숙이고 빨리 걸어간다.
○철호의 동무, 무삼의 집 근처에서 주의하는 눈초리로 경계선을 지키고 있다.
○영식의 부, 얼굴을 가린 후 세중전등을 가지고 카메라 앞으로 가까이 온다. (용전)
○폐허의 집(영식의 옛집). 영식의 부, 사면을 둘러보고 고개를 끼웃끼웃 한다.
○땅을 밟은 영식의 부의 다리. 발끝으로 지긋지긋 눌리다가 손이 들어와서 땅을 파기 시작한다.
얼마 후에 조그만 궤짝이 나타났다. 두 손으로 얼핏 끄집어내서 (카메라 상부회전) 가슴에다 부둥켜안고 기뻐하며 벌벌 떨기 시작한다. (용암)

(용명)
○지하실 뒷문으로 부리나케 들어가는 철호, 철호 동무 몇 사람. 얼마 후 한 사람이 나와서 누구를 기다리는 얼굴과 동작을 한다. 훌륭(?)한[65] 칼을 찬 순사 꾸벅꾸벅 졸며 지나간다.
숨었던 사나이 또 나와 선다.
○지하실에서 비밀실로 올라오는 층대 고요하다.
○무삼이 누워 있다가 시계를 내려다본 후 촛불을 들고 몸을 질질 끌며 층대까지 와서 밑층으로 불을 비춰본다.

64 우장(雨裝): 비를 맞지 아니하기 위해서 차려입음. 또는 그런 복장. 우산, 도롱이, 갈삿갓 따위를 이른다.
65 원문 그대로임.

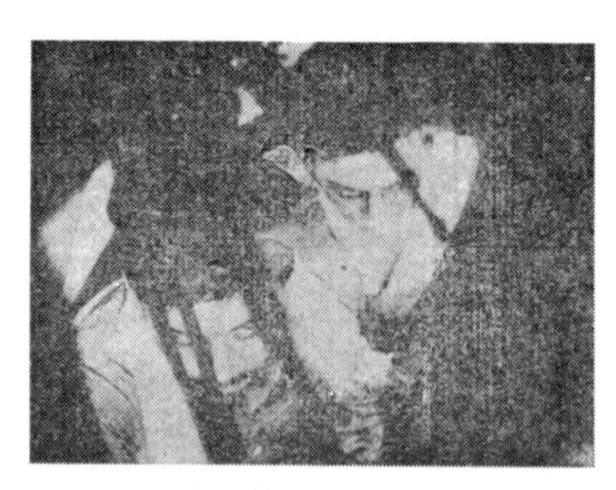
〈그림 28〉 8.16.
철호 : 석일량, 동무 : 김의진,
기타, 촬영 – 김용태

○긴장된 얼굴로 층대를 살살 걸어 올라오는 철호, 철호의 동무들
○지하실 뒷문. 여전히 한 사나이(철호의 동무) 기다리고 있다. 영식의 부, 가슴에다 붙듯이[66] 궤짝을 안고 헐떡이며 들어와서 사나이와 굳은 악수를 하고 안으로 들어간다.
○딱따기를 치는 야경인
○파출소의 등불[67]
○철호와 여러 동무들, 무삼의 다리를 내려다보고 위문을 한다. 무삼이 웃음을 띠며 감개무량한 표정이다.
○층대에 올라오는 영식의 부와 철호의 동무
○철호와 무삼이, 철호의 동무들 층대를 올라오는 발자국 소리를 듣고 놀란다.
영식의 부, 화면에 들어온다.
서로 반가워하며 굳은 악수를 한 후 철호 – 영식의 부에게 '귓속'을 한다. 영식의 부, 가슴에다 깊이 품고 있던 궤짝을 여럿 앞에다 내놓는다. 일동 공포와 기쁨이 섞였다.
○철호 여럿에게 말한다.

[자막]

언제든지 하는 말이지만 우리들 중에 반역자가 있어서는 안 된다. 그리고 이만한 배후만 있으면 놈들과 얼마든지 대전할 수 있다.

---

66 원문은 "가슴에다부쑷이".
67 원문은 "들불".

○일동 – 긴장된 얼굴로 말한다.

[자막]

그렇다.

○일동 철호를 중앙에 앉히고 얼굴을 맞대며 수군수군한다. (용암)

(용명)

○철호의 집 문전. 사람의 그림자가 왔다 갔다 한다.

○고요한 밤

철호의 아내와 복규 깊이 잠들었다.

○담을 넘어오는 다리 – 와 그림자 (용전)

○철호의 아내의 방문을 살그머니 여는 손

[자막]

철호가 없는 사이에 이곳에서는 너무도 의외의 돌발 사건이 생기려 한다.

○악마의 얼굴 같은 광산 감독 철세의 무서운 얼굴, 카메라 앞으로 가까워진다.

○철호의 아내, 병든 얼굴에도 지나간 옛날의 어여쁜 용모가 남아있는 듯하다.

깊이 잠들었던 그는 부스스 몸을 비틀며 돌아눕는다.

28회, 1930.08.16.

○철세 그 옛날의 행동과 같이 무리한 성의 야욕을 채우려는 얼굴로 빙그레 웃음을 띤다.
○여전히 곤하게 자고 있는 철호의 아내, 철세 – 가까이 다가앉은 후 천연스럽게 아내의 가슴에다 손을 대며 일어나라고 흔들기 시작한다.
○아내–눈을 번쩍 뜨며 헤쳐졌던 젓가슴을 훌여싸고[68] 철세의 얼굴을 바라본 후 그는 너무도 어이가 없어서 꿈인지 생시인지 모르는 듯이 멍–히 바라보고 있을 뿐이다.
○인형같이 웃고 있던 철세 – 점점 가까이 앉으며

[자막]

이년아, 오래간만이다. 나는 너를 잊지 않고 늘 생각했다. 남편 없이 그동안 지내기에 쓸쓸했지?

○아내 – 이제야 확실히 생각만 해도 몸에 소름끼치는 무서운 철세라는 것을 알고 눈을 둥그렇게 뜨며

[자막]

에구머니

○웃음을 띠던 철세, 간교한 수단으로 자기의 야욕을 해결시키려던 것이 실패에 돌아갔다는 것을 깨닫고 다시금 무서운 얼굴로 노려보며 소리치는 아내의 입을 여지없이 가로막는다.
○철호의 아내 – 죽을힘을 다해 철세를 밀어젖힌다.

---

68 원문 그대로임.

○또다시 빙그레 웃는 철세
○복규 벌떡 일어나서 놀란다. 철세 한 손으로 복규를 붙들어 앉히고 떠들지 말라고 위협을 한다.
○철호의 아내 뒤로 내다 앉으며 반항한다.
○무서운 철세의 얼굴 (순간)
○아내의 얼굴 결심한다.

[자막]
무서운 야욕과 약한 여성의 새로운 반항은 용이하게 합류되지 않을 것이다.

○아내 – 철세를 밀어내고 성을 내며 자기의 몸이 아픈 것도 모르는 듯이 벌떡 일어난다. 복규 벌벌 떨며 어쩔 줄 모르고 있다. 철세 일어나서 아내의 곁으로 가까이 선다.
(급용암)
(급용명)
○철호, 무삼, 영식의 부, 동무들 엄숙한 표정으로 여전히 밀의를 하고 있다.
○철호의 동무 손을 번쩍 쳐들며 말한다.

[자막]
나의 상상 같아서는 확실히 내일쯤 놈들의 간악한 착취술을 우리에게 말할 것이다.

○또 한 동무 얼굴에 힘줄을 세우며

[자막]

맞았다. 소위 돈 있는 사람을 일층 더 안전하게 하기 위한 놈들의 긴축정책과 금 해금의 여파가 올 것은 사실이다.

○여러 동무들 '그렇다'는 듯이 숙였던 고개를 번쩍 든다.
○철호의 엄격한 얼굴 사면을 둘러본다.
○무삼의 얼굴, 자기의 몸이 아픈 것을 분하게 여기는 표정 (순간)
○영식의 부의 얼굴 (순간)
○동무A의 얼굴 (순간)
○동무E의 얼굴 (순간)
○또 다른 동무의 얼굴 (순간)
○철호 휙- 둘러본 후 '이제는 안심'했다는 표정으로 한숨을 내쉰다. 그의 얼굴 또다시 엄격해지며 말한다.

〈그림 29〉 8.18.
철호 : 석일량, 기타 수천 명 노동자,
촬영 - 김용태

[자막]

자 - 우리들은 목이 달아나가는 한이 있더라도 단결하자.

○이 말을 그친 철호의 얼굴 무엇을 깊이 생각한다. (이중으로)
○펄펄 날리는 깃발
○시위 행렬을 하는 수천만의 노동자
○굳센 주먹들
○외치는 군중들의 입

○행진하는 노동자의 다리 (이동)

○고개를 푹 숙이고 생각하던 철호, 여러 동무들을 또다시 본다. (용전)

○굳센 주먹들 화면에 나와서 악수한다.

○돼지의 고기
○번질번질한 '뻐르'[69]의 얼굴
} (이중)

○수천만 마리의 개미
○노동자들의 시위 행렬
} (이중)

(용전)

○돼지고기를 뜯어 먹는 수천 마리의 개미 떼들

29회, 1930.08.18.

○굳세게 악수한 손

○철호와 무삼이, 그 외에 여러 동무들 얼굴을 서로 맞대고 힘있는 맹서의 눈초리를 보내고 있다

○층대의 밑에서 물건이 우당탕 떨어진다.

〈그림 30〉 8.19.
철호 : 석일량, 무삼이 : 오세층,
동무 : 김의진, 기타, 촬영 – 김용태

○여럿 – 놀라 벌떡 일어나서 살그머니 층대의 밑을 내려다본다.

○검은 빛에 흰 반점이 있는 고양이, 울면서 힐끔 쳐다보고 가버린다.

○여럿은 안심하는 표정으로 빙그레 웃는다. 철호도 웃다가 여럿을 보

69 '부르주아'를 말한다.

며 말한다.

[자막]
자 – 이제는 갑시다. 결의할 것은 끝났으니까!

○딱따기를 치는 야경인의 손
○시계 – 한 시 반에 침이 놓여있다.
○검은 그림자, 층대를 내려온다. (이동)
○거리. 여럿의 다리 몰켜섰다가 사방으로 헤어진다. (용전)
○철호 – 빙글빙글 웃으며 걸어간다. (이중으로)
○궤짝을 쥔 손
○'이만 원'의 지폐 무삼이에게로 맡기는 철호와 그 외-
○철호 – 점점 더 빨리 걸어간다. (용암)

(용명)
머리가 죄다 풀어진 철호의 처, 땀을 흘리며 안고 있는 철세의 몸을 밀어젖힌다.
○철세 빙그레 웃으며 카메라에 가까워진다.
○철호의 방
복규 기절해서 넘어져 있고 철호의 처를 부둥켜안고 승갱이하는 철세
○빨리 걸어오는 철호의 상반신 (이동)
○철호의 집 문전. 동리 사람들 서로 수군수군하며 의심스러운 표정을 한다.
○철호의 처 싸우다 싸우다 못해 눈을 감으며 기절을 한다. 철세 가슴을 풀어 젖히며 빙그레 웃는다.

○복규 정신을 다시 차린 후 소리를 친다.

[자막]

사람 살리시우, 아버지!

○동리 사람들 이제야 해득했다는 듯이 닫혀있는 문을 두드리며 열려고 한다.

○철세의 무서운 마수는 철호의 아내에게 정복하지 못했다. 철세 놀라며 벌떡 일어나서 문을 박차고 달아난다.

○문을 부수고 들어오는 동리 사람들

○철세의 그림자와 달아나는 다리

○철호 저-편에서 오다가 자기 집 앞에 몰려있는 사람을 보고 놀라서 빨리 대문 안으로 들어간다.

○동리 사람들 기절하고 있는 철호의 처에게 물을 먹이며 간호를 한다. 철호 - 뛰어 들어와서 자기의 아내를 껴안으며 여럿에게 이유를 묻는다.

○동리 사람 대답하기 어려운 듯이 서로 흘끗흘끗 보고 있을 때 복규, 철호에게 달려들며 말한다.

[자막]

아버지 -

광산감독 의부가 와서 어머니를 막 때렸어요.

○철호 너무도 의외인 듯이 놀란다.

복규 울기 시작한다.

○동리 사람들 가엾다는 듯이 일어난다. 철호 - 동리 사람들에게 고마운

인사를 한다. (용명)
○철호 – 아내를 껴안고 격분에 이기지 못해 몸을 우르르 떨고 있다.
○철호의 얼굴 – 점점 험상궂게 무서워지며 소리친다.

[자막]
에이 이 개돼지 같은 놈들, 목전 너희들이 멸망할 때가 올 것을 모르느냐?

○이 말을 그친 철호 심통한 웃음으로 깔깔깔 (용암)

30회, 1930.08.19.

(용명)
○지평선 (원경) –
떠오르는 해 (대사)
(이중으로)

[자막]
그 이튿날 아침. 놈들의 광산 측에서는 너무도 간악한 계책을…….

○활기 있게 멍멍 짖는 개와 철세의 다리, 또 한 사람의 다리 서서 있다. (카메라 상부로 회전) 철세 서서 담배를 태우며 빙그레 웃고 있다. 또 한 사람은 길게 쓴 종이를 게시판에 붙이고 있다.
○게시판 (대사) – 횡회전으로

— 급고 —

본 광산에서는 신내각의 금 해금과 긴축정책의 여파로 전국이 불경기한 이때에 그에 대한 선후책을 강구한 결과 본 광산에만 특히 광산 측의 희생적 결의가 있었음을 통고함

1 전례의 임금에서 삼 할을 인하함

2 십 시간 노동을 십이 시간으로 연장함

3 작업으로 인해 상해한 보수와 치료비는 지불치 않기로 함

4 단체가입권은 절대 폐지

(이하 약)

이상의 조건에 불복의 태도를 취하는 자에게는 부득이한 사정으로 해고를 시키겠고 금일부터 위 조건은 단행하기로 함

— 감독계 —

○감독 – 철세와 또 한 사람 종이를 붙인 후 한 번 죽 – 읽어보고 저–편으로 간다.

○자동차를 타고 있는 광산주와 그의 첩 –

○눈코도 보이지 않게 살이 푸둥푸둥하게 찌고 빤질빤질하게 대머리가 빠진 광산주, 여송연을 지근지근 씹으며 계집을 껴안고 있다.

○철세, 옆에 서서 굽실굽실한다. 광산주, 철세를 내다보고 등어리를 툭 치며 말한다.

[자막]

이거 보게, 요번 일만 잘된다면 자네는 물론 나의 비서가 될 거야.

○철세 굽실굽실한다. 백 원짜리 몇 장이 철세의 손에 쥐어있다. 자동차

가-스를 내뿜으며 멀-리 사라진다.

○광산으로 물밀듯이 몰려드는 탄항부들-

자동차 그들의 옆으로 우당탕하며 지나간다. 탄항부들(철호들도 끼어있다) 조소와 욕설이 섞여서 나온다.

○철세-좀 두려운 듯이 사무실에서 바깥을 내다보고 있다.

○탄항부들 놀라며 게시판을 여러 번 들여다보고 있다. 점점 몰려드는 항부들

○게시판 (순간)

○놀라는 항부 (순사[70])

○게시판 (순사)

○멍-하고 있는 항부 (순사)

○게시판 (순사)

○두 주먹 불끈 쥐며 벌벌 떠는 항부

○게시판 (순사)

○맹호같이 성이 난 철호 점점 가까이 온다.

○영식의 부 무엇을 침착하게 깊이 생각하고 있다.

○게시판 흐릿하게 보인다. (순간)

○눈물이 가득한 항부의 비장한 얼굴

○황당한 얼굴로 내다보는 철세

○여러 항부들 와글와글 떠든다.

○또 한편 떠든다.

○또 한편-

○한편에서 항부 한 사람이 분함을 이기지 못해 소리친다.

---

70 이하 6행의 원문은 "순사(瞬寫)"라 되어 있으나, '순간(瞬間)'의 오식으로 추측된다.

[자막]

나는 놈들에게 단연코 이런 조건을 철폐시키겠다!

○여러 항부들 두 손 뻗-쳐들며 와-떠든다. (용전)
○맹렬하게 타오르는 화염
○폭우가 내리는 땅
○빙빙 돌아가는 화륜
○카메라 앞으로 몰려드는 항부들
형세가 불온하다.
철호와 철호의 동무들, 여럿을 가로막으며 층대 위로 올라선다.

〈그림 31〉 8.20.
철호 : 석일량, 동무 : 김의진,
영식의 부 : 유택, 항부 : 김익산,
동(同) : 장복선(張福善), 촬영 - 김용태

○철호와 그 외의 동무들 굳센 주먹을 번쩍 들며 물 끓듯이 소동하는 항부들을 내려다보고 외친다.

31회, 1930.08.20.

○높다란 곳에 우뚝 서 있는 사자의 동상. (카메라 공허(空虛)인 상부로 향해 있다가 얼마 후 또 사자의 있는 곳으로 회전한다) 사자의 동상이던 것이 정말 사자가 되어서 소리를 치며 카메라 앞으로 달려든다. (노서아 영화 〈포촘킨〉[71]에 있는 몽타주 이용) (용전)
○수천만의 주먹이 화면에 부득차게 쳐들린다.
○철호 두 눈을 부릅뜨고 여전히 외친다.

---

71 S. 에이젠슈쩨인 감독의 〈전함 포템킨〉(Bronenosets Potemkin, 1925)을 말한다.

[자막]

여러분― 광산 측의 간악한 착취술에 넘어가지 말자. 우리들은 무능하게 이용되는 개와 돼지가 아니다.

○항부―긴장된 얼굴로 박수갈채

○영식의 부도 떨리는 주먹을 힘껏 쥐는 듯이 말한다.

[자막]

자― 우리가 이럴 때는 냉정하게, 침착하게 대책을 강구하여 광산 측과 싸워야 합니다.

○여러 항부의 몰려드는 다리

○물 끓듯이, 불타는 듯이 몰려 섰는 군중을 한 항부가 헤치고 손을 번쩍 들며 말한다.

[자막]

자― 두말할 것 없이 놈들을 폭력으로써 제재를 주자!

○항부들 "그러자" 하고 소리를 친다.

○사무실에서 황당한 기색으로 왔다 갔다 하다가 무엇을 한참 생각하더니 전화를 잡는다.

○철호 목이 마른 듯이 입맛을 다시며 떠든다.

[자막]

그러면 먼저 여기서 대표자를 저―편으로 파견해 우리들의 요구조건을 제출하는 게 어떤가?

○군중 와- 손을 들며

[자막]

이의 없다. 좋다!

○철호의 동무 격렬하게 선동한다.

[자막]

단결하자 무슨 일이 있더라도

단결에는 모-두가 넘어진다.

○철세 전화를 그치고 빙그레 웃으며 안락의자에 앉아서 책상 위에 있는 여송연을 입에다 문다. (속(速) 이동)

○빨리 뛰어오는 개

○드러누워 있는 돼지

○새까맣게 보이는 개미

○광산 일부 (전경)

철호, 기타 사오 인 높은 데 서서 수천 명의 항부와 요구조건을 토의한다.

○철호의 말하는 얼굴 (대사)

○항부의 주먹과 말하는 입 (순간)

○영식의 부 말한다 (순간)

○박수 (순간)

○말한다 (순간)

○박수 (순간)

○떠든다 (순간)

○번쩍 들리는 항부의 팔 (순간)

○뛰어오는 개 (순간)

○전화하는 입 (순간)

○듣고 있는 귀 (순간)

○떠드는 항부 (순간)

○광산주, 첩을 껴안고 쿨쿨 자고 있다.

○××일보사의 날리는 깃발

○뛰어오는 개

(용전)

○사무실을 사뿐사뿐 들어오는 형사를 철세 기쁘게 맞으며 무엇이라고 말한다.

○와 떠드는 항부의 얼굴과 손

[자막]

좋다. 그러나 제7조는 그것으로 불만족하다. 고쳐라.

〈그림 32〉 8.21.
철세 : 황하석, 형사 : 김형운(金形雲),
형사 : 이엽, 촬영 – 김용태

○(카메라 회전) 수천 명의 항부 박수한다.

○형사들과 철세 무어라고 수군수군하며 사무실에서 바깥을 내다본다. 철세 떠드는 곳을 가리키며 형사에게 무엇이라고 말한다.

32회, 1930.08.21.

---○---

○형사A 얄미운 얼굴에 매서운 눈초리로 고개를 까닥까닥하며 무슨 계책을 강구하는 듯.

[자막]

이 가여운 인간은— ××철공장에서 새 주인을 만나는 동시에 감독으로 많은 노동자를 이용하여 중간착취로 배를 불린 것도 한때의 꿈이었다. 그래서 지금은 일층 더 가혹한 …….

○형사A 와글와글 떠드는 바깥을 놀라며 내다본다. B도, 철세도, 또 한 사람도 –

○넓은 마당에 수천 명의 항부들 손을 들었다가 내린다.

○철호 등 – 높은 곳에서 땀을 줄줄 흘리며 여전히 말한다. 항부들 조용하게 듣고 있다.

○철호의 동무 떠든다.

○항부들 점점 격렬해진다.

○한 항부 험상궂은 얼굴로 말한다.

[자막]

자 – 요구조건은 열다섯 가지요. 그 외에는 없소.

○항부들 손을 들며 말한다.

[자막]

없소!

다음은 저–편에 보낼 '전권위원'을 선정하자–

○여러 항부들이 고개들을 끄덕한다.
○의상인[72] 영식의 부 엄격하게 서서 사방을 둘러본다.
○철호 손을 들며 '내가 가겠다'는 듯이 말한다.
○한 항부 손을 든다.
○또 든다. (순간)
○또 든다. (순간)
○또 든다. (순간)
○영식의 부 웃음을 띠며 말한다.
○떠드는 입 } (이중)
○드는 손
○여러 항부들 죄다 손을 들고 영식의 부의 곁으로 몰려 들어간다.
○철세와 형사들 조급한 동작으로 사무실에서 왔다 갔다 한다. 철세 전화를 한다.
○광산주 전화를 받고 놀란다.
○사무실 앞에서 '일을 하라는 종'을 친다.
○항부들 돌아서며 종 치는 사람을 보고 격분하다가 깔깔 웃는다.
○종 치던 사람 놀란다.
○웃는 입. 손가락질하는 항부
○거리 (이동)
신문 돌리는 배달부 호외를 뿌린다. 여러 사람 받는다. (급용암)

[자막]
두 시간 후에 광산 사무실에서는 (급용명)

---

72 원문 그대로임.

○대머리가 진 광산주 책상 위에 놓인 항부들의 요구조건서를 내려다보고 좀 황당한 기색을 하다가 웃으면서 고개를 든다. 철세 옆에 서서 있다.
○항부들의 대표자 (철호도 끼어있다) 다섯 명 분함을 이기지 못하는 듯이 꿋꿋하게 서서 있다.
○사무실 바깥-
여러 항부 주먹들을 굳세게 쥐고 사무실을 들여다보려고 애를 쓴다.
○광산주 냉정한 태도로 여전히 내려다본다.
○뒷방에 형사들 숨어있다.
○철호 등의 대표자 입을 꾹 다물고 광산주를 노려보고 있다.
○부절히 움직이던 광산기계 정지되어 있다. 쓸쓸하게 (이중으로)
○사무실 바깥에서 와와 떠들며 기다리는 항부들-(카메라 마음대로 회전)
○광산으로 들어오는 신문기자들
○사무실 바깥에 몰려있는 항부들을 신문사 사진반 기자가 얼핏 사진을 박는다.
○광산주 두근거리는 가슴을 이기지 못하는 듯이 헐떡헐떡하며 항부들의 요구조건서를 내려다보고 무엇을 깊이 생각한다.
○요구조건서 (대사)

〈그림 33〉 8.22.
쓸쓸한 석탄광과 정지되어 있는 기계 사무실 근처에서 '요구조건서'를 기다리는 항부들. 촬영 – 김용태

33회, 1930.08.22.

○광산주의 손이 화면에 들어와서 놓여있는 '요구조건서'를 들고 읽어 본다.

—요구조건—

1 노동임금 감하 절대 반대 (전례의 임금에서 이 할 이상)

1 노동시간 전례의 십 시간을 팔 시간으로 긴축 실행

1 단체가입권 절대 자유 획득

1 광산 측 제도 불충분에 의한 항부의 시간 착취 반대

1 작업으로 인한 상해 보수 급 치료비 지급

1 감독과 부정 검시 절대 구축

1 보증금 절대 폐지

1 대우 개선

1 휴업일에 임금 지불

1 무리 해고 절대 반대

1 연말 상여금 지불

1 벌금제도와 징벌 정업 철폐

1 야간작업 절대 폐지

1 불량품 배상제도 철폐

1 항부가 병으로 작업치 못하는 경우에는 생활비 지불

이상의 요구조건을 즉석에서 회답. 만일 듣지 않는 경우에는 단연코 작업치 아니함

—항부 일동—

○광산주 이것을 보고 땀을 씻으며 나오지 않는 웃음으로 철호 등을 쳐다본다.

○대표자 일동 긴장된 얼굴
○철세, 광산주 옆에 서서 천연스러운 태도를 하고 있다.
○사무실 바깥에는 여전히 항부들 기다리고 있다.
○광산주, 철세와 수군수군하더니 대표자를 보고 광산주 말한다.

[자막]
실례지만 이 '요구조건서'에는 내일 오전 아홉 시 게시판 앞으로 오- 회답이 있을 터이니.

○대표자 중에 한 사람, 두 주먹을 움켜쥐고 달려들며 말한다.

[자막]
지금 회답하지 못할 건 어디 있소.

○광산주 뒷문으로 빠져나간다.
○대표자 일동 서로 얼굴을 맞대고 수군수군한 후에 아무 말도 하지 않고 나간다.
○항부들 우- 몰려들며 대표자들에게 어떻게 되었느냐고 묻는다.
○철호 손을 들며 말한다.

[자막]
내일 오전 아홉 시에 회답한다니 그때까지 꿀걱하고[73] 기다려봅시다.

○수많은 항부들 와 떠든다. 사무실 문으로 들어갈 형세다. 항부들 중에

73 원문 그대로임.

몇몇이 나와서 얼굴에 힘줄을 지우며 외친다. (용암)

그 이튿날 오전 아홉 시

○게시판 (대사)

작일에 제출한 십오 개 조의 요구조건서에 대해서는 절대로 응할 수 없다. 차에 불응하는 자는 즉시 해고함

— ××광업 주식회사 감독계 —

○격분한 항부들 와 떠든다.
○철호들 앞서 나와서 외친다.

[자막]

자— 이제는 우리들의 단결로 저놈들에게 대항하자. 목전에는 확실히 승리가 있다!

○광장이 부듯차게[74] 항부들은 천지가 움직일 듯이 두 팔을 들며 외친다.
○굳센 주먹들 (대사)
○외치는 입 (순간)
○격랑이 화면을 휘덮는다.
○번개가 친다. (순간)
○항부들의 굳센 주먹 번쩍 든다.

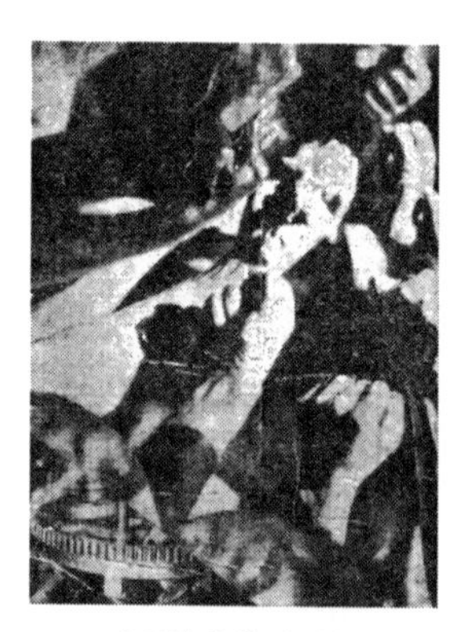

〈그림 34〉 8.23.
힘있는 굳센 항부들 주먹
촬영 – 김용태

74 부듯하다: ① 집어넣거나 채우는 것이 한도보다 조금 더하여 불룩하다. ② 기쁨이나 감격이 마음에 가득 차서 벅차다.

○철호의 동무–소리친다.

[자막]

자, 지금부터 힘있는 쟁의가 계속될 것이다. 단결하자!

○기계 정지

○쓸쓸한 광산

○화면 암흑 (순간)

○빈 솥 (순간)

○고개를 타라메고[75] 있는 빈민

○화면 암흑

[자막]

죽음

○항부들 외치는 소리

[자막]

아니다. 지금부터가 투쟁이다.

[자막]

그렇다. 싸워보자.

○넓은 광장에 수많은 항부들 행렬 지어서 사무실로 향해 간다.

---

75 원문 그대로임.

○전화하는 사람
○놀라는 사람
○신문기자 땀을 뻘뻘 흘리며 원고를 쓰고 있다.
○사회단체 회관에서 구수회의[76]를 한다.
○(커팅 마음대로. 플래시백[77]이 많아야 좋다)

34회, 1930.08.23.

○해머-를 가진 항부들 격분에 타오르는 얼굴로 사무실을 향해 몰려간다.
○지나가는 항부들의 다리
○외치며 지나가는 항부들의 입
○항부들, 사무실 안에까지 들어와서 유리창 기타 여러 가지를 부수기 시작한다.

〈그림 35〉 8.24.
철세 : 황하석

○부서지는 유리창
○책상 밑에서 몰래 숨어있는 철세, 떨어지는 유리창에 맞아서 놀란다.
○사무실을 휩싼 항부들 와- 떠들기 시작한다.

[자막]
공장주와 철세를 잡아내라.

76 구수회의(鳩首會議): 비둘기들이 모여서 머리를 맞대듯이 여럿이 한자리에 모여 앉아 머리를 맞대고 의논함. 또는 그런 회의.
77 원문은 "푸랫쉬빽".

○철세 벌벌 떨고 있다가 쥐고 있던 전화통에다가 황당하게 입을 대며 말한다.
○철호, 철세의 멱살을 잡아서 힘있게 조르며 광산주의 있는 곳을 묻는다.
○부서지는 책상
○뒤 흩어지는 부기 책과 서류
○항부들 사무실 내외를 횡행한다.
○걸려있는 시계의 침 가고 있다.
○형사들 광산으로 들어온다.
○(이동) 신문 배달부 뛰어간다.

[자막]

이 광산에 파업이 봉기하고 있을 때 철호의 아내가 다니는 고무공장에서도 소위 긴축정책의 여파라는 명목으로 무리하게 해고를 시킨 원인으로 맹렬한 동맹파업이 일어났다.

○형사들 배달부에게 호외를 받아서 보고 있다.
○호외
대동고무공장 일제히 동맹파업－
그 외에 각 공장에서도 동요－등등의 문구가 나열되어 있다.
○형사들 호외를 본 후 서로 흘끔 시선이 맞으며 '되었다는 듯이' 빙그레 웃다가 놀라며 한편을 보고 달려간다.
○여러 항부들 호외를 쥐고 더한층 격노한다.
○항부에게 둘러싸여서 시원하게도 얻어맞는 철세
○철호－철세에게 말하라고 재촉한다.
철세 손짓을 하며 말한다.

○철호 벌떡 일어나서 여러 항부들과 우- 몰려 나간다.
○한 동무 소리친다.

[자막]
광주의 집으로 가서 직접 담판을 하자!

[자막]
만일 듣지 않으면 우리의 무기인 단결로써 놈들에게 대하자!

○몰려서 나오는 다리
○철세 많이 얻어맞은 여독[78]으로 정신없이 넘어져 있다.
○광산 문밖으로 수천 명의 광부들 몰려 나가는 시위 행렬
○넘어져 있는 철세의 곁으로 형사가 나와서 철세를 일으킨다.
○열을 지어서 가는 개미 떼들
○고무공장 문 앞
수많은 여직공들 깃발을 휘두르며 닫혀있는 문을 두드리며 소리를 친다.
○광산주의 집 문전
여러 항부들 닫혀있는 문을 밀어제치며 몰려 들어간다.
○문지기 황당한 기색으로 광산주의 방으로 달려간다.
○여하인들 벌벌 떨고 있다.
○계집을 껴안고 있는 색마 광산주, 얼굴의 기름을 줄줄 흘리며 쿨쿨 자고 있다.
○집 현관에까지 몰려든 항부들

35회, 1930.08.24.

78 여독(餘毒): ① 채 풀리지 않고 남아 있는 독기. ② 뒤에까지 남아 있는 해로운 요소.

○문지기, 광산주의 침실 문 앞에까지 달려와서 황당한 기색으로 문을 두들긴다.
○광산주 여전히 젊은 첩을 주책없이 껴안고 몸을 비튼다. 그의 첩- 와 떠드는 항부들의 소리와 노크하는 소리에 깜짝 놀라며 발딱 일어난다.
○광산주의 집을 완전히 포위한 격노한 노동자들, 그의 집 현관까지 침입하여 주먹들을 들고 외친다.
○벌벌 떨며 어쩔 줄 모르는 계집 하인들
○문지기 가슴이 펄넉펄넉하며 떨리는 목소리로

[자막]

영감마님, 어서 좀 일어나세요. 큰일 났습니다.

○흐트러진 젖가슴을 두 손으로 옵여싸는[79] 첩- 두 눈이 동그래지며 공장주를 흔들어 깨운다. 공장주 눈을 비비며 첩의 넓적다리에 고개를 틀어 얹으며 빙그레가[80] 항부들의 외치는 소리와 벌벌 떠는 첩의 얼굴을 보고 '이제야 깨달은' 듯이 수건으로 얼굴에 흐르는 기름을 닦으며 어쩔 줄 모른다.

〈그림 36〉 8.25.
광산주 : 적석죽(赤石竹),
첩 : 최월사(崔月沙), 문지기 : 김운(金雲)

○침실 문 앞까지 항부들 달려와서 문지기와 승강을 하고 있다.
○항부의 한 사람, 문지기의 멱살을 잡으며 말한다.

79 원문 그대로임.
80 원문 그대로임.

[자막]

광산주를 면회시켜라.

○문지기 고개를 절레절레 흔든다.

○항부들 더욱 몰려들며 위협한다.

○침실 안 침의를 입은 광산주, 황급한 기색으로 뒷문을 열고 달아나가려고 한다. 이때 첩이 달려가서 붙들며 말한다.

[자막]

영감! 그리 달아나면 무슨 소용 있어요. 벌써 알고 사방으로 포위하고 있는데.

○광산주 '이제는 죽었다'는 듯이 정신을 차리지 못한다.

○호외 돌리는 배달부

○항부들 굳센 주먹을 번쩍 들며 소리를 친다.

○한 항부 소리를 친다.

[자막]

자, 최후다. 웬만하면 때려 부수자! 우리 수천 명의 밥줄을 끊은 놈들을 없애자!

○격노한 항부들 점점 더 와 떠든다.

○광산주 눈을 멍하게 뜨고 있다가 다시 정신을 차린 듯이 전화를 하려고 한다.

○유리창이 부서진다. 부서진 구멍으로 철호의 얼굴이 나오며 격분한 얼굴로- 외친다.

[자막]

에이이 – 비겁한 놈, 어디에다가 전화를 거느냐!

○광산주 불불 떨며 판착 귀퉁이[81]로 들어간다.

○철호 격노하고 있을 때 광산주의 첩이 철호에게 백배사례를 하며 살려 달라고 애원한다. 그러나 굳센 그는– 철호 세게 밀어젖히며 비웃는다.

[자막]

요 간악한 기생충, 가만히 있어.

○항부들 와와 떠들고 있다.

○전화도 걸지 못한 광산주는 최후의 발악으로 황당하게 떨리는 표정 동작을 엄격하게 하며 카메라 앞으로 걸어온다.

○철호– 여러 항부의 앞에 서서 연설을 한다. 여러 항부들 점점 고요해 진다.

○침실 문을 열고 나오는 광산주, 사면을 휘둘러보고 벌벌 떨리는 것을 억지로 참으며 나온다. 첩도 어쩔 줄 모르며 따라 나온다. 문지기, 옆에서 깍듯이 예를 한다.

○벌벌 떨고 있던 여하인 키가 커지며 한숨을 내쉰다.

○격노한 항부들, 나오는 광산주에게로 시선이 모인다.

[자막]

광산주의 금후 태도를 보고 좌우를 결정하려는 용감한 노동자들 –

36회, 1930.08.25.

81 원문은 "판착구텡이".

○해변-
물결이 험상궂은 바위를 힘있게 치고 고요해진다. 그러나 저-편에서 또 다시 격노한 물결은 무섭게 들어와서 검은 바위를 치려고 한다.
○항부들 서로 수군수군하며 여전히 격노를 하고 있다.
○벌벌 떠는 광산주의 손과 다리
○굳센 주먹으로 해머를 쥐고 있는 항부들의 주먹 (대사)
○광산주 여러 항부들의 앞으로 가까이 서며 목에 조갈증이 생긴 듯이 입맛을 다시고 퍽 온순하게 말을 한다.

[자막]

여러분, 이럴 것이 아니올시다. 나는 여러분을 위해서 요사이 같은 불경기에 될 수만 있으면 광산을 유지해서 여러분과 같이 살아볼까 하며- 또-

○광산주의 말이 끝나지도 않아서 그의 교묘한 임시 수단을 깨달은 항부들은 와 떠들며 광산주의 곁으로 몰려든다. 이때 철호들이 앞을 막는다.
○광산주 달아나려고 하며 무서워한다.
○철호- 여러 항부들에게 말한다.

〈그림 37〉 8.26.
광산주 : 적석죽, 기타 수많은 군중의 시위 행렬

[자막]

하여간 말을 끝까지 들어보면 알 것이 아니오. 참아봅시다.

○철호 이 말을 그치고 광산주를 노려본다. 수천만의 항부들 진정하며

회답 여하를 기다리고 있다.
○광산주 땀을 흘리며 한참 생각하다가 고개를 들어 여러 항부를 둘러본다.
○뛰어오는 여하인의 다리 (이동)
○광산주의 곁으로 여하인 뛰어와서 놀라는 표정으로 말한다.

[자막]
영감, 큰일 났습니다. 전화 좀 받으세요.

○광산주 놀라며 전화통 있는 곳으로 달려간다. (이동)
○여러 항부들 빙그레 웃으며 서로 눈짓을 하며 고개를 끄덕한다.
○전화통에서 울 듯이 놀라며 전화를 받는다.
○광산 사무실에서 전화를 하는 철세. 옆에는 정복한 경관과 형사들이 철세를 옹호하고 있다.
○철세 황급하게 전화를 한다.

[자막]
영감, 이제는 틀렸나 봅니다. 항부들의 습격으로- 사무실을 전부 부수었습니다. 그리고 요구조건을 듣지 않으면 어디까지라도 쟁의를 계속할 것은 확실합니다.

○광산주 기가 막히는 듯이 멍-하고 있다가 성을 내며 말한다.

[자막]
에익 이 미련한 사람, 취초에는[82] 그렇게 장담을 하고-

○철세 또 말한다. (대사)

[자막]

그리고 호외를 보셨습니까. 전국의 각 공장에도 파업을 한 후 쟁의가 나지 않은 곳은 없습니다. 더욱이 고무공장에는 매일 습격 등이 일어나고 그– 배후에는 각 사회 단체가 지휘를 한답니다. 어디에서 났는지 모르나 돈도 많이 있는 모양이올시다.

○광산주– 음침한 구석에서 전화통을 힘없이 놓으며 공황과 전율의 표정이 그의 얼굴을 채웠다. (대사) (이중으로)
○수많은 노동자들 시위 행렬을 하고 있다. 깃발이 휘날린다. 해머를 쥐었다. 행진, 행진, 행진.
○각 공장주 어쩔 줄 모르며 절망의 표정으로 눈만 감고 있다. 대머리 빠진 사람, 배 뚱뚱이, 빼빼 마른 노인 등등–
○광산주 자기의 몸까지 주체를 못하는 듯이 어쩔 줄 모른다. 그리고 화를 내며 제 손으로 제 수염과 머리털을 뽑는다.
○바깥에서 기다리고 있는 항부들, 광산주를 나오라고 소리를 친다.
○광산주 벌벌 떨며 어쩔 수 없이 문을 열고 걸어 나온다–

37회, 1930.08.26.

○광산주의 공황한 행동을 보고[83] 알아차린 듯이 수많은 항부들 – 서로 얼굴을 맞대고 수군수군한다.

---

82 원문 그대로임.
83 원문은 "보"이나, 문맥상 '보고'가 맞겠다.

○광산주-천연한 태도는 없어지고 벌벌 떨며 말을 하려고 한다.

○항부들-시선이 광산주에게 뻗친다.

○광산주 (대사)

말한다-

[자막]

하여간 여러분, 가서 일을 하십시오. 좋게 해결하겠습니다.

○항부들 '안 된다'고 고개를 절레절레 흔들며 떠든다. 주먹들이 중간중간히 올라온다.

○흐르는 물
○돌아가는 시계 } (이중)

○불타는 돈
○녹는 돈 } (이중)

○광산주 조급한 듯이 땀을 뻘뻘 흘린다.

○문지기, 옆으로 몰래 빠져서 뒷문으로 나간다.

○광산의 종을 치는 손 (일을 하라고) (이중으로)

○금속공장에서 사이렌이 울린다. 한층 기를 내뿜으며 (이중으로)

○고무공장에도 치는 종과 울리는 사이렌 (이중으로)

○깔깔-조소를 하는 금속 노동자

○또 웃는다. (순간)

○고무 여직공 비웃는다. (순간)

○또 웃는다. (순간)

○울리는 사이렌과 치는 종 (순간)

○비웃는다. (순간)

○(속(速) 이동)

뛰어가는 배달부 (순간)

○전선주에 삐라가 붙어있다. (순간)

○공장 기지 사이에도 삐라가 있다. (순간)

○말하는 전화통의 입

○또 입 (순간)

○광산 사무실을 포위한 항부들

○공장을 파괴하는 노동자들

○고무공장 문 앞에서 와-떠드는 여직공들. 대성통곡을 하는 여직공들

○광산주의 집을 포위한 항부들 와 떠들며 점점 광산주에게로 다가선다.

○광산주-손을 내밀며 황급한 표정으로 가만히 있으라고 한다.

○항부들 '안 된다'고 소리치며 카메라 앞으로 가까이 한다.

○무삼이-아픈 몸으로 들창을 내다보며 격분하다가 웃다가 한다.

○수만의 노동자 깃발을 휘날리며 시위 행렬 돌진, 돌진.

○철호의 아내도 들창으로 내다보며 격분과 조급함이 섞여서 나온다.

○여직공들의 시위 행렬

○왔다 갔다 하는 경관과 형사

○왔다 갔다 하는 개와 돼지

○서로 싸운다.

○사회단체의 간판 (순간)

○수군수군하며 밀의하는 사람

○항부들 (대사)

(이동으로) 카메라 앞으로 오며 주먹을 들며 위협을 한다. 정당한 위협

○광산주 이제는 틀렸다는 듯이 말

〈그림 38〉 8.27.
비웃는 노동자들

을 하려고 한다.
○달려오는 다리 (문지기의) (이동)
○달려오는 형사의 다리, 경관의 다리, 또 털넉털넉하는 칼, 칼, 칼
○항부들의 입–외친다.

[자막]
빨리 말을 해라. 우리들 요구대로 들어도 너는 살 수 있다.

○또 한 항부 소리친다.

[자막]
그래도 너희에게는 이익이 있을 것은 확실하다!

○광산주 할 수 없다는 듯이 요구건 전부를 승낙하려고 한다.
(속 이동)
○달려오는 형사와 경관–(순간)

38회, 1930.08.27.

○점점 더 앞으로 몰려드는 항부들. 긴장된 얼굴로 광산주의 확실한 해답을 들으려고 애를 쓴다.
○광산주–비지땀을 흘리며 어쩔 줄 모르고 있는데, 또 전화를 받고 황당한 낯빛으로 한 여하인, 광산주에게 말을 한다.

[자막]
–저저– 광산에는 항부들의 폭동으로 철세 감독은 짓밟혀서 다 죽어가고

사무실은 모조리 파멸이 되었답니다.

(대사)

○광산주 울 듯이 놀란다. (순간)

(대사)

○여하인 또 말이 계속된다.

[자막]

그리고 지금도 경관대와 막 싸우고 있답니다. 또 이 '호외'를 좀 보세요—

○광산주—정신을 차리지 못하다가 억지로 마음을 가다듬으면서 신문 호외를 보고—놀라며 돌켜섰는 항부들을 둘러보고 두려운 듯이 말한다.

[자막]

그러면 여러분, 본인이 어떤 입장에 있더라도 전번 열다섯 가지의 요구조건은 승낙했습니다.

○광산주 말을 그치고 넘어지려고 한다. 이때 여하인들과 그의 첩이 부축을 한다.

○수천 명의 항부들

두 손을 번쩍 쳐들며—해머를 들고 삐라를 휘날리고 기쁨, 기쁨, 만족, 승리. 입을 떡 벌리며 외친다.

[자막]

우리들 노동자 농민 만세. 단결은 승리다. 이제로부터 우리들은 점점 더 맹렬한 기세로 우리들의 계급투쟁을 확대 강화시키자!

○와글와글 떠드는 항부들 기뻐한다. 철호는-포켓에서 예비해 두었던 ‘계약서’ 쓰는 종이를 들고 화면을 버서진다.[84]

○철호 등, 의자들 갖다 놓고 앉아있는 광산주에게 서약을 해달라고 한다. 광산주-벌벌 떨며 ‘펜’을 들고 쓰려고 한다.

(이동)[85]

○뛰어오는 문지기 형사, 정복을 한 경관, 칼 또 칼-

○서약서 (대사)

광산주의 떨리는 손으로 쓰려고 한다. 그의 눈물은 서약서에 뚝뚝

○항부들 기쁨을 이기지 못하여 한숨을 내쉴 뿐이다.

○철호 등, 벌벌 떨며 쓰고 있는 광산주를 내려다본다. 이때 돌연히 그의 앞을 나타나는 경관 일패.[86] 문지기도-

○여러 항부들 놀라며 카메라 앞으로 몰려 들어온다.

○광산주 오아시스라도 얻은 것처럼 생기 있게 벌떡 일어나매 경관에게 여러 번 악수를 한 후 여러 항부를 보고 거-만한 태도로 말한다.

[자막]

당신들의 요구조건은 다시 생각해본 결과 들어줄 수 없소.

○옆에 서서 있던 철호들 분함을 이기지 못하여 광산주의 멱살을 볼끈 잡는다.

○불타는 화염 } (이중)
○빙빙 돌아가는 화륜

84 원문 그대로임.

85 원문은 “후동(後動)”이나 오식으로 보인다.

86 원문은 “경관일때”.

○번개가 친다. (순간)
○폭풍우 쏟아진다. 물려온다. (순간)
○여러 항부들 격노하여 와 몰려 들어오며 말한다.

[자막]
비겁한 놈, 사람의 피를 빨아먹고 기뻐하는 놈들. 이제는 참을 수 없다.

○광산주를 잡았는[87] 격노한 철호들! 경관이 홱 잡아제치며 포박한다.
○항부들 와 떠들며 돌멩이를 던지기 시작한다. 해머를 번쩍 돌린다. 외친다. 또 외친다.

[자막]
철호가 잡혔다. 또 칠용이가 잡혔다. 영식의 아버지가 잡혔다.

○격노한 항부들 물불을 모르고 덤빈다. 이때 한 사람의 항부, 철호의 집으로 달려간다. (용전)
○항부-헐떡이며 누워서 앓고 있는 철호의 아내에게 말한다.
○전후 사실을 듣고 있던 철호의 아내, 아픈 것도 모르고 컴컴한 방에서 벌떡 일어나며 분한 마음을 이기지 못해 벌벌 떨고 있다.

〈그림 39〉 8.29.
철호의 처: 석금성

○철호의 아내 (대사)
한편을 노려보며 약한 여성이나마 격분하여 소리를 친다.

87 원문 그대로임.

[자막]

여보세요, 좋습니다. 염려 마십시오. 병들고 약한 이 계집이나마 힘있는 정신으로 싸워서 그놈들을 넘어뜨리겠습니다.

39회, 1930.08.29.

○철호의 아내－이 말을 그치고 분함을 참지 못해 입술을 깨물며 두 주먹을 힘있게 쥔다.

○행길가－복규는 아버지가 잡힌 것도 모르고 철없이 재미있게 놀고 있다.

○철호의 아내－너무도 분한 듯이 정신을 차리지 못하고 푹－쓰러진다.

○문 앞에 있던 항부 황급한 얼굴로 문밖에 나와서 복규를 부른다.

－급 용암－

(용명)[88]

○호각을 불고 섰는 정복 경관

○유리창 (대사)

커다란 돌멩이가 들어와서 철썩 유리를 때린다. 부서진다.

○철호 등을 포박해서 한편에 세워놓고 있다. 여러 항부들과 ×들 대격투. 보기에도 참혹하다.

○항부들－폭동이 나는데 한편 구석에 반역자가 생겼다. 이삼 인이 겁이 나서 달아나려고 한다.

○험상궂은 한 항부 이것을 발견하고 그편으로 달려간다. (이동)

○달아나는 반역자를 잡아서 굳센 주먹으로 테러－

88 원문은 “용암”이나 오식으로 보인다.

○때리면서 말한다.

[자막]
굳게 맹세하는 네가 이럴 줄은 천만뜻밖이다. 이 더러운 놈.

○얻어맞으며 벌벌 떤다.
○옆에 서서 있던 항부 소리친다.

[자막]
가려거든 가거라. 우리들의 싸움은 절대로 '양적'으로 되는 것이 아니고 '질적'으로 되는 것이다. 좋다, 가거라.

○여러 항부들 점점 더 힘있게 서로 손을 마주잡고 소리친다.
○××들과 난투
○또 싸움 (순간)
○또 싸움 (순간)
○삐라가 공중에 휘날린다.
(떨어지는 대로 카메라 회전)
한 사람이 삐라를 집어서 본다.
○삐라 (대사)

–격–
××쟁의단의 깃발 밑으로 우리들의 노동자여 모여라. 끝까지 단결하여 놈들과 싸우면 반드시 성공이 있으리라.

–×××××–

○신문사 사진반 기자, 왔다 갔다 하며 어떻게 좋은 장면을 박을까 하고 돌아다닌다.
○광산주 헤헤 웃으며 방 안에 앉아서 술을 먹고 있다.
○그의 첩 뱅글뱅글 웃으면서 앞에 놓여있는 돼지고기를 광산주에게 먹인다.
○빈민굴의 여러 사람들 배가 고파서 늘어져 누웠다.
○빈 솥 (순간)
○우는 늙은이
○어머니를 보고 배고프다고 조르며 우는 어린아이
○항부들 땀을 줄줄 흘리며 싸우고 있다
○철호 등-항부들을 헤치고 나가며 조금도 슬픈 빛은 없다. (이동 옆으로) 매서운 형사들, 뒤에 따라간다. 여러 항부들 붙들려 매달린다.
○광산에 종이 울린다.
○그러나 광산에는 사람이 하나도 없다.
○광산 노천굴에 채탄기 활동도 못하고 쉬어있다. -정지되어 있다.
○커다란 벽돌집-광산 영업국 쓸쓸하게 섰을 뿐이다. 인적은 없고 경관들만 왔다 갔다 한다.

〈그림 40〉 8.31.
광산 노천굴에 정지되어 있는 채탄기.
촬영 - 김용태

[자막]

제3기에 들어간 자본주의 사회에는 이렇게도 추악한 모순이 있어야 할 것인가?

40회, 1930.08.31.

(상반신 이동)
○철호와 영식의 부, 기타-앞서서 싸우던 동무들 붙들려 간다.
○여러 항부들 그 뒤를 따라가며 외친다. 폭동이 점점 더 일어난다.
(근사 후경) -용암-

〈그림 41〉 9.1.
영식의 부 : 유택, 철호 : 석일량,
그의 동무 : 김의진, 동 : 장복만,
동 : 김익산, 형사 : 이엽, 동 : 김두금

[자막]

몇 시간 후-점점 더 맹렬해지는 전국적 동맹파업

○(용명) 병석에 누워서 신음하던 무삼이 신문을 내려다보며 격분을 이기지 못한다. 옆에 앉아있던 여러 후계의 싸움꾼들 결심을 하며 무삼이를 위로한다.
○무삼의 얼굴은 너무도 피골이 상접했다. 잠깐 무엇을 생각하더니 호주머니에서 지폐를 몇 장 내 가지고 한 동무에게 주며 말한다.

[자막]

이 돈은 철호네 집과 칠용이네 집- 병식이네 집에만 우선 갖다주게! 다른 집에는 며칠 전에 보냈으니.

○한 동무 문밖에 나와서 사방을 휘둘러본 뒤 한편으로 달려간다.
(용전)
○철호의 집
철호가 잡혔다는 소식을 듣고 복규는 "아버지-" 하고 소리치며 울고 철호의 아내는 군센 결심을 하고 있다. 이때 돈을 가지고 오는 노동자,

옆에 와서 위로를 한다.

○조그만 집 앞. 간판이 붙어있다. 여러 군중들 보고 있다.

(용전)

○간판 (대사)

전군의 쟁의단 동정금 모집. 임시사무소

○라디오 방송을 하는 사람-

○빙글빙글 웃으며 듣고 있는 공장주, 광산주들은 너무 추악하다.

○실업자 거리에 휘날리는 신문지

○실업자-구제 리신-연주회

(이중으로)

○박세옥 양 무용회. 동정금 모집을 하기 위하여-

○댄스 부르주아들의 춤

○육체미를 여실히 발휘하는 박세옥 양의 꿈틀거리는 다리의 곡선미!

○카페에서 찰스턴[89] 등을 하며 망나니짓을 하는 모던걸 보이-웨이트레스-

[자막]

동정금 사백 원 수입에서 오십 원은 동정금으로 나가고 나머지 350원은 어디로-

○그러나 굳센 힘있는 노동자들의 쟁의는 꿋꿋하게 싸우며 커-다란 공장을 여러 노동자들 부수고 있다.

○광산 앞에는 항부 모집의 광고가 붙어있다.

89 Charleston. 1920년대 미국에서 유행한 춤.

○고무공장 앞에도 여전히 여직공 모집의 광고가 붙어있다.

○우는 얼굴

○웃는 얼굴

○돌아가는 시계의 침 } (이중)

○흐르는 냇물

(용전)

○신문지 (대사)

사회면-격노한 수천 명 노동자 십 개 공장을 오차 습격-여서[90] 등의 기사가-사회면을 차게 했다.

(용전)

○신문지 (대사)

점점 험악해지는 쟁의 등등의 문구 나열-

(용전)

○또 신문지 (대사)

(용전)

○또 신문지 (대사)

(용전)

○돌아가는 시계의 침 (이중으로)

○가을을 선고하는 나무 잎사귀 떨어진다. (용전)

○겨울을 선고하는 백설이 분분히 내린다. (용전)

○봄을 선고하는 꽃이 핀다. (용전)

○넓은 야원에 꽃을 꺾는 계집아이의 꽃도 봄을 따라 피어오른다. 먼 곳에서 달려오는 총각 - 서로 반갑게 만난다. (용전)

90 원문 그대로임.

○쟁의단은 여전히 계속하고 있다는 신문지 (대사) 정부에까지도 문제가 되어있다는 등등의 기사가 만재되어 있다.

(용전)

*차회 완(完)

41회, 1930.09.01.

–◇–

○철호 등–어두침침한 유치장 속에서 무엇을 깊이 생각한 후 굳은 결심을 하며 비통한 얼굴 변한다.

(용암)

(용명)

○떠오르는 아침 햇발

○펄펄 날리는 메이데이의 깃발

(용전)

[자막]

메이데이의 아침, 철호 등은 ×××사건에 관계가 있다는 죄명 밑에서 검사국으로 넘어가는 날이었다.

○깃발을 휘날리며 메이데이의 노래를 부르고 행진하는 노동자들

○또 다른

○또 다른 (컷팅은[91] 마음대로 하고 용전으로 좋다)

91 원문은 "컷팅으".

○철호 등 (상반신)
정사복 경관의 위대한?[92] 옹호로 카메라 앞을 향해 걸어온다. (이동)
○무삼이, 철호의 아내 등 (반신) 철호를 보고 손짓 그리고 소리를 치며 달려온다. (전면이동에서 횡이동으로)
(용전)
○지평선 (원경 역광으로)
철호 등 고개를 푹 숙이고 잡혀간다. 그-뒤를 따라오는 수많은 노동자-(무삼이, 철호의 아내 앞장서서) 달려와서 철호를 붙든다.
(용전)
○침통한 얼굴을 하고 서 있는 철호 등-무삼이 철호와 악수를 하려고 하나 철호의 손목은 무서운 '수갑'이 채워 있다.
철호의 아내와 복규, 울 듯이 철호의 가슴에 파묻힌다.
○철호의 천연스러운 얼굴-그러나 그의 눈기슭에는 눈물이 핑 돈다.
○철호의 아내 역시-
○복규-철없이 "아버지", 팔목을 붙들고 매달리며 가지 말라고 뒤흔든다.
○무삼이 눈물이 흐르다가 깔깔 웃는다.
-기타 여러 동지들 순간으로 얼마든지 내어도 좋다.-
○철호-만족한 얼굴빛으로 말한다.

[자막]
여러분- 동무들- 좋습니다. 감사합니다. 그저께 유치장 속에서 새 동무를 만나 가지고 광산의 쟁의단이 승리를 했다고, 우리들이 승리를 했다고-

○기뻐하는 철호 등의 어깨를 의미심장하게 치며 무삼이 말한다.

92 원문 그대로임.

[자막]

좋다. 군은 갇혀 있거라. 다음에 또 얼마든지 싸울 사람이 있다. 필연적으로 많아질 것이다.

〈그림 42〉 9.2.
사회운동자, 기타 노동자들, 철호를 전송하는 장면 – 서울키노 출연부(제3부 일동),
촬영 – 김용태

○여러 항부, 기타 노동자 (회전)
굳은 결심을 한다.
○철호의 아내 (대사)
옛날의 약한 얼굴은 어디로인지 사라지고 굳센 맹렬한 얼굴로 철호에게 말한다.

[자막]

철호 씨, 몸 성히 참고 계십시오. 다음 일은 조금도 걱정 마십시오. 그리고 고무공장에는 금명(今明) 간에 성공하도록 필사의 투쟁을 계속하겠습니다.

○철호 등– 기뻐한다. –기뻐한다. –웃는다.
○영식의 부–앞에 나서며 떨리는 풍징[93]을 억지로 참으며 지도자 격으로 말한다.

[자막]

동무들, 늙어빠진 나를 보시오. 나는 철나서부터 이때까지 무궁화를 안고 민족운동에서 그 후 정당한 의논– 사회주의 사상으로 의식 전환하여 무산계급을 위하여 끝까지 싸워왔네. 끝으로 말할 것은 어떠한 괴로움이 있더라도 싸워보

93 '풍증'의 오식이 아닐까 한다.

게. 좋은 결과가 있을 것일세.

○순사 (하반신)

발로 영식의 부의 다리와 철호의 다리 차며 가자고 재촉한다.

○서로 이별하는 여럿

○젊은 사회운동자, 기타 노동자들 멀-리 바라보며 두 손을 번쩍 들고 전송한다.

○지평선 (원경)

철호 등에 수천 명의 노동자 농민들 깃발을 휘날리며 행진, 행진.

○와와 떠드는 노동자들, 그리고 노래하는 '메이데이의 노래'

○외치는 사자의 얼굴
○타오르는 불길 } (이중)

○휘날리는 깃발
○화면을 휘덮는 물결 } (이중)

○수없는 만국 노동자의 시위 행렬

(용전)

○빙빙빙-

돌아가는 화륜 가운데에서 철호의 외치는 얼굴이 카메라 앞으로 지난 후 쏟아져 나오는 노동자의 얼굴 (빨라진다) 자꾸만 나온다. 얼마 후 해머와 한 짝 굿뎅이[94]가 긴- 별이 쏟아져 나온다. 급속으로 돌아가는 화륜 (용암)

---

94 원문 그대로임.

(조선시나리오작가협회 동인회 경유(經由))

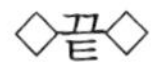

42[95]회, 1930.09.02.

---

95 원문에는 (21)로 되어 있으나 오식이다.

[해제]

「화륜」 안의 투쟁, 그것을 둘러싼 논쟁

최우정

시나리오 「화륜(火輪)」은 1930년 7월 19일부터 9월 2일까지 『중외일보』에 연재되었다. 그런데 이효석, 안석영, 서광제, 김유영 4인에 의해 공동 집필되었다는 점이 독특하다. 릴레이 형식으로 쓰인 이 시나리오에서 이효석, 안석영, 서광제는 각각 8, 7, 9회분씩을 맡았고, 김유영은 25회부터 42회까지 가장 긴 분량을 담당했다. 연재가 끝난 후 「화륜」은 같은 해 10월 10일에 촬영이 개시되면서 영화화되었다. 김유영이 감독을, 서울키노(Ⅱ)가 제작을 맡은 동명의 영화는 조선극장에서 개봉하여 1931년 3월 11일부터 15일까지 상영되었다.

「화륜」의 주인공은 철호라는 남성이다. 3·1운동 가담으로 수감되었던 철호가 10년 만에 출소하는 장면에서 작품은 시작한다. 그는 가족을 부양하기 위해 철공장과 광산에 취직하는데, 그곳의 소유주 및 감독은 노동계급을 착취하며 갖은 횡포를 부린다. 이에 맞서 철호와 노동자 인물들이 벌이는 조직투쟁이 곧 「화륜」의 중심 사건이다. 그들의 열기는 철호의 아내 옥순이 일하는 고무공장의 동맹파업으로 이어지는 등 전국 각지까지 확산된다. 메이데이에 붙잡혀 가는 철호에게 수많은 노동자가 결의를 표하는 장면으로 시나리오는 끝을 맺는다.

> ○높다란 곳에 우뚝 서 있는 사자의 동상. (카메라 공허(空虛)인 상부로 향해 있다가 얼마 후 또 사자의 있는 곳으로 회전한다) 사자의 동상이던 것이 정말 사자가 되어서 소리를 치며 카메라 앞으로 달려든다. (**노서아 영화 〈포촘킨〉에 있는 몽타주 이용**) (용전) (강조는 인용자)

「화륜」에서 눈여겨볼 영화적 장치 중 하나가 바로 몽타주다. 영화 〈화륜〉의 첫 촬영을 이틀 앞두고 발행된 기사 속 문구 "그의 심각한 몽타주의 배열은 장차 이 영화의 제작 진로에 따라 기대가 클 것"[1]에 드러나듯, 시나리오에 숱하게 기술된 몽타주는 영화화에 있어서도 주된 관심사였다. 특히 32회차 김유영의 연재분에서 '러시아 영화 〈포템킨〉에 있는 몽타주'를 오마주하는 대목은 주목에 값한다. 당시 국내에 수입되지 않았던 〈전함 포템킨〉(1925)을 작가가 어떻게 접했을지 확증하기는 어렵지만, 소비에트 사조가 조선의 사회주의 영화운동에 미친 중대한 영향을 가늠할 수 있다. 또한 프롤레타리아의 집단행동이 다루어지는 만큼 「화륜」에는 군중이 등장하는 장면들이 많다. 엑스트라가 대거 출연하는 몹씬(mob scene)은 나름의 이색적인 볼거리로 기능했을 것이라 예상된다.

작가 4인에 의해 연재된 「화륜」에서 그들 각자의 개성을 살피는 일도 나름의 묘미다. 가령 이효석의 연재분에는 철호의 산책자적인 면모가 두드러진다. 그가 집필한 회차에는 "걸어가는"이라는 단어가 수차례 나타날 뿐 아니라 경성 시내 구석구석을 누비면서 철호가 취하는 제스처가 상세히 묘사된다. 안석영의 집필분에는 젊은 연인 숙정-영식의 밀애, 숙정을 향한 공장주 최태원의 섹슈얼한 집착, 밤마다 최태원이 시달

---

1 「극영화 연작 시나리오 「화륜」 촬영개시」, 『매일신보』, 1930.10.8.

리는 오싹한 환영과 같은 이질적인 요소들이 돋보인다. 반면 서광제와 김유영의 연재분은 공장과 탄광을 배경으로 프롤레타리아의 투쟁을 그리는 데 집중한다.

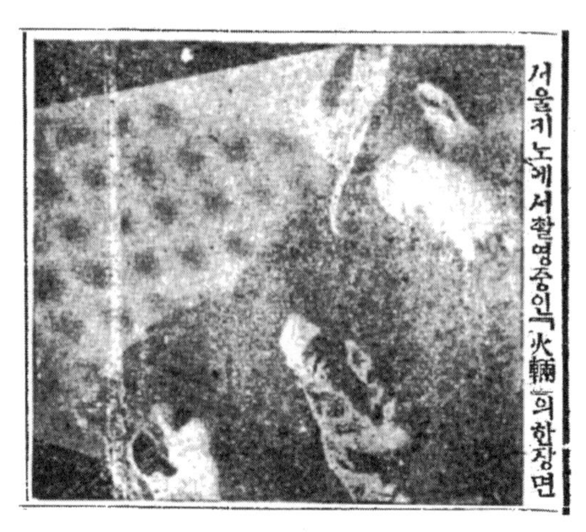

영화 <화륜> 촬영 당시 스틸 컷[2]

「화륜」은 영화화 과정에서 영식이 철호의 예전 제자였다는 설정이 추가되고, "여러 투쟁 장면들 대신에 노동자 간의 거친 몸싸움 장면이 포함"[3]되는 등 여러 변화를 거쳤다. 기실 영화 〈화륜〉은 대중의 지지를 얻지 못한 데다가, 당대 영화계에서 거센 논쟁의 대상이 되었다. 임화의 혹평[4]으로 시작된 갈등은 각색자 서광제의 답변으로, 또 서광제의 비판

---

2 「서울키노에서 촬영 중인 〈화륜(火輪)〉의 한 장면」, 『동아일보』, 1930.10.22.

3 이효인·정종화·한상언, 『한국근대영화사: 1892년에서 1945년까지』, 돌베개, 2019, 161쪽.

4 카프 영화부를 떠나 독자적인 그룹을 결성했던 '서울키노'에게 배타적인 시선을 견지했던 임화는 〈화륜〉이 "발달한 형태의 부르주아 영화"라고 극렬히 비판했다. (임화, 「서울키노 〈화륜(火輪)〉에 대한 비판」, 『조선일보』, 1931.4.3.; 백문임 외, 『조선영화란 하오』, 창비, 2016, 253쪽에서 재인용)

에 대한 김유영의 반박으로 이어졌다. 서광제는 〈화륜〉이 '단독 김유영 군의 원작·감독·각색의 영화'[5]라 잘라 말하며, 흥행 실패의 책임을 김유영에게 전가했다. 이에 분노한 김유영은 각색의 미진함을 지적하는 한편, 4인 연작이 안고 있는 서사상의 산만함, 검열제도 및 경제적 문제 등을 영화 제작의 난점으로 꼽았다.[6]

1931년 개봉 당시 인기가 저조했더라도 〈화륜〉은 1935년까지 지방에서 상영되었던 것으로 보인다. 1935년 2월 24일 수원지국 주최 '영화의 밤'에서의 상영 예고[7]와, 같은 해 3월 26일 나남연예관에서 〈화륜〉을 상영했으나 계급의식을 강조한 흥행삐라가 문제되어 해당 영화 해설자를 취조 중이라는 기사[8]가 전해진다. 끝으로 시나리오 스틸에 등장한 배우 다수가 영화에 그대로 참여했다는 사실 역시 언급할 만하다.[9] 영화의 필름이 전해지지 않더라도 매 회차 삽입된 스틸이 유용한 참조자료가 되어주며, 네 작가의 각양각색 글쓰기 스타일까지 엿볼 수 있는 「화륜」은 흥미로운 독서경험을 제공할 것이다.

5 서광제, 「영화화된 〈화륜〉과 〈화륜〉의 원작자로서」, 『조선일보』, 1931.4.12.

6 김유영, 「서군의 영화비평 재비평-「〈화륜〉의 원작자로서」를 읽고」, 『조선일보』, 1931.4.18.

7 「수원지국 주최 영화의 밤」, 『조선일보』, 1935.2.24.

8 「흥행삐라에 불온한 문자」, 『동아일보』, 1935.3.31.

9 『조선일보』의 한 기사에 따르면 '백하로, 석일량, 황하석, 김해웅, 허림, 이엽, 박정섭, 염철, 김연실 등'이 영화 〈화륜〉에 배우로 참여했다고 한다. (「완성된 〈화륜〉(전12권) 불일내 조극에 상영」, 『조선일보』, 1931.1.11.) 배우 명단에서 가장 먼저 거론되는 '백하로'는 시나리오 스틸에 등장하지 않는데, 모종의 이유로 인해 영화에서는 그가 주연을 담당한 것으로 보인다.

안석영, 시나리오 「출발」

『조선일보』, 1930.08.26.~09.25.(미완)

〈그림 1〉 8.26. 젊은 지도자: 함춘하(咸春霞)

-금(禁) 무단촬영흥행.

-안석영 작

-스틸: 엑스키네마

-촬영: 본사 사진반

서사(序詞)

인간은 태초로부터 자기의 길을 개척하기 위하여 끊임없이 앞으로, 앞으로 나아갔다. 산골에서 들로, 바다에서 저 바다로……. 이리하여 이 같은 지구를 답파(踏破)하였으니 머무는 곳에 그들이 창성함에 부락과 부락을 이루고 나라와 나라를 이루었다. 여기서부터 다스리는 자와 다스림을 받는 두 무리로 나뉘었으니, 이중에 횡포한 인간의 야욕으로 말미암아 비로소 인간의 싸움이 벌어지게 되었다.

여기에 한편이 이김에 권력을 가진 자로 말미암아 희생되는 자와 노예로 사로잡히는 자 있어, 이들이 번성함에 따라 눌려 살아온 이들의 각성은 비로소 정의와 인류를 위한 큰 싸움을 일으키게 되었다. 이에 그들은 새로운 역사를 창조하기 위하여 새로운 세기를 향하여 출발함이다.

□……□

프롤로그

◇(교개) 시커먼 지평선. 그 뒤로 하늘에 뭉게뭉게 피어오르는 찬란한 구름 떼. 지면에 큰 사변이 일어날 징조를 보이는 듯이 모진 바람에 소란히 흔들리는 갈대.

이 천지[화면(畫面)]가 한동안 비어 있은 뒤 지평선 좌편으로부터 방패를 가지고 번쩍이는 창과 칼을 휘두르고 투구를 쓰고 갑옷을 입은 말탄 병사들이 달려 나오며 횡단한다. (원사)

◇(중으로) 지평선 위로 땅을 파헤치며 달리는 말굽들. (횡으로 이동)

◇(중으로) 살기 띤 병사들이 마상에서 말을 채찍질하며 [상체] 돌진한다. (횡으로 이동)

◇(중으로) 지평선 위로 말을 몰아 달리는 병사들. (근사) - (횡으로 이동)

◇(중으로) 지평선 위로 자옥하게 이는 티끌에 싸여서 무섭게 달리는 병사들이 지평선[화면] 우편에 모두 들어가 버리고 한참 화면이 비었을 때 화면 우편으로부터 병사들이 쫓겨나온다. 창을 뒤로 던지고 방패로 뒤를 막으며 좌편을 향해 지평선 위로 달려 [횡단(橫斷)] 간다. 달려가는 뒤로 작대기와 곡괭이를 휘두르고 돌팔매질을 하는 남녀군중들이, 쫓겨가는 병사들의 뒤를 추격하면서 아우성을 치고 장엄하게 달려간다.

그들의 선두에는 한 젊은 사나이가 두 팔을 휘두르고 뒤를 따르는 군중들을 향해 고함치며 달려간다. (원사)

◇(중으로) 군중의 선두에서 팔을 휘두르고 고함치며 뒤에서 따르는 군중을 격려하면서 무섭게 나아가는 씩씩한 젊은 지도자의 상체 (대사로

이동)

(이동이 그치자) 지도자가 화면 좌편으로 사라지고 그를 따르는 격분한 군중들, 죽음을 각오한 표정으로 돌을 던지고 손에 든 것들을 휘두르며 고함치고 화면 좌편으로 용맹하게 나아간다.(이상 대사)

◇(중으로) 하늘에 나르는 무리 돌멩이들 휘둘리는 곡괭이와 작대기들

◇(중으로) 땅 위에 엎어진 병사와 쓰러져 신음하는 말과 떨어진 창과 방패와 기타 흐트러진 무기를 짓밟고 가는 군중들의 발들

◇(중으로) 지평선 위로 횡단하여 달리는 군중들 (근사 이동)

◇(중으로) 땅 위에 쓸쓸히 주저 자빠진 병사들과 무기들

◇(중으로) 지평선을 넘어서 뜨는 해. 씩씩하게 뻗친 햇발을 향하여 지평선 위의 군중들이 두 손을 들고 손에 든 것을 던지며 뛰고 환호한다.
(교폐)

□……□

01회, 1930.08.26.

[자막]

지금의 이 짤막한 이야기는 인류 역사의 그 어느 한 페이지에 기록된 오랜 옛날이야기니, 지금에 우리들이 생각만 해도 즐거운 이야기임에 틀림없을 것이다.

□……□

◇(용명) 서울에서 삼십 리쯤 떨어진 외딴 촌락 산비탈.

수림이 빽빽이 뻗어 있다. 그 사이 갈퀴로 나무를 긁는 용남이. 조금 멀찍이 그동안 긁어모은 나무를 틀어넣은 망태기가 놓여있다. (원사)

◇용남이 얼마쯤 긁다가 갈퀴를 세워놓고 천진스럽게 웃으며 나뭇가지를 쳐다본다. (근사)

〈그림 2〉 8.27.
산지기 : 이휘(李徽)

◇나뭇가지에 앉아서 지저귀는 새.

◇용남이의 뒷짐을 지고 쳐다보는 귀염성스러운 얼굴. 휘파람 불어 새를 부른다.

◇날아가는 새

◇용남이, 새가 날아가는 방향대로 고개를 이리저리 돌리다가 다시 맥없이 갈퀴로 나무를 긁는다. (근사)

◇나뭇가지를 꺾는 창길의 손. (대사)

◇용남이 나무를 긁다가 나뭇가지를 꺾는 소리에 고개를 홱 돌려본다. (카메라 급속히 회전)

◇나무 위에 올라가 바짝 붙어서 그 옆 가지를 꺾으려는 창길이. (카메라 용남이에게로 급속히 회전)

◇용남이 갈퀴를 땅에 놓아버리고서 두 손으로 나팔 아가리를 만들어 입에 대고 창길이 쪽을 향해 발을 구르며 힘들여 소리친다.

[자막]

얘 – 창길아! 산지기가 오면 저번 모양으로 혼이 나려고 그리니? 또 한 번 들키면 죽이든지 콩밥을 먹이겠다고 했는데……. 어서 내려오너라. 산지기 올 때 되었다!

◇말을 끝마친 용남이 걱정되어 초조한 거동으로 사면을 살펴보면서 창길이 쪽을 보고 발을 구르며 두 손을 흔든다. (근사)
◇창길이 싱글벙글 웃으며 나뭇가지에서 손을 떼고서 나뭇가지에 오뚝이 걸터앉으며 용남이 쪽을 향해 입을 연다……. 빈정대는 표정으로-

[자막]

아! 땔 나무가 없어서 이 많은 나무에서 한 가지쯤 꺾는데 그놈이 우리를 죽일 테야? 저들은 제멋대로 베어 때면서…….

◇창길이가 말을 끝마치고 나뭇가지에서 재주를 한바탕 넘어서 땅바닥에 오뚝이 뛰어내려 용남이 쪽을 향해 벙긋 웃는다. (다시 용남이에게로 급회전)
◇용남이 간간대소[1]하고는 나무를 다시 긁으려 할 때 (근사)
◇멀리- 수림이 빽빽이 들어선 언덕길로 올라오는 산지기의 얼굴 (원사)
◇산지기 김철수, 수림 사이 언덕에 채찍을 들고서 올라서서 용남이와 창길이 쪽만 보고 눈이 뚱글해서 급히 내려오다가 미끄러져서 자빠져 구른다. (근사)
◇홱 돌이켜보고 놀란 용남의 얼굴 (대사)
◇멀리 바라보고 놀란 창길이, 황급히 땅에 떨어진 나뭇가지를 주워서 망태기에 욱여넣은 뒤 꾸려가지고 등에 짊어지고는 용남이 쪽을 향해 달려간다. (측면이동)
◇(이동 지(止)) 용남이, 산지기 있는 쪽을 연해 돌아보며 황급히 긁어모은 나뭇잎을 한아름 주워서 망태기에 넣는다. 창길이, 망태기를 땅에 내려놓고 산지기 쪽을 살펴보면서 용남이를 거들어준 뒤 두 아이, 망태

---

1 간간대소(衎衎大笑): 얼굴에 기쁜 표정을 지으며 크게 소리 내어 웃음.

기를 둘러메고 산비탈로 줄달음질친다.

02회, 1930.08.27.

〈그림 3〉 8.28.
덕배 : 정선기(鄭善琪)

◇비탈길로 달음질하는 두 아이. (원사)
◇툭툭 털고 일어나서 입맛을 다시고는 상기된 표정으로 두 아이가 나무하던 곳을 씨근거리며 바라본다. (카메라 회전하여 두 아이 달아나는 데로)
◇두 아이 달아나는 것을 먼빛으로 본 산지기(김철수).
"요놈들 잡히면 봐라!"
하고 중얼대면서 노기충천하여 벼르면서 쫓아간다.
◇신작로에 다다른 두 아이, 헐떡이며 돌아서서 산을 쳐다보고 놀린다.
◇조금 높은 언덕에 다리를 쩍 벌리고 서서 이 두 아이를 내려다보고 채찍 든 주먹을 휘두르며 벼르는 산지기 (원사)
◇두 아이, 산을 쳐다보고 주먹질을 하고서 돌아서서 신작로로 망태기를 메고 어깨동무하여 걸어간다. (용암)

[자막]

이 두 아이는 어려서부터 이런 살얼음판 같은 세상에서 굳세게 살려고 분투하는 것이었다.

– 이날 이 아침 용남의 할아버지 덕배는 –

□……□

◇북적이는 신창 안(남대문 시장),[2] 이 분잡한 속으로 빈 구루마를 끌고 틈을 버려집고 나아오는 덕배.
◇남대문 옆으로 지나가는 덕배, 구루마를 한 손으로 끌면서 채소 판 돈을 넣은 돈지갑 든 호주머니를 꾹꾹 눌러보고 꾸부정하니 구루마를 끌고 간다. (상체 이동)
◇(이동 지) 덕배가 가다가 기침이 걷잡을 수 없이 나와서 가던 길에 딱 머물러 한참이나 괴롭게도 기침을 한다.

[자막]

덕배는 손바닥만 한 밭 포기에 채소를 심어 그것을 팔아 손자 용남이와 연명을 해왔으니 늙게 외로운 몸이 용남이를 위해 여생을 바치게 되어 쇠약한 몸에 병마까지 침범했다.

◇덕배 복받쳐 나오는 기침에 못 이겨 어뜩어뜩하던 정신을 가다듬고 있을 때 구루마 뒤를 세차게 차는 구둣발길- 이 바람에 구루마에 쓸려 엎어지는 덕배. 엎어진 뒤 간신히 구루마 채를 잡고서 일어서서 뒤를 돌아다보고 은근히 노려본다.
팔짱을 끼고 딱 버티고 선 순사 호령한다.

[자막]

칙쇼[3]! 어서 가! 나쁜 놈의 늙은이. 여기 서는 데 아니야! 가 — 어서![4]

---

2 신창(新倉)안장(場): 선혜청의 창고 안쪽에 있는 새로운 저자라는 뜻으로, '남대문 시장'을 이르던 말.

3 ちくしょう(畜生): 남을 욕할 때 쓰는 말. 빌어먹을, 개새끼.

4 원문은 "오소가! 나뿐노메누르구니-요 게스눈데 아니야! 가-오소!".

◇돌아다보며 구루마를 끌고 우울한 표정과 행동으로 가다가 괴롭게 기침을 하는 가엾은 덕배의 뒷모양. 점점 멀어진다. (용암)

□……□

◇(용명) 용남이 길옆 조그만 언덕 잔디 위에 비스듬히 누워서 할아버지의 돌아오기를 기다린다. (근사)

◇멀리 ▨▨▨ 위에 수양버들 늘어진 신작로- 거름 수레가 듬성듬성 느럭느럭 굴러가고 오며 트럭이 티끌을[5] 이며 지나가고 행인들과 당나귀에 행리를 싣고 가는 사람, 말에 쌀섬을 지고 끌고 가는 사람, 나뭇바리를 실은 소를 끌고 가는 사람

-이런 신작로가 비스듬히 드러누운 용남의 몸을 얼러서 보인다.

◇용남이 부스스 일어나서 길 멀리 할아버지가 오는 듯하여 고개를 꼿꼿이 들고서 바라본다.

◇멀리 오는 구루마꾼 (원사)

◇가까이 온 구루마꾼, 용남의 할아버지가 아니요 다른 험상궂은 텁석부리다. (대사)

[자막]

용남이는 서울 간 할아버지가 돌아올 때는 마중하려고 어느 때나 이렇게 멀찍이 나와 기다리는 것이었다. 그리고 덕배는 이것을 여생에 큰 낙으로 아는 것이다.

03회, 1930.08.28.

5 원문은 "틔글을".

◇용남이 다시 비스듬히 누워서 먼 산 바라기를 한다. (근사)
◇이 촌락을 가로막은 높은 산. 넘실넘실 넘어간 산맥 (카메라 회전)
◇(중으로) 서울시가의 전경 (전경부감도) - (카메라 회전)
◇(중으로) 다시 이 촌락을 가로막은 산- (카메라 회전)
◇(중으로) 멀리 이 산 너머 서울을 그리워하는 용남의 얼굴 (대사)

〈그림 4〉 8.29.
용남 : 송기진(宋基鎭),
봉희 : 최남옥(崔南玉)

[자막]

아 — 나도 언제나 이 거칠고 쓸쓸한 곳을 떠나서 저 — 서울에 가 사나? 삼십리면 멀지도 않은데…….

◇용남이 불시에 반가운 것을 발견한 듯이 벌떡 일어서서 웃는 낯으로 한편 손을 번쩍 들고 소리치며 휘젓는다. (근사)
◇수놓은 책가방을 엇메고 촐랑촐랑 오던 봉희. 용남이를 보고서 딱 서서 고개를 조금 숙이고 부끄러워하다가 용남이 쪽으로 쪼르르 달려온다. (근사)
◇용남이가 앉아있는 곳에 이르러 용남의 곁에 앉은 뒤 손가락으로 입술을 매만지며 고개 숙인 채로 용남이를 핼끔핼끔 쳐다보고 있다. 용남이 두 팔을 뒤로 풀밭에 버티고서 비스듬히 뒤로 몸을 쓸리고 시원스럽게 웃으며 입을 연다.

[자막]

오늘은 퍽 일찍이 하학을 했구나. 옳 — 아, 꾀쟁이가 배탈을 하고 조퇴했구먼 ……. 하하하하하.

◇봉희 몸을 뒤흔들고 몹시 웃으며 고개를 숙이고 입을 연다.

[자막]

그 애는 괜히 나만 보면 놀려요! 오늘은 교주(校主)[6] 선생님의 생일이라고 반만 공부했단다…….

◇용남이 양미간을 찌푸리고 놀란 듯한 표정. 웬셈인지 몰라 하는 표정으로 봉희를[7] 쳐다보는 얼굴. 용남이 입을 연다. (대사)

[자막]

아! 교주 영감의 생일날은 놀아야 하나? 난 그런 학교가 있단 것은 처음 듣겠다. 그러면 내 생일날 너는 학교 안 가고 놀아야 하겠구나? 하하하하…….

◇용남이 쾌활하게 웃으며 뒤로 드러누워 버릴 때 화면에서 용남의 얼굴 사라지고 봉희가 부끄러워하며 웃는 얼굴을 앞으로 숙인다. (대사)
◇봉희 한참 고요히 앉아있고 용남이 봉희의 옆모습을 물끄러미 본다. 봉희, 무엇을 금시에 생각해낸 것 같이 책가방 속을 뒤져서 도화지 한 장을 꺼내서는 옆 가슴에 숨기고 용남이를 향해 방긋 웃으며 동시에 말한다. (근사)

---

6 학교의 주인이라는 뜻으로, 사립학교를 설립하였거나 경영하는 사람을 이르는 말.
7 원문은 "용남이를"이나, 맥락상 "봉희를"이 맞겠다.

[자막]

너 — 무엇 하나 줄까? 퍽 좋은 거야 — 그렇지만 괜히 또 나를 욕하게?

◇용남이, 봉희가 버티고 안 내어놓는 도화지를 봉희의 귀를 쥐고 잡아당겨 봉희가 웃으며 찔찔 맬 때 빼서 들고서 눈이 동그래져서 웃고 본다.
◇도화지의 그림. 봉희가 상상으로 그린 용남의 얼굴. 그 그림 옆에 '심술쟁이 용남이의 얼굴'이라 쓰여 있고 그 종이 끝에 '송화보통학교 제3년 을조(乙組) 오봉희'라 쓰여있다. (대사)
◇용남이 그 그림이 우습게 된 얼굴 뻔으로 얼굴을 꾸미고서 봉희의 얼굴 앞에 들이대니 봉희, 손으로 용남의 얼굴을 물리치고 도화지를 냉큼 빼앗아 가지고 가방을 들고서 줄달음질하며 용남이를 놀리며 달아난다.
◇용남이 벌떡 일어나서 달아나는 봉희를 멀리 바라보며 싱그레 웃고서 있다. (용암)

[자막]

이 비록 철모르는 두 아이지만 이 촌락에서 아니 — 이 천지 가운데서 서로 선택하여 가시덤불에 싸여있는 몸이면서 같은 아름다운 꿈길을 걷는 반려자이니 천진한 그들의 마음에 서로 가득히 그리고 있는 것이다.

04회, 1930.08.29.

◇수림 속 으슥한 그림자를 밟으며 왔다 갔다 하면서 지키는 산지기 김억보.
(사정에 의하여 산지기 김철수를 김억보로 고쳤습니다.)

◇올빼미 눈같이 번쩍하는 산지기 김억보의 눈 (대사)

[자막]

어느 날 — 용남이에게서 산지기의 이야기를 듣고 그의 할아버지 덕배가 대신 나무를 하러 갔을 때…….

◇채찍으로 덕배를 휘갈기는 산지기 억보의 뒷모양 (대사)
◇굵직한 나무와 안동하여 결박당한 채로 채찍을 맞는 덕배. 몹시 고통하며 채찍을 피하려고 온몸을 비틀며 비명을 지른다. (상체) (대사)
◇맹수같이 격노한 산지기 억보. 함부로 덕배에게 채찍질을 한다.(정면) (근사)

[자막]

요 — 해골이 다 된 늙은 것이 그렇게 애써서 살면 무얼 해! 제 자식, 제 며느리년의 장례비로 취해간 돈도 갚지 않고 나무 도적질까지 해? 나무를 베어가는 때는 어떻게 될 것도 몰라? 앙큼한 늙은이 같으니라구. 자 — 견뎌보아라…….

◇무수히 난타하는 중 피를 온몸에 흘리며 혼도되어 고개를 떨어뜨린 대로 매를 맞는 덕배 (대사)
◇산지기 김억보, 아직도 분이 덜 꺼진 험악한 표정으로 소매로 이마의 땀을 씻으며 슬쩍 돌아서서 한번 으르대고는 덕배가 혼도된 것을 보고 만족한 듯이 또 한편으로 공포를 느끼는 듯이 수상스럽고 거칠게 사라진다. (근사)
◇온몸에 피투성이를 하고서 나무에 결박되어 있는, 차마 볼 수 없는 처참한 덕배의 형상 (원사) (교폐)

□……□

◇(용명) 덕배 기진하여 상처를 앓으며 방에 드러누워 있고 용남이 물수건으로 덕배의 상처를 씻으며 훌쩍훌쩍 울고 주먹으로 눈물을 씻으며 손을 움직인다. 덕배의 고민상…….
◇용남이 주먹으로 눈을 비비며 느껴 울면서 입을 연다. (대사)

[자막]

제가 가서 대신 당했던 것이 낫지, 할아버지가 노래[8]에 이렇게 호되게 당하셨으니 ― 오 ― 그 귀신같은 놈을…….

◇정면으로 베개를 베고 신음하며 용남이를 쳐다보던 덕배, 솟아 나오는 눈물을 억지로 손을 올려 두어 번 씻은 뒤 슬그머니 외면하면서 떨리는 손으로 용남의 손을 지긋이 잡는다. (근사)

〈그림 5〉 8.30.
용남 : 송기진, 덕배 : 정선기

◇고개를 돌리고 눈물을 흘리는 덕배, 느럭느럭 입을 연다.(용남의 머리를 지나서 보인다) (대사)

[자막]

나 홀몸이면 다 늙은 게 이대로 죽어도 좋다만은! 너를 두고 어찌 눈이 감기겠니? 용남아 ― 너는 자라서 이 동리를 위하여 그리고 이 세상에 가난한 사람들을 위하여 죽도록 일하여라.

---

8 노래(老來): '늘그막'을 점잖게 이르는 말.

◇용남이, 할아버지의 말에 설움이 북받쳐 할아버지의 가슴에 머리를 갖다 대면서 흑흑 느끼며 울음 섞어 말한다. (대사)

[자막]
네 ─ 그러겠습니다……. 그러나 제가 자라서 큰일을 하는 것을 보지 않으시고는 돌아가시지 못하십니다……. 언제까지든지요…….

◇우는 용남의 등 너머로 보이는 덕배, 용남의 말에 감격하여 또한 기특해하는 듯이 눈물을 흘리면서도 빙그레- 웃고서 용남의 잔등이를 투덕투덕 두드린다. (대사-용암)

05회, 1930.08.30.

[자막]
그 이튿날 새벽에 용남이는 누워서 앓는 할아버지를 대신하여…….

◇어두컴컴한 밭에서 야채를 뽑는 용남이. 분주히 뽑으며 속느껴 운다.
◇울음에 흐르는 콧물을 손등으로 씻으며 야채를 뽑다가 멀그럼이 하늘을 쳐다보며 애소하는 듯한 표정 (근사)
◇별이 총총한 새벽하늘. 넘어가는 달 꼬리를 뻗치며 떨어지는 별똥
◇목판 구루마에 느럭느럭 담기는 야채. 용남의 손이 맥없이 움직인다. (대사)
◇야채를 구루마에 느럭느럭 싣는 용남이, 팔뚝으로 눈물을 씻는다. 야채를 구루마에 싣다가 멀거니 서서 코에 손바닥을 대고 코를 들이마시고는 힘없이 몸을 움직이며 구루마 채를 쥐고 서서 고개를 쳐들고 한숨

을 쉰 뒤 힘없이 구루마를 돌려서 걸어간다. (근사)
◇힘없이 밭고랑을 타고 구루마를 끌고 가는 용남이의 뒷모양 (원사. 용암)
◇(용명) (중으로) 달빛 드리운 울퉁불퉁한 ―언덕 모퉁이로 휘어넘어간 고갯길. 그 뒤로 훤―히 동트는 하늘이 보인다.
한참 이 길이 보일 때 화면 밑으로부터 나타나서 간신히 구루마를 힘들여 끌고 넘어가는 용남이.
◇(중으로) 높은 다리를 지나가는 용남이 (용암)

〈그림 6〉 8.31.

□……□

◇(돌연히) 하늘에 닿은 건축들. 땅이 뒤집히는 듯이 경사진 레일로 달려가며 달려오는 전차. 네거리 모퉁이를 도는 버스, 트럭, 질풍같이 달리는 모터사이클, 상점 진열창들 (중 혹은 순간)
◇용남이 야채를 실은 구루마를 끌고 오면서 경이에 찬 크게 뜬 눈. 호기심에 타는 얼굴을 사면으로 돌리며 경탄하여 혼자 부르짖는다. (정면이동)
◇용남이 네거리에 이르러 전차, 버스, 자동차에 막혀 섰다가 조금 뜸―한 뒤에 구루마를 간신히 끌고 달음질하여 건너온다. (원사)
◇길거리에 딱 서서, 지나가던 곰방담뱃대를 문 노동자 비슷한 사람에게 남대문장을 묻는다. 그 사람 한참 빙그레 웃고 내려다보다가 용남의 뺨을 귀여운 듯이 흘고는 말한다.

[자막]

여기가 어디인데 남대문장을 묻느냐? 너 참 어린 게 힘들겠구나……. 자 — 여기서 저리로 휘어서 가면…….

◇그 사람 손짓으로 길을 가리켜 주고는 귀여워서 못 견디는 듯이 용남의 머리를 쓰다듬어주면서 두어 마디 묻고 용남이 천진스러운 낯빛으로 대답하고는 그 사람이 간 뒤에 용남이 구루마를 돌린다. (근사)
◇돌아서서 구루마를 끌면서 얼굴의 땀을 한편 소매로 씻고 끌고 간다. (교폐)

◇(용명) 앓고 드러누워 있는 덕배, 눈물이 글썽글썽하면서도 엉성한 이를 드러내어 웃으며 용남이를 쳐다본다. – 용남이 고개를 숙이고 벙긋이 웃으며 셔츠 속에 넣어둔 헌 돈지갑을 꺼내어 돈을 왕골자리에 쏟아 놓는다. 덕배 눈살을 찌푸리고 비스듬히 일어나 앉으며 그 돈을 물끄러미 내려다본다.
◇왕골자리에 꾸깃꾸깃한 지전 한 장, 백통전,[9] 은전, 동전들 – (대사)
◇덕배, 용남이를 한참 기특하고 가엾어하는 서글픈 웃음을 띠고 물끄러미 바라보다가 한편 손을 용남의 어깨에 얹어놓고 한편 손등으로 눈을 비비며 말한다.
◇말하는 덕배의 침통한 얼굴 (대사)

[자막]

어린 네가 벌어다가 주는 것으로 어떻게 누워 먹을 수야 있니. 웬만하면 내일

---

9 백통[백동(白銅)]으로 만든 돈.

내가 나가 보겠다……. 음, 네 애비가 있었더면…….

06회, 1930.08.31.

◇용남이 고개를 저으며 어질게 눈을 떠서 말한다. (대사)

[자막]

아니에요. 제가 어린애지만 할아버지 한 분을 편히 지내시게 못하겠습니까? 할아버지! 저도 사내입니다.

◇덕배 아픈 중에도 껄껄 웃고는 용남이를 끌어다가 덥석 안고서 용남의 등을 두드리며 눈에 눈물을 씻고 얼굴을 용남의 등에 비빈다.

[자막]

—그 이튿날 새벽에—

◇야채를 실은 구루마를 끌고 걸어가는 용남의 얼굴. 그 뒤로 나무들, 전선들, 훠훠 지나간다. 용남이의 희망에 찬 ▨▨고 결심한 얼굴. 걸으면서 몽상한다. (대사로 측면이동)
–(이 화면이 한참 끌다가 이 화면에 중으로)–

〈그림 7〉 9.2.

[자막]

내가 돈을 벌어서 그놈의 산판[10]을 사 가지고…….

◇(중으로)- 수림 속에서 쫓겨 가는 산지기를 채찍으로 노기충천하여 입을 악물고 갈기면서 쫓아가는, 청년이 된 용남이……. 쫓겨 가며 부들부들 떨면서 손이 발이 되도록 빌며 면상에 피를 흘리고 쫓겨 가는 산지기 (측면이동)
◇(중으로) 큰 나무에 높이 달아놓은 넘판대기 게시판.
=송화면 사람들의 것으로 이 산판을 바치노라 - 용남= 이라 쓰여 있다.
◇(중으로) 환희에 차서 하늘을 쳐다보며 걸어가는 용남의 얼굴 (대사)
◇(중으로) 남대문장에서 빈 구루마를 끌고 나아오는 용남이. 유쾌한 표정과 거동으로 거드럭거리며 걸어 나아온다. 그 뒤에 헙수룩한 중년의 양복쟁이 수상하게 따라 나아온다. 그 뒤로 장안의 분장한 광경이 보인다.
◇(용남이) 큰길로 구루마를 끌고 가며 즐거운 표정으로 걸어가며 혼자 중얼거린다. 그 뒤에 수상한 사나이 따른다. (측면이동)

[자막]

나도 인제 사나이답게 내 손으로 벌어서……! 아 — 좋다!

◇길로 구루마를 끌며 오는 용남이 벙글벙글 웃는다. 여전히 수상한 사나이 따른다. (근사)
-(정면 이동)-
(측면이동)
◇용남이 고개를 갸우뚱거리며 구루마를 끌고 발 빠르게 꺼떡대며 걸어갈 때 수상한 그 사나이가 분주히 쫓아와서 험상궂은 손으로 용남이의 어깨를 잡는다. 용남이 놀라서 홱 고개를 돌이킨다(이동 지). 그 사나이

10 산판(山坂): ① 나무를 함부로 베지 못하게 가꾸는 산. ② 산의 일대. ③ 나무를 찍어내는 일판.

밉살스럽게 웃으며 용남이에게 말한다.

[자막]

너 돈을 달라는 대로 줄 것이니 나를 따라와서 우리 집의 짐 좀 정거장으로 실어 가주지 못하겠니. 에고 녀석 곧잘 생겼구나.

◇그 사나이 니글니글하게 웃으며 용남이의 돈지갑 든 불룩한 가슴팍을 연해 주의해 보면서 용남이의 머리를 쓰다듬는다. 용남이 조금 무서워하는 듯 의아한 눈으로 쳐다보고 고개를 숙이고는 조금 주저하는듯하다가 벙싯 웃고 고개를 끄덕이며 말한다.

[자막]

집에서 편찮으신 할아버지가 기다리시지만……. 네 — 돈만 많이 주신다면 가고 말굽쇼.

◇그 사람 앞서서 뒤에 따르는 용남이를 연해 주의주도한 안목으로 돌아다보면서 양복바지에 손을 찌르고 가고, 용남이 어깨를 으쓱거리며 따라가는 뒷모양이 점점 멀어진다. 멀리 골목을 들어가는 두 사람.

07회, 1930.09.02.

◇어느 으슥한 골목으로 용남이를 앞세우고 쫓아 들어가는 수상한 사나이, 들어가다가 골목쟁이[11]에서 길거리를 살펴보고는 급히 들어간다.

---

11 골목에서 좀 더 깊숙이 들어간 좁은 곳.

◇시멘트 높고 길게 휘어들어간 담에 용남이를 기대어 세워놓고 목을 쥐고 흔드는 험상궂은 수상스러운 사나이 – 금방 숨이 막혀 넘어갈 듯이 눈을 홉뜨고 소리도 못 지르고 고민하는 가엾은 용남의 얼굴 (대사)
◇한참 버티고 수상스러운 사나이의 얼굴과 가슴을 두 손으로 쥐어뜯는 용남이 – 용남의 모가지를 한 손으로 쥐고 한 손으로는 용남의 몸을 분주히 더듬어보다가 셔츠 속에 손을 집어넣는다. (근사)
◇용남의 셔츠 속에서 지갑을 꺼내는 수상스런 사나이의 손 (대사)
◇용남의 돈지갑을 꺼내 가지고는 용남이를 동댕이를 치듯이 밀쳐버리고 씽긋 웃고는 화면에서 사라지고, 용남이 시멘트 담에 뒷머리를 부딪고서 기진하여 주저앉아버린다. (근사)
◇주저앉은 용남이 손으로 모가지를 비비며 전신을 가다듬고서 벌떡 일어선다. 일어서서는 그 옆에 구루마를 끌고서 울 듯 울 듯한 표정으로 어찌할지 몰라 하는 거동으로 화면에서 사라진다.
◇골목 바깥에 나아와서 울면서 사면을 살펴보다가 화면 좌편을 눈이 뚱그래서 바라본다.
◇길모퉁이로 힐끔 돌아다보며 잽싸게 돌아서 들어가 버리는 수상스러운 사람 리칠수. (원경)
◇용남이 분이 치밀어 울면서 입을 악물고 화면 좌편으로 리칠수를 쫓아간다.
◇달음질하여 쫓아가는 용남의 뒷모양 (원사)

[자막]

맨발로 무거운 구루마를 끌고서 삼십 리 길을 오고 가야 얻을 수 있는 어린 용남이는 야채 판 돈을 송두리째 빼앗아 간 그놈의 그림자도 찾지 못하고…….

〈그림 8〉 9.3.
덕배의 환영 : 정선기, 용남 : 송기진

◇쫓아가던 그길로 다시 어치렁거리며 기맥 없이 고개를 떨어뜨리고 돌아오는 용남이
◇구루마 놓인 그 옆에 걸어와서는 몹시 낙심하여 넋 없이 몸을 움직여 구루마 채를 잡아 일으키고 눈물을 씻으며 힘없이 끌고 간다.
◇(중으로) - 넋 잃고 눈물을 쫠쫠 흘리며 구루마를 끌고 가는 용남이 - (상체 측면이동)
◇(중으로) - (측면이동) 하늘에 얼굴을 들고 울며 걸어가는 용남이 얼굴. 그 뒤로 하늘에 커-다랗게 나타나며 용남의 앞에서 두 팔을 벌려 "용남아 -" 부르는, 무섭게 여윈 빛깔 잃은 덕배! (이 환영이 한참 나타나다가 사라지자 용남이 몸을 부르르 떨며 금시에 놀란 공포에 싸인 얼굴. 이런 예감에 부딪친 용남이 앞으로 엎어질 듯이 달려간다. (상체)
◇(중으로) 황혼 - 하늘은 어두워가는데 둔덕길로 발 빠르게 구루마를 끌고 가는 용남이의 시커먼 형상- 하늘에 가득히 나타나는 고민하는 덕배의 "용남아-" 부르는 얼굴. 벌린 두 팔. 용남이 걸음을 더욱 빨리한다. (원사)
◇(중으로)-(이동) 공포에 싸여 분주히 구루마를 끌고 가는 용남의 얼굴. 그 뒤 하늘에 덕배의 "용남아-" 간절히 부르는 힘껏 벌린 입이 점점 멀어지자 (카메라 정면으로 죽- 끌어 나온다) 용남이 둔덕길로 기급으로 달려간다. 덕배의 환영이 사라진다. 용남이 화면 좌편으로 사라진다. (이동 지) 황혼-저문 천지 무섭게 한참 비어있다.

(용암)

08회, 1930.09.03.

집에 이른 용남이 싸리짝문[12]을 열어젖히고 집안을 향해 황망히 외친다. 열어젖힌 싸리짝문 밖 용남의 뒤에 구루마가 나가자빠져 있다. 그 뒤로 어두워가는 덜.[13]

[자막]
할아버지 —

◇용남이 집 뒷동산 고목나무 위에 앉아서 이 마을을 내려다보고 눈을 끔벅이는 올빼미 (대사)
◇봉당마루에 한쪽 무릎을 올려놓고 방 속을 향해 불안한 그리고 공포에 싸인 표정으로 외친다.

[자막]
할아버지! 주무세요?

◇대답이 없으매 불현듯 놀란 용남이 후닥닥 뛰어 방문을 열어젖히고서 딱 서서 방 안을 들여다보고 또한 외친다.
◇외치는 용남의 울 듯한, 공포에 싸인 얼굴 (대사)

12 '사립문'의 방언.
13 원문 그대로임.

[자막]

할아버지, 용남이가 왔습니다.

〈그림 9〉 9.4.
죽은 덕배 : 정선기

◇드러누워 있는 덕배의 죽은 시체.
◇용남이 다시금 놀라며 몸을 부르르 떤다.
◇말없이 눈살을 찌푸린 채로 지지리 탄 입을 벌리고 죽어있는 덕배의 얼굴 (대사)
◇용남이 덕배의 시체에 와락 덤벼 앉으며 덕배의 빼드러진[14] 몸을 황당히 어루만져 보다가 덕배를 한참 내려다보고는 덕배의 시체에 턱 실리며 몸부림하고 울며 부르짖는다.
◇부르짖는 용남의 눈물에 젖어 움직이는 얼굴 (대사)

[자막]

할아버지 – 할아버지 – 이 용남이도 못 보시고 돌아가셨습니다그려? 그러면 어제 말씀이 마지막 말씀이셨어요? 저는 어떻게 하라구요! 어린 제가 어떻게 혼자 삽니까? 할아버지! 지금 주무시는 것이지요? 정말 그렇지요? 오 – 그놈의 산지기, 이 마을의 올빼미 그놈이 우리 할아버지의 목숨을 가져갔습니다그려?

◇덕배의 시체에 머리를 틀어박고 몸부림하며 우는 용남이 (한참 박힌다)
◇(중으로)–어두운 방 덕배의 시체 앞에 목둑개비 같이 꿇어 앉아있는 용남이 (한참 박힌다)
◇(중으로) 용남이 집 뒷동산 나뭇가지의 올빼미, 이 동리를 노려보는

14 굳어서 뻣뻣하게 된.

듯이 눈을 꿈벅이고 있다. (대사)-(용암)

[자막]

-그 이튿날 저녁때 올빼미의 작희(作戱)[15]에 신음하는 이 마을의 사람들 중에 몇몇 사람은

◇분노한 사나이들(늙은이, 젊은이) 허리춤을 치키며 손바닥에 침을 탁 뱉어 가지고 맞비비고는 주먹을 쥐며 팔을 걷는 사람, 혼자 중얼거리는 사람, 눈을 홉뜨고 벼르는 사람. 이들이 앞으로 벼르며 나아간다. (상체 이동)

◇그중에 한 사람 입을 되게 벌려 그 옆 사람에게 말한다. (대사 이동)

[자막]

그 억보란 자식은 제가 산지기쯤 무슨 권리나 가졌다고 사람을 쳐서 죽여? 그 잔인무도한 놈을 그대로 두어서는 이 마을에 사람이 없다는 게 될 게니까 ……. 이번에는 …….

◇(측면 대사 이동) 그 옆 사람 침을 탁 뱉으며 거친 표정으로 말한다.

[자막]

그놈의 자식이 저는 밤이면 몰래 나무를 베어서 팔아가지곤 빗취리[16]를 하면서 용남의 할아버지를 그렇게 무참히도 죽인담! 어린 용남이를 생각한대도 ……. 그대로 보고만 있을 수 없는 게야 …….

09회, 1930.09.04.

---

15 방해를 놓음.

16 "빗취리(빗+취리(取利: 경제적인 이득을 얻음)"로 추측된다.

◇산비탈 조그만 바위 위에 발 한쪽을 올려놓고 채찍을 들고서 먼빛으로 이쪽을 노려보고 오는 사람들을 수상한 듯이 바라보는 산지기 이억보 (근사)
◇오다가 딱 서서 산지기를 노려보고 있는 사람들- 그중에 장정 한 사람 썩 나서며 산지기 편(화면 정면)을 노려보고 입을 연다. (상체)

〈그림 10〉 9.6.
용남 : 송기진, 봉희 : 최남옥,
창길 : 최영근(崔永根)

[자막]
이리로 내려오너라! 천하에 악독한 놈아! 산지기쯤 무언데 사람을 함부로 쳐서 죽여 놓고 무사할 줄 알았드냐? 그동안 이 마을 사람에게 악착하게 한 것도 오늘까지다. 이리로 내려오너라!

◇여러 사람 왓작- 산비탈로 올라가서 먼저 그 장정이 산지기의 목줄기를 후려갈기니 산지기, 바위 위에 허리를 걸치고 나가자빠진다.
나머지 사람 발길로 자빠져있는 산지기를 걷어찬다. 산지기 겨우 일어나서 바위에 몸을 기대고 서서 사람들을 한참 노려보더니 채찍을 번쩍 든다.
◇채찍을 번쩍 들고 노호하는 산지기 (대사)

[자막]
무엇이 어째? 너희들도 이 채찍 맛을 좀 보련? 이 마을에서 나를 거역할 놈이 뉘란 말이냐?

◇맨 먼저 덤볐던 장정 한 사람, 채찍으로 얼굴을 얻어맞고 팔로 얼굴을

가리고 쩔쩔매다가 다시 산지기에게 와락 덤벼 날쌔게 채찍을 빼어서 들고 산지기를 후려갈긴다.

◇(측면이동) 채찍으로 얻어맞으며 달아나는 산지기. 쫓아가며 후려갈기는 장정. 그 뒤에 따라가는 사람들- 산지기 쫓겨 가며 채찍으로 얻어맞다가 날쌔게 커다란 돌을 번쩍 들어 이쪽에 던지려 한다(이동 지). 주춤하고 뒤로 물러서는 사람들.
◇번쩍 든 돌을 내던지는 산지기 (상체 대사)
◇여러 사람의 머리 화면 밑으로 숨어버리자 그 위(빈 화면)로 지나가는 돌
◇맹렬히 쫓아가는 사람들. 달아나려다가 붙잡히는 산지기- 사람들, 산지기를 에워싸고서 무섭게 친다.
◇땅바닥에 쓰러져서 고민하는 산지기. 그 위에 뭇사람의 발이 밟고 지나간다. 피투성이 된 산지기. 정신 잃고 혼도되어 쓰러져 있다. (용암)

[자막]

– 그 이튿날 새벽에 산지기는 이 마을에서 내쫓긴 바 되어 이 마을을 떠나서 어디론지 그림자를 숨겨 버리는 것이었다.(용명)

◇고개를 넘어서 어치렁거리고 가는 산지기. 얼굴과 손의 상처를 헝겊으로 처매고 등에 행리를(채찍이 꽂혀있다) 둘러메고 막대기를 짚고 고개를 넘어간다. (근사) 그 뒤로 훤하게 동트는 하늘.
◇(중으로) 나뭇가지의 올빼미 펄쩍 날아간다. (용암)

□……□

[자막]

— 또한 용남이는 —

◇(용명) 창길이와 얼싸안고 울며 떨어지기 싫어하는, 괴나리봇짐 멘 용남이. 그 뒤에 조그만 봉희는 돌아서서 팔뚝으로 얼굴을 가리고 느껴운다. 그 뒤로 이 마을의 많은 사람 노유남녀가 비창한 표정과 측은해하는 표정으로 서서 있다. 그중에 젊은 여인과 늙은 여인 수삼 인은 옷고름과 소매 끝으로 눈물을 씻고 있다.
◇용남이 창길이와 떨어지며 창길이 눈물을 씻고서 말한다.

[자막]

가면 어디로 가겠니? 이번에 가면 너하고는 다시 못 만나겠구나. 네가 없으면 나는 이 마을이 쓸쓸해서 어떻게 사니?

10회, 1930.09.06.

◇용남이 서글픈 웃음을 웃고 눈물을 손등으로 씻고 말한다.

[자막]

어디로 가야 좋을지 나로 모른다. 그러나 언제든지 이 마을과 그리고 이 세상에 가난한 사람을 위하여 큰일을 할 때가 있지! 그럼 그때 너하고 만나서 같이 일하자! 나는 간다. 창길아, 잘 있거라.

◇용남이 억지로 창길의 앞에서 고개를 숙이고는 슬픈 표정으로 봉희에게로 간다. 창길이 그쪽으로 비창한 얼굴을 돌린다. (카메라 회전) 용남

이 돌아서서 우는 봉희에게로 다시 어깨에 손을 얹고 등 뒤에서 말한다.

[자막]

봉희야! 너도 잘 있거라. 그리고 꾀병하고 학교에서 조퇴하지 마라. 그런데 내가 간 뒤에 네가 내 얼굴을 그린 그 도화지는 내버리지 마라! 응? 봉희야…….

◇봉희 더욱 느껴 울면서도 토라진 듯이 용남의 손이 얹힌 어깨를 톡 차버리면서 톡 쏘아 말한다. -용남이 조금 어색하게 웃고 무색해서 거드럭대고 서성거린다. 봉희의 말은…….

[자막]

난 몰라! 얘 너는 멀리 아주 간다면서도 또 나를 놀리니? 심술쟁이가 없어지니 난 좋아, 얘!

용남이, 창길이, 그리고 그 뒤에 많은 사람들, 불시에 소리쳐 웃는다(봉희도 돌아서서 웃는다). 용남이 돌아서서 모든 사람에게 모자를 벗고 꿈벅꿈벅 절하고는 창길이를 다시 기맥 없이 보고 또한 봉희의 돌아서 있는 뒷모양을 한참 물끄러미 볼 때, 봉희 얼굴만 간신히 돌려서 웃는 듯 우는 듯 용남이를 핼끔 쳐다보고는 도로 돌린다.

〈그림 11〉 9.7.
청년 : 함춘하

용남이 풀이 죽어서 화면에서 사라진다. 모든 사람 그쪽으로 향한다. 눈물을 씻는 사람, 코를 푸는 사람- 창길이 고개를 숙이고 뒷짐을 지고는 땅바닥을 차면서 맥없이 서서 있다. 봉희도 용남의 가는 쪽을 보며 입을 비쭉대고 운다.

◇입을 비쭉대며 우는 봉희 얼굴-눈에 눈물-뺨에 눈물 한없이 촬촬 흐른다. (대사)

◇용남이 꼬부랑길로 걸어간다. 가다가 가다가 돌아보고, 돌아보고 한다. 그러다가 쏜살같이 달아난다.

◇비창한 표정으로 바라보고 있던 사람들 또한 웃는다.

◇고개에 우뚝 서서 모자를 벗어서 높이 휘두르는 용남이

◇손을 번쩍 들어 휘두르는 창길이. (상체) 그 뒤 사람들 일제히 손을 들고 흔든다. 여인 몇은 차마 떠나는 용남이를 보기에 어려워 돌아서서 치마폭에 얼굴을 파묻고 느껴 운다.

◇봉희 옷고름을 만지작거리며 손을 간신히 들어서 흔든다. (상체)

◇고개를 넘어가려던 용남이 다시 고개에 올라서서 이 마을을 내려다보고 하늘을 우러러보고는 다시 기맥 없이 넘어간다. (용암)

□……□

◇(용명[17]) 흐르는 산골짜기에 꼬불꼬불 흐르는 물…….

◇(중으로) 시름없이 흐르는 강물

◇(중으로) 파도치며 흐르는 바닷물…….(용암)

[자막]

—그리고 또한—

◇(용명) 낙엽 지는 나뭇가지

---

17 원문은 "용암"이나, 오식으로 보인다.

◇(중으로) 눈 쌓인 나뭇가지
◇(중으로) 꽃 핀 나뭇가지
◇(중으로) 꽃이 지는 나뭇가지 (용암)

[자막]

이 땅에서 그가 사라진 지는 퍽 오래인 옛날이었다. 그래서 그를 아는 사람도 그를 잊은 지 오래였으되 그래도 어렸을 때 이 땅을 향해 맹서한 바를 지키려고 이 땅의 젊은 아들인 그는 맞이할 사람도 없는 이 땅으로 돌아왔다.

◇(용명) 고개로 떨어진 구두를 신고 올라오는 발 (정면 이동)
◇(중으로) 고개에 우뚝이 선, 조금 허술한 양복바지를 입은 다리 (여기서 카메라 상체로 올린다). 멀리 그리운 고향을 그리고 하늘을 바라보고는 풍상에 찌든 청년의 얼굴- 그 뒤로 까마귀 떼가 날아간다.

[자막]

오 — 내 고향아! 잘 있었는가?

◇고개에 행리를 어깨에 둘러메고 우뚝 서 있는 청년 (원사)

11회, 1930.09.07.

◇멀리 사면을 살펴보는 청년의 얼굴 (대사)
◇(카메라 회전) 멀리 보이는 산기슭에 올몽졸몽한 초가. 그 속 듬성듬성 들어서 있는 외국 사람의 집. 조붓한[18] 강줄기 연안에 나룻배. 산뜻하게 페인트칠 한 보트. (여기서 역회전) 옛날의 산판이던 곳에 (뻔뻔한 잔디

풀 난 언덕으로 변했다) 군마(軍馬)들이 풀을 뜯고 있다. 다만 용남의 할아버지가 결박되어 산지기에게 매 맞던 큰 나무 하나만이 남아있다.
◇고개에서 느럭느럭 내려가는 청년 (용암)
◇(용명) 고목나무에 팔을 짚고 고개를 떨어뜨리고 있는 청년. 나무의 가지가지를 쳐다보다가 한편 팔로 나무를 껴안고 비창해져서 옛일을 추억한다. (이중으로) 나무에 결박된 채 피를 흘리고 혼도된 덕배의 환영이 나타난다. 청년 눈을 꽉 감고 입술을 이로 문다. 덕배의 환영이 사라진 뒤 청년, 나무에 기대어 하늘을 쳐다보고는 눈을 스르르 감고 비창해하다가 눈을 홉뜨고 화면 정면을 노려보고 부르짖는다.
◇부르짖는 청년의 얼굴

[자막]

—오래간만에 고향에 돌아온 용남의 눈에 비친 모든 물정은 너무도 속히 변한 것 같았다. 그리고 그것들이 옛날에 이 마을의 비참한 과거를 낱낱이 이 용남의 마음에 가지고 와서 그의 마음을 점점이 베는 것 같았다. 그리하여 이 용남은 온 누리를 향해 외치는 것이었다.

◇고목나무에서 떠나가는 용남이. 잔디를 발로 차며 기맥 없이 사라진다. (용암)

□……□

◇(용명) 신문지가 화면을 가린다. 신문이 접히는 때는 접힌 신문지 뒤로 신문을 접어든 머리가 희뜩희뜩한 수염 난 김창근—(옛날 산지기 억보).

18 조금 좁은 듯한.

〈그림 12〉 9.9.
김창근 : 이휘

샐죽경[19] 너머로 신문을 훑어본다.
◇(중으로) 복잡한 주식 취인소
◇(중으로) 신문 경제면의 시세란
◇(중으로) 안경 밖으로 눈을 찌긋이 뜨고 수염을 쓰다듬고 징글징글하게 웃는 김창근의 얼굴. 얼굴 한 모퉁이가 신문으로 가려졌다.
◇(중으로) 경마장 말을 달린다. (중) 경마장의 떠들어 제치는 군중들. (중) 경마장 사무실 어구의 분잡한 노름꾼들의 떼. (중) 중산모 쓴 김창근의 얼굴. 카메라 앞에 가까이 와서 돈뭉치를 훑고 포켓에 그 돈을 집어넣고서 싱그레 웃는다.
◇(중으로) 노름판- 큰 테이블을 에워싸고 노름하는 소위 신사도박단 정면으로 사람들의 틈바구니로 득의양양한 김창근이 싱그레 웃고 주사를 돌린다. 승리한 김창근, 지폐를 두 손으로 거두어들여 자기 앞에 모아놓자 모든 사람들, 머리를 긁으며 김창근의 얼굴을 가리며 지나 나아간다. (카메라 돌입) 지전을 두 손으로 움켜쥐며 테이블에 흩트려 놓는 김창근의 환희의 얼굴. (카메라 후퇴) 사면을 돌아보며 황당히 지전을 세어 보는 김창근. 다 세어서는 혼자 흥겨워 어깨를 으쓱거리며 (이동) 금고 앞으로 가까이 간다.

12회, 1930.09.09.

19 '샐죽경' 혹은 '살죽경'으로 근대 문헌에 등장. 안경의 일종으로 추측된다.

◇금고의 문을 여는 김창근. 금고의 속 서랍을 빼놓고 테이블 앞으로 간다. (이동) 테이블에 쌓아놓은 지전을 들고 금고로 간다. (이동) 금고에 지전을 넣고 서랍을 들이밀고 금고의 문을 닫으려 하다가 다시 열어보고 또 닫으려 한다. 고개를 기우뚱하고 또다시 금고를 열어보고 서랍을 열어보고 안심되는 듯이 금고의 문을 닫는다. 금고의 핸들을 돌리면서 핸들 가까이 귀를 대고서 싱그레 웃고는 핸들을 돌린다. 김창근, 금고를 등에 두고 뒷짐을 지고 서서 몹시 흥겨운 듯이 발뒤꿈치를 올렸다 내렸다 하며 배를 내밀었다 엉덩이를 뒤로 뺀다 한다. 그리고는 두 손을 맞비비고 손수건을 꺼내어 모가지의 땀을 씻는다. 그러다가 무엇이 금시에 생각난 듯이 장부를 쌓아놓은 테이블로 급히 간다. (이동) 테이블 앞 의자에 펄썩 앉아서 장부를 꺼낸다.
◇장부를 꺼내어 펼쳐놓고 손가락을 달리며 조사한다. 조사해보고는 눈살을 찌푸리고서 화면 정면을 무섭게 노려보더니 초인종을 친다. (근사)
방문이 급작스레 열리며 나타나는 청지기 이영수. 굽실하고 입을 연다.

[자막]
저를 부르셨습니까? 무슨 급한 일이 있어요?

김창근이 고개를 돌려 안경 밖으로 영수를 보며 입을 연다.

[자막]
내 일이야 언제나 급한 일이지 — 그런데 거 — 성영식에게 이번에는 더 참아줄 수 없으니까 — 정 배짱을 부리면 차압이라도 해야 하겠어. 그러니까 자네가 지금 이 밤 안 — 아따, 밤이면 대순가? 좀 다녀와 주게. 저 — 거시기 마지막 다짐을 받아오란 말이야.

◇이영수, 김창근의 뒤에 서서 머리를 긁으며 조금 빈정거리는 – 그러나 조금 황공한 태도로 입을 연다.

[자막]

이번에도 영감의 분부이니까 갔다 오기야 하겠지요만, 저 그 번 모양으로 그 성영식이라는 이가 달려와서 영감께 한마디만 ▨드러젖혀도 영감께서 아무 소리 못하시게 되면 — 그러나 해실수로[20] 갔다 오겠습니다 —

◇김창근 눈살을 징그럽게 찌푸리고 영수를 홱 돌아다본다. 영수 끕실한다.

◇돌아다보고 안경 위로 눈을 굴리며 노호하는 김창근의 얼굴 (대사)

[자막]

무엇이야? 에끼! 버르장머리 없는 것 같으니! 그럴 테면 이 길로 우리 집을 나가게! 가!

◇영수 어쩔 줄 몰라 하다가 끕실하고 나간다. 김창근은 화면 정면을 거칠게 노려보다가 홱 일어나서 뒷짐을 지고 방안을 싸대인다. (용암)

□……□

◇(용명) 저녁때 서울의 큰 거리

◇(중으로) 아스팔트로 행리를 둘러매고 걸어오는 용남이

◇감회 깊은 서울의 거리를 걸어오는 용남이 (상체 이동)

20 원문 그대로임.

◇버선발에 게다 신고 일본 아이 업고 골목쟁이 앞에서 수심에 싸여 하소연하는 '오마니'[21]들

◇(중으로) 커-다란 중국인 전방에 높다란 나무때기 의자에 앉아 깡깡이를 켜며 소리 높이 부르는 뚱뚱한 중국인

◇(중으로) 양복감을 둘러메고 지나가는 아라사 백군(白軍)

◇(중으로) 말쑥한 양장을 하고 지나가는, 실크 양말을 신은, 대 활보로 걸어가는 여자들

〈그림 13〉 9.10.
용남 : 함춘하

◇머리를 떨어뜨려 돌아서며 길거리를 물끄러미 보는 용남이의 등덜미(상체)

[자막]

오랜만에 돌아와 이 땅의 흙을 밟고 설 때 그의 눈에는 뼈아픈 새로운 현상만이 부딪치는 것이었다. 그리하여 이 고향의 많은 사람들, 커다—란 거친 조수에 밀려서 신음하는 그들의 비명이 들리는 것 같아서 용남이의 가슴팍을 가르는 듯했다.

13회, 1930.09.10.

◇좌우에 허물어진 이층집, 바라크[22] 등 즐비하게 늘어선 행랑(行廊)뒷

21 '어머니'의 방언.

골로 용남이 이집 저집 기웃거리고 숙소를 정하려고 집을 듣보며[23] 가는 뒷모양 (용암)

[자막]
—가을 어느 달밤—

◇(용명) 바라크 즐비한 뒷골로 딱따기를 치며 걸어가는 야경꾼 (부감 촬영)
◇널판때기 침대에 목침을 베고 드러누운 용남이
◇창으로 기어든 달빛이 어린 용남의, 눈을 꽉 감은 여윈 얼굴, 간간이 눈을[24] 떠서 창밖으로 달빛이 영롱한 바깥 하늘을 쳐다본다. (대사)
◇야경꾼의 딱따기를 치는 손 (그 뒤로 집들이 지나간다) (대사 이동)
◇용남이 눈을 감고 드러누운 얼굴. 그 뒤창을 통해 보이는 건넛집 창문이 열리며 머리 튼 여자가 창문턱에 팔을 세워 턱을 괴이고 넋 없이 행랑뒷골을 내려다본다.
◇창문턱에 턱을 괴이고 넋 없이 내려다보며 입을 조금씩 열어 군노래하는 그 젊은 여자 (근사)
◇창문턱에 올라앉아 고개만 밖으로 돌리고 수심에 싸여 노래하는 젊은 여자
◇부스스 일어나 고개를 홱 돌려 건넛집 여자가 노래하는 창을 건너다보다가 용남이, 창가에 바특이 몸을 끌어다가 넋 잃고 건너다보고 있다. 그러다가 돌아앉아서 그 노래를 심취하여 듣는다.

---

22 baraque. 군인들이 주둔할 수 있도록 만든 건물 또는 가건물.
23 듣보다: 듣기도 하고 보기도 하며 알아보거나 살피다.
24 원문은 "간눈이간을"이라 되어 있으나 오식이다.

◇처량히 노래 부르는 젊은 여자의 얼굴. (대사)

행랑뒷골 여인의 노래

(1) 보름마다 저 달이
동산에 오르면
내 고향엔 그 노래
드높히이련만[25]
매여서 지내는
외로운 이맘엔
하염없는 설움이
복받친다네
(2) 이달 밤 야경꾼의
딱따기 소리는
잠 못 자는 이맘을
점점이 끊어서
옛날의 그 꿈조차
마디를 못 이으니
일어나서 저 달 보면
눈물이 흐르네
(3) 옛적에 맺은 인연
우습다 하여도
매인 몸 저 달 보면
그가 그립지만

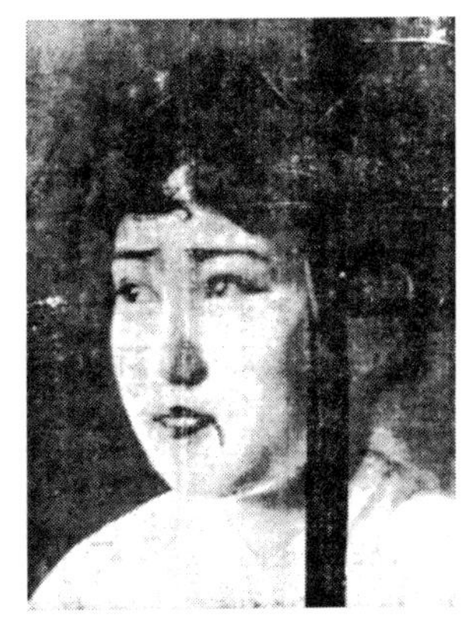

〈그림 14〉 9.11.
젊은 여자 : 문영애(文英愛)

25 원문 그대로임.

머리를 끄덕끄덕한다. 리칠수 문을 열어젖히고 서서 청년을 들어가라 손짓한다. 청년 조금 주저하다가 옷을 매만지고 들어간다.
◇침대에서 벌떡 일어난 놀란 젊은 여자
◇(일어나 앉은 젊은 여자를 얼러 보인다) 방에서 떡 들어선 두 사나이. 쭈뼛쭈뼛하고 서 있는 청년 고개를 숙여서 곁눈으로 살짝살짝이 젊은 여자 편을 보고 생그레 웃는다. 리칠수 눈을 딱 부릅뜨고 이 청년의 뒤에 서서 젊은 여자를 노려본다.
◇젊은 여자를 노려보는 리칠수의 얼굴. 험상궂게 입을 연다. (대사)

[자막]

오늘 밤 서방님은 좋지 않으냐? 맷긴하지?[29] 이도 싫다면 오늘은 기어코 요정을 내야지.

◇그 젊은 여자, 리칠수(화면 정면)를 노려보다가 침대에 퍽 엎어져 운다.
◇그 청년, 문 옆 의자에 앉아 조금 민망해하는 태도로 그러나 얼마간 정욕에 타는 듯한 표정으로 그 젊은 여자의 편을 보고 리칠수는 의미 있는 듯이 징글징글하게 웃으며 젊은 두 남녀를 갈려보고는 문을 탁 닫고 나간다. (용암)

◇(용명) 그 젊은 여자의 방문이 열리며 얼굴에 손자국이 나고 흐트러진 머리, 양복 윗저고리를 찢기고 나오는 앳된 사나이. 머리를 긁으며 기맥없이 나와 선다.
옆에 방문이 홱 열리며 리칠수 나타나서 한참 서서 젊은 사나이를 살펴

29 원문 그대로임.

보고 분노하여, 나오던 방에 들어가 채찍을 들고 나와서 그 젊은 여자의 방으로 쏜살같이 들어간다.
◇침대에 엎드려서 우는, 옷매무새가 흐트러진 그 젊은 여자를 후려갈기는 리칠수.

15회, 1930.09.13.

◇모진 매에 못 이겨 손을 내저으며 담벼락에 돌아서서 착 붙고 몸을 움츠러트리는 젊은 여자. 리칠수는 잔학하게 채찍질을 한다.
◇매를 피해 쏜살같이 도어로 가서 문을 열려는 젊은 여자. 리칠수 미칠 듯이 달려가서 그 젊은 여자의 팔죽지를 움켜쥐고서 채찍질을 한다. 그 젊은 여자 비명을 지르며 매를 치는 리칠수의 얼굴을 움켜쥐고서 할퀸다. 리칠수 멈칫하고서 뒤로 물러선다.
◇리칠수의 손톱자국이 난 얼굴, 피가 주룩 흐른다. 리칠수 손으로 제 얼굴을 훑어서는 손바닥에 피를 보고는 더욱더 노호하여 젊은 여자를 친다. (상체)
◇젊은 여자의 방 도어 바깥에 풀이 죽어서 선 앳된 사나이, 도어 쪽으로 고개를 홱 돌린다.
◇그 젊은 여자 창문 앞으로 달아난다. 리칠수, 그 여자를 죽일 듯이 따라가서 이번에는 무수히 난타한다. 그 여자 창문을 홱 열어젖히며 두 팔을 창밖으로 내젓고 부르짖는다. 유리창이 깨진다.
◇길바닥에 떨어진 유리창 유리 조각
◇(행랑뒷골 길에서 치박힌다.) 창을 열어젖히며 용남이 얼굴을 불쑥 내밀며 놀란 표정.

〈그림 16〉 9.14.
김창근 : 이휘, 성영식 : 이일호(李一昊)

◇창밖으로 두 손을 내젓는 젊은 여자. 그 뒤로 험상궂은 리칠수의 손이 나와 그 여자의 머리를 움켜쥐고서 들어간 뒤 리칠수의 감때사나운[30] 얼굴이 휙 지나가며 다시 리칠수의 손이 창문을 닫는다. 창문에 비친, 미쳐 날뛰며 난타하는 리칠수의 그림자와 젊은 여자의 그림자들 어수선하게 휙휙 지나간다.

◇창밖으로 내다보는 용남이 상▨된 얼굴이 창안으로 휙 들어간다. (대사)

◇▨▨의 방 앞에 서서 방안의 비▨▨고 고개를 홱 돌렸던 앳된 사나이, 문을 벼락같이 열▨ 들어간다. 방 안에 딱 들▨▨ 리칠수를 노려보는 뒷▨▨▨- 이 남자를 얼러서 침대에 피투성이가 되어 혼도되어 쓰러져있는 젊은 여자. 그 앞에서 구부렸던 몸을 일으키는 리칠수. 생물을 잡아먹고 난 맹수와 같은 꼴로 이 앳된 사나이를 바라본다.

◇무섭게 바라보는 리칠수의 얼굴 (대사)

◇앳된 사나이, 리칠수의 앞으로 줄달음질하여 들어가서 그자의 멱살을 잡는다.

◇멱살을 잡힌 채로 앳된 사나이- 김경호의 주먹을 맞고 자빠진다. (상체)

◇자빠졌던 리칠수 펄쩍 일어나서 화면 정면(김경호의 등 뒤를 얼러보인다)으로 홱 나아온다.

◇두 사람의 난투-

◇층계로 분주히 내려가는 용남이

◇그 젊은 여자의 집 문을 어깨로 박차고 들어가는 용남이

---

30 사람이 억세고 사나운.

◇젊은 여자의 집 층계로 쏜살같이 올라가는 용남이

□……□

◇김창근, 테이블 앞에 앉아서 화면 정면을 노려보고 어떤 두려운 일을 생각하는 표정
◇일어나서 서성거리며 번민하는 김창근
◇고민에 개기름이 흐른 얼굴- 혼자 중얼거린다. (대사)

[자막]

내가 공연히 영수를 그놈에게 보냈군. 또 쫓아와서 위협을 하면 도리어 더 빼앗기기만 할텐데 아 — 어떻게 해야 지나간 비밀이 사라지고 하루라도 마음 편히 살아볼까……. 휘…….

◇김창근, 의자로 가서 몸이 쓰러지듯이 턱 실리고 번민한다.
◇이때 등 뒤 문이 활짝 열리며 들어오는 성영식. 앉아있는 김창근을 으깰 듯이 노려본다. 김창근 홱 돌아보고 놀란다.

16회, 1930.09.14.

◇배짱을 부릴 듯하는 성영식의 김창근을 내려다보는 얼굴. (대사)

[자막]

▨초에 속이 떨려서 준 돈을 빚으로 쳤단 말인가? 정 이렇게 재촉을 하면 마지막 수단이 있을 뿐이니까! 그때는 나 역시 어떻게 되리라는 것은 각오한 것이야! 흥!

◇김창근 고개를 정면으로 돌리고 어떤 큰 위압에 눌리는 것같이 떨리는 손을 들어서 자기와 상대되는 의자를 가리키며 머리를 돌려 성영식을 돌아보며 입을 실룩거리고 말한다. 성영식이 거친 거동으로 가 앉으며 떡 버틴다. 김창근의 말.

[자막]

자 — 앉게……. 그런데 자네는 종내 나를 볶아 죽일 터인가? 여보게 그만큼 돈을 갖다 썼으면 자네가 내 몸을 결박한 그 무서운 줄을 끌러줄 때가 되지 않았나? 만약 과거를 잊어준다면 그 빚에서 그냥 탕감해줄 것일세. 자네는 참 무서운 사람일세.

◇성영식 의자에 뻣뻣이 기대어 앉으며 빈정대고 그러나 무섭게 눈을 뜨고 말한다.

[자막]

그런 호의는 감사하네만 사람을 죽였다는 것은 자네이니까……. 자네나 나와 같이 공모하였다▨ 나를 떼버리고[31] 그 도적한 돈을 송두리째 혼자 횡령한 죄보다는 영원히 사라지지 못할 그 죄가 더 크니까. 그만하면 알았나?

◇김창근 살이 부들부들 떨리는 얼굴을 테이블에 파묻을 듯 숙이고 공중 걸린 눈을 치떠서 성영식을 보며 떨리는 손을 휘젓곤 말한다.

[자막]

자 — 그만두게. 그만, 그만둬주게. 자네의 그 말은 나의 핏줄을 마디마디 끊

31 원문은 "따바리고".

는 것 같으이! 가게. 빚이고 뭐고 다 — 그만두겠네.

◇김창근 목이 타서 손으로 모가지를 비비며 의자에 번듯이 기대어 눈을 감는다.
◇성영식은 펄떡 일어서서 한번 픽 웃고 옆으로서 눈을 크게 뜨고 힘주어 말한다.

[자막]
이 사람아, 뒤채에다 장정 부하를 여러 명이나 두고 호위를 시키면서 나 한 사람을 이렇게 무서워하나? 그러나 백 명의 ▨직군[32]이 있으면 뭘 해? 자네 신변은 벌써부터 위태한 걸……. 허…….

◇성영식이 홱 나가버린다. 김창근 별안간에 테이블에 푹 엎드려 고민한다.

□……□

◇리칠수, 김경호를 무섭게 친다. (상체)
◇김경호, 담벼락에 부딪고 쓰러져서 정신 잃고 드러누워 버린다. 입에서 피가 흐른다.
◇침대 위에서 정신을 가다듬고 일어나려는 젊은 여자의 앞으로 리칠수가 달려간다.
◇무섭게 노려보는 리칠수의 얼굴 (대사)

32 맥락상 "수직꾼"으로 추측된다.

[자막]

이년, 시키는 대로 안 듣는 너를 먹여 살리면 무얼 해! 아주 죽여 버리는 게 낫지!

◇리칠수를 쳐다보며 두 손을 들고 바르르 떠는 젊은 여자의 얼굴 (대사)
◇리칠수, 깨어진 의자를 번쩍 들어 젊은 여자에게 던지려 할 때 리칠수의 팔목을 꽉 잡는 용남이. 리칠수 홱 돌아선다. 용남이, 리칠수의 손목을 쥔 채로 리칠수를 노려보다가 놀란다.

〈그림 17〉 9.16.

(중으로) 옛날 어렸을 때 용남의 돈을 빼어서 가던 장면이 지나간다.
용남이 부르짖는다.

[자막]

오 — 너로구나. 잘 만났다.

◇벽 구석에 피해 서서 떨고 있는 여자
◇두 사나이의 난투
◇비▨ 화면[화(畵)]에 흐트러진 머리, 찢어진 옷으로 홱 일어서는 용남이. 아래를 내려 보고 통쾌하게 웃는다.
◇참패해서 쓰러져있는 리칠수
◇용남에게 가까이 와 서서 용남이를 쳐다보는 여자
◇피차에 바라보고 놀라는 용남이와 여자 (상체)

17회, 1930.09.16.

◇젊은 여자를 보고 놀란 용남의 얼굴 (대사)
◇젊은 여자의 얼굴이 옛날 봉희의 얼굴로 (중) 변했다가 다시 젊은 여자로 변한다. (대사)
◇용남이를 보고 놀란 여자의 얼굴 (대사)
◇용남이의 얼굴이 옛날 어렸을 때 용남의 얼굴로 변(중)했다가 다시 지금의 용남의 얼굴로 변한다. (대사)
◇서로 바라보고 놀란 얼굴. 반가워서 입을 벌리는 두 사람 (상체)
◇여자의 측면 – 몹시 반가워하는 표정으로 부르짖는다. (대사)

[자막]
당신이 용남 씨 아니세요?

◇용남[33]의 측면 – 몹시 반가워서 부르짖는다. (대사)

[자막]
여 — 봉희!

◇두 사람 서로 붙들고 어쩔 줄 몰라 한다. 봉희 눈물을 짤짤 흘리며 용남의 가슴에 머리를 갖다 댄다. 용남이 봉희의 등에 손을 얹어놓고서 눈을 감는다. (상체)
◇용남이 봉희의 어깨에 손을 얹은 채 두 사람 침대 편으로 힘없이 걸어가 앉는다.
◇두 사람 침대 위에 나란히 앉아있다. 용남이 봉희의 손을 쥐고서 울고

33 원문은 "길용"으로 되어 있으나 오식이다.

있는 봉희에게 말한다. 봉희 느껴 울며 용남의 어깨에 머리를 갖다 놓는다. -용남의 말

[자막]

어떻게 해서 이런 마굴에 빠지게 되었단 말이요?

◇봉희 눈물을 씻으면서도 그대로 느껴가며 말한다.

[자막]

당신은 그동안 어디 가 계셨어요? 아주 몰라뵙게 되셨으니.

◇용남이 무명지로 눈물을 씻으며 말한다. 봉희, 용남의 얼굴을 쳐다본다. ……용남의 말……

[자막]

살려고 버둥거렸지요. 버둥거려도 살 수 없어서, 우리 같은 사람을 살지 못하게 하는 무리와 싸워왔지요.

◇봉희, 용남의 가슴에 머리를 파묻으며 말한다.

[자막]

저는 그동안 저 리칠수라는 놈에게 매만 맞고 살아왔습니다. 내가 이 고기를 팔지 않는다고요……. 그러나 용남 씨, 그동안에 어디 가서 계셨으며 어떻게 해서 여기까지 오셨습니까……. 저는 그것이 알고 싶어요.

◇봉희, 용남의 입을 쳐다본다. 용남이 고개를 무겁게 숙였다가 눈을 감

〈그림 18〉 9.18.
용남 : 함춘하, 봉희 : 이애련(李愛蓮)[34]

고 번쩍 든다. (대사)
◇김경호 부스스 일어나 앉으며 고민한다.
온몸을 주무르며 비슬비슬 일어난다. 일어나서는 그 옆에 쓰러진 리칠수를 코웃음을 치고 보고는 발길로 툭 차본다. 그리고는 용남이와 봉희를 본다.
◇봉희와 용남이를 보며 봉희 쪽으로 걸어가서 서 있는 김경호 (이동)
◇김경호, 봉희의 옆에 머리를 숙이며 기맥 없는 표정으로 말한다.

[자막]
저놈을 술집에서 만나서 여기까지 유인되어온 것이요. 당신은 참 가엾은 여자입니다. 애초에 당신도 항용 매음녀로 보았더니 — 그렇지 않아서 ……. 오늘 밤에 된 일은 용서하시우 …….

◇봉희의 쓸쓸한 표정 ……. 입을 연다.

[자막]
만약 당신이 항용 사나이가 됐더면 저는 기어코 욕을 당할 뻔했어요. 도리어 고맙습니다.

18회, 1930.09.18.

34 봉희 역을 맡은 배우가 "문영애"에서 "이애련"으로 바뀌어 있다.

◇김경호, 봉희의 손을 쥘 듯하다가 어색하게 손을 주춤하며 벌떡 일어서서 용남의 앞에 가 서서 손을 내민다. 용남이 일어선다.
◇악수하는 두 사람. (상체) 그 뒤로 봉희의 쳐다보는 얼굴이 보인다.
– 김경호의 말 –

[자막]
당신이 아니었다면 약한 내가 큰일 날 뻔했습니다. 노형은 누구십니까.

◇용남이 김경호를 물끄러미 바라보고 코웃음을 치는 듯한 표정으로 입을 연다.

[자막]
내 이름 말씀이요? 그저 용남이라 하오. 그러나 당신은?

◇경호 머리를 숙이고 쓸쓸히 ▨스며 말한다.

[자막]
김경호올시다. 그런데 노형을 만나보려면……?

◇용남이 씽긋 웃으며 앉으며 고개를 외로 꼬고 말한다. (카메라 아래로 ▨다)

[자막]
글쎄 – 당신과 나와 만나서 좋은 일이 있을까? 당신은 나보다도 색시들과 트럼프나 해야 할 이 같은데 – 어쨌든 만나게 되면 만나봅시다. 그러나 내 집은 아직 말씀할 수는 없소이다.

◇김경호 한참 서서 봉희를 뚫어지도록 본다. 봉희 힐끗 쳐다보며 용남의 어깨에 몸을 싣는다. 김경호 인사를 꾸벅하고는 돌아서서 나간다.
◇도어에 서서 봉희를 한참 정열에 타는 듯이 보다가 머리를 숙이고 나간다. 용남과 봉희 두 사람을 얼러서 보인다.
◇용남이 무엇에 불시에 정신을 차린 듯이 급작스레 봉희를 안아서 일으키고 황당히 말한다.

[자막]
자 ― 얼른 달아납시다. 저자가 다시 일어나기 전에 이곳을 벗어나서 굶든지 먹든지 같이 지냅시다.

◇리칠수 꿈지럭거리며 일어난다. 일어나 앉아서 머리를 흔들어보고는 이 두 사람을 노려본다.
◇봉희, 리칠수를 보고 놀라서 용남에게 착 다가붙으며 바르르 떨면서 말한다.

[자막]
저게 일어나는데요. 그리고 저놈이 도하줄[35] 리가 있겠습니까.

◇용남이 엄격하게 봉희를 내려다보며 말한다.

[자막]
봉희 씨! 당신 옆에는 언제든지 내가 있지 않겠습니까. 자 ― 어서 나갑시다. 더 있으면 있느니만큼 파멸이니까요.

---

35 원문 그대로임.

◇두 사람 황당히 나간다. (이동)
◇나가는 두 사람의 상체. 딱 서서 땅을 내려다본다. 봉희 놀란다.
◇봉희의 다리를 잡은 리칠수의 손
◇리칠수 일어나서 봉희의 팔을 움켜쥐고 용남이를 노려본다. 용남이 바싹 다가서며 리칠수를 뚫어지도록 보고는 외친다.

[자막]
이놈아 내가 누구인 줄 아느냐! 칠 년 전 어린 구루마꾼이다! 똑똑히 보아라.

◇리칠수, 용남이를 뚫어지도록 본다.
◇용남의 얼굴이 변하여 (중) 리칠수가 용남이를 시멘트벽에 기대어 놓고서 목을 조르던 용남의 비참한 얼굴로 된다. 다시 지금의 용남의 얼굴로 변한다. (대사)
◇리칠수 놀라며 조금 비슬비슬 뒤로 물러서서 봉희를 자기의 뒤에 끌어다 세운다.
용남이 격분하여 리칠수의 모가지를 두 손으로 졸라 쥐고 한참 흔들다가 내던져버린다.
◇거꾸러지는 리칠수
◇통쾌하게 웃으며 봉희를 데리고 나가는 용남이

19회, 1930.09.19.

◇층계로 충충충 내려가는 두 남녀의 다리
◇리칠수의 집 문 앞에 딱 나와 서서 망설이는 두 사람

◇사면을 살펴보고 방향을 정하는 용남의 얼굴을 쳐다보고 불안한 기색으로 입을 여는 봉희 (대사)

[자막]

이 밤에 어디로 갑니까. 댁으로요?

◇용남이 고개를 저으며 말한다.

[자막]

아니요! 제집은 바로 이 앞인데 큰일 나라구요? 밤도 과히 늦지 않았으니 어디로든지 가서 이 밤을 더 새웁시다. 그리고 지낸 이야기도 하고서—

◇두 사람 행랑뒷골로 빨리 걸어간다.
◇리칠수 부스스 일어나서 눈을 홉뜨고 딱 섰다가 벼락같이 창으로 가서 허리를 굽혀 내다본다.
◇창으로 내다보는 리칠수. (외부촬영) 멀리 행랑뒷골로 꼬부라져 사라지는 두 남녀. 리칠수 날쌔게 창안으로 몸을 숨긴다.
◇집에서 나와서 두 남녀의 간 쪽으로 달려가는 리칠수
◇아스팔트로 발 빠르게 가는 두 남녀
◇골목에서 머리만 내놓고 두 남녀의 뒤를 살피다가 툭 튀어나와서 상점 쇼윈도에 착 붙어서 따라가는 리칠수.
◇홱 돌이켜보고는 걸음을 더 빨리하는 두 남녀
◇두 남녀 골목으로 들어간다. 리칠수 멀리 따라온다.
◇여관 문을 두드리는 용남이. 봉희 불안한 기색으로 화면 정면을 살핀다.
◇여관 문이 열리자 놀란 영감쟁이가 내다보니 용남이 그 사람을 떠다

밀 듯이 하고 두 사람 들어가고 문이 닫힌다.
◇리칠수 여관 문 앞에서 망설이며 사면을 살펴보다가 화면에서 사라진다.
◇대문 뒤에 숨어서 숨을 죽이고 바깥 정세를 귀로 듣고 있는 두 남녀. 봉희 문을 방긋이 열고 내다본다.
◇내다보는 봉희의 얼굴 반쪽. 안심한 듯한 표정.
◇담 모퉁이에 숨어 서서 놀라며 싱긋 웃는 음험한 리칠수
◇용남이 황당히 그를 붙잡아 들이며 "그놈이 우리가 여기 들어온 것은 모르지요?" 말하니 봉희 그렇다는 듯이 생긋 웃고 두 사람 들어가고 영감쟁이 의심스러운 태도로 물러선 두 남녀를 훑어보고는 앞장서서 두 사람을 안으로 인도한다.
◇여관 문 앞으로 오락가락하는 리칠수의 다리 (용암)
◇(용명) 두 남녀 여관방 안에 나란히 앉아서 어깨를 맞대고 앉아있다. 봉희 슬픈 표정으로 머리를 떨어뜨리고 입을 연다. 용남이 물끄러미 내려다보고 봉희의 이야기를 열심히 듣는다.

20회, 1930.09.20.

[자막]

이 세상은 여자라면 무슨 물건같이 아는 것 같아요. 제 맘대로 공기를 놀아도 좋고 죽여도 좋은 것인 줄 아는 것 같아요. 용남 씨, 용남 씨만은 그렇지 않겠지만 ……. 용남 씨가 떠나가신 뒤에 하루는 학교에서 돌아오는 때에 …….

◇느껴 울며 지낸 옛이야기를 하는 봉희. 먼산바라기를 하며 듣고 있는

용남이
◇(▨으로) 신작로로 책가방을 둘러메고 촐랑촐랑 오는 봉희
◇(중으로) 용남이와 놀던 언덕 잔디에 서서 먼 산을 바라보고 서 있는 봉희. 한참 섰다가 잔디밭을 내려다보고는 봉희- (중) 잔디 위에 앉아서 용남이와 도화지에 그림을 보고 웃는 환영이 나타났다가 사라진다. 봉희 기맥 없이 돌아서서 언덕으로 내려간다.
◇(중으로) 봉희 집 대문에 재판소 집달리(執達吏)[36]가 와서 봉인한다.
◇봉인하는 집달리의 손 (대사)
◇봉희 무엇인지도 모르고 한참 쳐다볼 때 저편 길로서 봉희의 오빠가 술이 취해서 건드러거리고 오다가 이 광경을 보고 비슬거리고 보며 재판소 집달리에게 소리친다. 집달리 눈을 크게 뜨고 삐죽거리며 톡 쏘아 말하고 사라진다.
◇봉희 먼저 들어가고 봉희의 오빠 중얼거리며 대문 문지방에 앉는다.
◇대문 문지방에 걸터앉아서 침을 탁 뱉고 호주머니에서 담배를 꺼내 문다. 성냥을 여러 번 대려서 불을 붙인다. (근사)
◇봉희 들어가자 봉희의 어머니 마루에 걸터앉아서 넋 잃고 울다가 봉희가 들어가는 길로 덥석 안고는 더욱더 슬피 운다.
◇봉희 눈물이 글썽글썽해져서 어머니를 쳐다보며 말한다. (대사)

[자막]
어머니 왜 울우? 응.

◇봉희의 어머니 얼굴을 봉희의 머리에 비비고 울며 몹시 비통한 표정

36 '집행관'의 옛 용어.

과 거동으로 말한다.

[자막]

너의 오빠 — 그 남동[37] 오빠 때문에 이 집이고 세간이고 멀쩡히 빼앗겼단다. 재판소 집달리인가 무엔가 그게 와서 쪽지를 온통 붙였단다. 이제부터 어떻게 사니, 아가야 응?

◇봉희, 어머니에게 안긴 채로 마루의 세간, 방의 세간을 돌아본다. (대사)
◇쪽지(차압표) 붙인 세간들 (회전)
◇두 모녀 한데 붙들고 울 때 술이 취한 봉희의 오빠가 비슬거리고 들어와 서서 울고 있는 이 두 모녀를 물끄러미 내려다보다가 슬며시 화면에 사라진다. 어머니 눈물을 씻으며 나가는 아들의 뒷모양을 원망스러운 듯이 바라본다. 봉희 울다가 끝으로 오빠의 뒤를 따라 나간다.
◇대문을 나서려는 봉희의 오빠 머리를 푹 숙이고 무엇인가 깊이 생각하는 듯이 멈칫하고 서 있을 때 봉희가 그의 양복바지를 붙들고 애원하는 듯이 눈물을 흘리고 외친다.
◇오빠의 다리에 매달린 봉희 (대사)

[자막][38]

오빠 — 어디 가…? 어머니는 울고 계신데 응 — 어머니하고 나는 어떻게 하라구.

◇봉희, 오빠의 다리를 얼싸안고 놓지 않으려 하고 봉희의 오빠 눈을

---

37 "그나마"의 방언으로 추측된다.

38 원문에는 "자막"이 누락되어 있으나 겹낫표 표기로 미루어보아 누락된 것으로 추측된다.

스르르 감고 대문 밖으로 한쪽 다리를 내놓고 말한다.

[자막]

아니다. 잠깐 갔다 오마. – 너는 어머님 곁을 떠나지 마라. 응? 너의 오빠는 좋지 않은 사람이란다.

◇대문간에 울며 나오는 어머니, 봉희의 오빠의 어깨를 짚으며 부르짖는다.
◇아들의 어깨를 짚으며 부르짖는 어머니 (대사)

[자막]

이것아! 이 못된 자식아, 이 어미는 어찌하라고……. 그보다도 어린 봉희는 어떻게 하라고 이 모양을 만들었단 말이냐? 지금 너는 어디를 가려느냐.

◇봉희의 오빠 손바닥으로 눈물을 씻으며 돌아서서 말한다. 봉희 그대로 매달린 채로 있다.

[자막]

이 땅에 사나이로 태어나서는 조금 있는 놈이면 이렇게 되게 됩니다그려……. 그러나 어머니, 저는 아들로 아시지 마십시오. 저는 이 땅의 아들로 할 일을 못 하고 어머니께 큰 죄를 진 못난 놈이올시다. 자 — 어머니 다녀오지요……. 봉희야……. 나를 놓아라. 갔다 오마!

◇봉희[39]의 오빠, 어머니의 편으로 고개를 돌리다가 봉희의 머리를 두

39 원문은 "용남"이나 오식이다.

손으로 어루만지고는 소매로 눈을 씻고 대문을 나선다.
◇대문에 기대어서 아들을 부르며 우는 어머니- 봉희 울며 문에서 쪼르르 나간다.
◇오빠의 뒤를 쫓아가며 우는 봉희. 오빠를 부르고 달려가 다시 옷깃을 붙잡고 늘어질 때 그의 오빠는 굳이 봉희를 떼려다가 번쩍 안아서 봉희의 얼굴에 자기의 눈물 젖은 얼굴을 비빈다.
◇봉희를 안고 봉희의 얼굴에 제 얼굴을 비비며 우는 그의 오빠 (대사)
◇대문간에서 치마폭에 얼굴을 가리고 우는 그의 어머니 (대사)

21회, 1930.09.21.

필자의 신병 기타 사정으로 이 〈출발〉을 더 계속지 못하고 이에 나머지 내용의 그 경개만을 간략히 아룀으로써 끝을 마치려 합니다. 독자 제씨의 깊은 양해를 바랍니다. (필자)

□……□

봉희의 이야기를 계속하겠습니다.

봉희 집이 파산을 당하게 되자 봉희의 오빠, 즉 성영식은 종적이 사라지고 봉희의 어머니는 서울에 와서 남의 집 드난살이라도 한다고 봉희를 데리고 서울을 향했습니다. 이 두 모녀는 분잡한 정거장 출찰구에서 서로 잃고 길거리로 방황하며 부르짖었으나 종시 다시 만나지 못했습니다. 어린 봉희는 리칠수의 눈에 띄어 리칠수는 장래의 큰 밑천 삼아 길러왔습니다. 그러나 리칠수는 늘▨이 봉희를 학대했습니다. 학대하면서도 언제나 그를 놓지 않고 봉희가 장성함에 따라 아름다워질수록 리칠수는 봉희를 팔아서 한몫 크게 먹어볼 자리를 듣보고 있었습니다. 그러면서 이 봉희를 매음을 시키려 했으나 봉희는 만난을 제치며 응낙치 않았습니다. 그러다가 며칠만 있으면 김창근에게 팔려가게 된 때에 김경호라는 젊은 사나이의 주머니 속을 엿본 리칠수는 이 사나이를 꾀어서 봉희의 방에 집어넣자 여기에서 파란이 시작된 것입니다. 그래서 우연히 만난 용남이로 해서 구원을 받게 된 것입니다.

그리고 용남이는 어렸을 때 고향을 떠나서 여러 해를 떠돌아다니다가 그는 만주 어느 광산에 다다랐습니다. 이 광산에는 누구나 한 번만 걸려들면 생지옥살이를 하지 않으면 안되는 곳이었습니다. 무기를 겨누고 주야로 파수 보는 많은 수직꾼이 있었습니다. 용남은 여기서 수직꾼이 된 김창근과 그리고 광부가 된 창길을 만났습니다. 김창근은 창길이와 용남이에게는 유달리 잔혹하게 굴었습니다. 어느 때인가 이 광산에서는 대혈전이 일어났습니다. 여기에 앞잡이는 용남과 창길이었습니다. 김창근은 어디로인지 도망해버리고 그 외에 광산주는 뭇매를 맞아 죽고 이 광산은 완전히 광부들의 것이 되었습니다. 그러나 이 정보를 들은 중국 순경과 또한 접전을 하게 되자 여기서 용남과 창길이는 또한 헤어지게 되었습니다. 그 뒤에 용남은 만주벌판에서 어떠한 비밀결사에 가담하여 일을 하다가 고국에 어떠한 사명을 받아 가지고 돌아오고, 김창근은 성영식을 만나 마적에 가담하게 되었습니다. 그러다가 만주에서 장사를 하여 큰돈을 모아 가지고 들어오는 사람 하나를 국경 방면에서 암살을 하고 그 돈을 횡령한 뒤 김창근은 성영식을 떼어버리고 도망했습니다. 얼마 뒤에 억보라는 이름을 김창근으로 고치고서 서울의 큰 부호가 되어 있으면서 공장을 경영하는 한편에 고리대금업, 도박 등 여러 가지 악독한 수단으로 돈을 모으는 것이었습니다. 여기에 불시에 성영식이가 나타나서 그를 괴롭게 했던 것입니다.

봉희와 용남은 만나서 그 하나는 공장 여직공으로, 그 한 사람은 어느 노동단체에 일을 보며 공장 노동자가 되었습니다.

리칠수는 항상 봉희의 뒤를 쫓아다니다가 여러 놈과 합력하여 봉희를 김창근에게 넘겼습니다. 용남은 공장에서 창길이를 만나게 되었습니다. 김창근의 공장에서는 무수한 노동자를 해고하려다가 스트라이크가 일어났습니다. 이중에 리더는 물론 용남과 창길이었습니다. 완강한 김창근은 기어코 직공 측의 요구를 듣지 않아 노동자의 일단은 김창근의 집으로 몰려갔습니다. 여기서 봉희를 구원하고 김창근은 부상하여 신음하고 있었습니다.

그리고 김창근은 성영식에게 암살을 당하고 성영식은 많은 돈을 훔쳐가지고 도망해버렸습니다. 이 한편에 노동자 중 주모자 격 되는 사람들은 경찰의 손에 잡혀가게 되었습니다. 용남이가 잡혀가서 동지들 – 그리고 봉희에게 남겨놓은 말은 이것입니다.

"자 – 나는 이것으로써 새로운 날을 향해 출발한 것으로 안다. 그러면 그대들은 쉬지 않고……."

모든 노동자들은 손을 높이 들고 외쳤습니다. 봉희도 손을 들고는 눈물을 씻었습니다. 그러나 그 여자는 이렇게 용맹했습니다.

"그러면 안녕히 다녀오십시오. 저도 명일을 위해 내 몸을 바칩니다."

(끝)

22회, 1930.09.25.

[해제]

스틸로 직조한 예고편

김다영

시나리오 「출발」의 스틸을 더 잘 이해하기 위해 작가 안석영(安夕影)의 전작 「노래하는 시절」과의 비교가 필수적이다. 안석영은 1930년 본인이 이우, 안종화 등과 함께 설립한 엑스키네마[1]를 통해 자작 시나리오였던 「노래하는 시절」을 영화화한 바 있다. 안석영이 창작한 첫 시나리오였던 만큼, 「노래하는 시절」은 완전한 시나리오의 형식을 갖췄다고 하기에는 연출 지시사항들이 명기되어 있지 않은 부분이 많았다. 스틸 역시 시나리오의 지시 그대로 촬영되기보다는, 시나리오에서 묘사한 부분을 참고하는 정도 선에서 만들어진 결과물들이 연재본에 실려 있다. 예를 들어 「노래하는 시절」 10회에서 순녀가 물에 빠지는 장면은 "순녀 눈을 감고서 눈물이 좔좔 흐르는 얼굴을 하늘에 쳐들고서 느껴가면서 부르짖는다. 그리고는 죽음을 결단하고서 냇물에 빠지려 한다."[2]라고 묘사되어 있다. 하지만 이에 해당하는 스틸은 15회에 등장하며 나무를 붙든 채로 치마폭으로 입을 가리고 오열하는 듯한 모습으로 촬영[3]되어 있

1 「X키네마를 창설하고 노래하는 시절을 촬영」, 『중외일보』, 1930.4.24.
2 「씨나리오(촬영중) 노래하는 시절(10)」, 『조선일보』, 1930.06.14.
3 「씨나리오(촬영중) 노래하는 시절(15)」, 『조선일보』, 1930.06.20.

다. 즉, 「노래하는 시절」에서는 원작 시나리오와 스틸 사이에 채워져야 할 일정한 간극이 존재하고 있음을 확인 할 수 있다.

하지만 「출발」은 전작 「노래하는 시절」보다 한층 더 시나리오 작법에 충실하여 완성도 높게 쓰였다. 문장 단위로 기호를 사용하여 촘촘히 구분한 쇼트와 쇼트, 그리고 쇼트를 시퀀스로 연결하기 위한 화면 전환 효과들 역시 훨씬 세세하게 지시되고 있다. 이에 호응하듯 「출발」의 스틸들은 시나리오의 지시사항을 충실히 재현하여, 마치 실제 촬영 완료된 영화의 한 장면을 캡처한 듯한 스틸들을 선보인다. 예를 들어 9회에서 "◇말없이 눈살을 찌푸린 채로 지지리 탄 입을 벌리고 죽어있는 덕배의 얼굴 (대사)"는 아래의 스틸로 완성되어 있으며, 기타 스틸들 역시 이러한 재현 방식을 전반적으로 고수하고 있다.

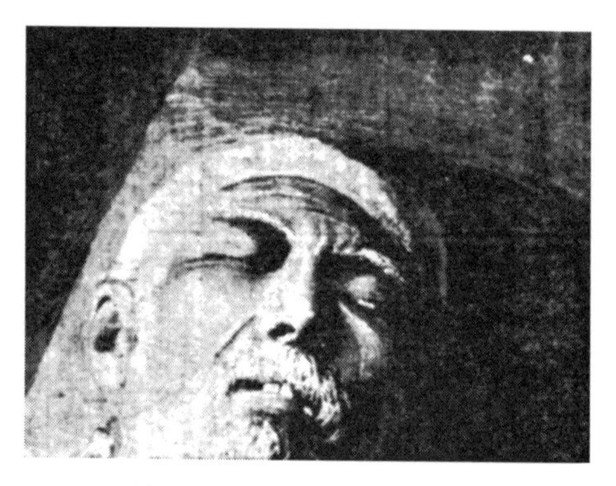

9회 1930.9.4. 죽은 덕배 : 정선기

이와 같이 원작 시나리오를 바탕으로 최대한 사실적으로, 비교적 엄격하게 지시된 영화적 기법에 입각하여 촬영되었다는 점이 「출발」에 게재된 스틸들의 가장 큰 특징이라 하겠다. 영화 촬영을 염두에 두고 작성된 제작 지침인 시나리오, 그리고 그 시나리오 속 장면을 이러한 방식으로 스틸로 재현하는 것은 앞으로 만들어질 영화에 대한 보다 구체적이고 확실한 상을 독자들에게 제시할 수 있게 한다. 그럼으로써 마치 현대의 영화 예고편을 보는 것과 같은 경험을 당시 독자들에게 제공했을 것이라 예상할 수 있다. 또한 이 스틸들을 매개로 하여 보다 용이하게 재현되지 않은 앞뒤 내용을 상상하며 시나리오를 감상하는 것이 가능했을 것이다. 하지만 이렇게 철저히 사실주의에 입각한 스틸의 활용은 양날의 검일 수 있다. 스틸이 제시하는 이미지가 구체적이고 사실적일수록 독자의 상상력이 개입할 여지는 그만큼 줄어들기 때문이다.

한편 이렇게 균질한 스틸들 속에서 단연 눈에 띄는, 삽화일 것으로 추정되는 스틸이 「출발」에 있다. 흥미로운 것은 연재 8회 차에 실린 이 스틸의 경우 사실 인쇄상태를 감안한다 할지라도 사진으로 보기에는 어려운데도 불구하고, 덕배의 환영과 용남이 각각 어느 배우(덕배의 환영: 정선기, 용남: 송기진)인지 명시되어있다는 점이다.[4] 안석영 또한 엑스키네마에 소속되어 있었기 때문에 본인이 연재하는 영화소설의 삽화를 그가 직접 그렸을 것이라고 추측해볼 수 있으나 왜 해당 스틸만을 삽화로 대체하게 되었는지는 밝혀진 바가 없다. 1933년 작인 「도화선」에서 이중 인화 기법을 활용하여 유사한 구도를 구현해 낸 사례[5]가 있기 때문에 시기적으로 크게 동떨어지지 않

8회, 1930.9.3.

4 「씨나리오 금무단촬영흥 출발(8)」, 『조선일보』, 1930.9.3.

5 「도화선(15)」, 『조선일보』, 1933.02.02.

은 1930년의 「출발」에서의 이런 대체는 더욱 궁금증을 자아낸다.

「출발」의 연재는 앞서 연재됐던 「노래하던 시절」의 인기에 힘입어 결정된 것이다. 1930년 7월 10일 「노래하는 시절」의 연재가 종료된 지 불과 한 달이 지난 시점에 안석영의 두 번째 시나리오 「출발」의 연재 예고가 『조선일보』에 게재되었으며, 1930년 8월 26일부터 9월 25일까지 연재됐다. 당시 일어난 여러 사건들을 바탕으로 창작되어 큰 스케일을 지닐 것임과, 「노래하는 시절」을 영화화했던 엑스키네마에서 촬영한 스틸이 함께 실릴 것으로 홍보가 됐다.[6] 그러나 야심찬 기획과는 달리 「출발」은 "필자의 신병 기타 사정"[7]으로 인해 미처 연재하지 못한 부분의 경개를 실은 22회를 마지막으로 황망히 연재가 중단됐다. 하지만 안석영의 영화적 관심은 여기에서 그치지 않았으며, 영화수업기를 거쳐 1937년 영화 〈심청전〉의 감독으로 데뷔하며 그의 영화 활동은 이어지게 된다.(*)

6 「예고 씨나리오 출발」, 『조선일보』, 1931.8.14./8.19./8.24.

7 「출발(22)」, 『조선일보』, 1930.9.25.

이효석, 시나리오 「출범시대」

『동아일보』, 1931.02.28.~04.01.(미완)

[금(禁) 무단촬영]

이효석 작

스틸 김유영 구성[1]

촬영 김용태

〈그림 1〉 2.28.
(좌로부터) 한민 : 허림(許林), 박철 : 석일량(石一良),
이완읍 : 김해웅(金海雄)

인물 -

한민, 박철, 이완읍,

영호, 영애,

혜련, 옵바, 부루(富婁),[2]

동지 5,6인, 형사 수인(數人),

여급, 기타

[자막] (용명)

출범시대에 속하는 단순하고 낡은 이야기니 현 계단의 요구에 어그러질는지도 모르나 앞으로 닥쳐올 새날의 한 서곡이 된다면 스스로 족한 이야기다.

1 11회(3월 21일) 연재분부터는 "김유영 화(畵)"로 바뀐다.

2 원문에는 "富囊(부랑)"으로 되어 있으나 3회차부터 "부루(富婁)"로 되어 있다. '부르주아'를 연상시키는 이름을 만든 것으로 추측된다.

1 땅에 누운 황소 (대사)

(1행 약(略))

2 성난 황소의 낮[3] (대사)

3 (약)

4 성난 황소의 낮 (대사)

5 (1과 동(同))

황소 불시에 벌떡 일어나니 그의 몸뚱이 화면에 그득히 차고도 오히려 남는다.

6 뿔을 휘두르며 맹렬히 달려드는 황소 (이중)

7 암흑의 화면에 촛불이 떨린다.

8 흐린 하늘에 구름장이 뭉게뭉게 흐른다.

9 바람에 나부끼는 나뭇가지

10 바람에 떨리는 문풍지

11 (7과 동)

별안간 촛불이 꺼진다.

12 떨리는 암흑의 화면

13 암흑의 화면에 붉은 불꽃이 차차 맹렬히 타오르더니 나중에 전 화면이 새빨갛게 변한다.

14 바위에 들이치는 파도

15 대지를 들어갈 듯한 폭풍우 (이중)

16 멀리서 급속히 카메라 앞으로 육박해오는 부르짖는 입

17 (략)

18 거리로 밀려가는 시커먼 ×××의 시위 행렬 (이중)

---

3 원문은 "낱"으로, '낮'의 방언이다.

19 삐라를 등사하는 등사판

20 돌아가는 등사판의 롤러

21 등사된 삐라를 집어내는 손

22 높이 쌓인 삐라

23 어두운 방 (근사)

등사판을 둘러싸고 앉은 한민, 박철, 이완읍의 세 사람. 롤러를 돌리며 삐라를 집어내며 그것을 접으며 매우 분주하다.

24 긴장된 한민의 얼굴 (대사)

25 긴장된 박철의 얼굴 (대사)

26 긴장된 이완읍의 얼굴 (대사)

27 등사에 분주한 세 사람

28 돌아가는 인쇄기

29 돌아가는 바퀴

30 시위 행렬

행렬 위에 삐라가 무수히 날린다.

31 거리로 밀려가는 수많은 다리

32 부르짖는 입

33 (23과 동)

삐라를 등사하는 세 사람

34 시위 행렬

35 달려오는 ×의 떼

36 뽀얗게 거리를 덮는 먼지

37 뽀얀 먼지 속으로 달려오는 기마대

38 (32와 동)

삐라 박는 세 사람[4]

01회, 1931.02.28.

〈그림 2〉 3.1.
(우로부터) 한민 : 허림, 박철 : 석일량, 이완읍 : 김해웅,[5] 형사 : 김팔(金八)

39 땅을 치고 닫는 말굽

40 시위 행렬을 포위하는 기마대

41 거리의 모퉁이를 닫는 개

42 굴러떨어지는 돌

43 (23과 동)

분주히 삐라 박던 세 사람 별안간 깜짝 놀라 일제히 문께를 바라본다.

44 문이 거칠게 열리며 혜련 급한 걸음으로 뛰어들어온다.

45 방 안 (근사)

혜련, 세 사람에게로 달려가

46 황급히 말하는 그의 입

와요, 와요! 얼른들 치우세요.

47 놀라는 세 사람 (상반신)

---

4 원문에는 이후 '스틸설명'이 있고 "(이중으로) 까무러지는 촛불"이라는 구절이 삽입되어 있으나 오식으로 보인다.

5 원문에는 "석일량… 이완읍… 박철… 김해웅"으로 되어 있으나 오식으로 보여, 1회 스틸에 제시된 극중 '이름:배우명'으로 수정했다.

48 정지되는 등사판

49 흩어지는 삐라

50 (카메라 급속히 후퇴)

방 안 (전경(全景))

혜련과 세 사람 급히 어수선한 주위를 치운다.

51 황급한 손

52 떨리는 삐라

53 (50과 동) (순간)

54 뜰앞을 살금살금 걸어들어오는 발

55 (50과 동)

네 사람 별안간 일제히 문께를 바라본다. 그들 손에서 삐라가 떨어진다.

56 문을 홱 열고 뛰어들어오는 형사

57 빛나는 세 사람의 얼굴 (순간)

58 놀라는 혜련의 얼굴 (순간)

59 형사, 세 사람에게 달려든다.

60 형사의 손에 잡힌 팔

61 노리는 형사의 얼굴

62 박철과 이완읍의 긴장된 얼굴

63 형사의 손에서 팔이 홱 빠진다.

64 방 안 (전경)

박철과 이완읍, 형사를 뿌리치고 방을 튀어나간다. 뒤미처 한민 튀려다가 형사에게 붙들린다.

65 한민, 형사를 뿌리쳐 쓰러뜨리고 화면에서 사라진다.

66 다시 형사에게 붙들린 그의 팔. 한민 팔을 빼려고 애쓰나 헛일이다.

67 거리를 달아나는 박철과 이완읍. 모퉁이에서 두 사람 각각 갈라진다.

68 기마대에 포위되어 흩어지는 시위 행렬

69 달아나는 전차를 집어 타는 박철

70 다른 거리를 달아나는 이완읍

71 형사에게 잡힌 한민

72 한민의 부르짖는 입

73 노리는 형사

74 어쩔 줄을 모르는 혜련

75 형사, 한민의 등을 밀치며 방을 나가려 한다.

76 기차에 오르는 박철

77 다른 기차에 오르는 이완읍

78 질주하는 기차 바퀴

79 한민, 형사에게 이끌려 방을 나간다. 혜련, 뒤미처 쫓아나간다.

80 창졸한[6] 가운데 슬퍼하는 혜련

81 한민, 혜련을 돌려다 보며

내가 다녀올 때까지 몇 해가 되든 혜련은 나를 기다려줄 수 있겠소?

02회, 1931.03.01.

82 눈물을 머금고 대답하는 혜련

기다리고 말고요. 부디 부디[7] 안녕히 다녀나 오세요!

6 창졸(倉卒)하다: 미처 어찌할 사이 없이 매우 급작스럽다.

83 혜련의 눈에 눈물이 맺혔다.

84 형사, 한민의 등을 밀친다.

85 형사에게 끌려가는 한민의 뒷모양과 눈물 흘리며 이것을 바라보는 혜련 (용암)

(흐르는 눈물과 이중으로 다음 자막)

박철은 해외로
이완읍은 항구로
한민은 옥으로-
이런 후 삼 년의 세월이 흘렀다.

(용암)

86 (교개) 다락에 종이 울린다. (이중)

87 교당의 뾰족탑

(카메라 아래로 점차 이동)

88 교당 정면

정문으로 사람들 몰려 들어간다. (이중)

89 교당 앞마당

나열해 있는 여러 대의 자동차

90 교당 정면

마지막 사람 당 안으로 사라진다.

(카메라 이동하여 당 안에 들어서니)

91 당 안은 결혼식장

천정과 벽에 오색의 테이프와 만국기 무수히 드리워 있고, 정면 멀리

〈그림 3〉 3.3.
청년 : 허림

7 원문은 '부디'의 방언인 "부대 부대"로 되어 있다.

탁자 앞에 주례 서 있고, 가운데 길을 훤히 트이고 양편에 관중 꼭 들어섰다. 가운데 길에는 무명을 펴고 사이에 일렬로 화분을 놓아 길을 둘로 나누었으니 그 왼편 길을 신랑, 세 사람의 들러리와 같이 고요히 주례 앞으로 걸어 들어간다.

92 당 안 한편

결혼행진곡을 울리는 악사들

93 첼로를 켜는 악사 (대사)

94 (91과 동)

(카메라 신랑의 행진을 따라 앞으로 이동하다가 다시 서서히 후퇴) (이중)

95 교당의 뾰족탑

까마귀 한 마리 뾰족탑을 끊고 날아간다. (이중)

96 교당 입문 벽돌담에 아래와 같은 글발 붙어있다.

김부루 군, 임혜련 양 결혼식장

97 글발 (대사)

손 하나 나타나 이 글발을 뜯어버리려다가 다시 멈칫한다.

98 울분에 타오르는 얼굴 (대사)

99 (96과 동)

글발을 등지고 문 앞에 선 청년, 주먹을 지그시 쥐었다.

100 손 기어코 담의 글발을 뜯어 족족 찢어버린다.

101 (96과 동)

청년 글발을 찢어버리고 문을 들어간다.

102 교당 정문 앞

청년 카메라를 등지고 우뚝 서서 멀리 당 안의 결혼식장을 들여다보다가 정문 옆 작은 문으로 당 안에 들어간다.

103 결혼식장 (카메라 정문에서) 신랑과 들러리는 이미 주례 앞에 가 섰고 신부 역시 세 사람의 들러리와 소녀에게 받들려 가운뎃길 오른편을 걸어 들어간다.

104 행진곡을 울리는 악사들

105 결혼식장

106 교당 안 정면 난간에 의지한 청년 (정면 상반신)

107 (카메라 청년의 등 뒤에서 부감으로)

청년 난간에 의지하여 멀리 식장을 내려다본다. 식장에서는 신부 여전히 행진을 계속하고 있다.

108 (행진곡을 울리는 악사들)

109 (107과 동)

신부 행진을 마치고 주례 앞에 신랑과 나란히 섰다.

110 악사들 행진곡을 그친다.

111 (109와 동)

주례 손짓을 하여 관중을 자리에 앉히고 입을 열어 두 사람의 결혼을 고한다.

난간에 의지한 청년 괴롭게 몸짓한다.

03회, 1931.03.03.

112 신랑과 신부의 뒷모양 (접사)

"그러므로" 주례 말을 그치고 탁자에서 성경을 집어 펴들고 한 구절 읽는다.

113 읽는 주례 (대사)

114 (112와 同)

주례 성경을 다 읽고 신랑과 신부를 번갈아 바라보면서 성경을 덮어 탁자에 놓고 입을 연다.

115 엄숙히 서 있는 신랑과 신부 (정면 상반신)

면사포에 싸인 신부 고개를 수그렸다.

〈그림 4〉 3.4.

116 (112와 同)

주례, 신랑을 향해 묻는다.

117 대답하는 신랑 (정면 대사)

118 (112와 同)

주례, 신부를 향해 묻는다.

119 신부 더욱 고개를 숙일 뿐. (정면 대사)

면사포 위에 굵은 눈물 한 방울 떨어진다.

120 (112와 同)

주례, 신랑과 신부를 번갈아 바라보며 말을 막는다.

121 (107과 同)

난간에 의지했던 청년 괴로운 듯이 몸을 일으켜 몸부림친다.

122 고민하는 청년 (정면 상반신)

두 손으로 머리를 꺼들면서 번민하다가 다시 난간에 의지한다.

123 그의 얼굴 (대사)

124 (107과 同)

청년 난간에 의지하여 식장을 내려다본다. 식장에서는 예물을 교환한다. (카메라 교당 정면에서 급속히 이동하여 식장에 접근)

125 식장 (근사)

신랑 편 들러리 소녀가 들고 서 있는 바구니 속에서 반지를 집어든다.

126 (카메라 주례 앞에서 신랑 신부를 정면으로)

신랑 편 들러리, 반지를 탁자에 놓으니 주례 그것을 집어서 신랑에게 준다.

127 난간에 의지하여 멀리 이것을 바라보는 청년의 뒷모양

128 청년의 얼굴 (대사)

눈물 두 줄기 얼굴을 스쳐 내린다.

129 (126과 동)

신랑 반지를 들었고 신부 편 들러리, 신부의 장갑을 열어 손가락을 내인다.

130 슬픈 표정이 차차 분한의 표정으로 변하는 청년의 얼굴

131 신랑, 신부의 손가락을 잡고 반지를 끼우려 한다.

132 고개 숙인 신부 (상반신) 면사포에 떨어지는 눈물.

133 청년의 얼굴

134 신랑, 신부의 손가락에 막 반지를 끼워주려 하는 찰나

(핀트가 어긋나며 화면이 뿌옇게 떨린다)

135 고함치는 청년의 얼굴 (대사)

136 (107과 동)

청년 고함을 치며 난간에서 몸을 일으켜 두 팔을 들어 식을 제지하니 식장 군중의 얼굴들이 불시에 이곳으로 쏠린다.

청년 비호같이 몸을 날려 난간에서 층층대를 뛰어 내려간다.

137 (카메라 교당 정면에서) 청년 교당 정문에서 쏜살같이 식장으로 뛰어들어간다.

(그 뒤를 따라 카메라 급속히 전진)

138 식장에 다다라 신랑과 신부의 사이를 죽 갈라놓는 청년의 뒷모양

139 (카메라 주례의 등 뒤에서)

청년 분한에 타는 얼굴로 주례 앞 탁자에까지 늠름히 걸어 들어온다.

140 황당한 주례의 얼굴 (대사)

141 (측면) 청년 탁자를 격한 주례의 얼굴에 침을 탁 뱉고 돌아서서 신랑과 신부를 대한다.

142 놀라는 신랑과 신부와 들러리들. 그 배후에 수물거리는[8] 군중.

04회, 1931.03.04.

143 눈물에 젖은 신부의 얼굴 (대사)

청년을 똑바로 인식한 그의 얼굴에는 놀람과 참회의 빛이 떠돈다.

144 경멸과 노기에 찬 청년의 얼굴 (대사)

그의 입 무엇인지 날카롭게 외친다.

〈그림 5〉 3.5.
한민 : 허림

145 신부, 청년의 이름을 부르며 두 팔을 벌리고 사과하면서 청년에게로 몸을 쏠린다.

청년 비웃으며 몸을 피하니 신부는 그 자리에 기절하여 쓰러지고 만다. (근사)

146 비웃는 청년 (대사)

147 쓰러진 신부 (대사)

148 신랑, 청년에게 육박하매 청년 주먹으로 지르니 신랑도 그 자리에

8 수물거리다: 한군데 많이 모여 자꾸 움직이다. 수물대다.

쓰러져 버린다. 청년 손에 잡힌 반지를 신랑의 얼굴에 힘껏 던진다. (근사)

149 어지러운 관중

그 숲에서 신부의 오빠 나타나 청년에게 달려든다.

150 조소하는 청년의 얼굴 (대사)

151 오빠 육박하다가 청년의 몸에 부딪혀 그 자리에 쓰러진다. 청년 그의 얼굴에 침을 뱉는다.

152 노기에 찬 청년의 얼굴 (대사) 그의 입 부르짖는다.

153 (카메라 교당 정면 난간에서 부감으로)

어지러운 식장 (전경)

154 쓰러진 신부 앞에 서 있는 청년. 그의 얼굴에 눈물 (근사)

155 눈물짓는 청년의 얼굴 (이중)

156 난간에 얼굴을 묻고 있던 청년. 고개를 쳐드니 이것은 잠깐 동안의 환상이었다. 청년의 얼굴에 눈물자국이 편적편적하다.

157 (카메라 청년의 등 뒤에서) 멀리 식장에서는 신랑, 신부의 손가락에 막 반지를 끼워주려 하는 찰나

158 난간에 의지한 청년의 얼굴이 경련적으로 실룩실룩 떨린다.

159 반지를 끼워주려 하는 찰나

160 난간에 의지했던 청년 별안간 손을 들고 식장을 향해 고함친다.

161 (카메라 급속히 회전하여 부감으로)

식장 (전경)

관중의 눈이 일시에 이쪽으로 향한다.

162 (카메라 급속히 이동하여) 식장 (근사)

신랑 깜짝 놀라 손에 들었던 반지를 떨어뜨린다. 일제히 놀라 청년 쪽을 바라본다.

163 (카메라 식장에서 멀리 조감(鳥瞰)[9]으로)

난간에 선 청년 손을 들고 고함친다.
(카메라 앞으로 이동하여 청년에게 접근)
부르짖는 그의 입. 비장한 표정.

혜련아! 나를 잊었단 말이냐? 내가 나올 때까지 기다리고 있겠다고 언약한 지 세 해가 못 되는 이날에 이 한민을 벌써 잊어버렸단 말이냐?

164 부르짖는 청년 (전신)
165 식장 (근사)
영문을 몰라서 눈을 휘둥그렇게 뜬 신랑, 주례, 들러리들 사이에서 신부 놀라서 이쪽을 똑바로 바라본다.
166 놀란 혜련의 얼굴 (대사)
그의 입 외친다.

엣, 한민 씨?

167 신부 외치면서 고요히 걸어 나온다.
(카메라 서서히 후퇴)
이 동안에 신랑은 떨어진 반지를 찾느라고 엎드려 뒤번덕거린다.

05회, 1931.03.05.

---

9 식민지 시대에는 앙각 촬영을 '조감'으로 표기하는 경우가 많다. 이 장면도 카메라가 1층의 식장에서 2층 난간에 있는 청년(한민)을 앙각으로 포착하는 촬영구도지만, "조감"이라 표기하고 있다. 이하의 "조감"도 마찬가지다.

168 (식장에서 난간을 조감으로) 청년 식장을 내려다보면서 신부를 손가락질하며 부르짖는다.

혜련아! 약한 사람아! 가난이 그다지 괴롭던가. '불명예'가 그다지 싫던가. 나의 하는 일과 밟는 길을 이미 양해했고 이렇게 될 나의 오늘을 이미 짐작하던 그대가 아니었던가?

169 말하는 청년 (대사)
눈물이 죽죽 흘러내린다.
170 걸어 나오는 혜련의 얼굴에 (대사) 새로 눈물이 쏟아진다.
171 신부 고요히 걸어 나오면서 면사포를 벗어버리고 두 팔을 들고 멀리 청년에게 하소[10] 한다. (원경. 측면이동)
면사포 찢겨 발치에 질질 끌린다.
172 걸어 나오면서 말하는 혜련

〈그림 6〉 3.14.

오 – 한민 씨! 아니에요, 아니에요, 한민 씨!

173 (171과 동)
174 말하는 청년 (대사)

10 원문은 "허소"이나, 맥락상 '하소(억울한 일이나 잘못된 일, 딱한 사정 따위를 말함)'로 보인다.

말 말아라! 계집의 소갈머리가 항상 그런 것이니 이제 나의 앞에서 구태여 변명하려고 애쓰지 말아라!

175 말하는 청년

176 혜련 걸어 나오다가 절망한 듯이 문득 그 자리에 서서

용서하세요, 한민 씨!

177 난간에 선 한민 고개를 흔들며

용서? 나에게는 지금 그대를 용서할 권리도 없지 않은가……. 나는 가노니, 그리워하던 나라로 나는 길 떠나노니, 돈 많은 사람과 '명예'로운 사람과 잘 살아라! 길이길이 잘 살아라!

178 눈물을 머금은 한민의 얼굴 (대사)

179 (카메라 난간에서 부감)

청년 난간에서 몸을 일으키며 식장을 향해 고별의 손짓을 하니 식장에서는 요란한 군중에 싸인 혜련 두 팔을 높이 들고 마지막으로 한민을 쳐다보며 소리 높이 하소한다.

한민 씨! 한민 씨! 저를 버리십니까, 한민 씨!

180 혜련의 절망적 얼굴

181 (179와 동)

한민 고별의 손짓을 하고 난간을 두어 걸음 떠나니 식장에서는 혜련 "한

민 씨! 한민 씨!"를 여러 번 외치다가 그 자리에 졸도해 버리고 만다. 군중 혜련에게로 와르르 몰려든다.

182 (179와 동)

쓰러진 혜련 옆에 신랑, 들러리들 몰려들고 그 뒤를 관중이 빽빽이 둘러쌌다. 군중을 헤치고 혜련의 오빠 달려들어 혜련을 일으키려다가 다시 일어나 난간 쪽을 노리니 다른 사람들도 그의 시선을 따라 난간 쪽을 바라본다.

183 (카메라 식장에서 난간을 조감)

그러나 난간에서 한민의 자태가 사라진 지는 이미 오래다.

184 멍하니 서 있는 오빠

185 (난간에서 부감) 수물거리는 군중

186 영문을 몰라 넋을 잃고 서 있는 신랑

187 쓰러진 혜련 (접사)

감은 눈 밑으로 화장한 얼굴을 이지러트린 눈물 흔적이 아직도 새롭다. (교폐)

06회, 1931.03.14.

188 (용명) 한민의 하숙방. 의자에 걸터앉아 책상에 의지한 한민의 뒷모양

189 그의 상반신 (정면)

침울한 표정. 그의 손에 사진첩이 들렸다.

〈그림 7〉 3.15.

190 사진첩

장장이 넘어가던 사진첩이 문득 한 장의 사진 위에 머무르니

191 사진 (대사)

몇 해 전 한민과 혜련, 연구회의 여러 동지들과 같이 박힌 것

192 한민 사진을 한참 들여다보다가 고개를 쳐든다.

193 한민의 얼굴 (대사)

옛 생각에 잠기는 침착한 표정

(이중으로 다음 자막)

이야기는 다시 삼 년 전으로 올라가니 삼 년 전 저무는 여름, 동무 영호의 집에서 주일에 한 번씩 열리는 연구회의 밤 – 한민이 혜련을 처음으로 알게 된 것은 이날 밤이었다.

(이중)

194 영호의 서재 (밤) (근사)

영호, 그의 누이동생 영애, 박철, 이완읍, 그 외 오륙 인의 학우들 한민을 중심으로 책상을 둘러싸고 앉아서 한민의 보고에 귀 기울이고 있다.

195 보고를 마친 한민 원고 접는다. (상반신)

196 좌중의 긴장이 풀리며 일동 잡담에 들어간다. (이중)

197 다시 긴장된 좌석 (전경)

일동 각각 지니고 왔던 책을 자기 앞에 펴놓는다.

영애 자리를 일어나 책시렁 앞으로 간다.[11]

198 책시렁 앞

---

11 8회차(3월 18일) 연재분 말미의 [정오(正誤)]에는 "혜련 자리를 일어나 책시렁 앞으로 간다"는 문장이 빠졌다고 되어 있으나, 맥락상 "혜련"이 아니라 '영애'가 맞다.

영애의 손이 양서 한 권을 뽑아낸다.

199 (197과 동)

영애 책시렁을 떠나 좌석으로 돌아가 한민에게 미소를 던지며 책상 한 복판에 양서를 놓는다. 한민 역시 미소로 사례하고 양서를 앞으로 끌어 당긴다.

200 양서의 표지 (대사)

경제학의 원서다. 한민의 손 원서의 표지를 열고 책장을 넘기며 페이지를 찾는다.

201 각각 이 원서의 번역책의 페이지를 찾는 동무들의 손

202 한민의 책상 앞

그의 손 원서의 바른 페이지를 찾아 놓았다.

203 (카메라 책장 위를 회전)

동무들의 책상 앞에 놓인 책들 각각 바른 페이지를 가리키며 정제되어 있는 가운데

204 아직까지도 바른 페이지를 못 찾아서 뒤번덕거리는 손 하나 있으니 (대사)

205 (카메라 손을 따라 위로 이동)

그는 영애다. (반신)

206 동무들 웃으니

207 무참하여[12] 얼굴 붉히는 영애 (상반신)

208 한민 원문의 한 구절을 읽는다. (상반신)

209 원문 (대사)

210 한민 그것을 번역한다. (상반신)

12 무참(無慚/無慙)하다: 매우 부끄럽다.

211 동무들 고개를 숙이고 책에다 적는다.

212 번역책 (대사)

삭제된 부분에 역문이 적힌다.

213 번역하는 한민 (대사)

214 적는 동무들의 뒷모양

215 서재 (전경)

연구에 열중되어 있는 그들

216 별안간 책상에서 한 권의 책이 떨어진다.

07회, 1931.03.15.

217 한민 원서에서 시선을 옮겨 문께를 바라본다. (순간)

218 글 쓰던 동무들의 붓 일제히 멈춘다. (순간)

219 문을 노크하는 손 (대사)

220 서재 (전경)

그들 문께를 바라보고 있다.

(카메라 그들의 시선을 따라 문께로 이동)

221 손 여전히 문을 노크한다. (대사)

222 (220과 동)

영애 자리를 일어나서 "누구요?" 하고 외치면서 문께로 간다.

223 문밖

손 노크하면서 입 부른다.

영애! 영애!

224 (220과 동)

영애 문께로 가서 장지를 연다.

225 어둠 속에 서 있는 창백한 여자의 얼굴 (대사)

226 놀라는 영애의 얼굴 (대사)

227 어둠 속의 여자 입을 간신히 열며 "영애야!"

228 영애 장지를 활짝 열고 여자의 손을 잡으면서

웬일이냐? 혜련아!

229 하고 혜련을 방으로 끌어들인다.

230 한민과 그의 동무들 의아하여 자리를 일어선다.

231 방 안 (전경)

영애에게 끌려 들어온 혜련 힘을 잃고 그 자리에 쓰러진다. 한민과 그의 동무들 일제히 몰려 이것을 둘러싼다.

232 쓰러진 혜련의 얼굴 몹시도 창백하다. (대사)

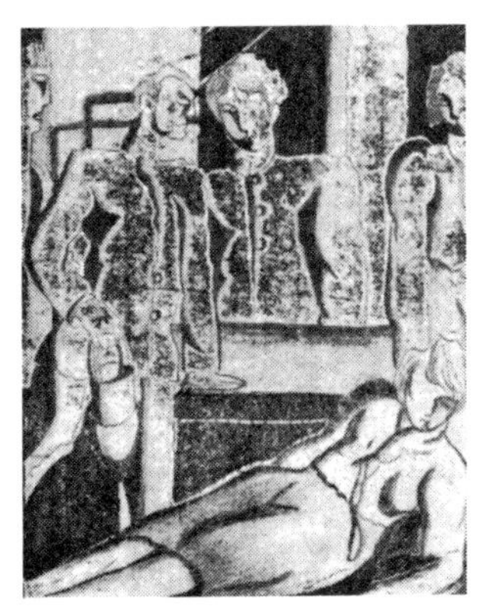

〈그림 8〉 3.18.

233 혜련에게 무릎을 베운 영애, 혜련을 흔들면서

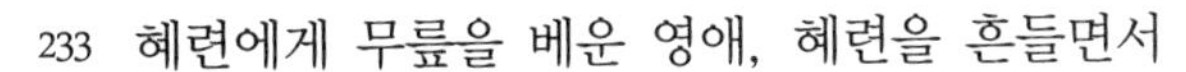

웬일이냐? 혜련아! 정신을 차려라.

234 눈 감은 혜련의 얼굴 (대사)

235 영애 조급히 "혜련아 혜련아!"를 부르면서 손가락으로 혜련의 눈을 열려고 애쓴다.

236 가엾이 여기는 한민의 얼굴 (대사)

237 동무들의 의아해하는 양

238 한민 가운데 들어서 영애를 대신하여 혜련을 붙들고 영애에게 물을 떠오라고 이르니 영애 급히 방을 나간다.

239 긴장된 동무들의 얼굴

240 영호 동무들에게 말한다.

미안하지만 오늘 밤 연구회는 여기서 중지하는 것이 어떤가?

241 동무들 쾌히 승낙한다.

242 방 안 (전경)

동무들 책상에 가서 각각 책을 수습해 가지고 한민과 영호에게 작별의 인사를 하고 한 사람 두 사람씩 방을 나간다.

243 한민 눈 감은 혜련의 얼굴을 들여다보면서 그를 흔든다.

244 (242와 동)

동무들 한 사람 두 사람씩 나가는 동안에 영애 컵에 물을 떠 가지고 들어온다. 영애 나가는 동무들에게 작별의 인사를 하고 다들 나가니 장지를 닫고 혜련에게로 뛰어온다. 방 안에는 영호, 영애 남매와 한민, 혜련의 네 사람이 남았을 뿐이다.

245 혜련을 중심으로 한민, 영애, 영호 둘러앉아 있다.

246 혜련의 입에 물을 기울인다. (대사) 물이 입을 넘쳐 흘러내린다.

247 한민 컵을 옆에 놓고 손수건을 내서 흐르는 물을 씻어준다.

08회, 1931.03.18.

248 근심되는 영애의 얼굴 (대사)

249 영애, 혜련을 가볍게 흔들다가 그래도 응기[13]가 없으니 옆에 놓인 물컵을 들어 그의 입에 또 물을 기울인다.

250 물을 마시는 혜련의 입 (대사)

251 차차 근심이 풀리는 영애의 얼굴 (대사)

252 같은 표정의 한민의 얼굴 (대사)

253 영애 컵을 입에서 떼어서 옆에 놓는다.

한민 손수건으로 혜련의 입을 씻어준다.

254 혜련의 얼굴 (대사)

얼굴을 약간 좌우로 요동하더니 두 눈이 방긋이 열린다.

255 기뻐하는 영애의 얼굴 (대사)

256 영애, 혜련의 얼굴을 어루만지며 묻는다. "혜련아! 정신 좀 차렸니?"

257 혜련 의아하여 좌중을 둘러보다가 한민의 눈과 마주치니 낯선 그의 무릎 위에 누운 것을 부끄러워하여 일어나려고 애쓴다.

258 영애 "그대로 누워있으려무나" 하고 그것을 제지한다.

259 그래도 혜련 일어나려고 애쓰니 영애, 한민의 무릎에서 혜련을 일으켜 앉히고 그의 머리를 가다듬어주면서 말한다.

그다지 부끄러워할 것 없다. 이분이 바로 오빠의 동무 한민 씨란다.

260 하며 눈으로 한민을 가리키니 혜련 선듯하여 한민을 똑바로 바라본다. 한민 역시 혜련을 유심히 바라본다.

261 부끄러워하는 혜련의 얼굴 (대사)

---

13 응기(應氣): 응하는 기색.

262 듬직이 혜련을 바라보는 한민의 얼굴 (대사) 눈이 윤택있게 빛난다.
263 혜련 고개를 떨어뜨린다.
264 빛나는 한민의 얼굴 (대사)
265 영애, 혜련의 고개를 쳐드니 애수에 담뿍 찬 그의 얼굴
영애 그의 얼굴을 찬찬히 살피며

〈그림 9〉 3.19.

얼굴이 몹시도 창백하구나. 이 밤에 이것이 대체 웬일이냐?

266 영애를 바라보는 혜련의 자태 몹시도 애처롭다.
혜련 입을 열며

집이 싫어서 도망해 왔지.

267 영애, 혜련의 머리카락을 쓸어올려 주며

부루에게 시집가라고 오빠가 또 몹쓸게 굴었나 보구나.

268 하고 말하니 혜련 부끄러워서 고개를 숙여버린다.
이 동안에 한민은 영문을 몰라 영애와 혜련을 번갈아 바라본다.
269 의아해하는 한민의 얼굴 (대사)
270 영호 애처롭게 여기며 혜련을 바라본다.
271 영애, 혜련에게 말-

오늘 밤에는 또 무슨 일이 있었는지 스스럽게[14] 여기지 말고 이 자리에서 시원히 이야기나 하려무나.

272 하며 친절히 어루만지니 혜련 고개를 들고 부끄럽다는 듯이 한민을 바라본다.

273 애정에 빛나는 한민의 얼굴 (대사)

274 혜련의 얼굴 (대사)

애수를 품은 눈에 눈물이 굵게 맺혔다.

09회, 1931.03.19.

275 영애, 혜련에게 이야기를 간청하니 혜련 입을 고요히 연다.

집이 가난하고 늙은 어머니 병드시니 오빠의 하는 일이 바른지 나의 뜻 좇는 것이 그른지 어떻게 했으면 좋을지 도무지 알 수가 없구나. 오늘 밤에 한한 일이 아니지만 허구한 날 너무도 징그럽고 무섭고…….

276 혜련 말하면서 몸서리를 친다. (이중)

277 혜련의 침실 (밤)

반듯이 누워 잠자는 혜련의 위에 시커먼 그림자가 나타난다.

〈그림 10〉 3.20.

278 화면 암흑

279 시커먼 사나이 혜련의 이불을 벗기고

14 스스럽다: ① 서로 사귀는 정분이 두텁지 않아 조심스럽다, ② 수줍고 부끄러운 느낌이 있다.

혜련의 배 위에 가로타고 앉아 두 손으로 혜련의 목을 누른다.

280 혜련의 얼굴 (대사)

시커먼 두 손 그의 목을 죄니 숨이 막혀 괴로워하는 표정

281 목을 죄는 시커먼 손 (대사)

282 괴로워하는 혜련의 얼굴 (대사)

283 (카메라 위에서) 검은 사나이에게 깔린 혜련 사지를 파닥거리며 몸을 요동하려고 애쓴다.

284 혜련의 얼굴 (대사)

김은 손 더욱 그의 목을 죄니 혜련 얼굴을 좌우로 흔들다가 드디어 괴로운 비명을 올린다.

285 (283과 동) 혜련의 전신

검은 그림자는 간 곳 없이 사라졌고 잠을 깬 혜련 몸을 요동한다. 이것은 잠깐 동안의 악몽이었으니 이불은 물론 처음과 같이 덮여있다.

286 혜련의 상반신.

혜련 가슴 위에 두텁게 덮인 이불을 두 팔로 벗기니 가슴은 벌떡이고 숨은 가쁘고 이마에는 진땀이 빠지지 흘렀다.

287 혜련의 얼굴 (대사)

▨으로 이마의 땀을 씻는다.

288 침실 (전경)

혜련 이불을 차버리고 벌떡 일어나 앉으니 이지러진 자태. 수건으로 땀을 씻고 방 안을 휘- 둘러보나 물론 아무것도 없다. 아랫목 쪽을 내려다보니 늙은 어머니 잠들어 있다.

289 잠든 어머니 (상반신)

이마 동이고 이불 깊이 썼다.

290 어머니의 머리맡

약병과 그릇 어지럽게 놓여있다.

291 (288과 동)

혜련, 어머니에게서 시선을 옮기고 흩어진 머리를 가다듬어 올리고 옷고름을 매려다가 문득 장지에 귀를 기울인다.

292 장지에 귀를 기울인 혜련 (대사)

293 근심스런 그의 얼굴 (대사)

294 혜련 장지를 살며시 열고 그 틈으로 건넛방을 바라본다.

295 건넛방 장지 (접사)

마주 앉아 수군거리는 두 사나이 그림자 어렸다.

296 혜련 열었던 장지를 닫아버리고 고개를 이쪽으로 돌린다.

297 분개하면서도 애달픈 그의 얼굴 (대사)

298 혜련 다시 주춤하면서 장지에 귀를 기울이고 건넛방에서 흘러나오는 말을 엿듣는다.

299 엿듣는 혜련
말하는 부루 (측면)
(가늘고 적은 다음 자막) } (이중소)[15]

그럼 약소하나마 우선 이것만 받아두시고 본인의 승낙은 오늘 밤 안으로 맡아두셔야 합니다.

300 엿듣는 혜련
말하는 오빠 (측면)
(가늘고 적은 다음 자막) } (삼중소)

15 원문은 "二重燒"로 되어 있으나, 다음 300항을 미루어보건대 '삼중소(三重燒)'가 아닐까 한다.

본인의 승낙이고 말고 나의 뜻 하나면 그만이니 그것은 염려 말게.

10회, 1931.03.20.

301 엿듣는 혜련
302 애달프고 근심스러운 그의 얼굴 (대사)
303 엿듣는 혜련 장지를 가만히 열고 건너다 보니
304 건넛방 장지에 어린 두 사나이의 그림자. 지폐 뭉치를 주고받는다. (접사)
305 선웃음 치는 그림자 (대사)
306 엿듣던 혜련 다시 장지를 확 닫아버리고 고개를 이쪽으로 돌이킨다.

〈그림 11〉 3.21.

307 황당한 그의 얼굴 (이중)
308 징그러운 부루의 얼굴 (순간)
309 험악한 오빠의 얼굴 (순간)
310 병든 어머니의 얼굴 (순간)
311 어머니의 약병 (순간)
312 지폐 뭉치와 혜련 (이중소)
313 약병과 어머니 (이중소)
314 혜련 고개를 숙이고 고민하다가 고개를 들고 아랫목 어머니를 바라본다. 다시 고개를 돌리니
315 애달픈 그의 얼굴 (이중)
316 다시 육박하는 징그러운 부루 (순간)

317 험악한 오빠의 얼굴 (순간)

318 징그러운 부루 (순간)

319 혜련 이를 갈며 결심하고 자리를 일어선다.

320 침실 (전경)

자리를 일어선 혜련 급하게 치마를 갈아입고 잠자는 어머니에게 일별을 던지고 장지를 살며시 열고 방을 나간다.

321 마루

건넛방 장지에는 두 개의 그림자 여전히 비쳐 있다. 살금살금 마루를 걸어 내려가는 혜련의 뒷모양

322 혜련 주추[16]에서 황급히 구두를 신는다.

323 조급한 그의 얼굴 (대사)

324 혜련 구두를 신고 막 주추를 나서려니

325 건넛방 장지 홱 열리며 오빠 뛰어나온다. (접사)

326 혜련 급히 뜰을 건너 대문께로 나간다.

327 대문을 여는 혜련 (순간)

328 주추에서 신을 신는 오빠 (순간)

329 대문을 여는 혜련 (순간)

330 뜰을 뛰어나오는 오빠 (순간)

331 대문을 나선 혜련 부리나케 내닫는다.

332 부르는 오빠의 입 (대사)

333 닫는 혜련 (하반신. 측면이동)

334 대문을 나선 오빠 소리쳐 혜련을 부른다. 저편을 닫는 혜련

335 멀리 닫는 혜련의 뒷모양. 거리의 모퉁이를 돌아간다.

16 기둥 밑에 괴는 돌 따위의 물건.

336 닫는 혜련 (하반신. 측면이동)

337 가쁘게 숨 쉬는 그의 얼굴

338 닫는 혜련 (전신. 측면이동) (이중)

339 말하는 혜련. 얼굴 창백하다.

340 영호의 서재 (근사)

혜련 말을 마치니 옆에 앉았던 영애, 영호, 한민 그를 위로한다.

341 영애, 혜련을 위로하며 말한다.

너무 걱정 말아라. 그리고 당분간 우리집에 와 같이 있자꾸나.

342 "고맙다" 하며 숙였던 고개를 쳐드는 혜련의 얼굴에 눈물 흐른다. 한민 유심히 그를 바라본다.

11회, 1931.03.21.

343 애정에 넘치는 한민의 얼굴 (대사)

344 혜련, 한민과 시선이 마주치니 고개를 숙여버린다.

345 여전히 혜련을 바라보는 한민 (이중)

346 옛 생각에 잠긴 한민

눈을 사진첩으로 떨어뜨린다.

347 (191과 동) 사진 (대사)

348 한민 사진첩을 들여다보며 침울한 표정으로 한참 생각하다가 사진을 또 한 장 넘긴다.[17]

349 사진 (대사)

한민과 혜련 두 사람의 박힌 것
350 한민의 빛나는 얼굴
351 사진 (대사) (이중)

이렇게 알게 된 두 사람의 그 후 어떤 날 –

352 (교개) 한민의 두 손 둥글게 말린 테이프를 들고 장난친다. 테이프는 차차 하트의 형상으로 변한다.
(카메라 위로 이동하니)
353 한민의 얼굴 (대사)
바른편의 그 무슨 대상을 바라보며 미소를 띠었다.

〈그림 12〉 3.24.

354 테이프를 맨적거리는[18] 두 손. 테이프는 온전히 하트의 형상으로 변했다.
(카메라 오른편으로 회전)
355 한민을 위해 사온 선물의 갑을 열던 혜련 테이프의 하트를 보고 부끄러워한다.
(카메라 왼편으로 회전)
356 테이프의 하트 (대사)
357 교의에 앉은 한민 책상에 의지하여 하트를 반듯이 들고 미소를 띠며 혜련을 바라보면서 책상 위의 철필을 집어든다.

17 원문은 "번긴다."이나 오식으로 보인다.
18 '만지작거리는'의 방언.

(카메라 오른편으로 회전)

358 혜련 갑을 열고 선물을 집어내려 한다.

(카메라 왼편으로 회전)

359 한민 집어든 철필로 하트의 복판을 쏜다.

360 철필이 하트의 복판을 꿰었다. (대사)

그것은 마치 큐피드의 화살이 하트의 복판을 쏜 것과 흡사하다.

(카메라 오른편으로 급속히 회전)

361 선물의 과자 '컷글라스'[19]를 내던 혜련 하트를 보고 고개를 숙이며 부끄러워서 황망히 어쩔 줄을 모른다.

362 혜련의 손에 들려 떨리는 컷글라스 (대사. 순간)

363 하트 (대사. 순간)

364 혜련 컷글라스를 떨어뜨린다.

(카메라 급속히 후퇴)

365 한민의 방 (근사)

방바닥에 컷글라스 바싹 부서져 흩어졌다. 혜련의 황급한 모양. 한민 자리를 벌떡 일어나 선다. 두 사람 방바닥을 내려다본다.

366 방바닥에 흩어진 컷글라스의 조각조각

367 (365와 동)

방바닥을 내려다보다가 정신이 아득해진 혜련, 한민의 두 팔에 쓰러져 버린다. 한민, 혜련을 두 팔에 안고 교의에 걸터앉으려 할 때 혜련의 치맛자락이 책상 모서리에 걸려 찢어진다. 두 사람의 놀라는 모양

368 찢어진 치마폭

---

19 원문은 "캇트·그라스". 예쁘게 보이도록 칼로 여러 가지 모양을 새긴 유리그릇(cut glass)을 말하는 듯하다.

혜련의 손 애석한 듯이 그것을 만진다.

12회, 1931.03.24.

369 한민의 방 (접사)

한민, 혜련을 안은 채 교의에 걸터앉았다. 혜련 여전히 찢어진 치마폭을 만지며 한민을 반듯이 쳐다보며 입을 연다.

저의 모든 것은 이미 한민 씨의 것이에요!

370 한민 열정적으로 혜련을 포옹한다.

371 포옹한 두 사람의 상반신 (이중)

눈 오는 날 밤에는 –

(이중)

(암청조색(暗靑調色))

372 눈 오는 밤거리

가로등 밑에 혜련 의지해 서서 초조히 기다린다.

(암청조색) (암청조색 끝)

373 영호의 서재 (전경) (밤)

연구회가 끝나자 동무들 책을 덮고 자리를 일어선다. 그 속에 한민도 섞였다.

← (이하 393까지 암청조색)

374 (372와 동)

375 영호의 집 문전

한민 동무들과 헤어져 걸어간다.

376 눈 오는 거리를 걸어가는 한민 (측면 이동)

377 걸어가는 한민의 다리

(측면이동)

378 (372와 동)

〈그림 13〉 3.25.

가로등 밑에 초조히 기다리고 서 있는 혜련의 하반신

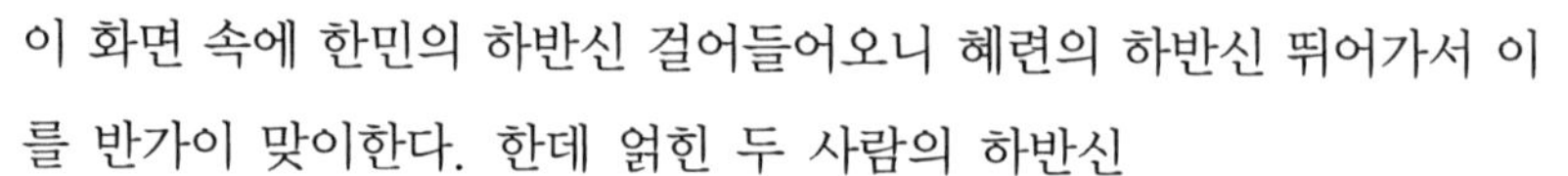

이 화면 속에 한민의 하반신 걸어들어오니 혜련의 하반신 뛰어가서 이를 반가이 맞이한다. 한데 얽힌 두 사람의 하반신

379 가로등 밑

한민과 혜련 잠시 포옹했다가 떨어져 걸어간다.

380 걸어가는 두 사람의 하반신 (측면이동)

381 걸어오는 두 사람 (상반신) (이동)

한민의 얼굴 침울하다.

굵은 눈송이 두 사람을 덮는다.

382 거리를 돌아가는 두 사람 (이동)

383 다리 난간에 두 사람 의지했다.

384 두 사람 (상반신)

애수에 그득 찬 표정

한민 다리 아래를 내려다본다.

385 등불이 어린 물 위에 눈이 날린다.

386 (384와 동)

한민 고개를 쳐드니 혜련 그를 위로하며

왜 그리 슬퍼하세요?

387 한민, 혜련을 바라보며 고개를 흔든다.

아-니!

388 한민의 얼굴 (대사)

눈에 눈물이 맺혔다.

389 혜련, 한민을 바라보며

눈에 눈물이 그득히 괴었는데요!

390 혜련 손가락으로 한민의 눈물을 씻어준다.

한민 애수에 넘치는 얼굴로 혜련을 바라보며

눈-물이지 눈물인가.

391 혜련 여전히 한민을 바라보며

가난 때문에 운다면 너무도 약한 사람이 아닐까요?

392 두 사람 열정적으로 포옹한다.

393 포옹한 두 사람 (상반신)

한민, 혜련을 지그시 바라보며

내년 봄 내가 대학을 마치는 때는 어김없이 아라사[20]로 같이 가줄 테요?

13회, 1931.03.25.

(이하 402까지 암청조색)

394 열정에 넘치는 혜련, 한민을 쳐다보며 입을 연다.

같이 가고말고요. 왜 이제 새삼스럽게 그것을 물으세요. 약속한 지 이미 오래가 아니에요……. 눈 깊은 아라사의 밤은 흡사 눈 오는 이 거리의 오늘 밤 같겠지요!

395 하며 혜련 깊은 하늘을 우러러보며 두 팔을 펴서 굵은 눈송이를 맞이하는 듯

396 등불 밑에 보얗게 날리는 눈

397 눈 오는 밤 도회 (전경)

398 바람 부는 넓은 눈벌판 (밤)

399 흔들리는 고목나무 가지 (밤)

400 (395와 동)

401 한민과 혜련 다시 한참 포옹했다가 떨어져서 다리 난간께를 떠난다.

---

20 俄羅斯. '러시아'의 음역어.

402 거리를 걸어가는 두 사람의 뒷모양 (이중)

(암청조색 끝)

403 (349와 동)

한민과 혜련의 사진

404 사진을 들여다보던 한민 고개를 드니 그의 눈 빛나며 얼굴 무섭게 찌그러진다.

405 그의 손에서 떨리는 사진첩

406 찌그러진 한민의 얼굴 (이중)

407 (13과 동)

408 (14와 동)

409 (15와 동)

〈그림 14〉 3.26.

410 (18과 동)

411 (23과 동)

412 (24와 동)

413 (30과 동)

414 (40과 동)

415 (▨과 동)

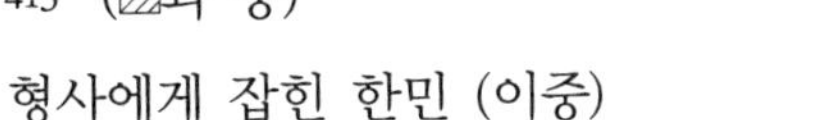

형사에게 잡힌 한민 (이중)

416 철창 속에 웅크리고 앉은 한민 (이중)

417 (406과 동)

찌그러진 한민의 얼굴

418 (405와 동)

그의 손에서 떨리는 사진첩 (이중으로 다음 자막)

> 삼 년간의 철창생활이 그다지 괴로운 것은 아니었으나 사바에 나온 날 그는 또한 무엇을 발견했던가.
> — 고향의 외로운 어버이를 잃어버리고 대학을 쫓겨나고 그 위에 사랑하는 혜련까지 빼앗겨 버리고…….

419 처참히 빛나는 한민의 얼굴

420 한민 사진첩을 뜯고 여러 장의 사진을 장장이 찢어버린다.

421 찢긴 사진의 조각 책상 위에 어지럽다.

422 두 팔로 턱을 괴고 앉은 한민의 상반신. 눈 감고 결코 움직이지 않는다.

423 여섯 시를 가리키는 시계 (대사)

424 (423) 시계 } (이중소)
(422) 한민의 상반신

시계의 바늘이 돌고 돌아 마침내 열두 시를 가리킨다. 이 동안에 화면도 차차 어두워져 가나 한민의 자세만은 결코 움직이는 법 없이 처음과 똑같은 포즈다.

열두 시를 가리키는 시계는 드디어 화면에서 사라지고 움직이지 않는 한민의 상반신만 남는다. (이중)

14회, 1931.03.26.

425 어지럽게 날리는 테이프

426 컵에 술이 넘는다.

427 쓰러지는 술병

428 결혼 피로연회장 (밤. 전경)

식탁 위 어지럽고 취흥에 겨운 수많은 남녀 허둥거린다. 맞은편 멀리 식탁 옆에 테이프로 전신을 감긴 신랑 신부 서 있다.

429 신랑 신부 (접사)

그들은 부루와 혜련이다. 신부는 고개 숙였고 그 옆에 선 신랑 말을 마치고 웃음을 띠며 인사한다.

〈그림 15〉 3.27.

(카메라 서서히 후퇴하니)

430 차차 회장 (전경)

박수하는 사람, 소리치는 사람, 신랑 신부에게 테이프를 던지는 사람

431 회장 (전경)

어지러운 군중

멀리 신랑 신부 자리를 떠나 걸어나간다. 테이프 그들 전신에 얽혔다.

(이중)

432 창에서 등불 흘러나오는 화려한 주택 문전 (중경(中景))

자동차 여러 대 뒤를 이어 와 선다. 맨 앞 자동차에서 신랑 내린다.

433 자동차 (근사)

먼저 내린 신랑, 뒤를 따라 내리는 신부의 손을 잡아 부축한다.

434 문전 (중경)

신랑과 신부 앞서서 문으로 들어가니 뒤차에서 내린 사람들 그 뒤를 이어 걸어 들어간다. (이중)

435 침실(밤)

왼편에 놓인 침대 반쯤 보인다. 그 옆으로 탁자, 의자 등이 놓여있다. 탁자 위에는 술병, 컵 등

436 침대 발밑

두 켤레의 슬리퍼 나란히 놓여있다.

437 (435와 동)

침대 속에서 그 옆 의자 위로 여자의 저고리 날아온다. 뒤를 이어 치마 날아오고 한참 있다가 남자의 양복바지 그 위에 날아와 떨어진다.

438 침대 머리맡

침대 속에서 벌거벗은 남자의 팔이 나타나 머리맡 탁자 위의 탁상전등을 더듬으며 스위치를 찾는다. (이중)

439 암흑 속에 떨리는 촛불

(전화면 438은 촛불을 중심으로 차차 교폐되어 나중에 촛불 속에 온전히 흡수되어 버리고 암흑의 화면에 떨리는 촛불만 남는다)

(카메라 서서히 회전)

440 어둠 속에 촛불을 노리고 앉은 한민. 눈은 떴으나 422와 똑같은 포즈. 그의 눈과 촛불 일직선상에 있다. (측면 상반신)

441 암흑 속의 한민의 얼굴 (대사)

교교히 빛나는 눈 밑으로 눈물이 흘러내린다.

442 흘러내리는 촛불 (대사)

443 비에 젖은 밤 도회

444 눈물 맺힌 처녀의 눈동자

445 책상 위에 머리 박고 번민하는 한민의 뒷모양

446 세 시를 가리키는 시계 (대사)

447 흘러내리는 촛불 (대사)

마저 마저 타버린 초의 길이는 매우 짧다.

448 어두운 방 (전경)

교의에 앉은 한민의 반신, 촛불의 광채를 받아 처참하다. 두 손으로 머리를 꺼들며 번민하는 모양.

449 한민 (근사)

교의에서 고요히 일어서서 촛불을 손에 들고 책상 앞에 세운 거울을 들여다본다.

450 거울 속에 비친 촛불과 한민의 얼굴. 한민 한 손으로 여윈 얼굴을 만져본다. 비장한 표정에 차차 엄숙한 기색이 돌더니 나중에 광적으로 커다랗게 웃는다. 촛불이 떨린다. ▨▨을 수습하고 이를 부드득 가는 한민 (용암)

15회, 1931.03.27.

이튿날 아침 –

451 (용명) 한민의 방 (근사)

한민 높은 책시렁 앞 의자에 앉아서 시렁의 책을 뽑아낸다. 한 권을 뽑아서 흔드니 속은 비었다. 옆으로 집어 던져 버리고 또 한 권을 뽑아 옆에 쌓아 놓는다.

계집. 사랑. – 이것이 그의 생활의 전부요 괴로움의 으뜸이 되어서는 안 될 것이다.

한민은 사랑의 고민을 정복하고 드디어 그의 오랫동안의 숙망이던 아라사행을 단행하기로 결심했다. 마지막 여비를 짓기 위해 가난한 장서를 정리하고 있는 한민 –

452 (451과 동)

한민 책시렁에서 또 한 권의 책을 뽑아낸다.

〈그림 16〉 3.28.

453 옆에 쌓아 놓은 책 (접사)

그 위에 한 권 두 권 책이 놓여 순식간에 높이 쌓인다.

454 (451과 동)

한민 책 뽑아내던 것을 문득 중지하고 맥없이 한참 동안 그대로 앉아있다.

455 한민의 상반신 (대사)

얼굴에는 풀기가 없고 광채를 잃은 눈의 초점은 매우 흐리다.

456 (454와 동)

457 방 (전경)

책을 거의 정리해놓은 한민 여러 권의 노트를 두 손에 그득히 들고 책시렁 앞을 떠나 방 복판 화로께로 간다.

458 화로께 (근사)

한민 화로 전에 앉아서 손에 든[21] 한 권의 노트를 찢는다.

459 쌓여있는 노트 (대사)

460 한민 찢은 노트를 화로 속에 넣고 불을 켜서 다르니[22] 연기 피어오르며 노트가 탄다.

461 화로 위에 피어오르는 불꽃

462 타는 노트 조각

463 한민 타는 화로 속에 또 한 권의 노트를 찢어서 넣는다.

---

21 원문은 "손든".

22 원문 그대로임.

대학에서 강 받은 곰팡내 나는 노트를 불살라 버리고 –

464 널름거리는 불꽃 속에 타서 사그러지는 노트 조각

465 방 (전경)

한민 노트를 찢다가 문득 문께를 바라보며 벌떡 일어나 그리로 간다.

(이동)

466 문께 (접사)

한민 방문을 여니 문밖에는 영호와 영애 남매 서 있다.

467 반기는 한민 (상반신)

468 영호 방문을 들어온다. 뒤를 이어 영애도 들어온다.

468[23] 반가워하는 세 사람 (상반신)

469 방 (전경)

한민 자리를 권하니 두 사람 각각 알맞은 곳에 앉는다.

470 여윈 한민을 한참이나 바라보던 영호 너무도 딱해서 시선을 바닥으로 떨어뜨린다.

(카메라 따라서 밑으로)

471 방바닥 위에 어지럽게 흩어진 노트 조각과 사진 조각

472 (사진 조각 위에 카메라 접근)

혜련의 얼굴 반쯤 찢겼다.

(카메라 후퇴)

473 고개 숙인 한민

474 영호, 한민을 바라보며 입을 연다

---

23 원문 그대로임.

출옥할 때보다도 신색이 더욱 못됐네. 기껏해야 계집 한 사람이 아닌가. 과히 슬퍼 말게!

475 한민 고개를 들고 풀기 없는 얼굴에 비장한 미소를 띠며 손으로 여윈 볼을 ▨▨▨다.

16회, 1931.03.28.

476 한민을 바라보며 딱히 여기는 영애

477 한민, 영호를 바라보며 말한다.

괴로움도 잊어버릴 겸, 새 전술도 배울 겸, 나는 아라사로 떠나겠네.

478 세 사람 (접사)

한민 말을 마치고 입을 다무니 영호와 영애 약간 놀라는 표정으로 한민을 새삼스럽게 바라본다.

479 영호 입을 열며

늘 벼르던 아라사로 기어코 떠나네그려.

480 (478과 동)

영호 말하면서 한민을 듬직이 바라보니 한민 고개를 약간 끄덕인다. 세 사람 사이에 침울한 침묵이 흐른다.

481 침울한 표정의 영애의 얼굴 (대사) 영애 고개를 숙여버린다.

482 힘없는 한민의 얼굴 (대사)

483 영호, 한민을 바라보며 말한다.

길 떠날 준비는 되었나?

484 대답하는 한민

준비고 뭐고 할 것이 있겠나. 책 팔아 여비 만들면 그만이지.

485 하면서 한민 책시렁 앞에 쌓인 책을 가리키니 그들의 시선이 모두 그리로 몰린다. 한참 그곳을 바라보다가 시선을 다시 돌리는 그들의 얼굴 쓸쓸도 하다.

486 영호 숙였던 고개를 들며

오늘 밤 옛 연구회의 동지들이 자네의 출옥을 위로하기 위해 간단한 연회를 베풀게 되었으니 부디 꼭 출석해주게.

487 "고맙네" 하며 한민 사의를 한다.

488 한민을 바라보는 영애의 얼굴 몹시도 쓸쓸하다.

489 방 안 (근접)

침묵한 세 사람 (용암)

그날 밤 위로연 –

490 (교개) 악수하는 두 손

(악수하는 두 손을 중심으로 화면이 차차 열리니)

동지 한 사람과 악수하는 한민. 그 동지 화면에서 사라지고 다른 동지 화면에 들어와 한민과 악수한다. 이 동지 사라지고 또 다른 동지 – 이렇게 하여 수삼 차 (이중)

〈그림 17〉 3.29.

491 회장 (전경)

식탁 양편으로 한민, 영애, 기타 여러 동지들 각각 알맞은 곳에 앉아있다. 영호만이 일어서서 사회를 한다.

492 말하는 영호

> **출옥한 한 군을 맞는 이 위로연이 아울러 북으로 길 떠날 군의 앞길을 축복하는 송별연을 겸하게 될 줄이야 누가 알았겠나. 바라노니 한 군! 의미 깊은 이 잔치를 달게 받고 그곳에 가 있는 동안 다시 만날 그때까지 길이길이 잘 싸워주게!**

493 침울한 표정으로 말하는 영호

494 영호 말을 마치고 침착하게 자리에 앉는다.

495 박수하는 동무들의 손

496 외치는 동무들의 입

497 고개 숙이고 앉았던 영애 고개를 쳐드니 눈에 눈물이 어렸다.

498 박수하는 손들

(카메라 식탁 위를 이동)

499 한민 자리를 일어서서 숙였던 고개를 쳐드니

500 박수하던 손들 일제히 머뭇는다.[24]

---

24 원문 그대로임.

501 회장 (전경)
모두 긴장되어 고요히 ▨▨는 가운데 한민만이 ▨▨▨▨다.

17회, 1931.03.29.

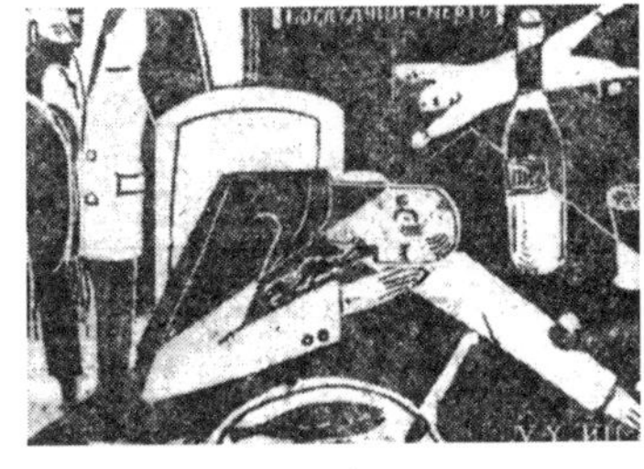
〈그림 18〉 3.31,

502 한민 비장한 표정으로 답사를 하려고 한다.
503 긴장되어 앉아있는 동무들
504 한민 막 입을 열려다가 정신이 아찔해지며 그 자리에 졸도하려는 찰나
505 면사포를 쓴 혜련 (순간)
506 한민 탁자 위에 쓰러지니 동무들 놀라 그에게로 와르르 달려든다.
507 달려오는 영애
놀라는 가운데 슬퍼하는 표정
508 쓰러진 한민과 그를 둘러싸고 있는 동무들
509 쓰러진 한민 (접사)
영애 이 화면에 들어와 한민에게 달려들며 그의 머리를 어루만진다.
(카메라 이동하여 접근)
510 쓰러진 한민 (대사)
511 코피 흘리는 한민의 얼굴 (대사)
512 식탁 흰 보 위에 흐른 피 흔적
513 눈 감은 한민의 얼굴
영애의 손이 손수건으로 그의 코피를 씻어주고 컵의 물을 그의 입에 기

울인다.

514 정성을 다해 시중드는 영애 (상반신)

515 한민을 가엾이 여기는 영호의 얼굴 (대사)

516 영문을 모르는 동무들

517 어지러운 회장 (전경)

518 고요히 눈 감은 한민의 얼굴 (대사) 영애의 손이 그의 이마를 짚었다. (용암)

519 (교개) 잠들어 누운 한민의 얼굴 (대사) 이마 위에 물 젖은 손수건이 얹혀있다. 여자의 손이 이 손수건을 떼어간다.

520 여자의 손 손수건을 찬물에 적셔서 쥐어짠다.

521 (519와 동)

여자의 손이 손수건을 다시 한민의 이마 위에 얹고 그의 머리를 짚는다. 한민 문득 잠을 깨어 눈을 뜨고 이마 위에 손 있음을 깨닫고 반듯이 누운 채 손을 들어 이마를 만지니 여자의 손이 쥐인다. 한민 집었던 여자의 손을 놓고 다시 힘없이 눈을 감는다.

522 맥없이 놓인 한민의 손 위에 어디서인지 눈물 한 방울 떨어진다. 이어서 또 한 방울 떨어지니

523 한민 감았던 눈을 뜨고 고요히 고개를 돌려 여자 쪽을 바라본다. 여자의 정체는 물론 화면에 나타나지 않았다.

524 대상을 노리는 한민의 얼굴. 놀라고 의아하여 잠시 멍하다.

525 (523과 동)

여자를 바라보던 한민 실색하여 불시에 고개를 바로 돌리니 노기에 찬 얼굴이 무섭게 찌그러졌고 입술이 경련적으로 실룩 떨린다.

526 한민의 손 위에 또 한 방울의 눈물이 떨어지니 한민 손을 홱 뿌리쳐 눈물을 떨어버린다.

527 (523과 동)

한민 분을 못 이겨 날카롭게 소리치며 이마에 놓인 여자의 손을 홱 뿌리쳐 버리고 벽을 향해 돌아눕는다.

528 침통한 한민의 옆얼굴

529 떨리는 여자의 손

용서하세요, 한민 씨!

530 노기에 찬 한민 물론 대답이 없다.

18회, 1931.03.31.

531 벽 위에 비친 여자의 그림자, 고개 숙이고 울고 있다.

532 울음에 떨리는 여자의 어깨

533 요 위에 떨어지는 눈물

534 벽 위에 비친 여자의 우는 그림자를 바라보고 누웠던 한민 짜증을 내며 홱 돌아누워 여자 편을 날카롭게 노려보며 소리친다.

왜 또다시 나타나 나를 괴롭게 하느냐. 더러운 계집!

535 더욱 울음에 떨리는 여자의 어깨

536 날카롭게 여자 편을 노려보던 한민 얼굴을 바로 돌리고 비웃는 듯이 웃다가 다시 노기를 띠고 귀찮다는 듯이 얼굴에 이불을 깊이 써버린다.

537 벽 위에 비친 울던 여자의 그림자 앞으로 쓰러진다.

538 한민의 쓰고 누운 이불 위에 얼굴을 묻고 느껴 우는 여자의 뒷모양
한민 별안간 이불을 탁 차버린다.
(카메라 급속히 후퇴)
539 이불을 차버리고 누웠던 한민 벌떡 일어난다. 이 바람에 이불에 얼굴을 묻고 울던 여자의 얼굴이 번쩍 들리니 그는 혜련이다.
540 눈불에 젖은 혜련의 얼굴 (대사)
541 성난 한민의 얼굴 (대사)
542 (539와 동)
한민 손을 번쩍 들어 문을 가리키며 혜련을 보고 부르짖는다.

〈그림 19〉 4.1.

나가거라! 그리고 다시는 나의 앞에 나타나지 말아라!

543 애원하는 혜련

용서해주세요, 한민 씨!

544 한민 여전히 손으로 문을 가리키며 나가라고 부르짖는다.
545 애원하던 혜련, 한민에게로 푹 쓰러지니 한민 그를 뿌리치고 벌떡 일어선다.

네가 안 나간다면 네 꼴 보기 싫은 내가 나갈 것이다.

546 한민 외치며 자리를 떠나려 하니 혜련 그의 다리를 붙들며

잠깐만 참아주세요!

547 한민, 혜련을 발길로 차버리고 가니 혜련 여전히 그의 다리에 매달리며 애원한다.

노여워만 마시고 자세한 이야기를 들어 두세요.

548 애원하는 혜련의 얼굴 (대사)
549 한민, 혜련을 차버리고 간다.
550 방 (전경)
한민 맥없이 허둥허둥 책상께로 가서 양복저고리를 입는다.
"자세한 이야기를 들어주세요" 하며 혜련 여전히 애원하나 한민 아무 대답도 없다.
551 옷 입는 한민의 팔을 혜련이 붙드니 한민, 혜련의 손을 말없이 뿌리쳐 버린다.
552 (550과 동)
옷을 입은 한민 허둥허둥 방을 나간다. 할 일 없이 이것을 바라보고만 서 있는 혜련.
한민이 나가고 방문이 홱 닫히자 혜련 절망하여 그 자리에 쓰러져 버린다.
553 눈물에 젖은 혜련의 얼굴 (대사)
554 방바닥에 주저앉아 느껴 우는 혜련의 등 (이중)

19회, 1931.04.01.

[해제]

모던보이, 콘티뉴이티, 센티멘털리즘

최우정

'이효석' 하면 많은 이들이 향토성이나 토속성을 떠올리곤 한다. 교과서에 수록되어 널리 알려진 「메밀꽃 필 무렵」이 그의 대표작으로 여겨지기 때문일 테다. 그러나 이효석은 근대 조선에 유입되던 서구 문물을 적극 수용한 데다, 소설이나 문학뿐 아니라 음악, 연극 그리고 영화에도 깊은 관심을 품었던 이른바 '모던보이'였다. 한 달에 7-8회씩 극장에 갈 만큼[1] 상당한 시네필이었던 그는 1930년 조선 시나리오라이터 협회에 합류하는 것으로 영화계에 본격 입문한다. 같은 해 「화륜」의 공동 작가로 참여했던 이효석이, 이듬해 단독으로 집필한 시나리오가 바로 「출범시대」다.

> 심리주의에서 점차 행동주의로 옮겨가고 있는 오늘의 문학에 있어서 그 한 양식으로서의 시나리오의 위치는 모름지기 높아야 할 것이며 따라서 **시나리오의 대중화**의 필요성과 중요성에도 스스로 큰 것이 있어야 할 것이다. 이런 의미에서 이 적은 작품이나마 **행동주의**의 한 문학양식으로서의 시나리오의 진의를 대중에게 알리고 아울러 **대중과 시나리오와의 친밀을**

1 「취미문답」, 『조광』 3(2), 1937.2, 196쪽.; 공주은, 「'영화인' 이효석의 자취 톺아보기」, 『한민족어문학』 98, 한민족어문학회, 2022, 290쪽에서 재인용.

> **도모**하는 한 기축이 된다면 만족한 터이다.
>
> 이야기는 출범시대에 속하는 낡은 이야기니 현계단의 요구에 어그러지는 이야기가 될는지도 모르나 앞으로 닥쳐올 새날의 한 조그만 서곡이 된다면 작자로서는 스스로 족하다고 생각하며 다만 **한 편의 센티멘탈한 멜로드라마**에 흐르지 않는다면 심히 다행일 것이다.[2] (강조는 인용자)

「출범시대」는 1931년 2월 28일부터 4월 1일까지 『동아일보』에 19회에 걸쳐 연재되었다. 2월 19일 같은 신문에 실린 연재 예고 기사에서는 이효석을 '신진 시나리오 라이터'로 소개하면서, 「출범시대」에서 그가 "더욱 세련된 붓을 휘두를 것으로 기대"된다고 언급한다.[3] 위의 인용문은 해당 기사에 게재된 「작자의 말」로, 시나리오 양식에 대한 이효석의 관점을 보여준다. 여기서 그는 "대중과 시나리오와의 친밀을 도모"하기, 즉 "시나리오의 대중화"를 집필의 목표로 삼는다. 「출범시대」에서 단번에 눈길을 사로잡는 것은 문장의 앞머리마다 번호가 매겨져 있다는 점이다. 한 회차가 평균 30(적게는 20, 많게는 40)개 정도로 분할되는 이러한 형태는, 영화로의 매체적 변용을 이효석이 다분히 염두에 두었음을 드러낸다. 쇼트를 구성하는 감독 및 촬영자의 편의를 돕기 위해, 그는 문학적 관습보다는 콘티뉴이티에 가까운 서술방식을 취했던 것이다.

「출범시대」의 오프닝은 땅에 누워있다가 갑자기 일어나 화면을 향해 맹렬히 달려드는 성난 황소가 장식한다. 첫 연재분에서 주인공 한민,

---

2 「씨나리오 연재예고」, 『동아일보』, 1931.2.19.

3 "오는 20일부터 신진 이효석 씨의 신작 시나리오 「출범시대」를 본지 본면에 실겠습니다. 이효석 씨는 이미 「화륜」에서 '시나리오 라이터'로서의 솜씨를 충분히 보여주었거니와 이번의 「출범시대」에서는 더욱 세련된 붓을 휘두를 것으로 기대됩니다. 김유영 씨가 제공할 스틸과 아울러 독자의 앞에 나타나는 날 여러분을 열광케 하지 않고는 마지않을 것입니다." (위의 기사)

그의 동지 박철과 이완읍은 긴장된 얼굴로 분주하게 삐라를 등사한다. 그때 불시에 형사가 들이닥친다. 박철은 해외로, 이완읍은 항구로 무사히 도피하지만, 형사에게 붙잡힌 한민은 3년간 옥살이를 하게 된다. 그 사이 한민의 애인 혜련은 '부르'주아 김'부루'와의 결혼을 오빠에 의해 종용당한다. 출옥한 한민은 둘의 결혼식이 열리는 교당을 찾는다. 신부의 손에 반지가 끼워지려는 찰나, 그는 "혜련아! 나를 잊었단 말이냐?" 격렬히 비난한 후 식장을 떠난다. 그리고는 밤늦도록 홀로 고뇌한 끝에 오랫동안 숙원해온 러시아행을 준비하기로 한다. 하지만 한민은 송별연 도중에 갑사기 졸도하고, 혜련이 그를 찾아와 밤사이 몰래 간호한다. 깨어난 자신에게 간곡히 애원하는 혜련을, 한민이 매몰차게 냉대하고 방을 나서는 것으로 극은 끝난다.

"김유영 구성"을 명시했던 「출범시대」의 스틸은 1회부터 5회까지 이어지다가 돌연 6화부터 삽화로 교체된다. 그런데 11회차 연재분부터 "김유영 화(畵)"라고 기재되어 있음을 고려하면, 6회에서 19회까지의 삽화 역시 김유영이 담당했던 것으로 보인다. 이효석과 김유영의 영화적 인연은 10년 가까이 이어졌다. 생전 이효석은 많은 단체에 몸담지는 않았으나, 김유영이 주도적으로 창립했던 조선 시나리오라이터 협회(1930)와 구인회(1933)[4]에서 활동했다. 1931년 김유영 피검의 원인이 되었던 이동식 소형극장[5]에 함께하기도 했다. 김유영이 감독한 영화 〈화륜〉

4 구인회는 1933년 8월 15일 "순문학 연구 단체"를 표방하며 등장했지만, "내부 구성원들 사이에는 단일한 본질로 환원되지 않는 이질성이 존재"했다. (이현주, 「이효석과 '구인회'」, 『구보학보』 3, 구보학회, 2008, 119쪽) 이러한 구인회의 탄생 배경은 "1933년을 전후한 신문, 잡지 등 당시 매체의 재편 분위기"와도 결부된다. (같은 글, 123쪽)

5 이동식 소형극장은 지방 공장과 농촌을 돌아다니며 노동자, 농민을 대상으로 프롤레타리아 연극을 선보였던 이동식 극단이다. (위의 글, 134~135쪽 참조)

〈그림 1〉 12회(1931.3.24)

〈그림 2〉 19회(1931.4.1)

(1931)과 〈애련송〉(1939)의 각색을 맡은 이도 이효석이었다. 말하자면 「출범시대」는 본인의 각색 경험을 반영하고 촬영자의 편의를 헤아린 이효석의 글쓰기 방식뿐 아니라, 그것을 시각적 이미지로 형상화했던 김유영의 작업까지 공히 확인할 수 있는 텍스트이다.

「출범시대」의 스틸이 대개 배우의 얼굴을 부각하기 때문에, 독자의 시선은 자연스레 인물의 표정으로 모여든다. 반면 여러 오브제가 촘촘히 배치되어 있는 삽화는 읽는 이로 하여금 그림의 구석구석을 살피도록 유도한다. 이를테면 12회차 연재분에는 한민이 들고 장난치던 둥근 테이프가 "차차 하트의 형상으로 변한다"는 대목이 있다(이것이 당대의 영상기술로 어떻게 처리 가능할지 상상하는 일도 흥미롭다). 〈그림 1〉의 왼편에는 사상서적으로 보이는 책이 놓여있고, 삽화 중앙의 하트는 큐피트의 화살을 연상시키는 철필에 의해 꿰뚫어진 상태다. 테이프는 남녀 간의 결속을 시각화하는 소도구이며, 15회차 결혼식 장면에 재등장하기도 한다("맞은편 멀리 식탁 옆에 테이프로 전신을 감긴 신랑 신부 서 있다."). 또한 하트는 19회차 삽화(〈그림 2〉)에서 눈물 흘리는 혜련을 강조하면서도 그녀의 슬픔을 엿보는 듯한 구도를 만들어낸다.

'행동주의'에 입각해 "한 편의 센티멘탈한 멜로드라마"로 흐르지 않기를 바란다는 이효석의 포부가 「출범시대」에서 실현되었다고 말하기는 어렵다. 「출범시대」 서사의 주축을 이루는 것은 사상투쟁이라기보다는 한민과 혜련의 애정갈등이다. 한민이 출소한 당일 혜련의 결혼식이 거행된다는 점이나, 첫 만남과 결혼식 등 중요한 사건마다 혜련이 혼절한다는 점에서 줄거리의 많은 부분이 우연적이고 드라마틱하게 전개된다. 무엇보다 「출범시대」는 러시아행을 결심한 한민이 혜련과의 재회에도 불구하고 뜻을 이어갈 것인지 그 귀추가 주목되는 결정적인 순간에 끝나고 만다. 이러한 연재 중단은 1931년 3월 총독부 경무국 도서과 검열계에 한 달가량 재직하고, 그로 인해 문단에서 날선 비난을 받았던 작가 개인의 사정에서 비롯된다.[6] 주인공 한민이 동지와 삐라를 찍어낸다는 「출범시대」의 초기 설정은, 연재 중단 3개월 후 이효석이 발표한 소설 「오후의 해조」에도 발견된다.[7] 「오후의 해조」 역시 '센티멘털한 멜로드라마'로 귀결되기는 매한가지지만, 이로부터 한민이라는 캐릭터에 애정을 가지고 또 다른 이야기를 써나가려 했던 이효석의 심경을 조심스레 추측해 볼 수 있다.

---

6 공주은, 앞의 글, 308~309쪽 참조.

7 위의 글, 311쪽 참조. 「오후의 해조」에서 주인공의 이름은 '한민 씨!'라는 보조 인물의 부름을 통해 딱 한 번 드러나고, 그 외에는 줄곧 '그'라고 서술된다.

김태진·추적양·나웅·강호, 시나리오 「도화선」

『조선일보』, 1933.01.10.~02.14.

공동제작: 김태진(金兌鎭), 추적양(秋赤陽),
나웅(羅雄), 강호(姜湖)

두 대립 (2)

성칠은 가슴을 턱 펴고 덥네는 시선을 안추하며[1] 판 안을 다시 한번 돌아본다.

—네 사람 중에 돈을 잃는 사람은 자기까지 셋이다.

세 사람의 잃은 돈은 물주에게. 물주로 앉은 몸집 작은 사내는 생매[鷹[2]]와 같이 돈을 움킨다. 얼굴은 음옥[3]하고 이름 대신에 '복어알'이란 변명을 가진 직공—돈을 움켜버린 복어알의 손은 패쪽을 나누며 새판을 편다.

성칠은 팔을 걷어 올린다.

승패의 끝을 내고 마는 도박의 고집성—

---

* 1월 10일부터 연재되었을 것으로 추측되나 현재 해당 날짜 지면은 유실된 상태다. "해제" 참조.

1 원문 그대로임.

2 매, 송골매, 해동청을 뜻하는 '응'.

3 음옥(淫慾): ① 음탕한 욕심. ② 호색하는 마음, 색욕.

팔십 전은 일원으로

일원은 이원으로

그의 밑천은 들려간다.

오늘은 웬일일까? 눈을 딱 감고 주머니에서 골패쪽을 떨어뜨린다.

돈을 잃을 때, 놀음을 시작할 때, 이것으로 그날의 운수를 보는 성칠의 독특한 버릇이다.

떨어진 골패쪽을 보는 그의 큰 눈.

탕–성칠의 손바닥은 날쌔게 땅바닥을 울렸다. 놓인 일원 지폐 한 장.

–최후의 투자!

"이번에야 설마" 떨리는 성칠의 손은 패쪽을 잡으려 할 때 심상치 않은 상대자의 손등.

성칠의 시선은 그 손등을 쏜다.

복어알의 인지끼[4] –

놀랜 사자–

성칠은 복어알을 한 줌에 쥐었다. 그리고 영창을 겨누고 뿌렸다. 떨어져 구르는 문쪽.

왁–하는 도박장.

밖으로 튀어나온 네 사람.

벌어진 싸움–

성칠은 덮치듯이 복어알의 멱살을 잡았다.

도드라진 눈, 땀 솟는 이마.

복어알은 발버둥 친다.

그 멱살을 흔들면서 성칠은

---

4 인치키(いんちき). 협잡, 부정.

"요 자식 돈을 죄 바쳐라."

나머지 두 사람은 성칠을 향하여 뒤로 습격한다.

성칠은 홱 돌아서면서 하나를 집어치고는 고함을 지른다.

"오냐, 그런 네놈들이 한편이 되어 내 돈을……."

〈그림 1〉 1.11.
성칠 – 안민(安民), 스틸 – 동방키노

달려드는 기관차같이–집히는 대로 뿌리는 성칠이의

–통쾌한 태도.

목을 늘이고 서 있는 구경꾼.

구경꾼의 장쾌한 웃음.

이틈을 타서 달아나는 복어알.

쫓아가려는 성칠.

그것을 방해하는 두 놈.

최후의 일격을 주고 달아나는 성칠. 헤여지는[5] 구경꾼.

복어알의 향방은 알 수 없었다.

옷의 먼지를 털고 있는 성칠. 그 어깨를 가볍게 치는 손–

어떤 놈이냐? 하는 듯이 날쌔게 돌쳐보는 성칠이의 눈–

그 눈은 광폭에서 순박으로.

한참 보던 성칠이는 거북한 웃음을 띠면서

"하조계(荷造係)[6]의 영호가 아닌가?"

---

5 '헤어지다'의 북한어.

6 운송할 짐을 꾸리는 부서.

하조계의 영호(英虎)! 영호!

그는 캡 쓴 사나이다-

그가 영호였던 것이다.

무거운 짐을 등에다 느끼면서 낮에는 공장에서, 밤은 밤대로 늦게까지 무덤과 ××의 길을 나서서 규율 있는 발자취를 더듬는 영호다.

영호는 성칠의 손등을 가리킨다. 그리고 말한다.

"피가 흐르네그려.[7] 밤도 엔간히 늦었는데 가서 자게나."

말을 마친 영호는 성칠을 본다. 얼굴 골짜기에서 번쩍이는 그 눈. 광대뼈 아래로 흐르는 근육의 물결. 일자로 다물어진 그 입. 그것은 고민에 대하여 부단히 울렁거리는 불만을 말하고 있다.

아무 죄도 없이 머리에 내리는 억울을 부르짖고 있으나 벙어리의 몸짓과 같이 호소할 갈래를 모르는 분노다. 그러나 목덜미는, 구리기둥과 같은 그 팔뚝은, 그리고 대지에 버틴 두 다리는, 뛰노는 가슴의 호흡은 영호가 무엇을 생각하게 했을까.

힘!

역량

노동자의 변하지 않는 의기!

이 힘, 역량, 의기의. 그렇다!

영호는 오히려 제 힘과 제 손이 약함을 깨달았다.

그리고 오늘도 이 사람들은-아니 지금 막 무엇을 하였던가.

도박과 싸움!

영호는 생각했다.

『어머니』란 고리키 소설[8]의 주인공 파벨의 아버지는 왜 폭음과 난폭

---

7 원문은 "흘르이그려".

과 싸움으로 살았던가. 그 시대 그 나라의 노동자들의 무거운 고민. 그 고민을 어떻게 해서야 좋을까를 모르는 트집-

이 트집!!

그것은 그들의 오직 자유의 한 가지인 표현이다.

누가 이 트집마저 누를 수 있을 것인가.

그 트집을 어떻게 수리할 것인가- 영호는 입술을 고요히 깨물었다.

02회, 1933.01.11.

두 대립 (2)[9]

영호는 묵례를 하고 성칠의 곁을 떠나간다. 갑자기 생각난 듯이 성칠은 영호를 부르면서

"다치노미[10] 한잔 하지 않겠나."

영호는 가볍게 거절하고 간다.

합영고무공장 내의 모든 직공들과 같이 성칠이도 영호에게 호의를 가진 한 사람이다. 그것은 왜? 공장 내에서 가장 입이 무거운 사내- 그리다가도 적은 일에 까지도 직공들의 이익을 위해서는 누구보다도 앞장을 서는 영호이기 때문이었다.

달은 넘어갔다.

등들이 늘어 달린 좁은 길-주정꾼의 번잡, 값싼 노래의 교향, 양복쟁

---

8 막심 고리키의 장편소설 『어머니(Мать)』(1906년)를 말한다.

9 원문 그대로임.

10 다치노미(立(ち)飲み): 선술집, 서서 마시다.

이 무리가 지나간다.

"여보 양복쟁이 손님들 들어오세요."

분 바른 얼굴이 애교를 던진다. 직공 떼가 올라온다. 그 뒤를 줄달음쳐 가서 한 직공의 손목을 끄는 여자- 하늘에 날린 치마꼬리. 이 여자가 나오던 집 건넌방 열려진 문턱에 한 계집애가 바깥을 내다보며 앉아있다.

장난감 같은 경대. 군때 묻은 이불- 맥주병을 들고 서 있는 이리에 다카코[11]의 포스터.

별장단을 맞추며 노래하는 계집애.

('술은 눈물이냐 한숨이냐' 『곡(曲)』)[12]

1 공장에 기적소리
　　들릴 때마다
　노동자인 얼굴이
　　그립습니다
2 이내 몸은 불타노라
　　용광로에서
　그놈에게 그슬려서
　　발갛게 탑니다
3 기약 전에 오지 못할
　　당신인 줄은

〈그림 2〉 1.12.
지순 – 이귀례(李貴禮), 스틸 – 동방키노

11 入江たか子(1911~1995). 일본의 영화배우로, 미조구치 겐지 감독의 〈도쿄 행진곡(東京行進曲, 1929)〉 등에 출연했다.

12 1932년 콜롬비아 레코드에서 발매된 유행가 〈술은 눈물일가 한숨이랄가〉의 멜로디에 새로운 가사를 붙여 부른다는 의미가 아닐까 한다. 이 유행가는 일본의 고가 마사오(古賀政男)가 작곡하고 후지야마 이치로(藤山一郎)가 불렀던 1932년작 〈酒は涙か溜息か〉의 번안곡이다.

번연히 알면서도

발버둥칩니다

－(4절 약(略))－

노래를 멈추고 누구를 본다.

빙그레 웃는 붉고 큰 얼굴. 그는 성칠이다. 껑충 뛰어서 덥석 껴안는 성칠의 팔.

발악을 쓰려 빠져가는 계집애.

그것을 붙잡으려 하지도 않고 성칠은 방 안에 상체를 던진다.

살그머니 와서 그 곁에 앉는 계집애. 성칠의 귓속에 뭐라고 속삭인다. 눈감은 채로 성칠은 계집애를 보지도 않고 중얼거린다.

"오늘은 이게 없단 말이야."

그의 손가락은 동그랗게 공중에서 두어 번 바람을 날린다.

계집애는 나갔다가 돌아온다. 머뭇머뭇하면서 말한다.

"주인이 안 돼요."

성칠은 머리만 들고 한참 보다가 몸을 일으키더니

"주인－? 누가 너더러 그런 걸 알아 오랬느냐? 이년이 내게 반했구나. 아서라, ××× 밖엔 가진 게 없는 나를 어쩔 심으로."

웃음과 함께 말끝을 맺고 어슬렁어슬렁 밖으로－

길가는 여전히 소란하다.

영호－ 그는 어떤 집 뒤로 돌아간다. 조그만 들창 앞에 선다.

휘파람－

두 번째 부는 영호의 휘파람이 그쳤을 때

희미한 들창은 가만히 열린다.

펵 기다렸다는 듯이
웃음 띤 여자의 얼굴은
영호의 호흡을 맞으면서
입술을 옴추린다.

정색하는 남녀의
짧은 침묵-
영호는 말한다.
"급기야 ×들은 합동을 하게 되는 모양이오."
여자의 눈은 깜박한다. 연달아 묻는다.
"우리 공장하고요?"
영호는 머리를 끄덕한다. 말을 계속한다. 여자는 한편을 고요히 지키고 있다.
"내일 밤 일곱 시에 그 동무들에게 모여 달라는 것을……."
"어디서?" 하고 묻던 여자는 번개같이 알아챌 수 있었다.
큰 손과 작은 손. 남자의 손과 여자의 손. 힘있게 잡혀졌다. 뜨거운 동지의 교류-

여자-그는 선일(鮮一) 고무공장의 직공 지순(只順)이라 한다.
들창을 닫고 돌아서는 방 안의 지순.
자작(自作) 침의(寢衣)를 입고 풀어진 머리를 쓰다듬는다.
바스켓 하나와 팸플릿이 나직이 쌓여있을 뿐이다.
잠 안 오는 밤은 명령하듯이 지순이의 가슴을 찾아왔다.
이불의 한모를 젖히고 앉는다. 보던 책을 덮고 지순은 생각했다.

[이후 10행 정도 삭제됨]

03회, 1933.01.12.

두 대립 (4)

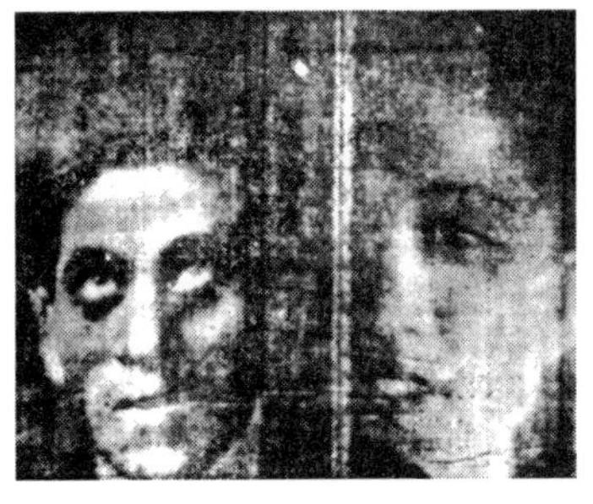

〈그림 3〉 1.13. 스틸 – 동방키노

지순이는 또 한 편을 본다.

어지러운 환상이 일어난다. 수백 수천의 해쓱한 얼굴.

힘껏 벌리고 제각기 외치는 입술.

틀린 노릇이다.

속임수다.

살 수 없게 마련이다.

바로 잡아놓아야겠다.

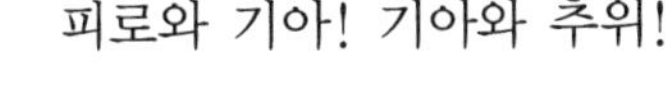

피로와 기아! 기아와 추위!

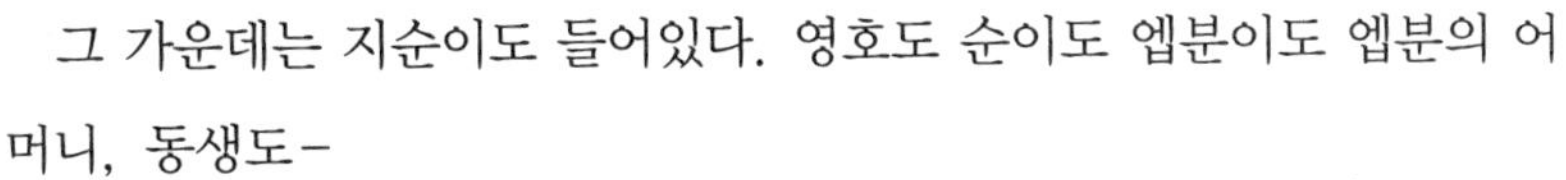

그 가운데는 지순이도 들어있다. 영호도 순이도 엡분이도 엡분의 어머니, 동생도–

한곳을 노려보는 낯익은 얼굴! 얼굴!

얼굴의 대해(大海)

……(3행 약(略))……

–지순의 가슴은 물결친다.

그리고 고함친다.

“안된다!”

“못한다!”

발끈 쥔 두 주먹은
공중에 솟는다.
아니다! 아니다!
그는 몇 번이나 부르짖었다.

나직한 대문에 아무렇게나 써서 붙인 종이의 글자
–셋방 있소–
비틀거리며 그 앞에 와서
내려놓듯이 버티는 큰 발
검은 손 하나가 들어와서는
그 글자를 찢는다.
찢고 난 자리를 노려보는 성칠.
성칠은 문을 두들기면서
중얼거린다.
입에서는 침방울이 튄다.
바지춤을 잡고 눈을 비비며 나오는 사람. 이 집 늙은 주인이다.
성칠을 한참 쳐다보고는
억지로 내미는 웃음으로
“왔네그려. 열흘이나 들어오지 않기에 생으로 비워두는 것이 어떻고 해서…….”
성칠이는 문안으로 들어선다. 제 방의 영창을 왈칵 연다.
열흘 동안 주인을 잃었던 방– 이불은 깔린 대로 있다.
주인은 대문을 잠그고 안 칸으로 들어간다. 그 등 뒤에다가 던지듯이 성칠은 말한다.
“열흘을 안 들어오든 백날을 안 들어오든 세를 치렀으니 여기는 내방이 아니냐 말야."

방 안에 흐트러진 물건을 성칠은 훑어본다. 빙그레 웃으며 이야기를 보낸다.

"그렇지-?" 대답없는 물건들- 성칠은 크게 웃는다.

딱따기가 지나간다.

이튿날 아침-

태양은 아직 굴뚝의 이마에만 빛을 던지고 있을 뿐이다.

공장지대의 하루는 시작된다.

물지게의 삐걱 소리는 골목에 찬다.

"무두령 사료"의 고함은 집집의 방 앞에다 뿌리며 간다.

성칠이도 눈을 떴다.

-밤은 낮으로 바뀌든 말든 굴뚝의 연기는 멈출 줄 몰랐다.

무렁무렁 굽이치는 연기는 잠에 굶주린 생명들의 피로에서 얻은 (중략) 가스였던 것이다.

일시에 네 개의 사이렌은 같은 조자[13]로 고함을 지른다. 공장을 향하여 공장을 향하여- 골목은 직공으로 미었다.

성칠도 분주히 문간을 나선다. 걸음을 재촉하는 그의 뒷모양. 열 발자국도 못 가서 어떤 골목에 시선을 모으며 어슬렁어슬렁한다.

누굴까? 어디서 본 듯한 그 얼굴- 성칠은 생각한다.

그 골목을 나오는 사람.

그는 지순이다.

---

13 조자(調子): 소리의 높낮이가 길이나 리듬과 어울려 나타나는 음의 흐름.

무심히 지나치는 지순.

그 뒤로 따라가며 생각하는 성칠의 크게 뜬 눈-

검은 판장에 붙어서 걸어오는 성칠. 어디서 본 여자던가-?

생각.

생각.

그의 큰 눈은 두어 번 끔벅한다. 끔벅하던 눈은 불시에 조상(彫像)의 그것과 같이 고요하다.

지순의 얼굴을 다시 한번 되풀이해 본다.

기억. 기억의 실마리는 풀렸다. 성칠의 입술에는 웃음이 돈다.

주먹은 손바닥을 갈겼다.

지순?

지순?

그렇다 지순이다!

공장에 간 성칠은 화덕에 석탄을 퍼 넣고 나서 도량기를 본다. 그리고는 지순을 생각한다.

어떻게 되어서 여기로 왔을까. 도량기를 지키던 그의 시야에는-

-어느 해 꽃핀 고향의 들이 나타난다.

머리를 땋아 내린 지순-동무들과 나물을 캐고 그 앞으로 쟁기를 지고 오는 성칠이 지순이는 보고 말한다.

"아버지 계시냐. 내일 소 좀 빌려 달라더라구 그래라."

지순은 샐쭉하며 대답한다.

"우리는 어떻게 하고…….막 바쁜 때에……. 제가 가서 말해도 안 될걸 날더러 말하라구? 왜 이래 온 어림도 없이……."

성칠은 요년이 어느새 요렇게 여물었나 하고 웃으며 지나간다.

– 메–돌귀[14]를 쳐다보던 성칠은 긴 숨을 내쉬고 공장 바깥을 본다. 지순을 생각하는 성칠[네 글자 정도 판독불가]

04회, 1933.01.13.

두 대립 (5)

바깥에는 두 대의 택시가 섰다. 그 속에서는 선일고무공장의 지배인 외에 여러 양복쟁이들이 내리는 것이 보인다.

〈그림 4〉 1.14.
영호 : 나웅, 기삼 : 김승일(金承一),
스틸 – 동방키노

며칠 동안 계속하여 싸다니는 택시– 그리고 신사들의 공장 방문. 성칠은 영문을 몰랐다.

또 알려주는 사람도 없었다.

–창밖으로 '복어알'이 지나간다. 성칠은 한번 걸리기만 해라, 요 자식! 하며 속으로 벼르고 콧노래를 부르며 도량기 있는 편으로 간다.

공장에서의 귀로–

단순한 위안.

공복의 유혹.

성칠은 선술집에서 동무와 나와서 갈라진다.

---

14 미터(メートル; meter)귀. '미터기'로 추측된다.

반찬가게 앞.

보자기에 무엇인지 싸들고 나오는 지순.

지순과 마주치는 성칠.

두 사람은 쳐다보고 내려다본다.

성칠은 빙긋 웃으며

"몰라보는 모양이군. 성칠이오. 배나무집 성칠……."

성장한 지순이에게 옛날 말버릇으로 대하기가 거북했다.

지순은 놀란다. 그리고 웃는다. 고향 사람. 오빠와 같은 사나이.

지순은 다정하게 쳐다보며

"저를 어떻게 그처럼 쉽게 알아보셨어요."

영롱한 눈. 오뚝하고 건강한 몸은 못되나 의리가 있음직한 그 얼굴. 똑똑한 말씨. 그 말씨는 옛날의 지순을 상상도 못 할 만큼 틀 잡힌 여자, 엄숙한 기질을 가진 여자란 것을 느낀 성칠은- 한편 자랑스럽기도 하다. 한편으로 이 여자는 자기보다 출세나 한 듯 우월한 지위에나 있는 듯한 생각이 들었다.

성칠은 걷기 시작하면서 대답한다.

"아침에 공장으로 가다가 지순이를 보기는 했으나 잘 모르겠더군. 그래 한참 생각하다가 지금 다시 만났으니 쉽게 알아볼 수가 있었소?"

두 사람은 걸어오면서 말을 주고받고 한다. 성칠은 합영고무공장에, 지순은 선일고무공장에 있다는 것을, 그리고 한마을에 있고도 그처럼 몰랐다는 것, 지내는 형편, 고향 형편을 이야기할 사이에 지순의 집 골목 앞까지 왔다. 지순을 제집을 가리키며

"다음에 한 번 만나서 이야기나 하고 싶습니다."

지순은 머리를 가볍게 숙이면서 들어가 버린다.

작부-

매소부[15] –

이외에 여자를 모르던 성칠은 지순이 같은 여자가 자기의 주위에 가까운 곳에 있는 것을 발견했다는 것이 기이하게 생각되었다……. 한번 만나서 이야기를 하고 싶다고!

지순은 무슨 이야기가 있을까?

고향 여자!

같은 출신의 여자.

수백 리를 떠나서 만나는

그와– 나

그는 나에게 무엇을 말할까?

나는 또 어떻게 대해야 좋을까.

지순이에 대한 생각은

성칠의 머리를 차지했다.

거리는 벌써 컴컴하다.

노동 하숙–

지순이의 방.

깊숙이 들어가 있는 한 칸 방.

마루에는 지순의 자취 도구–

그 방과 비스름히 있는 좀 넓은 방.

방 앞에는 고무신, 구두, 지가다비[16] 오륙 켤레가 놓여있다.

희미한 전등 아래에

15 매소부(賣笑婦). 돈을 받고 남자에게 몸을 파는 여자.

16 じかたび [地下足袋·直足袋]. (노동자용의) 작업화. 왜버선 모양에 고무 창을 댐.

영호와 지순이 외에

네 사람의 직공이 모아 앉은 그 방 안!

방 안 사람들의 시선은 영호에게 모이고 있다.

침착하게 그러나 열있게 영호는 말한다.

"두 공장이 합동한다는 것은 어디로 보든지 확실합니다. 이 합동에 대한 우리들의 대책은 아까에도 말씀했지만 우리들 손으로 세워야만 합니다."

영호는 말을 맺는다.

바싹 마르고 나이가 사십을 훨씬 넘은 합영고무공장의 늙은 직공 기삼(基三)이는 영호의 말을 받는다.

"그렇지요. 우리의 형편을 밑장까지 알 수 있는 것은 우리밖에 누가 있나요. 그런데 준비가 튼튼히 서야 하지 않겠소."

튼튼한 준비-!

기삼이는 얼굴을 찌푸린다.

순남이, 복돌이, 금쇠, 용녀, 젖먹이, 젖먹이의 여섯 자식이 눈앞에 보인다.

새벽부터 밤중까지 시달리며 굶주리는 아내가 보인다.

아! 이것들을 어떻게 하나! 기삼이는 머리를 들고 주먹을 쥐면서 입속으로 외쳤다.

-저것들만 아니면

비록 내가 나이는 먹었으되-

기삼이는 손으로 머리를 짚는다.

05회, 1933.01.14.

두 대립 (6)

기삼의 침울한 모양에 반(反)해 명랑하게 희망을 건네주는 웃음으로 영호는 주먹을 다지면서 말한다.

"물론 어떻게 해야겠다는 방법도 중요는 합니다마는 꼭 해야 할 일을 실행하는 데만 그 방법의 길은 나오는 것입니다."

말은 끝났다. 방 안은 침묵한다.

지순이의 알선으로 오늘 밤부터 자리를 같이 하게 된 사나이. 그는 선일고무공장의 순석(旬石)이다. 가장 나어린[17] 그는 영호의 말을 이어서 흥분된 어조로

"나는 무식은 합니다마는 영호 동무의 말이 옳은 것 같소."

영호는 또 지순을 향하여 말한다.

"중요한 여직공 동무를 더 활발하게 획득해야겠으니 거기에 대해서는 지순 동무가 책임을 지고 활동해야 됩니다."

지순은 그 말에 이의가 없다는 대답을 표한다. 그리고 말을 한다.

"일에 경험이 없느니만큼 활동에 대해서도 망설일 때가 많습니다."

영호는 한번 방 안을 돌아본다. 그리고 말한다.

"네- 그 점에 대해서는 무엇보다도 우선 말씀하려는 중심점입니다. 그것은 이렇습니다."

영호는 나직이 차근차근히 말한다. 일동은 눈 하나 깜짝이지 않고 듣는다.

17 나이가 어린.

합영고무주식회사 밀의실(合榮護模[18]株式會社 密議室)-

창마다 내려 덮인 커튼.

전광은 낮과 같이 비치고 있다.

합영고무주식회사와

선일고무주식회사와

최고간부회의 밤이다-

장부와 서류가 쌓여있는 원탁 안락의자.

〈그림 5〉 1.15.
합영회사 전무 : 변석(邊碩), 동(同) 비서 : 김승일, 선일회사 측 대표 : 노항규(魯恒奎), 스틸 – 동방키노

여송연의 냄새.

급사가 차를 따르고 나간다.

사오 인의 노년, 장년 신사가 둘러앉은 옆에는 합영회사 전무의 비서가 결산보고를 하고 있다.

"소화 5년[19] 제1기 결산은 이렇습니다."

비서는 숫자를 보고한다.

흥미를 가지는 얼굴

그는 선일고무회사 측의 간부다. 합영회사 측의 대표자가 말한다.

"귀사와 본사의 제휴는 이 결산 숫자의 배를 돌파할 것이 역력히 보입니다. 그리고 판로의 새로운 개척……. 그것은 군소공장의 자연폐쇄가 아니겠습니까. 하하하하하하."

말을 마친 사람은 탐욕의 흥분으로 웃는다.

그것을 따라 웃는 사람들. 머리를 끄덕인다.

---

18 호모(護模). '고무'의 일본식 한자 표기.

19 '1930년'을 말한다.

비서가 전무에게 귓속말을 한다. 전무는 그리하라고 한다.

누르는 벨. 뛰어오는 급사.

"441번에 주문한 것은 어떻게 되었느냐."

"지금 막 왔습니다."

"들여오너라."

들어오는 요리.

요리의 가지가지.

웃고 버티며 중얼거리는 인물들. 기름에 번쩍이는 둔한 얼굴들. 회석은 잠깐 소란하다.

열을 토하는 영호.

흥분.

증오.

긴장.

이것이 고조되는

지순.

순석.

기삼.

또 한 사람.

또 한 사람-그들의 얼굴-한층 더 기운차고 빛나는 영호, 한층 더 긴장한 얼굴들-그것은 각오로 결심으로…….

영호는 말한다.

"기삼 동무 같은 분은 누구보다 굳세어야 합니다. 어린 자녀가 여섯씩 있고 또 연세가 많다는 그러한 개인 사정 앞에 꺾여서는 안 됩니다. 방중에 누가……, 아니 우리들 수백 명 중에는 한 사람도 개인 사정이 없는 사람은 없습니다."

영호는 손을 들어 열변한다.

그러나 끝까지 냉정하다.

–개인 사정을 이기고 나가야 그 고통이 있을수록 더욱 힘있게 서야 한다.

[약 5행 삭제됨]

기삼이도, 순석이도, 지순이도 눈들은 빛난다.

광명의 길을 내다보듯이……. 영호는 또 말한다.

[약 5행 삭제됨]

말은 없으나 각자의 얼굴은 각오와 맹세의 굳은 결심이 떠오른다. 기삼이는 영호의 손을 잡는다.

"사실 나는 고민을 했네. 새끼들 때문에. 그러나 이제는 자네 말을[20] 죽어도 따르겠네. 용서하게."

두 사람의 단단히 잡은 큰 주먹. 밤은 점점 고요해진다.

"만주나 호야"[21] 소리가 지나간다.

06회, 1933.01.15.

밀고자 (1)

그 이튿날 성칠의 방.

---

20 원문은 "말밤을"이나 오식으로 보인다.

21 밤에 골목이나 거리를 다니며 만두를 팔던 사람들이 외치던 말이다. 보통 "만주나 호야호야(好也好也)", "호야호야 만주"라 외쳤다.

희미한 남폿불에 비쳐 다 뜯어져 너털거리는 벽. 그 사이에 백묵으로 함부로 그린 계집애 얼굴이 보인다.

이불, 옷, 술병이 흐트러졌다.

박서방과 이불 속을 추어가며 무엇을 부리나케 찾고 있는 성칠은 조그만 방을 휘쓸고 돌아다닌다.

구석구석이 찾아보았으나 아무것도 안 보인다.

화를 내며 이불을 박차 내던지고 그 위에 털퍽 앉는다.

입맛을 쩍쩍 다시며 혼자 중얼거린다.

귀찮다는 듯이 머리를 긁다가 제가 쓰고 있는 캡을 만진다. 이제야 찾았다고 모자를 벗어본다. 쓰고 앉은 모자를 여태껏 찾은 생각을 하고 혼자 싱거운 웃음을 웃는다.

다른 날보다 오늘은 퍽 기분이 좋은 모양이다.

두 쪽에 난 거울을 들여다보며 연해 얼굴을 만지며 기름때 묻은 작업복을 이리 만지고 저리 만진다.

벽에 그린 계집애 그림을 들여다보며 몇 년 만에 만나게 된 지순이의 얼굴을 눈앞에 그려본다.

어깨를 으쓱하고 나가려 하다가 다시 포켓에 손을 넣어 무엇을 찾는다. 이윽고 끄집어내는 골패짝—한번 손바닥 위에 데굴 굴려보고는 나간다.

싸늘한 달이 우뚝우뚝 솟은 연돌[22] 위에 댕그러니 올라앉았다. 밤일을 하는 공장의 엔진—소리가 그리 멀지 않은 데서 요란스럽게 들려온다.

아까부터 지순이의 하숙 문 앞에서 왔다 갔다 하던 성칠이는 마침 바깥으로 나오는 하숙 주인을 만나 지순이의 있는 방을 물어본다.

22 연돌(煙突): 굴뚝.

성칠이는 몇 번이나 주저하다가 그 집 안으로 들어간다.

직공들만 들어있는 하숙이다.

ㄱ자로 연달아있는 방을 몇 개나 지나서 맨 끝 방문 앞까지 온 성칠이는 도적질이나 하는 것처럼 가슴이 두근거렸다.

하숙 주인의 가르쳐준 방. 여기가 지순이가 들어있는 방이다.

성칠은 문을 열려고 미닫이에다 손을 대었다가 도로 떼며 어줍은[23] 웃음을 웃으며 머리를 긁는다.

다시 가만히 문을 조금 열고 안을 들여다본다.

방 안에는 아무도 없다.

그제야 한쪽 미닫이를 다 열고 고개를 안으로 디민다.

방 안에는 헌 치마 하나가 걸려있고 이불과 팸플릿 몇 권 있을 뿐이다.

성칠은 저윽이 실망하여 문을 닫고 기운 없이 돌아섰다가 문 쪽을 다시 한번 바라보고는 어슬렁어슬렁 걸어 나온다. 나오다가 맞은편에 외따로 있는 방문 앞에 신발이 많이 놓인 것을 보았다. 구두, 다 떨어진 구두, 여자 고무신, 지가다비.

왜들 사람이 많이 모여 있을까! 한참 보고 있던 성칠의 눈은 갑자기 기쁨으로 변한다. 무엇인지를 알아맞힌 것같이 주먹으로 손바닥을 한번 딱 때린다.

"야! 노름을 하는구나. 한몫 낄까?"

노름과 술밖에 모르는 성칠은 여러 사람이 모여 앉았으면 노름을 하려니 했다.

그가 공장 생활에서 얻은 것은 노름과 술뿐이었다.

노동강화! 공황! 빈곤! 여기에서 일어나는 생활의 울분과 감당해 나

23 ① 말이나 행동이 익숙지 않아 서투르고 어설픈. ② 어쩔 줄을 몰라 겸연쩍거나 어색한.

갈 수 없는 노동에서 얻은 피곤한 몸을 술로 씻으려 했다. 얼마 안 되는 삯전으로 날마다 술을 먹어가려는 그는 그 술값을 노름에서 구했다. 그래서 지금은 노름과 술을 떠나서는 살지 못할 것 같이 생각이 들었다.

성칠은 지금도 한몫 껴보려고 어깨를 으쓱하고 허리띠를 조른다.

주머니에서 전 재산을 톡톡 털어본다.

오십 전짜리 은화 한 잎.

그것을 다시 집어넣고 골패짝을 꺼내서 땅바닥에다 한번 데굴 굴리고는 손바닥을 때린다.

이만하면 오늘은 노름에 따먹을 운수가 좋다는 듯한 흡족한 웃음! 그러나 그 웃음은 돈 많이 가진 노름꾼들의 탐욕에 젖은 웃음은 아니다.

성칠은 가만가만히 걸어서 창 앞에다 귀를 바싹대다가 문을 조금 열고 안을 들여다본다.

오촉 전등 불빛이 가늘게 새어 나와 성칠의 눈을 비춘다.

다른 사람은 안 보이고 영호와 긴장된 얼굴만이 문틈으로 보인다.

들여보는 성칠의 얼굴에는 의아의 빛이 돈다. 영호와 같은 얌전한 사람이 노름을 할 리는 없는데—그는 눈을 비비고 들여다본다.

(금일 스틸) 성칠—현민[24]

[1행 판독불가]

07회, 1933.01.17.

---

24 이 회 연재분에는 스틸사진이 실리지 않았는데도 배역 설명이 있다.

방 안

희미한 전등불이 까물거리는 밑에서

수레바퀴와 같이 둘러앉아 있는 직공들

모두가 믿음직한 얼굴이다.

오늘은 가장 중대한 회합이다…….

전에 모였을 때보다 남녀 직공이 배나 더 모였다. 이것은 영호와 지순, 순석이와 기삼의 활동이 컸던 까닭이다.

나직하고도 힘 있는 어조로 말하는 영호.

한마디도 빼지 않으려고 열심히 귀를 기울이는 직공들의 얼굴. 힘 있는 얼굴.

영호의 입술은 점점 불이 붙는다.

직공들의 깨달아가는 얼굴. 숨을 죽이고 듣고 있는 얼굴.

영호는 말을 계속한다.

"그러니까 두 공장이 합동된다면 선일과 합영 양 공장에서 5, 60명 이상의 동무들이 해고될 것이란 것은 뻔한 사실이오."

백열된 입술과 입술

긴장된 얼굴, 얼굴.

쥐어진 주먹

– (대사[25] 약(略)) –

조그만 방 안은 터질 것 같다.

올렸다 내렸다 하는 억센 팔.

흥분된 얼굴.

〈그림 6〉 1.18.
영호 : 나웅, 직공 A : 오연수(吳連壽), 직공 B : 임정화(林正華), 직공 G : 이상▨(李相▨), 직공 O : [이하 약 2행 유실됨]

---

25 원문은 "對辭"이나 "臺詞"의 오식으로 보인다.

연약하나마 힘있게 쥐어진 여공들의 주먹!

영호의 입은 불꽃으로 변한다.

“그러니까 우리도 굶지 않고 살아 나가려면 (약(略)) 이것밖에는 없다.”

“그렇다. 그것이 우리의 살아 나갈 오직 하나의 방도인 것이다. (중략)

[2행 삭제됨]

기삼이는 여윈 볼을 움직이며 주먹을 힘있게 올린다.

“우리가 이 길을 취하지 않는다면 집에 남아 있는 처자들과 굶어 죽을 수밖에 없다.”

힘있게 올린 억센 주먹과 연약한 주먹! 주먹! 입. 입.

“그렇다.”

“그렇고말고.”

“– 약(略) –”

“누구 한 사람을 위해서가 아니다.”

“합동만 되면 우리는 한 푼 없이 내쫓기고 말 것이다.”

“그것을 이겨나가려면 우리가 모두 팔을 껴야 한다.”

“– 약(略) –”

의지와 의지가 착렬(錯烈)되어 화연(煙)을 뿜는다.

썩어빠진 전통과 도덕의 (약(略))에 잠들었던 우리들은 깨어난다.

기삼이의 주름살 잡힌 눈에는 눈물이 글썽글썽했다.

지순이와 다른 여공들의 흥분된 양 뺨에도 어느덧 눈물이 고여 있다. 그러나 그것을 씻으려 하지도 않는다.

직공들만이 맛볼 수 있는 따뜻한 숨결 [이하 약 2행 삭제됨].

치고 나갈 억센 팔과 믿음이 있다.

얼마간 침묵이 계속되었다.

밤일하는 공장의 모–터 소리가 들린다.

이윽고 영호는 고개를 들어 입을 연다.

"우리는 [이하 약 6행 삭제됨]."

영호는 말을 마치고 모여 앉은 동무들을 휘- 둘러본다.

우리의 일을 위해서는 그까짓 곤란쯤이야 아무것도 아니라는 듯이 모두들 고개를 힘있게 끄덕인다.

미닫이 방에서 아까부터 들여다보고 섰던 성칠이는 다시 문을 가만히 닫아버린다. 그 이상 듣고 싶은 흥미가 없었던 것이다.

성칠이는 두어 발자국 걸어오다가 무엇을 생각하는 듯이 우두커니 선다.

그는 영호의 말을 다시 생각해 보았다. 모두가 옳은 말 같기도 하다. 그러나 큰 회사에서 하는 일을 어떻게 막을 수가 있을까? 도리어 해고만 당할 뿐이지- 그렇지만 영호와 같은 얌전한 사람이 거짓말을 할 리는 없는데…….

여기까지 생각한 성칠은 더 생각하기가 귀찮았다. 해고도 당하기 전에 공연히 걱정만 하고 있는 것이 퍽 어리석은 일 같이 생각되었다.

그는 자기와는 아무 관계도 없는 말을 들은 것처럼 가느다란 휘파람을 불며 술집으로 발을 옮긴다.

08회, 1933.01.18.

"어서 오십시오"

목청을 길게 빼서 들어오는 손을 맞는 술청에 앉아있는 새악시.

문턱을 쓱 들어서니 너비아니 굽는 냄새, 지짐이[26] 끓이는 냄새가 코를 쿡 찌른다.

성칠은 입맛을 한번 다시고는 큰 기침을 콱-하고 술청 앞으로 성큼 성큼 걸어간다.

술청 앞에 술 먹는 사람이 두어 무더기 서 있다. 직공들도 섞였다. 계집애하고 잡담을 주고받고 하는 사람, 술 먹는 사람, 성칠이가 가자 모두들 비켜선다. 걸리면 좋지 않을 것을 안 모양이다.

〈그림 7〉 1.19.
성칠 : 안민, 직공 감독 : 이일인(李一仁),
스틸 – 동방키노

계집애는 없는 아양을 떨며

"왜 오늘은 늦었어요."

성칠은 빙긋이 웃으며 곰의 발 같은 손을 덥석 갖다 계집애의 목을 껴안으며 입을 갖다 대려 한다.

"늦었다니. 그렇게 나를 보고 싶었더냐."

계집애는 상을 찌푸리고 억센 팔을 물리치며 어서 술이나 먹으라고 한다.

성칠은 싱글싱글 웃으며 술잔을 든다.

한 잔, 두 잔, 석 잔

술이 거나했다.

성칠의 공장의 직공 감독이 얼큰해서 들어온다.

주독으로 시뻘건 코, 헙수룩하게 난 수염, 부리부리한 눈. 마치 콧병 들린 불독을 연상케 한다.

26 ① 국보다 국물을 적게 잡아 짭짤하게 끓인 음식. ② 기름에 지진 음식물을 통틀어 이르는 말.

술잔을 막 들려는 성칠의 뒤에 와서 어깨를 툭 친다.

성칠은 누가 내 어깨를 함부로 치느냐는 듯이 술잔을 놓고 상을 찌푸리며 돌려다 본다.

성칠은 찌푸렸던 상이 펴지며 공손히 모자를 벗는다.

감독은 일에 꾀 없고 기운 세고 노름과 술만 먹는 성칠이를 퍽 좋아했다. 좋아한다느니보다도 여러 직공들에게 미움을 받는 그는 성칠이와 같은 사람에게 호의를 사려고 은근히 애를 쓴다. 무엇으로 보든지 안전하니까-성칠이가 셈을 하려니까 감독은 말리며 한 잔 더하고 가라고 한다.

성칠은 웬 땡이냐는 듯이 선뜻 받아먹는다. 한 잔 또 한 잔. 성칠은 갑자기 생각이 난 듯이 마시려던 술을 놓고 입을 연다.

"저 우리 공장과 선일공장과 합동한다니 그게 정말이에요."

감독은 갑자기 눈이 둥그레지며 안색이 변한다.

"그건 누가 그래?"

성칠은 감독의 황당해하는 게 퍽 의심스러웠다. 입을 열려다가 멈춘다.

감독도 그것을 알아채고 다시 평범하게 안색을 꾸민다. 아무렇지도 않다는 듯이 술잔을 들어 성칠에게 권한다. 그리고 감독은 다시 묻는다.

성칠은 술을 마시고 나서 팔뚝으로 입을 씻으며

"우리 공장 직공들이 그러던데요."

감독은 더욱 놀랐다. 직공들은 알 리가 없는데 하고 고개를 기웃거리며 생각을 한다. 다시 고개를 들어 성칠의 눈치를 보고 음흉스럽게 웃으며 직공의 누가 그러더냐고 다정스러운 듯이 묻는다.

성칠은 아까 지순의 집에서 나오다가 영호와 여러 직공이 모여서 이야기하던 것을 생각나는 대로 말했다.

이 말이 직공들의 사활문제에 얼마나 큰 영향을 미치리라는 것은 무지한 성칠이로서는 꿈에도 생각지 못했다.

감독은 긴장된 얼굴로 부리부리한 눈을 날쌔게 굴려 가며 입을 연다.

"그렇게 되면 해고를 당할 테니까 힘을 모아서 대항하자고 영호가 그러더란 말이지? 또 그 외 다른 직공들은 누구누구 모였던가?"

성칠은 이것이 얼마나 무서운 결과를 낼 것이라는 것을 아직도 깨닫지 못했다.

"글쎄요. 다른 사람은 누군지 자세히 알 수 없으나 기삼이의 목소리는 분명히 들었어요."

감독은 만족한 듯이 빙글빙글 웃는다. 그는 이 기회에 공장주에게 자기 직책의 충실한 것을 보이려는 복안을 세웠다.

"합동을 하는지 무엇을 어떻게 하는지 낸들 알 수가 있나. 내일 가서 물어보아야지. 그런데 여보게 이후라도 그런 말을 듣거든 부디 나한테 이야기해주게. 잘 알아봐 줄 터이니……."

성칠은 어떻게 답해야 좋을는지 몰랐다.

이리하여 성칠은 자기도 모르는 사이에 밀고자가 되고 말았다.

09회, 1933.01.19.

공장

새벽공기를 잡아 흔드는 요란한 사이렌

하늘은 공장 굴뚝의 연기로 꽉 찼다.

여러 직공들은 공장문으로 흡수된다.

요란스럽게 돌아가는 차륜. 고무 구두는 쌓이고 또 쌓인다.

그 가운데로 마차와 같이 달려 다니는 남녀 직공들.

컴프레서! 무시가마[27] 하리바[28]에서 일하는 남녀 직공들.

모-터는 요란히 돌아간다.

터덜터덜 소리를 내며 돌아가는 벨트.

돌아가는 롤러- 피스톤 기어-

이런 기계를 상대로 일하는 직공. 직공이 주인이 아니고 기계가 주인이다. 로봇이 아니고는 감당해 나갈 수 없는 노동강화!

땀 씻을 틈도 없는 노동자의 얼굴.

기계와 같이 움직이는 손과 발.

배합실에서 일하는 직공.

감을 마르는 직공.

풀로 붙이며 가위로 베고 미싱[29]으로 밀고 노르[30]로 두드리는 여공들. 연약한 손에 힘을 주어 날쌔게 놀린다.

가다[31]에 끼어있는 고무신을 무시가마에 가져가는 소년공들.

손에서 손으로 쉴 새 없이 돌아다니는 소년공의 활동.

먼지가 자욱하다. 직공들은 횟가루 먼지로 코에서 목구멍까지 새까맣다.

이 기계의 주인은 공장주다.

(차간(此間) 4행 약(略))

직공의 다수는 몸의 결함이 있었다. (중략) 언제 어떻게 될지 몰랐다.

가족 있는 직공들은 허약한 몸을 안고도 가족을 위해서 팔을 놀리지

---

27 蒸(し)釜. 증기로 찌는 가마.

28 "貼り場," 즉 고무를 이어 붙이는 곳을 뜻하는 듯하다.

29 ミシン. 바느질을 하는 기계.

30 '노루발'로 추정된다. 재봉틀에서 바늘이 오르내릴 때 바느질감을 눌러주는 두 갈래로 갈라진 부속을 가리킨다.

31 かた[型]. 형, 본, 골, 거푸집.

못할 때까지 노동하지 않으면 안 되었다.

(차간(此間) 5행 약(略))

기계의 속도에 따라서 분주히 왔다 갔다 하므로 아무도 생각할 여유를 주지 않았다.

〈그림 8〉 1.20.
직공 A : 안경석(安景錫), 직공 B : 김승일, 직공 G : 변효식(邊孝植) [2-3행 유실됨].

한쪽에서 태연히 일하고 있는 영호. 그의 얼굴에는 얼마간 긴장된 빛이 떠오른다. 닥쳐올 (약(略))도 알지 못하고 부지런히 일하고 있는 여러 직공들을 볼 때 그는 초조하지 않을 수 없었다.

옆에서 같이 일하는 기삼이와 무엇이라고 수군댄다.

한쪽에서 거만스럽게 붉은 코를 앞세우고 직공의 거동을 살피는 감독의 날카로운 눈. 영호와 기삼이의 거동을 유심히 바라본다. 험상궂은 그의 얼굴은 오늘은 더 심했다.

노르로 고무신 바닥을 밀고 때리고 있던 여공 한 사람은 옆의 여공에게 무엇이라고 이야기한다.

듣고 있던 여공은 밀던 미싱을 놓고 눈이 둥그레지며 귀를 기울인다.

이때 감독이 그 앞으로 걸어온다.

이야기하던 여공들은 금방 입을 다물고 부지런히 노르와 미싱을 놀린다.

감독은 그대로 지나간다.

감독의 뒤를 대고 여공 한 사람은 혀를 쑥 내민다.

여공은 다시 이야기를 계속한다. 긴장된 얼굴.

공장의 분위기는 알지 못하는 무거운 저기압이 떠돌았다.

가마간에 불을 넣고 있는 성칠. 오늘도 열심으로 일을 하고 있다.

뒤에서 빙글빙글 웃으며 보고 서 있던 감독은 성칠의 등을 치며 잠깐 나오라고 손짓을 한다.

공장 창고- 낮에도 우중충하다. 천장에 걸려있는 고리쇠, 밧줄, 몽둥이 등등. 험상궂은 사나이 오륙 명. 화투 치는 사람, 담배 태우는 사람, 낮잠 자는 사람, 머리와 손에 붕대 두른 사람. 이곳 공장에 있는 (약(略))이다.

성칠을 데리고 들어온 감독은 어젯밤에 들은 이야기를 다시 한번 묻는다.

"어젯밤에 이야기한 것 말야. 그건 거짓말은 아니지?"

"나를 거짓말쟁이로 아셔요."

이렇게 대답을 하기는 했으나 '무엇 때문에 두 번씩이나 물어볼까?' 하고 이상하다는 듯이 감독의 얼굴을 쳐다본다.

"에이 이놈들 어디 보자."

말을 남기고 감독은 나간다. 성칠은 어찌 된 영문을 몰라 정신없이 서 있다.

"영호! 잠깐 나와!"

직공장의 부르는 목소리가 요란한 기계 소리를 헤치고 싸늘하게 들려온다.

가슴이 덜컥했으나 태연히 직공장을 따라 나오는 영호.

일하는 손을 멈추고 전기에 감전이나 된 듯이 우두커니 서 있는 직공들.

무거운 침묵이 공장을 눌렀다.

10회, 1933.01.20.

밀고자 (5)

공장 창고.

영호를 데리고 들어온 감독은 얼굴에 상처 있는 사나이에게 눈짓을 한다.

그 사나이는 알아차린 듯이 고개를 끄덕인다. 약속이 있었던 모양이다.

감독은 나가려다가 성칠을 본다. 있어도 관계치 않다는 듯이 혼자 나간다.

얼굴에 상처 있는 사나이가 눈으로 말하니 오륙 명이 일제히 달려들어 영호를 묶는다.

성칠은 자기의 밀고로 – 의식적으로 밀고를 한 것은 아니지만 – 그렇게 붙잡혀 들어온 줄은 몰랐으나 어쩐지 머리가 옷숙해지는 것을 느낀다.

– 웬일일까? –

상처 난 사나이는 구둣발로 영호를 걷어찬다.

"이놈아, 누구의 명령으로 공장의 (약(略))을 준비했어."

날카로운 영호의 눈. 꾹 다문 입.

상처 있는 사나이는 한 번 더 부르짖는다.

"안 댈 테냐……."

무지한 손으로 영호의 (약(略)) 누른다. 새파래지는 영호의 얼굴. 떨리는 다리. 그러나 여전히 입은 다물었다. (4행 약(略))

×투성이의 얼굴을 힘있게 드는 영호! 분노와 결심의 불타는 눈. 꾹 다문 입.

성칠은 주먹을 쥐었다.

그러나 그는 어쩔 줄 몰랐다.

(3행 약(略))

〈그림 9〉 1.21.
영호 : 나웅, 스틸 - 동방키노

영호는 새파랗게 질린 얼굴을 땅바닥에 파묻고 입술을 깨문다.

침통한 부르짖음!

(약(略)) 신음 소리!

(1행 약(略))

보아라 강철같이 굳게 뭉친 신념이 움직일 듯 싶으냐.

오! 철석과 같은 굳은 의지!

영호의 머리는 핑핑 돌아간다.

맹렬히 돌아가는 연동기. 피스톤. 벨트.

기삼이의 얼굴!

순석이의 얼굴!

지순이의 얼굴!

여러 남직공의 얼굴!

여직공들의 얼굴!

소년공의 얼굴!

처참한 얼굴도! 또 얼굴!

기어- 벨트!

음흉스럽게 웃는 공장주!

영호는 또 한 번 입술을 깨물었다.

영호의 팔에 끼인 몽둥이는 점점 ×××올라간다.

"어서 말해라. 너희들이 모여서 이야기하는 것을 들은 사람이 있다. 어서 대라."

이 말이 채 끝나기 전에 성칠의 정신은 아득해졌다. 등골에다 찬물을 끼얹는 것 같았다.

– 이야기하는 것을 들은 사람이 있다 – 성칠은 얼굴에 상처 난 사나이의 말을 다시 한번 되풀이해 보았다.

– 아! 그러면 내가……!

성칠의 머리에는 어젯밤 직공장과 이야기하던 것이 번개같이 떠올랐다.

– 그러니까 이것이 나 때문에 일어난 일이로구나!

성칠은 흥분된 눈으로 영호를 바라보았다.

창고 바닥을 누르고 있는 창백한 영호의 얼굴! 불타오르는 듯한 눈! 꼭 다문 입!

성칠은 눈을 감았다.

– 아 어떻게 해야 좋으냐!

숨을 죽이고 떨리는 주먹을 꼭 쥐어 보았다. 그러나 이 이상 더 보고 있기가 한없이 괴로웠다.

영호의 신음하는 소리가 들린다. 그는 눈을 가리고 바깥으로 뛰어나왔다.

성칠은 두 손으로 머리를 부둥켜안고 땅바닥에 털썩 주저앉았다. 그러나 영호의 그 무서운 눈은 눈앞에서 사라지지를 않는다. 사라지지 않을 뿐 아니라 꼬리를 물고 떠오르기만 한다–평시에 말이 적고 한쪽으로 보면 약해도 보이던 영호–그렇던 영호가 어땠느냐? 그 강고한 의지! 거기에 비해서 자기는 무한히 더럽고 약해 보였다. 자기의 몸에 침이라도 뱉고 싶었다. 그렇다. 그 사람은 무엇인지를 가지고 있다. 그의 몸 가운데는 강철보다도 굳센 힘이 숨어있다. 그것은 무엇인가? 대관절 무엇일까? 그는 그 힘으로 죽기를 한사[32]하고 버티고 있지 않았느냐??

그런데 어째서 무엇 때문에 저와 같은 괴로움을 받고 있느냐!

성칠은 벌떡 일어서며 부르짖는다.

---

32 한사(限死). 죽음을 각오함.

"그렇다. 영호의 ×을 누르고 ×를 (약(略))은 것은 다른 사람이 아니라 나다! 내가 감독에게 잠깐 말한 것이 영호를 그렇게 만들었다. 아-(약(略)) 그놈은 다른 사람이 아니라 나다!"

한참 동안 정신없이 서 있던 성칠이는 절그럭대는 소리에 고개를 번쩍 들었다.

끝까지 버텨온 영호는 두 번째 시련과 또다시 싸우지 않으면 안 되게 되었다.

경찰서로 끌려가는 영호의 뒷모양을 바라보는 성칠의 눈에는 뜨거운 눈물이 핑 돌았다.

-영호-용서해주게-

11회, 1933.01.21.

고민 (1)

밤.

안개로 휩싸인 공장지대의 음산한 뒷골목. 굽이진 양회[33] 담벼락.

멀리 전봇대에 매달린 전등만이 영양부족같이 핏기를 잃고 아련하게 비치고 있을 따름이다.

꿈속 같은 안개 속에서

한 사나이의 무거운 그림자가 나타나 전등 밑에 와서 발길을 멈추고는 담배 연기를 뿜고 섰다.

청년의 못 박이고 험상스런 손에 커다란 회중시계가 품겨졌다.

33 양회(洋灰): 토목이나 건축의 재료로 쓰는 접합제.

아홉 시다.

틀림없는 아홉 시다!

청년은 피우던 담배를 내버린다.

귀중한 이 밤.

약속의 시간은 왔다.

청년은 촉기 있는 눈에 광채를 내고 이곳저곳을 두루 살핀다.

청년의 발은 전등 밑에서 초조하게도 서성거린다.

그러나 아무도 이 골목에 흙을 밟아주는 사람은 없었다.

의혹과 불안에 새겨진 청년의 커-다란 눈.

꽉 다문 입.

청년의 조심스런 손에는 또 커다란 회중시계가 품겨졌다.

자꾸만 돌아가는 시계의 소침(小針).

-시계 소리에 발맞추는 청년의 무거운 숨결.

전등 밑을 서성거리던 청년의 두 발은 낮잠 자는 코끼리발 같이 힘없이 서버렸다.

아홉 시 오 분!

희랍의

조각과 같은 청년의 얼굴.

다시 담배를 내어 핀다.

청년의 커-다란 눈에는

영호의 얼굴이 나타난다.

영호가 붙잡혀…… 진 모양을 어지럽게 생각해 본다.

아랫입술을 질경질경 깨물고 의심을 깨달아간다.

〈그림 10〉 1.22.

경각을 재촉하는-수많은 동무들의 (약(略))을 맡긴 나침판. 이 밤은 이 시간을 잃어버린 후 그만 무참히도 깨져버렸다.

우두커니 서서 생각에 젖어있던 청년의 입과 코에서는-

더운 한숨이 품어진다.

또다시 담배를 내어 핀다.

청년의 포켓 속에 쥐어진-

그것!

그 나침판은-

그 ××는-

그만 임자의 손에 가지 못하고 꼭 쥐어진 주먹 속에-식은땀에 적셔지고 있다.

안개 속에서 온 청년은 그만 태워버린 담배꽁초를 발로 모아 도랑에 쓸어 넣고는-

옷깃을 올리고 모자를 힘없이 눌러쓰고는 사라진다.

언제인가-낯익은 청년이 낯익은 장소에서-그 중대한 ××를 쥐어 주려고 기다리다 못해 떠나갔다.

청년이 떠나간 전등 밑에는 여전히 안개만 되어 흐른다.

고양이 한 마리가 골목에서 담으로 기어 넘어간다.

집집의 비틀린 들창에는 하나둘씩 등불이 꺼져간다.

인기척을 잃어버린 이 골목은 적막!

적막만이 계속되고 있다.

아침!

며칠이 지난 아침.

공장 거리의 집 담.

양지 벽에 늘어선 어린아이들.

쓰레기를 내버리는 여자.
집집에서 허리를 펴고-
벤또를 끼고 나오는 남녀 직공들.
자식을 떠나보내는 어머니의 얼굴.
아버지를 떠나보내는 아이들의 신호.

공장.
수많은 다리들이 게시판에 몰려든다.
몹시도 놀라는 직공들의 얼굴, 얼굴?
더-큰 얼굴!
풀 없이 돌아서는
어깨와
어깨.
떼기 떼기 모여 선-
머리와
머리.
맥 잃고 서 있는 직공들의 각양의 모양이 나열된다.
수군거리는 입.
-또 많은 입.
공장 굴뚝은
밤 서리 앉은 채로 상제같이 우뚝 서 있다.
무서운 짐승들처럼 정지해 엎드려 있는 기계의 떼[群]
수많은 직공들의 목줄을 끊는 실업이다!
영호를 잃어버리게 되고 어느 날 밤 (중략) 처음으로 경험한 일이기 때문에 서투르게 실패에 돌아가고 말았던 것이다. 한편 담 곁에 기운

없이 우두커니 성칠이가 서 있다.

그 곁에 모여 선 한 무더기에서 수군거리는 직공들의-

해쓱한 얼굴들.

분잡히 수군거리는 입과 입.

근심과 의아의 눈과 눈.

성칠은 얼이 빠져 유심히 듣고 섰다.

12회, 1933.01.22.

고민 (2)[34]

성칠은 허공을[35] 쳐다보고 힘있게 한마디를 쏟는다.

"이 모든 것이 나 때문이 아닌가……."

그리고 그대로 땅에 털퍽 앉아버린다.

머리에 떠오르는 환상…….

감독에게 무심코 이야기하던 그때…….

괴로움을 받는 영호…….

비웃는 감독의 얼굴…….

실업 당한 수많은 직공들의 얼굴…….

해쓱한 그 얼굴…….

성칠의 머리는-

여름날 네거리의 아스팔트와 같이 뜨거워지기 시작한다.

34 원문은 "(1)"이나 오식이다.

35 원문에는 "공허○을".

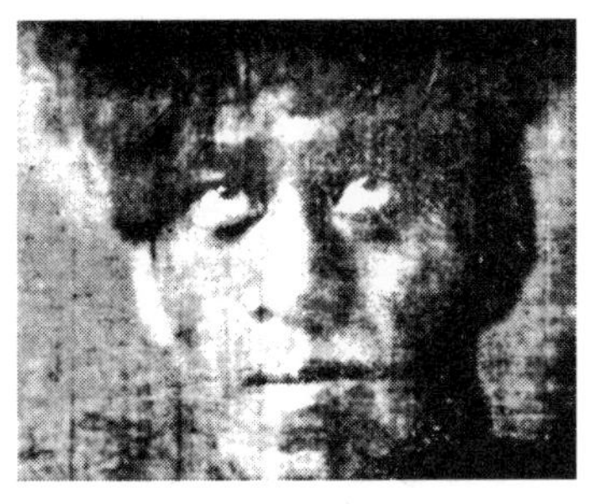

〈그림 11〉 1.31.
성칠 : 안민, 스틸 – 동방키노,
촬영 – 동양사진관

성칠은 알았다–.

–성칠은 커–다랗게 입을 벌렸다.

“아아 나는 잘못했다!”

“나는 장차 이 무거운 죄를 무엇으로 갚는단 말이냐!!”

선합고무공장이라는 새로 만든 간판…….

이것은 선일공장과 합영공장이 합동된 새로운 이름이다.

그 공장 안 사무실 곁에서는 합영공장에서 이곳으로 전임하게 된 공장감독이 몇몇 직공들을 모아놓고 무어라고 이야기를 한다.

성칠이도 섞여 있다.

모여 선 그 직공들은…….

캡을 옆으로 떨어트린 험상궂은 얼굴들뿐이다.

감독은 열심히 떠든다.

“너희들은 양순하고 절대로 나쁜 사상에 물들지 않을 사람들이기 때문에 다시 불러서 쓰는 것이니 그 고마운 생각을 해서라도 부지런히 일하고 또 나쁜 놈들이 있는 싹을 보면 곧 알려주어야 해…….”

모두들 고개를 끄덕거린다. 그러나 이 소리를 들은 성칠은 전신에 소름이 끼쳤다…….

그러면 그 말이…….

영호를…….

여러 직공을–

괴롭게 하던 그것과 같이…….

또다시 그러란 말이지![36]

성칠의 얼굴에는 불꽃이 타오른다.

그러나 그다음 순간에…….

만일에 다른 직공들처럼

해고를 당한다면

어떻게 살아가나?

어떻게 했으면 좋을까?

-묵묵히 생각하던 성칠이

그래도 공장에 붙어 있어야 하겠다.

성칠은 고개를 들어서 감독을 보았다.

감독은 말을 마치며 한 번 더 다진다.

다른 직공들은 좋아서 끄덕인다.

다직될[37] 줄 알았던 것이 이렇게 되어서 기쁜 모양이다

여러 직공 수군거리며 나간다.

성칠이는 정신 빠진 사람처럼 여러 사람의 틈에 몰려나온다.

나가는 직공들의 뒷모양을 보고 섰는 감독-자기의 계획이 들어맞은 것이 가장 만족하다는 듯이 음흉스러운 웃음을 웃는다.

이리하여 술만 먹고 노름 잘하고 싸움질만 하는 생각 없는 직공들 또는 감독의 주먹속실[38] 쉽게 기어들어 갈 수 있는 말하자면[39] 온순한 직공들만이 다시 채용되었다.

밖으로 나온 성칠이.

여전히 땅만 내려다보고 섰다.

---

36 원문은 "그러란란이지!".

37 원문 그대로임.

38 원문 그대로임.

39 원문은 "기어들어갈수는말에잇하자면".

사무실로 들어가려던 감독은 성칠의 뒷모양을 본다.

교활한 눈치-

자만하는 입술-

그는 성칠이와 같은 사람을 앞으로 더 이용할 복안을 세웠다.

돌아가는 길에

술 좋아하는 직공들이 껄껄대며 고개를 숙인 성칠을 술집으로 끈다.

성칠은 팔을 뿌리치며 고개를 내젓는다.

의심스럽게 보는 직공들 다시 껄껄 웃으며 술집으로 들어간다.

성칠은 혼자서 묵묵히 뚜벅뚜벅 늘어진 걸음으로 돌아간다.

폐쇄된 공장에는-

커다란 널판을 대고 못을 함부로 박아놓았다.

문판장에는-

'잘 살아보자'는 무슨 포스터-가 붙어 있다.

판장 아래서는-

지나가던 강아지가 오줌을 누고 있다.

'선합공장'.

벽에 붙은 많은 스위치.

-스위치를 젖히는 손.

발동하는 기계.

바람 내며 도로 가는 피대.

기름치는 손.

석탄 퍼 넣는 화부.

연기 나는 굴뚝.

기계같이 노는 직공들의 손.

한편 구석에는…….

공장감독이 얼굴을 찌푸리고 일하는 직공들을 노려보고 섰다.

13회, 1933.01.31.

고민 (3)

이곳은-

합영고무공장과는 비교할 수도 없을 만큼 새로운 기계와 웅장한 설비로 가득 차 있다.

눈이 부시게 돌아가는 기어와 벨트…….

또 다른 기계…….

그 어지러운 틈에서

기계적으로 놀고 있는 직공들의 손과 발.

전광 같은 일순간

앗!

무섭게 찌푸려지는 얼굴.

손가락에서는 선지피가 방울방울 떨어진다.

한편으로

사무실에서는-

뚱뚱한 신사가 손끝으로 수알[珠球(주구)][40]을 튀겨 올리고 있다.

하나둘씩…….

40 주판알. 셈을 놓는 데 쓰는 기구의 하나.

〈그림 12〉 2.1.
성칠 : 안민, 순석 : 변석(邊碩),
스틸 – 동방키노, 촬영 – 동양사진관

저녁 일곱 시.

종업의 사이렌이 운다.

공장문으로 쏟아져나오는 수많은 직공들…….

성칠이도 나온다.

문간에서 기다리는 '복어알'.

나오는 직공들을 유심히 살펴본다.

'복어알'은 성칠이를 발견했다.

달려가서 성칠의 어깨를 탁 친다.

"여보게 얼마 만인가? 어쩌면 그렇게 만날 수가 없어? 좌우간 오래간 만에 한판 해보세그려-."

손짓으로 노름하는 흉내를 낸다.

성칠은 노려보고 섰다.

'복어알'은 성칠을 끈다.

"또 자네 나지미[41] 말야? 어째 사람이 그리 무정하냐고……."

성칠이는 성난 사와와[42] 같이 '복어알'을 밀어 치고는 발길을 옮긴다.

뒤로 벌컥 주저앉은 '복어알'은 영문을 몰라 벙벙히 쳐다보고 있다.

성칠은 묵묵히 집으로 향해 간다.

그 앞으로 두 어깨를 축 늘어트리고 걸어가는 사람이 있다.

그는 순석이다.

성칠은 발길을 재촉했다.

"순석이!"

---

41 なじみ [馴染み]. ① 친숙함, 친한 사이, 잘 아는 사람.② 같은 유녀(遊女)에게 항상 다녀서 단골이 됨. 또, 그 손님·유녀. ③ 오랫동안 부부로 같이 산 남편이나 부인.

42 원문 그대로임.

앞선 사람은 돌아다본다.

"성칠인가!"

두 사람은 나란히 서서 걷기 시작한다.

성칠은 순석이를 유심히 보았다.

추레한 그 모양.

뼈만 남은 굶주린 얼굴.

그것은

성칠의 가슴을 몹시도 찔렀다.

이 사람은-이 순석이는

누가, 어떤 놈이 이렇게 만들었느냐!

그놈은! 그놈은!

오- 나다!

순석이는 고개를 떨어뜨리며…….

"합영과 합동되는 바람에 선일에서도 삼십여 명이 쫓겨나지 않았나……. 나 하나뿐만이 아니라 아직까지 한 사람도 직업을 얻지 못했다네."

성칠은 말할 수 없이 괴로웠다.

순석이는 한숨을 쉰다.

그 한숨은 성칠의 가슴에 깊이깊이 숨어들었다.

한편 골목-

다 쓰러져가는 집 앞에 사람들이 모여 섰다.

지나가던 사람이 발을 멈춘다.

싸움이다.

남자의 부르짖는 소리와 여자의 악쓰는 소리

어린애의 우는 소리-

부부싸움이다.

구경꾼은 한 사람씩 한 사람씩 더 불어간다.

여자의 울며 떠드는 소리와 갓난아기의 애타게 보채는 소리가 음울한 골목에서 쏟아져 나온다.

때때로 남자의 고함소리도 섞여진다.

성칠이도 발을 멈췄다.

모여선 구경꾼들은 귀와 입을 맞대고 수군거린다.

"지난번에 그 왜 합영공장 말이지. 그 공장이 깨어지는 판에 만보라는 사람이 실업을 당하지 않았나."

"그래……."

"그 사람 아내가 또 아기 낳은 지가 얼마 되지 않는단 말일세."

"참 그렇다더군."

"그래 굶다 굶다 못해 하도 답답한 지경이니까 공연히 부부싸움만 하게 되는 거야-"

"그거 참 딱한 일이로군."

모여선 사람들은 누구나 비장한 얼굴을 짓는다.

이 말을 들은 성칠은

또다시 정신이 아득해졌다.

흐려지는 눈을 똑바로 뜨고 싸움하는 부부를 바라보았다.

이 싸움

이 부부의 싸움은

누구 때문에 일어난 것이냐!

14회, 1933.02.01.

고민 (4)

목쉰 초인종같이 요란한 어린 아기의 울음소리를[43] 따라-
여자의 울음소리는 아직껏 그치지 않는다.
성칠은 그 모든 것이
깊이-
깊이 사무쳤다.
그는 고개를 떨어뜨리고
선 채로 땅에 붙었다.
얼굴을 찌푸리고
숨을 헐떡거리며…….
앞에 모인 사람들은 여전히 수군거린다.
만보가 실업을 당했어?
언제? 며칠 째나 굶었어?
아기 어머니의 젖이 말랐어?
한편으로는-
만보의 한숨 소리.
그의 아내의 우는 소리.
어린 아기의 우는 소리.
이 모-든
복잡한 음향은
성칠의 귀로-
귀로-

---

43 원문은 "우슴소리"이나 맥락상 '울음소리'가 맞겠다.

쏟아 들어간다.
찌른다.
그리고-함부로 괴롭게 한다.
찌푸려지는 성칠의-
얼굴.
상기하는 얼굴.
성칠은 생각했다.
이것은 또한-
이것도 또한-

〈그림 13〉 2.2.
우 : 장혜숙(張惠淑), 좌 : 차세기(車世起),
스틸 - 동방키노, 촬영 - 동양사진관

자기의 잘못이라고 생각했다.
그리고 아까 순석이의 얼굴을 또 한 번 머리에 그려보았다.
또 실업 당한 사람들의-뭇 얼굴도…….
이 가난한 거리는
저녁이 됐음에도-
집집의 굴뚝에는 연기를 토하지 못한다.
성칠은 입술을 깨물었다.
그리고 발길을 홱 돌이킨다.
그는 이 자리에서 이 이상 더 참고 있을 수가 없었던 것이다.
쓸쓸한 저녁 거리.
찬바람 도는 추녀 끝에
울적한 전등이 까물거리고 있다.
성칠은 고개를 들어 허공을 바라본다.
아-괴롭다.
이 괴롬이 언제나 나에게서 떠나갈 것이냐!
내가 듣고 보는 것은 모두 나를 꾸짖고 노리는 것밖에는 없다.

나는 어떻게 해야만 좋으냐!

어떻게 해야만…….

언제까지 이 괴로움과 싸우고 있을 것이야!

참으로 괴롭다.

성칠은 두 손으로 머리를 쓸어담고 미친 사람처럼 걸어간다.

성칠의 방!

찬바람 도는 성칠의 방!

지저분한 성칠의 방에는 전등만이 맞아줄 뿐이다.

성칠은 이불에 벌컥 앉는다.

그리고 벤또를 함부로 던진다.

-담배를 피워 문다.

눈은 거더달이고[44]

얼굴빛은 해쓱해졌다.

생각…….

생각은 괴로움만이 쳐들어올 뿐이다.

한 줄기 두 줄기 올라가는 담배 연기 속에 또 한 번 모-든 생각이 그려진다.

밀고!

실업!

영호의 얼굴!

순석의 얼굴!

우는 아기의 얼굴.

저주하는 수많은 얼굴.

---

44 원문 그대로임.

해골 같은 여자의 얼굴.

멍멍히 앉았던 성칠은 떨어진 고개를 손으로 괸다.

담배를 함부로 빨아 바쁜 숨결에 연기를 싸서 토한다.

성칠은 저녁을 먹을 줄도 모른다.

몸은 몹시 피로해졌다.

두 손으로 뜨거운 얼굴을 훔치며 열을 식힌다.

무거운 머리를 흔들고 고개를 다시 쳐든다.

다시 고개를 두 팔로 싸쥔다.

이때 -

밖에서 여자의 목소리가 들린다.

"성칠씨!"

성칠은 고개를 번쩍 들고 문을 열어젖힌다.

"어이고-지순 씨가-이게 웬일입니까. 어서 들어오십시오."

"네-"

지순은 가벼운 웃음을 띠고 성칠에게 인사를 한다.

"자-어서 들어오십시오."

지순은 웃음과 함께 성칠의 방으로 들어간다.

성칠은 흩어진 이불을 발로 차서 밀어 치고는 지순에게 자리를 권한다.

지난날에 그렇게 억세던 성칠이는 지금은 놀랄 만큼 파리해졌다.

15회, 1933.02.02.

고민 (5)

지순은 유심히 성칠의 얼굴을 쳐다본다-

거더달닌[45] 눈

해쓱한 턱

-파리한 얼굴을…….

지순은 말을 건넨다.

"성칠 씨를 뵙고 이야기할 일이 있어 그래 찾아왔지요."

성칠은 얼굴에 잡혔던 주름살을 펴고- 지순을 쳐다보며

"네- 무슨 말씀입니까?"

지순은 말을 계속한다.

"그런데 요새 선합공장에 또 다니시게 되었다지요."

"네."

지순을 쳐다보던 성칠의 고개는 아래로 떨어지기 시작한다.

"성칠 씨께 말할 것은……. 성칠 씨가 방탕한 생활을 하는 게 좋지 못하다고 생각합니다. 우리 노동자들은 절대로 부랑패가 되어서는 안 됩니다."

성칠은 떨어뜨린 고개를 외면한다. 몹시도 부끄러워하는 기색이 보인다.

지순은 더한층 말을 돋아서

"얼마 안 되는 임금을 가지고 노름하고 술 마시고 하다가는 어느 때 무슨 일을 할지 모릅니다. 공장에 ××된 놈들이나 혹은 부르주아 이외에는 그런 짓을 해서는 안 됩니다.

그러다가 어떤 경우에는 같은 동무들을 팔아먹고 나쁜 짓을 하게 될지 누가 압니까?"

---

45 원문 그대로임.

지순은 성칠을 쳐다보며 친절히 힘있게 말을 맺는다.

성칠의 머리는 수많은 해머가 때리는 것같이 어지럽고 아팠다.

지순의 말하는 한마디 한마디가 모두 성칠의 전신을 찌르고 가슴을 저리게 했다.

〈그림 14〉 2.3.
성칠 : 안민, 지순 : 이귀례, 스틸 - 동방키노.
촬영 - 동양사진관

성칠은 생각한다.

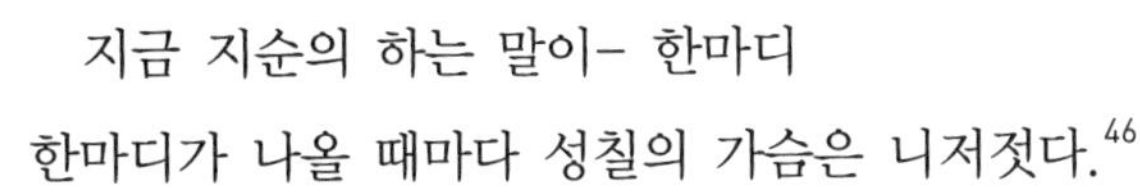

지금 지순의 하는 말이- 한마디 한마디가 나올 때마다 성칠의 가슴은 니저젓다.[46]

- 입은 무겁게 다물어졌다.

지순은 다시 말을 계속한다.

"보세요."

"이번 선일, 합영 두 공장이 합동되는 때도 수많은 우리들의 생사를 앞두고 모두가 결속하여 싸우려는 때 그만 그 일이 어떤 밀고자 때문에 발각되고 말았어요. 그래서 영호 씨가 붙들려가게 되었고 또 수많은 우리들의 생명을 짓밟히고 말았어요!

그 밀고한 놈!

그놈 때문에 우리가 ××야 되겠다고 결정했던 그 중대한 사건이 그만 새어버렸지요. 얼마나 밀고자라는 것이 위험하다는 것을 우리는 주의해야 합니다."

성칠은 행방을 찾고 있는 커-다란 눈동자를 가지고 톱실▨▨▨든 거친 숨결을 내[3행 정도 유실됨].

46 원문 그대로임.

지순은 둥글납작한 얼굴에 어디인지 힘찬 빛을 띠고 성칠에게 말한다.

“성칠 씨도 이제부터는 참다운 노동자가 되어야 합니다. (약(略)) 그리고 살길을 위해 힘차게 싸우는 동지가 되어야 합니다.”

성칠은 어쩔 줄을 몰랐다.

지순은 문득 생각난 것처럼 어조를 낮추어…….

“참, 영호 씨가 오늘 나왔어요.”

성칠의 눈은 둥그레진다.

“영호가!”

성칠은 어쩔 줄 몰랐다.

그는 맘속으로 부르짖었다.

나는 밀고자다!

그러나 동무들은 그것을 모르고 있다!

성칠의 머리에는 번개 같은 환상이 일어난다.

밀고하던 그때.

영호가 매 맞던 때.

동무들이 실업을 당하던 때.

그리고 오늘 밤…….

파리한 순석이.

부부의 싸움.

성칠은 극도의 긴장된 얼굴을 번쩍 든다.

알았다!

알았다!!

알았다!!!

이 세 마디를 부르짖고는 문을 박차고 밖으로 뛰어나간다.

지순이도 놀라서 따라 나온다.

골목에서 골목으로 밤거리를 뚫고 날쌔게 뛰어간다.

지순은 그의 뒷모양을 보고 섰다.

성칠의 뛰어가는 발.

바람을 차고-

속력에 속력을 가한다.

지나가던 사람은 놀라서 돌아본다.

화살과 같이

머리를 날리고-

팔을 휘젓고-

누군가 달려가는 성칠을 막으며 어깨를 친다.

술집에서 나오는 공장감독이다. 너털웃음에 음흉스러운 무엇을 품고 가장 친절한 듯이 말을 건넨다.

"이 사람! 어디를 이렇게 뛰어나가나? 왜? 싸움이나 벌어졌나?"

성칠은 정거장에 도착된 급행열차처럼 바쁜 숨을 헐떡거리며 우뚝 서 버린다.

"참 잘 만났네. 자네 만나면 조용히 부탁할 것이 있더니……. 자-우선 한잔 들면서 이야기하지."

성칠은 무섭게 노려본다. 불꽃이 일어나는 성칠의 눈. 감독의 눈이 둥그레진다.

16회, 1933.02.03.

새로운 출발 (1)

영호의 방.

희미한 전등불 빛이 영호의 수척한 얼굴을 비친다.

머리는 길다.

수염은 거칠게 자랐다.

여기저기에 상처 난 흔적이 아직도 얼굴에 남아 있다.

영호는 흥분된 얼굴로 종잇조각을 들여다보고 있다. 보다가는 생각하고 또 생각하고 그리고는 또 본다.

방 안은 죽은 듯이 고요하다.

무서운 비밀을 감추려는 것처럼…….

음울한 등불이 숨죽이고 있다.

어떤 놈일까?

어떤 놈이 배반을 했을까?

밀고한 놈이 어떤 놈일까?

영호는-

회합에 모였던 동무들의 얼굴을 하나씩 하나씩 눈앞에 그려보았다.

기삼이의 얼굴…….

지순이의 얼굴…….

순석이의 얼굴…….

또 다른 얼굴…….

얼굴 얼굴

나타났다가는 사라지고 또 나타나는 얼굴…….

모두 믿음성 있는 얼굴이다.

영호는 담배에다 불을 붙였다. 천정으로 기어 올라가는 담배 연기를 물끄러미 바라본다.

그러면 어떤 놈일까!

영호는 또 한 번 생각한다.

머리가 어지러웠다.

– 벽에 붙어 있는 대머리 영감의 사진…….

매서운 눈으로 영호를 내려다보고 있다…….

〈그림 15〉 2.4.
영호 : 나웅, 성칠 : 안민
스틸 – 동방키노, 촬영 – 동양사진관

영호의 눈과 사진의 눈이 마주쳤다.

오 – 사진의 눈은 무엇을 말하고 있느냐!

그렇다!

(4행 약(略))

영호의 가슴은 더웠다.

눈은 빛난다.

쓸쓸한– 그러나 새로운 정열에 타는 웃음이 맺어진 입술에 떠오른다.

빛나는 눈으로 벽에 붙은 사진을 쳐다본다.

그때–

바깥에서 찾는 사람이 있다.

영호는 책상 위에 있는 종잇조각을 얼핏 감춰버린다.

문이 열렸다.

성칠이가 들어온다. 흥분되었다. 영호는 반가이 맞이한다.

"자네는 선합공장에 들어갔다구?"

성칠은 괴로웠다–간신히 고개를 끄덕인다.

영호는 성칠의 손을 잡는다.

"그거 참 다행일세!"

성칠은 더욱 괴로웠다.

영호의 따스한 숨결은 성칠의 감정을 질식시킬 것 같았다.

성칠이는 눈을 감았다.

–실업 당한 수많은 동무들의 원망하는 얼굴…….

순석이의 수척한 얼굴…….

부부의 싸움…….

지순이…….

번개같이 나타나는 무서운 환상은 성칠의 머리를 미칠 것같이 뒤흔들었다.

성칠은 맘속에서 부르짖었다.

–나는 밀고자다…….

어떻게 해야만 좋으냐?

고백!

고백!

그렇다.

모든 것을 고백해 버려야 한다.

–성칠은 결심했다.

“동무! 용서해주오!”

떨리는 음성…….

급한 호흡…….

영호는 두 눈을 크게 뜨고 성칠을 보았다.

눈과 눈!

의아에 싸인 눈과 가책에 떠는 눈!

성칠은 목을 짜냈다.

“영호- 동무들의 계획하는 것을 밀고한 놈은 나다.”

영호는 깜짝 놀랐다.

둥그렇게 질리는 눈.

– 밀고자는 성칠이다 –

영호의 눈은 무섭게 번쩍인다.

성칠은 황급히 시선을 피한다.

"그러나 모든 것이 내가 하고 싶어서 한 것이 아니라 세상을 모르는 내 맘이 그만 그런 짓을 저지르고 말았다."

영호는 입을 꼭 다물고 떨리는 주먹을 무릎에 놓았다.

오 분, 십 분.

무거운 침묵은 계속된다.

방 안 공기는 싸늘해졌다.

어린애들의 노랫소리가 들려온다. (노래는 약함)

17회, 1933.02.04.

새로운 출발 (2)

어린애들의 노래는 '아리랑'으로 변한다. (노래는 약함)

성칠은 얼굴을 들었다.

두 사람의 눈이 마주친다.

"용서해 주게. 때리든지 차든지 밟든지 맘대로 해주게!"

성칠의 눈에는 눈물이 고였다.

영호는 다시 한번 생각해 보았다.

－밀고자는 눈앞에 있다.

그러나

그는 모든 것을 회개하고 있지 않느냐?

영호의 주먹은 풀리기 시작한다.

눈물 고인 성칠의－

회개자의 참된 눈물!

노동자의 눈물!

거짓 없는 그 눈물!

〈그림 16〉 2.5.
성칠 : 안민, 스틸 － 동방키노,
촬영 － 동양사진관

영호는 나직한－ 그러나 힘 있는 어조로 첫마디를 열었다.

"자네－ 정말 몹쓸 짓을 했구나!"

성칠은 고개를 떨어뜨린다.

"너는 노동자로서의 제일 부끄러워할－무서운 죄를 지은 것이다."

영호의 음성은 날카로웠다.

"잘못했네."

성칠의 이마는 방바닥에 닿았다.

"나 한 사람만은 용서해 줄 수 있다. 그러나 ××적으로 보아서 너의 죄는 다시 물을 수 없는 무서운 것이야!"

영호의 한마디 한마디는 성칠의 가슴을 에는 것 같았다.

성칠의 이마에는 식은땀이 맺혔다.

그는 ××적이라는 것이 무엇을 말하는 것인지는 자세히 알 수 없었으나 어떻든 자기의 잘못이 한 사람에게만이 아니라 수십, 수백의 많은 동무들에게 커다란 고통을 주었고 따라서 자기는 수백 수천만의 가난한 동무들을 배반하게 된 무서운 죄를 지었다는 것만은 분명히 알 수 있었다.

영호는 가벼운 한숨을 내쉬었다.

"너는 모를 것이다. 그때 해고당한 사람들이 얼마나 괴로운 생활을 하고 있는지……."

이 말을 들을 때 성칠의 머리에는 또다시 어지러운 환상이 일어났다.

- 몇만 길이나 되는지 헤아릴 수 없는 깊은 구덩이에서 수천만의 인간이 헤매고 있다.

팔을 내흔들며 구원을 청하는 자 ……

부르짖는 자.

기진해서 넘어진 자.

피를 토하는 자.

지순이도

기삼이도

순석이도

영호도

하조계의 경문이도

순이도 순남이도

가마간의 용운이도

오- 모두가 저 안에서 헤매고 있다.

하루에 열두 시간씩 고무 냄새에 머리를 싸매고도 남는 것이라고는 주림과 부상- 그리고 ×× 밖에 없는 다 같은 노동자가 아니냐!

성칠은 소리 없이 부르짖었다.

내다!

내다!

저 사람들을 저렇게 만든 것은 이놈이다.

성칠이다!

성칠은 무엇에 놀란 것처럼 얼굴을 번쩍 든다.

그렇다!

나는 이 잘못을 무엇으로든지 갚아야 한다.

만분의 일이라도 갚아야 한다…….

성칠은 영호의 앞으로 다가앉는다.

"영호! 나는 대관절 어떻게 해야만 좋으냐!"

성칠의 눈은 이상하게 빛나고 있다.

영호는 어떻게 대답해야 좋을지를 몰랐다.

흥분된 호흡과

침착한 호흡.

교차되는 이 두 가지의 호흡이 무거운 공기를 가늘게 흔든다.

"자- 가자!"

영호는 벌떡 일어선다.

"너에게 보여줄 것이 있다."

"가자!"

영호는 다시 한번 재촉한다.

18회, 1933.02.05.

기울어진 집-

실업자 기삼이의 방.

더러울 대로 더러워진 가난한 방…….

음산한 공기는 방 안을 메우고 있다.

이 구석 저 구석에 쓰러져 있는- 영양부족에 창백해진 어린애들.

가난에 시들어진 기삼이의 처– 뼈만 남은 손끝으로 봉투 꽁무니를 붙이고 있다.

한편 구석에…….

다 해진 이불 밑에…….

기삼이가 누웠다.

오십이 가까운 바싹 마른 얼굴은 광대뼈만이 유난히 커 보인다.

기삼이의 움쑥 들어간 눈은 무섭게 무엇을 노려보고 있다.

핏기 없는 마른 입술은 떤다.

"정말이냐!"

성칠은 얼굴을 숙인다.

꿇어앉은 무릎 위에 두 손을 잡고…….

마른침만 삼키고 있다.

기삼이는 또 한 번 부르짖는다.

"정말이냐!"

성칠은 애원하는 듯한 얼굴을 들었다.

"용서해주십시오."

두 번째의 제재를 받으려는 밀고자의 목소리는…….

가엾게도 떨고 있다.

영호는 팔짱을 끼고 무엇을 생각한다.

기삼이의 눈은 참기 어려운 분에 불이 붙는다.

밀고자!

밀고자! 밀고자!

기삼이는 벌떡 일어난다.

그리고는…….

외친다.

"엑- 개 같은 놈!

개!

개!

노동자로서 노동자를 팔아먹는 개 같은 놈!"

기삼이는 병든 몸을 비틀거리며 …….

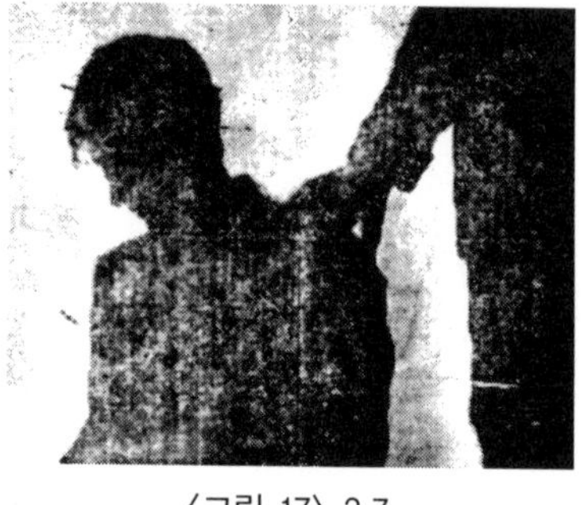

〈그림 17〉 2.7.
영호 : 나웅, 성칠 : 안민
스틸 – 동방키노, 촬영 – 동양사진관

차고

밟고

때리고

뼈만 남은 주먹으로 몇 번이나 성칠의 뺨을 갈긴다.

성칠은 방바닥에 얼굴을 대고 그냥 그대로 맞고 있다.

기삼이는 미친 사람처럼 악을 쓰고 덤빈다.

– 길들지 않은 사자와 같이 난폭하기 짝이 없는 성칠이가…….

그렇던 성칠이가 –

지금 이 자리에서 병든 기삼이에게 매 맞고 있다.

조그마한 반항도 없이…….

기삼이는 비틀거리며 왔다 갔다 한다.

"에-이 배반자! 무엇 때문에 왔느냐. 나가거라!"

영호는 머리를 숙이고 있다.

기삼이는 그래도 분이 풀리지 않았다.

왈칵 달려들어 발길로 찬다.

헐떡거리며…….

비틀거리며…….

"가거라, 가-"

기삼이는 성칠이를 끌고 나간다.

문까지 끌고 가서 뒤로 밀어버린다.

성칠은 마당에 넘어진다.

기삼이는 침을 뱉는다.

"엑, 더러운 놈!"

기삼이는 문을 닫고 자리에 털썩 주저앉는다.

잠자는 어린애들이 놀란 눈으로 바라보고 있다.

기삼이의 처는 한숨을 쉰다.

희미한 달이 구름 저편에서 달음질하고 있다.

어디선지 어린애의 우는 소리가 들린다.

성칠은 마치 정신 잃은 사람처럼 물끄러미 하늘을 쳐다보고 있다.

눈에는 눈물이 고였다.

한 방울 두 방울 뺨으로 흘러내린다.

그 눈물이 울음으로 변한다.

성칠의 울음-

그것은

분해서 우는 것이 아니다.

아파서 우는 것도 아니다.

그의 뺨으로 흘러내리는 눈물은-

그 눈물은…….

울음을 모르는 성칠이의 참다운 눈물이다.

세상에 나서 처음으로…….

그는 어린애같이 엉엉 울었다.

영호가 나온다.

성칠의 어깨에다 손을 얹는다.

"너 이제 뼈에 사무쳤느냐?"

성칠은 눈물을 씻으며 고개를 끄덕인다.

영호는 성칠의 손을 잡는다.

성칠도 힘있게, 힘있게 마주 잡는다.

그리고는 철없는 어린애처럼……. 몇 번이나 채쳐가며

그칠 새 없이 솟아오르는 눈물을 손등으로 씻고, 씻고 한다.

달은 구름 헤치고 얼굴을 내민다.

19회, 1933.02.07.

–봄은

하루하루 짙어 간다.

포근한 햇발이

음산하던 이 거리를

……부드럽게 어루만지고 있다.

공장 창고 양철지붕에는

아지랑이가 아물거린다.

봄은 왔다.

그러나…….

이 거리 백성들에게는 언제나 광명이 비쳐올는지!

지순의 방 앞.

좁다란 툇마루 위에 성칠이가 걸터앉았다.

지순이는 마루 앞에서 저녁밥을 짓기 시작한다.

성칠이는 마루에서 내려와 장작을 쪼갠다……

〈그림 18〉 2.9.
성칠 : 안민, 지순 : 이귀례
스틸 – 동방키노, 촬영 – 동양사진관

"참 고향에 다녀온 지가 몇 해나 되었어요?"

성칠은 잠깐 무엇을 생각한다.

"그때 떠난 뒤로는 한 번도 가지 않았지!"

지순이도 머리를 갸웃하며

"그럼 벌써 사 년이나 되셨구려!"

"아마 그렇게 되었을걸- 그때 지순이는 아직 어린애였지."

지순이는 고개를 끄덕인다.

"열네 살?"

"응!"

지순이는 고운 웃음을 띤다.

저녁 햇발이 지순이의 젊은 뺨을 곱게 물들인다.

성칠이와 지순이는 제각기 옛날을 추억해 보았다.

– 고향!

그것은 그리운 곳이다.

– 어렸을 때!

이것도 또한 잊어버릴 수 없는 그리운 시절이다.

두 사람은 한층 더 정다운 맛을 느꼈다.

성칠은 장작을 쪼개 지순에게 준다.

지순이는 아무 말 없이 웃음 띤 눈만 깜빡거리며 받는다.

지순이는 그것을 받아놓는다. 그리고 성칠의 옆에 가까이 선다.

농부의 아들!

농부의 딸!

- 그리고 지금은 다 같이 근로하는 계급에서…….

청춘과 청춘!

이성(異性)!!

지순의 가슴은 두근거린다.

얼굴을 숙인다.

성칠은 귀밑까지 붉어진 지순이의 얼굴을 가만히 들여다보고 있다.

가느다란 한숨이 새어 나온다.

"나는 지순이한테 꼭 하고 싶은 이야기가 있소. 그러나 지금은 말하지 않겠소. 참다운 길을 걸어가면서 그때 조용히 이야기하지……!"

성칠은 지순이를 사랑한다. 그러나 아직까지 사랑한다는 말을 내놓을 때가 아니라는 것을 잘 알고 있다.

성칠은 지순의 대답을 기다리는 것처럼 피-지 못한 붉은 입술을 들여다본다.

지순이는 얼굴을 든다.

눈이 마주친다.

웃는다.

성칠이도 웃는다.

얼마 동안의 괴로운 공기는 사라졌다.

지순은 방으로 들어간다.

얼마 후-

방에서 나온 지순이는 종이에 싼 얇은 책 한 권을 성칠에게 준다.

"이건 이따 집에 가서 보세요. 여기서 봐서는 안 돼요……."

성칠의 가슴은 울렁거렸다.

무엇일까?

그러나 쾌활하게 웃는다.

지순이도 웃는다.

성칠은 벌떡 일어선다.

지순은 일부러 눈을 크게 뜨며…….

"왜 이렇게 빨리 가셔요?"

성칠은 주저한다.

우물쭈물하다가 어줍은 웃음을 웃는다.

지순은 성칠의 순진한 태도가 한편으로는 우습기도 하고 한편으로는 믿음성스럽기도 했다.

"좀 더 놀다 가시지요!"

성칠은 시각이 바빴다.

이것이 무엇일까?

집에 가서 보라는 것이……. 이것이 무엇일까?

궁금해서 참을 수가 없었다.

"저- 좀 바쁜 일이 있어서……."

말을 마치자 성칠은 달음질해 나갔다.

지순은 그것을 바라보고 있다.

고운 웃음을 띠며-

20회, 1933.02.09.

새로운 출발 (5)

성칠의 방-

성칠은 종이에 싼 물건을 조심스럽게 풀어본다.

무엇일까?

집에 가서 보라는 물건…….

여기에 무슨 비밀이 들었을까?

성칠의 손은 약간 떨린다.

그 안에는…….

팸플릿 한 권과 곱게 접은 종이 한 장이 들어있다.

그 종이에는…….

서투른 글씨로-

-나도 성칠 씨에게 이야기할 것이 있어요. 그러나 지금은 말하지 않겠어요.-

성칠은 무엇을 생각한다.

언젠가 영호가…….

-우리들은 연애니 사랑이니 하는 데 빠져서는 안 된다. 우리의 사랑은 ××을 통해서만 힘있게 맺어질 수가 있는 것이다. -

이렇게 말했다.

성칠은 주먹을 쥐었다.

-그렇다.

××야 한다.

꿋꿋이 ××야 한다.

그 ×× 가운데서만 우리들은 사랑할

〈그림 19〉 2.10.
지순 : 이귀례, 스틸 - 동방키노,
촬영 - 동양사진관

수 있는 것이다.

성칠은 기뻤다.

벽을 바라보고 웃음을 보낸다.

그 벽에는…….

백묵으로 그린 서투른 여자의 그림이 있다.

성칠은 종잇조각을 다시 접어서 품 안에 넣고 얇은 책을 펴본다.

밤－

지순이는 음산한 공장 거리로 급한 발길을 옮기고 있다.

조그마한 과자 집 모퉁이를 돌아서 어두컴컴한 골목으로 들어간다.

과자 집 낡은 괘종은 아홉 시를 친다.

맞은편에서 검정 그림자가 온다.

차차로 가까워진다.

외투 입은 청년이다.

입에는 불붙지 않은 담배를 물고 있다.

지순의 가슴은 두근거린다.

불붙지 않은 담배－

지순의 신경은 날카로워진다.

틀림없다!

지순이는 저고리 고름을 입에다 물었다.

두 사람이 마주칠 때 지순이는 혼잣말로 중얼거린다.

"…… 오 ……."

청년이 꼬리를 단다.

"…… 구 ……."

외투 입은 남자는 발을 돌려 지순이와 나란히 걷는다.

컴컴한 좁은 골목에서…….

청년이 발을 멈춘다.

지순이도 선다.

인사도 없고…….

이야기도 없다.

청년의 눈은 사방을 휘 둘러 본다. – 그리고는 외투 안에서 종이 뭉치를 꺼내준다.

지순이는 번개같이 품 안에 넣는다.

두 사람은 아무 말 없이 나뉜다.

지순이는 발을 옮겨 놓으며 다시 한번 품 안을 만져본다.

심장의 고동이 높아진다.

처음으로 맡게 된 중대한 책임이다.

가슴은 한층 더 두근거린다.

지순이는 돌아다보았다.

활발하게 걸어가는 믿음직한 뒷모양…….

지순이는 가슴이 더워지는 것을 깨달았다.

청년은 가느다란 휘파람을 불며 어두운 골목으로 사라진다.

싸늘한 봄바람이 가볍게 전선을 흔든다.

야근 공장의 연돌에서는 검은 연기를 토하고 있다.

영호의 방.

전에 있던 방은 아니다. –

영호는 초조하게 무엇을 기다리고 있다.

종이 재떨이에는 담배 끝테기가 사오 개 널려있다.

영호는 다시 담배에다 불을 붙인다.

어떻게 되었을까?

만나기나 했을까!

하마[47] 올 때가 되었는데…….

회중시계를 꺼내 본다.

대문 여는 소리가 들린다.

영호는 귀를 기울인다.

발자취가 가까워진다.

문이 열린다.

지순이다.

영호는 반가운 듯이 일어선다.

지순이는 문을 닫고 모았던 숨을 한꺼번에 내쉰다.

품 안에서 종이 뭉치를 꺼낸다.

영호는 그것을 빼앗듯이 받는다.

말없이 마주치는 두 사람의 눈……. 다 같이 새로운 희망에 불타고 있다.

21회, 1933.02.10.

새로운 출발 (6)

선합고무공장 사무실 –

번쩍거리는 테이블.

그 위에 쌓여있는 장부와 서류.

---

47 바라건대. 또는 행여나 어찌하면.

여송연 연기가 자욱히 퍼져있다.

지배인은 안락의자에서 뚱뚱한 몸을 일으키며…….

"오늘날까지의 결산을 본다면 일기(一期)의 이익배당은 일할 이부를 넘어서지 못할 것 같습니다."

〈그림 20〉 2.11.
영호 : 나웅, 스틸 – 동방키노,
촬영 – 동양사진관

주주 대표들의 찌푸려지는 눈썹.

탐욕에 붉어진 샐쭉한 눈.

음흉한 눈!

비서는 등사한 종이를 주주 대표들에게 한 장씩 나눠준다.

지배인은 담배 연기를 길게 내뿜으며…….

"그러니까 배당 예산안의 이 할을 벗어나게 하자면 임금 인하를 단행하는 이외에 다른 도리가 없겠습니다."

고개를 끄덕거리는 자.

무엇을 생각하는 자.

–눈이 부실 만큼 화려한 이 방 안에서

비계가 덮인 기름진 살덩이들이

풍선 같은 그 배때기를 더 불리기 위해

지금 새로운 계획을 세우고 있다.

그 이튿날 정오.

공장마당에는 새 풀잎이 뾰족뾰족 움 돋고 있다.

봄날의 따뜻한 햇발.

여기저기에 직공들이 모여 앉아있다.

이십 분간의 점심시간……. 이 짧은 동안이

하루 열두 시간을…….

고막을 뚫는 듯한 기계 소리와 코를 에는 듯한 고무 냄새에

한 치 두 치 생명을 조르고 있는 직공들에게는

푸른 하늘을 바라볼 수 있는

맑은 공기를 마셔볼 수 있는

가장 즐거운 귀중한 시간이었다-

캐치볼을 하는 남직공들.

다림질하는[48] 여직공들.

이야기하고 섰는 한 무더기- 그중에는 성칠이도 끼어있다.

"요즘에 또 삯전을 깎는다는 말이 있어!"

모여선 직공들은 둥그렇게 된 눈으로 성칠의 입을 바라본다.

"그거 정말인가?"

성칠은 여러 사람을 휘- 돌아보며…….

"아마 틀림없겠지……."

모두들 맥이 풀린다.

늙은 직공 한 사람이 힘없이 말한다.

"나는 지금 삯전에서 한 푼이라도 깎이면 살 수 없다. 자식이 셋 그리고 여편네……."

성칠은 매서운 눈으로 늙은 직공을 쏘아보며…….

"자식과 여편네를 가진 사람은 아저씨 한 사람만이 아니다."

시간은 이 사람들에게 길게 이야기할 여유를 주지 않았다.

증기 토하는 사이렌.

재잘거리며 달려가는 여공들.

---

48 원문은 "다름질하는". "다름질"은 "다림질", 혹은 "다듬이질"의 방언이다.

모여 섰던 직공들도 작업장으로 들어간다.

작업장.

모터는 요란히 돌아간다- 벨트, 롤러!

기어와 피스톤!

허리 펼 틈도 없이 풀로 붙이고 가위로 베고 미싱으로 밀고 노르로 두드리는 여공들-

기계와 같이 움직이는 손-

삯전을 깎는다는 말을 들은 직공들은 여기저기서 수군거리고 있다.

이 사람이 저 사람에게

한 사람이 또 한 사람에게

다음에서 다음으로…….

이야기는 퍼져 나간다.

그때!

들창 앞에 서있는 성칠이의 머리 위에 종잇조각이 홱 들어온다.

"엣-!"

직공들은 허둥지둥 그것을 집어 본다.

작업장은 동요된다.

여기저기서 흩어진 종잇조각을 들여다보고 있다.

그 종이에는…….

(11행 약(略))

성칠은 무심코 들창 바깥을 내다보았다.

"앗 영호다!"

성칠은 부르짖었다.

안된다!

안된다!

큰일이다!
성칠은 정신없이 들창을 뛰어넘었다.
마당으로 달려가며 또 한 번 부르짖는다.
안된다!

22회, 1933.02.11.

새로운 출발 (7)

얼굴을 파묻고 영호는 쫓겨서 정문 바깥으로 달아난다.
추격-
영호가 붙들린다.
성칠은 바람을 헤치며 또 한 번 부르짖었다.
영호다!
붙들려서는 안 된다.
성칠은 나는 범처럼 공장 담을 뛰어넘었다.
영호의 넘어진 위에 사오 인이 덤벼든다.
"어떤 놈이냐-얼굴을 들어보아라."
위험한 순간.
영호를 구원해야 한다-
성칠은 한 뭉치가 되어 있는 그들에게로 한숨에 달려갔다.
성칠의 철권은 휘날린다.
싸움은 성칠에게로 집중된다.
성칠은 부르짖는다.

"어서 도망해라."

영호는 달아난다.

살덩이와 살덩이는 어지럽게 부딪친다.

난투!

난투!

싸움에는 자신 있는 성칠이도 많은 사람에게는 당적하기는 어려웠다.

창고는 대낮에도 컴컴하다.

부서진 기계와 나무 궤짝 사이에 사람들의 그림자가 우물거리고 있다.

"도망한 놈의 이름을 대라."

케-돌[49]을 감은 자가 성칠의 어깨를 힘있게 걷어찬다.

〈그림 21〉 2.14.
성칠 : 안민, 스틸 - 동방키노,
촬영 - 동양사진관

두 팔을 동여 매인 성칠은 땅바닥에 굴러진다.

그러나 그의 입은 굳게 닫혀있다.

케-돌을 감은 자가 위협하듯이 외친다.

"정말 대지 않을 테냐?"

성칠의 몸에는 발과 손과 몽둥이가 함부로 부딪친다.

성칠은 피거품을 뱉으며 부르짖는다.

"모른다."

"모른다."

"무엇-"

---

49 ゲートル. 각반(脚絆)을 말한다.

발길과 몽둥이는 또다시 성칠의 몸에 쏟아졌다.

성칠은 눈을 감았다.

영호의 얼굴.

끝까지 버티던 영호의 얼굴.

그 꿋꿋한 얼굴!

성칠은 눈을 번쩍 떴다.

-안 된다. 뼈가 가루가 되어도 말해서는 안 된다.-

무지한 몽둥이는 열 번, 스무 번-한없이 쏟아진다.

성칠은 창고 바닥에 얼굴을 파묻고 피 흐르는 입으로 흙을 깨물었다.

언젠가 영호가 당하던 그 시련을

오늘날 성칠이가 꼭 같이 맛보고 있다.

영호가 버티던 그대로

성칠이도 버티고 있다.

오- 이것은…….

내려 갈기는 몽둥이.

결심에 불타는 성칠의 눈.

철문같이 닫혀진 그 입.

성칠은 가슴 속으로 부르짖었다.

-동무들아! -

어두운 창고 속에서 공장 동무들을 향해 부르짖었다.

-동무들아, 오너라-

성칠의 정신은 차차로 흐릿해진다.

옛날의 기억이 토막토막으로 일어난다.

몇 년 동안이나 병들어 누운 아버지의 얼굴.

웃음을 모르는 소작인 형의 얼굴.

흰밥 한 끼를 먹어보지 못한 성칠의 소년 시대.
“자 – 말해라.”
무지한 발길은 성칠의 가슴으로 달려들었다.
내려 갈기는 몽둥이…….
성칠은 분노에 불타는 눈을 뜨고 놈들의 얼굴을 노려본다.
창고 안은 어두워진다.
바깥도 저물어가고 있겠지!
그들의 담뱃불만이 어둠 속에서 반짝거린다.
성칠은 입술을 깨물었다.
–음 어디 두고 보자–
살을 에는 듯한 몽둥이 한 개 한 개를 가슴 속에다 새겨두었다.
케–돌을 감은 자가 내던지듯이 말한다.
“에– 귀찮아. 서에 넘겨버려라.”
한 사람이 바깥으로 나간다.
일곱 시 사이렌이 운다.

–도화선의 불은 그칠 새 없이 타들어 가고 있다–
(7행 약(略))
지금 또 한 사람(성칠)의 가슴에도 불붙기 시작한다.
(6행 약(略))

= 끝 =

23회, 1933.02.14.

[해제]

계급적 각성을 표현한 영화시(詩)

백문임

이 책에 실린 다른 작품들의 삽화나 스틸과 비교해 볼 때, 「도화선」의 스틸은 좀더 '표현적'이다. 예컨대 「유랑」(이종명, 1928)의 삽화들이 문자 텍스트를 시각화하는 데 집중하거나 허구적 공간을 사실적으로 구현하는 데 목표를 두는 데 비해, 「도화선」의 스틸은 대부분 화면을 '얼굴'의 클로즈업으로 채우며 분노, 탐욕, 경악, 고통, 증오, 긴장 등을 표현하는 것에 초점을 맞춘다. 공장 노동자 성칠의 계급적 각성을 다룬 이 작품은, 본의 아니게 동료들의 '배신자'가 된 성칠로 인해 여러 사람들이 당하는 고통과 그것을 목격하는 성칠의 고뇌를 시각화하는 데 공을 들인다. 자신의 순진한 밀고로 노동운동가 영호가 린치를 당하는 장면을 목격하면서 시작된 성칠의 고민은 수많은 실업자가 생겨나 그 가족들까지 고통을 겪는 것을 보며 점차 깊어가는데, 그의 심리를 가장 잘 표현하는 스틸은 2월 2일자에 게재된 것이다.

갓난아기의 우는 얼굴이 화면을 가득 채우고 한귀퉁이에는 다투고 있는 부모의 실루엣이 이중인화되어 있는 장면. 이것은 일자리를 잃은 만보와 갓 아기를 낳은 그 아내가 "굶다 굶다 못해 하도 답답한 지경이니까 공연히 부부싸움만 하"는 서사 내 사건 자체를 설명하는 것이라기보

다는, 자신의 무지와 어리석음 때문에 "뼈만 남"게 된 사람들, 특히 배고파 우는 아기를 바라보며 "정신이 아득"해지는 성칠의 죄책감을 시각적으로 묘사한 것이다.

도박과 술 외의 낙을 모르던 성칠이 점차 자본주의의 모순에 눈뜨게 되는 과정을 그린 「도화선」은 이렇게 표현에 집중하는 스틸과 또 여기 호응하는 압축적인 묘사로, 당시로서는 보기 드문 강렬한 계급적 영상 이미지를 만들어 냈다.

나는 밀고자다!
그러나 동무들은 그것을 모르고 있다!
성칠의 머리에는 번개 같은 환상이 일어난다.
밀고하던 그때.
영호가 매 맞던 때.
동무들이 실업을 당하던 때.
그리고 오늘 밤……
파리한 순석이.
부부의 싸움.
성칠은 극도의 긴장된 얼굴을 번쩍 든다.
알았다!
알았다!!
알았다!!!
이 세 마디를 부르짖고는 문을 박차고 밖으로 뛰어나간다.

소설적 서사보다는 시적 투기(投企)에 가까운 이런 서술은 마치 카메라가 성칠의 심리 안과 밖을 종횡무진하며 계속 스냅사진을 찍어내는 것과 같은 효과를 낳는다. 성칠의 연상흐름을 속도감있게 쫓아가면서 서술자의 주관적 개입을 극도로 배제하기 때문에, 「도화선」은 인간 작가가 아니라 기계 카메라의 눈을 통해 성칠과 주변의 사건들을 포착하는 데 가깝다. 이때 카메라는 대상의 객관적 표면만이 아니라 이면까지 파고들고 있지만, 표면과 이면의 연속성보다는 단절과 비약을 통한 절합을 우선시한다. 연재를 앞두고 제작자들이 「도화선」의 "리듬"을 강조한 것도, 시나리오로서 이 작품이 마치 시(詩)처럼 행갈이를 하며 쓰여진 것도, 바로 이런 새로운 기계 카메라의 절합과 새로운 계급(노동자)의 등장을 유비적 관계에 놓을 수 있었기 때문이다.

「도화선」은 1933년 1월 10일부터 2월 14일까지 『조선일보』에 총 23회 연재된 시나리오다. 1월 10일자의 지면이 유실되어 현재 1회차 연재분은 볼 수 없지만,[1] 2회차부터 마지막까지 연재가 중단되거나 누락되지 않고 완성된 작품이다. 이 작품의 '공동제작'자[2] 김태진, 나웅, 추적

---

1 이렇게 추측하는 이유는 예고의 글에서 이 작품이 "1월 10일부터 3면에 연재"될 것이라고 언급되어 있고, 1월 10일자 지면은 총 8면 중 4면이 유실된 상태인 데다, 1월 11일자 연재분의 소제목이 "두 대립(2)"라고 되어 있기 때문이다. 또 1월 11일 연재분 서두가 시나리오의 첫 부분이라고 하기에는 다소 갑작스럽게 느껴질 정도로 이미 무르익은 도박판의 긴장된 장면을 묘사하고 있기 때문이다. 하지만 1월 12일자 소제목 역시 "두 대립(2)"라고 되어 있는 것으로 볼 때, 1월 11일자의 소제목이 "두 대립(1)"의 오식이었을 가능성도 배제할 수는 없다. 그렇다면 예고와 달리 「도화선」은 1월 10일이 아니라 11일부터 연재되었을 수도 있는 셈이다. 김수남은 『조선 시나리오 선집 4』(집문당, 2003)에 1월 11일자부터 연재된 「도화선」만을 게재하면서 1월 11일자 소제목을 "두 대립(1)"으로 수정함으로써, 이것을 연재분의 1회차로 간주하고 있다.

2 「도화선」 예고에서도, 연재 동안에도 줄곧 김태진, 나웅, 추적양, 강호가 '제작자'로

양, 강호는 카프(KAPF) 영화부 소속 인물들로, 카프 영화부에서 시도했던 첫 영화 〈지하촌〉(강호, 1931) 개봉이 실패로 돌아간 후 여러 모색을 하던 중 「도화선」을 게재하게 된다. 이 시기는 만주사변으로 사회주의 운동에 대한 탄압이 본격화되기 시작할 때였고, 대공황 후의 유럽에서 파시즘의 암운이 감돌기 시작할 무렵이었다. 카프 1차 검거 사건으로 암중모색을 하던 사회주의 예술인들, 특히 영화인들은 제작보다는 비평과 이론적 모색에서, 혹은 연극공연을 통한 운동에서 방향성을 찾고 있었다.(나웅을 비롯, 「도화선」에 출연한 이귀례, 안민, 변석, 김승일 등은 연극단체 '신건설'에도 참여했다.) 소비에트 몽타주 이론이 소개되면서 시나리오 「화륜」(이효석 외, 1930) 등에서 몽타주가 운용되었던 것도 이 시기인데, 「도화선」은 「화륜」에서 부분적으로, 알레고리적 화면의 인서트 형식으로 주로 실험했던 몽타주를 시나리오 작법 자체에까지 도입한 처음이자 마지막 사례가 아닐까 한다. 제작자들은 「도화선」이 "감동과 흥분, 그것만이 가질 수 있는 가지가지의 정도와 리듬에 의해 독자(관객)의 마음을 끌지 않고는 견디지 못할 굳센 그리고 정서적인 새로운 형식"[3]이 될 것이라고 말하는데, 이는 당시 평론가 박완식이 제창했던 "영화시(詩)", 즉 "동적인 역학적, 정서적, 감각적인 문예적 묘사로 구성되어 직접 지상(紙上)을 통해 일반 문예적 기능으로 ××적 효과를 발현하는"[4] 창작방법과도 호응한다.

「도화선」 연재가 끝난 직후 제작자들은 일명 '영화구락부 사건'[5]으로

소개되고 있다는 사실은 흥미롭다. 이들은 '작가'로서 시나리오를 쓴 것이 아니라 '제작자'로서 스틸 이미지와 문자적 서술을 생산하고 있다는 자의식을 가졌던 것으로 보인다.

3 「신연재 영화소설 「도화선」」, 『조선일보』, 1933.1.8.

4 박완식, 「(금후 영화운동의) 원칙적 중심과제: 카프 영화부에 입각하여」, 『신계단』 제1권 8호 (1933.3).

검거되기에, 사회주의 영화운동과 이론은 더 이상 꽃피우지 못한 것으로 보인다. 하지만 변증법적 창작방법론과 같은 영화이론을 모색하려는 시도는, 산발적이나마 1930년대 중반까지 이어진다.

한편, 이 작품의 스틸이 '동양사진관'에서 촬영되었다는 점, 그리고 지순 역을 맡은 이귀례의 존재감에 대해서는 따로 강조해 둘 만하다. 「도화선」은 예고될 때부터 '동양사진관'에서 촬영한다고 알려졌고, 실제로 1월 31일자 스틸 사진부터 "촬영－동양사진관"이 명기된다. 동방키노와 동양사진관의 관계에 대해서는 알려진 바 없으나, 1930년경부터 영화소설과 시나리오가 연재될 때 사진관에서 촬영한 스틸사진이 활용되었다는 점은 별도의 연구가 필요해 보인다. 특히 「도화선」의 사진은 (신문지면의 한계상 명확해 보이지 않으나) 당시 유행하던 '예술사진' 컨셉으로 촬영된 것이 아닐까 싶을 정도로, 기존 영화소설이나 시나리오의 스틸사진과는 달라 보인다. 여기에 대해 이경민은 "픽토리얼리즘 계열의 사진 기법을 사용한 것처럼 보인다."[6]고 말하고 있다.

또 카프 동경지부의 지도자였던 이북만의 여동생이자 임화의 부인으로 널리 알려진 이귀례의 모습을 「도화선」 스틸에서 만나볼 수 있다는 점은 매우 반갑다. 일본에서나 조선에 돌아와서나 프로연극 활동을 주로 했던 이귀례는, 청복키노의 〈지하촌〉(강호, 1931)에 임화와 함께 출연했으나 개봉이 무산되어 스크린에서 관객을 만날 수는 없었다. 한 논자는 이귀례에 대해 "얼굴에 선이 선명치 못한 결점이 있어서 영화보다 연극에 나오는 게 좋으리라 보며 건강하지 못하면서도 긴장미를 가진 만큼 여직공이나 폐병으로 신음하는 역에 적재"라고 평가하며, "주의에

---

5 강호와 김태진이 1932년, 일본 프롤레타리아 영화동맹의 기관지 『영화구락부』(발매금지 중)를 비밀리에 들여와 배포했다는 사실이 문제가 되어 체포된 사건.

6 이경민 편저, 『사진소설: 텍스트, 이미지를 만나다』(디오브젝트, 2023), 227쪽.

있어서는 좌익적 경향을 가졌다는 것이 연극 여배우 가운데서 단 하나"[7]라 말한다. 「도화선」에서 굳은 의지를 지니고 성칠에게 "참다운 길"을 제시하는 노동자 지순을 연기한 이귀례는 실제로, 카프 연극과 영화 활동에서 '주의자' 역을 소화해 낸 유일한 여배우라는 평가를 받을 수 있겠다. 윤기정이 지적하듯, 배우도 "프롤레타리아 이데올로기를 파악한 새로운 기술자"[8]이길 요구받았기 때문이다.(*)

7 YY생, 「여우(女優) 언 파레드: 연극편(12) 청복극장 여배우 중의 이채, 이귀래 양 -여자 연극 연구회를 조직?」, 『동아일보』, 1931.7.10.

8 윤기정, 「조선영화는 진전하는가: 〈노래하는 시절〉을 보고서」, 『중외일보』, 1930.9.20.

2장

논문

지시와 재현 사이에서

스타·사진·글쓰기

백문임

1. '스타'의 영화 (소설) 혹은 (영화) 소설: 「탈춤(1926)」, 「승방비곡(1927)」[1]

> "조선서 처음 되는 영화소설이 명일부터 기재하게 되었는데 매일 삽화 대신으로 미려한 실연 사진이 들어갑니다. 여러분은 기다리십시오.[강조는 인용자]"[2]

1926년 말, 『동아일보』에는 과거에 볼 수 없었던 새로운 형식의 소설이 소개된다. 바로 몇 달 전 공개되어 화제를 낳은 영화 〈아리랑〉(나운규, 1926)의 배우 나운규, 남궁운, 주인규가 실연(實演)하는 사진을 실은 영화소설 「탈춤」(심훈)이다. 「탈춤」의 주인공들은 강홍렬, 오일영, 임준상 등의 이름을 지녔지만, 연재시 삽입된 스틸사진들은 그 역을 연기하는 나운규, 남궁운 등 배우들의 스타 이미지와 페르소나를 부각시킨다.

---

1 이 1절의 내용은 졸고, 「심훈·최독견의 영화소설과 나운규」(국립중앙도서관 편, 『근대문학』, vol. 8, 2019.11)의 논지를 수정한 것이다.

2 "창작 영화소설 「탈춤」 예고", 『동아일보』, 1926.11.8.

신문연재소설 삽화의 전통이 이미 14년 정도 축적된 시점에 등장한 「탈춤」은 이 사진들로 인해 차별화된 작품이 되었다.[3]

실제로 「탈춤」의 서사는 〈아리랑〉으로 구축된 스타들의 페르소나 – 선량한 커플을 위해 악한을 처단하는 영웅이자 광인(나운규), 음악을 사랑하는 지식인이자 로맨스의 주인공(남궁운), 여주인공을 겁탈하려는 부르주아 악인(주인규) – 를 매개로 하여 구성된다. 그래서 여전히 나운규는 악인 주인규에게 고통받는 선량한 이성애 커플 남궁운과 그의 애인을 도우려 액션을 펼치는데, 공간적 배경이 〈아리랑〉에서와 달리 도시 경성이고 '변장'과 자동차, 피스톨을 모티프 삼아 활동한다는 차이가 있다. 작가는 심훈이지만 이렇게 영화 〈아리랑〉의 스타 페르소나를 서사와 이미지 차원에서 빌려올 때, 「탈춤」의 생산자는 누구라고 말할 수 있는가? 그리고 허구적 세계를 시각화하는 것이지만 즉각적으로 나운규, 남궁운 등의 스타를 지시하는 스틸사진은 어떤 효과를 낳는가?

映畫小說
탈춤
一
沈熏 作
머리말
부인시사알속
어린이소식

〈그림 1〉 「탈춤」 제1회 (동아일보 1926.11.9.)

3 전우형도 조선 최초의 영화소설이 김일영의 「삼림에 섭언(囁言)(1926)」이었음에도 「탈춤」의 연재 광고에서 "조선서 처음 되는 영화소설"이라 말할 수 있었던 이유 중 하나로 "영화 스틸커트의 삽입"을 들고 있다. 전우형, 『식민지 조선의 영화소설』, 소명출판, 2014, 254쪽.

우선, 연재분 1회에 삽입된 스틸의 지시성은 이미 소설이 운용하고 있는 재현 관습과 충돌하면서 독자와 관람자 사이의 분열을 강제한다. 미스터리물 혹은 추리물의 관습을 차용한 이 서두에서 소설은, 예기치 못한 사건이 벌어지는 상황을 관찰적인 카메라의 시선으로 포착하는 데 중점을 두고 있다. "누구의 결혼식인지" 알 수 없다고 시치미를 떼면서 카메라-화자는 매우 성대하게 식이 치러지고 있는 예배당의 이곳저곳을 훑은 뒤 신랑신부가 입장하는 장면, 신랑이 신부에게 반지를 끼워주고 주례목사가 기도로 식을 마치려는 순간 괴상한 사람이 어떤 아이를 안고 나타나자 신랑이 사색이 되고 신부가 혼절을 하는 장면, 괴상한 사람이 그녀를 들쳐 안고서 "몸을 날려 어디로인지 사라져 버"리는 장면까지를 보여주는 것이다. 여기에서 카메라-화자는 등장인물들이 누구인지, 왜 신부의 얼굴이 "새벽 달빛처럼 창백"한지 밝히는 데 관심을 두지 않는 관찰자이고, 그럼으로써 괴인의 침입이 가져온 충격 역시 있는 그대로 보여주는 데 더 효과적이다. 이런 시선에 의한 묘사가 있은 다음에야 1회분 말미에 작자가 던지는 다음과 같은 질문이 더 의미가 있기 때문이다.

> "무슨 까닭으로 결혼식장에서 이러한 풍파가 일었으며 신부를 빼앗아가지고 종적을 감춘 괴상스러운 사람은 대체 누구일까? 이 영화소설이 회수를 거듭함을 따라 수수께끼와 같은 이 놀라운 사건의 진상이 차차 드러날 것이다 --"

즉 영화소설 「탈춤」은 작품의 클라이맥스라 할 수 있는 여주인공의 결혼식 장면을 연재의 서두에 먼저 배치함으로써, 독자로 하여금 이 작품이 미스터리물 혹은 추리물의 관습을 차용했거나 적어도 거기에 맞먹는 호기심과 집중력을 요구한다는 것을 예상케 만든다. 여기에서 여주인공이나 그 신랑과 괴인에게 이름을 부여하지 않은 것은 관찰적 카메라 – 화자의 태도와 호응하는 전략인 것이다.

하지만 지면 한가운데의 스틸사진에서 이미 나운규와 김정숙이라는 스타의 얼굴을 식별한(혹은 식별하지 못했더라도 작품 말미의 "괴상한 사람 나운규, 신부 김정숙"이라는 설명을 읽은) 독자들, 웨딩드레스를 입고 혼절한 듯 보이는 김정숙을 나운규가 안고 있는 심상치 않은 구도에 이미 호기심을 느낀 독자들, 더욱이 말풍선에 "괴상스러운 사람은 신부를 들쳐안고 종적을 감추었다"는 요약지문을 읽은 독자들에게, 영화소설의 본문은 이 이미지의 뒷이야기에 지나지 않게 된다. 즉 구체적인 스타들의 표정과 행동, 그리고 지문이 이미 미스터리의 해명을 요구하고 있기 때문에, 영화소설의 본문에서 굳이 관찰자적 카메라의 시선을 취할 필요가 없어진다 – 혹은, 그런 시선을 취해서 얻는 효과는 이미 앞서 무화된다는 뜻이다. 「탈춤」에 삽입된 스타의 사진은 강렬하게 나운규와 김정숙을 지시하고 있어서, 소설이 구사하는 재현 관습을 붕괴시킬 정도이다. 예배당의 결혼식장에 나타난 "괴상스러운 사람은 대체 누구일까?"라는 작가의 호기심 유도 전략은 실패하고, 이미 독자는 "나운규"의 동선을 쫓아갈 준비를 마쳤기 때문이다. 어쩌면 「탈춤」은 연재가 시작되자마자 심훈의 작품이 아니라 나운규의 작품으로 각인되고, 재현으로서보다는 지시적 특성을 전면화한 것으로 자리매김 되었을 수 있다.

연재가 끝난 다음날 기사에는, 조선키네마 프로덕션에서 「탈춤」을 영화화할 것이며 각색은 "원작자인 심훈 씨와 감독 나운규 씨와 주연 남궁운 씨 등이 합의로" 할 예정이라는 내용이 소개된다.[4] 나운규가 배우로

4 「본보 연재 영화소설 '탈춤', 대대적 규모로 불일 촬영개시」, 『동아일보』, 1926.

서만이 아니라 감독으로서, 그리고 각색자의 일원으로서 참여함으로써, 「탈춤」은 명실공히 〈아리랑〉을 잇는 영화가 될 것임이 예고된 셈이다. 「탈춤」은 그러나 6개월 이상 각색이 마무리되지 않다가 계림영화회사로 제작사가 바뀌면서 1927년 여름에 촬영을 시작한다는 소식이 전해진다. 이때는 심훈이 각색, 감독을 맡는다고만 알려졌을 뿐 나운규의 이름은 나타나지 않는다.[5] 그리고 결국 「탈춤」은 영화화되지 못한다.

그러나 「탈춤」의 연재가 끝난 직후엔 나운규의 영화 〈풍운아〉가 개봉(12월 18일)되었고, 1927년엔 나운규 자신이 "촬영감독" 겸 배우로서 "그의 문하인 조선키네마 배우 일동을 총지휘하여 '스틸'을 촬영"[6]한 영화소설 「승방비곡」(최독견)이 연재됨으로써, 매체를 넘나드는 나운규의 페르소나는 착실히 강화되고 있었다. 단행본(신구서림, 1929년)으로 출간되었을 뿐만 아니라 연극과 영화(이구영 감독, 1930)로도 제작되었던 화제작 「승방비곡」은 사랑하는 남녀(영일과 은숙)가 결혼식을 올리는 순간 은숙의 어머니가 자결을 하며 실은 영일과 은숙이 씨 다른 남매였음을 유서로 알리는 비련의 멜로드라마와 알려져 있지만, 악인 필수에게 버림받았던 명숙의 고통이라는 또 다른 멜로드라마 라인과 그녀의 오빠 명진이 벌이는 액션 라인의 비중도 그에 못지않다. 특히 영화소설에서 나운규가 연기한 명진은 〈아리랑〉과 「탈춤」, 〈풍운아〉의 나운규 캐릭터를 이어받아, 위기에 빠진 여성을 구해 이성애 커플의 사랑을 돕고 악인을 징치하는 액션 영웅이다.

그림 2는 납치극을 꾸며 은숙을 손에 넣으려는 필수와 격투를 벌이는 명진(사진 맨 오른쪽)을 담고 있는데, 필수의 손에 들린 육혈포와 나운규

12.17.

5 「영화소설 〈탈춤〉 영화화」, 『조선일보』, 1927.7.23.

6 「영화소설 예고: 「승방비곡」, 독견 작」, 『조선일보』, 1927.5.7.

〈그림 2〉「승방비곡」, 60회(1927.6.22.)의 스틸사진.

의 분노에 찬 표정이 묘한 대조를 이루고 있어 인상적이다. 그리고 무엇보다, 납치된 은숙 역을 맡은 배우는 〈아리랑〉의 신일선이다. '위기에 빠진 신일선을 위해 싸우는 나운규'라는 구도는 〈아리랑〉을 정확히 반복하는 것이다.

명진의 분노는 이 작품에서 가장 도드라지는 감정인데, 왜냐하면 옛날 명진의 연인이었던 음전이 필수의 아버지 때문에 자결을 했고 그 후 명진의 여동생 명숙은 필수에게 농락당한 뒤 장님이 된 데다 역시 눈이 먼 아들을 출산해서 홀로 키우고 있기 때문이다. 음전이 죽은 후 필수 아버지 집에 불을 질러 징역살이를 하고 나온 명진은, 하나밖에 없는 누이동생 명숙이 필수 때문에 고통 속에 살아간다는 사실을 깨닫고는 다시 분노에 사로잡힌다. 「승방비곡」의 남주인공인 영일이 금지된 사랑에 고뇌하는 멜로드라마의 주역이라면, 연인과 여동생을 모두 부호 필수 부자(父子)에게 희생당한 명진은 "아버지는 나의 애인을 죽이고 아들은 여동생을 죽이려고" 한다며 필수를 벼랑에서 밀어 떨어뜨리는 행동파다.

여기에서 음전이 자결하자 "미쳤다고 소문"이 났던 명진은 이후에도 자꾸 "환상"을 본다고 그려지는데, 이것 역시 나운규가 연기했던 〈아리랑〉의 영진 캐릭터와 「탈춤」의 강홍렬 캐릭터를 연상시킨다. 〈아리랑〉에서는 서울에서 대학을 다니다 미쳤고 계속되는 환상 속에서 마침내 살인까지 하게 되는 영진의 심리적 동기가 명확하지 않았던 데 비해, 「탈춤」에서는 3.1운동으로 인한 옥살이와 그 후유증 때문이라 설명되고, 「승방비곡」에 오면 가족과 애인을 고통에 빠뜨린 필수 부자에 대한 계급적 분노로 구체화되는 셈이다.

이렇듯 〈아리랑〉에서 시작된 나운규의 스타 페르소나는 영화소설(나아가, 실현되지는 않았으나 영화) 「탈춤」과 「승방비곡」에서 사진의 찍는 자이자 찍히는 자로 계승되면서 확장된다. 이 나운규의 영화 – 소설에서 작가 심훈과 최독견은 영화소설의 전체를 관장하는 존재가 아니라 나운규에 기대고 협업하는 역할을 맡고 있다. 다시 말해 「탈춤」의 강흥렬 캐릭터와 「승방비곡」의 명진 캐릭터는 〈아리랑〉과 나운규가 없었더라면 형상화될 수 없었던 존재인 셈이고, 스틸사진의 지시적 성격은 내내 재현적 성격을 압도했다 말할 수 있다.[7]

2. 사진의 "하이퍼매개" : 「유랑(1928)」, 「노래하는 시절(1930)」

「유랑」(이종명)과 「노래하는 시절」(안석영)은 각기 영화소설, 시나리오라는 상이한 형식의 글이지만 연재 첫 회부터 영화로 "촬영 중"임을 내

7 한편, 연재되던 「승방비곡」에서 (적어도 안석주의 삽화가 스틸을 대체하는 80회 언저리까지는) 지배적이었던 나운규의 존재감이 1929년 출간된 단행본과 1930년의 영화 버전에서 삭제되는 양상은 별도의 고찰이 필요할 정도로 흥미롭다. 스틸사진과 삽화를 삭제한 단행본에는 나운규와 관련된 일체의 언급이 사라지고(안석주의 장정과 스케치 몇 개는 수록되어 있다), 전면 개작된 영화에서는 명진 캐릭터의 존재감이 대폭 축소될 뿐 아니라 어느 배우가 명진 역을 맡았는지도 명확히 알려지지 않았다. 수도승이 여동생과 사랑에 빠진다는 원작의 설정이 "불가(佛家)의 반감을 사기 쉬우며 동양 도덕에 거슬리기 쉽다고 하여"(『매일신보』, 1930.4.24.) 영화에서는 주인공을 칠수와 명숙으로 바꾸어, 장님이 되어서조차 칠수를 잊지 못하는 명숙(김연실 분)이 칠수(영화소설에서와 마찬가지로 이경선이 연기했다)의 죽음 앞에서 그를 용서한다는 데 초점을 맞추었다. 원작의 주인공인 영일과 은숙은 후경으로 물러났고 배역은 신인배우들(함춘하, 정숙자)이 맡았다. 영화는 촬영기술을 제외한 모든 부분에서 혹평을 받았고, 장님 명숙을 연기하던 김연실이 촬영 도중 자동차 사고를 당했던 에피소드만 반복해서 회자된다.

세우고 있다. 영화 〈유랑〉은 영화소설의 연재가 시작(1928년 1월 5일)된 직후인 1월 8일에 촬영을 개시하여 연재가 끝난 2주쯤 후인 2월 10일에 촬영 완료되었고, 3월 초 개봉할 예정이었으나 미뤄져 4월 1일 단성사에서 공개된다. 이종명은 『유랑』 단행본의 「작자의 말」에서 "『중외일보』에 연재되는 한쪽으로 또한 조선영화예술협회에서 촬영하게 되어 부득불 몰아쳐서 쓴 험이 있"[8]다고 말하는데, 이로 미루어 영화 〈유랑〉은 완성된 영화소설을 바탕으로 촬영한 것이 아니라 연재와 동시에 기획되고 진행되었던 것으로 보인다. 반면 영화 〈노래하는 시절〉은 시나리오의 『조선일보』 연재가 시작(1930년 6월 3일)되기 전인 5월 31일에 촬영 개시되어 마지막 회가 게재된 7월 10일에 촬영도 완료되고 9월12일 단성사에서 개봉한다. 단행본은 영화가 개봉하기 전인 9월 1일에 먼저 출간(회동서관)된다. 시나리오 연재가 시작되기 전의 기사에 "안석영 씨의 시나리오 「노래하는 시절」을 촬영하리라는데 방금 촬영준비에 분망중"[9]이라고 소개되는 것으로 볼 때, 연재된 「노래하는 시절」은 촬영 전에 적어도 1차로 탈고된 상태였던 것으로 추측된다. 영화 개봉 후 발표된 평문들을 살펴보면 돌이의 직업이 "목도군"에서 "철공장 노동자"로 바뀐 것 외에는 시나리오와 내용상 차이점이 발견되지 않는다.

〈유랑〉과 〈노래하는 시절〉은 원작의 연재 시기와 영화의 촬영 시기가 일치함으로써 큰 홍보 효과를 얻을 수 있었던 것으로 보인다. 촬영 관련 소식(스태프 정보, 로케이션 정보, 배우 정보 등)은 각 신문의 기사를 통해 꼼꼼하게 보고되고 있어, 독자는 영화소설 혹은 시나리오를 읽으면서 그것이 현재 어디에서, 어떻게 영화화되고 있는가를 함께 상상할 수 있었

8 이종명, 「작자의 말」, 『유랑』, 박문서관, 1928.7.

9 「X키네마를 창설하고 '노래하는 시절'을 촬영: 씨나리오 석영, 감독 안종화」, 『중외일보』, 1930.4.24.

기 때문이다. 즉 독자들에게 이 영화소설과 시나리오는 거기에 몰입하게 되는 별도의 허구적 시공간이 아니라 '구체적인 장소와 배우, 그리고 촬영하는 사람들'이라는 대상과의 물리적 연관성을 의식하게 되는, "하이퍼매개"[10]된 경험을 제공하는 텍스트였던 셈이다.

이 "하이퍼매개"된 경험의 문제를 흥미롭게 보여주는 첫 번째 예는 「유랑」 연재시 삽입되던 삽화와, 촬영 소식을 알리는 지면에 게시되는 사진들 간의 관계이다. 「유랑」에는 『중외일보』 전속 삽화가[11]였던 심산(心汕) 노수현의 삽화가 실리는데, 그 이유는 "특히 영화소설에 쓰는 사진이 종래의 경험으로 보건대 실패에 돌아간 것"[12] 때문이라고 설명된다. 이때 "실패"란 거의 매일 연재되는 일정에 맞추어 스틸사진을 준비하는 일이 쉽지 않고, 사진의 퀄리티가 늘 보장되지 않았음을 말하는 것으로 추측된다. 그러나 노수현의 삽화가 형상화하는 인물들은 곧 실제 '배우들'의 이미지로 빠르게 대체된다. 촬영 소식을 전달하는 기사들과 사진들로 인해 주인공 영진 역인 시인 임화, 순이 역인 "제2의 신일선"[13] 조경희가 구체적인 모습을 드러내기 때문이다. 영화 〈유랑〉은 지식인들이 모여 만든 단체인 조선영화예술협회 제1회작으로, "출연자 전

---

10 볼터와 그루신의 『재매개』(이재현 역, 커뮤니케이션북스, 2006)의 흥미로운 점은 "투명성의 비매개에 대한 욕망"을 둘러싼 일종의 미디어사(史)를 그려보인다는 것이다. 미디어를 통해 실재를 투명하게 대면("비매개 경험")할 수 있다는 오랜 믿음이 있었으나 그것은 언제나 그 대면을 가능케 한 미디어 자체에 대한 매혹과 공존하고 있었다는 것, 그리고 그 미디어의 존재를 인정하고 그것을 가시적으로 드러나게 만드는 행위("하이퍼매개")가 20세기 모더니즘에 와서는 "결코 억제되지 않았던 타자"로서 부상하게 되었다는 것이다.

11 이갑기는 「소설 삽화와 삽화제가」(『조선일보』, 1930.12.12~18)에서 『조선일보』의 안석주, 『매일신보』의 이승만, 『동아일보』의 이상범, 그리고 『조선일보』에서 일하다가 『중외일보』로 옮긴 노수현 등 각 신문사의 전속 삽화가를 소개하고 있다.

12 「5일부터 게재할 영화소설 「유랑」, 이종명 작」, 『중외일보』, 1928.1.4.

13 「문사 등 출연: 〈유랑〉의 제작 진보: 제2의 신일선 조경희양」, 『중외일보』, 1928.1.19.

부가 상당히 교양을 받은 사람뿐인 그 위에 방금 문단에서 이름을 떨치고 있는"[14] 사람들이라는 점이 화제가 되었고 실제로 시인과 동덕여학생이 주연을 맡았다는 사실이 계속 부각되었다.

심지어 「유랑」의 15회 연재분은 임화와 조경희의 "러브씬" 사진과 동일한 지면에 게재됨(그림 3)으로써, 독자로 하여금 배우들의 정보와 외모를 영화소설 속 인물 캐릭터에 덧씌우면서 – 혹은 그것을 대체하면서 「유랑」을 읽게 만든다.

즉 기사를 통해 지속적으로 소개되는 "상당히 교양을 받은" 배우들의 사진, 그리고 "남한산성", "양주" 등의 로케이션 장소는, 영화소설이 구축하는 허구적 시공간을 충실히 재현하면서 그것을 보충하는 삽화와는 달리 명백히 '지시적인 특성'을 지닌다.

두 번째 예는 「노래하는 시절」로, 이미 촬영이 시작된 후 연재를 시작했음에도(혹은 그렇기 때문에) 7회 연재분까지는 저자인 안석영 자신이 그린 삽화[15]가 삽입되고, 8회부터 배우들의 초상사진이 실리며, 15회부터 실연 사진이 등장한다는 점에서 흥미롭다. 7회까지의 삽화가 문자 텍스트가 마련하는 허구적 시공간의 내용과 동조되는 것인 반면, 8-14회에 실리는 배우들의 초상사진(8회 이애련(옥분 역), 9회 문영애(순녀 역), 10회 김명순(영희 역))은 시나리오의 연재 내용과는 무관한 일종의 '배우 소개'용으로서, 사진관에서 촬영한 것으로 보인다. 신인인 이애련, 문영애[16]를

---

14 「촬영 중의 〈유랑〉, 불일(不日) 공개: 문사(文士)와 절대가인이 출연」, 『조선일보』 1928.1.22.

15 연재분에 삽화가의 이름이 밝혀져 있지는 않으나, 당시 『조선일보』 전속 삽화가로 일하고 있던 안석영 자신이 그렸을 것이라 추측된다. 한편, 1930년 발행된 단행본(회동서관)에는 1~4회차 연재분에 실린 삽화는 삭제되고 5회차 연재분의 삽화(옥분의 초상화)만 실려 있다.

16 "신진 여우로 부산여자상업학교와 시내 근화여학교 출신의 이애련 양과 시내 숙명여학교 출신의 문영애 양", 「안석영씨 작 〈노래하는 시절〉」, 『중외일보』, 1930.6.12.

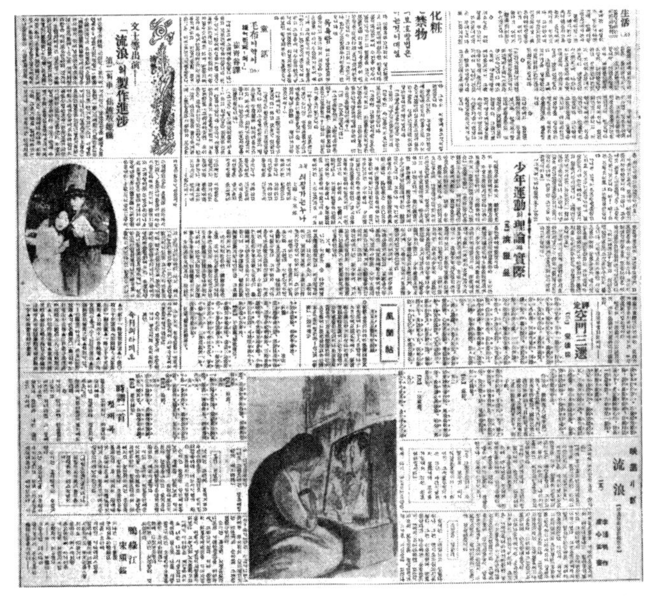
文士等出演 「流浪」의 製作進涉

少年運動의 理論과 實際

流浪

〈그림 3〉 「유랑」 연재분과 영화 〈유랑〉의 주연배우(임화, 조경희) 사진이 같은 지면에 실려있다. 『중외일보』, 1928.1.19.

처음 알린다는 필요성 외에도, 당시 이미 널리 알려진 작가이자 배우였던 김명순 등의 여성 배우를 시각적 호기심의 대상으로 삼던 관행에 의한 것임은 물론이다. 중요한 것은 이 일련의 초상사진들이 시나리오의 허구적 시공간 구축을 위한 '실연' 사진이 아니라 그 캐릭터를 연기하는 배우들의 "본 얼굴"을 지시한다는 점이다.

그림 5에 부가된 "이 영화에 옥분이로 분장할 부산 여자상업학교와 서울 근화여학교 출신의 이애련 양의 본 얼굴입니다."라는 캡션은 그간 문자와 삽화로만 그려지던 옥분라는 인물이 "이애련"이라는 실제 인물에 의해 연기될 것이라는 점을 강조한다. 이는 그림 4의 옥분의 초상화를 대체하면서, 구체적 대상과의 물리적 연관성을 기입해 넣는, "하이퍼 매개"된 경험을 제공한다.

〈그림 4〉
「노래하는 시절」 제5회분 삽화.
옥분의 초상화이다.

〈그림 5〉
「노래하는 시절」 제8회분 스틸사진.
"사진은 이 영화에 옥분이로 분장할 부산 여자상업학교와 서울 근화여학교 출신의 이애련 양의 본얼굴입니다."

15회 연재분부터 실리는 실연 사진은 어떤가. 처음에는 연재분의 내용과는 무관하게, 예컨대 21회에 뒤늦게 13회 내용에 해당하는 사진("농촌 편에 돌이가 떠나고 길용이 서러워하는 장면")을 싣는 식으로 게재되다가 26회분에 가서야 내용과 동조가 일어나는 방식으로 삽입된다. 이렇게 연재분의 순서를 무시하고 스틸들을 삽입한다는 것은, 시나리오 연재가 구축하는 허구적 시공간을 스틸사진이 투명하게 재현한다고 보기보다는 그 시공간의 허구적 성격을 드러내는 "하이퍼매개"의 매력을 스틸사진이 지닌다고 보았기 때문이다. 문자 텍스트는 실제로 지금 이 순간 다른 곳에서 배우들에 의해 영상으로 변화하는 중이며, 그 촬영의 현장은 문자 텍스트가 그어놓은 경계를 얼마든지 가변가능한 것으로 만들 수 있다, 혹은, 스틸의 지시적 성격이 재현적 성격을 압도한다는 관념인 셈이다.

이런 관념은 나아가 이미 제시된 2회분 내용의 디테일을 22회에 삽입된 스틸사진을 통해 '변개'시키는 것까지 가능하게 만든다(그림 6). 2회분에서 "책(『농민독본』)을 보며 간간이 돼지를 감시하며 걸어가는 길용이"라 묘사되었던 장면에서의 "돼지"가 실제 촬영되면서는 "형편상 소로 변하"게 되었는데, 스틸사진과 캡션에서는 이를 결코 숨기지 않는다.

〈그림 6〉
22회 차에 삽입된, 2회차 연재분 내용의 스틸사진.
"길용이 옥분이를 알기 전에 『농민독본』을 읽으며 소를 몰고(돼지를 형편상 소로 변하였습니다) 가는 장면"[밑줄은 인용자]

문자 텍스트가 구축하는 허구적 시공간의 환영적 성격을 끊임없이 깨뜨리는 사진의 뒤늦은 삽입, 더욱이 이미 제시된 오브제("돼지")를 촬영 현장의 형편에 따라 다른 것("소")으로 대체하고 또 그것을 숨기지 않는 태도. 이것은 연재 중인 시나리오의 선형적, 인과적 구조를 상당히 단절적, 우연적 구조로 만든다. 그리고 독자들로 하여금 사진의 지시적 성격이 제공하는 쾌감에 더 가까이 부착되게 만든다.

3. 듣는 영화, 보는 시나리오의 리터러시

「유랑」과 「노래하는 시절」 사이에는 2년 정도의 시간차밖에 없지만, 영화 〈노래하는 시절〉이 촬영되기 며칠 전 결성된 '조선 시나리오라이터 협회'를 변곡점으로 한 글쓰기의 차이를 보인다는 사실은 잊지 말아야 한다. 이 협회는 1930년 5월 26일 결성되어 11월 30일 해체되었을 정도로 단명한 단체지만, 동인이었던 이효석, 서광제, 안종화, 김유영, 안석영은 1930-31년에 걸쳐 집중적으로 시나리오와 영화를 제작함으로써 주목을 받았다. 첫 작품 〈노래하는 시절〉을 비롯하여 시나리오 「출발」(안석영, 1930), 「출범시대」(이효석, 1931), 그리고 이들의 연작 시나리오(1930)를 바탕으로 영화화한 〈화륜〉(김유영, 1931)이 그것이다.[17]

'조선 시나리오라이터 협회'의 결성으로 이제 시나리오는 (과거의) 영화소설과는 구별되는 작법을 구사하는 새로운 글쓰기 형식으로서 주창된다. 이 협회의 결성 취지 중 눈에 띄는 것은 "동인의 시나리오 발표는 본회 규정의 술어(述語)를 사용함"[18]이라는 내용인데, 이는 첫째, 이들이 시나리오라는 것을 영화 촬영에 종속되는 실용적 매뉴얼로서가 아니라 독자적으로 발표될 수 있는 글쓰기로 인식했음을 보여주면서 둘째, 이 글쓰기를 특징짓는 공통의 "술어"를 계발하여 독자들의 리터러시를 향상시키고자 했음을 말해준다.

이 협회의 이효석, 안석영, 서광제, 김유영이 연작으로 쓴 시나리오 「화륜」의 연재를 앞두고 서광제[19]는 "감독자가 촬영시에 쓰는 시나리오,

---

17 이들의 활발한 제작 활동이 눈에 띄었던 만큼 평단으로부터는 격렬한 비판도 받았는데, 그것은 1929년 결성된 신흥영화예술가동맹 소속이었던 서광제, 김유영이 이 동맹을 카프(KAPF) 영화부로 해소시키는 데 반대했던 것과 관련된다. 백문임 외, 『조선영화란 하오』(창비, 2016) 참조.

18 「조선 씨나리오라이터 협회 창립」, 『중외일보』, 1930.5.28.

즉 콘티뉴이티"와 구별되는, "우리들이 여러분에게 보여드리려는 읽히기 위한, 즉 독물(讀物)적 시나리오"가 있음을 강조한다. 그러나 시나리오의 술어를 독자들이 잘 이해하지 못하면 "보시는 데 퍽 불편"하고 "퍽 재미가 적을 것"이므로, 연재 전에 미리 중요한 술어들을 소개하겠다고 말한다. 그가 소개하는 술어들에는 "전경(全景): Full Scene. 전체의 경치를 화면 속에 넣은 것", "이동: Follow. 자동차가 질주해 가는데 화면도 쫓아가는 것", "이중(二重): Double Exposure. 물체가 이중으로 보이는 것인데 가령 사람이 서 있는 그 위로 기차가, 군차(軍車)가 지나가는 것" 등이 있는데, 이런 술어는 '조선 시나리오라이터 협회' 결성 후 첫 발표작인 「노래하는 시절」에서 안석영이 구사해 보이고 있다. 영화소설 「유랑」과 이런 "읽히기 위한, 즉 독물(讀物)적 시나리오"의 차이점을 다음 예문에서 확인해 보자.

〈1〉

싸움은 피할 수 없는 것을 그들은 깨달았다. 묵묵한 속에 양편에서는 마음을 가다듬고 주먹에 힘을 넣었다.

저편은 동리 안에서 그래도 기운깨나 쓴다고 하는 장정 세 사람. 그리고 이편은 영진이 하나를 제한 외에는 약한 노인과 처녀뿐이다. 제삼자가 이 형세를 본다고 할 것 같으면 승부는 벌써 결정적으로 기울었으리라고 할 것이나 그래도 양편의 기세는 조금도 양보하지 않았다.

순이는 두고 가시는 것이 어떻습니까?

얼마 있다가 춘식이는 업수이 여겨 보는 듯, 조롱하는 듯한 말씨로 노인

---

19 서광제, 「「화륜」 연작을 앞두고: 독자 제씨에게」, 『중외일보』, 1930.7.4.

을 보고 이렇게 말했다. 노인은 이 말을 듣더니 참을 수 없는 듯 부들부들 떨며

"무어야. 나는 순이를 내놓을 수 없소."

"그래도 내놓아야 하실 걸. 권리는 우리에게 있으니까 -"

"무어? 권리?"

"권리가 있지요. 순이는 당신의 딸이지만 사기는 우리가 샀으니까 권리가 있지요."

"무어 이놈아, 나는 너희들에게 모든 것을 주어버렸다. 정든 고향도, 집도, 세간도. 그런데도 너는 무엇이 부족해서 또 순이를 내놓으란 말이냐?"

노인은 춘식이에게 달려들었다. 그러나 춘식이는 귀찮은 듯이 노인을 뿌리쳤다. 그는 힘없이 눈 위에 쓰러진 채 허우적거린다.

(「유랑」 제20회. 『중외일보』, 1928.1.24.)

〈2〉

직업소개소에서 쫓겨나오는 길용이

냉면집에서 쫓겨나오는 길용이

선술집에서 쫓겨나오는 길용이

위생과에서 쫓겨나오는 길용이

[자막]

길용은 이때 사선(死線)에 다닥쳤다……. 먹지 못한지도 이미 사흘 되는 황혼에…….

비슬비슬 걸어가는, 머리가 목에 달려 건성 흔들리는, 주림에 시달린 길용의 그림자 (땅바닥).

주림에 찌든, 여위고 남루한 길용의 모습.

딱 서서 길옆 레스토랑(혹 중국 요리집도 좋다)을 옆으로 보는 아귀 같은 길용이 (중으로). 레스토랑의 정면 위에 (중으로) 화덕 위에 냄비, 냄비 위에

지져지는 고기 – 고기의 김. 쿡(요리인)의 손에 빨리 움직이는 국자 –
(중으로) 포식하며 떠들고 손뼉 치고 술 마시고 질탕히 노는 무리. 즐겁게 돌아가는 레코드 – 이 환영이 사라지고 다시금 레스토랑의 정면으로 변한다.

길용이 기갈을 못 이겨 손으로 모가지를 쥐어짜며 걸어간다. (이동)
길용의 등을 얼러서 은행소 돌층계에 기대앉은 해골만 남은 더러운 거지.
길용이 이를 갈며 몸서리를 친다.

(「노래하는 시절」 제17회, 『조선일보』, 1930.6.22.)

두 작품 모두 무성영화로 제작되었음을 고려할 때, 많은 대사가 삽입되어 있는 〈1〉 「유랑」은 모두 자막 처리할 것을 염두에 두었다기보다는 변사의 해설과 연기로 처리될 것을 기대하고 쓰여진 것이라 할 수 있다. 좀더 극적인 대사("순이는 두고 가시는 것이 어떻습니까?")만 네모칸으로 구분된 자막으로 처리하고, 나머지 대사와 지문은 모두 변사가 연행해도 무방하게끔 되어 있기 때문이다.[20] 실제로 「유랑」에는 "장면은 변하여 야학교 문 앞,"(제12회), "장면은 또다시 변하여 순이의 방"(13회)과 같이 서술자가 알려주는 방식으로 장면 전환을 처리하고 있는 부분들이 있다.[21] 반면 경성에 올라와 일을 못 구하고 굶주리는 길용을 묘사하는

20 직접적으로 비교할 수는 없지만, 1931년 콜럼비아 레코드사에서 발매된 영화해설 음반 〈유랑〉을 참조하면 영화소설과 변사 설명의 유사성을 발견할 수 있다. 즉 영화소설 「유랑」의 서술방식은 묘사부분이든 대사부분이든 변사의 구연(口演)과 위화감을 일으키지 않는다. 당시 변사 김영환이 취입한 이 음반은 10분 남짓 분량이어서 〈유랑〉의 전체 내용이 압축되어 있지만, 강조하고자 하는 세 장면(영진이 고향에 돌아온 첫 장면, 혼인 전날 죽음을 결심하는 순이 장면, 위의 본문에 인용된 싸움 장면)에는 인물들의 대사를 삽입하고 있다. 음반을 채록한 내용은 배연형·구인모, 『유성기 시대, 변사의 화예(話藝)』, 한국문화사, 2018, 260~264쪽 참조.

21 영화소설의 구어체 문장에 주목하여 이를 변사와 연결시킨 논의로는 전우형, 앞의 책의 205~215쪽을 참조.

〈2〉「노래하는 시절」은 시간을 압축하여 직업소개소, 선술집 등에서 쫓겨나오는 장면을 연속해서 이어붙이거나 앞서 서광제가 설명한 "이중(二重)" 기법으로 음식점 풍경의 상상 장면을 처리하고 있다. 카메라의 움직임 지시("이동")나 위치 지정("길용의 등을 얼러서")으로 독자의 시선을 안내하고, 은행소 돌층계의 거지를 통해 길용의 심리를 표현한다. 여기에서 변사의 목소리는 설 자리가 없다.

실제로 영화 〈유랑〉이나 〈노래하는 시절〉의 상영시 변사의 연행이 어떠했는지에 대해서는 기록이나 평문을 찾아볼 수 없으나(각주 24와 같은 영화해설 음반이 거의 유일하다), 분명한 것은 「유랑」의 내용 전체가 그대로 변사의 목소리로 옮겨져도 무방할 만큼 카메라의 관찰자적 시선과 화자의 전지적 해설이 공존하는 것인 반면 「노래하는 시절」은 철저히 변사의 목소리를 배제한 채 최소한의 자막과 장면 묘사로만 이루어졌다는 점이다. 이를 영화소설과 시나리오 자체의 차이로 일반화할 수는 없겠지만, 적어도 1930년 결성된 '조선 시나리오라이터 협회'가 목표로 했던 글쓰기가 어떤 것인지는 잘 보여주는 사례라 하겠다.

4. 덧붙여: 사진 촬영자의 문제

「노래하는 시절」에서 잊지 말아야 할 것은 사진들이 영화 촬영기사가 아니라 사진사에 의해 찍혔다는 점이다. 과거 영화소설에 삽입되었던 실연 사진이 '누구에' 의해 촬영된 것인지 알려지지 않았던 것과 달리, 「노래하는 시절」 15회에는 "사진은 순녀가 강물에 빠져 죽으려는 장면"이라는 설명과 함께 "스틸부: 조선사진관 채상묵"이라는 정보가 등장한다. 채상묵은 고종의 어진도를 그렸던 초상화가 채용신의 아들로, 1928

년의 기사에 의하면 "경성사진관주"라고 소개되고 있다.[22] 그의 아내 이홍경은 "전문적인 촬영술과 당시 사진관에서 필수적인 기술이었던 수정술 등 사진 전반에 대한 능력을 갖춘 최초의 여성 사진사"[23]였다. 영화 〈노래하는 시절〉의 제작자 이우(본명:이재현)가 조선사진관을 경영했던 사람[24]이라는 점을 염두에 둔다면, 시나리오와 영화가 연재되고 제작되는 언저리에 일련의 영업 사진사들의 활동이 개입되어 있었던 게 아닐까 추측된다. 하지만 이 시기 사진관 및 사진사들과 신문 사진에 대해서는 다소 연구가 되어 있으나, 이들이 영화산업과 어떤 관계를 맺고 있었는지에 대해서는 참고할 만한 자료도 거의 없고 연구된 바 역시 없다.

눈에 띄는 정보들을 기반으로 개요를 그려보면 이렇다. 우선, 「노래하는 시절」에 이어 『중외일보』에 연재되었던 시나리오 「화륜」부터는 스틸사진을 촬영한 주체에 대한 명기가 관습처럼 정착된다. 「화륜」은 "본사[『중외일보』 – 인용자] 사진반"(이효석 연재분) 및 김용태[25](안석영 연재분 이후), 『조선일보』에 연재된 안석영의 시나리오 「출발」은 "본사 사진반," 『동아일보』에 연재된 이효석의 시나리오 「출범시대」는 김용태, 김영팔의 시나리오 「싸구려 박사」(1931)는 안병욱[26](1~22회차) 및 일월사

22 이경민 역시 「노래하는 시절」 의 이 부분에 대해 "채상묵은 당시에는 경성사진관을 운영하고 있었기 때문에 사진관 명칭에 오류가 있어 보인다"고 말한다. 이경민 편저, 『사진소설: 텍스트, 이미지를 만나다』, 디오브젝트, 2023, 12쪽.

23 최인진, 『한국 사진사: 1631–1945』, 눈빛, 1999, 198쪽.

24 안종화, 『한국영화 측면비사』, 현대미학사, 1998, 132쪽.

25 이효석의 「출범시대」에서도 촬영을 맡은 김용태는 '서울키노'에서 〈낙동강〉을 제작하려고 할 때 촬영감독을 맡았으며(『동아일보』, 1931.6.12.) '이동식 소형극장'이 창립되었을 때는 "효과부"를 맡았다.(『동아일보』, 1931.11.14.)

26 안병욱에 대해서는 시나리오 「싸구려 박사」 스틸 촬영를 맡았다는 것 이외의 정보를 찾을 수 없다. 영화 〈싸구려 박사〉의 촬영을 맡았던 사람은 일본인 태홍아(太紅兒)로 소개되고 있다.(「엑스키네마 〈싸구려 박사〉: 방금 촬영 중」, 『조선일보』, 1931.6.27.

진관(23회차 이후), 김태진 등의 연작 시나리오 「도화선」(1933)은 동방키노(10회까지)와 동양사진관, 또 박민천의 「황혼」(1936)은 "대구부인사진관", 김유영 등의 연작 시나리오 「여인부락」(1937)은 "극동무선사진부(이재진, 황운조[27])", 최금동의 영화소설 「애련송」(1937)은 "연우사진관 박필호",[28] "극동무선사진부(최봉수)" 등으로 기록되어 있다. 분류하자면 영업사진사들의 사진관(동양사진관, 일월사진관, 연우사진관, 대구부인사진관), 신문사의 사진반, 영화제작사의 촬영부(김용태, 황운조 등), 그리고 관련 기록을 찾을 수 없는 "극동무선사진부"의 최봉수, 이재진 등이다. "극동무선사진부"의 경우 1936년 베를린 올림픽과 전쟁을 계기로 사진의 '무선전송'이 초미의 관심사가 되면서 등장한 단체가 아닐까 한다.

이렇듯 「노래하는 시절」부터 영화소설과 시나리오의 연재시 삽입되는 스틸사진의 촬영자/기관을 밝히기 시작했다는 사실 자체는, 사진의 지시적 성격보다는 재현적 성격이 점차 강조되던 과정과 관련이 깊어 보인다. 이 시기는 "예술사진"[29]이 유행하던 때이자 개인전 등의 형태로

---

27 〈미몽(양주남, 1936)〉으로 촬영기사 데뷔를 하여 〈오몽녀(나운규, 1937)〉에서는 제화(製畫)를, 〈심청전(안석영, 1937)〉에서는 배광(配光)을 맡았고 〈국경(최인규, 1939)〉, 〈무정(박기채, 1939)〉, 〈수선화(김유영, 1940)〉 등을 촬영했다. 1938년 영화 〈도생록(윤봉춘)〉에 조연으로 출연했고, 1939년 기사(『조선일보』, 1939.5.25.)에는 조선영화주식회사의 "촬영주임"이라고 소개되며, 이후 전매국에서 개성 인삼에 관한 문화영화 〈흙에 결실(안석영, 1942)〉을 촬영하기도 했다.

28 1903~1981. 휘문고보 졸업 후 연우사진관을 열고 김광배 등과 '경성사진사협회'를 만들었으며 1937년 YMCA 사진학교를 재개관했다. (대한직업사진가협회, 『박필호 사진논집: 사진을 말하다』, 1982, 299~305쪽.) 서라벌예술대, 중앙대 교수를 역임했다.

29 최인진은 "예술사진의 모색은 수정과 합성에 의해 기록된 영상을 회화적 표현에 접근하려는 사진 예술화 운동"이었으며, 조선에서는 1920년대에 "인공 인화술"이 소개되면서 예술사진이 등장했다고 말한다.(최인진, 앞의 책, 226~227쪽) 이경민은 1929년 조선 최초의 예술사진 전람회인 정해창의 〈제1회 예술사진 개인전람회〉, 조선박람회의 〈예술사진전람회〉를 계기로 예술사진이 대중화되었다고 지적하며, 이

사진을 미술품처럼 관람하는 문화가 시작된 즈음이기도 하다. 촬영되는 대상만이 아니라 촬영 주체로도 관심이 옮겨가던 시기, 영화소설과 시나리오에 삽입되는 사진의 성격과 그 맥락이 어떤 양상을 보이는지에 대한 고찰은 이제 시작 단계에 있다.(*)

것을 계기로 "1930년대 초반 예술사진 문화가 일상 속에 자리잡고 아마추어 사진가들이 본격적으로 등장"했다고 말한다. 이경민·사진아카이브연구소 엮음, 『카메라당과 예술사진 시대』, 아카이브북스, 2010, 9쪽.

「유랑」의 정체성 규명하기

대중소설, 영화소설

김다영

1. 영화소설의 정체성

21세기를 살고 있는 현대의 독자들에게 "영화소설"이라는 명칭은 익숙한 듯 낯설다. 정의를 내리려 시도해본다면, 오늘날 대표적 시각 매체로 자리매김한 영화와 대표적 텍스트 매체로 여겨지는 소설의 교집합의 형태로 영화소설을 상상하기가 가장 수월할 것이고, 그렇다면 아마도 영화스틸이 삽입된 형태의 소설이 가장 쉽게 떠오를 것 같다. 하지만 "영화소설"이라는 장르 명칭 아래 쓰인 작품들은 우리의 예상만큼 일관적이지 않다. 예컨대 1926년 『매일신보』에 게재된 김일영의 조선 최초 영화소설 「삼림(森林)에 섭언(囁言)」은 영화스틸이 아닌 삽화와 함께 연재됐다. 그렇다면 이미 1912년에 첫 등장한 삽화와 함께 연재되었던 신문연재소설과의 장르적 변별력은 어디에 있는 것일까. 「삼림에 섭언」과 마찬가지로 삽화와 함께 연재되었던 영화소설 「유랑」을 살펴봄으로써, 우리는 이 질문에 대한 해답을 어느 정도 얻을 수 있다.

2. 통속성, 경향성 또는 대중성

20세기 초반 조선에서는 한편으로는 근대적 서사 장르로서 소설에 대한 고민이 이루어짐과 동시에, "활동사진"의 도입과 활용 또한 활발하게 이루지고 있었다. 특히 이 활동사진에 대한 대중의 관심은 가히 폭발적이었고, 1920년대에 이르러 『매일신보』에서 "활동사진" 대신 "영화"라는 용어가 처음 사용되기 시작[1]했다. 폭증한 대중의 영화에의 관심을 신문으로 이끌어 판매부수에 긍정적 영향을 미치게 하는 것이 경쟁관계에 있던 여러 신문사들의 공통된 관심사였다.[2] 이에 1926년 4월 4일, 『매일신보』는 조선 최초의 영화소설인 김일영의 「삼림(森林)에 섭언(囁言)」을 싣는다. 경쟁관계에 있던 기타 신문도 앞다투어 영화소설을 게재하기 시작했고, 2년 후인 1928년, 이종명 작가의 영화소설 「유랑」의 첫 화가 『중외일보』에 게재되었다. 「유랑」은 『중외일보』에 연재된 첫 영화소설이기도 하다. 조선영화예술협회의 1기 연구생들의 주도 하에 「유랑」의 영화화도 연재와 거의 동시에 시작됐으며, 같은 해 단성사에서 상영했다. "영화소설"을 영화의 소설화 된 형태로, 혹은 영화적 기법을 녹인 소설의 형식으로 정의내리는 것 모두 가능하지만, 이 시기의 "영화소설"의 핵심은 바로 대중에게 쉽게 읽히도록 쓰여야 한다는 점에 있다.

이런 고민 하에 쓰인 「유랑」은 그래서 크게 두 가지 특징을 가지는 것으로 기존 연구들을 통해 밝혀졌다. 첫째는 당대 인기 있었던 다른 작품들의 영향이다. 우선 가장 눈에 띄는 것은 1926년 개봉한 흥행작 〈아리랑〉의 영향이 작품 곳곳에 녹아있다는 점이다. 이효인[3]에 따르면,

---

1 배현자 외, 『한국 근대 영화소설 자료집』, 소명출판, 2019, 15쪽.

2 위의 책, 15쪽.

3 〈아리랑〉과의 유사점에 관한 논의는 다음 연구를 참조. 이효인, 「영화 〈아리랑〉의

특히 〈아리랑〉과 「유랑」의 인물 설정, 플롯 갈등, 결말이 유사하다. 인물 설정에서의 유사함은 우선 〈아리랑〉의 주인공인 광인 영진과 「유랑」의 귀향한 학도 영진의 이름이 모두 “영진”으로 같다는 점에서 찾을 수 있다. 갈등을 야기한 인물들이 지주와 이들의 하수인들이라는 설정도 반복되고 있다. 플롯 갈등은 〈아리랑〉과 「유랑」에서 모두 빚을 탕감해주는 대신 여주인공이 원치 않는 혼인을 강요받는 것으로 반복된다. 이러한 설정은 여주인공과 결혼 대상 아닌 남자와의 사랑이야기 위에서 전개되며, 〈아리랑〉과 「유랑」에서 하수인들은 모두 여자주인공을 강간하려고 시도하고, 미수에 그친다. 그리고 위기의 순간 주인공들을 구해준 것은 광인인 영진(〈아리랑〉)의 낫질과 바보 윤길(「유랑」)의 돌팔매질이라는 점 또한 비슷하다. 마지막으로, 〈아리랑〉과 「유랑」 모두 주요 등장인물이 고향을 떠나는 것으로 마무리 된다. 특히 〈아리랑〉의 활극적인 부분은 「유랑」(박춘식 일당과 순이 일행의 싸움)에서 고스란히 반복되고 있으며, 이는 나운규가 말했던 ‘템포와 스피드’[4]를 위한 장면들이다. 하수인들이 여자주인공을 겁간하려는 플롯 갈등의 반복 역시 그 자체로 갈등과 위기를 조성하는 것이기도 하지만 ‘활극성’을 보여주기 위한 계제라고 분석된다. 〈아리랑〉뿐만 아니라 외화 〈동도 *Way East Down*〉(1920)의 영향[5] 또한 발견된다. 사기결혼 경험이 있는 기구한 운명의 주인공 안나는 데이비드를 만나 사랑에 빠지지만 과거가 드러나며 결혼을

컨텍스트 연구 – 〈아리랑〉이 받은 영향과 끼친 영향을 중심으로」, 『현대영화연구』 12, no.2, 현대영화연구소, 2016.

4 나운규, 「조선영화 감독 고심담: 〈아리랑〉을 만들 때」, 『조선영화』 제1호, 1936.11.

5 〈동도〉는 조선에서 1926년 최초 상영 이후 7회나 반복해서 재개봉되었으며, 당대 최고 인기 여가수 윤심덕이 연극 데뷔작으로 선택할 만큼 인기 있던 작품이다. 관련 논의는 유선영, 「식민지의 할리우드 멜로드라마, 〈東道〉의 전복적 전유와 징후적 영화경험」, 『미디어, 젠더 & 문화』 제26호, 한국여성커뮤니케이션학회, 2013, 111쪽 참조.

반대당하고, 이에 좌절하여 눈 폭풍 속으로 향한다. 산비탈을 미끄러지며 넘어 강가에 도달하여 기력이 다해 안나가 정신을 잃고 쓰러진 얼음덩어리가 조각나며 가파른 절벽을 향하던 위기의 순간, 데이비드가 등장하여 안나를 구출한다. 「유랑」의 클라이맥스에서 눈 내린 산성에서 죽음을 선택하여 뛰어내리려는 순이의 팔을 붙들어 영진이 구출하는 장면이 연상되는 지점이다. 동시대에 인기 있던 작품의 모티프들을 그대로 반복한다는 점, 이 모티프들이 대중의 호기심을 자극하는 용도로 다른 조선영화 작품들에서 빈번히 재활용됐다는 점에서 「유랑」은 통속성을 크게 벗어나지 못한 작품으로 평가[6]받고는 한다.

유랑의 두 번째 특징은 바로 경향성[7]이다. 비록 일부 경향성을 띠는 서술들이 섞여 있기는 하지만, 전체적인 구성으로 보았을 때 이런 경향성은 아직 미미한 정도에 그치는 것으로 보인다. 하지만 다른 한 편에서는 「유랑」을 후일 카프 출신 영화감독 김유영의 데뷔작으로 간주하여 프롤레타리아 의식을 표현한 작품으로, 작품이 지닌 "경향성"을 보다 적극적으로 읽으려는 시도도 존재한다.[8] 테드 휴즈의 이 같은 주장들은 김기진의 「대중소설론」에 이론적으로 크게 의지하고 있다.

> 그들의 흥미를 다소 맞추어 가면서 그들을 비열한 향락취미와 충효의 관념과 노예적 봉사의 정신과 숙명론적 사상으로부터 구출하여 오자면

---

6 전우형, 『식민지 조선의 영화소설』, 소명출판, 2014, 170~177쪽 참조.

7 이때의 경향성이란 "윤기정이 구별했듯 '100% 프로영화'가 아니라, 상업적 시스템 내에서 '영화의 관객층의 대부분을 점령하고 있는 미조직 대중'을 위해 '그들이 알기 쉽게 제작'"된 경향영화의 특징을 가리킨다. 백문임 외, 『조선영화란 하오』, 창비, 2016, 201~203쪽 참조.

8 테드 휴즈, 나병철 옮김, 『냉전시대 한국의 문학과 영화: 자유의 경계선』, 소명출판, 2013, 참조.

> 일, 제재를 노동자와 농민의 일상견문의 범위 내에서 취할 일
> 이, 물질생활의 불공평과 제도의 불합리로 말미암아 생기는 비극을 주요소로 하고서 원인을 명백히 인식하게 할 일
> 삼, 미신과 노예적 정신 숙명론적 사상을 가진 까닭으로 현실에서 참패하는 비극을 보이는 동시에 새로운 희망과 용기에 빛나는 씩씩한 인생의 자태를 보여 줄 일
> 사, 남녀, 고부, 부자간의 신구도덕관 내지 인생관의 충돌로 일어나는 가정적 풍파는 좋은 제목이로되 반드시 신사상의 승리로 만들 일
> 오, 빈과 부의 갈등으로 말미암아 일어나는 사회적 사건도 좋은 제목이로되 정의로써 최후의 문제를 해결 할 일
> 육, 남녀 간의 연애관계도 물론 좋은 제목이나 그러나 정사장면의 빈번한 묘사는 피할 것이오, 될 수 있는 대로 그 연애관계는 배경이 되든지, 혹은 중심골자가 되든지 하고서 딴 사건을 보다 더 많이 취급하도록 만들어야 한다. 무슨 까닭이냐 하면 연애하고 실연하고 또 연애하고 실연하는 것의 연속일 것 같으면 단순히 소설작법의 기교 상 견지만으로도 졸렬한 것이 될뿐더러 도리어 비열한 향락취미를 양성하는 결과를 가져오는 까닭이다.[9]

분명 「유랑」의 서사가 김기진이 제시한 위 항목들에 부합하는 것임을 쉽게 확인할 수 있다. 하지만 휴즈가 읽듯 「유랑」을 남녀 사이의 정, 그리고 부모자식 간의 정이라는 전근대적 정을 계급 사이의 정으로 이동 시키는 작품으로 평가하기 위해서, 또는 프롤레타리아적 의식의 각성으로 설명하기 위해서는 더 많은 설명이 요구된다. 일견 「유랑」에서는 연애사건이 배경을 넘어 서사의 기승전결을 이루는 골자로 사용되고 있고, 이에 더해 당시 대중의 구미에 맞는 자극적 설정들을 차용하여

9 김기진, 「대중소설론(6)」, 『동아일보』, 1929.04.19.

"짜깁기" 했다는 인상을 주기 때문이다. 갈등 앞에 선 등장인물들의 한없이 무기력한 모습들과 대사들은 스스로 문제를 해결하지 못하고 가해자 측의 제3자의 도움을 빌려 위기를 잠시 모면한 채 먼 길을 떠나는(사실상 도망치는) 결과와 결부되어 계급의식에의 각성으로 비롯된 것이라기보다 여전히 협소한 개인적 차원에서의 문제해결로 보일 여지도 있다.

조금 더 부연하자면, 등장인물의 개인으로서의 무기력함은 특히 순이가 강제로 서병조 집에 끌려간 이후에 더 극적으로 치닫는 양상을 띤다. 우선 영진이는 설사 그의 주위 사정이 허락하지 않았다고 하더라도 자기에게 "미안한 말 한마디 없이 순순히" 끌려간 순이를 걱정하거나 구출할 방법을 강구하는 것이 아니라 "마음속에는 허영을 꿈꾸는 얕은 야심이 숨어 있었을지도 모른다"며 의심한다. 순이가 자신을 열렬히 사랑하고 있었다면 이러한 중대사건이 유야무야 중에 지나갈리 없다는 것이 영진의 논리이며, 아버지의 난처함을 생각해서 차마 거절하지 못한 순이의 마음을 헤아리려는 시도는 찾아볼 수 없다. 오히려 순이를 생각하며 "더러운 계집" 하며 영진이는 부르짖는다. 그러다가 이내 "순이야 가든 말든 내가 순이를 사랑하고 있는 것만은 변하지 않는 사실"이라며 자기 위안을 한 후, 옛집과 부모형제와 사랑을 잃은 자신의 처지를 한탄하며 한껏 괴로움에 취한다. 그리고 그는 얼어있던 물레방아가 돌아가며 그 위에 비웃는 윤길이의 얼굴과 피투성이가 된 순이의 환영을 보고, 순이의 환영을 끌어안으려다 정신을 잃고 쓰러진다.

순이의 반응 역시 유사하다. 서로에 대한 진심을 확인한 순이와 영진 두 사람은 변치 않을 사랑의 약속을 하지만 닷새가 채 못 되어 순이는 강제로 서병조 집에 혼인을 목적으로 끌려가 뒤채 외딴방에 갇힌다. 그날 밤 춘식이는 순이를 욕보이려 밤이 되자 몰래 숨어들고, 순이는 소리를 지르기도 있는 힘을 다해서 저항하였으나 아무 소용이 없다. 다행히 근처를 지나가던 하인의 발소리에 춘식이 도망쳐 미수로 끝나게 된다. 자신의 고단한 처지를 비관하던 순이는 이 대목에서 여전히 "약한 여자"로 묘사된다. 어떻게 하면 당면한 괴로움과 난관을 극복하고 행복한 삶을 살 수 있을지 머리를 쥐어짜보았으나 순이는 "약한 여자"이기 때문에 용감하게 자기 앞에 펼쳐있는 장애를 걷어차고 돌진할만한 자신이 부족하다. 순이가 우유부단한 자기 자신에 대해 느끼는 염증 역시 "약한 여자"의 한낱 설움에 지나지 못하는 것으로 치부된다. 그러나 괴로워하며 탄식하며 우는 순이에게는 죽음으로 괴로움을 이길 수 있다는 굳은 신조라는 최후의 보루가 있었다. 죽음 후에 남는 것은 공허뿐이라는 것을 순이는 이미 인지하고 있었으며, 그것을 막는 것은 죽음을 두려워하는 또 다른 자신뿐이었다. 하지만 이런 생각을 하던 순이는 거울 속에 비친 자신의 얼굴에서 영진이의 환영을 보고 그 환영이 "더러운 계집, 나를 진정으로 사랑하면 죽어보라"며 꾸짖는 말에 정신을 잃었다가, 이내 깨어나 죽겠다는 움직일 수 없는 결심을 한다. 그리고 죽음을 망설이던 그 순간, 환영이 아닌 살아있는 영진이 거짓말처럼 등장하여 순이의 죽음을 저지하고, 죽음이 아닌 삶을 선택할 것을, 죽지 말고 살아서 함께 싸울 것을 말한다.

이 지점에서 주목할 것은, 각각의 개인으로서 우유부단하고 유약한 모습을 보여주었던 영진과 순이 두 사람이 서로 상대방의 존재로 인하여 살아갈 결심을, 싸울 결심을 하게 되었음이 드러났다는 점이다. 즉, 이들이 서로의 존재, 연대라고 할 수 있는 새로운 결의로 말미암아 비록 미약하지만 저항의 의지라는 것을 새로이 다질 수 있게 된 것이다. 그리고 이 지점에서 아버지와 딸, 그리고 그 연인이 함께 길을 떠나는 「유랑」의 엔딩은 미약하나마 김기진이 요청했듯 "미신과 노예적 정신 숙명론적 사상을 가진 까닭으로 현실에서 참패하는 비극을 보이는 동시에 새로운 희망과 용기에 빛나는 씩씩한 인생의 자태를 보여"주는 것이라고 볼 수 있게 되는 것이다. 그렇기에 「유랑」에서 반복하고 차용하는 통속적 요소들이 단순한 반복이라거나, 창의력의 부족이라는 평가는 과소평가일 수 있다. 대중이 읽기 쉽고 이해하기 쉬운 내용과 플롯으로 창작하고, 검열을 피할 수 있는 수준에서 새로운 사상을 자연스럽게 녹여내는 시도는 오늘날에도 결코 쉬운 것이 아니기 때문이다. 그렇기에 "대중소설"로서 「유랑」이 시도한 것, 그리고 그것이 지닌 가능성은 재평가 될 필요가 있다.

3. 말하기와 보여주기

삽화 역시 텍스트보다 직관적이라는 측면에서 대중적 소구점이 있기 때문에 도입되었다고 할 수 있다. 하지만 인정컨대, 「유랑」의 삽화들은 삽화들만 따로 떼어놓고 본다면 초기 신문연재소설의 삽화들과 작화 스타일에서 큰 차이가 드러나지는 않는다. 1910년대 신문연재소설의 삽화는 소설 내용의 충실한 재현과 더불어 때때로 소설에서 미처 다 상술하지 못한 내용을 추가하여 리얼리티를 확보하거나, 비록 소설의 중핵사건에 관련된 것이 아니더라도 독자의 시선을 끌기 위해 근대 조선에 등장한 신문물을 그려냄으로써 스펙터클을 제공[10]하기도 했다.

10 공성수, 『소설과 삽화의 예술사』, 소명출판, 2020, 49~53쪽 참조.

〈그림 1〉 야학에서 수업을 마치고 돌아오는 영진을 기다리는 순이의 모습
『중외일보』, 1928.1.13.

〈그림 2〉 순이가 뛰어내리려 하는 순간을 그린 「유랑」의 삽화
『중외일보』, 1928.1.20.

예를 들어 그림 1은 아래와 같은 묘사를 삽화로 그린 것이다.

> 싸리문 옆에는 뜻하지 않은 순이가 맑은 달빛을 온몸에 적시며 무엇을 생각하는 듯이 묵묵히 서 있었다. 이런 밤에 이런 곳에서 이렇게 봐서 그런지는 몰라도 하여간 순이의 서 있는 모양이 무엇이라고 형용할 수 없을 만큼 아름답고 가련하게 보였다.

이 삽화는 "싸리문 옆", "달빛", "순이", "생각하는 듯 묵묵히 서 있음"과 같은 소설 속 내용을 있는 그대로 재현하여 보여주고 있다. 하지만 그림 2와 같이 조금 더 과감한 시도를 한 삽화 역시 존재한다. 이 삽화는 영화소설 「유랑」의 16회 연재분의 마지막 두 문단을 삽화가 심산(心汕) 노수현(盧壽鉉, 1899~1978)[11]이 자신만의 창의적 연출을 가미하여 그려낸

11 당대 최고의 동양화가 중 한 명으로 손꼽혔던 인물로, 한국 최초의 미술학교 조선서화미술회 출신이다. '조선미술전람회'에서 여러 번 입상한 경험이 있기도 하다. 「유

것으로, 이 삽화 장면에 관한 본래 소설에서의 묘사는 다음과 같다.

> 달은 점차로 기울기 시작했다. 군데군데 무너지고 사개가 어그러진 옛 성터는 창백한 월광을 받아 마치 꿈속에 보는 기괴한 환영과 같이 무서운 광경을 점출하고 있다. 그러나 이것은 순이에게 도리어 죽음을 꼬이고 있는 유혹의 대상이 되었다.
>
> 순이는 별안간 성 앞으로 다가섰다. 그는 몸을 날려 성을 뛰어넘으려는 듯이 상반신을 걸쳐놓았다.

성벽 언저리에 닿을 듯 말 듯 한 등허리와 허공을 향해 한껏 애처롭게 뻗은 손끝, 휘날리는 한복 치마폭과 옷고름을 통해 금방이라도 추락할 것만 같은 동적 이미지는 분명 원작의 묘사를 읽고 직접적으로 연상할 수 있는 이미지는 아니다. 하지만 이와 같은 변주는 독자의 내용이해를 방해하기보다 시각적 상상력을 더욱 자극하여 보다 풍부한 연상을 할 수 있도록 돕는다. 달리 말하자면, 위 삽화와 소설 원문을 교차하여 읽으며 독자들은 텍스트를 단독으로 읽는 것 보다 좀 더 극적이고 긴장감 있으면서도 실감나는 장면을 머릿속 스크린에 재현하며 작품을 감상할 수 있게 된다. 이렇게 「유랑」에는 소설의 내용의 단순 재현이라고 할 수 있는 스토리 지향적인 삽화뿐만 아니라, 이를 넘어 서사담화 층위에서 독자와 보다 적극적인 의사소통을 꾀하는 삽화들이 함께 제공되고 있다.[12]

하지만 영화소설과 삽화와 함께 연재된 신문연재소설의 차이가 어디에 있는지에 대한 질문은 여전히 해결되지 않는다. 결론을 미리 이야기

랑」이 『중외일보』에 연재되던 당시 해당 지의 대표 삽화가로 활약하고 있었다. 공성수, 위의 책, 159쪽 참조.

12 관련 논의는 공성수의 위의 책에 상술되어 있다.

하자면, 「유랑」에서는 영화적 글쓰기를 시도함으로써 "말하기" 뿐만 아니라 "보여주기" 또한 시도하고 있기에, 이 때 삽화가 가지는 의미는 신문연재소설의 그것과는 달라진다. 「유랑」의 연재서문에서 이종명은 이 점 – 말하기뿐만 아니라 보여주기 또한 시도하고 있음 – 을 명확히 하고 있다. 그는 독자들에게 소설을 읽으며 각자 머릿속에 있는 자신만의 스크린에 장면 장면을 비추어 볼 것을 요청한다.[13] 또한 「유랑」이 '영화'소설임을 강조하며 삽화 외에 텍스트 그 자체에도 기존 소설과 유의미하게 차별화되는 서술적 특징이 있거나, 적어도 그런 특징을 가진 글로 쓸 것을 염두에 두고 창작된 작품이라는 것을 암시한다. 실제로 「유랑」은 분명히 영화화를 의식했음이 느껴지는 이미지 연상이 용이한 시각적 묘사들이 곳곳에 녹아있다.

> 순이는 묵묵히 체경을 들여다본 채 이런 생각을 머릿속에 그리고 있었다. 이때 돌연히 체경 속에 비치던 자기의 얼굴이 변해 영진이의 얼굴이 되었다. 그는 낯에 노기를 띠고
> "에익, 이 더러운 계집아, 그래도 너는 나를 사랑한다고. 죽어라. 참으로 나를 사랑할 것 같으면 오늘 밤 안으로 훌륭히 죽어버려라."
> 하며 꾸짖는 듯했다.
> 순이는 그만 체경 앞에 엎드러졌다.

이와 같이 거울을 바라보는 순이, 거울에 비추어진 순이의 얼굴, 그리고 노기를 띤 영진의 얼굴로 변화하는 거울 속 순이의 얼굴을 일련의 시퀀스로, 자신만의 카메라로 포착하여 따라갈 수 있도록 고안된 묘사들이 「유랑」을 기존의 소설과 구분되는 '영화'소설로 만드는 지점이

13 「오일부터 게재할 영화소설 「유랑」」, 『중외일보』, 1928.1.4.

다.[14] "묵묵히 체경을 들여다보며 생각 중인 순이"는 거울 위치에서 순이의 얼굴을 클로즈업하여 촬영하고, 화면이 바뀌어 거울 속 순이의 모습이 영진의 얼굴로 변하는 장면은 오버랩하면 어떨까? 독자들은 위 인용 부분을 읽으며 이렇게 상상했을지 모른다. 이렇게 「유랑」에서의 많은 장면 서술은 위의 "변해~되었다"와 같이 독자로 하여금 자연스럽게 해당 장면을 영화의 장면들로 구성하고 연결토록 유도하는 지시적 표현들을 담고 있다. 그렇기에 이때의 삽화는 기존 연재소설의 삽화와는 다른 기능을 수행하게 된다. 왜냐하면 이렇게 명시적으로 이 소설을 읽으며 영화를 머릿속으로 찍을 것을 요청하고 있기에, 삽화는 독자들의 마음속에서 이미지로서의 역할을 하는 데서 멈추지 않고 독자들의 상상력을 경유하여 영화로, 보다 현실적인 이미지로 재생산될 것이기 때문이다. 즉, 삽화와 텍스트가 상호교섭하며 단순히 작품에 대한 흥미를 유발하는 차원을 넘어서 독자들의 독서 경험에도 구체적이고 실질적인 변화를 가져다주게 되는 것이다. 테드 휴즈는 삽화를 때로 무성영화 자막 박스의 상대항으로서, "시각적 삽입자막"이자, 텍스트와 별개인 시각적 보조물이나 부가물이 아니라 연재소설을 읽는 행위에 포함된 것으로 여길 것을 제안한 바 있다.[15] 여기서 한 걸음 더 나아가자면, 영화소설의 삽화는 오늘날 영화 촬영에 활용되는 스토리보드의 이미지와 유사한 역할을 하는 것으로 볼 수 있다.

---

14 물론 유랑이 전적으로 이미지화에 집중한 서술방식을 고수하고 있지는 않다. 예컨대 1928년 1월 19일자 『중외일보』에 게재된 연재 15회분에는 "그러나 순이에게는 오직 한 가지 굳센 안심이 있었다. 그것은 '내가 죽어버리기만 하면 능히 이 괴로움을 이길 수 있다' 하는 굳은 신조다. 그렇다. 죽은 후에 무슨 괴로움이 남아있는 것일까? 그곳에는 단지 아무것도 없이 텅 빈 공허가 있을 따름이다."와 같이 일반 소설에서 볼 수 있는, 영상으로 표현하기에 어려운 인물의 심리묘사 또한 등장한다.

15 테드 휴즈, 위의 책.

이때 돌연히 체경 속에 비치던 자기의 얼굴이 변해 영진이의 얼굴이 되었다. 그는 낯에 노기를 띠고
"에익, 이 더러운 계집아, 그래도 너는 나를 사랑한다고. 죽어라. 참으로 나를 사랑할 것 같으면 오늘 밤 안으로 훌륭히 죽어버려라."
하며 꾸짖는 듯했다.

물론 「유랑」의 삽화 작가 노심산이 작화를 하며 삽화의 역할에 대해 숙고했을 지는 우리가 확인할 수 없다. 하지만 이종명이 요청한 대로 독자들이 자신의 독자적 스크린에 장면을 비추며 읽기를 시도한다면, 위의 예시와 같이 삽화와 그것을 묘사한 텍스트를 상호교차하여 읽는 것은 스토리보드를 참조하여 영화를 촬영하는 것과 매우 흡사한 경험이 될 것이다. 이와 같은 경험은 「유랑」에서 관찰 할 수 있는, 기존 소설에 비해 더 묘사적이고 구체적이며 지시적인 영화소설의 화법을 통해 보다 용이해진다.

〈그림 3〉
『중외일보』, 1928.1.19.

이 지점에서 영화소설 「유랑」의 정체성이 비로소 좀 더 명확해진다. 정리하자면, 영화소설은 기존의 신문연재소설들보다 서술방식과 주제 선정과 같은 여러 측면에서 대중에게 보다 쉽게 다가설 수 있도록 창작되었다. 「유랑」의 경우 이런 전제 하에 프롤레타리아적 요소를 녹여내려고 시도했으며, 기존 소설 작품들을 비평하는 준거들을 토대로 작품을 통속적이라고만 평가하는 것은 대중소설로서 「유랑」이 시도하고자 하는 바를 평가 절하하는 것일 수 있다. 또한 삽화와 텍스트의 공존으로

만 본다면 기존 신문연재소설과 큰 차이점이 없어 보이지만, 텍스트의 종착지가 소설이 아닌 영화이기에 유의미한 차이가 드러난다. 서술 방식에도 영화적 요소들이 반영되어 있을 뿐만 아니라 그와 함께 실린 삽화 역시 내용의 재현을 넘어 텍스트 – 삽화 – 영화 이미지로 이어지는 연결고리의 역할을 수행하게 되는 것이다.(*)

시각성과 연루의 감각*

「화륜」이 '대중'을 호출하는 방식

최우정

1. 「화륜」이라는 혼종적 텍스트

근대 신문 속 연재소설란은 식민지 조선 대중문화의 이채로운 예술사를 확인할 수 있는 장이다. 특히 1920년대 문학 지면에는 '시극, 영화시, 영화소설, 사진소설, 만평, 소설낭독 및 방송소설' 등 다양한 장르형식이 나타났는데, 이는 "이종의 매체가 가진 특별한 효과들을 적극적으로 수용하고 내재화하려는 시도"[1]라 할 수 있다. 바꾸어 말하면 당대의 작가군은 문자기호·도상기호·청각기호·영상기호 간 역동적 교섭을 실험하는 집단이었고, 신문을 통해 형성된 독자층은 그러한 현상을 일상적으로 향유하는 공동체였던 셈이다.

그런데 1930년, 문인 및 영화인 여럿이 작가로 참여한 데다 매 회차

---

* 이 글은 필자의 논문 「연작 시나리오 〈화륜〉의 스틸 이미지 연구 : 서사 구성과 미장센을 중심으로」(『드라마 연구』 71, 한국드라마학회, 2023) 일부를 수정 및 보완한 것이다.

1 공성수, 「1920년대 영화소설의 이미지 텍스트 연구」, 『한국콘텐츠학회논문지』 17(11), 한국콘텐츠학회, 2017, 501~502쪽.

스틸까지 삽입된 독특한 시나리오가 등장한다. 7월 19일부터 9월 2일까지 『중외일보』에서 42회에 걸쳐 발표된 「화륜(火輪)」이 그것이다. 조선 첫 연작 시나리오 「화륜」은 이효석, 안석영, 서광제, 김유영에 의해 공동 집필되었다. 이는 조선 시나리오라이터 협회가 창립 이후 집단적으로 선보인 첫 작품이며, 같은 해 10월 10일 촬영이 개시됨에 따라 동명의 영화로 제작되었다.

「화륜」은 문자언어와 시각이미지가 공존하는 읽을거리이자, 영상화를 직접적으로 염두에 둔 영화의 잠재태(潛在態)였다. 촘촘히 조판된 글자 가운데 큼직한 사진이 자리했던 「화륜」의 신문 지면은 시각적 요소가 서술의 특이점을 이루는 '도상적 공간(iconic space)'[2]에 다름 아니다. 연재를 보름 앞두고 서광제는 미래의 독자에게 시나리오의 정의와 주요 술어의 해석을 설명하기 위한 기사를 싣는다. 아래 인용문에는 시나리오의 양식적 기틀이 미처 확립되지 못했던 여건 속에도, 독자의 활발한 연상작용을 통해 "독물(讀物)적 시나리오"가 효과적으로 읽히길 바라는 작가로서의 기대감이 엿보인다.

> 조선에서는 처음으로 시나리오의 연작이라는 것이 지상(紙上)으로 발표될 것 같습니다. (…) 우리들이 여러분에게 보여드리려는 읽히기 위한, 즉 독물(讀物)적 시나리오가 있습니다. / 그러므로 잡지나 신문지상으로 발표되는 것은 촬영하기 위해 쓴 것이 아니라 읽히기 위한 시나리오입니다.

---

2 '도상적 공간'은 이야기가 서술되어 전달되는 과정에서 텍스트를 시각적으로 매개하는 요소들이 창출하는 공간이다. 지면의 조판, 페이지의 배열, 어휘, 글자 등 시각적인 요소들이 이를 구성한다. (장일구, 『서사공간과 소설의 역학』, 전남대학교출판부, 2009, 39~40쪽 참조) 장일구는 해당 개념이 "도상적으로 특징적인 형상을 엿보이는 텍스트를 논급할 때에 소용될 것"이라 말하는데, 「화륜」이 바로 그러한 경우에 해당한다.

> (…) 그리고 시나리오를 촬영대본이나 영화각본이라고 하는 분이 많으나, 아마 영화극본이라고 하는 것이 제일 적당할 것입니다. (…) 끝으로 시나리오 『화륜』을 계속하여 보실 때 구절구절을 장면을 연상해가시면서 읽어주셔야, 읽는 분도 재미가 있을 것이며 쓴 사람의 효과도 날 것입니다.[3]

이 책에 실린 다른 작품들이 그러하듯, 「화륜」 역시 문자와 사진이 밀접히 결합한 하나의 서사체(敍事體)다. 「화륜」의 스틸은 본 시나리오의 극작술을 이해하는 데 긴요한 단서가 된다. 텍스트의 생산자가 연재분에서 어느 장면을 중요시했고 그것을 영화적으로 구현하기 위해 어떠한 상상력을 작동시켰는지 스틸은 단적으로 드러내기 때문이다. 더구나 '심각한 몽타주의 배열'[4]을 강조했던 「화륜」에는 카메라 워크를 지시하는 연출용어가 상세히 기술되어 있다. 문자의 서술방식이 익숙지 않다면, 시각적 참조물을 제공하는 스틸에 독자는 더욱 적극적으로 의존했을 것이다.

「화륜」의 주 줄거리는 철호를 비롯한 노동자 인물이 벌이는 사회주의 조직투쟁이다. 그런데 시나리오에는 젊은 연인 숙정-영식의 밀애, 숙정을 향한 최태원의 기묘한 집착, 최태원 암살사건에 대한 형사의 수사 등 비균질적인 요소들이 곳곳에 틈입해 있다. 이는 일견 계급투쟁과 동떨어져 보이거나 오직 독자의 흥미를 자극하기 위한 사족처럼 느껴지기도 한다. 그러나 해당 서브플롯을 심층적으로 짚어보면, 장르적 요소를

3 서광제, 「「화륜」 연작을 앞두고」, 『중외일보』, 1930.7.4.; 백문임 외, 『조선영화란 하오』, 창비, 2016, 254~256쪽에서 재인용.

4 시나리오에 숱하게 기술된 몽타주는 영화화의 측면에서도 중대한 관심사였다. 영화 〈화륜〉의 첫 촬영 이틀 전에 발행된 한 기사에는 "그의 심각한 몬타쥬의 배열은 장차 이 영화의 제작 진로에 따라 기대가 클 것"이라는 문구가 있다. (「극영화 연작 시나리오 「화륜」 촬영개시」, 『매일신보』, 1930.10.8.)

외피로 당대 자본가 계층에 대한 비판적 시선을 담아내려 했던 작가(들)의 의도를 독해할 수 있다.

노동계급과 지배계급 간 갈등이 난전(亂戰)을 통해 제시된다는 점도 주목을 요한다. 정종화는 식민지기 조선영화가 할리우드 영화를 수용함에 있어서 "활극적 장면을 어떻게 볼거리로 전시할 것인가의 문제가 관객과의 상호작용에 근거해 우선되었을 것"[5]이라고 언급한다. 두 계층 사이의 첨예한 대립은 작품 중후반에 이르러 물리적 충돌이라는 사건으로 구체화된다. 할리우드와 소비에트로 대표되는 해외영화의 영향은, 프롤레타리아 투쟁을 형상화하는 매개가 되어 「화륜」의 고유한 혼종성을 창출한다.

「화륜」의 스틸을 '공간'이 강조된 경우와 '인물'이 돋보이는 경우로 거칠게 나누자면, 실제 경성 안팎의 장소를 환기하는 전자는 '1930년대 도회'라는 작품의 배경을 독자가 상상적으로 재배치하게 하는 토대가 된다. 후자는 시나리오에 언어로써 묘사되거나 함축되어 있는 외양에 관한 정보를 전달하여 작품의 인물형상화에 기여한다. 이 글에서는 장르적 요소가 나타난 스틸을 살핌으로써 「화륜」이 '대중'과의 소통을 모색했던 단면들을 고찰하려 한다. 그중에서도 '1) 숙정-영식의 로맨스, 2) 숙정의 파편화된 신체 이미지, 3) 계급투쟁의 격전과 서스펜스'가 담겨 있는 스틸을 대상으로 삼는다. 또한 극의 서사가 구성되는 데 문자와 사진의 결합이 어떻게 관여하는지, 각 스틸의 미장센이 어떠한 미적인 특성을 지니는지에 초점을 맞출 것이다.

---

5 정종화, 『조선영화라는 근대: 식민지와 제국의 영화교섭史』, 박이정, 2020, 191쪽.

2. 스틸 이미지를 통해 본 시각성과 계급의 문제

1) 연애의 (불)가능성과 계급의 교차

숙정과 영식의 밀회를 그리는 것으로 안석영의 집필분은 시작한다. 그가 담당한 지면 중 절반 가까이는 숙정을 사이에 둔 영식과 최태원의 삼각관계를 다루고 있다. 이때 철공장 사장 최태원의 집 가운데서도, 숙정과 영식의 만남이 이루어지는 후원이 가장 먼저 제시된다는 점은 의미심장하다. 그로 인해 독자는 지택의 후미지고 은밀한 장소에서 집 주인의 통제를 벗어난 사건이 일어나고 있음을 앞서 인식하게 된다. 숙정과 영식의 연애를 부르주아 세계에 가해지는 일종의 균열이라 해석할 수 있는 까닭은 이러한 지점에서다.

〈그림 1〉 안석영(9)

〈그림 2〉 안석영(10)

〈그림 3〉 안석영(11)

숙정과 영식이 등장하는 세 스틸의 공통점은 나뭇잎이 장식물로 활용된다는 것이다. 정원에 나무가 존재한다는 사실은 얼핏 당연하게 여겨질 수도 있지만, 그 이파리가 사진에 원근감을 부여하거나 분위기를 조성한다는 점은 특기할 만하다. 플루서에 따르면 "사진의 숲은 문화대상, 다시 말해서 '의도적으로 쳐 놓은' 대상으로 구성되어 있다."[6] 그의 표현을 빌리자면 나무, 풀밭, 하늘 등의 자연물은 사진 촬영자의 의도가 삽입됨으로써 일종의 '문화적 대상'으로 변모한다.

〈그림 1〉은 후원 골목의 작은 문 옆에서 숙정과 영식이 조우하는 장면이다. 문에 바짝 붙어선 채 숙정을 바라보는 영식(김악 분)의 표정에는 연인을 반기는 기대감이 드러난다. 이때 숙정(김연실 분)은 왼손 검지를 입가에 대고 '쉿' 소리를 내는 듯한 제스처를 취한다. 해당 스틸은 청춘남녀의 밀애를 정답게 제시하는 한편, 그 만남이 아무에게도 들키지 않아야 하는 비밀스러운 순간임을 독자에게 상기시킨다. 이때 시나리오에는 "요란히 짖는 불독"과 그 소리에 깨어난 최태원의 모습이 교차 삽입된다. 청각적 효과가 창출하는 서스펜스에 힘입어, 독자는 극적 상황을 더욱 입체적으로 상상하게 된다.

공간의 넓이는 인물 내면의 지평과 조응하기도 한다. 〈그림 2〉에는 "수림 사이 풀밭"에서 서로 손을 붙잡은 연인의 모습이 담겨 있다. 이전 스틸의 좁은 문가에 비해 한층 널찍한 풀밭은 그들이 느끼는 기쁨과 해방감을 강조한다. 그러나 숙정이 최태원에게서 벗어나지 못하는 한, 둘의 자유는 일시적인 것이다. 이어지는 연재분에서 숙정과 영식은 벤치에 앉아 각자의 처지를 한탄한다.

「화륜」에서 연애는 사적인 차원에 국한되지 않고, 그것을 (불)가능하

6 빌렘 플루서, 『사진의 철학을 위하여』, 윤종석 역, 커뮤니케이션북스, 1999, 39쪽.

게 하는 계급의 문제와 교차한다. 여기에는 여성의 신체와 욕망을 통제하는 가부장제적 질서도 닿아있다. 〈그림 3〉에서 "얼기설기 뻗친 나뭇가지 이파리"는 하늘의 빛을 일부 차단해 인물이 빠져 있는 근심의 깊이를 시각화하는 장치다. 해당 스틸이 유독 흐릿하게 처리되었듯, 둘의 앞날은 불투명하다. "흡혈귀 밑에서 청춘이 덧없이 시들어가는 숙정"이라는 진술처럼, 그녀는 남편이면서 주인이기도 한 최태원의 손아귀에 놓여있기 때문이다.

2) 자본가의 공포와 그로테스크한 신체 이미지

「화륜」 속 자본가 인물에게는 일제히 호색한이라는 속성이 부여된다. 가령 "계집을 껴안고 있는 색마 광산주, 얼굴의 기름을 줄줄 흘리며 쿨쿨 자고 있다"는 문장이 그렇다. '얼굴에 줄줄 흐르는 기름'으로 표상되는 광산주의 물질적 욕망은, 여성을 향한 성적인 탐닉과 포개어진다. 철공장 사장 최태원 역시 첩 숙정에게 집착하는 인물로 형상화된다. 보다 정확히 말하면, 그가 숙정을 향해 내보이는 신경증에는 누가 그녀를 빼앗을지도 모른다는 두려움이 깔려있다.

최태원은 「화륜」에서 흥미로운 위상을 지니는 인물이다. 사회적 속성이 주로 강조되는 여타 지배계층과 달리,[7] 그는 생생한 개성을 지닐 뿐 아니라 다분히 종잡을 수 없는 캐릭터로 형상화된다(숙정을 채찍으로 후려갈긴 후, 혼절한 그녀를 번쩍 안아 침대로 옮기고는 "정에 못 이겨 어쩔 줄 몰라" 하는 대목이 단적인 예다). 특히 작가는 자본가 최태원을 "커다란 죄악을

---

7 예컨대 32회차 연재분의 스틸에서 형사 2인의 얼굴은 어두운 천장 아래 부분적인 조명만이 덧입혀진 채 모호하게 처리된다. 이는 인물의 개성을 드러내기보다는 안면을 추상화하여 그들이 서사 내에서 수행하는 기능을 부각하기 위한 전략이라 할 수 있다.

짓고 있는" 이라 가리키면서, 숙정을 향한 소유욕에 그가 병적으로 고착되어 있음을 지목한다. 창틈 사이로 달빛이 깃들면 "최태원의 공포에 싸인 얼굴"이 비치게 된다. 10회차 연재분에는 그 공포를 야기하는 최태원의 환영이 구체적으로 기술되어 있다.

> - 여기서 최태원의 드러누운 편 좌우편에 환영(幻影)이 나타난다.
>
> ○(중으로) 후원 담을 뛰어넘는 시커먼 그림자 = (최태원의 커진 눈)
>
> ○(중으로) 현관문이 바람에 열리는 듯이 확 열리며 닫힌다. - (최가 상체만 일으켜 두 팔로 작대기 삼고 침대에 앉는다) -
>
> ○▨▨▨▨▨▨같이 사뿐사뿐히 올라오는 **괴상한 사나이 하체** - (최가 또 이편으로 눈을 무섭게 굴린다. 몸을 떤다) -
>
> ○**이 괴상한 다리가 복도로 걸어서 첩(숙정)의 방을 들러서 문을 고이 닫고는 나온다.**
>
> ○(카메라 위치를 최의 등 뒤에 둔다) 최의 등을 얼러서 보이는 어슴푸레하게 보이는 도어의 윤곽(중으로)에 그 **괴상한 사나이의 발**이 나타나서 화면 그득히 커지며 최에게 급속히 가까이 오다가 사라지고는
>
> ○-(중으로)- **무서운 표정을 한 얼굴**이 돌연히 나타나 최에게 급속히 가까이 오며 육박하고는 사라지고
>
> ○-(중으로)- **해머**가 나타나 최를 세차게 때리고 사라진다. - (최 두 팔을 쳐들고 막으려는 듯이 저으며 떤다)
>
> ○-그런 얼굴이 최에게 연속으로 육박하며 **곡괭이, 해머, 쇠뭉치**로 최를 때리고 사라진다.
>
> ○-다음으로 **피골이 상접한 해골만 남은 여자**의 환영이 도어를 뚫고(중으로) 들어와 최에게 가까이 와서 최의 목을 졸라맨다. - (최 손으로 모가지를 비비며 미칠 것 같다) - 그 여자가 돌아서서는 몸서리치게 웃고는 도어 편으로 사라지자
>
> ○-(중으로)-이번에는 **무수한 노동자들의 억센 발**이 달음질하여 도어

편에서 나타나며 최를 밟고 지나간다. - 최 침대에 파묻은 육혈포를 떨리는 손으로 들어서 도어 편을 향해 쏘려다가 정신을 차린 듯이 자기 손에 들린 육혈포를 발견하자 이마의 땀을 팔뚝으로 씻고서 침대 위에 엎드러진다. (용암) (강조는 인용자)

최태원의 환상 장면에서 우선 눈여겨볼 점은, 숙정의 방에 들어서는 "괴상한 사나이"가 사라졌다가 "해머"로 그를 때리는 '무서운 얼굴'로서 재등장한다는 사실이다. "어제는 그이가 눈치를 챈 모양"이더라는 숙정의 대사가 암시하듯, 최태원은 그녀의 외도를 이미 짐작했던 것으로 보인다. 그런데 "곡괭이, 해머, 쇠뭉치"는 그가 소유한 철공장에서 노동자가 사용하는 도구임에 주목할 필요가 있다.

숙정을 잃을지도 모른다는 최태원의 불안은 단지 그녀를 향한 집착에 그치지 않고, 자신이 핍박하고 있는 노동계급에게 앙갚음 당할지도 모른다는 공포로 연결된다. 연이어 나타나 최태원의 목을 조르는 '피골이 상접한 여자', 그를 지르밟고 지나가는 "무수한 노동자들" 또한 무산계급의 연장선에 놓인 존재들이다. 후원에서 외도가 벌어지는 그의 집만큼이나 최태원의 내면은 불안정한 상태에 처해 있으며, 그러한 혼돈은 계급의 문제와 긴밀히 연동된 것으로 그려진다.

환영 속 대상이 '하체, 얼굴, 해골, 발'과 같은 '부분적인 신체'[8]로 나타난다는 점도 특징적이다. 인간의 몸이 온전한 하나로서가 아니라 파편화되어 제시된다면, 이는 대상을 낯설게 인식하여 그 의미를 새롭게 환기해보는 계기가 되기도 한다.[9] 이를테면 "피골이 상접한 해골"은 그

8 "1920년대 석영의 삽화에 빈번하게 등장하는 분할되고 조각난 신체들"에 관해서는 공성수, 『소설과 삽화의 예술사』, 소명출판, 2020, 174~179쪽 참조.

9 공성수, 위의 책, 175쪽 참조.

저 탈맥락화된 괴이한 육체에 머물지 않고, 자본가에 의해 착취당하는 무산계급의 극심한 빈곤을 비유한다. "무수한 노동자들의 억센 발"은 마치 '화륜'이 그러하듯,[10] 프롤레타리아 조직투쟁의 운동성을 함축한다고 볼 수 있다.

안석영의 집필분은 현실 세계를 사실적으로 재현하기보다는 시각적 이미지를 나열하여 인물의 주관적인 심리를 묘사하는 데 치중한다. 연애극 혹은 괴기극[11]에 가까운 장르적 요소들은 그의 독특한 개성을 반영하면서도 「화륜」 서사의 주축을 이루는 "사회문제 및 사상문제"로부터 이탈하지 않는다. 자본가를 압도할 수 있는 노동계급의 전복적 가능성을, 작가는 그로테스크한 이미지를 동원하여 우회적으로 시사하는 것이다.

최태원의 환상 대목은 스틸로 촬영되지 않았으나, 〈그림 4〉를 통해 파편화된 신체 이미지의 일례를 확인할 수 있다. 독자의 눈길을 먼저 사로잡는 것은 검게 처리된 배경 한가운데 배치된 숙정의 흰 다리다. 그녀가 착용한 구두와 하늘하늘한 치마는 숙정의 신체가 담지한 여성성을 한층 부각시킨다. 이를 미심쩍은 눈초리로 응시하는 최태원(장철병 분)의 얼굴은 좌측 하단에 사선으로 배치되어 극적인 긴장감을 조성한다.

---

10 작품의 제목이기도 한 '화륜(火輪)', 즉 '불타는 바퀴'는 뜨거움과 운동성이라는 속성을 함께 지닌다. 다시 말해 '화륜'은 분노하는 노동자들의 열기와 전국으로 퍼져나가는 조직투쟁의 역동성을 상징한다.

11 식민지기 조선총독부 경무국에서는 오락을 목적으로 하는 극영화의 세부 장르를 '연애극, 인정극, 활극, 가정극, 사회극, 사극, 탐정극, 괴기극, 전설(기)극, 동화극, 기타'로 분류했다. 실제 검열 기록을 확인할 수는 없지만, 내용상 〈화륜〉은 "사회문제 및 사상문제를 주로 구상"한 사회극으로 분류되었을 것으로 추정된다. 덧붙이자면 연애극은 연애관계를 주로 구상한 것, 활극은 모험 및 쟁투장면을 주로 구상한 것, 탐정극은 범죄수사를 주로 구상한 것, 괴기극은 구상이 괴기한 것을 뜻한다. (조선총독부 경무국, 「활동사진필름검열개요」, 한국영상자료원 편, 『식민지 시대의 영화검열: 1910~1934』, 한국영상자료원, 2009, 182쪽 참조)

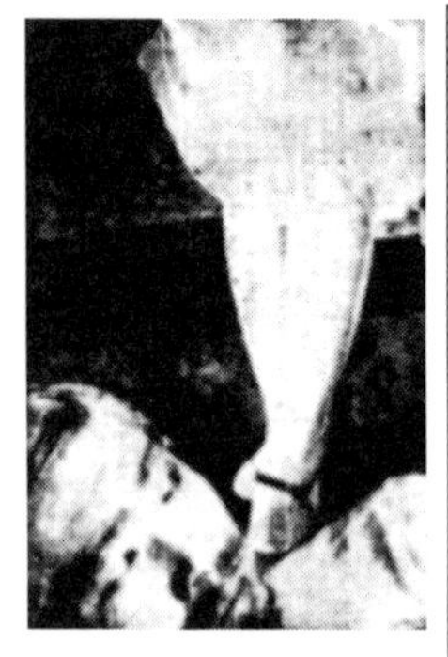

〈그림 4〉 안석영(12)

○(교개) 침대 위에 쓰러져있는 공장주 최태원이 무섭게 거칠어진 얼굴을 조금 든다. ○양관 층계로 가만가만히 올라오는 기맥 풀린 숙정의 다리	(이중)
○숙정의 다리가 가만가만히 걸어서 숙정 자기 방 앞에 이른다. ○최태원이 무섭게 긴장된 얼굴로 부스스 일어나 앉는다.	(이중)

시나리오상 숙정과 최태원 사이에는 "도어"가 위치하지만, 해당 스틸은 문을 생략하고 둘을 한 화면에 안배함으로써 그녀를 향한 최태원의 관음증적 욕망을 전경화한다. 멀비식으로 말하면 〈그림 4〉는 '여성이 시선의 대상이 되는 것을 넘어, 스펙터클 자체로 보여지는 방식을 구축'[12]하는 경우다. 스틸의 구도로 말미암아 독자는 최태원의 시선을 경유해서 숙정의 다리를 바라보게 된다. 이때 젠더화된 그녀의 신체 이미지는 '욕망의 수단으로 만들어진 환영적 컷'[13]으로서, 보는 이의 쾌락을 자극하기 위한 시각적 스펙터클로 이용된다.

3) 국적이 아닌 계급을 위해 싸우는 대중

「화륜」에 나타난 시각적 스펙터클 가운데 가장 주요한 비중을 차지하는 것은 계급투쟁이 빚어내는 몸싸움이다. 철공장 및 탄광에서의 쟁의는 거친 난투극으로 격화되는데, 두 파업의 전개는 양자가 상이한 결말을 맺기까지 사뭇 다르게 서사화된다. 서광제의 집필분에서 철공장 쟁

---

12 Laura Mulvey, *Visual and Other Pleasures*, Palgrave Macmillan, 1989, p.25.

13 *Ibid*, p.25.

의는 해머로 기계를 부수는 돌발행위로 촉발되며, 감독의 매수와 집단 내부의 분열 끝에 실패로 돌아간다.

반면 김유영은 18회에 이르는 가장 긴 지면에 걸쳐 광산 노동자의 조직화 과정을 차근히 그린다. 임금, 근로시간, 단체가입권 등에 관한 요구조건 15가지가 낱낱이 나열되기도 한다. 투쟁의 "양"보다 "질"을 강조하는 대사("우리들의 싸움은 절대로 '양적'으로 되는 것이 아니고, '질적'으로 되는 것이다")는, 대외적 행동에 앞선 조직 재정비의 필요성을 설파한다.

철공장 노동자(〈그림 5〉)와 탄광 항부(〈그림 7〉) 집단이 각각 촬영된 두 스틸은 상당히 다른 구도를 띤다. 철공장 쟁의 시퀀스에는 감독과 사무원을 난타하는 "공장 감독실 내부의 격투"와 작업에 복귀한 동료에게 보복하는 "작업실 내의 난투"가 동시에 벌어지며, 두 쇼트는 '순간(瞬間, flash)'을 통해 빠른 리듬으로 중첩된다. 여러 노동자가 뒤엉킨 〈그림 5〉의 혼잡한 구도는 그러한 쟁투의 무질서 상태를 반영한다.

〈그림 5〉 서광제(17)

〈그림 6〉 서광제(28)

〈그림 7〉 김유영(31)

한편 〈그림 6〉은 철호의 주도하에 이루어지는 사전 모의의 단면을 담고 있다. 이때 시나리오에서는 늦은 밤 항부들이 무삼의 집 비밀실로 모여든다는 서술과, 노인이 영식의 옛집에서 2만 원이 든 궤짝을 얻는다는 서술이 교차한다. 해당 스틸은 철호(석일량

분)와 그의 동지(김의진 분)를 남몰래 부감하는 각도로 포착하면서, 밝게 처리된 그들 위로 대각선의 그림자를 드리운다. 문자의 서술과 스틸의 이미지를 겹쳐 읽음으로써, 본격적인 투쟁을 앞둔 긴박감에 독자는 더욱 효과적으로 몰입하게 된다.

철호, 노인(유택 분), 광부 3인(김의진·김익산·장복선 분)을 촬영한 〈그림 7〉 하단에는 주먹 쥔 손 여럿이 병치되어 있다. 「화륜」에서 노동계급의 주먹은 그들의 굳센 의지와 단결을 상징한다. 스틸은 향후 벌어질 격전을 암시하는 동시에, 사진 안팎 항부들 간의 결속력을 보여준다. 한쪽 팔을 번쩍 들어 노동자의 결기를 부각하는 포즈는, 철호를 전송하는 모습이 담긴 마지막 회차의 스틸에도 이어진다.

「화륜」 속 계급투쟁에는 소비에트 사조의 이념과 할리우드에서 차용한 활극의 코드가 절합되어 나타난다. 이는 "미조직 대중"[14]을 일깨우는 프로영화를 지향하면서도, 영화가 곧 자본주의의 상품이라는 물적 조건하에서 시장 타협적인 전략을 꾀해야 했기 때문이다. 시나리오 말미에는 연행되는 철호를 뒤로 하고 수많은 만국 노동자가 행진을 벌인다. 국경이 아닌 계급의 범주로 (재)편성된 대중은, 식민지 조선이라는 특수한 지정학적 경계를 넘어선다. 「화륜」의 혼종성은 당대 해외영화의 영향을 로컬의 맥락에서 전유하는 한편, 제국에 종속되지 않는 확장성을 모색하려는 초국적 상상력의 산물인 것이다.

---

14 "영화 관객층의 대부분을 점령하고 있는 미조직 대중은 (…) 자기네들 감정에 직접 북받쳐 오르는 것을 요구할 것은 정당한 이치다." (서광제, 「조선영화예술사」, 『중외일보』, 1930.7.6.; 백문임 외, 앞의 책, 238쪽에서 재인용)

3. 연상적 읽기와 집합적 연루의 감각

영화 〈화륜〉은 1931년 3월 11일 조선극장에서 개봉해 닷새간 상영되었다. 하지만 임화를 비롯한 영화인들 사이에서 거센 논쟁의 대상이 된 데다가, 관객의 호응마저 얻지 못했다. 그러한 흥행 부진은 작품 내부적 요인뿐 아니라 당시 영화시장의 여건과도 무관치 않아 보인다. 외국영화가 압도적인 인기를 끄는 동시에 토키(talkie)로의 전환까지 앞둔 1931년, 무성영화 〈화륜〉은 별다른 경쟁력을 갖추지 못한 상품이었을 수 있다.

비록 가시적인 성과를 거두지는 못했으나, 「화륜」에는 대중과 적극적으로 소통하고자 했던 여러 시도들이 나타난다. 「화륜」은 '1930년대 도회'라는 시공간을 낯익게 재현하되, 그곳에 분포되어 있던 열악한 노동환경 역시 고스란히 프레임에 담는다. 치열한 투쟁과 미시적 일상이 병존하는 서사를 구축함으로써, 당대 노동자 생활상에 핍진하게 접속하는 프로문학으로서의 성취를 보이기도 한다. 해외영화 및 대중소설에서 차용한 요소들은 텍스트의 불균질성을 강화하지만, 그 배면에는 부르주아의 탐욕과 착취를 날카롭게 비판하는 문제의식이 함축되어 있다.

「화륜」의 42번째 피사체는 "서울키노 출연부(제3부 일동)", 즉 〈화륜〉의 단역 및 엑스트라 배우들이다. 산업화·도시화·근대화의 물결 속에서 익명화된 군중에게, 스틸은 구체적인 얼굴을 부여한다. 시나리오의 마지막 대사 또한 어떤 괴로움이 있더라도 싸움을 이어가겠다고 풍증을 참으며 연설하는 평범한 노인(영식의 부친)에게 할애된다. 극은 프롤레타리아의 결의를 메이데이라는 상징적 기념일과 교차시키면서, 계급투쟁의 희망이 민중의 몫으로 기약되도록 그 결말을 열어놓는다.

「화륜」은 소수의 인텔리를 돋보이게 하는 도구로서 대중을 환원하지 않고, 하나의 목표 앞에 유기적으로 결집할 수 있는 그들의 잠재적인 힘을 긍정한다. 나아가 문자와 스틸 간의 활발한 연상작용을 일으키는 독자-관객이, 그 능동성과 역동성으로 말미암아 현실에서 상호 연루[15] 되어 사회경제적 억압에 대항하기를 요청한다. 엘리트 지식인에 해당하는 「화륜」의 작가들은 대중에게 수직적 위계를 설정하거나, 그들을 일방적인 동원의 대상으로 간주하지 않는다. 대신에 추상화된 군중 가운데 (스틸이 그러하듯) 본인의 얼굴을 실제적으로 기입하기를, 그리하여 저항과 투쟁의 주체이자 공동체로 거듭나기를 결연히 촉구한다.

이러한 필자의 시각은 독자의 '변형력과 운동력'을 강조했던 휴즈의 언급과 궤를 같이한다. "독자는 시나리오를 "머릿속의 스크린"의 시각적 이미지들로 변형시킴으로써 카메라 지시를 없앤 상태에서 능동적으로 행위주체의 능력을 갖게 된다. 이 같은 변형력과 운동력을 지닌 시각적 행위는 독자-관객-감독을 시나리오 자체의 서사에서 노동자의 성장과 각성에 연결되게 한다."[16] 독자-관객은 어떻게 '능동적 행위주체'로 변화하는가? 분명한 것은, 「화륜」의 스틸이 시각성을 매개로 감각의 재배치, 혹은 감각의 연결과 전환을 시도하고 있었다는 점이다. 이는 영화라는 매체가 현실과 어떻게 관계 맺을 수 있는가 하는, 영화의 사회적 가치에 대한 유구한 질문과도 공명한다. 「화륜」이 독특한 양식적 실험의 차원을 넘어, 영화의 본질과 기능을 되묻고 또 스스로 답하려 했던 미학적·정치적 실천으로 읽혀야 하는 이유다.

15 이때의 연루(連累/緣累)란 '남이 저지른 범죄에 연관됨'이라는 사전적 의미가 아니라, 타자와 이어져 닿으며 더불어 결속하는 일을 뜻한다.

16 테드 휴즈, 『냉전시대 한국의 문학과 영화』, 나병철 역, 소명출판, 2013, 83쪽.

나운규와 미국 연속영화*

영화소설 「탈춤」을 중심으로

이만강

1. 들어가며

한국 초기 영화계에서 빼놓고 얘기할 수 없는 단 한 사람을 꼽는다면 단연 나운규일 것이다. 독립운동가이자 연극배우였던 그는 영화 〈아리랑〉(1926)의 원작·각색·감독·주연을 맡으며 〈아리랑〉을 엄청난 흥행작으로 탄생시켰다.[1] 이후 나운규는 많은 영화들을 제작하며 식민지 조선 영화계에서 독보적인 위치에 올랐고 이 과정에서 미국영화 속 영웅의 야만성과 활극성을 자신의 페르소나를 형성하는 데 활용했다. 영화소설 「탈춤」은 나운규의 〈아리랑〉 성공 직후, 심훈이 〈아리랑〉 속 나운규의 야만성을 활용하여 쓴 영화소설이면서 동시에 활극 스타로서의 나운규의 면모가 여실히 드러난 작품이기도 하다. 본 글은 「탈춤」에서 나운규

---

* 이 글은 필자의 논문 「영화소설 『탈춤』 연구 –미국 연속영화와 나운규와의 관계를 중심으로–」, 『한국문예비평연구』 82, 한국현대문예비평학회, 2024. 일부를 수정 및 보완한 것이다.

1 〈아리랑〉의 당시 반응은 강성률, 「나운규의 아리랑 연구」, 『씨네포럼』 17, 동국대학교 영상미디어센터, 2013, 131쪽. 참조.

의 야만성과 활극성을 서사적으로, 또한 스틸을 통해 시각적으로 분석해 보고자 한다.

2. 미국 연속영화와 조선 영화

정종화에 따르면 1910년대 중반부터 조선인들을 사로잡았던 것은 미국의 연속영화였다. 먼저 '연속영화(serial film)'는 장편 극영화가 정착되기 이전인 1910년대 초반부터 프랑스, 미국 등지에서 제작되고 유행한 영화 형식이다. 주로 활극적인 내용을 2권(롤) 1편으로 구성하고, 각 편의 마지막에 위기일발의 장면(cliffhanger)을 넣어 최종편이 끝나는 12, 13주부터 24, 25주 동안 관객들이 매주 영화관을 다니도록 한다. 1910년대 조선인 극장 우미관과 단성사에서는 일본 영화보다는 서양 영화들이 주로 상영되었다. 특히 미국 유니버설영화사의 연속영화인 〈명금The Broken Coin〉(프란시스 포드, 1915)이 1915년과 1916년 각각 일본과 조선에서 공개되며 큰 인기를 끌었다. 이 〈명금〉은 박태원의 소설 〈5월의 훈풍〉에서 경성의 아이들이 〈명금〉의 배우들을 흉내 내며 "명금놀이"라는 것을 하는 장면이 등장할 정도로 인기가 많았다.[2]

미국의 연속영화가 조선에 처음 소개된 1916년부터 그 이후 1925년까지 당시 제작된 미국 연속영화의 78% 정도가 조선 극장에서 상영되었다. 이 시기 조선에서 상영된 영화 중 가장 많은 양을 차지하는 일본 영화는 조선인 극장에서는 거의 상영되지 않았고, 1919년 이전에는 조

2 백문임, 「감상(鑑賞)의 시대, 조선의 미국 연속영화」, 『사이間SAI』 14, 국제한국문학문화학회, 2013, 237쪽.

선인이 제작한 영화가 단 한 편도 없었으며 1925년까지도 극소수의 조선 영화만이 상영되었다는 점을 고려한다면 조선 영화계에 대한 미국 연속영화의 영향력이 대단했음을 짐작할 수 있다.[3·4]

조선 영화와 미국의 연속영화는 이처럼 초기부터 밀접한 관계를 맺으며 진행되는데 1920년대 나운규라는 감독이자 배우에 이르면 이 양상은 더 복잡한 형태로 드러난다. 우선 백문임에 따르면 미국 연속영화는 조선에서 처음으로 스타덤이라는 현상을 만들어 낸다. 1910년대 후반 건장한 남성 주인공이 등장하는 미국 연속영화들이 속속 개봉되어 에디 포로, 윌리엄 던컨, 찰스 허치슨, 윌리엄 데스몬드 등의 배우들이 조선에서 인기스타가 되었다.[5] 〈아리랑〉의 성공 이후 나운규는 〈명금〉의 주인공인 에디 포로나 그의 뒤를 이어 조선에서 스타덤을 형성한 더글라스 페어뱅크스와 비견되며 배우로서의 페르소나를 형성해 간다.[6] 특히 1926년은 더글라스 페어뱅크스의 높아진 인기로 인해 그의 영화인 〈더글라스의 해적〉을 둘러싸고 배급 전쟁이 벌어지던 때였다. 이때 나운규가 관계된 영화 〈아리랑〉, 영화소설 「탈춤」, 영화 〈풍운아〉 등이 연달아

---

3 백문임, 위의 글, 221쪽.

4 연속영화뿐 아니라 계속되는 미국영화의 조선영화에 대한 막대한 영향은 백문임의 "1910년에서 1945년까지 경성에서 약 2만여 편의 서양 영화가 상영되었음을 알 수 있었다. 극장 수가 많지 않았던 초창기부터 꾸준히 상영되었고, 시간이 흐를수록 영화의 인기가 급상승했던 사정을 반영하듯 그 상영작은 늘어났다"는 지적에서 짐작해 볼 수 있다. 백문임, 「아메리칸 히어로와 나운규-서양영화 DB(1910-1945)를 중심으로」, 『인문과학』 117, 연세대학교 인문학연구원, 2019, 29쪽.

5 백문임, 「감상(鑑賞)의 시대, 조선의 미국 연속영화」, 『사이間SAI』 14, 국제한국문학문화학회, 2013, 233쪽.

6 백문임은 또한 이 글에서 나운규가 더글라스 페어뱅크스의 이미지를 전유하고 있지만, 나운규의 몸이 페어뱅크스의 아름다운 '몸'이라기보다는 엽기적이고 추한 형상의 론 채니와 공명하는 바가 더 큼을 밝히고 있다. 백문임, 「아메리칸 히어로와 나운규-서양영화 DB(1910-1945)를 중심으로」, 『인문과학』 117, 2019, 연세대학교 인문학연구원, 32쪽.

등장하였고 나운규의 모습은 페어뱅크스와 같은 액션 영웅으로 여겨진다.[7] 더불어 잘 알려져 있듯 나운규 스스로도 당시 영화계를 "서부 활극의 전성시대"로 생각했다. 그는 한 인터뷰에서 페어뱅크스의 영화 〈로빈후드〉는 조선 관객의 손바닥을 아프게 했고 자신도 그러한 영화를 만들고자 했다고 말한다.[8] 백문임은 나운규가 〈쾌걸 조로〉의 홍보에 사용되었던 "풍운아" 코드를 전유하여 〈풍운아〉를 만들면서 "니콜라이 박"이라는 캐릭터를 창조해 내고 〈더그라스의 해적〉의 모티프를 〈광랑(狂浪)〉, 〈철인도〉의 선박 결투 씬에 활용하는 것 등의 가능성을 언급하기도 한다.[9] 페어뱅크스의 경우 연속영화는 아니지만, 연속영화로부터 이어진 "활극"으로서 조선에서 큰 인기를 끌었음을 고려한다면 나운규와 미국 연속영화의 관계는 1920년대 중반 즉, 나운규가 〈아리랑〉을 제작 발표하며 조선 영화계에서 본격적으로 주목받던 때까지 유효했다고 할 수 있다.

3. 미국 연속영화와 나운규 - '야만성'을 중심으로

이순진[10]은 〈명금〉을 비롯한 1910년대 연속사진 모험 활극의 야만성에 대해 두 가지를 지적한다. 첫째, 이런 연속사진들의 인기 요인은 국가, 구조, 체제가 배제된 개인의 활동을 보여주었기 때문이다. 이는 모

---

7 자세한 과정은 백문임, 위의 글, 43~45쪽 참조.

8 나운규, 「조선영화 감독 고심담-〈아리랑〉을 만들 때」, 『조선영화』 1, 1936.

9 백문임, 위의 글, 31쪽.

10 이순진, 「조선 무성영화의 활극성과 공연성에 대한 연구」, 국내박사학위논문, 중앙대학교 첨단영상대학원, 2009, 102~106쪽.

험 활극의 주인공들은 '황금', '복수'를 추구하기 위해 활동하는 것을 의미하여 주인공들의 활동은 사적인 차원으로 한정된다. 이러한 사적인 활동은 악당들의 그것과 윤리적인 측면에서 구분되지 않고 그들이 활동하는 세계는 오로지 힘의 논리가 지배하는, 문명의 규율이 존재하지 않는 야만의 세계로 그려진다. 둘째, 사적인 활동으로서의 '복수'는 공권력의 사회정의 실현의 무능함을 전제한다. 이는 그 세계를 살아가는 인물들이 공권력이 제시하는 사회정의의 기준과는 다른 나름의 정의 감각을 지니고 있음을 의미한다.[11] 공권력이 사회정의를 실현하지 못할 때 그리하여 직접 복수를 위해 주인공들이 뛰어들 때 악을 징벌할 수 있는 적절한 수단이 존재하지 않으므로 그것은 폭력적일 수밖에 없다.

이순진은 지주-소작인의 계급적 위계와 그러한 위계를 보호하는 공권력으로서의 일제 식민지 통치 기구가 존재하는 조선 농촌에서 〈아리랑〉의 영진이 마름 오기호를 낫으로 찍어 죽인 것은 사적인 복수에 해당한다고 설명한다. 이때 조선 농촌은 야만의 세계라기보다는 (순사-공권력의 존재로 인해) 문명 세계에 더 가깝고, 이곳에서 영진은 사적인 복수를 실행하고 순사의 손에 이끌려 감옥으로 가게 된다. 이 농촌 마을이 문명 세계에 가깝다면 그곳에서 살고 있었던 영진은 어째서 야만의 세계에 속한 인물일 수 있었던 것일까? 그에 대한 답은 영진의 환상 장면에서 찾을 수 있다.

> 뜰 가운데서 요령부득으로 부르짖으며 딴 세상을 상상하게 되어 그의 눈앞에는 황망한 사막으로 보인다. 저편으로부터 인디안의 상인과 나그네

11 이순진은 이에 대해 "식민지배를 통해 근대적 제도가 유입되고 뿌리내린 상황에서 제도를 통해 보장되는 사회정의란 대중의 윤리감각과 대립하는 것이 되기가 쉽다."라고 추측한다. 이순진, 위의 글, 102~103쪽.

한 사람이 오는 것이다.[12]

〈아리랑〉에서 영진은 광기에 사로잡혀 대낮에도 현실과는 다른 세계에 가 있다. 나그네(영진)는 사막을 헤매다가 상인(오기호)이 젊은 남녀(현구와 영희)의 사랑을 시험하고 여자가 목마름에 지조를 저버리는 것을 목격한다. 이에 격분하여 그는 상인을 칼로 찌르고 젊은 남녀를 다시 이어준다. 이순진은 영진이 사막이라는 야만의 세계에서 문명 세계와는 다른 윤리 의식을 바탕으로, 그리고 폭력적인 방식을 통해 문제를 해결해 가는 것에 주목한다. 오기호는 늘상 자신을 곤경에 빠뜨리고 골탕 먹이는 영진을 어쩌지 못하는데 이 역시 영진의 야만 세계의 위력이 현실 세계에서 발휘되었기 때문이다. 최종적으로 영진이 오기호를 낫으로 찌르는 순간에 야만 세계의 위력(사적 복수, 폭력성)은 절정에 이른다.[13] 이 같은 분석에 따르면 나운규는 미국 연속영화의 주인공 상(像)으로부터 연유한 야만성을 〈아리랑〉에 적극적으로 구현하고자 했음을 알 수 있다.

환각에 어린 홍렬의 눈에는 젊은 사람의 염통을 짓눌러 터트리려는 권세의 폭력도 없고 오장이 옆구리로 꿰어져 나올 듯이 아니꼽살스러운 돈 있는 놈들의 지랄 빻는 꼬락서니도 보이지 않고 독사와 같은 새빨간 혀끝을 날름거리며 산 아이의 피를 빨아 마시는 요사스러운 계집의 피딱지도 보이지 않는다.

우주의 삼라만상은 다 그 형체를 잃고 원시시대의 희멀건 공간이 남아 있을 뿐 거기에는 조선의 비명이 들릴 리 없고 인류의 신음 영원히 풀어보

12 문일, 『아리랑』, 박문서관, 1930, 15쪽.

13 "살인의 순간 영진은 "악마와 같은 상인과 젊은 나그네가 싸우고 있"는 사막 속에 머물러 있으며 바로 그 때문에 "지붕에서 훌쩍 마당으로 뛰어내려 낫을 휘둘러 오기호의 가슴을 내리찍"을 수 있었던 것이다." 이순진, 위의 글, 104쪽.

> 지 못할 줄 알았던 인간의 고민이 자취조차 감추어 버렸다. -어찌 기쁘지 아니하랴 홍렬은 춤을 덩실덩실 추지 않을 수 없었다.[14] (『탈춤』의 홍렬의 환상 장면)

〈아리랑〉과 「탈춤」 모두 주인공이 정신 이상자로 설정되어 있는데 이는 물리적인 차원에서는 한 공간에 머물러 있는 것처럼 보이지만 정신적인 차원에서는 다른 세상에 있음을 의미한다. 즉, 〈아리랑〉의 영진이나 「탈춤」의 홍렬은 겉보기에는 다른 인물들과 함께 있는 것처럼 보이지만 사실은 본인만의 다른 세계에 존재해 있는 것이다. 앞서 이순진의 분석에 따르면 〈아리랑〉에서 영진의 사막 환상은 영진이 야만의 세계에서 온 존재라는 것을 의미한다. 「탈춤」의 홍렬 역시 현실에 존재하지만 마치 백일몽을 꾸는 듯 밥을 짓다 갑자기 환상의 세계로 사라진다. 그곳은 현실의 고통이나 불합리는 존재하지 않는 원시의 세계이다. 그곳에서 홍렬은 행복에 겨워 춤을 추다 감독에게 엉덩이를 차이고 현실로 돌아온다.

비록 「탈춤」의 환상이 〈아리랑〉의 그것처럼 직접적이고 극적으로 야만성을 띠며 주인공에게 강력한 물리적 힘을 부여하는 식은 아니지만 이 장면을 통해 「탈춤」의 홍렬이 〈아리랑〉의 영진의 성격을 일정 부분 계승하려 했다는 점은 확인할 수 있다. 그리고 그것이 다름 아닌 '환상 장면'으로 선택되었다는 것은 (〈아리랑〉의 환상 장면이 미국 연속영화와의 관계를 보여주는 것임을 고려해 볼 때) 「탈춤」 역시 나운규를 통해 미국 연속영화의 인기 요소를 작품에 차용하고자 했음을 의미한다. 또한 나운규 역시 「탈춤」을 통해 (이미 아리랑을 통해 어느 정도 선취했던) 미국 연속영화 속 스타들의 이미지(야만성)를 자기에게 부여하고자 했을 것이다. 이렇

14 심훈, 『영화소설, 시나리오 (심훈 전집 7)』, 글누림, 2016, 51쪽.

게 나운규와 「탈춤」은 미국 연속영화를 매개로 서로 영향을 주고받으며 대중성과 스타성의 획득을 목적으로 했던 것이다.

4. 미국 연속영화와 나운규 – '모빌리티 활극'을 중심으로

정찬철은 근대의 시작을 "모빌리티 테크놀리지의 폭발"로 정의한다. 19세기 이후 물자와 인간과 정보를 빠른 속도록 전달하는 모빌리디 기술의 발달은 시공간을 정보와 조작의 대상으로 재구성했다. 나아가 영화는 동시대 교통수단의 시공간 단축을 가상적 방식으로 이룩한 모빌리티 테크놀로지이고 시공간의 거리를 초월하여 저 먼 곳에 있는 그곳을 가상으로 방문하여 경험케 하는 시각적 시공간 기술 미디어이다. 영화가 역사상 최초로 등장했을 때 가장 많이 생산된 장르이면서 가장 인기를 끌었던 장르 중 하나가 유명한 장소를 촬영한 실사영화(actualité)였다는 것이 이를 증명한다고 할 수 있다.[15]

백문임은 미국 연속영화의 인기 요인으로 연극배우와는 달리 영화의 배우는 위험한 액션 장면들을 실연(實演)하는데 이 과정에서 비행기, 기차, 자동차, 배와 같은 근대 운송 수단을 스케일이 크고 위태로운 장면들을 묘사하는 데 활용한다는 점을 지적한다. 또한 조선에서 처음 시도된 영화로서의 연쇄극은 경성, 평양, 인천, 부산 등의 구체적인 장소들에서 자동차, 기차, 배 등을 활용하여 촬영되었는데 이는 미국 연속영화의 특징으로 지적되는 야외 촬영이 연쇄극에서 구체적인 장소의 로케이션

15 정찬철, 「회전하는 이미지(들)-시네마, 모빌리티, 모더니티」, 『구보학보』 27, 구보학회, 2021, 136~137쪽.

촬영으로 실험되었음을 의미한다. 이처럼 1910년대 조선에 소개된 미국 연속영화들과 조선 영화의 초기 형태로서의 연쇄극은 미국 문명의 상징들을 활용한 액션 장면들로 시작되었다. 그리고 연극 무대에서 구현하기 힘든 실제 장소에서 실제 운송 수단의 스피드를 끌어들여 스릴을 생산하면서 조선인 배우들이 화면에 등장하는 것을 볼거리로 만들었다.[16]

〈그림 1〉은 영화소설 「탈춤」에서 흥렬이 달리는 자동차에 매달려 있는 스틸이다. 나운규는 이 스틸에서 새롭게 등장한 모빌리티인 자동차를 능수능란하게 활용하여 액션 스타로서의 면모를 드러낸다. 특히 이 스틸은 단순히 자동차를 운전하는 데 그치지 않고 움직이는 자동차에 매달려 있는 모습을 보여주는데 움직이는 영화 장면이 아니라 고정 상태의 스틸이지만 그 역동성과 위태로움은 충분히 전달된다. 이는 〈명금〉[17]의 “비행기에서 보트로 갈아타는” 에디 포로의 액션을 연상시킨다.[18] 〈명금〉에서 에디 포로는 육혈포로 대표되는 권총 액션이나 주먹으로 악한을 응징하는 모습을 통해 미국 연속영화 속 주인공들의 야만성을 구현하고 있다. 더불어 중요한 점은 〈명금〉이 실제로 사막, 로키산 등 광활하고 이국적인 자연을 배경

〈그림 1〉 1926.11.15. 동아일보

16 백문임, 「감상(鑑賞)의 시대, 조선의 미국 연속영화」, 『사이間SAI』 14, 국제한국문학문화학회, 2013, 214쪽.

17 송완식, 『(사진소셜대활극)명금』, 영창서관, 1923.

18 에디 포로와 나운규의 관계는 백문임, 「아메리칸 히어로와 나운규-서양영화 DB(1910-1945)를 중심으로」, 『인문과학』 117, 연세대학교 인문학연구원, 2019, 37~39쪽 참조.

으로 하여 자동차, 기차, 말 등을 옮겨 타며 벌이는 모빌리티의 향연을 보여준다는 점이다. 〈아리랑〉에서 영진은 미국 연속영화 속 야만성을 구현했지만 모빌리티를 적극적으로 활용하는 데에는 이르지 못한다. 그러나 「탈춤」에서는 자동차라는 근대 모빌리티가 갖고 있는 액션성과 역동성을 (내용 삭제) (비록 영화화되지 못했지만) 스틸을 통해 시각적으로 구현하고 있다.

주인에 따르면 「탈춤」의 경우 영화로 제작되지 않았기 때문에 신문 연재에서의 '실연사진'은 실제 연기가 아니라 신문 연재만을 위한 스틸이었다. 신문 연재만을 위해 스틸을 제작했다는 것은 영화소설 「탈춤」의 스틸이 무엇보다 영화의 내용이나 배우들을 노출하여 영화에 대한 대중의 관심도를 높이기 위한 것이었음을 의미한다.[19] 이 같은 목적을 고려하면 「탈춤」이 나운규가 모빌리티를 적극적으로 활용하는 모습의 스틸을 실었다는 것은 당시 나운규가 자신의 페르소나로 형성하려 했던 미국 연속영화 속 활극 영웅의 이미지(모빌리티를 통해 활극을 만들어 내는)가 당시 대중들에게 충분히 소구될 수 있는 대상으로 여겨졌다는 것을 의미한다. 다시 말해 대중들의 관심을 불러일으키기 위한 「탈춤」의 스틸이 미국 연속영화와 관련된 나운규의 '모빌리티 활극성'을 활용했다는 것은, 첫째, 당시 식민지 조선의 관객들이 미국 연속영화의 활극성에 익숙하고 그것을 즐겼다는 것 둘째, 미국 연속영화의 활극성이 나운규라는 한국의 배우를 경유하여 전달되는 것에도 거부감 없이 열광적인 반응을 보냈다는 것을 의미한다.

일찍이 나운규는 영화 〈아리랑〉에서 영진이라는 캐릭터를 통해 미국

---

19 주인, 「영화소설(映畵小說) 정립(定立)을 위한 일고(一考) - 심훈(沈熏)의 「탈춤」과 영화(映畵) 평론(評論)을 중심으로 -」, 『어문연구』 34(2), 한국어문교육연구회, 2006, 274쪽.

연속영화 속 영웅의 야만성을 활용해 식민지 조선의 관객들에게 큰 인기를 끌었다. 이 같은 나운규-영진의 이미지를 계승하며 대중적 인기를 노렸던 「탈춤」은 모빌리티를 통해 볼거리를 만들어 내는 나운규-홍렬의 이미지를 더한다. 이를 통해 「탈춤」의 여러 영화적 목적 중 하나가 나운규의 미국 연속영화 속 활극적 영웅 이미지를 적극적으로 차용하는 한편 그것을 더욱 강화하는 데 있었음을 생각해 볼 수 있다.

5. 나가며

〈그림 2〉 1926.11.09. 동아일보

〈그림 2〉는 탈춤의 첫 화에 홍렬이 신부 혜경을 안고 있는 장면으로 본문에는 "무슨 까닭으로 결혼식장에서 이러한 풍파가 일었으며 신부를 빼앗아 가지고 종적을 감춘 괴상스러운 사람은 대체 누구일까? 이 영화소설이 횟수를 거듭함을 따라 수수께끼와 같은 이 놀라운 사건의 진상이 차차 드러날 것이다-."라고 적혀 있다. 사실 이는 「탈춤」 1화의 내용을 고려해 볼 때 의아한 부분이다. 「탈춤」 1화에서는 신부를 안고 있는 사내를 '괴인'이라 칭하며 그 정체를 밝히지 않는다. 그런데 스틸에서는 나운규와 김정숙이 괴인과 신부의 모습을 하고 등장한다. 물론 서사적 차원에서 괴인에 대한 단서가 독자들에게 제공되는 것은 아니다. 단지 괴인과 신부 역을 나운규와 김정숙이 맡았구나 하는 정도로 당시 독자들이 생각했을 수도 있다. 그러나 앞의 분석에

따르면 이미 이 시기 나운규는 미국 연속영화 속 활극 영웅의 이미지로 그 페르소나를 형성해 가던 단계였다. 다시 말해 (영화에 마동석이 등장하는 것만으로도 어떤 내용이 전개될지 예측 가능한 것처럼) 나운규가 괴인 역을 맡았다는 것은 이 괴인이 앞으로 어떤 행동을 할지 관객들이 예측 가능하다는 것이다. 이는 서사적으로 신부를 구하는 사내의 정체를 알 수 없는 괴인으로 설정한 것의 효과에 위배된다. 앞서 「탈춤」의 스틸이 무엇보다 「탈춤」에 대한 대중들의 관심을 불러일으키기 위한 것이었음을 고려해 보면 (괴인의 정체를 감추는 것보다) 나운규가 지닌 인기와 그 인기의 요체인 미국 연속영화 속 영웅 이미지를 첫 화에서 전면에 내세우는 것이 흥행에 더 도움이 되는 요소라고 생각했을 수 있다. 조선 영화와 나운규가 구축한 미국 활극과의 관계는 이처럼 당시 대중들에게 강력한 것이었다.

참고문헌

1. 기본 자료

『동아일보』, 『중외일보』, 『조선일보』, 『매일신보』, 『신계단』, 『조선영화』, 『한국민족문화대백과』

아단문고, 『2013 아단문고 미공개 자료 총서: 1』, 소명출판, 2013.

문일, 『아리랑』, 박문서관, 1930.

송완식, 『(사진소설대활극)명금』, 영창서관, 1923.

이종명, 『유랑』, 박문서관, 1928.

안석영, 『노래하는 시절』, 회동서관, 1930.

2. 국내 논저

강성률, 「나운규의 아리랑 연구」, 『씨네포럼』 17, 동국대학교 영상미디어센터, 2013.

공성수, 「1920년대 영화소설의 이미지 텍스트 연구」, 『한국콘텐츠학회논문지』 17(11), 한국콘텐츠학회, 2017.

______, 『소설과 삽화의 예술사』, 소명출판, 2020.

공주은, 「'영화인' 이효석의 자취 톺아보기」, 『한민족어문학』 98, 한민족어문학회, 2022.

김려실, 「영화소설 연구」, 연세대학교 석사학위논문, 2002.

김수남, 『조선 시나리오 선집 1-4』, 집문당, 2003.

김종욱·박정희 엮음, 『심훈 전집 07. 영화소설·시나리오』, 글누림, 2016.

박필호, 『박필호 사진논집: 사진을 말하다』, 대한직업사진가협회, 1982.

배연형·구인모, 『유성기 시대, 변사의 화예(話藝)』, 한국문화사, 2018.

배현자 외, 『한국 근대 영화소설 자료집』, 소명출판, 2019.

배현자 엮음, 『근대 서사 자료집: 안석주의 영화소설 「인간궤도」』, 소명출판, 2021.

백문임 외, 『조선영화란 하오』, 창비, 2016.

백문임, 「감상(鑑賞)의 시대, 조선의 미국 연속영화」, 『사이間SAI』 14, 국제한국문학문화학회, 2013.

______, 「아메리칸 히어로와 나운규-서양영화 DB(1910-1945)를 중심으로」, 『인문과학』 117, 연세대학교 인문학연구원, 2019.

______, 「심훈·최독견의 영화소설과 나운규」, 국립중앙도서관 편, 『근대문학』, vol. 8, 2019.11.

안종화, 『한국영화 측면비사』,현대미학사, 1998.

이경민·사진아카이브연구소 엮음, 『카메라당과 예술사진 시대』, 아카이브북스, 2010.
이경민 편저, 『사진소설: 텍스트, 이미지를 만나다』, 디오브젝트, 2023.
______, 「사진 여성 사진사 이홍경, 조선 최초가 되다」, 『황해문화』 59, 2008.
이만강, 「영화소설 『탈춤』 연구 –미국 연속영화와 나운규와의 관계를 중심으로–」, 『한국문예비평연구』 82, 한국현대문예비평학회, 2024.
이순진, 「조선 무성영화의 활극성과 공연성에 대한 연구」, 중앙대학교 박사학위논문, 2009.
이현주, 「이효석과 '구인회'」, 『구보학보』 3, 구보학회, 2008.
이효인, 「영화 〈아리랑〉의 컨텍스트 연구–〈아리랑〉이 받은 영향과 끼친 영향을 중심으로」, 『현대영화연구』 12(2), 현대영화연구소, 2016.
이효인·정종화·한상언, 『한국근대영화사: 1892년에서 1945년까지』, 돌베개, 2019.
장일구, 『서사공간과 소설의 역학』, 전남대학교출판부, 2009
전우형, 『식민지 조선의 영화소설』, 소명출판, 2014.
정종화, 『조선영화라는 근대: 식민지와 제국의 영화교섭史』, 박이정, 2020.
정찬철, 「회전하는 이미지(들)–시네마, 모빌리티, 모더니티」, 『구보학보』 27, 구보학회, 2021.
주인, 「영화소설 정립을 위한 일고(一考) –심훈의 「탈춤」과 영화 평론을 중심으로–」, 『어문연구』 34(2), 한국어문교육연구회, 2006.
최우정, 「연작 시나리오 〈화륜〉의 스틸 이미지 연구 : 서사 구성과 미장센을 중심으로」, 『드라마 연구』 71, 한국드라마학회, 2023.
최인진, 『한국 사진사: 1631–1945』, 눈빛, 1999.
한국영상자료원 편, 『식민지 시대의 영화 검열: 1910~1934』, 한국영상자료원, 2009.
한상언, 「안석영의 영화소설 〈노래하는 시절〉 연구」, 『근대서지』 16, 근대서지학회, 2017.
한상언·전우형, 「김유영의 조선영화예술협회 활동 연구」, 『구보학보』 35, 구보학회, 2023.

3. 해외 논저

빌렘 플루서, 『사진의 철학을 위하여』, 윤종석 역, 커뮤니케이션북스, 1999.
제이 데이비드 볼터·리처드 그루신, 『재매개』, 이재현 역, 커뮤니케이션북스, 2006.
테드 휴즈, 『냉전시대 한국의 문학과 영화: 자유의 경계선』, 나병철 역, 소명출판, 2013.
Laura Mulvey, *Visual and Other Pleasures*, Palgrave Macmillan, 1989.

서지 정보

〈유랑〉
중외일보 1928.1.5-25
한국학자료통합플랫폼(https://kdp.aks.ac.kr/)

〈화륜〉
중외일보 1939.7.19-9.2
한국학자료통합플랫폼(https://kdp.aks.ac.kr/)

〈노래하는 시절〉
조선일보 1930.6.3-7.10
네이버 뉴스 라이브러리

〈도화선〉
조선일보 1933.1.10-2.14
네이버 뉴스 라이브러리

〈출범시대〉
동아일보 1931.2.28-4.1
네이버 뉴스 라이브러리

〈출발〉
조선일보 1930.8.26-9.25
네이버 뉴스 라이브러리

저자소개

백문임(白文任)
연세대학교 국어국문학과 교수. 연세대학교 국어국문학과 졸업 및 동 대학원 박사. 저서로 『줌 아웃: 한국영화의 정치학(2001)』, 『춘향의 딸들: 한국 여성의 반쪽짜리 계보학(2001)』, 『형언: 문학과 영화의 원근법(2004)』, 『월하의 여곡성: 여귀로 읽는 한국 공포영화사(2008)』, 『임화의 영화(2015)』, 공역서로 『카메라 폴리티카(1996)』, 『모더니티와 시각의 헤게모니(2004)』, 공(편)저로 『르네상스인 김승옥(2005)』, 『조선영화란 하오(2016)』, 『그런 남자는 없다(2018)』, 『페미돌로지(2022)』, *Theorizing Colonial Cinema*(2022) 등이 있다.

김다영(金茶佾)
연세대학교 경영학과를 졸업하고 동 대학원 철학과에서 도덕성과 감정의 상관관계에 관한 연구로 석사학위를 받았다. 학제 간 연구에 관심이 많으며, 연세대학교 국어국문학과 박사과정에서 영화 및 현대소설, 대중문화를 공부하고 있다.

이만강(李萬康)
연세대학교 국어국문학과를 졸업하고 동 대학원에서 「한국 좀비 영상물 연구」로 석사학위를 받았다. 최근 발표 논문으로 「조선족 서사 『옥화』와 〈두만강〉의 환대(hospitality) 의식 분석(2022)」, 「'재생산적 미래주의(reproductive futurism)'로 한국 좀비 영상물 읽기 – 〈부산행〉, 〈지금 우리 학교는〉을 중심으로 –(2023)」 등이 있다. 한국 영화에 대해 폭넓게 관심을 지니고 연구를 진행하는 한편 1960–70년대 홍콩영화와 한국 영화의 관계에 대한 연구를 준비 중이다.

최우정(崔우정)
서강대학교 국어국문학과를 졸업하고 동 대학원에서 석사학위를 받았다. 현재 연세대학교 국어국문학과 박사과정에 있다. 마이너리티의 존재 양식에 관심을 두고 영화, 연극, 드라마에 대한 글을 쓴다. 2023년 제3회 국립극장 젊은 공연예술 평론가상을 수상했다.

한국 언어·문학·문화 총서 19

키네마: 영화소설과 시나리오 1

2024년 8월 30일 초판 1쇄 펴냄

저 자 백문임·김다영·이만강·최우정
펴낸이 김흥국
펴낸곳 보고사

주소 경기도 파주시 회동길 337-15 보고사
전화 031-955-9797(대표)
팩스 02-922-6990
메일 bogosabooks@naver.com
http://www.bogosabooks.co.kr

ISBN 979-11-6587-745-3 94810
979-11-5516-424-2 94080 (세트)

정가 37,000원

이 저서는 연세대학교 학술연구비의 지원으로 이루어진 것임